KB040795

역사와 신화의 행적

역사와 신화의 행적

초판 1쇄 인쇄 _ 2022년 4월 5일
초판 1쇄 발행 _ 2022년 4월 10일

엮은이 _ 이병주기념사업회

펴낸곳 _ 바이북스
펴낸이 _ 윤옥초
편집팀 _ 김태윤
디자인팀 _ 이민영

ISBN _ 979-11-5877-292-5 93810

등록 _ 2005. 7. 12 | 제 313-2005-000148호

서울시 영등포구 선유로49길 23 아이에스비즈타워2차 1005호
편집 02)333-0812 | **마케팅** 02)333-9918 | **팩스** 02)333-9960
이메일 bybooks85@gmail.com
블로그 https://blog.naver.com/bybooks85

책값은 뒤표지에 있습니다.

책으로 아름다운 세상을 만듭니다. ― 바이북스

미래를 함께 꿈꿀 작가님의 참신한 아이디어나 원고를 기다립니다.
이메일로 접수한 원고는 검토 후 연락드리겠습니다.

이병주 작가·작품론

이병주기념사업회 엮음

역사와 신화의 행적

바이북스
ByBooks

머리말

태양에 바랜 역사, 월광에 물든 신화

1992년에 타계한 작가 이병주는, 당대의 한국문학에 보기 드문 면모를 남긴 인물이었다. 그는 1921년 경남 하동에서 출생하여 일본 메이지대학 문예과에서 수학했으며, 진주농과대학과 해인대학 교수를 역임하고 부산《국제신보》주필 겸 편집국장을 지냈다. 이상에서 거론한 이력이 그가 40대에 작가로 입문하기까지 겉으로 드러난 주요한 삶의 행적인 셈인데, 그러나 그 내면적인 인생유전의 실상에 있어서는 결코 한두 마디의 언사로 가볍게 정의할 수 없는 엄청난 근대사의 파고(波高)를 밟아왔다. 그러한 체험은 한 작가를 통하여 역사가 문학을 추동(推動)한 하나의 범례로 남게 될 것이다.

이병주의 첫 작품은 대체로 1965년에 발표된 「소설 · 알렉산드리아」로 알려져 있다. 작가 자신도 이 작품을 데뷔작으로 치부하곤 했다. 하지만 실제에 있어서 첫 작품은 1954년《부산일보》에 연재되었던 『내일 없는 그날』이었으며, 그 외에도 해방 직후 상해에서 쓴 「유맹(流氓)」을 비롯한 여러 소설 쓰기의 전력이 있다. 이러한 창작 실험을 통해 그는 자신이 오랫동안 심중에 품어왔던 작가로서의 길이 합당한지 어떤지를 시험해본 것 같다. 물론 그 시험에 대한 자평이 어떤 결과였든지 간에, 이후의 작품활동 전개로 보아 그의 내부에서 불붙기 시작한 문학에의 열망을 무너뜨릴 수는 없었을 것이다.

그는 역사를 보는 문학의 시각과 문학 속에 변용된 역사의 의미를 동시에 걸어 올리는 많은 작품을 썼다. 특히 역사와 문학의 상관성에 대한 그의 통찰은 남다른 데가 있어, 역사의 그물로 포획할 수 없는 삶의 진실을 문학이 표현한다는 확고한 시각을 정립해놓았다. 동시에 당대의 어느 작가에게서도 찾아보기 어려운, 현저한 대중적 수용력을 보인 베스트셀러 작가이기도 했다. 문제는 그가 남겨놓은 이와 같은 유수의 작품들과 문학적 성취에도 불구하고, 당대 문단에서 그에 대한 인정이 적잖이 인색했으며 또한 그의 작품세계를 정석적인 논의로 평가해주지 않았다는 데에 있다.

　그 자신이 소설보다 더 파란만장한 생애를 살았던 체험의 역사성, 박학다식과 박람강기를 수렴한 유장한 문면, 어느 작가도 흉내 내기 어려운 이야기의 재미, 웅혼한 스케일과 박진감 넘치는 구성 등이 그의 소설 세계를 떠받치고 있다면, 그를 한국의 발자크라 부르는 것이 그다지 어색할바 없다. 이병주의 소설과 그의 작품에 나타난 삶의 실체적 진실로서의 역사의식이 우리 사회의 한 인식 지표가 될 수 있다는 것, 그리고 우리 주변의 범상한 사람들로부터 시작되는 대중 친화의 소설들이 그야말로 소설이 가진 이야기 문학의 장점을 표출할 수 있다는 것은, 그런 점에서 오늘처럼 개별화되고 분산된 성격의 세태에 시사하는 바가 크다.

그런데 그동안 이병주의 소설을 두고 우리 한국문학이 연구 및 비평과 평가의 지평에 있어서, 엄연히 두 눈을 뜨고도 놓친 부분이 있는 것이다. 이와 같은 아쉬움과 문제의식 아래, 그리고 지난해 이병주 탄생 100주년에 이어 올해 타계 30주년을 맞아 이 연구서를 펴내게 되었다. 이 책은 이병주기념사업회가 작가에 대한 추모의 정(情)과 념(念)을 다하여 특별기획의 이름으로 준비하고 진행했다. 수록 논문은 이병주의 생애와 문학에 대한 총론 8편, 역사 소재의 장편소설 연구 8편, 대중성을 가진 장편소설 연구 8편, 중·단편소설 연구 3편 등 모두 27편으로 되어 있다.

그리고 각기의 작품은 1917년 이래 2021년까지 5년간에 걸쳐 이병주 문학 학술 세미나, 영호남 학술대회, 이병주국제문학제 학술 심포지엄에서 발표된 글들로 구성되었다. 이 연구서가 이병주 문학을 읽고 연구하는 동시대의 학자들과 후진(後陣)들에게, 소박하지만 긴요한 하나의 참고자료가 되기를 바라마지 않는다. 아울러 이병주와 관련된 여러 학술모임에서 발표하고 글과 논문을 주신 연구자들께 이 자리를 빌려 다시 한번 감사의 말씀을 드린다. 이병주 기념사업이 시작된 지도 꼭 20년의 세월이다. 한동안 어느 정도 잊히기도 했던 이 대작가의 현양 사업에 동참하여 그를 당대에 다시 돌올(突兀)하게 해준 분들과 하동군에도 깊이 감사드린다.

2022년 새봄

이병주기념사업회

차례

I 총론

이병주 문학과 역사 · 사회의식

임헌영(문학평론가)

작가와 역사의 현장

유난히 호기심 강한 대학생 동식은 우연히 구치소 부근 길에서 정교하게 만든 쥘부채 하나를 줍는다. 그 임자를 찾아나섰다가 그는 상상 밖의 한 암울한 현실적 단면에 직면한다.

두께는 2센티, "길이는 7센티나 될까, 아니면 7센티 반", "축을 중심으로 180도 일직선이 된 부분의 길이가 14센티 가량, 축에는 청실, 홍실, 검은 실로 어우른 수술이 달렸다. 부채라고 하기보단 부채를 닮은 완구. 완구라고 하기보단 마스코트의 의미가 짙은 그런 것", "섬세하고 정교한 그만큼 그 조그만 쥘부채엔 음습한 요기마저 감도는 느낌"을 주는 신비성을 지닌 채, ㅅ, ㅁ, ㅅ과 ㄱ, ㄷ, ㄱ이란 부호가 새겨져 있었다. 동식은 추적 끝에 그 의미를 알아냈다.

"신명숙, 형기 20년, 재감 17년, 출감 3년을 앞두고 병사. 스물두 살의 처녀로서 수감되어 서른아홉에 시체가 되어 나오다." 죄명은 비상조치법 위반. 애인 강덕기가 15년 전 사형을 당해 형무소에서 죽었는데 유언으로 "죽은 후에라도 명숙 씨를 사랑한다"면서 그녀의 이름을 부르며 죽어갔다고 했다. 신명숙은 무기형을 받았다가 민주당 정권 당시 20년으로 감형, 출감 3년을 앞두고 병사했다는 내용이었다. 쥘부채는 그녀가 못다한 사랑의 마스코트로 옥중에서 칫솔대를 깎아 만든 유품. 유족이 짐을 챙기다가 빠뜨린 걸 동식이 우연히 줍게 된 것이었다.

안온하게 공부나 하며 현실과 민족과 이상을 논해오던 동식에게 이 사건은 너무나 충격적인 또 다른 하나의 현실을 느끼게 했다. 그는 생각한다 ─ "소설? 어림도 없는 이야기다"고. 그러곤 "내가 살아온 세상! 이건 장난이 아닌가!"고 느낀다.

작품 「쥘부채」의 이야기는 이병주 문학을 이해하는 데 한 열쇠가 된다. 흔히 우리가 주위에서 보는 일상성의 소설들 – 조그만 생활의 파편들을 주워모아 기능공이 땜질하는 식으로 얽어놓은 사건의 전개와 아기자기함이 오늘의 현실을 이해하는 데 얼마나 미흡한가를 새삼 느끼게 하는 것이 「쥘부채」이다. 말하자면 "이건 장난이 아닌가!" 하는 그 '장난'의 수준을 넘지 못하는 많은 오늘의 소설에 대한 야유어린 비판이 이병주 문학의 출발이 된다.

그래서 문학이 가장 심오한 인생의 한 진실을 담고 있는 양 주장하면서도 정작은 가장 사소하고 시시한 지엽말단적인 일상생활 속에서의 소시민적 안존함에 머무르고 있을 때 씨는 "소설? 어림도 없는 이야기다"는 영역으로 잠입한다. 즉 소설로써도 감히 해결할 수 없는 인생과 역사의 함수관계를 부족하나마 그저 이야기로 남긴다는 자세가 바로 작가 이병주 문학의 한 출발점이 된다. 씨의 소설이 지닌 재미는 바로 이런 소재의 희귀성에서 온 경우가 많으며, 그것은 안이한 작가의 취재벽에서 온 것이 아니라 씨 자신이 역사의 격동기를 가장 현장적으로 접근하면서 살아온 생생한 관찰을 바탕으로 삼았기 때문에 독자들에게 흥미를 배가시켜줄 수 있는 것이다.

"소설은 단 1회밖엔 살 수 없는 인생을 2회 이상, 수십 회를 살아보겠다는 도저히 성공할 수 없는 꿈의 산물"(작품집 『마술사』의 「후기」에서)이라고 풀이하는 씨답게 소설이 되기엔 "어림도 없는 이야기"를, 일반 작가들이 감히 접근할 수도 없는 삶이 가장 치열하게 대결하는 현장성을 다루고 있다.

씨의 소설에서 느끼는 비소설적 요인들 – 때로는 실록인 양, 또는 신변잡기인 양, 혹은 수필이나 전기물, 논문, 고백적 일기 등등을 두루 연상할 수 있는 그 독특한 소설 구성법 역시 이런 씨의 소설관에서 이해하는 것이 빠를 것이다. 소설이란 이런 것이라는 식의 어떤 선입관도 없이 그저 그런 이야기꾼처럼 진기한 사건, 끔찍한 일, 치열한 삶 그 자체를 아무런 소설적 기교도 사용하지 않고 입담 좋게 전달하고자 하는 것이 씨의 소설이 되며, 따라서 틀에 박힌 규격화된 문단적 소설과는 엄청난 차이가 있다. 이런 문단적 규격소설의 벽을 허물어뜨린 공로로 씨는 많은 비문학적 독자층을 확보할 수 있었으며, 또한 문단적 소설의 한계를 벗어나 거대한 역사의 현장으로 작가들의 시선을 돌리게 하는 데도 간접적으로 기여했다.

그러나 씨가 관여한 소설적 역사의 현장이란 이른바 역사 그 자체에 직접 전력투구하는 식의 참여로서의 현장이 아니라 어디까지나 한 관찰자로서임을 명백히 인식해야 된다. 씨는 역사에 대한 체험적 삶과 관찰적 삶의 차이에 대하여 한 작중인물의 입을 통하여 이렇게 구별한다.

> 사람이 죽는 광경, 뿐만 아니라 어떤 비극도 아름답게 쓸 수 있는 것이 아웃사이더가 아닌가. 인사이더는 죽고 죽이고 하는 역할을 맡은 사람들이다. 그들은 그들의 의미를 모른다. 그들의 운명을 그저 살 뿐이다. 그런 만큼 충실한 삶이라고 할 수 있을지 모르지. 분신자살이 보통으로 충실한 자살방법인가. 쿠데타군에게 붙들려 참살당하는 것이 보통의 생명인가. 아웃사이더는 그처럼 열렬하게 살 순 없다. 아름다운 문장을 감상하듯 생을 감상할 뿐이다. 승리의 기쁨이 없는 대신 패배의 아픔도 없다. 승리자들이 고대광실에서 샴페인을 터뜨릴 때 아웃사이더는 누옥에 앉아 소주를 마시면 된다. (『그해 5월』 제3권, 222쪽)

현존 한국 작가 중 보기 드문 온갖 체험을 쌓았으면서도 씨는 이런 기록자로서의 아웃사이더의 철학을 터득했기 때문에 엄청난 이야기들을 가까이할 수 있었고, 또한 그런 걸 다룰 만한 인간적 성숙과 깊이를 지닐 수 있었다. 이런 뜻에서 작가 이병주는 험난한 역사의 격랑 속에서, 분단민족사의 각박한 대결 속에서, 그리고 권력과 사회의 부침 속에서 몇몇 불행한 사건을 겪은 이후로는 이 난세를 가장 행복하게(?), 아니 가장 즐겁게 살아가는 작가의 한 사람이 되었다. 모든 역사적 비극이 씨에게는 소설적 자료로 보일 뿐이며, 이를 기록할 능력을 지닌 씨는 적당한 거리를 유지한 채 그 비극적 현장을 가장 면밀하게 관찰할 수 있도록 렌즈를 알맞게 갖다대기 때문에 감히 접근해보지도 못한 작가에 비하여 행복하며, 그 비극에 의하여 희생되어간 사람들에 비하여 즐거울 수가 있는 것이 아닐까.

이처럼 행복하고 즐거울 수 있다는 것 – 역사적 비극 속에서 작가가 즐거울 수 있다는 그 자체가 과연 옳으냐는 문제는 여기서 논할 성질은 아니나, 이것은 이병주 문학을 이해하는 데 약간의 도움을 준다. 그는 승리자의 샴페인은 못 터뜨리나 누옥에서 소주가 아닌 맥주 정도는 마시는 행복을 감수하기 때문이다. 즉 씨가 체험자가 아니고 관찰자적 자세를 견지해왔다는 것은 곧 어떤 문제에 대해서나 초월적 자세(객관적 태도나 인식과는 다르다)를 취한 채 작품을 써왔다는 반증이 되기도 한다. 아무리 주인공들이 비극적인 상황에 처했더라도, 혹은 어떤 "어림도 없는 이야기"거나 민족사적 대과제일지라도, 씨는 그걸 혹은 냉소적으로, 혹은 인생론적으로, 또는 외면하듯이 그 쟁점을 차갑게 비판할 수 있는 처지가 되어버린다.

인생의 부침과 문학적 부침을 함께 체험한 씨에겐 이런 기교가 소설적으로 충분히 가능할 것이다. 그래서 체험과 지식과 인생관을 두루 관찰자적 입장에다 고착시킨 채 민족사의 그늘의 현장을 소재로 한 작품을 초월적인 시각으로 묘파해나가는 씨의 소설은 이따금 이것도 과연 소설이 될 수 있을까란 의문을 불러일으킬 정도다. 그러나 수필이냐 수기냐 하면 그건 또 아니니 아무래도 문학의 양식에서는 소설에밖에 넣을 수 없으나, 정작 곰곰 따져보면 씨의 작품은 우리들이 도식적으로 배운 그런 유의 소설과는 사뭇 다른 인생의 삶 그 자체를 가장 밀도 있게 그려주는 역사와 권력과 개인의 함수관계를 푸는 『사기』(史記)식 감동을 느끼게 해준다.

이런 씨의 소설엔 어쩌면 해설이란 게 가장 필요치 않을지 모르며, 그 소설이 곧 현실이란 인식을 독자들에게 가장 강력하게 심어줄 수 있을지 모른다.

그러나 어디에도 함몰되지 않은 채 등장인물이 민족의 해방을 고민할 땐 세계사적 입장에서 슬쩍 비판해버리고, 인류사적 관점에서 주인공이 고민하면 민족적 시각에서 슬쩍 건드리며, 계급해방을 고뇌하는 주인공에겐 인생론적 자세에서 슬며시 역공하는 등의 승부를 걸지 않은 관찰자적 세계관에 따른 씨의 작품들은 독자들의 인식태도에 따라 많은 공감과 반감을 동시에 유발할 소지가 있다.

그럼에도 불구하고 이병주 문학은 아마 분단시대의 한 중요한 몫을 담당하고 있으니, 그건 철저한 인간주의적 입장에 서 있다는 점이며, 이 점 때문에 씨의 작품은 오늘의 한국문단이나 독자들 모두가, 어떤 특수 이념에 함몰된 작가나 탈이념을 추구하는 작가거나, 민족·민중문학파나 그 반대의 순수파나, 분단 극복파나 분단 지지파나를 막론하고 누구나 일단은 거쳐야 할 우리 시대의 역사인식 방법론의 한 원형을 제시해주고 있다고 하겠다.

적어도 작가 이병주가 우리 현대사의 뒷면을 다룬 몇몇 작품들– 예컨대 「소설·알렉산드리아」나, 「쥘부채」 혹은 『관부연락선』이나 『지리산』, 『그해 5월』, 『남로당』 등등 –에서 다룬 시대적 고뇌와 민족적 비극의 접근·비판 방법을 도외시하고 어떤 문학적 현실접근 작업이 가능할 것인가. 민족·민중문학을 한대도 이런 씨의 비판의 벽을 뛰어넘을 수 있는 이론과 기교와 감동을 익힐 필요가 있을 것이며, 그 반대로 순수문학을 한대도, 그 '장난'식 인생이 아닌 치열성의 현장적 인생, 현장적 순수에의 정열을 이해하지 못한다면 사이비 순수가 될 것이다.

이런 뜻에서 이병주 문학은 우리 시대의 문학적 소재와 주제의 확대와 비약을 위한 하나의 원점이 되어야 한다고 감히 말하고 싶다. 즉 씨의 문학은 우리 민족문학사에서 하나의 완성체로서가 아니라 분단시대의 한 비극적 체험에 대한 관찰자로서, 그것도 냉전체제가 낳은 이념적 경직화가 빚은 가장 끔찍한 편견과 공정성을 위장한 반공에의 의지를 고도의 기교로 형상화한 미완성품의 자료로 외면할 수 없는 것이리라. 여기서 우리의 분단문학은 새로운 도약을 시도해야 하리라.

『지리산』의 배경

민족사적 시련을 소재로 한 이병주의 여러 소설 중 『지리산』은 그 규모에서나 소재의 희귀성과 분단의 비극이 첨예화된 사건의 증언적 요소 등등 때문에 가장 쟁점과 논의의 소지가 많은 문제작의 하나가 된다.

『지리산』의 원형은 일제 때 학병을 거부하고 지리산에 입산했던 하준수(河準洙, 작품에서는 하준규로 나오며 남로당사에서는 남도부로 나옴)에서 찾을 수 있다. 「신판 임꺽정 – 학병거부자의 수기」라는 글이 실린 것은 1946년이었다(월간지《신천지》에 연재). 8 · 15 이후 항일투쟁의 긴 시련과 고난을 증언해주는 여러 가지 신화 같은 이야기들이 쏟아져 나왔는데, 하준수의 글도 그중의 하나로 많은 독자들의 주목을 끌었다. 다루기에 따라서 에드가 스노나 존 리드의 글에 못지않은 소재들이다.

시대적 배경으로 『지리산』은 1938년부터 1956년까지 근 한 세대의 민족사를 바탕삼고 있는데 사실 이 연대야말로 식민지 – 해방 – 분단 – 민족 내분에 의한 전쟁이 연속된 격변기로, 오늘날 우리가 직면하고 있는 민족사적 모순과 갈등이 잉태한 비극의 탄생의 시대였다. 이런 과도기를 어떤 사상과 행위와 자세로 현실에 대응하느냐는 방법에 따라 『지리산』은 대충 다섯 가지 유형의 인간상을 역사 앞에 제시하고 있다.

첫째는, 극소수이긴 하나 전통적인 지주계급으로 하영근 같은 인간상을 볼 수 있다. "만석꾼의 외아들로서 인생을 시작", 성대(城大) 예과, 동경 외국어학교를 다니며 서너 개쯤의 외국어를 습득한 그는 "만 권의 책을 쌓아놓고 그 속에 병든 몸을 눕히고 있는" 철저한 방관자로 나타난다. 그 자신은 이렇게 말한다.

"전문이 없이 그저 잡박한 지식만 주워 모으고 있는 사람, 생산성 없는 지식의 소유자, 눈만 높으면서 능력이 따라가지 못하는 얼간이, 도락으로 학문이나 예술의 언저리를 빙빙 돌고 있는 사람, 말하자면 따분한 존재지"라고.

그는 병든 몸으로 서재에 묻혀 지내면서도 한국적 선비 기질과 근대적 지식인의 현실인식 태도를 두루 포용 이해하고 있기에 당대의 숨은 실력가로 이념과 사상의 색채에 관계없이 많은 추종자 혹은 이해자를 갖는다. 게다가 전통적 부르주아 계급이 지닌 관대함까지 지닌 그는 막대한 재산으로 일본 식민관료로부터 항일투사에 이르는 많은 사람들에게 물질적 혜택을 주는가 하면, 정신적 지원도 아끼지 않는다. 그렇다고 그는 비겁한 기회주의자는 아니었다. 궁지에 몰린 자기 주위의 인물들을 위해서는 엄청난 재산을 허비해가며 구출해주는 아량을 지녔으면서도 일제 때 창씨개명 명령엔 "나는 대중들의 적의는 견딜 수가 있어도 창피만은 견딜 수가 없다"면서 어떤 전형적 전통성에 입각한 선비 기질을 보인다.

해방 이후 좌익들의 위협에서도 그는 이런 태도를 보인다. 일제 때는 좌익청년들을 적극 지원해주었던 그답지 않게 백만 원을 요구하는 좌익 앞에 그는 "타협은 싫다. 항차 협박에 못이겨 행동하는 건 죽어도 싫다. 하영근이 공산당과 타협하지 않았기 때문에 죽어야 한다면 그것으로 만족이다"는 단호한 입장을 취한다. 이런 그의 태도는 그가 가장 아끼는 청년 박태영이 지리산 입산자들을 위하여 도움을 청했을 때 더 한층 명백히 나타난다.

> "그러나 박군, 그 사람들을 위해 내게 기대를 하지 말아라. 만일 그 사람들이 자수를 하고 산에서 내려오겠다면 천 명을 데리고 오건 만 명을 데리고 오건 모두 무사하도록 내가 최대의 노력을 해보겠다. 그런데 그 두 친구를 도우기 위해, 아니 산에 있는 그 상태로는 나는 약 한 봉지 보낼 생각이 없다. 일제시대 자네들이 지리산에 있을 때 친일파로서 별의별 비굴한 짓까지 할 각오를 하고 자네들을 도왔지만 이젠 사정이 달라졌어. 동족 사이의 싸움으로 싸움의 양상이 달라졌단 말이다."(「피는 피로써」)

하영근의 이런 입장은 역사를 미시적으로 보면 어느 정도의 인간미와 미덕도 갖춘 존경할 만한 것으로 평가할 소지도 없지 않다. 그러나 거시적 관점으로 역사를 볼 때는 역시 계급의식은 어쩔 수 없다는 결론으로 이어질 수도 있다. 이런 그의 인생관이 잘 나타난 것은 자신의 외동딸 윤희를 이규에게 맡기고 둘을 해방 후 프랑스 유학 보내는 것으로 입증된다. 이규 역시 비록 몰락한 집안이긴 하나 전통적 지주계급의 후예임을 볼 때, 그리고 그가 어떤 경우에도 좌익에 합세하거나, 아니면 그에 동조하지는 않을 것이란 판단 아래 이런 조처는 이루어진다. 긴 난세를 살아오면서 터득한 부르주아 계급의 가장 현명한 보신술의 실현이라고나 할까.

이규는 하영근과 가장 근사치를 보이는 인간상으로 "회색의 군상 속의 하나"

로 일관한다. 그는 지리산에 들어갔던 인물이면서도 시종 이런 회색의 자세에 머물며 역사를 적당한 거리를 두고 바라보는 삶을 체질화한다.

이런 인간상에서 우리가 느낄 수 있는 것은 표피적인 어떤 변화에도 여전히 우리 사회를 지배하고 있는 계급은 바로 이 부류의 사람들이란 점이다. 이념의 좌우나 사상의 적청(赤靑)에 관계없이 그 삶을 치열하게 장식했던 많은 사람들이 희생되어간 뒤에 남게 된 이들 인간상은 예와 다름없이 혼란기를 극복하는 유영술(游泳術)을 그 인생관과 세계관으로 삼아 현실적 이권을 다툼하고 있다는 점이다.

두 번째 『지리산』이 제기한 인간상으로는 권창혁과 같은 전형적인 지식인 계급의 속성 내지 소자산계급의 속성을 지닌 사람을 들 수 있다. 자신을 "기어 무슨 주의자라야 한다면 혹 무주의자쯤으로 해"라는 권창혁은 한때 사회주의 사상에 도취한 적이 있었으나 거기서 매력을 잃은 당대의 수준급 지식인상의 하나로 대표된다.

> "이 세상은 노동자의 것도 아니고 농민의 것도 아니고 부르주아의 것도 아니고 항차 공산당의 것도 아니고 어떤 영역, 어떤 계층에 속해 있건 보다 진실하려고 애쓰는 사람의 것이어야 한다는 사실만 믿지."(「화원의 사상」)

그는 지리산에 있었으면서도 좌경하지 않은 드문 인간상에 속하는데, 오히려 청년들에게 좌익사상의 환상성과 그 비현실성의 전파에 가장 적극적인 공세를 취하는 입장에 선다. 그렇다고 해방 후 반공대열에 앞장서지는 않는데 이에 그의 지식인적 한계가 있다. 그는 자신의 허무주의를 "생산적으로 이용할 방법"으로 "통신사에 해설위원으로 나가"는 것에 만족한다. 그의 시국관과 역사의 흐름에 대한 예견은 너무나 정확하나 그 자신은 이런 닥쳐올 비극에 대한 아무런 예방책을 가지지 않으며, 뿐만 아니라 그 차선책의 강구도 하지 않는 문자 그대로 백수의 지식인으로 머문다. 다만 그가 철저히 고수한 한 가지 원칙은 어떤 일이 있어도 남한을 공산화시켜선 안 되고, 그게 현실적으로 불가능하다는 점이다.

그는 소자산계급적 인식과, 자산계급에 예속될 수밖에 없다는 지식인적 속성을 갖춘 전형성으로 이해될 수 있으며, 이는 그가 바로 하영근의 식객임에서 더한층 명백해진다. 말하자면 하영근과 권창혁의 두 인물로 대표되는 인간상이야말로 과도기를 극복하고 분단시대를 지배하는 전형적인 계급임을『지리산』은 보여준다 하겠다.

이규의 급우요 반장으로 인기 있었던 김상태도 이런 부류의 인간상이다.

세 번째 인간상은 현실 속에서 절대다수를 점하고 있는 지극히 평범한 인물들로 시류에 따라 항상 지지와 복종과 찬성만 하며 살아가는 군상들이다. 이들은 일제 아래서는 친일행위를 서슴없이 하며, 후엔 좌익 타도에 앞장서는 행동적 인간상임과 동시에 역사적 안목과 세계관에서는 다소 맹목적인 측면이 없지 않은 계층이다.『지리산』에서는 이런 인간상이 이규의 동창이었던 주영중으로 대표된다. 일제 때 학생보국회에 가담했던 주영중은 유도부의 얼굴로 친우들 사이에 알려졌으며, 이들은 검도부의 박한수를 비롯한 한 세력을 형성한다. 해방후 이들은 국방경비대에 들어가며, 이로써 급우들 간에도 이념적 대립은 뚜렷해지게 되는데 그 뿌리가 소년시절부터 자라온 깊은 이유로 하여 화해의 가능성이 매우 엷어짐을 알 수 있다. 이런 이념 이전의 인생관이나 삶의 자세의 차이에서 빚어진 갈등상은 동경제대에서 조선사를 전공하던 수재 정준영의 "일본이 이기건 지건 지금의 형편엔 관계없는 일 아뇨. 나는 나 혼자 잘난 척하기 싫어서 지원(학병)했소"라는 자기모순과 민족사적 냉소주의에 분개하는 박태영의 반응에서 선명하게 읽을 수 있다.

굳이 따진다면 하영근이나 권창혁·이규·김상태와 같은 인간상이라면 이념과 세계관의 차이가 아무리 깊다고 해도 민족과 역사의 진로에 대한 논의와 서로간의 이해의 공감대를 형성할 수가 있다고 하겠다. 그러나 주영중이나 박한수의 인간상에 이르면 이미 그런 논의의 차원에까지도 이르기 전에 본능적 반감과 주먹이 앞서 나가는 지경으로 전락하며, 이런 대립상이 곧 우리의 해방 후 민족사의 현장이었음을『지리산』은 증언한다. 그러나『지리산』에서는 주영중 같은 인간상이 어떤 극한적인 이념적 대립 속에서도 관용과 인간미를 잃지 않은 것으로 기록하고 있는데 이는 민족적 동질성의 추구를 위한 좋은 예가 될 것 같다. 그러나 현실은 오히려 주영중식 관용보다는 증오의 늪에서 헤어나지 못하는 비극적 상황으로 나타났으며, 『지리산』은 바로 이런 분단화 과정을 계급적 시각에서 파헤치고 있다. 따라서 이규를 둘러싼 친우들의 삽화와 같은 이야기는 단순한 소년기의 추억담이 아니라 역사의 근본 뿌리를 형성하는 중요한 계기가 되며 또 해방후의 비극을 예견하는 문학적 통찰이기도 하다.

여러 유형의 인간상들

이제 시선을 『지리산』의 본령인 좌경적 인간상으로 돌려야 할 차례가 되었다.

위에서 본 세 가지 유형의 인간상은 일제하에서 항일적 신념을 가졌던 부류와 친일을 한 인간상이 두루 혼합되어 있음을 알 수 있다. 그런데 『지리산』에 나타난 좌경적 인간상은 거의 항일을 그 이념의 출발로 삼고 있음을 느끼게 한다. 즉 소년기 때 일제의 학정을 피해 지리산으로 들어갔던 강태수나, 학병을 거부하고 입산한 하준규 · 박태영을 비롯한 보광당 거의 전부가 초기엔 아무런 사상적 경향을 띠지 않았다. 이 점은 항일 독립투쟁시대 때의 사상사적 성향에 대한 연구에도 많은 참고가 되는 사항으로, 굳이 말한다면 민족해방투쟁의 방법론으로 제기되었던 가장 적절한 것의 하나가 이념적 결속을 다진 것으로 이 소설에서는 나타난다.

무력 · 평화 · 합법 · 비합법 · 공개 · 비공개 등 모든 방법을 동원하여 투쟁해야만 되었던 식민지시대 아래서의 정황은 그 체질상 사회주의적 경사에로의 매력을 느끼게 했을 것이며, 특히 이 점은 앞에서 본 세 가지 유형의 인간상들 속에서 찾아보기 쉬운 우유부단성 내지 민족해방투쟁에 대한 소극적 대응책이나 인정주의적 학수고대파에 실망한 나머지 빠져들기 쉬운 순수한 애국심의 한 표현방법일 수도 있었다.

게다가 8 · 15 직후 지리산에 있었던 이현상의 빠른 대책에 그대로 빨려들어

간 이들 항일투사들은 곧바로 해방정국에서 좌익으로 떨어지고 만다. 물론 『지리산』에서는 권창혁이나 하영근에 의한 박태영의 사상적 전환권고 노력이 집요하게 묘사되고 있으나 이미 계급의식에 눈을 떠버린 그에게는 어떤 설득도 불가능했음을 작품 전편을 통하여 보여주고 있다. 물론 그렇다고 『지리산』 입산파가 모두 요지부동의 공산주의자였던 것은 아니다. 박태영만 해도 그 최후는 비공산주의로 막을 내렸고, 그 밖의 많은 빨치산들이 농도의 차이는 있으나 가장 비극적인 상황에서 인생관에 대하여 회의를 품었던 것으로 기록되어 있다(물론 이 점은 사실과 다를 수도 있으나 일단 작가가 그렇게 보고 있다).

이런저런 상황을 감안할 때 『지리산』에 등장하는 공산주의자는 분단이후 우리의 소설문학에서 볼 수 있는 숫자적으로나 그 지적 · 투쟁적 수준으로나 가장 많고 높은 차원의 인간상을 다루고 있음을 부인할 수 없다. 우선 박헌영을 비롯한 역사적 실명인물이 수십 명 생생한 사실적 자료로 등장하며, 이름만 바뀐 인물도 하준수를 비롯해 상당수 등장한다. 이 여러 공산주의자들은 그 출신성분이나 지적 · 교육적 배경과 수준이 모두 다르나 『지리산』에서는 한 가지 공통성을 지닌 인간상으로 부각시킨다. 그것은 당에 대한 철저한 충성이다. 이 가장 중요한 관문을 통과하지 못한 지식인 공산주의자는 이 세계에서 영원한 이방인일 수밖에 없었다.

작가의 서술에 의하면 하준규나 박태영은 이 점에서 철저한 반당분자로 평가되고 있는데, 이것은 역사적 사실과 얼마나 일치하는가란 의문을 남길 소지가 없지 않다. 그러나 이런 차원의 것은 일단 역사학 분야나 사회주의 운동사 쪽으로 그 과제를 돌리고 여기서는 다만 『지리산』을 하나의 소설로 보고, 이 작품에 등장하는 특이한 공산주의적 인간상을 간략히 살펴보기로 하자.

네 번째 유형의 『지리산』 인간상으로 꼽을 수 있는 것이 이른바 항일투쟁 – 좌경화 – 건준 혹은 남로당 가입 – 월북 혹은 지하활동 – 6 · 25참전 – 확신과 신념에 의한 비극적 종말이라는 도식에 해당하는 인간상이다. 물론 여기서 '비극적 종말'이라는 표현은 이 작가나 필자의 관점에서 평가한 것이며, 아마 그 당사자들은 영웅적 종말이라고 할지도 모른다. 왜 이 점을 굳이 따지느냐 하면, 이 계열의 인간상이란 그만큼 자기 신념에 입각한 삶을 살았기 때문에 그런 삶에 동참하지 않은 사람에 의한 관찰자적 평가가 오히려 객관성을 잃을 염려까지 있다는 점을 상기시키고 싶다는 생각에서이다.

적어도 작품에 나타난 것으로는 대부분의 좌익계통 인물들은 이 부류에 속한다. 위로는 불행하게 최후를 마친 실명인물 이현상부터 아래로는 철없던 소녀 정순이에 이르기까지, 이북에서 온 사람이나 이남에서 입산한 자나 누구든 이런 유형에서는 거의 예외가 없었다. 특히 이런 확신과 신념에 의한 행위가 적나라하게 나타난 것은 끝부분인 지리산에서의 고난에 찬 생활의 연속 속에서 더 한층 분명해진다. 물론 많은 이탈자가 생겼으나『지리산』의 등장인물은 거의가 맹목적 신념을 지닌 인간상이었다.

이에 비하면 다섯 번째의 인간상, 공산주의자이면서도 그 규칙에 적응할 수 없는 체질적 회의주의자 혹은 자유주의자적 성향의 인간상은 극소수밖에 안 된다.『지리산』에서는 고작 하준규와 박태영이란 주인공 두 사람 정도라고나 할까.

이 부류의 인간상은 일제 때 항일을 격렬하게 주도하는 것부터 차츰 사회주의 사상에 물들어가서 해방 이후 그 방면으로 몸을 담아간 것까지는 위의 네 번째 인간상과 조금도 다를 바 없다. 그러나 해방 이후의 여러 좌익적 투쟁 과정 속에서 이들은 맹목적인 확신을 갖기엔 너무 지식이 깊었고 그렇다고 자신이 우두머리가 되기엔 또한 뭔가 부족한 점이 수두룩했다. 그래서 당의 명령에 맹종도 못하고 그렇다고 당의 노선을 수정할 힘도 없는 입장에서 피동적으로 끌려다니는 형국이 되어버렸으며, 이는 결국 네 번째 유형의 인간상보다 더 비참한 최후를 마치게 된다. 즉 네 번째 인간상은 자신이 자기확신의 이상을 위하여 투쟁 속에 죽는다는 자기만족이라도 있었으나, 이 계열의 인간상은 자기 자신이 숙명적으로 불행할 수밖에 없다는 전제 아래 자신이 희구하는 이상적 세계가 아닌 다른 사람의 이상적 세계의 건설을 위한 투쟁에 동원되었다는 억울함을 절감하면서 죽어갔다. 객관적으로야 어쨌건 당사자 스스로가 불행을 느꼈다는 점에서 네 번째 인간상과 매우 대조적이다.

구체적으로 말하면 박태영은 8·15 이후 짧은 당생활을 통하여 이내 실망하고 혼자만의 소영웅적 투쟁과 업적을 쌓았으나, 6·25 점령하에서 도리어 궁지에 몰리는 처지가 되며, 이로부터의 도피처로 빨치산이 된다. 입산 이후에도 그는 남 못지않은 투쟁을 전개했으면서도 끝내 당원이나 간부로 승격되지 못한다. 당에의 회의와 당의 중요성을 무시했기 때문이다. 그러면서도 그는 지리산 최후의 빨치산이 되고자 노력했으며, 이런 그의 소망은 이루어졌고, 반당적인 그의 의지는 8명의 빨치산을 자수시키는 공로까지 세우나, 그 자신은 끝내 지리산을 버리지 못하고 지내다가 사살당한다.

하준규 역시 해방 직후 지리산에서의 투쟁 때부터 당조직과 껄끄러운 관계가 계속되었고, 이로 말미암아 그는 북한으로 소환까지 되었으나 너무나 혁혁한 그의 공적과 능력 때문에 재차 남파되어 무력투쟁을 전개했다. 작가는 후반부에 가서는 하준규보다 박태영의 생활에 더 많은 시선을 주는데, 아마 이 점은 자료 탓이 아닐까 싶다. 어쨌건 하준규도 박태영과 큰 차이 없이 투쟁 그 자체엔 흥미와 사명감을 느꼈을지 모르나 당에 대한 신뢰와 절대복종이란 측면에서는 부정적인 평가를 받았던 것을 느낄 수 있다.

이처럼 두 가지의 공산주의자적 인간상을 보면 외견상으론 매우 비슷한 것 같으면서도 내면적으로는 엄청난 차이가 있어, 만약 다섯 번째와 같은 유형의 인간상이 지휘자가 되면 도저히 당과 현실적 투쟁의 과업 앞에 대업을 이룩하기 어렵다는 느낌이 든다. 왜냐하면 투쟁현장 감각과 당에서 바라보는 관점과 투쟁평가 기준이 너무나 다르기 때문이다. 『지리산』에서 박태영은 수백 명의 빨치산이 30명도 못 될 만큼 막바지에 이르렀을 때 화선입당(火線入黨)을 강요받는다. 해방 직후 출당조치를 받은 후 그는 개인적으로 활동을 해왔으면서도 재입당 권유를 거절했던 것이다. 영광스럽게 이 제의를 접수해야 될 입장이었는데 박태영은 차갑게 말한다 ― "나라에 대한, 인민에 대한 충성심은 가질 수 있어도 당에 대한 충성심은 가질 수 없다고 생각했기 때문"이라고.

당을 무시한 공산주의 투쟁의 결과가 빚은 비극으로서의 하준규와 박태영의 이야기가 바로 『지리산』의 주제라고 해도 좋을 것이다. 따라서 이들의 시선에는 당명에 복종만 하는 공산주의자들은 잔학하고 냉혹하며 비인간적인 인간사냥꾼으로 보였으며, 권력과 지배욕의 야심만으로 움직이는 인간동물로 비쳤을 것이다. 이들의 이상적인 투쟁방법이란 일제 식민지 아래서 목가적으로 여유 있게 투쟁했던 저 보광당 시절이었고, 이 추억에 대한 회상은 소설 전편에 걸쳐 가끔 나온다. 작가의 공산주의 비판안 역시 바로 이 점에 고착되어 있다. 즉 어떤 이상과 목표를 위해서도 절대권력이나 무오류의 이론에 의한 명령과 획일주의적 체제엔 지지를 보낼 수 없다는 것이다.

"희망이라면 꼭 한 가지가 있소. 지리산 빨치산 가운데서 마지막으로 죽는 빨치산이 되고 싶소"라던 박태영은 소원대로 1955년 8월 31일 사살당했고, 하준규는 이보다 앞서 1월 대구 시내에서 체포되었다. 이로써 보광당 계열 지리산 입산자는 파리로 유학을 떠난 이규나 권창혁 같은 자유주의자가 아닌 좌익계열에 가담했던 모든 사람은 지상에서 완전히 사라진다. 어떤 공산주의자건, 설사 그것이 다섯 번째 유형의 인간상일지라도 우리의 현실은 용납할 수 없었던 것이다.

공산주의에 대한 입장

『지리산』은 가장 격동이 심한 시대를 배경삼아 그 격동의 현장을 다뤘기 때문에 역사적 사건의 평가나 관점에 대한 다양한 모습을 제시해주고 있다. 일제하에서는 창씨개명 사건에 대한 작중인물들의 의견과, 예방구금법을 비롯한 친일 유명인사의 행위에 대한 논평, 독일의 프랑스 침공, 스페인 내란, 일본 공산당의 움직임, 그 밖에도 문학, 교육제도, 군국주의 철학, 미국관, 농촌문제, 지도자상, 건준과 인공, 그리고 분단에 이르는 과정, 과격폭동, 소시민적 부르주아 의식, 혁명적 인간상, 당시의 서대문 형무소 풍습 등등 사회사적인 모든 문제가 삽화적으로 제시되어 있다. 이런 여러 가지 역사적 사건에 대한 작가의 의견 개진은 물론 궁극적으로 반공을 위한 기초 자료를 위한 것인데, 특히 여순반란사건과 러시아혁명, 제주반란사건을 분석하면서 내린 결론 같은 것은 다른 어떤 작가에게서도 볼 수 없는 역사적 혜안을 느끼게 한다.

이런 일련의 민족운동사상사적인 입장에서의 사회주의 투쟁에 대한 평가와 반공사상의 천착은 실로 작가 이병주만이 해낼 수 있는 우리 세대 최고의 이념적 정치소설의 성공사례로『지리산』을 읽지 않을 수 없게 한다.

작가는『지리산』전편에 걸쳐 반공의식을 다각적으로 검토하는데, 그 방법은 ① 사회주의의 이론적 오류 지적, ② 그 이론이나마 혁명수행 과정에서 제대로 안 지켜지는 예, ③ 사회주의 혁명수행 과정과 수행 이후의 현실적 괴리현상, ④ 특히 이런 세계사적 보편성 이외에도 가장 왜소화한 한국적 공산주의 사상의 편협성과 비민주성, ⑤ 이와 관련된 비자주성과 반민중성으로서의 한국 공산주의 운동의 실상 폭로, ⑥ 그중 박헌영을 비롯한 일파의 비리라는 여섯 단계로 나눠 차근차근 풀어나간다.

이 가운데 유독 우리의 시선을 끄는 대목은 같은 공산주의이면서도 왜 한국적 공산주의에 대한 자조어린 비판이 나와야 하는가 하는 사실이다. 당대의 해박한 지식인인 권창혁의 입을 통해 공산주의의 오류는 이렇게 지적된다.

> "폭력행위와 파괴행동을 불사하고까지 혁명을 일으키려고 할 땐 그 조직은 더할 수 없이 효과적이고 강력한 조직인데 일단 혁명이 끝나고 보면 그런 조직은 갖가지의 무리를 동반하지 않을 수 없거든. 말하자면 평화시에 전투적인 조직을 온존하자니까 별의별 무리가 안 생기겠나. 인민을 위한 당이란 것이 그 자체의 조직을 위한 당이 되어버린 거지. 그러니까 제일의적인 뜻으로 말하자면 그 조직이 강해질수록 그만큼 타락한 셈으로 되지. 결론적으로 말하면 적을 타도하기 위한 조직으로선 공산당이 제일등의 조직일는지 모르지만 백성을 잘 다스리기 위한 조직으로선 위험하기 짝이 없는 조직이라고 단정할 수가 있어."(『바람과 구름과 비』)

이어 권창혁은 말한다. "자네 공산당의 조선판을 상상해보게. 규모가 작은 그만큼 소련 공산당의 악을 몇십 배한 어처구니없는 양상으로 나타날 것이 아닌가"라고.

이런 관점은 나중 지리산을 헤매던 박태영의 "조선놈은 공산당을 할 자격조차 없다"는 독백 속에서도 되살아난다. 이런 그의 감정은 해방 후 서울에서의 "공산주의에 실망한 것이 아니고 박헌영이 이끄는 조선 공산당에 실망했다"는 말을 떠올리게도 해준다.

이런 한국적 공산주의에 대한 실망은 지리산 입산 후 하준규를 비롯한 옛 보광당과 당정치위원 간의 마찰이 가장 심한 상처로 남는 데서 싹튼다. "당신은 당, 당 하는데 당이 우리에게 해준 것이 뭣이 있소. 총 한 자루 탄환 한 개 보급해줬소? …… 정치위원이 나타나서 한 일이 뭐요. 대원들 상호간에 불신을 심으려고 했소"라는 하준규의 분노로 짐작할 수 있다.

말하자면 일제 식민지 아래서 지하당원으로서 조직활동을 해보지 않은 인간상으로서의 하준규와 박태영은 해방 이후에도 끝끝내 당의 오류만 느낄 뿐 그 존재를 긍정적으로 평가할 수가 없었다. 다만 당을 무시한 채 개인적 능력만을 믿고 자기 나름대로의 혁명에 투신해간 소영웅주의적 인간상이라고나 할까. 물론 하준규는 당원으로 죽었으나, 외형적인 이 사실만으로 그가 당의 절실성을 느꼈다고는 볼 수 없는 것이 어느 전투에서도 항상 옛 지리산 동지를 생각했고 체포되는 순간까지도 박태영을 찾았던 것으로 미뤄 짐작할 수 있다.

이들 『지리산』의 주인공 두 사람이 당을 떠난 공산주의 투사였다는 점은 우리 소설문학에서 도식적으로 적용해오던 반공소설의 벽을 허물어뜨린 업적인 동시에 역사를 보다 근본적으로 파헤치는 계기가 되기도 한다. 이 점은 곧 『지리산』이 비록 한국적 공산주의 운동의 실패를 전제로 삼은 예견된 반공소설이면서도, 그 투쟁방법이나 혁명가상의 창조에서 생동감을 느낄 수 있다는 사실에서 긍정적인 평가를 내리게 한다.

멀리로는 3·1운동에 대한 운동사적 방법론 비판, 동맹휴교, 학병, 국대안 반대, 10월 파업, 경찰서 습격사건 등등으로 이어지는 이른바 폭동과 혁명방법론에 대한 천착은 실로 세계의 모든 혁명문학사에서도 찾아보기 그리 흔하지 않은 실록적 요소와 감동을 동시에 느끼게 해준다.

"오늘 한 되의 피를 흘리면 장차 한 말의 피를 아낄 수가 있어"라는 싸늘한 혁명론으로부터 "남한에 있어서의 갖가지 좌익운동은 그 자체로서 혁명 성취에 직접 접근하려는 것이 아니고, 모스크바에 보여주기 위한 일종의 전시효과를 노리는 것"이라는 비판론까지 『지리산』은 다각적인 혁명 방법론을 제시 분석한다.

이런 역사적 비극의 뿌리를 다루면서 이 작가는 어떤 극한적인 투쟁 속에서도 인간은 인간일 수밖에 없으며, 그래서 어떤 상황에서도 그 비극은 예방될 수 있다는 굳은 신념을 작품 전면에 깔고 있다. 즉 지리산 입산파의 하준규와 중학 동창인 함양 경찰서장이 단독회담을 한 사건이라든가, 지리산에서 갑자기 조우한 경찰과 빨치산 일대가 서로의 희생을 줄이기 위해 협상을 벌여 전투를 회피한 사건, 그리고 주영중의 빨치산에 대한 관대한 조처 등등은 "동족끼리의 싸움이기 때문에 더욱 비참하고 동족끼리의 싸움이기 때문에 뜻밖인 정이 오갈 수도 있다"는 분단 극복을 위한 민족 동질성의 가능성에 대한 낙관론의 전개라고 하겠다.

『지리산』은 많은 문제점을 포용하면서도 그러나 역시 아직은 우리 세대가 풀어야 할 민족사적 과업에 대하여 한 가닥 해결의 실마리를 제시할 뿐 그 근원적인 방법론의 모색은 천착의 여지로 남겨두고 있다. 이제 우리의 분단문학은 어쩌면 『지리산』을 원점으로 하여 처음부터 다시 시작해야 할지 모른다. 그만큼 이 소설은 이제까지 다루어왔던 본격적인 이념·투쟁소설에서 그 핵심을 건드린 진지성으로 평가해야 될 것이다. 그 관점이나 역사적 평가는 차치하고라도 이 점 하나로도 『지리산』은 오래도록 우리의 기억에 남을 것이다.

반성과 성찰, 이병주 문학의 역사의식

「소설 · 알렉산드리아」와 『관부연락선』을 중심으로

김종회(문학평론가)

1. 머리말

작가 이병주는 1921년 경남 하동에서 출생하여 일본 메이지대학 문예과와 와세다대학 불문과에서 수학했으며, 진주농과대학과 해인대학 교수를 역임하고 부산 국제신보 주필 겸 편집국장을 역임했다. 1992년에 타계했으니 유명을 달리한 지 28년이 지났다. 마흔네 살의 늦깎이 작가로 출발하여 한 달 평균 200자 원고지 1천 매, 총 10만여 매의 원고에 단행본 80여 권의 작품을 남긴 이병주 문학은, 그 분량에 못지않은 수준으로 대중 친화력을 촉발했다. 그와 같은 대중적 수용은 한 시기의 '정신적 대부'로 불리는 영향력을 발휘했고, 이 작가를 그 시대에 있어서 보기 드문 면모를 가진 인물로 부상시키는 추동력이 되었다.

이상에서 거론한 이력이 그가 40대에 작가로 입문한 이후 겉으로 드러난 주요한 삶의 행적이다. 그러나 그 내면적인 인생유전은 결코 한두 마디의 언사로 가볍게 정의할 수 없는 험난한 근대사의 굴곡과 함께 했다. 기실 이 기간이야말로 일제 강점기로부터 해방공간을 거쳐, 남과 북의 이데올로기 및 체제 대립과 6 · 25동란 그리고 남한에서의 단독정부 수립 등, 온갖 파란만장한 역사 과정이 융기하고 침몰하던 격동기였다. 그처럼 극적인 시기를 관통하며 지나오면서, 한 사람의 지식인이 이렇다 할 상처 없이 살아남기란 애초부터 불가능한 일이었다고 할 수 있다.

지금까지 알려져 있는 그의 삶은 몇 편의 장편소설로 씌어질 만한 것인데, 그러한 객관적 정황 속에서 글쓰기의 능력을 발동하여 그는 우리 근대사에 기반을 둔 역사 소재의 소설들을 썼다. 그런 만큼 이러한 성향으로 그가 쓴 소설들은 상당 부분 자전적인 체험과 세계인식의 기록으로 채워져 있다. 특히 데뷔작 「소설 · 알렉산드리아」와 『관부연락선』은 이 유형의 대표적인 작품이라 할 만하다. 이병주에 대한 연구는, 이 작가의 작품이 높은 대중적 수용도를 보인 바에 비추어 보면 그렇게 활발하게 이루어지지 못했다. 그러나 그의 사후 10년이 되던 2002년부터 기념사업이 시작되고 2007년부터 본격적이고 국제적인 기념사업회가 발족한 이래 다양한 연구가 시작되어 오늘에 이르렀다.

그간의 연구 성과는 대개 세 부분으로 나눌 수 있는데, 작가 연구, 장편소설 『지리산』 연구, 작품 연구 등이 그 항목이다. 작가 연구는 이병주의 작품 세계 전반에 대한 연구를 말하며, 『지리산』 연구는 대표작 『지리산』에 연구가 집중되어 있는 현상을 말하고, 작품 연구는 여러 다양한 작품들에 대한 개별적인 연구를 말한다. 작가 연구에 있어서는 작품의 역사성과 시대성, 사회의식 및 학병 세대의 세계관과 관련된 연구들이 주를 이루고 대표적 연구로는

이보영[2], 송재영[3], 이광훈[4], 김윤식[5], 김종회[6], 송하섭[7], 강심호[8], 이형기[9] 등의 글

1) 이병주기념사업회는 김윤식 · 정구영을 공동대표로 2007년에 발족하여 전집 발간, 이병주하동국제문학제 개최, 이병주국제문학상 시상, 이병주문학 학술세미나 등의 행사를 시행해 왔다.

2) 이보영, 「역사적 상황과 윤리-이병주론」, 《현대문학》, 1977. pp. 2~3.

3) 송재영, 「이병주론-시대증언의 문학」, 『현대문학의 옹호』, 문학과지성사, 1979.

4) 이광훈, 「역사와 기록과 문학과…」, 『한국현대문학전집 48』, 삼성출판사, 1979.

5) 김윤식, 「작가 이병주의 작품세계-자유주의 지식인의 사상적 흐름을 대변한 거인 이병주를 애도하며」, 《문학사상》, 1992. 5.
_____「'위신을 위한 투쟁'에서 '혁명적 열정'에로 이른 과정-이병주 문학 3부작론」, 『2007 이병주하동국제문학제』, 이병주기념사업회, 2007.

6) 김종회, 「근대사의 격랑을 읽는 문학의 시각」, 『위기의 시대와 문학』, 세계사, 1996.

7) 송하섭, 「사회 의식의 소설적 반영-이병주론」, 『허구의 양상』, 단국대학교출판부, 2001.

8) 강심호, 「이병주 소설 연구-학병세대의 내면의식을 중심으로」, 서울대학교 국어국문학과, 《관악어문연구》 제27집, 2002.

9) 이형기, 「지각 작가의 다섯 가지 기둥-이병주의 문학」, 『나림 이병주선생 10주기기념 추모선집』,

이 주목할 만하다. 이 글들은 이병주의 세계를 총체적 시각으로 살펴보면서, 그 것의 통합적 의미를 추출하는 데 주안점을 두고 있다.

『지리산』연구에 있어서 대표작『지리산』을 중점적으로 다룬 것으로 임헌영[10], 정호웅[11], 정찬영[12], 김복순[13], 이동재[14] 등의 글이 주목할 만하다. 이 글들은『지리산』이 좌 우익 이데올로기의 상충을 배경으로 당대를 살았던 곤고한 젊은 지식 인들의 내면 풍경과, 지리산으로 들어가 파르티잔이 될 수밖에 없었던 이들의 정 황을 소설적 이야기와 함께 추적하고 있다. 그 외의 작품 연구에 있어서는, 무려 80여권에 달하는 이 작가의 방대한 세계 중에서도 문학성이 뛰어난 작품들을 다 룬 것으로 김주연[15], 이형기[16], 김외곤[17], 김병로[18], 이재선[19], 김종회[20], 이재복[21], 김인

나림이병주선생기념사업회, 2002.

10) 임헌영,「현대소설과 이념문제-이병주의『지리산』론」,『민족의 상황과 문학사상』, 한길사, 1986.

11) 정호웅,「지리산론」, 문학사와비평연구회 편,『1970년대 문학연구』, 예하, 1994.

12) 정찬영,「역사적 사실과 문학적 진실-『지리산』론」, 문창어문학회,《문창어문논집》제36집, 1996. 12.

13) 김복순,「'지식인 빨치산' 계보와『지리산』」, 명지대학교 부설 인문과학연구소,《인문과학연구논집》제22호, 2000. 12.

14) 이동재,「분단시대의 휴머니즘과 문학론-이병주의『지리산』」, 한국현대소설학회,《현대소설연구》제24호, 2004. 12.

15) 김주연,「역사와 문학-이병주의「변명」이 뜻하는 것」,《문학과지성》제11호, 1973년 봄호.

16) 이형기,「이병주론-소설『관부연락선』과 40년대 현대사의 재조명」, 권영민 엮음,『한국현대작가 연구』, 문학사상사, 1991.

17) 김외곤,「격동기 지식인의 초상-이병주의『관부연락선』」,《소설과사상》, 1995. 9.

18) 김병로,「다성적 서사담론에 나타나는 현실인식의 확장성 연구-이병주의「소설 · 알렉산드리아」를 중심으로」, 한국언어문학회,《한국언어문학》제36집, 1996. 5.

19) 이재선,「이병주의「소설 · 알렉산드리아」와「겨울밤」」,『현대한국소설사』, 민음사, 1996.

20) 김종회,「한 운명론자의 두 얼굴-이병주의 소설「소설 · 알렉산드리아」에 대하여」, 나림이병주선생 12주기 추모식 및 문학강연회 강연, 2004. 4. 30.

21) 이재복,「딜레탕티즘의 유희로서의 문학-이병주의 중 · 단편 소설을 중심으로」, 나림이병주선생 13주기 추모식 및 문학강연회 강연, 2005.

환[22], 이광훈[23], 임헌영[24], 정호웅[25], 조남현[26], 김윤식[27] 등의 글이 주목할 만하다. 이 글들은 단편에서 장편에 이르기까지 다양한 문학적 관심을 유발한 작품들을 분석 비평하고 있으며 그 각기의 소설적 가치를 추출하고 검증해 보인다.

이병주의 작품 세계가 광활한 형상으로 펼쳐져 있는 만큼, 작가 작품론도 큰 부피의 형식적 구분만 가능할 뿐 일정한 유형에 따라 조직적인 전개를 보이지 못한 것이 사실이다. 특히 여기서 서술하려하는 '역사의식'의 성격에 관해서는, 연구사에 있어 유사한 사례를 찾기 어렵다. 그동안 그의 작품이 가진 역사성과 그것의 소설적 담론화에 대한 주목이 중심을 이루어온 데 비추어 이를 근본적 의식의 발현이라는 측면에서 살펴보는 효용성을 가진다고 보며, 그런 점에서 역사의식의 본질과 성격을 구명하는 일이 일정한 의의를 가진다고 할 수 있을 것이다.

여기에서는 그와 같은 작가 이병주에 대한 인식을 바탕으로, 그의 소설문학에 나타난 역사의식의 성격을 고찰하고 규명하는 데 목표를 둔다. 이를 위해 먼저 작가의 전반적인 작품세계의 전개와 그 경향 및 의미에 대해 살펴본 다음, 데뷔작인 중편 「소설 · 알렉산드리아」및 장편소설 『관부연락선』[28]을 중심으로 그의 역사의식이 어떻게 실제의 작품에 나타나고 있는지를 살펴볼 것이다. 이 글은 필자의 비평문 「근대사의 격랑을 읽는 문학의 시각」(『위기의 시대와 문학』, 세계사, 1996)을 바탕으로 이를 보완하여 다시 작성된 것임을 밝혀둔다.

---

22) 김인환, 「천재들의 합창」, 『그 테러리스트를 위한 만사』, 한길사, 2006.

23) 이광훈, 「행간에 묻힌 해방공간의 조명」, 『산하』, 한길사, 2006.

24) 임헌영, 「기전체 수법으로 접근한 박정희 정권 18년사」, 『그해 5월』, 한길사, 2006.

25) 정호웅, 「망명의 사상」, 『마술사』, 한길사, 2006.

26) 조남현, 「이데올로그 비판과 담론 확대 그리고 주체성」, 『소설 · 알렉산드리아』, 한길사, 2006.

27) 김윤식, 「이병주의 처녀작 『내일 없는 그날』과 데뷔작 「소설 · 알렉산드리아」 사이의 거리재기」, 《한국문학》, 2007년 봄호.

28) 이병주의 장편소설 『관부연락선』은 1972년 신구문화사에서 간행되었으나, 여기에서는 2006년 한길사에서 발간된 『이병주 전집』전 30권 중 『관부연락선』(2권)을 저본으로 한다.29) 김종회, 「근대사의 격랑을 읽는 문학의 시각」, 『위기의 시대와 문학』, 세계사, 1996, p.216.

2. 역사의식의 경향과 그 의미

이병주의 데뷔작 「소설 · 알렉산드리아」를 읽고 그 독특한 세계와 문학성에 놀란 여러 사람의 글을 볼 수 있다. 뿐만 아니라 그로부터 40여 년이 지난 오늘에 그 작품을 다시 읽어 보아도 한 작가에게서 그만한 재능과 역량이 발견되기는 참으로 쉽지 않은 일이겠다는 독후감을 얻을 수 있다. 산뜻하면서도 품위 있게 진행되는 이야기의 구조, 낯선 이국적 정서를 작품 속으로 끌어들여 쉽게 접근할 수 있도록 용해하는 힘, 부분 부분의 단락들이 전체적인 얼개와 잘 조화되면서도 수미 상관하게 정리되는 마무리 기법 등이 이 한 편의 소설에 편만(遍滿)하게 채워져 있었다면, 작가로서는 아직 무명인 그의 이름을 접한 이들이 놀라는 것은 무리가 아니었다.

작가는 자신의 문학적 초상에 관해 서술한 글에서, 이 작품을 두고 '소설의 정형'을 벗어난 것이지만 그로써 소설가로서의 자신이 가진 자질을 가늠할 수 있었다고 적었는데, 미상불 그 이후에 계속해서 발표된 「마술사」, 「예낭 풍물지」, 「쥘부채」 등에서는 소설적 정형을 온전히 갖추면서도 오히려 그것의 고정성을 넘어서는 창작의 방식을 보여 주기 시작했다. 이러한 초기의 작품들에는 문약한 골격에 정신의 부피는 방대한 문학청년이 등장하며, 거의 모든 작품에 '감옥 콤플렉스'가 나타난다. 이는 작가의 현실 체험이 반영된 한 범례이며 향후 지속적으로 그의 소설 구성에 있어 하나의 원형이 된다.[29]

이 초기의 단편에서 장편으로 넘어가는 그 마루턱에서 작가는 『관부연락선』을 썼다. 일제 말기의 5년과 해방공간의 5년을 소설의 무대로 하고 거기에 숨은 뒷 그림으로 한 세기에 걸친 한일관계의 긴장을 도입했으며, 무엇보다도 일제강점기의 일본 유학과 학병 동원 그리고 그 과정에서의 교유관계 등 작가 자신이 걸어온 핍진한 삶의 족적을 함께 서술했다. 그러면서 이 소설은 그 이후 더욱 확

---

29) 김종회, 「근대사의 격량을 읽는 문학의 시각」, 『위기의 시대와 문학』, 세계사, 1996, p.216.

대되어 전개될 역사 소재 장편소설들의 외형을 예고하는 이정표가 된다.『산하』
와 『지리산』 같은 대하장편들이 그 나름의 확고한 입지를 가질 수 있는 것은,『관
부연락선』에서부터 보이기 시작한 역사적이고 시대적인 사실과 문학의 예술성
을 표방하는 미학적 가치가 서로 씨줄과 날줄이 되어 교직될 수 있었기 때문이
다. 이 소설적 판짜기의 구조를 통하여, 그는 역사를 보는 문학의 시각과 문학 속
에 변용된 역사의 의미를 동시에 구현할 수 있었던 것이다.

특히 역사와 문학의 상관성에 대한 그의 통찰은 남다른 데가 있어, 역사의 그
물로 포획할 수 없는 삶의 진실을 문학이 표현한다는 확고한 시각을 정립해 놓았
다. 표면상의 기록으로 나타난 사실과 통계수치로서는 시대적 삶이 노정한 질곡
과 그 가운데 개재해 있는 실제적 체험의 구체성을 제대로 반영할 수 없다는 논
리였던 것이다. 그런데 문제는 그가 남겨 놓은 이와 같은 값있는 작품들과 문학
적 성취에도 불구하고, 당대 문단에서 그에 대한 인정이 적잖이 인색했으며 또
한 그의 작품세계를 정석적인 논의로 평가해 주지 않았다는 데 있다. 물론 거기
에는 그것대로의 원인이 있다.

그가 활발하게 장편소설을 쓰기 시작하면서 역사 소재의 소설들과는 다른 맥
락으로 현대사회의 애정 문제를 다룬 소설들을 또 하나의 중심축으로 삼게 되
었는데, 이 부분에서 발생한 부정적 작용이 결국은 다른 부분의 납득할 만한 성
과마저 중화시켜 버리는 현상을 나타냈던 것으로 볼 수 있다. 지나치게 대중적
인 성격이 강화되고 문학작품이 지켜야 할 기본적인 양식의 수위를 무너뜨리는
경우를 유발하면서, 순수문학에의 지구력 및 자기 절제를 방기하는 사태에 이
른 경향이 약여(躍如)했던 것이다. 여기에는 그 예증으로 열거할 만한 작품이 많
이 있다. 그러나 이러한 부정적 측면을 제하여 놓고 살펴보자면, 우리는 여전히
그에게 부여되었던 '한국의 발자크'라는 별칭이 결코 허명이 아니었음을 수긍
할 수 있다.

일찍이 대학에서 문학을 공부하던 시절, 그는 자신의 책상 앞에 "나폴레옹 앞
엔 알프스가 있고, 내 앞엔 발자크가 있다"라고 써붙여 두었다고 술회한 바 있
다. 이 오연한 기개는 나중에 극적인 재미와 박진감 있는 이야기의 구성, 등장인

물의 생동력과 장대한 스케일, 그리고 그의 소설 처처에서 드러나는 세계 해석의 논리와 사상성 등에 의해 뒷받침된다. 그는 우리 문학사가 배태한 유별난 면모의 작가였으며, 일찍이 로브그리예가 토로한 바 "소설을 쓴다고 하는 행위는 문학사가 포용하고 있는 초상화 전시장에 몇 개의 새로운 초상을 부가하는 것이다"[30]라는 명제의 수사에 부합하는 작가라 할 수 있다.

3. 작품세계의 전개와 문학적 의의

이병주의 첫 작품은 대체로 1965년에 발표된 「소설 · 알렉산드리아」로 알려져 있다. 작가 자신도 이 작품을 데뷔작으로 치부하곤 했다. 하지만 실제에 있어서 첫 작품은 1954년 《부산일보》에 연재되었던 『내일 없는 그날』이었으며, 이를 통해 그는 자신이 오랫동안 내면에 품어왔던 작가로서의 길이 합당한지를 시험해본 것 같다. 물론 그 시험에 대한 자평이 어떤 결과였든지 간에, 그 이후의 작품 활동 전개로 보아 그의 내부에서 불붙기 시작한 문학에의 열망을 진화할 수는 없었을 것이다.

무엇보다도 그는 참으로 많은 분량의 작품을 썼다. 문학창작을 기업경영의 차원으로 확장한 마쓰모도 세이쬬 같은 작가와는 경우가 다르겠지만, 그래도 우리의 작가 가운데서 그에 가장 유사한 사례를 찾는다면 아마도 이병주가 아닐까 싶다. 그런 만큼 그의 소설이 보여주는 주제의식도 그야말로 백화난만한 화원처럼 다양하게 펼쳐져 있다. 『예낭 풍물지』나 『철학적 살인』같은 창작집에 수록되어 있는 초기 작품의 지적 실험성이 짙은 분위기와 관념적 탐색의 정신, 앞서 언급한 바와 마찬가지로 시대성과 역사 소재의 작품에서 볼 수 있는 숨겨진 사실들의 진정성에 대한 추적과 문학적 변용, 현대사회 속에서의 다기

---

30) 누보로망의 작가 로브그리예의 이 표현은 생동하는 인물의 중요성을 강조한 것으로서, 이병주 소설의 인물 분석에 매우 유효하게 적용될 수 있다.

한 삶의 절목들과 그에 대한 구체적 세부의 형상력 부가 등속을 금방이라도 나열할 수 있다.

이병주는 분량이 크지 않은 작품을 정교한 짜임새로 구성하는 능력이 뛰어난 작가이지만, 그보다 훨씬 더 강력하게 인식되기로는 부피가 큰 대하소설을 유연하게 펼쳐나가는 데 탁월한 작가라는 점이다. 일찍이 그가 도스토예프스키의 『죄와 벌』을 읽고 그 마력에 사로잡혔다고 고백한 것도 이 점에 견주어 볼 때 자못 의미심장해 보이기도 한다. 『산하』, 『행복어사전』, 『바람과 구름과 비』, 『지리산』 등이 그 구체적인 사례에 속하는 작품들인데, 이는 단순히 작품의 분량이 크다는 외형적 사실에 그치는 것이 아니라, 그 속에 흐르는 시대적 역사적 현실과 그것에 총체적인 형상력을 부여할 때 얻어지는 사상성이나 철학적 개안의 차원에까지 이른 면모를 보인다.

그 중에서도 『지리산』은 어느 모로 보나 이병주의 대표적인 작품이라 할 수 있다. 남북 간의 이데올로기 문제를 정면에서 다루면서 지리산을 중심으로 집단생활을 한 좌익 파르티잔의 특이한 성격을 조명한 소설의 내용에서도 그러하고, 모두 7권의 분량에 달하여 실록 대하소설이라 규정되고 있는 소설의 규모에서도 그러하다. 이 소설에 등장하는 주요 인물들, 작가가 특별한 애정을 갖고 그 성격을 묘사하고 있는 박태영이나 하준규 같은 인물, 그리고 해설자인 이규 같은 인물은 일제 말기의 학병과 연관된 공통점을 가지고 있다. 그 '치욕스런 신상'과 한반도의 걷잡을 수 없는 풍운이 마주쳤을 때, 이들의 삶이 어떤 궤적을 그려나갈 수밖에 없었는가를 뒤쫓고 있는 형국이다.

이병주의 역사소재 소설들을 통틀어 우리가 주목해야 할 하나의 요체는 『지리산』에서의 이규와 같은 해설자의 존재이다. 그 해설자는 이름만 바꾸었다 뿐이지 다른 작품들에서도 거의 유사한 존재 양식을 갖고 나타난다. 예컨대 『관부연락선』에서 이군 또는 이 선생으로 불리는 인물, 『산하』에서 이동식으로 불리는 인물, 한참을 거슬러 올라가서 「쥘부채」 같은 초기 작품에 나오는 대학생 동식이라는 인물도 모두 본질이 동일한 '이 선생'이다. 작가는 이 해설자에게 시대와 사회를 바라보고 판단하고 평가하는 자기 자신의 시각을 투영했으며, 그런 만큼 그 해설자의 작중 지위는 작가의 전기적 행적과 상당히 일치되는 특성을 나타내고 있다.

만약에 그 해설자가 불학무식이거나 당대의 한반도 현실에 대해 사상적이며 철학적 사유를 할 수 없는 인물로 그려진다면, 작가는 애초부터 스스로의 심중에 맺혀서 울혈이 되어 있는 이야기들을 풀어낼 수가 없는 것이다. 불학무식한 부역자를 주인공으로 한 조정래의 『불놀이』와 좌파 지식인을 주인공으로 한 같은 작가의 『태백산맥』이 동일한 작가의 작품이면서도 역사와 현실을 읽는 시각의 수준에 현저한 차이를 드러내는 것이 여기에 좋은 보기가 된다. 이병주가 너무 많은 작품을 간단없이 제작해낸 관계로 곳곳에 비슷한 정황이 중첩되거나 중·단편의 내용이 장편의 한 부분으로 편입되어 있는 양상도 적잖이 발견된다. 이러한 측면은 정작 한 사람의 작가로서 그를 아끼고 그와 더불어 가능할 수도 있었던 한국의 '발자크적 신화'를 아쉬워하는 이들에게 만만치 않은 결핍감을 남긴다.

『그 테러리스트를 위한 만사』라는 작품을 보면 노 독립투사 정람 선생에게서 작가 이 선생이 '재능의 낭비가 아닌가'라고 회의하는 대목이 나온다. 정람이 동서고금을 섭렵하는 박람강기한 지식을 자랑하면서 곰, 사자, 호랑이에 이르기까지 수준 이상의 박식을 피력하자 그러한 감상을 내보이는 것인데, 작가는 자신의 작품을 읽는 독자들이 작가 자신을 두고 그러한 인식을 가질지 모른다는 역발상에 이르지는 못했던 것 같다. 하나의 가설로 그가 보다 미학적 가치와 사회사적 의의를 갖는 주제를 택하여 힘을 분산하지 아니하고 집중했더라면, 뛰어난 문필력과 비슷한 유례를 찾아보기 어려운 극적인 체험들로써, 그 자신이 마력적이라고 언급한 도스토예프스키의 『죄와 벌』 같은 웅장한 작품을 생산할 수도 있지 않았을까 하는 아쉬움을 남긴다.

그러나 온전한 이성을 가지고 이 땅에 살았던 한 사람의 지식인이 피치 못하게 당면할 수밖에 없었던 사태, 광란의 역사와 어떻게 맞서야 했는가라는 사실을 두고 이의 소설화를 언급할 때 이 작가를 건너뛰기는 어렵다. 그에게는 그 제재가 일종의 강박이었고, 이를 제대로 설명해 보기 위하여 1972년부터 근 15년에 걸쳐 그의 대표작『지리산』을 썼으며, 그보다 한 단계 앞선 시대를 배경으로 그의 장편시대 개화를 예고하는 문제작『관부연락선』을 썼다고 할 수 있다.『지리산』이 그러한 것처럼『관부연락선』또한 '거대한 좌절의 기록'이다. 유태림이라고 하는 한 전형적 인물, 일제강점기에서 해방공간에 걸쳐 살았던 당대 젊은 지식인의 전형성을 갖는 그 인물만의 좌절을 기록한 것이 아니라, 그가 대표하는 바 이성적인 사유체계를 가진 젊은 지식인 일반과 그 배경에 있는 우리 민족 전체의 좌절을 기록한 것이다.

4. 새로운 지적 소설의 탄생,「소설 · 알렉산드리아」

4-1. 이병주 문학에 대한 '문열이'로서의 소설

"예술적 형상은 현실의 반영"이라는 등식이 통용되던 시대의 작가는, "그 명제가 옳지만 단지 그 것만을 주장한다면 이는 오류"라는 판단이 일반화된 시대의 작가보다 행복했을 것이다. 세계관과 창작방법의 분리 문제를 걱정하지 않아도 좋았던 시대적 상황 속에서 작품 활동을 한 작가는 "험악한 시대를 깨어 있는 정신으로 살았다"고 말한 존 밀턴의 아포리즘에 충실하면 그만이었다. 기교주의나 과도한 형식 실험을 동반한 모더니즘 문학과, 사회적 실천 문제를 앞세운 보다 직접적인 화법의 리얼리즘 문학이 독자들의 공감대를 나누어 가져온 한국 현대문학사의 바탕 위에서 보자면, 체험 중심의 문학은 일견 단조롭고 덜 세련되어 보이기도 한다.

하지만 그와 같은 단계를 밟아오면서 우리 문학의 내용이 다져졌다고 할 때, 결코 전 시대의 투박한 문학이 지금의 개량된 시각으로부터 일축될 수 없다.[31] 이

---

31) 김종회,「체험소설의 발화법, 그 특성과 한계」,『위기의 시대와 문학』, 세계사, 1996, p.176.

러한 시각은, 작가의 체험을 직접적으로 반영하고 있는 사실적인 문학의 입지를 설명하기 위한 것이다. 미국의 작가 O. 헨리는 "나는 나의 다리를 이끌어주는 유익한 램프를 갖고 있다. 그것은 '체험'이란 램프다"라고 말했는데, O. 헨리식 인식의 방법으로 작가와 작품 세계를 살펴보기에 이병주는 강력한 효용성을 가진 작가이다.

이병주가 살아온 세월은 "일본 제국주의가 이 나라를 통치하던 시절로부터 해방공간을 거쳐, 남과 북의 이데올로기 및 체제 대립과 6 · 25동란, 그리고 남한에서의 단독 정부 수립 등 온갖 파란만장한 역사의 굴곡이 융기하고 침몰하던 격동기"였다. 이와 같은 배경의 시대사가 맞물리면서, 그는 학병이나 감옥을 비롯한 극단적인 체험에서부터 심지어 빨치산 부역자로 지목되는 등, 그야말로 소설의 소재가 되고도 남을 인생유전(人生流轉)의 주인공이 되었다. 그러한 이유로 단편이나 장편을 막론하고 자신이 살았던 시대를 배경으로 한 소설들에는, 그러한 자전적 체험과 세계인식의 기록이 편만해 있다. 이 항에서는 이처럼 독특한 삶을 탁발한 소설 제작 능력과 더불어 문학화한 작가 이병주, 그리고 그의 소설에 있어 '문열이'로 알려져 있는 작품 「소설 · 알렉산드리아」[32]를 중점적으로 살펴보려 한다.

그로써 이병주 문학의 소설에 대한 관점과 그 이후 백화난만하게 전개되는 소설의 방향성을 도출해 볼 수 있을 것으로 여겨지기 때문이다. 이병주의 작품 가운데 결코 간과할 수 없는 의미를 포괄한 「소설 · 알렉산드리아」의 분석적 고찰과 같은 경우는, 연구사에 있어서의 친족관계를 찾기가 어려운 실정이다. 그런 점에서 이 연구가 향후 이병주 문학 연구의 효용성 있는 기반이 될 수 있었으면 한다. 여기에서는 이와 같은 시각으로 이병주의 데뷔작 「소설 · 알렉산드리아」를 분석하려고 하며, 이 작품이 가진 '문열이'로서의 의미와 작품 전체의 문학적 의미에 대한 고찰을 거쳐 이병주 문학 전반에 관한 반성적 성찰에까지 도

---

32) 이병주의 데뷔작인 중편 「소설 · 알렉산드리아」는 1963년 《세대》에 발표되었으나, 여기에서는 2006년 한길사에서 발간된 이병주 전집 전 30권 중 『소설 · 알렉산드리아』에 실린 것을 저본으로 한다.

달해보려 한다.

4-2. 첫 소설과 그 운명의 방향성

이 첫 작품에는 향후 그의 소설세계 전체의 진행 방향, 또는 그가 설정하고 있
는 소설의 운명적 존재양식에 관한 예표가 여러 유형으로 함축되어 있다. 전상국
의「동행」이나 이청준의「퇴원」이 그러하듯이 한 작가의 첫 작품이 그와 같은 예
표의 기능을 수행하는 사례는 흔히 있는 경우이며, 이병주의「소설 · 알렉산드리
아」는 더 나아가 이 작가가 새롭게 고양할 수 있는 문학성의 수준도 함께 추산하
게 한다. 데뷔작이 그러하기까지 작가의 역량도 역량이지만, 늦깎이로 시발하는
그 지점에서 작품의 부피 또는 깊이에 공여할 수 있는 삶의 관록과 세상사의 이
치를 투시하는 안목이 괄목할만한 수준으로 형성되어 있었던 것이다.

「소설 · 알렉산드리아」에서 볼 수 있는 고독한 수인(囚人)의 자가발전적 철학
의 세계, 그 범주가 넓고 그 내용이 드라마틱한 이야기를 끌고 나가는 특별한 인
물들, 시대사와 사회사를 읽고 평가하며 설명하는 기록자의 존재, 인생의 운명
을 소설의 발화방식에 기대에 표현하는 결정론적 시각, 그리고 우리 근 현대사
의 불합리를 추출하면서 역사와 문학의 상관성을 드러내는 방식 등이 이 한 편
의 소설 가운데 잠복해 있다.「소설 · 알렉산드리아」를 구체적으로 점검하려는
이 글은, 그러므로 그러한 소설적 요소들을 적시(摘示)하고 분석하는 형태로 제
시될 것이다.

4-3. 새로운 얼개, 새로운 담론의 조합

4-3-1. 고독한 황제, 수인(囚人)의 환각

「소설 · 알렉산드리아」의 화자인 '나'는 알렉산드리아의 몇 안되는 지인(知人)
들에게 '프린스 김'으로 불린다. 이 호명은 중층적 뉘앙스를 가지고 있다. 김해
김씨가 김수로왕의 후예라는 사실은 외형적 안전장치에 불과하고, 실상은 한국

의 감옥에 있는 화자의 형이 스스로를 수인으로 있는 '고독한 황제'라 지칭하는 그 인식의 증폭현상을 수긍하는 방식으로 주어진 것이다. 그러므로 '나'는 이국에 있는 왕제(王弟)또는 황제(皇弟)이며, '나'가 빈한한 악사인만큼 대양(大洋)을 넘는 의식 내부의 증폭작용은 대단한 감응력을 가진다. '나'는 이를 매우 시니컬한 시각으로 바라보고 있지만, 그 굴레로부터 벗어날 수 없고 또 벗어나려 하지도 않는다.

화자가 '프린스'이기 위한 필요조건이 아니라 충분조건으로 형은 수형(受刑) 중인 황제이다. 형의 수감이 작가의 감옥체험을 반영하고 있기는 앞서 언급한 바와 같다. 그런데 수인이 황제로 탈각할 수 있는 그 인식의 증폭은 형과 나를 하나로 묶는 탈공간적 기능을 수반한다.

> 그랬는데 지금의 나는 너와 더불어 알렉산드리아에 있고, 여기에 이렇게 웅크리고 있는 나는 나의 그림자, 나의 분신에 불과하다는 환각을 키울려는 것이다.
> 사랑하는 아우. 웃지 말라. 고독한 황제는 환각 없인 살아갈 수 없다. ……[33]

한국의 감옥에 있는 형이 먼 이국 알렉산드리아에 있는 동생과 의식적 연대 또는 동일시를 가져올 수 있는 논리적 근거는 이 소설 속에 매우 친절하게 피력되어 있다.

> 교양인, 또는 지식인은 난관에 부딪쳤을 때 두 개의 자기로 분화한다. 하나는 그 난관에 부딪쳐 고통을 느끼는 자기, 또 하나는 고통을 느끼고 있는 자기를 지켜보고, 그러한 자기를 스스로 위무(慰撫)하고 격려하는 자기로 분화된다. 그러니 웬만한 고통쯤은 스스로가 스스로를 위무하고 지탱하고 격려하면서 견디어 낸다.[34]

33) 이병주, 「소설 · 알렉산드리아」, 『소설 · 알렉산드리아』, 한길사, 2006, pp.9~10.
34) 앞의 글, p.33.

고독한 황제의 환각을 가진 형은 충분히 그 자신을 분화하여 또 하나의 자신을 알렉산드리아에 있는 동생에게 보낼 수 있는 인식 능력의 소유자이다. 동생이 형의 편지를 중개하고 있다는 점은, 곧 형의 인식이 동생을 통해 그 컨텐츠를 개방한다는 의미에 이르게 한다. 이 때의 화자인 '나'와 형은 한 인물이 가진 두 개의 속성, 다시 말해 인식의 주체와 그것의 기록자 또는 해설자라는 두 유형으로 분화된 일란성 쌍생아와도 같다.

우리는 이러한 이중적 인물 유형을 그 동안 익히 보아 왔다. 이상의 「날개」에 등장하는 '나'와 아내가 그러하고, 헤르만 헤세의 『지성과 사랑』에 등장하는 나르찌스와 골드문트 역시 그러하다. 자신을 고독의 성에 유폐된 황제로 수납하는 한 운명론자가, 하나의 얼굴은 한국의 감옥에 그대로 두되 다른 하나의 얼굴은 멀리 알렉산드리아까지 접촉점을 확장한 형국이다. 그러기에 소설의 말미에서 황제의 또 다른 얼굴인 '나'의 정황이 쓸쓸함의 극단적인 형태로 주어질 수밖에 없는 것이다.

4-3-2. 특별한 인물, 특별한 발화법

'나'를 한국으로부터 알렉산드리아로 운반해 간 말셀 가브리엘은 이렇게 서술되어 있다.

> 말셀 가브리엘. 불란서 사람이면서 화란선(和蘭船)을 타는 선원(船員). 키가 너무 커 육지에서 살기가 거북하기 때문에 선원이 되었다는 말셀. 그는 육지에 있으면 바다가 그리워서 견디지 못하고, 바다에 있으면 육지가 그리워서 견디지 못하는 성격을 가졌다고 한다. 그래서 그는 스스로를 동경병환자(憧憬病患者)라고 부른다. 동경병환자이기 때문에 남의 동경을 이해하고 그 이해가 나를 코리어에서 이 알렉산드리아로 인도했고, 이 호텔에까지 나를 데리고 온 것이다.[35]

---

35) 위의 글, pp.12~13.

말셀만 해도 그 특징적 성격과 이국적 풍모로 인하여 능히 소설의 주인공이 될만하다. 그러나 이병주의 특별한 인물 형상력은 거기서 여러 걸음 더 앞으로 나아간다. 본격적으로 특별한 인물, 그러나 소설의 보편적 질서 속에 장착될 수 있는 상식을 갖춘 인물로서, 사라 안젤과 한스 셀러가 등장하면 말셀은 도입부의 서곡(序曲)에 머문다.

> 사라 안젤!
> 나는 이 여인을 어떻게 표현했으면 좋을지 알 수가 없다. 알렉산드리아에서가 아니면 볼 수 없는 여인이라고나 할까.
> (중략)
> 소녀처럼 청순하고 귀부인처럼 전아하고 정열에 빛나는가 하면 고요한 슬기에 잠긴 것 같고, 관능적이면서 영적(靈的)인 여인.[36]

이는 작가가 처음으로 사라의 외형을 묘사한 것이지만, 정작 사라의 가치는 그 빼어난 외모 속에 범상한 인본주의적 심성과 그것의 실천력을 감춘 인물이라는 데에 있다. 그 사라가 '나'와 친밀하게 소통될 수 있는 원인은 인간적 진실의 소중함을 아는 데 있고, 그것은 사라가 게르니카 폭격이라는 엄청난 학살 사건의 피해자라는 체험과 결부되어 있다. 이러한 관계는 독일인이면서 게슈타포의 피해자인 한스 셀러와의 관계에서도 마찬가지이다.

이 인물들은 마침내 한스의 동생을 죽인 엔드렛드를 징치하고, "알렉산드리아의 연대기사가(年代記史家)가 꼭 기록해 두어야할 대사건의 중심부"로 부각된다. 이들은 이 도시의 법정과 언론과 여론을 들끓게 하고, 그에 관한 작가의 수준 있는 식견과 방법론이 소설 가운데로 편입되는 효과적인 발화법을 유발한다. 좀 거칠게 말하자면 이병주가 아니면 감당하기 어려운 인물의 설정이요 그 인물들

---

36) 위의 글, pp.36~37.

을 유다른 사건 속에 매설하는 방식이라 할 수 있다.

4-3-3. 기록자의 눈, 매개 기능의 확대

이병주의 초기 작품들에는 문약한 골격에 정신의 부피는 방대한 문학청년이 등장한다. 이는 거의 모든 작품에 나타나는 '감옥 콤플렉스'와 함께 작가의 현실 체험이 반영된 범례이며 지속적으로 그의 소설에 등장하는 하나의 원형이 된다. 그런가 하면 예를 들어 『지리산』에 등장하는 주요 인물들, 작가가 특별한 애정을 갖고 그 성격을 묘사하고 있는 박태영이나 하준규, 그리고 이규 같은 인물은 일제 말기의 학병과 연관된 공통점을 가지고 있다. 그 '치욕스런 신상'과 한반도의 걷잡을 수 없는 풍운이 마주쳤을 때 이들의 삶이 어떤 궤적을 그려나갈 수밖에 없었는가를 뒤쫓고 있는데, 이 역시 현실 체험의 소설적 형상에 해당한다.

이병주의 소설 세계를 통틀어 우리가 주목해야 할 하나의 요체는 앞서 언급한 『지리산』에서의 이규와 같은 해설자의 존재이다. 만약에 그 해설자가 불학무식하거나 당대의 한반도 현실에 대해 사상적이며 철학적 사유를 할 수 없는 인물로 그려진다면, 작가는 애초부터 스스로의 심중에 맺혀서 울혈이 되어 있는 이야기들을 풀어낼 수가 없는 것이다. 불학무식한 부역자를 주인공으로 한 조정래의 『불놀이』와 좌파 지식인을 주인공으로 한 같은 작가의 『태백산맥』이 동일한 작가의 작품이면서도 역사와 현실을 읽는 시각의 수준에 현저한 차이를 드러내는 것이 여기에 좋은 보기가 된다.[37]

「소설 · 알렉산드리아」에서 '나'의 존재는 바로 그러한 해설자의 시초로 자리매김 된다. 형과 사라, 형과 한스, 사라와 한스는 모두 나를 매개로 하여 관계성을 가지며, '나'는 그 관계들의 의미와 그로 인한 사건의 발생 및 결말 전반을 해설해야 하는 책무를 맡고 있다. 그러한 측면에서 '나'는 작가의 눈을 대신하고 있으며, 작가는 '나'를 내세움으로써 소설의 한 가운데로 자신의 인식을 진입시킨

---

37) 김종회, 「근대사의 격랑을 읽는 문학의 시각」, 앞의 책, p.217.

다. 그러므로 형의 감옥 체험과 나의 극히 이국적인 사건 체험은 궁극적으로 작가의 그것으로 요약될 수 있다.

4-3-4. 소설적 운명론, 운명론의 소설화

「소설·알렉산드리아」에 등장하는 사라와 한스의 사건에 대한 논란들은, 이 사건이 가진 운명론적 딜레마의 구조에 주목하고 있다. 다음은 '알렉산드리아 데이리 뉴스'의 사설이란 이름으로 기록된 것이다.

> 이러한 한스의 태도는 유럽의 기사도, 일본의 무사도를 방불케하는, 그러니까 공감할 수는 있으나 실천하기는 어려운 일이다. 자기 희생이 병행되기 때문이다. 이건 도의가 짓밟히고, 사랑이 기교화하고, 편리화하고, 수단화한 오늘날에 있어선 상당히 높게 평가해야 할 모랄이라고 아니할 수 없다.
>
> 말하자면 장려할 수도 있는 모랄이다. 이와 동시에 우리는 사람을 죽이거나 폭행을 해서는 안된다는 모랄도 소중히 해야할 처지에 있다. 이건 분명히 하나의 딜램머다. 이 딜램머는 만약 이와같은 모랄을 처벌하지 않으면, 복수의 모랄이 유행해서 사회의 질서를 혼란케하지 않을까하는 우려와, 만약 이 모랄을 처벌하면 보기 드문 인간의 미덕을 벌하는 결과가 되지 않을까하는 우려의 딜램머로서 현실화한다.[38]

이 기묘한 상황에 당착한 딜레마는, 그 딜레마적 상황 자체로서도 범인류적 공감을 불러 일으킬 소지가 약여하다. 이병주 소설에서의 표현을 빌리자면, 이른바 운명론적 상황인 것이다. 이 운명의 사슬에서 문제를 풀어낼 해결책이 소설로써 주어질 수 있다면, 그 해결책은 곧 인류사적 문제 해결에 필적하는 묘안이 될 수 있다. 그것은 또한 그렇게 광대한 모양새로 던져진 작가의 질문과 그

---

38) 이병주, 앞의 글, pp.105~106.

에 대한 온당한 답변의 마련이, 어떤 경로로 작동하고 있는가를 보여주는 대목이기도 하다.

법원은 사라와 한스의 문제에 대해 다음과 같이 결정했다.

> 한스 셀러와 사라 안젤은 이 결정이 있은 후 1개월 이내에 알렉산드리아로부터 퇴거할 것을 조건으로 판결을 보류하고 즉시 석방한다.
> 알렉산드리아에서 한스 셀러와 사라 안젤이 퇴거하지 않을 때는, 다시 날을 정하여 판결 보류를 해제하고 언도 공판을 연다.[39]

추방이라는 형식을 빈 방면에 뒤이어, 두 사람은 결혼하기로 하고 뉴질랜드 근처의 섬을 하나 사서 이주한다. '나'는 따라 가자는 권유를 뿌리치고 남는다. 그것은 '나'의 운명이다. 알렉산드리아에서 형을 기다려야 하기 때문인데, 그것은 형이 그리로 온다는 의미가 아니라 형을 대신하여 이 쓸쓸한 세계를 관찰해야 한다는 의미를 더 강하게 내포한다. 이병주 식 운명론자에 있어 과분한 행복은 사치일 수 있다. 그렇게 절제된 관념은, 클레오파트라의 눈동자에 생명의 신비를 쏟아넣은 태양이, 누더기를 입고 안드로메타의 뒷골목에서 꽃 파는 소녀에게도 꼭 같이 시혜된다는 포괄적 판단력을 가능하게 했을 것이다.

주인공들이 가진 진실한 인본주의적 동질성과 더불어, 이들은 각기 자신의 민족을 대표하는 운명도 함께 포괄하고 있다. 한국과 스웨덴과 독일, 모두 전란의 상흔이 가슴 깊이 새겨진, 불행한 과거를 소유한 나라들이다. 이 주인공들은 민족적 비극과 아픔을 공유하면서 그것의 상징적 해결 방안으로, 하나의 악한, 그 악한 과거를 죽였다. 민족적 운명의 표식을 이마에 내어건 이들로 하여금, 그 살인 사건과 더불어 운명론적 인식을 수납하도록 재촉하는 결말이다.

---

39) 위의 글, p.121.

4-4. 이 소설의 의미와 반성적 성찰

현실적 삶의 운명론적 구조를 납득할 때, 「소설·알렉산드리아」의 화자인 '나'
와 '나'의 형은 형이 감옥에 있어야 할 이유를 수긍하는 것으로 된다. 전체적인
이병주의 작품 세계에서 보자면, 이러한 운명론자의 얼굴은 초기 단편을 거쳐 역
사 소재의 소설들에서 현저하게 강화된다. 이 소설에 나타난 사라와 한스의 고
통스러운 삶, 소설 속에서 매우 소상히 제시되는 아우슈비츠의 학살 등은 한일
관계의 민족사를 넘어서 형을 수인으로 만든 개별적 운명의 처참한 사정을 환기
한다. 개인적 삶의 구체성에 설득력이 있을 때, 비로소 역사의 횡포는 그 실상이
설명되는 것이라는 이병주의 문학관이 여기서 잘 드러난다.

> 나는 비로소 이 곳에 내가 있어야 할 이유를 알았다. 불효한 아들이었다. 불실한
> 형이었다. 불실한 애인이었다. 불성실한 인간이었다. 이 세상에 나지 안했으면 좋
> 았을 사람이 본연적(本然的)으로 지닌 죄. 원죄(原罪)라고 해도 좋다. (중략) 그래서
> 이제야 나는 나의 죄를 찾았다. 섭리(攝理)란 묘한 작용을 한다. 갑(甲)의 죄에 대해
> 서 을(乙)의 죄명(罪名)을 씌워 처벌하는 교묘한 작용을 하는 것이다.[40]

근대사의 굴곡을 넘어 광풍처럼 밀어 닥친 현실적 삶의 불합리한 상황 가운
데, 사상범으로 감옥에 있는 형은 '비로소' 자신의 죄명을 발견한다. 이병주는 그
러한 역사의 운명적 작용과 그 그물에 걸린 개인의 참담한 운명을 여러 유형의
역사소설로 썼던 것인데, 특히 역사와 문학의 상관성에 대한 그의 통찰은 남다
른 데가 있어 역사의 그물로 포획할 수 없는 삶의 진실을 문학이 표현한다는 확
고한 시각을 정립해 놓았다.[41]

---

40) 위의 글, pp.23~24.
41) 매우 오래 전 어느 자리에서, 필자는 그에게 "역사적 기록의 신빙성에 대해 어떻게 생각하느냐"는 선문답류의 질문을
던져본 적이 있었다. 그때 그는 서슴없이 "역사는 믿을 수 없는 것"이라는 답변을 내놓았다. 표면상의 기록으로

그처럼 그 우리 문학사에 보기 드문 작가 이병주가 유명(幽明)을 달리한지도 28년이 되었다. 그는 강력한 체험적 인식의 작가였으며, 소설적 운명론의 뛰어난 형상력, 그리고 근·현대사 전체를 아우르는 시각의 역사성을 함께 보여준 기록자였다. 후대의 작가들은 이 작가에게서 문학적 세계관의 넓이와 깊이, 그리고 그것을 소설로 치환하는 장쾌한 작품 구조와 호활한 문체를 이어받아야 할 것이다.

더욱이 시대 현실에 대한 소설적 각성도 퇴조하고 삶의 여러 부면을 절실하게 반영하는 리얼리즘적 표현 방식도 쇠퇴하여, 대다수의 소설들이 얄팍한 문장을 앞세운 기교주의와 개별적인 형식 실험에 침윤해 있는 오늘, 이병주와 같은 걸출한 작가, '새로운 한국의 발자크'를 기대하는 것이 무망한 일이 되기 십상인 지점에 한국 문학이 당착해 있다.

불혹이 넘은 나이에 작가로 출발하여, 근·현대사의 여러 굴곡을 체험 위주의 장편소설로 이야기화하고 그 소설적 담화 가운데 운명론의 방향성을 구조화함으로써, 작가 이병주는 한국문학의 독특한 성과를 거양했다. 데뷔작「소설·알렉산드리아」에서부터『관부연락선』『산하』·『지리산』3부작,『그해 오월』등 값있는 평가를 받는 역사 소재의 장편소설들에 이르기까지, 그의 문학은 한 작가의 절박한 체험이 어떻게 시대정신을 드러내는 작품으로 진화될 수 있는지를 증명했다.

지금까지 우리는 작가 이병주의 데뷔작이자, 독특한 이국적 정서와 미학, 그리고 강렬한 체험의 문학화로 널리 알려진「소설·알렉산드리아」를 고찰하고 분석하는 것을 목표로 했다. 먼저 이병주의 문학이 가진 체험적 요인과 그 소설화의 의의를 점검한 다음, 첫 소설로서의 이 작품이 갖는 방향성 설정과 그것의 의미를 구명했다.「소설·알렉산드리아」의 분석에 있어서는 이 작품이 한국문학사상 유례가 드문 새로운 얼개와 담론의 조합으로 구성되어 있다는 전제 아래,

---

나타난 사실과 통계수치로서는, 시대적 삶이 노정한 질곡과 그 가운데 개재해 있는 실제적 체험의 구체성을 제대로 반영할 수 없다는 논리였던 것이다.

수인(囚人)을 황제로 탈각시킨 화자 '나'와 '나'의 형이 보이는 인식의 방식을, 그리고 작가가 사라 엔젤을 비롯한 특별한 성향의 인물들을 특별하게 발화하는 그 인식의 방식을 추론했다.

이어 이병주 소설의 담화 진행에 있어서, 작가의 눈을 대변하는 기록자의 시각과 그것이 확장하고 있는 작품 내부에서의 매개 기능에 대해 검토한 다음, 그의 소설이 소설적 운명론을 추구하는 동시에 그 운명론을 소설화하는 중층 구조에 입각해 있음을 살펴보았다. 이와 같은 사실들에 대한 일련의 고찰을 통해 이병주 소설이 가진 역사성의 문학적 발현과 이를 수용하고 있는 다이내믹하고 극적인 이야기 구조는, 후대의 작가들이 하나의 범례로 학습해야 할 가치를 지니고 있음을 납득할 수 있다. 그런 점에서 이 작가의 데뷔작이자 단편소설 가운데서 대표작으로 치부되는 「소설 · 알렉산드리아」는, 지속적인 주목과 새로운 분석을 필요로 한다.

이병주의 전체적인 작품 세계 속에서 이 작품은, 그것이 초창기의 것임에도 불구하고 단연 이채를 발하는 문학성을 보여준다. 이 작품에 이어 체험적 사실과 역사 소재의 장편들이 개화(開花)를 이루고, 그것이 한국문학에 실록 대하소설의 새로운 형식을 유발하는 견인차가 되었기 때문이다. 특히 지리산 파르티잔을 다룬 이태(이위태)의 수기 『남부군』이나 이영식의 수기 『빨치산』, 조정래의 소설 『태백산맥』 등은 이병주의 대표적 역사소설 『지리산』을 뒤이은 문학적 성과들이라 할 수 있을 것이다.

5. 『관부연락선』의 근대사적 지위

5-1. 엄혹한 시대, 지식인 일반의 유형

장편소설 『관부연락선』의 시간적 무대는 1945년 해방을 전후한 5년 간, 도합 10년간이다. 그러나 이야기의 파장이 확장한 내포적 공간은 한일관계사 전반을 조망하는 1백여 년 간에 걸쳐져 있다. 작가는 이 넓은 공간적 환경을 자유롭게 활용하면서, 역사적 사실을 문학적 시각으로 조망하는 글쓰기를 수행한다.

중학교의 역사책에 보면 의병을 기록한 부분은 두세 줄밖에 되지 않는다. 그 두세 줄의 행간에 수만 명의 고통과 임리한 피가 응결되어 있는 것이다.

『관부연락선』의 주인공 유태림이 의병대장 이인영의 기록을 읽으며 역사의 무게라는 것을 새삼스럽게 느끼는 대목이다. 작가는 바로 이러한 정신, 역사의 행간을 생동하는 인물들의 사고와 행동, 살과 피로 메우겠다는 정신으로 이 소설을 썼다. 그것은 곧 그만이 독특하게 표식으로 내세운 역사와 문학의 상관관계이기도 하다.[42] 이 소설은 동경 유학생 시절에 유태림이 관부연락선에 대한 조사를 벌이면서 직접 작성한 기록과, 해방공간에서 교사생활을 함께 한 해설자 이선생이 유태림의 삶을 관찰한 기록으로 양분되어 있다. 그리고 이 두 기록이 교차하며 순차적으로 진행되고 있으며, 따라서 하나의 장이 이선생인 '나'의 기록이면 다음 장은 유태림인 '나'의 기록으로 되는 것이다.

유태림의 조사를 통해 관부연락선의 상징적 의미는 물론 중세 이래 한일 양국의 관계가 드러나기도 하고, 이선생의 회고를 통해 유태림의 가계와 고향에서의 교직생활을 포함하여 만주에서 학병 생활을 하던 지점에까지 관찰이 확장되기도 한다. 때에 따라 관찰자인 이 선생의 시점이 관찰자의 수준을 넘어서는 전지적 작가 시점으로 과도히 진입하는 경우가 적지 않으며, 유태림에게서 들은 얘기를 종합했다는 태도를 취하면서도 실상은 유태림 자신이 아니면 설명할 수 없는 부분도 자주 목격된다. 또한 이야기의 내용에 있어서도 진행되는 사건은 허구인데 이에 주를 달고 그 주의 문면은 실제 그대로여서 소설의 지위 자체를 위협하는 대목도 있다.

---

42) 김종회, 앞의 글, p.219.

이는 이 소설의 대부분이 작가 자신의 사고요 자전적 기록인 까닭으로, 사실과 허구에 대한 구분 자체가 모호해져 버린 결과로 보이며, 작가는 소설의 전체적인 메시지 외의 그러한 구체적 세부를 덜 중요하게 생각한 것이 아닌가 유추되기도 한다. 작가가 시종일관 이 소설을 통해 추구한 중심적인 메시지는, 그 자신이 소설의 본문에서 기록한 바와 같이 "당시의 답답한 정세 속에서 가능한 한 양심적이며 학구적인 태도를 가지고 살아가려고 한 진지한 한국청년의 모습"이다. 능력과 의욕은 가지고 있으면서도 이렇게도 못하고 저렇게도 못 하기로는 유태림이나 우익의 이광열, 좌익의 박창학이 모두 마찬가지였다.

일제강점기를 지나 해방공간의 좌우익 갈등 속에서도 교사와 학생들이 어떻게 처신해야 옳았으며, 신탁통치 문제가 제기되었을 때 어떻게 하는 것이 올바른 선택이었으며, 좌우익 양쪽 모두의 권력에서 적대시될 때 어떻게 처신해야 옳았겠는가를 질문하는 셈인데, 거기에 이론 없이 적절한 답변은 주어질 수가 없을 것이다. 작가는 다만 이를 당대 젊은 지식인들의 비극적인 삶의 마감 – 유태림의 실종 및 다른 인물들의 죽음을 통해 제시할 뿐이다.

이는 곧 "한국의 지식인이 그 당시 그렇게 살려고 애썼을 경우, 월등하게 좋은 환경에 있지 않는 한 거개 유태림과 같은 운명을 당하지 않았을까 하는 생각"이다. 또 "유태림의 비극은 6·25동란에 휩쓸려 희생된 수많은 사람들의 비극과 통분(通分)되는 부분도 있지만, 일본에서 식민지 교육을 받은 식민지 청년의 하나의 유형"이라는 기술은 곧 상황논리의 물결에 불가항력적으로 침몰할 수밖에 없는 인간의 모습이라는 인식과 소통된다. 유태림이 동경 유학 시절에 열심을 내었던 관부연락선에 대한 연구는 바로 이 상황논리의 발생론적 구조에 대한 탐색이었으며, 제국주의 통치국과 식민지 피지배국을 잇는 연락선이 그것을 극명하게 상징하고 있다는 인식의 바탕 위에 놓여 있다 할 것이다.

5-2. 역사의 격랑에 부서진 개인의 삶

작품 속의 유태림은 관부연락선을 도버와 칼레 간의 배, 즉 사우샘프턴과 르 아브르 간의 배에 비할 때 영락없는 수인선이라고 해도 과언이 아니라고 적으면서도, 이를 맹목적 국수주의의 차원으로 몰아가지 아니하고 그 중 80%는 조선의 책임이라고 수긍한다. 이는 을사보호조약에서 한일합방에 이르는 역사 과정에 있어서 민족적 과오의 반성을 그 사실(史實)과 병렬시키고 있기 때문이다. 이와 같은 역사적 관점의 정립과 더불어 작가는 매우 비판적이고 분석적인 어조로 당대의 특히 좌익 이데올로기의 허실을 다루어 나간다. 아마도 이 분야에 관한 한 논의의 전문성이나 구체성에 있어 우리 문학에 이병주만한 작가를 찾기는 어려울 것이다.

예컨대 "여순반란사건이 대한민국 정부를 위해서는 꼭 필요했던 시련"이라는 언술이 있는데, 이와 같은 수사는 여간한 확신과 논리적인 자기 정리 없이는 쓸 수 없다. 그의 주장에 의하면, "만일 그런 반란사건이 없었고 그러한 반란분자들이 정체를 감춘 채 국군 속에 끼어 그 세위를 확장해 가고 있었다면, 6·25동란 중에 국군 가운데서의 반란을 방지할 수 없었을 것"이라는 논리로 드러난다. 동시에 그는 남한에서의 단독정부 수립과 이승만 정권의 제1공화국 성립이 필수불가결한 일이었다고 변호한다.

여기에서도 그럴 만한 이성적인 논리를 앞세워 이를 설명한다. 이 험난한 이데올로기 문제에 이만한 토론의 수준을 마련한 작가가 우리 문학에서 발견되지 않았기에, 이러한 주장이 단순한 보수우익의 기득권 보호의지와는 차원이 다르다는 사실을 인정하게 된다. 말하자면 그는 소설을 통해 심도 있는 정치토론을 유발한 유일한 작가이다. 그러기에 그가 계속해서 내보이는 여운형, 이승만, 김구 등 당대 정치 지도자에 대한 인물평에는 우리 시대의 정치사에 대한 새로운 개안을 가능하게 하는 힘이 있다. 특히 그는 여운형의 암살사건에 대하여, "몽양의 좌절은 이 나라 지식인의 좌절이며 몽양과 더불어 상정해 볼 수 있는 모든 가능성의 말살"이라고 개탄했다.

이 모든 혼돈하는 세태 속에서 유태림과 그의 동류들은, 역사의 파도가 높고 험한 만큼 가혹한 운명적 시련과 부딪칠 수밖에 없었다. 유태림이 실종되기 전에, 그가 좌익 기관에도 잡히고 대한민국 검찰에도 걸려들고 한 사실 자체에 적잖은 충격을 받는 대목이 나오는데, 이는 실로 당대의 젊은 지식인들이 회피할 수 없었던 구조적 질곡을 실감 있게 드러낸다. 이 소설의 마지막, 「유태림의 수기 (5)」[43] 끝부분은 다음과 같은 문장으로 되어 있다.

운명…… 그 이름 아래서만이 사람은 죽을 수 있는 것이다.

다른 소설들에서 '운명'이라는 단어가 등장하면 토론은 종결이라고 하던 작가가 유태림의 비극을 운명의 이름으로 결론지었을 때, 거기에는 역사의 격랑에 부서진 한 개인의 삶에 대한 조상(弔喪)이 함유되어 있다. 곧 운명의 작용을 인식하고서 비로소 그 비극의 답안을 발견했다는 인식을 보여주는 것이다. 작가는 1972년 신구문화사에서 상재된 『관부연락선』의 「작자 부기」에서 "소설이라는 각도에서 볼 때 『관부연락선』은 다시 달리 씌어져야 하는 것이다"라고 적었고, 송지영 씨가 「발문」에서 "어떠한 '소설 관부연락선'도 그 규모에 있어서 그 내용의 넓이와 깊이에 있어서 이처럼 감동적일 수는 없을 것이라는 결론에 이르렀다"고 '반론'했다.

소설의 순문학적 형틀이 완숙해야 한다는 측면에서 작가의 말은 틀리지 않으며, 소설 전체의 박진감과 감동에 있어서 송지영 씨의 표현 또한 틀리지 않는다. 우리 역사에는 너무도 많은 유태림이 있으며 그들의 아픔과 비극이 오늘 우리 삶의 뿌리에 연접해 있다. 이 사실을 구체적 실상으로 확인하게 해준 것은, 작가 이병주가 가진 균형성 있는 역사의식의 결과이다. 그것은 또한 이미 반세기 전에 소설의 얼굴로 등장한 이 역사적 격랑의 기록을, 시대적 성격을 가진 소설문학의

---

43) 이병주, 『관부연락선』 2, 한길사, 2006, p.366.

수범 사례로 받아들이는 이유이다.

5-3. 마무리

여기에서는 작가 이병주의 소설과 그 역사의식이 어떤 경로를 통해 배태되었으며 그 경향과 의미가 어떠한가를 검토한 다음, 이를 전체적인 문맥 아래에서 조감할 수 있도록 그의 작품세계 전반의 전개와 문학적 인식의 방식 및 유형을 살펴보았다. 그리고 이러한 역사의식을 드러내는 대표적 장편소설이자 유사한 성격을 가진 장편소설들의 출발을 예고하는 첫 작품인『관부연락선』을 중심으로 그 역사의식의 발현과 성격적 특성을 점검해 보았다.

그와 같은 경로를 통해 살펴본 바와 같이, 작가 이병주의 소설에 나타난 역사의식은 우리 문학사에 보기 드문 체험과 그것의 정수를 이야기화하고, 그 배면에 잠복해 있는 역사적 성격에 대해 이를 수용자와의 친화를 강화하며 풀어내는 장점을 발양했다. 주지하는바 역사 소재의 소설은, 실제로 있었던 역사적 사실을 근간으로 하고 거기에 작가의 상상력을 통해 소설적 이야기를 덧붙이는 것인데, 이러한 점에서 이병주의 소설과 그 역사의식은, 한국 근대사의 극적인 시기들과 그 이야기화에 재능을 가진 작가의 조합이 생산한 결과라 할 수 있다.

이병주의 문학관, 소설관은 기본적으로 '상상력'을 중심에 두는 신화문학론의 바탕에서 출발하고 있으며, 기록된 사실로서의 역사가 그 시대를 살았던 민초들의 아픔과 슬픔을 진정성 있게 담보할 수 없다는 인식 아래, 그 역사의 성긴 그물망이 놓친 삶의 진실을 소설적 이야기로 재구성한다는 의지를 나타낸다. 그러한 역사의식의 기록이자 성과로서, 한국문학사에 돌올한 외양을 보이는『관부연락선』,『산하』,『지리산』등의 장편소설을 목격하게 되는 것이다.

물론 소설이 작가의 상상력을 배경으로 한 허구의 산물이므로 실제적인 시대 및 사회의 구체성과 일정한 거리를 가지는 것은 분명한 사실이다. 그러나 문학을 통한 인간의 내면 고찰이나 문학이 지향하는 정신적인 삶의 중요성, 그것이 외형적인 행위 규범을 넘어 발휘하는 전파력을 고려할 때는 문제가 달라진다.

한 작가를 그 시대의 교사로 치부하고, 또 그의 문학을 시대정신의 방향성을 가늠하는 풍향계로 내세울 수 있는 사회는 건강한 정신적 활력을 가진 공동체의 모범이라 할 수 있다. 작가 이병주의 소설과 그의 작품에 나타난 삶의 실체적 진실로서의 역사의식이 우리 사회의 한 인식 지표가 될 수 있다는 것은, 그런 점에서 오늘처럼 개별화되고 분산된 성격의 세태에 시사하는 바가 크다.

[참고문헌]

• 김주연, 「역사와 문학-이병주의 '변명'이 뜻하는 것」, 《문학과지성》, 1973 봄호.
• 남재희, 「소설 '지리산'에 나타나는 지식인의 상황분석」, 《세대》, 1974. 5.
• 이보영, 「역사적 상황과 윤리-이병주론」, 《현대문학》, 1977. 2～3.
• 이광훈, 「역사와 기록과 문학과…」, 『한국현대문학전집 48』, 삼성출판사, 1979.
• 김영화, 「이념과 현실의 거리-분단상황과 문학」, 『한국현대시인작가론』, 1987.
• 이형기, 「40년대 현대사의 재조명」, 『오늘의 역사 오늘의 문학 8』, 중앙일보사, 1987.
• 임종국, 「현해탄의 역사적 의미」, 위의 책.
• 임헌영, 「이병주의 작품세계」, 『한국문학전집 29』, 삼성당, 1988.
• 임금복, 「불신시대에서의 비극적 유토피아의 상상력 – '빨치산', '남부군', '태백산맥'」, 《비평문학, 1989. 8.
• 김종회, 「근대사의 격랑을 읽는 문학의 시각」, 『위기의 시대와 문학』, 세계사, 1996.
• 김윤식, 「작가 이병주의 작품세계」, 『나림 이병주선생 10주기 기념 추모선집』, 나림이병주선생기념사업회, 2002.
• 이형기, 「지각작가의 다섯가지 기둥 – 이병주의 문학」, 위의 책.
• 김종회, 「한 운명론자의 두 얼굴-이병주의 소설 '소설 · 알렉산드리아'에 대하여」, 나림 이병주 선생 12주기 추모식 및 문학강연회 강연, 2004. 4. 30.
• 임헌영, 「이병주의 『지리산』론 – 현대소설과 이념문제」, 위의 문학강연.
• 정호웅, 「이병주의 『관부연락선』과 부성의 서사」, 위의 문학강연.

- 김윤식, 「학병세대의 글쓰기-이병주의 경우」, 나림 이병주선생 13주기 추모식 및 문학 강연회 강연, 2005. 4. 7.
- 김종회, 「문화산업 시대의 이병주 문학」, 위의 문학강연.
- 이재복, 「딜레탕티즘의 유희로서의 문학-이병주의 중·단편소설을 중심으로」, 위의 문학강연.

전통문화의 시각에서 본 이병주의 역사소설

김언종(고려대 명예교수)

이병주는 흰 코끼리이고 그에 대해 말하는 사람들은 어쩌면 맹인('시각장애자'란 순화어가 있지만 여기선 밝혀 두는 것으로 양해를 구한다)이라 할 수 있다. 이른바 사자성어 '맹인모상(盲人摸象)' 즉 '맹인들 코끼리 더듬기'인데, 이병주라는 흰 코끼리의 몸체를 샅샅이 더듬어 보고 그 실체를 온전히 파악한 경우는 아직 없는 것으로 안다. 심도 있는 연구가 이루어지지 않았기 때문이리라. 그러므로 그의 작품은 서세 30년이 가까운 아직도 전모가 다 밝혀져 정리되어 있지 않다.

상아를 더듬은 맹인은 코끼리가 단단한 무 같다고 했고 귀를 더듬은 맹인은 코끼리가 큰 부채 같다고 했으며 다리를 더듬은 맹인은 코끼리가 큰 기둥 같다고 했고 꼬리를 더듬은 맹인은 코끼리가 밧줄 같다고 했다. 나는 무엇을 더듬었을까?

나림(那林)이라는 이병주의 호는 어떻게 지어진 것일까? 나는 아직도 그 연유를 밝힌 글을 보지 못했다. '나(那)'자는 중국 서부지역의 이민족의 나라 이름을 뜻하는 글자이다. 나림은 지금은 중국 영토가 된 광서성(廣西省)의 인구 5만 정도의 소도시이다. '나(那)'자의 왼쪽 부분이 늘어진 수염을 의미하는 것이고 오른쪽은 마을을 뜻하는 읍(邑)의 약자이다. 수염을 강조한 것으로 보아 아랍계통 혈통이 아닌가 짐작해 보기도 한다.

이병주가 이 지명을 자기 호로 썼을 리는 만무할 것이다. 내 짐작으로는 "나는 숲이다!"라는 의미를 담은 것이 아닌가 한다. 그러니까 나는 여느 작가들처럼 나무 몇 그루가 아닌, 큰 숲이라는 자부감을 이런 식으로 표현한 것은 아닐까?

노블(Novel)의 정확한 의미는 '새로운', '진부하지 않은'이라고 한다. 그런데 동양에선 『장자(莊子) 외물(外物)』편의 "식소설이간현령, 기우대달역원의(飾小說 以干縣令, 其于大達亦遠矣)" 즉 '자질구레한 이야기를 꾸며서 세상에 자기의 이름이 드러나기를 구하니 그것은 대달 즉 크게 통달함과는 거리가 멀다.'라는 데서 비롯된 것이므로 처음부터 '소설'과 '노블'은 함의가 다른 것이므로 등식이 성립되지 않는 것이다. 가끔 여기서의 "현령(縣令)"을 벼슬자리로 오해하는 사람들이 있는데, 장자가 살던 전국시대에 이런 관직은 없었다.

일본에서 노블을 소설(小說)로 번역했다고 한다. 영 어림없는 오역은 아니지만 그러나 약간의 문제는 있는 번역이라고 하겠다. 오늘날 소설은 영화와 더불어 문화의 중추가 되었다. 소설은 이미 소설이 아니다. 옛날 의미의 소설이 아닌 것이다. 많은 다른 문학 장르보다도 더 무게 있는 장르가 된 것이다. 옛 소설이 빛바랜 흑백 사진 한 장이라면, 지금의 소설은 잘 만들어진 컬러영화 한 편이 아니겠는가. 처음 번역한 사람이 미래를 내다보는 천리안이 있었더라면 『장자』에서 "소설(小說)"과 상대적으로 쓰인 "대달(大達)"이라 했으면 좋았을 것이다. 하긴 요즘 '대설(大說)'이란 말이 소설 대신 쓰인 것을 보았다.

한자 문화권에서 소설을 낮춰보는 데는 위의 인용문이 기본 근거가 된 것이지만, 『논어』의 한 구절도 부채질 했다고 본다. (사실 공자 때는 '소설'이라는 말이 없었다.) 『논어』에 "자불어, 괴력난신(子不語, 怪力亂神)"이라는 말이 있다. "자불어"는 "공자는 이러한 것을 입에 올리지 않았다"라는 뜻이고, 괴(怪)는 비정상적인 것을, 력(力)은 인간의 한계를 넘어서는 엄청난 힘을, 란(亂)은 사회 질서를 뒤집는 혼란을, 신(神)은 귀신을 의미하는데 공자께선 이러한 것을 입에 담지 않았다는 것이다. 그래서 뒷날 "자불어" 세 글자는 '소설'과 같은 의미로 사용되었다.

일부 우리는 아직도 그런 어설픈 생각에 잡혀 있기도 하다. 최근 어떤 고위 관료가 진실을 캐려는 상대방의 질문을 두고 "소설을 쓰시네"라고 빈정거렸던 예에서도 이를 알 수 있다. 그러므로 나는 가장 짧은 기간에 엄청난 분량의 소설을 쓴, 그리고 광범위한 공감대를 형성해서 불후의 업적을 남긴 이병주보다 뒤에 태어난 것을 고마워한다. 나는 작가 이병주가 보수(保守) 즉 '묵은 것을 그대로 지킴'에 속하는 사람일지, 진보(進步) 즉 '상황을 더욱 발달시킴'에 속하는 사람일지에 대해 오랫동안 생각 해 보았다.

보수가 제자리걸음이라면 진보는 앞으로 걸어 나가는 것이다. 그러므로 진짜 보수는 존재할 수 없는 것이다. 차라리 뒷걸음이라도 쳐야지 제자리에 서거나 앉아 있으면 죽는다. 알고 보면 살아있는 우리는 거의가 진(進)에 속한다. 진(進)은 추(隹)와 착(辶)으로 구성된 글자이다. 그 가운데 착(辶)에 속하는지 추(隹)에 속하는지가 문제가 될 뿐이 아니겠는가? 착(辶)은 네거리와 사람의 발을 상형한 착(辵)의 약자로, 사람이 천천히 걸어간다는 의미를 가진 글자이다. 추(隹)자는 새 한마리의 상형인데 앞으로 날아가는 새를 의미한다. 중국에는 뒤로 나는 새인 벌새가 없었다. 그래서 이 글자에 앞으로 나아간다는 의미만을 담았다. 그러니까 우리가 말하는 보수나 진보는 모두 진(進)자 속에 다 들어 있다. 새가 아무리 늦어도 사람보다는 빨리 나아간다. 그러므로 느린 걸음, 신중한 걸음걸이를 뜻하는 보수는 '착(辶)'에 액센트가 찍힌 글자이고, 빠른 걸음, 서두르는 걸음을 뜻하는 진보는 '추(隹)'에 액센트가 찍힌 글자가 아닐까?

작가 이병주는 이 가운데 어디에 속하는 것일까. 장년기의 이병주와 박정희의 관계를 생각하고 통일담론 때문에 투옥까지 된 것을 생각하면, 이병주의 사상은 '추(隹)'에 있는 것 같고, 노년기의 이병주와 전두환과의 관계를 생각하면 전두환의 자서전 대필을 부탁받았다는 소문까지 있었던 것을 보면 '착(辶)'에 속하는 것처럼 보인다.

나는 이 문제를 이병주와 역사소설을 통해 다시 한 번 생각해보려고 한다. 이 글의 앞에서 나는 흰 코끼리를 비유로 들었는데 나는 아마도 꼬리를 한두 번 쯤 만졌을 뿐인 맹인인 듯하다. 나는 이병주의 다양한 소설 가운데 이른바 역사소설에 해당하는 작품에 주목하고자 한다. 이병주 문학을 연구한 소설가 고승철 씨는 다음과 같이 말했다.

'나림의 여러 소설들은 격랑의 한국 근현대사와 궤를 함께 했다. 그러나 그 이전 시대를 배경으로 한 역사소설들도 적잖다. 여말선초의 격변기를 그린 소설『정도전』과 소설『정몽주』는 조선 건국을 둘러싼 이성계, 정도전, 정몽주 등 3인의 우정과 갈등을 묘사했다는 점에서 함께 읽으면 더욱 묘미를 느낄 수 있다. 임진왜란 당시의 지장 홍계남 장군의 삶을 그린『유성의 부』와 이상국가를 꿈꾼 천재 문사이자 홍길동전의 저자 허균의 일대기인『허균』도 나림의 대표적인 역사 소설이다.'

나는 이병주 소설의 한 구석을 차지할 뿐인 왕조시대 역사소설을 좋아한다. 정말 터무니없는 가정이 될 수도 있지만 나는 하늘이 이병주에게 10년의 수명을 더 주었더라면 중국 사대기서(四大奇書)의 하나로 가장 많은 독자를 가지고 있는 『삼국연의(三國演義)』를 넘어서는 수준의 역사소설을 썼을 것이라고 생각한다. 감히 작가적 역량을 말하건대 당대뿐 아니라 후대에도 이병주 만 한 깊고 넓은 지식과 안목에다 필력과 정력까지 갖춘 작가는 더 있을 것 같지 않다. 그러나 하늘은 그에게 10년의 세월을 더 주지 않았으니 문자 그대로 불공자파(不攻自破)가 아니겠는가? 그렇지만 나의 갈증은 소설『정몽주』, 소설『정도전』으로도 풀수 있다. 분량이 각각 한 권에 그치는데다 소설『정몽주』는 마치 시놉시스를 읽는 듯한 느낌마저 주고 있긴 하지만 말이다. 하나로 합해도 될 소설, 그리고 여기에 고려 말 조선 초에 활약한 이색 최영 이성계 이방원 등을 비롯한 수많은 역사 인물들을 점철하면 한국 최고의 대하역사소설, 허구와 실제를 잘 반죽한 위대한 역사소설이 이뤄질 수 있었을 것이다. 참으로 아쉬운 일이 아닐 수 없다.

과연 누가 우리 민족 내부의 대동탕(大動蕩)을, 대변동(大變動)을 역사적 사실과 개연성 있는 허구를 버무린 대서사시를 쓸 수 있을 것인가? 아쉽게도 그런 능력을 유일하게 가지고 있었던 문호는 영원히 가버렸다. 젊은 작가들, 후속세대들이 이병주를 존앙한다면 혹 그 계승자가 되고 싶다면, 이병주가 남긴 여서(餘緖)를 잇는 일에 전력을 다해야 할 것이다. 참, 나는 이병주가 '착' 즉 천천히 뚜벅뚜벅 걸어가는 사람인지, '추' 즉 빠른 속도로 새처럼 날아가는 사람인지가 궁금했던 것이다. '착'인 정몽주보다는 '추'인 정도전에 대해 잉크와 편폭을 더 많이 사용하고 있음을 본다면 나림 이병주의 사상은 '추'에 속하는 것이 아닐까 생각한다. 옛날식 '소설' 한마디 했다.

니체, 도스토예프스키, 사마천

나림(那林) 이병주(李炳注)의 지적 스승들 [1]

안경환(서울대 명예교수)

머리말

수천 년 간 중국의 지도자들은 대부분 독서가들이었다. 중화민국 건국의 아버지, 쑨원(孫文)도 마찬가지였다. 간암으로 세상을 떠나기 직전까지도 손에서 책을 놓지 않았다. 일본 망명시절 후일 수상이 된 대정객 이누카이 쓰요시(大養毅)와 나눈 대화가 여러 문헌에 남아있다. 하루는 이누카이가 쑨원에게 물었다. "가장 좋아하는 것이 무엇입니까?" 질문이 떨어지기 무섭게 쑨원의 대답이 따랐다. "레벌루션! (Revolution!)" 이누카이는 뭔가 성에 차지 않은 듯한 표정을 지었다. "그건 세상이 다 아는 일이오. 혁명 다음으로 좋아하는 것은 무엇이오?", "여자 (Women!)"라는 쑨원의 말에 손뼉을 치며 "하오(好)!"를 연발하면서 이누카이는 하나만 더 보태라고 했다. "책 (Book!)". 쑨원의 3대 기호품에 이누카이는 만족했다.[2] 임종 직전까지 극심한 통증에 시달리던 마오쩌둥(毛澤東)에게도 독서만큼 몸에 드는 진통제는 없었다고 한다. 손아귀에 힘이 빠지면 의사와 간호가가 대신 들고 책장을 넘겼다. 눈이 피곤하면 간호사에게 읽으라고 손짓했다. 눈에

---

1) 이 글은 2019년 9월 28일 이병주하동문학제 모임의 자유토론을 위해 마련한 비(非) 학술적 초고에 불과합니다. 학술용으로 인용하지 마시기 바랍니다.

2) 김명호, 『중국인 이야기 2』(한길사, 2013) pp.195-196

피로가 풀리면 다시 책을 읽었다. 마지막 숨을 내쉬는 순간까지 그럴 기세였다.[3]

20세기 후반 한국의 소설가 나림 이병주도 그러했다. 1992년 이른 봄, 71세의 이병주는 폐암말기 진단을 받고 연신 죽음의 그림자가 엄습해 오는 상태에서도 새 책을 주문하고, 새 소설을 구상하고, 원고 정리를 도와줄 타이피스트를 구하고 있었다.[4] 쑨원처럼 그도 평생토록 세상의 변혁에 깊은 관심을 쏟았고, 가슴에는 무수한 서적과 여인의 사랑을 함께 품었다.

20세기는 독서열이 절정을 구가했던 문자의 시대였다. 문학, 역사, 철학, 이른바 전형적인 인문학에 더하여, 다양한 관점에서 인간의 존재 이유와 인간사의 발전과정을 탐구하는 '인간학'이 한껏 융성해졌다. 생물학은 진화론을 통해 진화의 정점에 선 인간을 발견했고, 경제학은 노동가치설을 통해 가치의 원천인 노동의 주체로서의 인간을 발견했다. 정치학과 법학은 주권자인 개인과 인민의 관점에서 사회구성의 원리를 새로이 정립했다. 이 모든 인간학의 실험과 지식이 소설에 투영되었다.

20세기의 책읽기는 정치가나 사상가, 학자, 작가만의 기호가 아니었다. 거대한 독자군(群)이 책을 통해 세상을 배우고 깨쳤다. 다양한 분야와 장르의 저술 중에서도 소설은 지성과 대중을 상대로 통합인간학을 강론하는 유용한 수단이었다. 나림 이병주는 20세기 통합 인간학의 특권을 극대화로 누린 20세기 후반 한국 독서세대를 대표하는 작가였다.

독서대가 이병주

이병주는 '광대무변(廣大無邊)'의 독서가로 불렸다. 그와 교류한 많은 사람들

3) 같은 책. pp. 189-190

4) 이종호, 「선생님과 보낸 마지막 한 달 -이 작품집을 간행하며(서문)」『세우지 않은 碑銘』, (서당, 1992. 9)

이 그의 독서량과 주제의 다양성에 경탄한다. 리영희, 남재희 등 당대의 정평 있는 독서가들도 내놓고 이병주를 극찬했다. 때로는 그의 독서는 중심과 주변, 높낮이가 없어 보였다. 생각하기에 따라서는 '체계'가 없는 딜레탕트로 비치기도 했다.

"그의 소설을 읽으면 좋은 문장을 자주 만난다. 일상의 대화에서도 서구적인 세련미가 있는 말솜씨를 접하게 된다.", "책을 쓰는 것은 독자만을 위해거가 아니라 자신을 정리하는 뜻에서 자기 자신을 위한 것이기도 하다."

"나림과 아침 식사를 함께 하고 호텔 매점에 들렀다. 우선 아사히신문, 인터내셔널 헤럴드 트리뷴까지는 각자가 집어 드는데 나림이 한 발 더 나간다. 그가 르 몽드까지 집어 드는데 나는 프랑스어가 턱없이 모자라 따라갈 수가 없는 것이다. 얼마나 부러웠던지. 그뿐만이 아니다. 그는 일본 서점에서 미셸 푸코의 책을 여러 권 샀다. 나는 처음 듣는 이름이어서 푸코가 누군가 했다. 그리고 10여년이 지난 후에야 그가 그렇게 유명한 프랑스 철학자인 것을 알 수 있었다. 프랑스 이야기에 생각나는 게 있다. 내가 미국 하버드대학에서 한 학년 유학하고 5백권 쯤의 책을 사와 그에게 구경시키면서 한 권만 선물로 주겠다고 하니 그중 아주 얇은 책인 새뮤얼 베케트의 『고도를 기다리며』를 집는다. 반년쯤 후 그 책으로 베케트는 노벨 문학상을 받는다. 나림의 그 안목이여!"[5]

박정희 군사독재 시절의 대표적인 비판적 지식인 이영희도 이병주의 거대한 서재를 부러워하고 그의 박식함에 찬사를 보냈다. "나는 그 후 10년 가까이 그와 친밀한 관계를 이루었고, 그에게서 많은 것을 배우고 한국사회의 고급 사교장(술집 내지는 주점)을 탐방하는 기회도 누렸어요. 하여간 비상한 머리의 소유자이고, 그 지식의 해박함이 놀라울 정도였지."[6]

이병주는 자신의 독서비법을 밝힌 적이 있다. 젊은 시절부터의 습관인즉, 먼

5) 남재희, 『남재희가 만난 통 큰 사람들: 그들의 꿈 권력 술 그리고 사랑이 얽힌 한국 현대사』 (리더스하우스, 2014) 이병주 편.

6) 리영희 『대화 : 한 지식인의 삶과 사상(대담: 임헌영)』(한길사, 2005) pp.383-386

저 통독하고 요점을 정리한 독서노트를 만든다고 했다. (청년시절의 독서노트는 전란에 소실되었다고 한다), 전성기에는 한 달에 40여권의 책을 읽고 전부 독서노트를 만든 적이 있다고 했다.[7] 그는 젊은이에게 건네는 독서법의 충고로 좋아하는 한 작가의 작품을 모두 읽으라고 권한다. 그렇게 함으로써 '천재의 궤적'을 자기 나름대로 추적함으로써 스스로의 세계관을 형성할 수 있다고 했다.[8] 어쨌든 그의 독서력은 엄청난 속도, 내용을 기억하는 독해력, 그리고 기억한 내용을 토해내는 능력, 이 모든 면에서 출중했다는 정평이다. 그가 생전에 소장하고 있던 장서, 1만 4천여 권은 사후에 경상대학교에 기증되었다. (보다 많은 숫자의 장서가 유실되었다는 증언이다.)

한때 나림은 동거하고 있던 여인의 집을 떠났으나 그 여인은 나림의 서가를 소중하게 지키고 있었다. 책만 지키고 있으면 반드시 책 주인이 돌아올 것이라는 확신이었다는 뒷이야기가 있다.[9]

이병주는 1977년 4월 17일부터 1979년 2월 4일까지 총 85회에 걸쳐 「허망과 진실 – 나의 문학적 편력」이라는 글을 《주간조선》에 연재했다. 연재가 끝나자 단행본 2권으로 묶어냈다. 『허망과 진실(1979)(상. 하). 1983년에는 이 책의 절반을 추려 『이병주의 고백록』을 펴냈다. 사후 10년이 지난 2002년, 『허망과 진실』은 『이병주의 동서양 고전탐사』(1. 2권)란 새 제목으로 바뀌어 출간되었다. 중앙일보 논설위원, 정운영이 서평을 썼다. 제목은 "나를 야코죽인 고전"이다.

"내가 살아보지 못한 시대를 향해 작가가 풀어놓은 체험담은 한마디로 경이적인 것이었다. 제도의 폭력과 이념이 변덕에 희생되는 인간성이 곧장 등장하는 그의 초기 작품들은 소설의 플롯보다 그 시대와 사회에 대한 증빙자료로서 더 크게 우리의 관심을 유도했다. 대체 그 원천이 어디일까? 나는 그 대답의 한 가닥을 『이병주의 동서양 고전탐사』(생각의 나무. 2002)에서 찾았다. 소설가의 독

---

7) 이병주. 「나의 독서노트」 『에세이집. 용서합시다』(1981) p.245

8) 같은 책. pp.241-242

9)'옹덕동 18번지'가 등장하는 이 소설은 작가의 실제체험을 바탕으로 쓴 강한 정황적 증거가 있다.

서편력이자, 소설 제작의 비밀창고 말이다. 책은 도데, 도스토예프스키, 니체(제1권), 루신, 정약용, 사마천(제2권)의 생애와 업적으로 구성되어 있다. 어깨에 힘주는 위인전기도 아니고, 모가지 뻣뻣한 문학평론집도 아니다. 그렇다고 작가의 시시껄렁한 신변잡기도 아니다. 세계화란 말조차 없던 일제치하 학생들의- 고등학교 학생들의 - 고전 실력에 나는 그만 야코죽었다.[10] 그리고 소설가의 '고전 탐사'에도.

3대 경전 : 니체, 도스토예프스키, 사마천

이병주의 문학사상의 형성에 중심이 된 대가들이 여럿 있다. 그중에서 대표적 3인으로 니체, 도스토예프스키, 그리고 사마천을 들 수 있다. 이들은 이병주 세대의 보편적인 고전에 속하기도 하지만 이병주는 이들 세 거물작가들을 자신의 가장 중요한 문학적 자산으로 배양했다. 도스토예프스키와 니체는 일본 유학 시절에 처음 접한 이래로 지속적인 탐구 작업을 계속했고, 『사기』는 억울하게 감옥에 갇힌 1961년, 일종의 발분의식으로 출발하여 권력지향의 인간 사회의 본질적 상황을 탐구하는 중요한 참고서로 삼았다. 이병주와 교류한 많은 사람들이 그가 『사기』의 내용을 소상하게 꿰고 있는 듯했다고 말한다. 마찬가지로 니체와 도스토예프스키에 대해서도 체계적인 이해를 갖추었던 것으로 보인다. 이들 세 작가는 이병주 자신의 작품들 속에 적절하게 인용되어 있다. 이하 작가별로 살펴본다.

10)《중앙일보》, 2002. 4. 27.

프리드리히 니체

"신은 죽었다."(니체), "니체, 넌 죽었다."(신), "너희 둘 다 죽었다."(청소 아줌마) 한때 널리 퍼졌던 '화장실 낙서'조크다.

신은 죽었지만 신앙은 남았다. 남아있는 신앙은 계속 경배할 대상을 찾는다. 21세기의 총아, 유발 하라리(Yuval Noah Harari)의 3부작, 『사피엔스』(Sapience : A Brief History of Humankind, 2011) 『호모 데우스』(Homo Deus : A Brief History of Tomorrow, 2015) 『21세기를 위한 21가지 제안』(21 Lessons for the 21st Century, 2018)은 니체의 논제를 확대 전개한 것이다. 인간이 모든 생물을 복속시키고 만물의 영장으로 지구를 호령할 수 있게 된 것은 '가상의 질서(화폐, 국가, 종교, 법, 등)'를 발명한 덕분이다.(『사피엔스』) 과학이라는 신무기로 신을 죽여 버리고서도 신의 품을 떠나지 못하는 인간은 어떻게 살 것인가?(『호모 데우스』) 정보기술과 생명기술, 쌍둥이혁명을 겪고 있는 21세기 인간의 삶은 어떻게 달라질 것인가? 21세기 중에 알고리즘을 통한 인간 내부의 통제와 생명의 설계도 가능해질 것이라고 합니다. 인간의 감정과 이성은 인공지능, 알고리즘에 주도권을 내줄 것이다. 그렇다면 장구한 세월에 걸쳐 인간이 건설해온 세상과는 판이하게 다른 세상이 될 것이다.(『21세기를 위한 21가지 제안』)[11]

일제말기 지식청년과 니체

흔히 구제 일본고등학교 학생들의 일상에 '데칸쇼'(데카르트, 칸트, 쇼펜하워)가 필수였다고 한다. 이들은 전료제 (全寮制), 즉 전원이 함께 기숙사 생활을 하면서 학업과 동료애를 다지면서 때로는 상궤를 벗어난 각종 기행으로 젊음을 분출한

---

11) 安京煥, 「Yuval N. Harari 3부작과 국제인권(國際人權)」 Keynote Speech 臺灣人權教育(研修大會, (高雄, 2019. 1)

다. 데칸쇼 노래는 '방(蠻)칼라', '스토무 (신고식)'과 함께 장차 제국의 리더가 될 청년들의 기개를 과시하는 중요한 학생 문화였다. 박정희 정권에서 국회의장을 지낸 이효상의 회고에 옮긴 데칸쇼 노래 가사다.

"이왕이면 사쿠라 나무 밑에서 죽자/ 죽은 시체에 꽃잎이나 떨어지리/ 요이요이 데칸쇼/ 박사나 대신들의 근본을 아느냐/ 데칸쇼 데칸쇼 부르며 자랐지/ 요이요이 데칸쇼/ 이왕 할 일이면 억센 일 하여라/ 나라의 부처님을 방귀로 날려라/ 요이요이 데칸쇼/ 논어 맹자 다 읽어봐도/ 술 먹지 말라는 말 한마디도 없다. 요이요이 데칸쇼.[12]

이들은 '대동아공영(大東亞共榮)'의 기치를 내건 제국의 전쟁에 나가서도 데칸쇼를 소리 높여 복창했다. "고비사막에 오줌을 누면, 황하에 홍수가 넘친다. 데칸쇼, 데칸쇼."

동경제국대학 법학부 재학 중에 학병에 징집된 신상초(1922-1898)는 고고 시절의 독서생활의 편린을 기록으로 남겼다. 후쿠오카고등학교 문과 재학 당시 구라다 햐쿠조 (倉田百三)의 『사랑(愛)과 인식(認識)의 출발(出發)』, 니시다 기타로(西田幾太郎)의 『선(善)의 연구, 이데 다카시 (出隆)의 『철학이전(哲學以前)』, 도쿄대학에서 축출된 가와이 에이지로 (河合榮治郎)가 편집한 10여 권의 학생총서 그리고 이와나미(岩波) 문고에 수록된 일본문학 등을 고등학교 신입생들의 전형적인 독서목록으로 기억한다.[13]

2학년이 되면 더욱 본격적인 철학이나 사회과학 서적 읽기로 발전한다. 신상초는 문과생끼리 조직한 철학연구회의 들어 칸트에서 시작하여 헤겔에서 완성되는 난해한 독일관념론 서적을 읽는다. 불어 전공인 그는 데카르트와 베르그송을 거쳐 니체, 하이데거, 야스퍼스 등의 생의 철학을 거쳐 실존철학의 계보에 발

12) 이효상, 『한솔 이효상 문학전집 5- 미리 쓰는 비명』 (삼성출판사, 1970), pp.31-32, 정종현, 「제국대학의 조센징 : 대한민국 엘리트의 기원, 그들은 돌아와서 무엇을 하였나?」 (휴머니스트, 2019) p.106에서 재인용)

13) 신상초, 『탈출』 (녹문각, 1966) p.25

을 들여놓는다."[14]고 술회했다.

정규 수업과목에서 이들 독일 철학자를 다루기도 했지만 학생들의 자발적인 동아리활동으로 청년 철학을 탐구하고 철학적 치기를 발산했다. '데칸쇼'가 필수였다면 니체는 선택이었다. 쇼펜하우어는 니체의 초기 저술에 큰 영향을 미쳤다. 니체에게 쇼펜하우어는 바그너의 음악과 함께 한동안 독일문화의 늪에게 헤어날 수 있는 희망이었다. 니체가 초년에 숭모하던 쇼펜하우어를 절연한 이유는 선명하다. 쇼펜하우어는 현실에 대한 부정으로 희망보다 절망을 향해 인간을 인도했기 때문이다. 헤겔은 『법철학』에서 "모든 사상가는 자기시대의 아들"이라고 말했다. 그런 헤겔에 반박이라도 하듯이 니체는 "참된 철학자는 가장 깊은 의미에서 비시대적이다"라고 말한다.(「교육자 쇼펜하우어」) 니체는 시대를 넘지 못하고 그 시대의 '습한 공기'를 담고 있는 작품은 결코 위대한 작품이 될 수 없다고 주장한다.(『서광』) "나는 너무나도 먼 미래 속으로 날아갔다. 섬뜩한 기분이었다. 주위를 돌아보았다. 보라! 시간만이 내 유일한 동시대인(Zeitgenosse)이 아닌가."(「교양의 나라에 대하여」)

이병주가 수학한 1930년대 후반 – 40년대 초반, 일본 지성계에서 니체는 새로운 시대조류의 상징 인물이었지만 아직 정전((正典)의 반열에 이르지 못한 것으로 보인다. 그러나 적어도 "신은 죽었다!"라는 니체 잠언만은 학생들 사이에도 널리 회자되었다고 한다.

한국지식인과 니체

니체가 우리나라에 최초로 소개된 것은 1910년대의 일이다. 구미의 동시대 위인과 사상가들이 '모범'으로 소개되었다. (주로) 일본과 (보충적으로) 중국을 통

---

14) 신상초, 같은 책 pp.28-29

해 수입된 것이다. 최남선이 톨스토이, 괴테, 위고, 바이런, 테니슨을 소개했고, 비슷한 시기에 니체, 마르크스, 크로포토킨 등이 소개되었다. 물론 이들 작가에 대한 체계적인 이해 없이 특정 작품의 주제, 스토리, 어구를 '방편적'으로 소개한 수준이다. 이를테면 니체의 '초인론(超人論)'(위버멘쉬)은 한일합방의 역사적 필연성을 정당화하는 근거로 인용되기도 했다. "조선민족 같은 사회의 약자는 전연 멸망함이 도리어 이익이 아닐지는! …… 니체로 하여금 평하라 할진대 차(此)와 여(如)한 민족 전전(全全) 멸망함이 초인 출현에 필요하다 단언할지로다."[15]

해방 후 1950년대에 조숙한 여고생 홍숙자도 니체를 탐독했다. 그는 10대 때부터 니체의 구절을 인생의 좌우명으로 삼았다고 한다. "'선구자가 되는 것은 저주다. 그러나 운명이다……. 내 운명은 개척의 길이었다. 내가 가야 할 그 길을 나는 걸었다.'(To be pioneer is a curse, but destiny.)" 나림과 친교가 깊었던 홍숙자는 니체의 구절을 자서전의 제사 (題詞)로 삼았다. 니체를 마스터하고 있던 나림이 홍숙자의 니체 사랑을 대견스럽게 여겼을 것이 분명하다.[16]

데뷔작 『아셀나마』(1968) 이래로 평생 극도로 난해한 철학소실을 쓴 박상륭 (1940-2017)은 『신을 죽인 자의 행로는 쓸쓸했도다』(2003)로 니체에 해제를 달았다.[17] 한 후세 네티즌 독자의 서평이다. "그리고 보면 이 소설 또한 그것인 것. '부처를 만나면 부처를 죽이고, 스승을 만나면 스승을 죽이는' 니체는 신을 만나 신을 죽였고 박상륭은 차라투스트라를 만나 차라투스트라를 죽인 것. 그리하여 자신의 빛깔, 자신의 소리를 획득한 것이고 보면 '여시아문(如示我聞 : 이와 같이 나는 들었다)'으로써의 창조는 우리가 나날의 삶 속에서 이미 구현하고 있으며 구현되어져야 하는 것. 누구나 자신만의 소리로 득음의 경지에 올라야 하는 것."[18]

---

15) 주종천, 「신년을 향하여 유학생 제군에게 정(呈)함」《학지광》4, 1915.2. p.29, 권보드래, 『3월 1일의 밤』 (돌베개, 2019.) p.215에서 재인용

16) 홍숙자, 『저 높은 곳을 향하여』 (여백미디어, 2006) p.154

17) 김윤식, 「벤쿠버의 어떤 동굴에 비친 물빛 무늬: 이문구와 박상륭」『문학사의 라이벌의식』 (그린비, 2013) pp.235-354

18) http://blog.daum.net/nowandhere3/132 (2019. 9.1 접속)

21세기에 들어서도 니체는 여전히 세계지성의 주된 권위로 살아있다. 난해한 만큼 엄청난 마력을 지닌다. "우리의 삶에는 무엇이 빠져 있는 것일까, 그렇다면 그것은 니체의 탓인가" 영국의 문화사가, 피터 왓슨(Peter Watson)의 획기적인 저술, 「무신론자」의 시대의 서문이다.[19] 한국에도 니체 전도사로 떠오른, 박찬국[20], 백승영,[21] 고병권[22]을 위시하여 많은 신세대 지식인들이 줄지어었다.[23] 일본의 한 니체 애호가가 가볍게 쓴 생활지혜서도 국내에 번역되어 상당한 독자를 얻었다.[24]

이병주의 니체 제자 되기

1941년 봄, 메이지대학 입학 직전에 이병주는 니체를 만난다. "나는 니체를 만난 것을 행운으로 친다면, 그 점만은 일본인에게 감사를 드려야 한다. 도스토예프스키는 영역(英譯)과 불역(佛譯)을 통하는 경우도 있었지만 니체에 관해선 순전히 일역(日譯)을 통할 수밖에 없었기 때문이다. 극단적으로 말하면 '일본어가 없었더라면 나와 니체의 만남은 없었다.'로 되었을지 모른다."[25]

"18세의 소년이 어느 책방에 들어섰다. 『차라투스트라는 이렇게 말했다』(Also Sprach Zarastrutra) 라는 표제의 책이 눈에 띄었다. 이상한 제목이라고 생각했다.

---

19) Peter Watson, *The Age of Nothing* (2014) 정지인 옮김, 『무신론자의 시대: 신의 죽음 이후 우리는 어떤 삶을 추구해 왔는가』 (책과 함께, 2016)

20) 박찬국, 『해체와 창조의 철학자』 니체 (동녘, 2001)

21) 이진우, 백승영 지음 『인생교과서 니체 너의 운명을 사랑하라』 (21세기북스, 2016)

22) 고병권, 『니체, 천 개의 눈, 천 개의 길』 (소명, 2001); 『니체의 위험한 책, 차라투스트라는 이렇게 말했다』 (그린비, 2003); 『언더그라운드 니체』 (천년의 상상, 2014) 등등

23) 김상환 외, 『니체가 뒤흔든 철학 100년』 (민음사, 2000); 성진기 외 『니체 이해의 새로운 지평』 (철학과 현실사, 2000)

24) 사이토 다카시 지음, 이정은 옮김 『곁에 두고 읽는 니체』 (홍익출판사, 2015)

25) 이병주, 『동서양의 고전탐사』 (1권) p.234

저자는 프리드리히 니체, 역자는 나마타(生田長江)였다. 나마타란 사람은 꽤 알려져 있는 사람이고 해서 소년은 그 책을 샀다. 하숙으로 돌아와 읽기 시작했는데 그것은 소설과도 달랐고 시와도 달랐고 철학책 같은 느낌도 달랐다. 그러면서도 고양된 사상 같은 것이 느껴지지도 했고, 뭐가 뭔지 확실히 파악할 수는 없었으나 일종의 흥분 상태로 이끌어 나갔다."[26]

메이지 대학 입학원서에 애독서를 기입하는 난이 있었다. 마침 읽고 있던 이 책을 써 넣었다. 면접시험이 있었다. 면접관은 아베 도모지(阿部知二 1903-1973)였다. 동경제국대학 영문과를 졸업한 아베는 소설가와 평론가로 함께 활동하면서 자유주의적 주지(主知)적 담론을 펴면서 젊은이들 사이에 인기가 높았다. 아베는 수험생에게 책의 한 구절을 암송해 보라고 주문한다. 학생이 답한다. "사람은 탁한 강물이다. 이 탁한 강물을, 스스로를 더럽히지 않고 받아들이려면 바다가 되어야 한다.", "보라! 나는 너희들에게 위버멘쉬를 가르치노라. 이 위버멘쉬가 바로 너희들의 크나큰 경멸이 그 속에 가라앉아 몰락할 수 있는 그런 바다다."[27]

흡족한 표정을 지으며 면접관 아베가 말한다. "자네와 차라투스트라를 토론하기 위해서라도 입학시켜야겠네."[28] 그리하여 1941년 4월, 메이지대학 문예과에 입학한다. (문예과는 오늘날 한국대학의 문예창작과에 해당하는 것으로 이를테면 장래 작가가 되기를 준비하는 학과라고 김윤식은 평가한다.)

교수는 학생에게 니체의 작품들을 연대순으로 읽으라고 권고한다. 오가와(大川)로 개명한 식민지 청년 이병주의 니체 탐독은 이어진다. "나는 『비극의 탄생』을 읽어나가며 나름대로의 예술철학을 꾸몄다. 세계에 대한 최고의 인식은 예술적 인식이라는 것. 모든 철학이 생에 유관하게 보람을 갖자면 높은 예술성을 지녀야 한다는 것, 과학마저도 끝끝내 인류에 기여하는 충전(充全)한 것이 되려면

26) 이병주, 『동서양의 고전탐사』 (1권) pp.234-236

27) 「차라투스트라의 머리말」, 제1부

28) 정범준, 『작가의 탄생: 나림 이병주, 거인의 산하를 찾아서』 (실크캐슬, 2009) pp.80-81

예술로서의 완성도를 지녀야 한다는 것 등이다. 인간의 생활은 예술로서 완성된다는 것이 나의 신념이며, 정치가 예술화될 때 비로소 인류의 이성이 달성된다는 것이 나의 신앙이다." [29]

이병주의 니체학습은 『반시대적 고찰』, 『인간적인, 너무나 인간적인』, 『이 사람을 보라』으로 이어진다. "이것(『인간적인, 너무나 인간적인』)은 하나의 위기의 기념비이다. 그리고 이건 자유정신을 위한 책이라 불린다. 나는 내 내부에 도사리고 있는 것으로서 내 본성과는 어울리지 않는 것으로부터 자유가 되었다. 내 본성과는 어울리지 않는 것이란 이상주의를 말한다. 이 책의 제목이 말하는 것은 모든 사람들이 이상적인 것을 보는 장소에서 내가 보는 것은 인간적인 것, 아니 너무나 인간적인 것뿐'이란 것이다. 자유정신이란 다시 자기 자신을 확실히 소유하기에 이른 자유가 된 정신을 말한다."(『인간적인, 너무나 인간적인』)

"니체가 자기를 밝힌 대목에서 쓴 이 문장을 어떻게 해석해야 옳은가. 사람이 이러한 자유로운 경지에 서기 위해선 계속 초월해서 고고(孤高)의 적막을 견딜 수 있는 '예외자', '고독자'의 길을 택해야만 한다. 이것은 결코 안이한 독단적 생을 의미하는 것이 아니고 인습적 독단에 사로잡혀 있는 자기의 한 걸음을 초극(超克)해서 본래의 자리로 돌아오는 험난한 길이다. 그리고 거기선 불경(不敬), 불륜(不倫)이란 세간의 비난은 있을망정 칭찬이 있을 까닭은 없다." [30]

"네가 타인의 칭찬을 받고 있는 동안에 난 네 자신의 궤도를 걷고 있는 것이 아니라 타인의 궤도에 있는 것이라고 생각하라! (니체의 말!) 니체의 이 말은 그가 말하는 예외자 또는 고독자가 결코 사회에서 소외된 입장에서 또는 성공을 꿈꾸다가 좌절했기 때문에 생겨난 그런 것이 아니라는 점을 밝히고 있다." [31]

본격적인 니체의 제자가 되기를 지원한 청년은 '예외자'로 서기 위해 무언가 행동에 옮겨야만 한다. 그리하여 군사훈련을 받지 않겠다는 뜻을 교관에게 전한

29) 이병주, 『동서양의 고전탐사』(1권) p.253

30) 같은 책 (1권) pp.301-302

31) 정범준, 『작가의 탄생: 산하가 된 거인 이병주』 pp.90-91

다. 뜻밖에도 교관은 선뜻 수락한다. 메이지대학 학적부에는 이병주가 3년 내내 교련을 한 과목도 수강하지 않은 것으로 기록되어 있다.[32]

학생의 교련거부, 과연 그것이 가능했을까? 학병 출정 환송식인 장행회(壯行會)에서 고이소(小磯)총독에게 정면으로 대든 한운사나[33] 남경간부사관학교에서 강연 나온 장군에게 항의한 교육생 황용주의 경우도 큰 무리 없이 수습되었다는 사례를[34] 감안하면 납득이 될 수도 있다. 그러나 만약 교련이 필수과목이었다면 교관의 재량으로 면제결정을 내리지 못했을 것이다. 이병주는 교련을 받지 않으면 "머리를 기를 수 있었다."라고 술회한다. "까까머리 대신 장발을 한 것은 니체의 제자라는 표식"이라고 자부심을 품었다고 한다. 그러나 이병주의 학병동료 그 누구도 대학 시절에 교련과목을 이수했다거나, 교련을 수강하기 위해 삭발했다는 취지의 진술을 하지 않는다. "교관은 교련을 이수하지 않으면 장차 군에 가게 되면 간부후보생이 되지 못한다."며 재고할 것을 촉구한다. 어쨌든 이병주는 교련과목을 수강하지 않고 머리를 기르는 자유인으로 대학을 무사히 졸업한다.

학병에 '강제지원'된 이병주가 간부후보생이 되기를 시원하지 않았던 것은 사실인 듯하다. 학병 동료 그 누구의 회고에도 이병주가 장교에 임관되었거나 간부후보생을 지원했다는 증언은 없다. 오로지 1961년, 12월 혁명재판소의 판결문에 기재된 피고인 인적사항에 '일본군 소위'의 전력이 명기되어 있을 뿐이다. 그러나 문제의 판결문에 적시된 이병주의 인적사항에는 무수한 오류가 포함되어 있다. 그러기에 오직 '일본군 소위' 부분에만 확정적 공신력을 부여할 이유는 없다. 설령 그가 일본군 소위에 임관되었다고 하더라도 자발적인 의사에 기한 것이라고 보기 어려운 정황은 충분하다. 전선과 소속부대의 사정에 따라 종전 후에 임관한 경우도 있다. 심지어는 포츠담 선언 이후에 조선인 학도병을 일괄적으로 장교로 임관했다는 증언도 있다.

---

32) 교련은 졸업에 필수과목이 아닌 선택과목이었을 가능성이 크다.

33) 안경환, 『황용주 평전 : 박정희와 그의 시대』 (까치글방, 2013) pp.157-158

34) 안경환, 같은 책, pp.170-172

운명애 (運命愛)

니체에 의하면 신이 인간을 창조한 것이 아니라 인간이 신을 창조했다. 신은 인간의 피조물이고 그림자다. 신의 죽음과 위버멘쉬의 출현은 인간의 죽음을 의미한다. "나는 너희들에게 위버멘쉬를 가르치노니, 인간은 극복되어야할 그 무엇이다."(「차라투스트라의 머리말」)

양자역학의 확률론적 해석을 비판하면서 아인슈타인은 "신은 우주를 대상으로 주사위 놀이 따위를 하지 않는다."라고 했다. 조물주가 아무런 생각 없이 주사위를 던져 세상을 만들었을 리가 없다는 이야기다. 그러나 차라투스트라는 "세상은 주사위 놀이를 하는 신들의 도박대"라고 말한다. 이성을 통해 얼마간의 지혜는 가능하겠지만 일체의 사물들을 본다면 차라리 우연이 행복하다는 확신이 든다."는 말도 덧붙였다.(「해뜨기 전에」)

'놀이'가 신학자를 불편하게 만들었다면, '주사위'의 존재가 과학자들을 불편하게 만든다. 주사위 놀이의 결과로 주어진 우연이 개개인간의 운명이다.

의식이 자유로운 아이들의 주사위 놀이는 행위의 반복, 생성의 반복, 즉 새로움의 반복, 자아의 반복을 의미한다. 이것이 바로 영원회귀 이론의 핵심일 것이다.

"아모르 파티(amor fati), (운명을 사랑하라!)" 니체의 경구다. 기원전 5세기 페르시아의 차라투스트라는 니체에 의해 완전히 다른 존재로 변신한다. 고대의 차라투스트라가 도덕적 세계의 탄생을 의미한다면 니체의 차라투스트라는 도덕적 세계의 몰락이자 새로운 세계의 탄생을 의미한다.

이병주의 장기 중의 하나가 운명 타령이다. 『관부연락선』의 대미를 장식하는 유태림의 말이다. "나는 아득한 옛날 프랑스의 파리 어느 거리에서 만난 절름발이 거지를 생각한다. 나는 그에게 한 푼의 돈을 주고 다리를 어디서 다쳤느냐고 물었다. 그는 외인부대에 갔었다고 했다. 외인부대엔 뭣 때문에 갔느냐고 되물었더니 그는 품위와 위엄을 갖추고 답했다. '운명'이라고. 운명…… 그 이름 아래서

만이 사람은 죽을 수 있는 것이다." (1943. 11) (「유태림의 수기(5)」)[35]

위버멘쉬는 자신의 덕을 사랑하는 자이다. 자신의 덕에서 자신의 취향과 운명을 만들어 낸다. 자신의 운명을 긍정하는 운명애. 나의 운명은 나의 덕이 만드는 것, 누구도 대신할 수 없다. 스스로 만든 운명을 기꺼이 받아들이고 지속적으로 만들어 나간다. 자신의 덕을 위해 죽고 산다. 몰락과 생성을 거듭하면서 자기극복, 변신, 영원회귀를 통해 위버멘쉬로 재탄생한다.

"밤은 어둡고 차라투스트라가 갈 길 또한 어둡다. 오라. 너 차디차게 굳어버린 길동무여! 내 너를 등에 지고 가겠다. 내 손수 너를 묻으려 하는 그곳으로 말이다.", "주사위는 던져졌다. 던져진 것이 내 운명이다. 최초의 주사기 던지기를 긍정하는 것.", "운명애, 이는 본질적으로 주사위 놀이인 운명을 긍정하는 자의 외침이다. 나는 사랑한다. 나의 운명과 삶을. 그러므로 나는 나의 송장을 기꺼이 짊어지고 가야만 한다. 동반자의 시체도 마찬가지다." 사는 것도 운명이고 죽은 것도 운명이다. 어떤 운명이건 사랑해야 한다는 것이 니체와 이병주가 공유했던 생의 철학이었다.

『행복어 사전』과 니체

1976~1982년 기간 동안 《문학사상》에 연재된 소설, 『행복어 사전』에 니체의 구절들이 등장한다. 주인공 서재필의 조숙한 대학생조카의 입을 통해서이다. 니체는 인간을 초극하여 위버멘쉬에 이르는 정신의 발전 단계를 낙타의 시기, 사자의 시기, 어린아이의 시기의 세 단계로 구분한다. 첫 번째 단계인 낙타의 시기는 자신에게 주어진 의무를 기계적으로 수행하는 수동적인 단계이다. 낙타는 자유를 쟁취하여 사막의 주인이 되려는 사자가 된다. 사자의 시기는 그 의무를 부정

---

35) 『관부연락선』(2권) (한길사, 2006) pp.365-366

하고 새로운 창조를 목표로 하여 진정한 자유의지에 따라 행동하는 시기다. 그런데 사자 역시 긴장된 상황 속에서 공격적으로 살아간다는 한계에 부딪친다. 그래서 니체는 천진난만하게 뛰어 놀고, 기존의 질서에 구속되지 않고 새로운 가치를 실험하고 창조하는 어린아이의 시기가 최상의 시기라고 여긴다. 어린아이는 낙타와 사자의 단계를 확실하게 거쳐서 창조성이 넘치는 정신의 단계를 지향하게 된다. 어린 아이는 자기 욕망에 충실하다. 도덕이나 법률, 제도는 아이의 행동을 심판할 수 없다. 아이는 웃기만 할 뿐이다. 아이는 양심의 가책이 없다. 그는 비도덕적인 존재다. 악하다는 의미가 아니라 도덕을 갖고 있지 않고 필요로 하지도 않는다는 의미에서 그렇다. "그렇다. 형제들이여, 창조의 놀이에는 아이의 신성한 긍정이 필요하다. 아이의 단계에 이르러서야 비로소 정신은 자기 자신의 의지를 의욕하며, 세계를 상실한 자는 자신의 세계를 되찾는다."

니체의 작품 마지막에 사자가 등장한다. 사자를 보고 차라투스트라가 말한다. "내 어린아이들이 가까이 있구나. 내 어린아이들이. 차라투스트라는 성숙해졌다. 나의 때가 왔노라", "이제야말로 나의 아침인 것이다. 이제야 낮이 시작되는 것이다. 솟아올라라. 솟아올라라. 그대. 위대한 정오여."

'어린 아이'는 '춤추는 자', "깨어난 자"와 함께 '위버멘쉬'의 성격을 지칭하는 개념이다. 춤은 중력에 대한 저항이다.(제2부 「무도곡」) 몸을 고정시키는 정적 질서의 거부다. "어린 아이는 천진난만이요, 망각이며 새로운 시작, 놀이, 스스로의 힘에 의해 돌아가는 바퀴, 최초의 운동, 거룩한 긍정이다."(제1부 「세 가지 변화에 대하여」)

2016년 북구 문학상을 수상한 아이슬란드 소설가의 작품, 『호텔 사일런스(Hotel Silence)』는 니체의 구절들을 각 장의 제목으로 활용했다. 「차라투스트라는 이렇게 말했다」, 「선악의 저편」, 「아침놀」, 「지식의 즐거움」 등등.[36] 아이슬란드

---

36) 와이뒤르 아바 올라프스도티르 지음, 양영란 옮김 『호텔 사일런스』 (한길사, 2019)

는 인구 35만의 작은 나라다. 그러나 독자적인 언어를 사용하고 국민 열 명 중 한 사람이 책의 저자라고 한다. '호텔 사일런스', 책 제목이 암시하듯이, 침묵을 강요당하는 세상에서 익명의 존재로 고립된 삶을 사는 현대인, 그중에서도 새로운 '루저'그룹으로 양산되는 중년남자의 소외를 다룬 작품이다.

"구차하고 남루한 우리는 무엇으로 또 하루를 살아내는가?" 옮긴이의 변에서 자조의 주조(主調)가 감지된다. 작품의 주인공은 49세 사내다. 최근 9년 동안 섹스리스 상태였던 아내에게 이혼 당했다. 이혼하면서 아내는 둘 사이의 외동딸이 실은 그의 자녀가 아니라고 알려준다. 어머니는 치매 상태로 요양원에 있다. 사내는 자살을 결심하고 최근 전쟁이 끝난 익명의 나라로 떠난다. 침묵의 숙소(호텔 사일런스, Hotel Silence)에서 익명의 사람들과 최소한의 교류를 통해서 자신이 아직도 쓸모가 있다는 사실을 깨닫는다. 새 여인에게서 새 사랑도 얻는다.

이 작품은 다른 맥락에서 이병주의 『행복어 사전』을 연상시킨다. 인간이 마지막까지 희망을 버릴 수 없는 것, 절대로 버려서는 안 되는 것, 그것은 자신에 고유한 행복어 사전을 만드는 작업이다. 삶을 긍정하는 니체의 권력의지와 영원회귀, 이병주가 이상적인 정치공동체로 신봉했던 민주사회주의국가 북유럽이라는 지리적 무대와 결합하여 이병주문학의 친근감을 더해준다.

국가의 불신, 조국의 부재

"새로운 우상인 국가를 경계하라" 니체 사상의 중요 의제의 하나다. 토마스 홉스는 『리바이어든 (Leviathan)』에서 국가는 전쟁을 종식할 필요성에 의해 탄생한 것이다. 전쟁을 종식시키기 위해서는 무서운 괴물이 되지 않으면 안 된다고 역설했다. 이에 더하여 니체는 (평화 시에도) 국가는 악이라고 단언했다. "국가는 가장 냉혹한 괴물이다. 국가의 모든 것이 가짜다. 잘 무는 버릇을 가진 국가의 이빨도 훔친 것이다. 그 내장도 가짜다. 너희가 국가라는 새로운 거짓 신을 숭배할 때 국가는 너희에게 모든 것을 주려 할 것이다. 그렇게 해서 국가는 너희의 자랑스러운 두 눈을 매수하는 것이다." 이 구절들은 아나키스트에게 중요한 이론적 무기를 제공했을 뿐만 아니라, 권위적인 국가로부터의 일상적 자유를 희구하는 지식인들에게도 더없이 큰 위안이 되었다.

6·25 동란의 소용돌이 속에서 북한인민군과 한국경찰, 양쪽에 의해 고초를 당하면서 이병주는 '조국의 부재'를 뼈저리게 느꼈다고 고백한 적이 있다. 이러한 국가에 대한 불신이, 1960년 12월, 「조국의 부재」 칼럼으로 표출되었을 수도 있을지 모른다.

"조국이 없다. 산하가 있을 뿐이다. 이 산하는 삼천리강산이란 시적표현을 가지고 있다. 삼천리강산이 삼천만의 생명이 혹자는 계산하면서 혹자는 계산할 겨를도 없이 스스로의 운명대로 살다가 죽는다.

조국은 또한 향수에도 없다. 기억 속의 조국은 일제의 지배 밑에 신음하는 산하와 민중. 해방과 이에 뒤이은 혼란을 고민하는 산하와 민중, 그리고는 형언하기도 벅찬 이정권의 12년이다. 역사 속의 조국은 신라와 고려의 명장(名匠) 등의 업적으로 아직껏 빛나고 있지만 이건 전통으로서의 생명을 잇지 못하고 단절된 한때의 기적으로 안타까울 뿐이다.

진정 조국의 이름으로 부르고 싶을 때가 있었다. 8·15의 해방, 지난 4·19의 그날. 이를 기점으로 우리는 조국을 건설할 수 있었다. 그 이름 밑에서 흔연(欣然) 죽을 수 있는 그러한 조국을 만들어 나갈 수 있었다. 그러나 이조(李朝) 이래의 추세는 참신(斬新)한 의욕을 꺾었다. 예나 다름없는 무거운 공기. 회색 짙은 산하. 조국이 부재한 조국. 이것이 오늘날 우리들의 조국의 그 정체다. 다시 말하면 조국은 언제나 미래에 있다. 희망 속에 있다. 그러면 어떠한 힘이 조국을 만들어 낼 것인가. 이 회색의 대중 속에서 어떠한 부류가 조국건설의 기사(技師)를 자처하고 벅찬 의욕과 실천력으로 등장할 것인가."[37] 이 칼럼이 빌미가 되어 1년 후인 1961년 12월 이병주는 정통성이 결여된 국가권력의 제제를 받는다.

---

37) 이병주, 「조국의 부재」 《새벽》, 1960. 12월호, 32쪽

〈창백한 범죄자〉소급법의 불의

이병주는 일제 강점기 도쿄에서 독서모임을 하다 검찰의 조사를 받는다. "불행한 법과의 첫 대면"이다. 단정한 미모의 소유자 검사의 냉혹한 표정을잊지 못한다. 당시의 사회 분위기를 이렇게 전한다. "이해(1941년) 10월 18일 리하르트 조르게라는 소련 간첩이 도쿄에서 체포된다. 『관부연락선』에서는 "조르게, 오자키 호즈미(尾崎秀實)사건이 소연한 물의를 일으키고 있던 당시"로 묘사한다. 당시의 분위기를 이병주는 이렇게 전한다. "일본의 이른바 특고경찰은 나치의 게슈타포, 소련의 KGB를 뺨칠 정도의 고도의 조직이고 그 고문술은 세계제일이었죠. 예사로 학생 방에 침입하여 불미스러운 책이 눈에 띄었다하면 마구잡이로 연행해서 수 주일씩 감금해 놓고, 있지도 않은 범죄사실을 자백하라고 강요했으니까. 고문에 의해 죽은 학생, 옥사한 학생이 비일비재합니다." [38]

김윤식이 번역한 리처드 미첼(Richard Michell)의 『일제하의 사상통제』(1982) (Thought Control in Prewar Japan, Cornell University Press, 1976)는 '사상전향과 그 법체계'라는 부제가 지시하듯 일제시절에 일본국가가 행한 사상통제, 제국일본의 국가적 이념에 도전해오는 모든 이념과의 싸움, 더 좁히면 마르크스주의의 도입을 허용한 제국 일본이 이번엔 그것을 철저히 막아내야 하는 기획이 이 책의 연구과제였다." [39]

'전향'이라는 영민한 법 운영이 성공적인 사상통제의 관건이었다. 오래전에 확립된 도쿄대학의 학문적 독자성과 다양성이 시대의 자양분이었다. "이쯤 되면 두 개의 '국가'가 암암리에 용인된 형국. 천황제 일본국가 대 비천황제 사회주의 국가의 내가 보고 만난 일본대결. 비록 사세 불리하여 천황제 파시즘에 굴복했지만 옥중의 6만명 사상범의 자존심만은 당당했다." [40] 사법성의 전향정책이 성공

---

38) 이병주, 『에세이집, 문학적 기행』, pp.90-91

39) 김윤식, 『내가 읽고 만난 일본』 (그린비, 2013) p.563

40) 김윤식, 같은 책, p.572

한 배경에는 개인주의적 사상과 보편주의적 이상보다는 집단의 단결과 자기중심적 사고가 깔려있었다는 성찰이 정곡을 찌른다.[41] "우리는 전향해도 돌아갈 국가가 있지만 그들에게는 그게 없다." 한 일본인 전향자가 조선인 동무들에게 건넨 동정 뒤에 깔린 문학과 정치의 함수관계를 생각하게 된다. [42]

문학청년 이병주의 '법률 알레르기'는 이렇게 형성되었다. 1988년의 한 칼럼에서 그는 한국의 법현실을 비판한다. "일사부재리", "불소급의 원칙" 같은 것은 인류의 노력이 수천 년 누적된 위에 쟁취할 수 있었던 성과를 우리나라의 법률가들은 예사로 무시한다. "그러면서 미국법사상의 거물 올리버 웬델 홈스(Oliver Wendell Homes Jr.)판사를 인용한다." 사상의 자유는 국가와 정부가 싫어하는 사상의 자유까지 보호해야 한다." 이어서 일본의 판례도 소개한다. 도쿄대 학생과 경찰의 충돌, 경찰권과 대학의 자치권의 대립에서 학생과 대학의 편을 든 판결이다. "이 나라에서도 일반 독자를 위한 재판 비평서와 같은 것이 허용되고, 전문적인 재판비평가가 문예평론가의 수만큼 있어야 할 것이다. 법률가의 수중에만 맡겨 둘 수 없지 않는가?" [43]

니체는 소급법의 불의에 대한 철학적 논증을 시도한다.

"살인범으로 지목된 사람에게 붉은 옷의 판관이 묻는다. '왜 살인을 했는가? 무엇을 강탈할 의도가 있었던 것인가?' 판관은 문제된 행위 이후에 나타난 행위를 기초로 행위의 이유를 묻고 책임을 추궁한다.", "한 표상이 이 창백한 사람을 더욱 창백하게 만든다. 그가 행동으로 옮기자 그는 자신의 행위에 대응하는 자가 되었다. 그러나 행위 이후에 그 표상을 더 이상 견디어낼 수 없었다. 그는 언제나 그 자신을 한 행위의 행위자로 간주해 왔다. 나는 그것을 광기라 부른다……. 한 가닥의 금을 그어 암탉을 꼼짝 못하게 잡아둔다. 나는 이것을 행위 이후의 광기가 부른다."(「창백한 범죄자에 대하여」). 사건을 저지른 것은 '행위 이후의 광기'가

41) 김윤식, 같은 책, p.575

42) 김윤식, 같은 책, p.583

43) 이병주, 「법률과 알레르기」, 『여성론을 끼운 이병주 에세이 미와 진실의 그림자』 (명문당, 1988) pp.79-86

아니라 행위 이전의 광기다. 그러나 판관은 자신이 이해할 수 있는 "살인 동기를 대라고 행위 이후의 범죄자를 닦달한다."

'민족주의 혁명'을 표방한 1961년 5 · 16 쿠데타로 집권한 군사정권은 임시 입법기구를 만들어 「특수범죄처벌에 관한 특별법」을 제정하고 이 법을 적용할 혁명재판소를 설립했다. 이 법은 행위 당시에는 범죄를 구성하지 아니하였던 행위에도 소급 적용되었다. 이병주는 소급법의 피해자가 되어 징역 10년을 선고받았다."[44] 니체와 이병주의 불행한 접점이 이루어진 셈이다.

니체와 불교도 이병주

이병주는 자신의 종교가 불교라고 밝힌 적이 있다. 사랑하는 어머니의 평생 신앙이라는 이유만으로도 기울어질 만도 하다. 해인대학의 설립과 동시에 교수로 채용된 것이나 6 · 25의 소용돌이 속에 자기의 죽음에 충격을 받아 일시 출가할 생각을 품었다는 고백, 『관부연락선』의 유태림의 실종을 해인사와 연결지운 점 등등을 종합하면 그가 당당하게 불교도임을 내세워도 무리가 없다. 또한 그는 "나의 문학과 불교"라는 주제로 불교 잡지에 여러 차례 기고하기도 했다.[45]

불교도라는 말은 어떤 의미에서는 종교가 없는 것이나 마찬가지라는 이야기가 있다. 불교도는 종교보다는 전통문화의 일부로 수용하는 무신론자 지식인의 전형일 수도 있다.

"부처가 죽은 후에도 인간들은 수세기 동안 그의 그림자를 동굴에 안치시켰다. 거대하고 섬뜩한 그 그림자를. 신은 죽었다. 그러나 인간이라는 종이 존재하듯이 수천 년에 걸친 신의 그림자가 나타나는 동굴은 존재하리라. 그리고 우리는

---

44)《국제신문》, 1961. 12. 7.

45) 이병주, 「나의 문학, 나의 불교」,《불광(佛光)》1981. 12;「문학의 이념과 방향」,《불광(佛光)》1983. 2

계속 이들 신의 그림자를 정복해야 한다."(『즐거운 지식』)

"정신적 자살을 경계하라." 불교의 선은 본질적으로 자신을 소멸시키려는 시도이다. 해탈은 니체가 권력에의 의지가 원치 않은 자아의 완전소멸이다. 쇼펜하우어의 해석에 영향을 받은 니체의 불교관은 매우 피상적이다. 세상에 보탬이 되는 삶을 위해 이기적인 욕구를 자제하라는 불교의 가르침을 언급하지 않는다.[46] 신의 죽음이야말로 인간에게 전할 수 있는 최고의 복음이다. 신은 죽었지만 신앙은 남아있다. 남아있는 신앙은 계속 경배의 대상을 찾는다. 니체가 교회를 신의 무덤이라고 매도한다. 그가 보기에 교회는 그리스도가 그토록 깨부수려 했던 여러 율법들로 무장하고 있으며, 새로운 실천이 아닌 신앙으로(각종 허례허식과 돈까지 결합하여) 천국을 찾으려 했기 때문이다.

'어린 아이', '춤' 니체는 신체가 정신의 근간이라고 주장한다. "영혼은 신체 속에 있는 그 무엇이다.". "형제들이여, 너희들이 '정신'이라고 부르는 그 작은 이성 역시 너의 신체의 도구이자 장난감에 불구하다."(「신체를 경멸하는 자에 대하여」)

니체는 육체를 정신의 종속물로 여기며 육체적 욕망을 죄악시하는 기독교에 대해 비판을 가한다. "정신을 믿는 것보다 우리의 가장 원초적인 소유물이자 가장 확실한 존재인 신체를 믿는 쪽이 낫다."(「권력의지」)

불교 승려는 신체의 선악에 대해 말하지 않는다. 섭생과 위생의 문제를 해결하기 위해 탁발의 길에 나선다. 부처는 안식과 명랑한 기분을 강조할 뿐 기도나 율법에 집착하지 않았다. 니체에 의하면 불교가 기독교적 원한을 품지 않았던 이유는 육체에 대한 생리학적 처방을 가지고 있었기 때문이다.(「반 그리스도」)

---

46) Sparknotes, 『프리드리히 니체: 차라투스트라는 이렇게 말했다.』(다락원, 2009), p.66; 고병권, 『니체의 위험한 책, 차라투스트라는 이렇게 말했다.』(그린비, 2003)

도스토예프스키

1965년 6월 「소설 · 알렉산드리아」가 선풍적인 인기를 얻자 한 주간지가 '신인 작가' 특집기사를 낸다. "작가 이병주씨는 현재 국제신보의 칼럼니스트, 그러면서 한편 사업을 경영하는 기업가이기도 하다. 早大(와세다대) 불문과를 거쳐서 그런지 약간의 '프랑스'적 교양을 풍기려는데 그것이 과히 서투르지 않았다. 올해 나이 45세로 중년에 접어든 위치에서 소설을 발표하게 된 것은 잡지 편집자의 강권과 5 · 16 이후에 겪을 것을 카타르시스 해보려고 마음먹었던 것이 주된 동기인 듯. 기성문단을 불신하는 태도는 작품상에도 나타나 있지만 또 그동안 작품발표에 별로 뜻을 두지 않은 데도 기인할 뿐만 아니라 이 작품이 만들어진 원인이 되어 주기도 한다. 몇 가지 질문에 대해 작가는 이렇게 대답하고 있다." '가장 좋아하는 외국작가'로 도스토예프스키를 들고, (국내작가로는 황순원) '손에서 놓지 않는 애독서'로 '불어 콘사이스'를 들었다."[47]

일본에서 톨스토이와 도스토예프스키 이전의 러시아 문학의 지위는 미미했다. 프랑스나 영국 문학에 비해, 심지어는 독일문학에 비해서도 뒤처진 것으로 인식했다. 이병주보다 한 세대 앞선 평론가, 고바야시 히데오(小林秀雄, 1902-1983)의 관찰이다. 그는 일본이 서양의 후진국 러시아문학을 대하는 태도에 대해 언급한다.

고바야시는 전쟁기간 동안 '문예총후(文藝銃後)' 운동의 선봉장으로 활동한다. 중일전쟁이 일어난 다음해인 1938년부터 2차 대전이 끝나기 한 해 전인 1944년까지 무려 여섯 차례나 조선 만주, 중국 등지를 여행하며 전쟁의 정신적 지원에 나선다. 그는 전쟁이라는 현실을 절대화한다. "과거란 없다. 과거란 과거라 부르는 신앙의 의미다."[48] "전쟁이 시작된 이상, 언제든지 총을 들라면 즐겁게 나

---

47)《주간한국》1965. 6. 6.

48) 小林, 「感想」『歷史와 文學』pp.177-178, 『김윤식예술기행』, p.235에서 재인용

라를 위해 총을 들겠다. 그러나 문학자로서는 총을 드는 것은 무의미한 일이다. 그러니 '전쟁에 대처하는 문학자의 각오는 무엇인가?'라는 질문 자체가 의미 없는 것이다. 문학자에게는 비상시의 사상이란 게 따로 있을 수 없다."[49] 이병주의 『관부연락선』에 사병으로 징집된 도쿄제국대학의 철학교수도 비슷한 이야기를 한다. 일본국민으로서의 입장과 철학자로서의 입장은 다르다는 것이다.

1935년 톨스토이의 죽음을 두고 고바야시는 마사무네 하쿠조(正宗白鳥)와 지상논쟁을 벌인다. 세칭 "사상과 실생활" 논쟁이다. 고바야시는 사상은 실생활과 분리되었을 때만 비로소 힘을 가진다. 사상과 실생활을 분리되어야만 제각기의 기능을 한다는 것이다. 이것이 문명의 정체이다. 문명사회란 사상과 실생활이 분리되어 상호 견제와 균형을 이룬다. 그러나 후진사회 내지는 젊은 사회에서는 사상이 실생활을 압도하여 폭주를 감당하기 힘들다. 이런 관점에서 볼 때 도스토예프스키의 경우는 사상과 실생활을 압도하여 그 위를 폭주한다. 라스콜리니코프로 하여금 도끼를 휘두르게 하는 야성, 폭력, 악의 모습으로 나타난다. 고바야시의 저서『도스토예프스키의 생활』(1935)의 주조다. 일본의 프롤레타리아 문학사상도 마찬가지 양상이라고 첨언한다. 고바야시는 "고리키는 이류다. 톨스토이와 도스토예프스키는 일류다. 일류는 서로 꼭 같다."라고 평한다.[50]

도스토예프스키가 깨뜨린 최초의 한계는 러시아였다. 조국 러시아 민족을 세계무대에 등장시켰고 러시아의 영혼을 세계영혼의 일부분으로 만들었다. 그 이전의 러시아는 세계지성사에 하나의 황량한 점에 불과했다. 그는 처음으로 황량함 속에서 미래의 힘을 보여주었다. 그 덕분에 세계는 러시아를 새로운 종교의 가능성으로, 인간의 위대한 시속에서 표현하는 미래의 언어로 삼게 되었다. 프슈킨은 귀족주의 러시아만 보여주었다. 그의 문학은 전달방법에 있어 전기력을 상실했다. 도스토예프스키에 의해 비로소 러시아는 세계문학의 회전무대의 중

49) 「文學과 自己」『歷史와 文學』(創元社, 1941) pp.63-64, 『김윤식예술기행』, p.224에서 재인용
50) 『김윤식예술기행』, p.199

심축의 하나가 될 수 있었다.[51]

"내가 젊을 때 러시아문학이 유행하여 톨스토이, 체호프를 정신없이 읽었습니다. 지난해(1939)에 만주를 갔습니다. 하얼빈 거리에서 많은 러시아인을 보았습니다. 러시아 사람들을 보자 곧바로 떠오르는 것은 청년시절에 읽은 톨스토이나 도스토예프스키의 소설속의 인물이었습니다. 내게 외투를 입혀주는 호텔의 늙은 보이의 어깨를 두들겨 주고 싶은 기분이 들었습니다. 그런데 중국에는 그런 작가가 없어요. 노신은 우수한 작가라고 생각되지만 예외적인 존재이고." [52]

"지금 일본이 주의상(主義上)으로 로서아를 적시(敵視)하지만 우리의 가슴속에는 로서아 소설들을 통해 친숙해진 로서아인이 얼마나 뿌리깊이 박혀 있느냐, 하루빈만 가더라도 마차에 앉아 가는 마부만 보아도 어느 소설에서 익숙해진 인물 같아서 쫓아가서 등을 두드리고 싶은 충동을 받은 것은 사실이요, 묘령의 여성을 보면 카츄샤 같고 청년을 보면 바사로프나 라스몰리니스코프 생각이 번쩍나는 것이 아조 자연스런 일이다. 이것은 얼마나 우리가 로러사인의 생활 사상 감정에 친해진 표인가? 이다지 남의 민족을 깊이 알게해준 것은 무엇인가? 그것은 문학이요, 그 이외 아무것도 아니었다. 그런데 오늘 우리가 중국인을 볼 때, 무엇을 느끼는가? 카츄사 같은 바사로프 같은 친한 인물들을 가질 수 있는가? 아직 없다. 중국엔 아직 그런 문학이 없다. 그렇다면 중국은 일본에 그런 친해진 문학, 친해진 생활, 친해진 인물을 느끼는가? 그것은 아직은 있을 수 없는 일이다. 동양에 있어 영구히 친해져야 할 이 두 민족 사이에 아직 이런 심령의 악수를 가져오고 가져갈 위대한 문학이 낳지 못할 것이다. 사변선상(事變線上)에서 우리 문예인이 자책하는 동시에 크게 반성할 점은 여기게 있는 줄 생각한다. 과거 노서아 자연주의 문학이 일본 신문학의 요람이 되었을 뿐 아니라 로서아와 민족, 그들의 문화를 천백(千百)의 외교관 이상으로 세계에 이해시킨 것을 배워 일본도

---

51) 스테판 츠바이크, 『천재와 광기』, p.150

52) 『김윤식예술기행』, p.219

그런 문학을 준비하지 않으면 안 되리라는 것이었다." [53]

니체 – 도스토예프스키 : 영혼의 병과 심리학

스테판 츠바이크는 니체와 도스토예프스키를 이렇게 비교했다. "니체와 유사한 인물로 유일하게 도스토예프스키를 꼽을 수 있다. 그의 신경조직은 투시력을 지니고 있었다. (니체와 마찬가지로 지나친 긴장 및 병적이며 고통을 주는 민감한 신경조직 말이다.) 허나 도스토예프스키도 진실성에 관한 한 니체에게 뒤진다. 도스토예프스키는 그의 인식세계 속에서 떳떳할 수 없었고, 과장도 할 수 있었다. 반대로 니체는 황홀경에 빠져서도 추호도 그 강직함을 저버리지 않았다. 따라서 니체 이외의 그 누구도 이처럼 타고난 심리학자일 수 없으며, 인간정신이 영혼의 기상학을 측정하는 아주 섬세한 기압계로 다듬어 질 수 없었다." [54]

"허물을 벗을 줄 모르는 뱀은 죽어버린다, 생각을 바꿀 수 없도록 방해하는 인간의 정신도 마찬가지다. 그러한 정신들은 이미 정신이기를 포기하는 것이다.", "어떤 한 사람에게만 매어있다는 것은 사상가에게는 해가 되는 일이다. 자기 자신을 발견한 사람이면 때때로 자신을 잃어버리고 다시 찾으려 해야만 한다." 니체의 본질은 끝없는 변화이며 자기상실을 통한 자기인식이다. 그러므로 영원한 생성인 것이며 결코 경직되거나 정지된 존재가 아니다. "있는 그대로 생성할지어다."라는 경구는 니체가 쓴 저서 전체에 점철되어 있는 니체 삶의 유일한 강령이었다. [55]

도스토예프스키는 의사나 법률가, 형사, 정신병자들보다 더욱 깊이 무의식이라는 하계(下界)에 침투한다. 학문이 후일 발견한 모든 듯, 학문이 마치 메스

53)「文藝銃後運動 半島各道에서 盛況」,《文章》(1940.9) 99. 김윤식 pp.205–206에서 재인용

54) 스테판 츠바이크,『천재와 광기』, p.373

55) 스테판 츠바이크,『천재와 광기』, p.380

로 벗겨내듯 실험을 통해 함께 인식하고 함께 고통 받는 천리안적 능력으로 앞서 묘사했다. 그는 광기에 가까울 정도로 영혼의 현상을 탐색하고 그렇게 함으로써 영혼의 미개지라는 무한한 영역을 뚫고 나갔다. 옛 학문은 도스토예프스키의 등장으로 마지막 책장을 넘기고, 도스토예프스키는 예술 속에서 새로운 심리학을 개척한다. [56]

"신은 평생토록 나를 괴롭혔다." 신은 존재하는가, 존재하지 않는가? 이반 카라마조프는 그 무서운 대화에서 또 하나의 자신의 모습인 악마를 만난다. 악마가 미소 짓는다. 그는 서둘러 대답하려, 고통 받는 인간의 가장 어려운 문제를 도와주지 않는다. 격분한 이반은 다그친다. 그러나 악마는 '나는 모르겠소'라며 회피한다. 악마는 오로지 인간에게 고통을 주기 위해 신에 대한 답을 주지 않고 고통을 가중시킨다.

도스토예프스키의 경우 모든 논쟁은 러시아인의 사상, 신의 사상 문제로 귀결된다. 신은 대립의 근원이자 긍정인 동시에 부정이다. 신을 필요로 하지만 발견하지 못한다. 이따금씩 신의 소리를 듣는다고 생각하며 희열에 사로잡히나 이내 신을 부정하는 욕구 앞에 수포가 된다.

도스토예프스키, 병사의 용모

"어느 나라의 군대나 마찬가지로 일본군의 제복은 그 자체가 계급이다. 일본군의 군복은 묘한 작용을 한다. 장교복은 아무리 못난 놈이라도 입기만 하면 잘나 뵈도록 하기 위해 고안된 것임에 틀림없다. 이와 반대로 병정이 입는 군복은 아무리 잘난 놈이라도 되도록이면 못나 뵈도록 하기 위해 고안된 것이다."[57] 사

---

56) 같은 책, p.151

57) 이병주, 『관부연락선』(1권) p.71

병생활의 고달픔은 필설로 다하기 어렵다. "보들레르에게 일본 졸병의 모자를 씌워 총을 들고 이 위에 세운다면? 상상할 수가 없다.…… 괴테에게…… 이 일본 졸병의 모자를 씌운다면? 그것도 상상할 수가 없다. 칸트에겐? 베토벤에겐? 톨스토이에겐? 니체에겐? 역시 상상조차 할 수 없다. 그러나 도스토예프스키에겐? 그에게만은 어울릴 것 같다."[58] '용병' '노예의 사상' 등으로 표현한 이병주의 학병사상의 핵심이다.

'졸병복인 어울리는 도스토예프스키'의 용모는 이병주만의 관찰이 아니다. 스테판 츠바이크의 묘사는 더욱 실감난다.

"도스토예프스키에 대한 우리의 첫 인상은 늘 공포, 그것이었다. 그 다음에야 비로소 그의 위대성을 꼽는다. 그의 운명도 언뜻 보면 농부답고 평범했던 그의 얼굴마냥, 무섭고 비천하기 짝이 없다. 그의 얼굴은 언뜻 농부의 모습과 흡사하다. 진한 흙색을 띤, 움푹 들어간 뺨은 지저분하리만큼 주름져 있었다. 수년간의 통증으로 골이 패기도 하고 잘 트는 살갗은 여기저기 갈라져 그을려 있었다. 그 모양은 이십년간의 숙환이라는 흡혈귀가 피와 혈색을 빼앗아가 버렸기 때문이다. 얼굴 양 볼엔 러시아인다운 억센 광대뼈가 툭 불거져 나와 있었다. 그리고 텁수룩한 수염이 꽉 다문 입과 약한 아래턱 언저리를 덮고 있었다. 흙, 바위, 그리고 숲이 그려내는 비극의 원시풍경, 바로 이것이 도스토예프스키 얼굴이 지닌 깊이다. 모든 것이 어둡고 현세적이다. 이 농부, 아니 오히려 거지 형상에 가까운 그의 얼굴에서 아름다움이란 하나도 찾아볼 길 없다. 마르고 창백하며, 윤기 없이 어두울 뿐이다. 러시아의 소택지 한 부분이 바위에 부딪쳐 산산이 흩어지는 격이다. 움푹 들어간 두 눈조차도 이들 협곡에서 이 무른 찰흙 같은 얼굴을 비춰줄 수 없다. 우직스런 두 눈이 밖을 향해 밝게 빛나지 않기 때문이다. 말하자면 날카로운 두 눈빛은 혈관 속 깊이 파고들어 이글거리며 타오른다. 눈을 감으면 곧 죽음이 이 얼굴 위흐 밀려온다. 그리고 그때까지만 해도 이 연약한 얼굴

---

58) 이병주, 『관부연락선』(1권) pp.102-103

각 부분들을 결집시키고 있던, 신경의 초긴장상태는 이제 생명력 없는 무감각으로까지 이완된다.[59]

『관부연락선』의 결어 부분에 "병정에겐 국적이 없다"는 표현이 등장한다.

"나는 병정이란 것을 생각해 본다. 헤로도토스의 『역사』에 누누(累累)한 사시(死屍))를 쌓아두고 두보의 시편에 임리(淋漓)한 눈물을 뿌려놓은 병정이라는 그 운명. 병정은 병정이지 어느 나라를 위해, 어느 주의를 위한 병정이란 것은 없다. 죽기 위해 있는 것이다. 도구가 되기 위해 있는 것이다. 수단이 되기 위해 있는 것이다. 영광을 위한 재료가 되기 위해 있는 것이다. 무엇을 위해 죽느냐고 묻지 마라, 무슨 도구냐고도 묻지 말 것이며, 죽는 보람이 뭐냐고도 묻지 말아야 한다. 병정은 물을 수 없는 것이다. 물을 수가 없으니까 병정이 된 것이며 스스로의 뜻을 없앨 수 있으니까 병정이 되는 것이다. 나폴레옹의 병정이니 더욱 영광스럽고 차르의 병정이니 덜 영광스럽지도 않다. 톨스토이의 장장한 전쟁과 평화는 결국 이 말을 하고 싶었던 것이 아닐까?"[60]

『죄와 벌』

『죄와 벌』은 인류 사상 최고의 법률소설로 불러도 무방하다. 나폴레옹 영웅주의의 악령에 사로잡혀 '살 가치가 없는' 전당포노파를 살해한 법학도 라스콜리니코프와 '예심판사'라는 직책의 수사관 사이에 법의 테두리 내에서 벌어지는 심리전은 일급의 형법교과서이자 심리학 교재다. '오도된 천재' 라스콜리니코프가 통상의 법적 한계를 초월하는 '새로운 언어체계'를 제시할 수 있는 가능성을 시험하기 위해 살인을 저지르는 것이다. 표르피리와의 대결은 합법적인 상황에

---

59) Stefan Zweig, *Baumeister der Welt*, 스테판 츠바이크 지음, 장영은 옮김 『천재와 광기』 (예하, 1994) pp.173-175

60) 『관부연락선』(2권) (한길사, 2006) pp.364-365

서 벌어지는 고도의 심리전으로 그 자체가 하나의 예술의 경지에 이른다. 후세 인들이 도스토에프스키를 일어 위대한 범죄심리학자로 칭송하는 이유도 여기에 있다. 니체도 이 작품을 읽고 도스토에프스키야말로 "제대로 배울 수 있는 유일한" 심리학자로 평한 바 있다.

농노에게 아버지가 살해당했고 스스로 반정부운동에 관련되어 사형선고를 받아 처형 직전까지 몰렸던 특수한 경험이 삶과 죽음이라는 근본문제에 대한 밀도 높은 성찰을 강요했을 것이다. 처형 일보 직전의 절박한 심리상태는 작품 『백치』(1868)에 재생되어 있다.

"이제 이 세상에서 숨 쉴 수 있는 시간은 5분뿐이다. 이 5분간은 무한히 긴 시간, 막대한 재산 같은 생각이 들었다. 많을 것을 할 수 있다는 생각이 들어 여러 가지로 쪼개 쓰기로 했다. 2분은 동지들과의 결별에, 다음 2분은 세상을 하직하는 순간의 자신의 일을 위해서. 그리고 나머지 1분은 이 세상을 마지막으로 보아 두기 위해서 주위를 돌아보는 데 쓰기로 했다."(제1부 5장)

또한 후반 생애를 괴롭혔던 간질이라는 '영혼의 질병'이 한계상황에서 일어나는 인생에 대한 고차원적 직관의 체험을 제공했을 것이다 발작 시에 병자가 느끼는 심묘경(心妙境)은 『백치의 므이쉬킨, 『카라마조프 가의 형제들』의 스메르차코프, 그리고 『악령』의 키킬로프의 언행을 통해 재생되어 있다. 스테판 츠바이크의 평가대로 "그는 예술에서 새로운 심리학을 개척했다. 영혼의 분석이다.", "문학의 한계초월자. 그는 가장 위대한 한계초월자다. 영혼이라는 넓은 미개지를 개척한 작가다." 나는 어느 곳에서든 한계를 넘기 위해. 실제로 야망을 이루었다." 작가 자신의 말대로 그에게는 무한함과 무궁함은 대지만큼이나 절대적이었다."[61]

그의 작품에는 범죄사실, 특히 살인사건이 중요한 구성요소를 이룬다. 그는 실제사건의 법정기록에 깊은 관심을 두었다. 법정 기록이야말로 어떤 문학작품보다 긴장이 충만해 있기 때문이라고 자신의 입으로 말하기도 했다. 예술이 손대

---

61) 스테판 츠바이크, 『천재와 광기』, p.153.

기를 회피하거나 기껏해야 피상적으로 스치고 마는 인간영혼의 암실에 빛을 던져주는 것이 바로 재판기록이기 때문이라고 한다. 이런 연유로 도스토예프스키는 작품 속에 의도적으로 기이한 범죄사건을 즐겨 삽입했다. 그리하여 그의 작품은 언제나 특별한 심리적 상황에서 일어나는 인간행위를 파고든다. 행위의 이면에 담긴 심리적 상황이 핵심이고 시간, 공간, 적용법률등은 기껏해야 부차적 의미를 지닐 뿐이다.[62] 아버지의 피살이 '죄와 벌'의 문제를 파고들게 만들었다면 시베리아 유형은 장경학 (張庚鶴) 교수(1916-20?)의 수사대로 '죄와 죄'의 문제를 탐구한 것이다.[63]

이병주는 대학시절에 나카무라 하쿠요(中村白葉)의 번역, 『죄와 벌』을 읽는다. 메이지 대학에 출강하던 러시아어 강사, 요네가와 마사오(米川正夫)는 나카무라의 번역이 세계제일이라고 극찬한다.

이병주는 선배의 하숙집에서 법학과 학생들이 작품을 두고 토론을 벌이는 장면을 본다. 작품의 주인공 라스콜리니코프의 죄상을 두고 검사, 변호사, 판사의 역을 맡은 학생들이 격론을 벌이다. 열띤 토론은 감정을 자제하지 못한 학생들의 난투극으로 번진다.

"난투극이 된 원인은 검사가 목적과 동기는 어떻게 되었건 사람을 둘이나, 그것도 가장 잔인한 수단으로 죽인 범죄자는 극형에 처해야 마땅한데, 집행유예를 선고한다는 것은 법관으로서 소질이 없는 증거라고 인신공격을 한 데 대하여, 재판관 역할을 맡은 학생은 너처럼 냉혈적인 동물이 법관이 되었다가는 법질서를 지킨다는 명분하에 사람을 예사로 죽일 것이니, 자네야 말로 법관의 소질이 없는 놈이라고 응수한 데 있었다.

학문적인 토론을 난투극으로까지 몰고 간 그들의 태도는 결코 탐탁한 것은 아니었으나, 일단 서로를 비난하기 시작하면 주고받는 말이 상승적(上乘的)으로 에

---

62) 안경환, 『법과 문학 사이』 (까치, 1995) pp. 66-68; 『카라마조프가의 형제들』, pp.200-203; 『죄와 벌』

63) 장경학, 『법률속의 문학』 (교육과학사, 1992)

스칼레이트 해 그것이 감정의 폭발을 일으킨다는 실례를 보는 듯하여 하나의 교훈이 되었다. '법률 하는 놈들은 항상 저 모양이니까' 하고 선배는 나를 데리고 밖으로 나와 버려 그 결과가 어떻게 되었는지 모르지만, 젊음은 때로 그런 과오를 통해서 성숙시키는 것이다."[64]

이병주는 도일에 앞서 진주농고 시절에 『죄와 벌』을 처음 읽었다고 한다. '탐정소설'로 읽었는데 당시 자신이 작품을 소화하기에는 감수성과 독해력이 턱없이 부족했다고 회고했다. 그는 감수성과 독해력이 성숙하기 전에 고전적인 명작을 읽어서는 안 된다는 시사점을 얻었다고 고백한다. 그런데 도쿄에서 목도한 법대생들의 행태는 이병주로 하여금 『죄와 벌』을 다시 읽는 계기가 되었다고 한다. "어쨌든 나는 이를 계기로 도스토예프스키의 전 작품을 섭렵하게 되었고 그에 심취하기 시작했습니다. 그리고 그의 작품들이 나에게 끼친 영향이란 너무나 큰 것이어서 나는 지금 이 나이에도 그의 주박(呪縛)으로부터 완전히 벗어났다고는 할 수 없을 듯합니다." [65]

완숙한 작가, 이병주는 "라스콜리니코프는 풀리지 않은 문제로서 내 가슴 속에 아직도 남아있다. 나는 내 나름대로 이 문제를 문학적으로 해결해 보고 싶은 의도를 가지고 있지만 언제 실현할 수 있을 것인지 막연하다. 라스콜리니스코프의 드라마가 그의 작품으로선 끝났지만 인생의 문제로서, 또는 사회의 문제로선 끝날 수가 없다는 의미로서 나는 그 사실을 받아들인다."[66]

도스토예프스키 찬미자가 된 이병주는 『악령』을 만난다. 그리고는 악령의 작가를 '신'으로 경배한다. "『죄와 벌』과 『백치』로써 도스토예프스키는 충분히 천재였다. 그런데 '악령'에 이르러 신이 되었다." [67] "누구에게나 '한 권의 책'이 있을 것이다. 다시 말하면 결정적인 의미로서 자기의 인생에 영향을 끼친 '한 권

64) 이병주, 『동서양의 고전탐사』(1권) pp.49-50

65) 이병주, 「나의 독서 노우트」, 『에세이집, 용서합시다』 (집현전, 1982) p.241

66) 이병주, 『자아와 세계의 만남』 기린원, 1979) p.77

67) 이병주, 『동서양의 고전탐사』(1권)

의 책' 말이다. 내게 있어서 그 '한 권의 책'은 도스토예프스키의 『악령』이었다. 나는 아직도 그 주박(呪縛)에서 풀려 나오지 못하고 있다. 이건 내 미숙함을 말하는 것이기도 하려니와 이 작품이 제시한 문제의 심각함도 동시에 뜻하고 있는 것이다." [68]

이병주는 『악령』을 읽은 덕분에 학병시절에 공산주의자 안영달의 접근을 뿌리칠 수 있었다고 말한다. 안영달은 부대 내에 공산주의 서클을 만들려고 있다. 경리실의 소모품 창고 일을 보던 이병주에게 접근하여 회합 장소를 제공해달라고 요청한다. "일본의 패망은 목전에 박두했다는 것. 조국은 독립의 기운을 맞이했다는 것. 조국은 독립의 기운을 맞이했다는 것. 독립의 방향은 그 준비를 해두어야 한다는 것. 안영달의 말엔 조리와 기백이 있었고 명분과 설득력이 있었다. "나는 그의 논리, 정당성, 정열의 순수성을 따지기에 앞서 『악령』의 등장인물 가운데 표도르 베르호벤스키를 상기했다. 그리고 그 베르호벤스키의 리얼리티를 안영달에게서 느꼈다.(분명히 이 자는 표도르 베르호벤스키다. 안영달의 사상이 보다 확실하고 징덩힐지 모르나 안영달과 베르호벤스키는 같은 유의 사람이다.) 이런 생각을 하게 되자 거듭 내 대답을 재촉하는 안영달에게 나는 "거절하겠소!" 하는 말을 단호하게 던질 수 있었다. 그 뒤의 일이 어떻게 되었는가는 소설 『관부연락선』에 쓴 적이 있기 때문에 생략하지만 만약 도스토예프스키의 『악령』을 읽지 않았더라면 그처럼 단호하게 안영달의 제안을 물리치지 못했을 것이 아닌가 한다." [69]

『관부연락선』의 구절이다. "안달영(안영달)은 만나는 사람마다 유태림을 비겁한 놈이라고 비난하며 다닌다. 유태림을 그의 끈덕진 모략에 지치고 만사가 귀찮아진다. 안달영을 두들겨 패주겠다는 앙심이 든다. 그런데 난데없이 안달영에게 전속명령이 내려지고 그는 부대를 떠난다. 유태림이 안달영을 밀고했다는 소문이 부대에 퍼지게 되고 유태림은 차츰 그 누명에서 벗어나게 되지만 감정

(68) 이병주, 『동서양의 고전탐사』(1권) pp.107-108

(69) 이병주, 『동서양의 고전탐사』(1권) p.111

의 찌꺼기는 오래 남는다." 이병주는 후일 『소설 남로당』에서 안영달을 상세하게 다룬다.

도스토예프스키, 이병주, 루카치, 김윤식

김윤식은 한국 독서세대의 마지막 거장이었다. 필경(筆耕) 60년 동안 단행본만 200여 권 펴낸 글쓰기의 신이었다.[70] 생의 마지막 순간까지 책을 손에서 놓지 않았던 그는 이병주 문학에 대한 경의와 집착이 남달랐다. 불귀의 여정 앞에 쓰러지기 직전까지 김윤식이 손에 들고 있던 책은 이병주의 소설과 고바야시 히데오의 평론집이었다. 초년 평론가 시절에 본격적인 이병주론을 써보라는 농담에 가까운 권고를 받은 그는 "학병세대 문학"이라는 관념을 만들고 이병주를 그 중심에 놓는다. 김윤식은 루카치의 『소설의 이론』(1916)을 번역해 펴낸다. 루카치는 국민국가와 자본제 생산양식의 두 요소를 구비해야만 소설이 된다는 지론을 폈다. 김윤식을 매개체로 하여 도스토예프스키와 이병주, 그리고 루카치가 연결된다.

"도스토예프스키의 인물들은 마치 플랫폼에 서 있는 듯하다." 루카치의 도스토예프스키론(1935)이다. 1962년 『소설의 이론』의 독일어판 서문에서 77세의 루카치는 이 책이 쓰일 당시의 배경, 즉 제1차 세계대전의 거부와 그에 따르는 시민사회(부르주아)의 거절은 순수한 유토피아적인 발상이었다고 회고했다.[71]

도스토프예프스키가 『악령』의 중심인물로 창조한 스타브로긴은 혁명가 네차에프와 함께 테러단체를 만들어 끔찍한 살인을 저지른다. 실제 사건의 공모자이자 사건 후에 새로운 지도자도 떠오른 바쿠닌을 모델로 삼은 것이다. 즉 바쿠인

---

70) 안경환, 「한국문학사의 라이벌론 3부작: 독서세대 지식인의 자서전」 김윤식, 『문학사의 라이벌론』(2권) (그린비, 2016) 발문.

71) 『김윤식 예술기행』, p.107

이나 네차에프의 활동도 결국 빛나는 명성에도 불구하고 핵심도 목적도 없는 허황된 것임에 불과하다. 세계의 혁명가를 꿈꾸는 이들은 기실, 자책감이 빠져있는 러시아의 승려에 불과하며, 조국에 설 땅이 없이 뿌리 뽑힌 풀로 유럽을 방황하는 패배자에 불과하다.[72]

이병주가 〈학병소설 3부작〉(김윤식 명명)의 완결 편으로 집필하다 미완성인 상태로 작고한 소설, 『별이 차가운 밤이면』[73]에도 니체와 도스토예프스키가 등장한다. 냉소와 관조로 난세를 살아 넘기는 지성인 중국인 통역 인시청의 입에서 나온 말이다.

"열렬한 공산주의자가 전향하여 불교대학에 들어가 승려가 된 사람이 있어. 그 사람 말이오. 공산주의자는 성공을 해도 인간으로서 실패자가 될 뿐이고, 실패하면 인간으로서 타락자가 될 뿐이다. 도스토예프스키와 니체를 열심히 읽기를 권하오."(p.209)

"나는 가능하다면 코스모폴리탄으로 살고, 그렇게 죽고 싶소. 그렇다고 해서 매질을 하면 달게 받고 감옥에 처넣으면 감옥생활을 하고 죽이겠다면 죽을 수밖에."(p.398)

북알프스 정상에서 "이곳에선 오로지 고소(高所)의 사상, 고소의 정감이 있을 뿐. 일본인이고 조선인이 무슨 소용인가. 고소의 사상은 오직 진리의 사상이고 자유의 사상일 뿐이다."(p. 212) 작중인물을 통해 이병주가 이 강조하는 고소의 사상이 무엇을 의미하는가? 단순한 수사인가? 아니면 고차원적인 의미를 내포하는가? 심층적인 탐구와 논쟁의 여지가 있지만 위버멘쉬의 탄생을 위한 수련의 과정으로 이해할 수도 있을 것이다.

"인간이 지닌 가치와 가치 감각의 모든 영역을 꿰뚫어 보기 위해, 그리고 여러 관점과 판단을 가지고서 높은 곳에서 사방을 보고, 낮은 곳에서 모든 봉우리

---

72) 『김윤식 예술기행』, pp.79-80

73) 이병주 지음. 김윤식, 김종회 옮김 (문학의 숲, 2009)

를 보며, 한구석에서 천하를 조망할 수 있는 능력을 갖추기 위해 스스로 비판자나 회의주의자, 독단론자, 역사가, 시인, 수집가, 여행자, 수수께끼 해독자, 도덕주의자, 예언자, 자유주의자 등등의 거의 모든 인간이 되어 보아야 한다."(「선악을 넘어서」)

"나는 지금 나의 가장 높은 산과 가장 긴 방랑을 눈앞에 두고 있다. 그리하여 나는 내가 일찍이 내려갔던 것보다 더 깊이 내려가야 한다."(「방랑자」) "산정과 심연이 하나인 위대한 길"을 길어야만 한다. 여러 차례.

유토피아의 황홀경 : 위대한 망집(妄執)

"시대는 복 되도다(Selig sind die Zeiten). 우리가 갈 수 있고 가야 할 길을 하늘의 별이 지도 몫을 하고, 그 별빛이 우리의 갈 길을 훤히 비추어 주던 그 시대는 복되도다." 루카치의 문제작 『소설의 이론』(1916)의 첫 구절이다. 지상의 인간이 천상의 질서에 들어가기 위해서는 환각이 필요하다. '위대한 망집(妄執)'의 '황금시대', 인류는 그 때문에 온갖 희생을 다 바쳤다. 십자가에 못 박히고 살해되었다. 모든 민족이 이것 없이는 살 보람도 느끼지 못하고 죽을 보람도 생각할 수 없었다. 마르크스조차도 "사람은 가슴마다 라파엘을 안고 있다."라고 말하지 않았던가.

1990년 베를린 장벽이 무너지고 과거 동독 지역의 여행이 풀리자 김윤식은 서둘러 드레스덴 여행을 감행한다. 오로지 이 그림은 직접 눈으로 보기 위해서였다.[74]

1943년 루카치는 "나의 영혼을 입증하기위해서 이 일에 나선다."(I go to prove my soul)라는 로버트 브라우닝(Robert Browning, 1812-1889)의 희곡, 「파라켈수스」

---

74) 작가 박완서는 "무슨 그림을 보느라 일행을 아랑곳하지 않고 혼자서 사라졌다."면서 김윤식의 고집과 기행에 은근한 핀잔을 건넸다.

(1835)의 구절을 아포리즘으로 내세운 도스토예프스키론을 쓴다.[75] 표면상으로서는 사회주의 노선에 서서 공산당원이 되었으며, 마르크스 미학의 정통파로 공인된 그가 공산주의자가 되기 이전으로 후퇴한다는 선언이다. 루카치는 도스토프예프스키의 작품이 제시한 새로운 세계가 러시아 혁명이 성공한 36년이 지난 이 시점까지 아직 구현되지 않았고 그럴 가망도 없음에 통렬한 비판을 담고 있다. "내 혼을 시험하기 위해 나선다."라는 명제는 (일개) 연극의 몫이 아니라, 장편소설의 주인공의 몫이 되어야만 한다고 『소설의 이론』에 적혀 있다. "연극의 주인공은 내면성을 모른다. 왜냐하면 내면성은 혼(자아)과 세계와의 적대적 분열에서, 심리와 혼 사이의 고통스런 거리에서 생기기 때문"이며, 이 분열이라든가 거리를 의식한 인간은 그 거리를 메우기 위해 모험(행동)을 감행해야 한다. 행위를 통해 자신의 정체를 확인하는 것이다. 교양소설과는 달리, 또는 톨스토이의 안정감과는 달리, 도스토예프스키에겐 심연 속에 뛰어드는 혼의 실험자들이 우글거린다. 스타브로긴의 그 철저한 실험, 자살에까지 나아가는 실험을 감행한다. 이 철저성(악이든 선이든)이야말로 이미 이룩된 세계의 허위성을 파괴할 수 있는 힘이다. 살인행위에까지 자기를 철저화한 라스콜리니코프만이 소냐를 이해할 수 있는 이치도 여기에 있다. 끝 모르는 희생정신에 가득 차 가족의 생계를 위해 창녀가 된 소냐의 현실 초극의 철저성과 전당포 노파를 죽임으로써 현실 초극의 철저성에 이른 라스콜리니스코프가 화해할 수 있는 것도 바로 이 때문이다. 루카치는 이를 일러 '순금 부분'이라고 명명하며 도스토예프스키론을 끝맺는다.[76]

이처럼 도스토예프스키의 예술세계는 그의 정치상의 이상을 혼돈 속에 용해된다. 그러나 이 혼돈이야말로 도스토예프스키의 위대성을 보여주는 것이며, 근대 부르주아 사회에 있어서의 일체의 허위와 왜곡에 대한 강렬한 항의인 것이다.

---

75) 16세기 스위스 과학자이자 연금술사인 파라켈수스는 교육을 통해 자신을 고양시킨다. 초인을 인간의 내면에서 찾았다.

76) 김윤식, 『지상의 빵과 천상의 빵: 김윤식 예술기행 1 - 환각이 빚은 삶의 순간』 (솔, 1983, 재간 1995) PP.95-108 「도스토예프스키와 소설의 이론 - 환각에 들린 사람들」

주인공들에 의해 '황금시대'로 불리는 유토피아적 세계에 대한 동경이다.

황금시대, 그것은 조화로운 인간 사이의 참된 관계다. 도스토예프스키의 인물들은 이 황금시대가 그들 시대에는 한갓 꿈이 불과함을 알고 있지만 그렇다고 해서 그 꿈을 버릴 수도 없고 버릴 생각도 하지 않는다. 그들은 자신들의 행위의 대부분이 이 꿈과 모순됨에도 불구하고 꿈에 집착한다. 이 꿈이야 말로 도스토예프스키의 유토피아의 핵심이자 순금부분이다.

1943년 세계사적 격동기에 시대의 반항자이자 이상주의자 루카치가 도달한 것이 로랭적 황홀경이었다. 그는 그 아카디아를 도스토예프스키에서 보고 있었다. 그가 찾고 있던 것은 인간이 스스로 알고 스스로를 사랑할 수 있는 하나의 세계상태, 문화와 문명이 인간의 정신적 발전에 있어 아무런 장애도 없는 그런 세계를 의미한다. 도스토예프스키의 작중인물들의 자발적인 격렬한 맹목적 반항은 이 황금시대의 이름으로 행해지며, 정신적 실험에 불과하게 보이는 행위들도 그것은 무의식중에 이 황금시대를 겨냥한 것이다. 이러한 반응이야말로 작가로서의 위대함이자 역사적 진보성이다.[77]

그의 소설 속에 종종 클로드 로랭이 그린 〈아시스와 갈라데아〉의 회상이 등장한다. 악령의 스타브로긴이 대표적인 예다. 스타브로긴은 꿈에 본 그림을 실제로 화랑에서 본다. 그림으로서가 아니라 현실의 사건으로 나타나는 것이다.

드레스덴에는 후기 르네상스의 미술 걸작이 풍부하다. 도스토예프스키가 드레스덴에 머문 것은 1871년 5월에서 7월까지 약 2개월이다. 후처 안나와 결혼하여 4년간 유럽여행을 마치고 귀국하기 직전이었다. 당시 드레스덴에서는 프랑스-프러시아 전쟁이 진행되고 있었다. 작가는 새로운 창작을 구상 중이었다. 그는 부인과 함께 미술관에 들렀다. 인류 최고의 걸작으로 불리는 시스티나의 마돈나 상을 보았고 한스 홀바인 주니어의 작품, 〈그리스도의 주검〉에 큰 충격을 받았다. 그 충격이 『백치』(제2부 제4장)에 생생히 드러나 있다. 이 그림은 도스토예

---

77) 「황홀경의 체험2: 스타브로긴의 고백」(『김윤식 예술기행』, pp.63-82)

프스키가 어린 시절 카라무신의 저술, 『러시아 여행자의 편지』속에서 읽었다. 십자가에서 죽은 예수의 시체를 똑바로 눕혀놓은 그림이다. 거기에는 성스러운 하느님의 모습은 전혀 없고 인간의 자연스런 모습이 잘 드러나 있어 더욱 큰 감동을 받는다고 알려져 왔다.

1871년 5월 1일, 클로드 로랭(Claude Lorrain, 본명: Claude Gellе 1600-1681)의 그림, 〈아시스와 갈라데아〉에서 충격적인 감동을 받는다. 클로드 로랭은 역사상 가장 중요하고 영향력 있는 풍경화가들 가운데 한 명으로 알려져 있다. 그는 특히 빛의 인상적인 사용과 광택 나는 채색의 달인으로 유명하다. 광택 나는 채색은 얇고 반투명한 물감 층을 여러 겹으로 쌓아 그림의 표면을 구성함으로써 발생된 효과였다. 그는 현실과 이상을 결합시켜 독창적인 균형과 조화를 지닌 풍경을 창조해냄으로써 풍경화 양식에 새로운 형식을 도입했다.

이 그림이 담은 풍경은 "잔잔한 파도, 석양에 물 들은 바닷가에 사는 순박한 인간들의 모습이다. 지평선에는 꾸불꾸불한 산맥의 옆모습이 파르스름하게 보인다. 바닷가 바위에는 저녁 어둠이 스며들었으나, 먼 곳에는 아직 햇볕이 충만하여 전체적으로는 경쾌하나 장엄한 화려함이 조화를 이루고 있다. "이곳에서 신화의 최초의 정경이 이루어졌고, 이곳에 지상의 낙원이 존재했던 것이다. 태양은 아름다운 자기 아이를 바라보면서 섬이나 바다에 빛을 내리쏟고 있었다. 이것은 인류의 멋진 꿈이며 위대한 망집이다. 황금시대, 이것이야말로 이 지상에 존재한 공상 중에서 가장 황당무계한 것이지만 전 인류는 그 때문에 예언자로서 십자가 위에서 죽거나 죽임을 당했다. 모든 민족은 이것 없이 살기를 원치 않을 뿐더러 이것 없이 죽는 것조차 불가능하다."(『악령』)

이런 환상적인 정경에서 도스토예프스키는 영감을 얻어 스타브로긴의 고백과 베르제로프의 독백과 같은 걸작을 창작했다. 이런 특출한 '산문시'적 작품의 밑바닥에는 그가 로랭에게서 영감을 얻은 '황금시대'가 용암처럼 꿈틀대고 있었다.

드레스덴의 2개월 체류는 작가 생애의 황금시대이기도 했다. 나이 쉰의 중년의 작가는 스무 살짜리 비서과 새 인생의 출발을 자축하고 있었다. 고국을 떠나

유랑하던 작가는 4년간의 해외 생활을 청산하고 귀국하는 마지막 단계에서 고적과 예술의 도시를 완상하고 있었다. 부부는 함께 영국식 정원을 산책하고, 야외 연주장에서 베토벤과 모차르트, 그리고 바그너의 음악을 즐겼다.러시아 서적이 갖추어진 도서관에 자리를 예약했고, 위고와 디킨스를 되풀이 하여 읽었다. 본국신문이나 유럽 다른 언어의 신문이 비치된 카페에 자주 들렀다. 말하자면 예술여행자였다. 4년 동안의 정신적 방황과 육체적 방랑 끝에 새로운 작품의 구상이 부부 동반 아래 이루어졌다는 것, 그것도 드레스텐에서 클로드 로랭의 그림이 비중을 차지했다. 이런 의미에서 〈아시스와 갈라데아〉는 단순한 그림이 아니라 충족된 방랑자의 마음속에 황금시대가 아니겠는가?"[78]

니체도 로랭의 찬미자였다. 니체는 푸생에 더하여 로랭의 그림에서도 황홀경을 느꼈음을 유고에 적었다. "어제 저녁녘에 나는 클로드 로랭적인 황홀한 감격에 빠져 마침내 오래토록 울고야 말았다. 내 몸에서도 이런 일이 체험되었다는 것, 지상에 이런 풍경이 있다는 것을 체험한 나로서도 미처 알지 못하였다. 지금껏 훌륭한 화가들이 조작해낸 것이라고 생각하고 있었다. 이제야 나도 영웅적 목가적인 것을 찾아냈다. 옛 사람의 모든 목가적인 것이 이제야 한꺼번에 내 앞에 모습을 드러냈다."[79]

김윤식의 진단에 의하면 종교와 관계없는 극락정토의 사상이 중세적 표현을 걸치고 나타나는 것이 아르카디아 사상이다. 르네상스기의 대화가 니콜라이 푸생(N. Poussin, 1593-1665)이 그린 두 장의 그림 〈아르카디아의 목자들〉처럼 생생하다.

"그리고 나는 아르카디아에 서 있었다.(Et in arcadia ego) (이 문구는 로마시대 전형적인 묘비명이자 괴테의 『이탈리아 기행』(1816)의 표제이기도 했다.) 나는 높이 치솟은 물결 너머로, 전나무와 소나무를 꿰뚫고서 푸른 젖빛 바다를 굽어보았다. 왼

78) 『김윤식 예술기행』, p.73
79) 「니체의 유고」 『김윤식 예술기행』, p.61에서 재인용

편에는 넓은 숲지대 위에 솟은 바위와 설원이 있었고, 오른편에는 내 머리 위에 높이 거대한 얼음에 덮인 두 바위가 노을의 베일 속에 보일락 말락 가려져 있었고 모든 것이 위대하고 고요하고 밝다. 이 전체의 아름다움은 공포심을 일으켜 그 순간의 계시에 대해 말할 수 없는 경모의 정을 일으키게 한다. 마치 이보다 더 자연적인 적이 없는 것처럼 무의식중에 사람들은 이 맑고 날카로운 광명의 세계, 아무런 동경도 불만도 기대도, 앞뒤를 돌아볼 것도 없는 세계 속에서 그리스의 영웅들을 생각한다. 사람들은 푸생과 그의 제자들이 느꼈던 바와 같이 영웅적으로 또는 목가적으로 느꼈음이 틀림없다." [80] (1879년 6월, 니체가 직접 현장을 보고 쓴 글이다.)

21세기에 진입한지 한참 지난 시점에 이 그림 앞에 선 한 한국인 네티즌의 여행 감상문이다. "드레스덴에 비가 내렸다. 삭풍처럼 몰아치는 춥고 쓸쓸한 빗줄기 사이로 몽롱한 물안개가 떠다녔다. 이상하게도 그것은 무더위를 식혀주는 한여름의 소나기가 아니라 겨울을 재촉하는 늦가을의 궂은 비 같았다. 젬퍼 미술괸이 있는 츠빙거 궁전은 드레스덴 역에서 그다지 멀지 않았다. 작센공국의 부귀영화를 상징하던 궁전의 외벽이 전쟁의 상흔으로 심하게 그을려 있었다.

회화관 안은 피렌체의 우피치 같았다. 기라성 같은 고전 거장들의 대작의 숲. 거대한 숲 속의 작은 동굴 같은 전시실 한 구석에 로랭의 〈아시스와 갈라테아〉가 있었다. 궁전 앞 광장과 엘베강을 가로지르는 아우구스투스 다리가 등잔 밑처럼 내려다보이는 곳이었다.

〈아시스와 갈라테아〉는 캔버스의 크기로 가늠하자면 대작의 범주에 들 수 없는 중간 규모의 작품이었다. 그림에 묘사된 인물들의 스케일로 보자면 오히려 소품에 가까운 작품이었다.

그것은 웅장한 거대 스케일의 서사화가 아니라 한 폭의 세밀한 서정적 풍경화였다. 서사적 소재를 서정적 스케일로 바꾸어 놓은 17세기 프랑스 화가의 개

---

80) 최혁순 역, 『김윤식 예술기행』, p.59에서 재인용

인적 예술성의 산물이었다.

그의 그림은 고요한 대자연의 풍광 속에서 이루어지는 두 청춘남녀의 애수 어린 밀회장면을 묘사한다. 거기엔 가슴 뭉클한 애련의 정을 불러일으키는 갈라테아의 간절한 자태와 아시스의 슬픈 표정이 있고, 그들의 주변을 보호막처럼 감싸는 요정들의 의젓한 기품과 어린 동자의 천진스런 몸짓이 있었다.

그림의 소재인 오비디우스의 「변신 이야기」에 의하면, 그것은 폭풍전야의 고요함이며 파멸 직전의 아름다움이다. 배경의 바위산 중턱에 아주 희미하게 자리잡은, 쇠스랑(혹은 나뭇가지)으로 머리 빗고 낫으로 수염 깎는다는, 괴물 폴리페무스가 잔인한 폭력성을 드러내기 전의 상황.

그러나 그림은 서사적 시간의 흐름을 움직이지 않는 화면의 공간에 가둠으로써, "순간이여 멈추어라"는 파우스트의 주문을 실현하듯, 아름다운 순간의 서정성을 영원화한다.

그것이야말로 『악령』의 스타브로긴이 꿈속에서 보았다는 인간의 끈질긴 '망집(妄執)'이다. 계선적인 시간의 흐름으로 이어지는 현실 속에선 결코 이루어질 수 없는 '멈추어진 순간'에 대한 '망령된 집착'. 가공할 폭력의 시선을 한 장의 허술한 천막으로 막아놓은 비폭력과 무저항의 표상, '세 친구와 두 연인과 한 어린이'로 축약된 평화로운 인간세의 형상, 하늘에서 바다를 지나 지상으로 이어지는 은은한 햇살로 전면의 사랑의 무대 위를 환상의 조명처럼 비춰주는 대자연. 그것은, 덧없는 인간의 꿈을 탈시간적으로 공간화 하는 미술의 마술이었다. "도스토예프스키의 소설 속 인물을 미치게 한 건 그와 달리 쏜 살처럼 내달리는 현실의 비극적 시간성에 대한 뼈아픈 인식 때문이었으리라."[81] 도스토예프스키와 김윤식의 열성독자임이 분명하다.

---

81) 어진재 https://blog.naver.com/blaulotus/30116259575 (2019. 8. 16 접속)

사마천 『史記』

사기 열전의 마지막에 마련한 「태사공 자서」에 저술의 동기가 명시되어 있다. 무엇보다 발분(發憤)의식의 발로다.

억울하게 누명을 쓴 사마천이 자신에게 주어진 3가지 선택, 즉 즉시 사형, 속전(贖錢), 궁형(宮刑), 셋 중에 가장 치욕적인 궁형을 선택한 이유가 있다. 속전의 능력이 없는 그는 사내의 상징을 제거당하는 치욕을 감수하면서 글을 쓰기 위해 목숨을 부지한다. 글을 통해 변명을 하고 후세에 이름을 남기는 작업에 나선다. 『사기』「열전」의 마지막 「태사공 자서」에 저술의 동기가 명시되어 있다. 한 마디로 발분(發憤)의식의 발로다.

"대체로 시(詩)와 서(書)의 뜻이 은미하고 말이 간략한 것은 가슴속에 품은 바를 드러내 보이려했기 때문이다. 옛날 서백(西伯, 주나라 문왕)은 유리(羑里)에 갇혀 있었기에 주역을 풀이했고, 공자는 진(陳)나라와 채나라에서 고난을 겪었기 때문에 춘추를 지었으며, 굴원은 쫓겨나는 신세가 되어 이소(離騷)를 지었고 좌구명(左丘明)은 눈이 멀어 국어(國語)를 남겼다. 손자(손빈)는 다리를 잘림으로써 병법을 논했고 여불위는 촉나라로 좌천되어 세상에 『여람(呂覽, 여씨춘추)』을 전했으며, 한비는 진(秦)나라에 갇혀 「세난(說難)」과 「고분(孤憤)」 두 편을 남겼다. 시 300편(詩經)은 대체로 현안과 성인이 발분하여 지은 것이다. 이런 사람들은 모두 마음에 울분이 맺혀 있는데 그것을 발산할 수 없기 때문에 지나간 일을 서술하여 앞으로 다가올 일을 생각한 듯하다."[82] 조정이 나서 조직적으로 채집한 민요, 민중의 노래(國風)인, 시 300수를 공자가 한 마디로 '사무사(思無邪)'라고 요약했던 것을[83] 사마천은 '발분의 노래'라고 평한다.

이병주도 자신이 사기를 깊이 읽게 된 사연을 발분의식의 발로였음을 밝혔다.

---

82) 김원중 옮김 『개정판 사기열전』(2권) (민음사, 2015). p.844

83) 『논어(論語)』「위정(爲政)」편

"결정적으로 내가 『사기』를 읽게 된 데는 일인(日人) 다케다가 쓴 『史記의 世界』를 읽은 충격과 뜻하지 않게 영어의 신세가 된 나의 운명이 탓이었다. (중략) 억울하게 궁형까지 받은 운명의 인간이 쓴 책을 억울하게 10년형을 받은 인간이 읽고 있다는 상황엔 천년의 세월을 넘어 공감하는 바탕이 마련된다. 인사(人事)와 세사(世事)엔 계절도 지방도 없다는 인식, 현대나 한대(漢代)나 중요한 문제는 똑같이 중요하다는 인식은 역사란 것에 대한 나름대로의 개안을 있게 했다. 동시에 기록자란 것의 중요성, 기록자로서의 각오가 얼마나 엄격한가도 배웠다. (중략) 문학도 또한 자기의 기록이라고 생각할 때 나는 사마천의 '분(憤)'을 배워야 한다고 생각했고 그 기록자의 정신을 우리의 정신으로 해야 한다고 생각했다. (중략) 사마천은 역사를 움직이는 것은 정치적 인간이라고 파악하고, 그러나 그 인간이 결국 심리적 인간이란 것에 마음을 썼을 것이다. (중략) 정치적 인간으로 화함으로써 인간은 피도 눈물도 없는 비정의 존재로 되는 것이다. 사마천은 이러한 사정까지 포함한 인간의 역사를 쓰려고 한 것이 분명하다."[84]

"장소를 서울 서대문 형무소로 옮기고 나선 『한서(漢書)』를 차입시켰다. 10년의 형기였으니 서둘 필요가 없었다. 매일 얼마씩 분량을 정해놓고 일역과 대조하며 사전을 찾기도 하면서 천천히 읽었다. 역시 한서는 원문으로 읽어야 한다는 자각을 얻었고 동시에 한문에 관한 얼마간의 실력도 얻었다. 내가 얼만가의 한서 독해력이 있다면 그건 주로 사마천의 『사기』 덕분이다."[85]

'산천 사상'의 전도사, 『토지』의 작가 박경리는 짧은 시로 이병주의 발분의식을 간접적으로 지원해 준다. "그대는 사랑의 기억도 없을 것이다. / 긴 낮 긴 밤을/ 멀미같이 시간을 앓았을 것이다. / 천형 때문에 홀로 앉아/ 글을 썼던 사람/ 육체를 거세당하고 인생을 거세당하고/ 엉덩이 하나 놓을 자리 의지하며/ 그대는 진실을 기록하려 했는가."(박경리 「사마천」)

84) 이병주, 『실격교사에서 작가까지: 이병주 칼럼』(세운문화사, 1978) pp.135-136

85) 이병주, 『허망과 진실』(2권) (생각의 나무, 2002) p.138

이병주가 즐겨 읽던 동년배의 일본작가 중에 시바 료타로(司馬遼太郎 본명 福田定一, 1923 -1996)가 있다. 본명이 후쿠다인 그가 필명으로 사마로 택한 것은 역사소설가로서의 사명감을 다지기 위한 것임은 물론이다.[86] 일본의 '국민작가'로 불리는 시바의 대표작 『료마가 간다(龍馬がゆく)』와 『언덕 위의 구름(坂の上の雲)』은 일본 제국의 부활을 꿈꾸는 전후 일본인의 강한 격려사로 읽힌다. 그의 역사인식은 메이지-청일-러일 전쟁 당시의 일본, 일본군에 대한 허상을 근간으로 삼고 있다. 즉 작가는 이 시기 일본과 일본군은 성공적으로 '문명개화국'으로 자리매김하고, '만국공법'을 세계 최고 수준으로 준수하는 모범적인 국가로 서구 열강의 칭송을 받아 '야만국'에서 '근대 제국'의 일원으로 편입할 수 있었다는 이른바 '메이지 영광론'을 형상화하고 전파한다.[87]

이병주는 자신의 많은 작품 속에 '이사마(李司馬)'라는 이름으로 자신을 등장시킨다. 대표적으로 제3공화국의 정치사를 기록한 작품 『그해 5월』에서는 노골적으로 이 사실을 밝힌다. "사마라고 하면 누구나 연상되는 사람이 있을 것이다. 사마천이란 사람, 한나라의 사람, 『시기』의 저자. 이사마는 사마천의 성을 따서 스스로 그렇게 명명했다. 명명했을 뿐만 아니라 사마천의 집념을 배우려고 했다. 사마천과 같은 기록자가 되려고 했다. 그리하여 그의 일체의 다른 기능을 봉해버리고 20세기 한국의 사마천으로 되려고 스스로 맹서한 것이다. 어떻게 해서, 무슨 까닭으로 그가 사마천의 집념을 닮으려고 했던가, 그 사실만으로도 한 권의 스토리가 엮일 수 있다."[88]

임헌영에 따르면 『그해 5월』은 제3공화국의 상징체계를 담론의 형식으로 풀어낸 소설이다. 다시 말해 작중 주도인물인 이사마를 통해 5·16쿠데타와 박정희시대가 갖는 의미를 기전체(紀傳體)수법으로 쓴 실록대하소설이다. "소설의 첫

---

86) 한일 두 인기작가 사이에 약간의 친분도 생겼고, 정식으로 대담을 주선한 중간자도 있었다고 하나 출판된 대담기록은 보이지 않는다.

87) 나카츠카 아키라(中塚明) 지음, 박현욱 옮김 『시바 료타로의 역사관 (司馬遼太郎の歷史觀)』, (모시는 사람들, 2014)

88) 이병주, 『그 해 5월』(1권) (한길사, 2006) pp.17-18

106   역사와 신화의 행적

장면에서 10 · 26 사건을 부각한 뒤 1961년으로 거슬러 올라가 기록자 아사마가 사기처럼 '기전체'로 박정희 장기집권 18년 동안 각종 사료와 논평을 곁들여 엮는 형식으로 쓴 소설이다."[89]

중국 근대화의 상징 인물인 량치차오(梁啓超, 1873-1927)는 사마천을 일러 '역사계의 조물주'로 불렀다. 루신(魯迅, 1881-1936)도 "역사가의 빼어난 노래요, 운율 없는 이소"(史家之絶唱 無韻之離騷)라며 극찬했다.[90] 「이소(離騷)」는 굴원(屈原)의 작품으로『楚辭』의 핵심을 이룬다.『초사』는『詩經』과 함께 중국 고대 문학의 양대 고전이다.

『사기』의 정전성(正典性)은 이병주와 같은 세대에 속하는 부완혁(1919- 1984)의 입을 통해서도 확인된다. 그는 잡지《사상계》의 발행인을 역임하면서 탁월한 외국어 능력을 갖춘 당대의 준재로 명성을 쌓았던 인물이다. 일류법대를 나온 조카가 일자무식꾼인 집 장수에게 사기를 당한다. 부완혁은 "네가 책을 읽지 않아서 사기를 당했다"고 한다. 나름대로 부지런한 독서가임을 자부하던 조카가 항변 하자 '긴 역사책'을 읽어보았느냐며 되묻는다. 그러면서『사기』를 읽으라고 권한다. "사람들이 권력을 잡으려고 어떻게 음모하고 속이고 배신하며 때로는 죽이기를 파리 잡듯이 하는데, 각 사건마다 서너 줄 씩 밖에 기록이 없지만 사건의 원인, 과정, 결과를 자세히 풀어쓰면 한 줄이 한권씩이 될 것이다. 요새는 권력으로부터 돈이 분리되어 권력과 돈, 둘 다에서 그런 일이 벌어진다."[91]

진주농고 교사 시절 나림의 제자인 시인 이형기(1933-2005)도 나림의 영향으로『사기』를 탐독하고 나름대로 해설서를 저술했다.[92]

"『사기』는 역사의 전문가만을 위한 책이 아니다. 위로는 황제로부터 아래로는 거리의 깡패와 점바치에 이르기까지 실로 무수한 인간들의 생생한 삶의 실체

89) 임헌영,「기전체 수법으로 접근한 박정희 정권 18년사」, 김윤식 임헌영 김종회 편『역사의 그늘, 문학의 길』, p.450

90) 김원중 옮김『개정판 사기열전』(민음사, 2015)「역자서문」pp.11-36

91) 김영환,「늘 독서하시던 외숙」『부완혁과 나』(행림출판사, 1994) p.147

92) 이형기,『현대인이 읽는 史記』(서당, 1991.11)

가 거기에는 그야말로 사실 그대로 그려져 있다. 말하자면 『사기』는 하나의 거대한 인간백과사전인 것이다. 시대를 초월한 만인의 책이 아닐 수 없다. 『사기』는 오묘한 책이다. 권력자가 읽으면 지배의 원리와 그 기술을, 반역자가 읽으면 저항의 논리와 전술을 가르쳐 받을 수 있다."[93]

마치 나림의 글을 읽는 듯한 착각이 들 정도이다.

'자수성가'법조인으로 명성을 쌓은 이석연도 『사기』의 찬양자다. "조선천재 문장가 연암 박지원의 문장에 웅혼이 서린 것은 사기에서 비롯된 것이다.(박종채, 『나의 아버지 박지원』, 『과정록(過庭錄)』) 정조는 정약용, 박제가 등에 명하여 사기의 내용 가운데 통치와 백성의 교화에 귀감이 될 만한 부분을 발췌하여 『사기영찬(史記英選)』을 편찬했다. 박경리의 고백 – '온갖 인생의 무게를 펜 하나에 의지한 채 사마천처럼 생각하며 살았다."[94] "『사기』에 담긴 사상의 원칙을 한 글자로 요약하라면 직(直)이다. 열십(十)과 눈 목(目), 그리고 숨을 은(ㄴ)의 합(合)자로 열 개의 눈으로 숨어있는 것을 바르게 본다는 뜻이다. 어느 한쪽에 고착된 편벽한 시선이 아닌, 만물의 변화와 이치를 꿰뚫어 볼 수 있는 폭넓은 시선에 대한 은유다."[95]

"법가는 가깝고 먼 관계를 구별하지 않고, 귀하고 천한 것을 가리지 않으며, 법에 따라 한 번에 단죄하므로 가까운 이를 가깝게 대하고, 존귀한 자를 존귀하게 대하는 온정이 끊어지고 말았다. 한때의 계책으로 실행할 수는 있어도 오랫동안 사용할 수는 없으므로 '엄격하여 온정이 적다'고 한 것이다. 군주를 높이고 신하를 낮추며 분수와 직책을 분명히 함으로써 서로(권한을) 뛰어넘거나 침범할 수 없는 것은 백가라도 바꿀 수 없는 것이다."[96]

---

93) 위의 책, 서문

94) 그는 사단법인 '한국사마천학회'을 설립하여 이사장직을 맡고 있다. 이석연, 『사마천 한국견문록: 사기의 시각에서 본 한국사회 자화상』 (까만양, 2015)

95) 이석연, 위의 책, 서문 「사마천 한국사회를 꾸짖다」, p.7

96) 「태사공 자서」, 김원중 옮김 『개정판 사기열전』 (2권) p.834

『사기』에 실린 열전, 130편 가운에 인물전기가 112편이다. 이중 57편이 비극적 인물의 이름을 편명으로 택했다. 20여 명도 표제로 삼지 않았지만 비극이다. 나머지 70여 편도 비운의 인물이 등장한다. 사마천에게 시대의 표상은 비극이었던 셈이다.[97]

사마천은 열전의 맨 처음을 백이, 숙제를 다룬다. 「백이(伯夷) 열전」에서 천도시비 (天道是非) 하늘의 도가 옳은가 그른가, 라는 질문을 던진 이유가 있다. 백이, 숙제의 입장이 신의 처지와 동류의식을 반영한다. 또한 치욕을 참아내고 후세에 정명을 지켜낸 관중(管仲), 오자서(伍子胥), 경포(경布), 등에게 특별한 애착을 보인다.

『사기』의 두 번 째 특성은 역사적 사실의 포폄(褒貶)과 직서(直書)다. 이는 태사공자서에 드러나듯이 미언대의(微言大義) (작은 말 속에 큰 의미를 느끼게 할 의도)를 통해 후세에 하나의 도덕 기준을 제시할 의도였다.

사마천이 그린 다양한 성격과 인물들 중에 자객(刺客)과 유협(遊俠)편은 대중의 사랑은 가장 많이 받는다.

유협이 불의의 권력의 피압박자 민초의 대변인인가, 아니면 통치계급의 폭정을 조력하는 건달인가는 논쟁거리로 남아있다. 사마천은 유가의 위선을 고발하면서 유협을 두 부류로 나누었다. 한 부류는 통치계급의 수족이 되어 민중의 핍박에 앞장선다. 다른 부류는 백성의 편에 서서 부당한 권력의 남용에 저항하는 의적이다. 사마천은 유협의 존재를 긍정적으로 받아들이는데서 유가와 묵가와 차이를 보인다. 「유협」편 첫 구절이다. "한자(韓子,한비자)는 '유자(儒者)는 문(文)으로 법(法)을 어지럽히고, 협객은 무(武)로 금령을 범한다.'고 말했다. 이는 선비와 협객을 모두 비한 것이지만 선비는 대체로 세상의 칭송을 받고 있다. 지금 유협의 경우는 그 행위가 비록 정의에 부합되지 않아도 그들의 말에 믿음이 있고 행동이 과감하며, 한번 약속한 일은 반드시 성의를 다해 실천하고 자기 몸을 아

97) 김원중 옮김 『개정판 사기열전』(1권) p34

끼지 않고 남에게 닥친 고난에 뛰어들 때는 생사와 존망을 돌아보지 않으면서도 자신의 능력을 뽐내지 않고 그 덕을 자랑하는 것을 수치로 여겼다. (허리띠의) 갈고리단추를 훔친 처형되고, 나라를 훔친 사람은 제후가 되며, 제후의 문하에는 인의가 있다"라는 말은 허튼 소리가 아니다.[98] 주도적인 일간지《조선일보》에 장기(1977-1980) 연재되면서 공전의 인기를 흡입한『바람과 구름과 비(碑)』에서 흡사 동방의 소설가로 환생한 사마천의 필치를 대하는 환각이 든다.

혹리(酷吏) 열전

서한 전기에 살았던 혹리 10명의 행적을 담았다. 10명 중 9명의 무제(武帝) 시대의 인물로 춘추시대의 인물은 한 사람도 없다. 저자 자신이 체험한 일을 바탕으로 현실 고발하려는 저자의 의도가 분명하다. 무제는 겉으로는 유가 정치를 표방하면서도 형벌에 가혹한 면을 보였다는 사실을 부각하고, 중앙집권이 강조됨에 따라 관리가 민중위에 군림하게 된 현상을 비판할 의도가 깔려 있다.

공자를 인용하여 첫 구절을 시작한다. "정령(政令)으로 인도하고 형벌로 바로잡으면 백성은 형벌을 피하는 것을 부끄럽게 여기지 않는다. 덕으로 이끌고 예로 바로 잡으면 부끄러움을 모르고 바로 살아간다."(『논어(論語)』「위정(爲政)」편)

이어서 노자를 인용한다. "최상의 덕은 덕이라고 하지 않으니 이 때문에 덕이 없다. 법령이 많을수록 도적이 많아진다."(『도덕경(道德經)』57장「순풍(淳風)」)

두 선현의 권위에 기대어 자신의 결론을 내린다. "진실로 옳은 말이구나! 법령이란 다스림의 도구일 뿐 백성의 맑고 흐림을 다스리는 근원은 아니다."

혹리는 모두 법집행자다. 장탕(張湯)이 분량이나 내용면에서 압도적인 주역이다. 엄정한 법집행자로서의 장탕의 소질은 어린 시절부터 발휘된다. 아이는 집

---

98)김원중 옮김『개정판 사기열전』(2권) pp.679-680

을 보다 고기를 쥐에게 도둑맞는다. 외출에서 돌아온 아버지가 매질을 하자 소년은 쥐구멍을 파내어 범인 쥐와 함께 먹다 남은 고깃덩어리를 찾아낸다. 쥐를 잡아 체포하여 매질하고 영장을 발부하고 진술서를 작성하고 도물을 압수한다. 판결문을 작성하고 대청 아래에 몸뚱이를 찢어 죽이는 책형(磔刑)에 처한다. 마치 노련한 형리가 쓴 것처럼 수려한 아들의 판결문을 본 아버지는 크게 놀라 전문적인 법리 수업을 받게 한다. 영민한 소년은 단계 단계를 밟아 올라 법기술자로 대성한다.

그는 통치자 황제가 고전에 소양이 깊은 사실을 감지하고 중요한 판결문에 성현의 고전을 인용한다. 자신의 조수로 전래의 고전인 『상서(尙書)』나 『춘추(春秋)』에 정통한 박사를 연구관으로 채용한다. 최고의 법률가는 최고통치자의 마음을 헤아린다. 고관이 되어서는 빈객들과 광범하게 교류한다. 현재의 상황이 어려운 옛 친구의 자제를 돌보아준다. 그리하여 법률은 가혹하게 적용하지만 인간적인 매력은 유지한다. 그의 수족들은 모두 법과 문학에 함께 정통한 선비였다. 그러나 승승장구하던 그도 종내 주위의 시기와 모함에 걸려 황제의 신뢰가 흔들림을 깨닫고 자살한다. 죽고 나서 무고함이 밝혀진다.

어머니는 격식에 맞는 장례를 거부한다. 천자의 대신으로 있다 추악한 말을 듣고 죽었는데 어찌 후한 장례를 치를까보냐? 그래서 시신을 외관(外棺)도 없는 소달구지에 실어 날랐다. 뒤 늦게 진상을 알게 된 천자는 "이런 어머니가 아니고서는 이런 아들을 낳을 수 없는 일이다."라며 복권시킨다.

동시대 한국작가들 중에 높은 정치적 식견과 함께 법에 내한 균형적 시각을 견지했던(자신의 투옥체험과 관련된 문제를 제외하고서는) 이병주가 사기의 인물중 뛰어난 법집행자들에 대해 응분의 관심을 표했음은 지극히 자연스러운 일일 것이다.

사마상여

사마천이 열전을 기록한 인물 112명 중에 나림 이병주를 가장 닮은 사람을 고르라면 필자는 사마상여(司馬相如) (57번)를 선택할 것이다. 긴 생에 동안 나림 이병주가 주변인물과 독자에게 강하게 각인시킨 이미지는 한마디로 지극히 '인간적'이다. 이병주는 수많은 강점과 약점을 함께 구비한 인물이었다. 정치, 여인, 독서, 쏜원의 3대 기호를 고스란히 보유했다. 사마상여는 정치적 출세를 도모하면서도 미인을 탐하여 위해를 각오하고 사랑의 도주를 감행한다. 황제(한무제)는 사마상여의 필력을 찬양하여 각종 비행에 상당한 면죄부를 준다.

사마천은 「태사공자서」에서 사마상여의 저술인 "「자허부(子虛賦)」와 「대인부(大人賦)」의 말은 지나치게 아름답고 과장된 부분이 많지만 가리키는 바는 풍간을 통해 무위로 돌아가게 하는 것이다."라고 특기한다.[99] 여인의 미색을 그린 사마상여의 문장을 읽으면 나림 이병주의 문체를 연상하게 된다.

"그러면 정나라의 아름다운 여인들은 부드러운 비단을 몸에 휘감고 가는 삼베와 비단으로 만든 치맛자락을 끌면서 각양각색의 비단을 몸에 걸치고 안개처럼 엷은 비단을 늘어뜨립니다. 그녀들의 주름 잡힌 옷은 마치 나무가 우거진 깊은 골짜기처럼 겹쳐져서 구불구불하지만 긴 소맷자락은 정연하여 가지런하고, 섬(纖)은 날리고 소(髾)는 드리워졌습니다. 수레를 붙들고 공손히 따라갈 때마다 옷에서 사각사각 하는 소리가 납니다. 옷자락 아래로는 난초와 혜초를 스치고 위로는 깃털로 장식한 수레 위의 비단 덮개를 쓸고, 비취새 털로 만든 목걸이에 구슬로 장식한 수레의 끈이 걸리며, 가볍게 솟아올랐다가 다시 내려지는 것이 신선의 모습을 방불케 합니다."

"저 청금(靑琴), 복비(宓妃) 같은 여인들은 절세미인으로 세속을 초월하여 아름답고 우아하고 정숙합니다. 짙은 화장과 곱게 꾸민 모습은 경쾌하고 곱고 가

99) 김원중 옮김 『개정판 사기열전』(2권) pp.868-869

냘프고 부드러우며 섬세하고 나긋나긋합니다. 비단 치맛자락을 끌고 서 있는 모습은 아리땁고 기다란 옷매무세가 마치 그림을 그려 놓은 것 같으며, 걸을 때마다 옷에 물결이 이는 것이 세속의 보통 옷과는 다릅니다. 짙고 좋은 향기를 풍기며, 흰 이를 가지런히 빛내고 웃으면 더욱 선명하게 빛나고 ,가늘고 긴 눈썹은 그린 것 같고, 먼 곳을 바라보는 듯 한 눈은 곁눈질을 하는 듯합니다. 여자의 미색과 남자의 혼백이 만나니 더없이 행복합니다."[100]

다른 스승들

니체, 도스토예프스키, 사마천 , 이병주 문학사상을 지배했던 3대 거인 외에도 작가에게 영향을 미친 수많은 스승들이 있다. 그중에서 적어도 발자크, 도데, 앙드레 지드, 사르트르, 루쉰, 그리고 다산 정약용에 대해서는 별도의 연구가 필요할 것이다.

발자크

"나폴레옹 앞에는 알프스가 있었다면 나의 앞에는 발자크가 있다."[101] 프랑스 문학 전공자로 자처한 이병주는 나폴레옹이 검으로 이룬 업적을 자신은 펜으로 이루겠던 발자크처럼 자신은 '한국의 발자크'가 되겠다는 야심을 키웠다고 한다. 이병주와 발자크의 생애는 서로 닮은 점이 많다고 한다. [102] 보다 심층에 파고들어 발자크 문학이 이병주 문학을 어떻게 풍요롭게 했는지, 체계적인 연

100) 김원중 옮김 『개정판 사기열전』(2권) pp.493~495

101) 「나의 문학적 초상」 『그 테러리스트를 위한 만사』 (1983) p.227

102) 임헌영, 「운명 앞에 겸허했던 한 여인의 소망」〈이병주 문학 학술세미나 자료집〉(2019. 4) pp.9~11

구가 필요할 것이다.

알퐁스 도데

이병주는 양보보통학교 시절에 일본인 교장 부인이 방학 중에 일본에 갔다 가져다 준 알퐁스 도데(1840-1897)의 「마지막 수업」을 읽고 감명을 받고 "조선도 언젠가는 독립할 날이 있겠지요?"라고 물어 곤혹스럽게만 들었다는 일화를 기록했다.[103] 그는 (대학 과정에서 정식으로 프랑스 문학을 수학한 기록은 풍부하지 않으나) 방대한 독서로 프랑스 문학을 탐독하여 자신의 지적 자양분을 비축하면서 일가견을 이루었다. 도데는 결코 프랑스문학을 대표하는 대형작가로 볼 수 없는 작가이지만 소년 이병주에게 민족의식을 고취하고 장래 작가로서의 꿈을 키우는 촉매제가 되었다는 점에서 중요한 작가이다.

정약용

메이지대학 재학 중에 이병주는 친구들과 함께 도쿄 미도요마치(美土代町)에 있는 이상백의 연구실로 찾아간다. 당시 이상백은 와세다 대학 강사이자 일본농구협회 부회장직을 맡고 있었다. 세계에 내놓을만한 조선학자가 없다는 학생들 사이의 불평을 전하자 이상백은 원효와 정약용을 거론했다. 나림이 정약용의 존재를 처음 알게 된 계기다.

"나는 다산을 통해 한국인의 자부와 한을 알았다. 이것을 빼놓고 나의 문학이 있을 까닭이 없다. 그런 뜻으로 가장 가까운 혈연적인 스승이라고 할 수 있

---

103) 이병주, 『동서양의 고전탐사』(1권) pp.17-18

다." [104]

"머릿속엔 방법이 있고 가슴속엔 정열이 불타고 있으면서 부패해 가는 조국의 참상을 방관하고만 있어야 했던 다산의 분노를 능히 짐작할 수 있다. 그래서 『목민심서』를 나는 '분노의 책'이라고 고쳐 부르는 것이다. [105] 임상기록으로 병자의 생명을 추측할 수 있듯이 나는 그 기록을 읽고 조선은 망하게 되어 있었다고 깨달았다. 조선이 망하고 새로운 생명력이 나라의 운명을 잡아야 했던 것인데, 우리의 경우는 그러질 못했다. 일본의 행운이었다는 것은 도쿠가와(德川) 막부 체제가 무너져도 그것을 이어받을 신흥 세력이 성장하고 있어 그 바톤 터치가 순조로웠다는 점이다. 그런데 우리나라는 그러질 못했고 썩어빠진 왕조와 그 운명을 같이하는 슬픈 역정(歷程)을 밟았다. 다산을 생각할 때마다 나는 꽃피지 못한 우리 민족의 가능을 슬퍼하는 마음이 된다." [106]

앙드레 지드

스페인 내전(1936-1939)은 세계 지식인의 전쟁이었다. 1936년 7월 스페인령 모로코에서 파시스트(내셔날리스트)가 청년장군 프랑코의 주도 아래 합법적으로 선출된 인민정부에 반란을 일으킨다. 그해 10월, 국제의용군이 결성되어 오든(W. H. Auden), 조지 오웰, 헤밍웨이, 말로, 생텍쥐페리', 앙드레 지드 등 세계의 지성들이 인민전선을 지원하기 위해 참전한다. 1937년, 히틀러는 파쇼정권을 지지하기 위해 바스크의 소도시 게르니카를 폭격한다. 1939년 3월 27일, 프랑코의 반란군은 마드리드에 입성하고 4월 1일 인민전선은 붕괴된다. 일본의 종합잡지 《改造》와 《中央公論》은 스페인 내전의 전 과정을 소상하게 보도한다. 특히 앙드

104) 이병주, 『동서양의 고전 탐사 (2권) (2002), p.68

105) "『관부연락선』에는 『목민심서』는 구약성경보다 더욱 슬픈 책이다."라고 언급되어 있다

106) 이병주, 『동서양의 고전 탐사』(2권) pp. 104-105

레 지드의 발언은 널리 회자되었다. 그는 인민전선을 지지하면서 "나는 인민대중을 적으로 돌릴 수 없다."고 선언한다. 「좁은 문」, 「배덕자」, 「전원교향곡」 등 지드의 작품을 탐독하던 이병주가 데뷔작 「소설 · 알렉산드리아」(1965)에 게르니카 사건을 중요한 삽화로 이용한다. 그는 인민전선 사상이 당시 조선의 지식청년에게 미친 영향을 3 · 1 운동의 좌절과 결부시켜 이렇게 정리한다. "프랑코는 악이고 인민전선은 선이다. 그런데 인민전선 정부는 붕괴한다. 결국 악이 선을 압도한 것이다. 독립을 외친 조선인은 선이고 이를 탄압한 일본정부는 악이다. 중국을 침략하는 일본은 악이고 방어하는 중국은 선이다. 그런데 악이 연전연승하는 부조리는 어떻게 받아들일 것인가?" 내란의 종결 후로는 스페인의 소식은 일본의 뉴스 프론트에서 사라졌다. 일본 스스로 전쟁에 나선 까닭이다. 다만 많은 사람들이 사형당하고 감옥에 죄수가 넘치고 있다는 사실이 가십으로 전해오고 있었다. "그 내란에 대해 행동했다. …… 우리에게 다가온 느낌은 세계사의 사조에는 좌우익의 흐름이 있구나, 그중에서도 좌익은 여러 각도의 흐름이 내재해 있다는 것을 알게 되었다. …… 스페인의 인민전선의 구성을 보고 느끼게 되었다. …… 그때부터 우리 세대의 내부의식 속에 가치관의 혼란이 오게 되었다."[107]

이병주는 『지리산』에서 극도의 비장감을 전하기 위해 스페인 내전에서 죽은 시인, 로르카(Garcia Lorca, 1898-1936)의 시를 인용한다. "어디에서 죽고 싶으냐고 물으면 카탈로니아서 죽고 싶다고 말할 밖에 없다. 어느 때 죽고 싶으냐고 물으면 별들만 노래하고, 지상에 모든 음향이 일제히 정지했을 때라고 대답할 밖에 없다. 유언이 없느냐고 물으면 나의 무덤에 꽃을 심지 말라고 부탁할 밖에 없다."[108]

107) 이병주, 「회색군상의 논리」, 《세대》 (1974. 5) p.240

108) 이병주, 『지리산』(6권) pp.35~36

루쉰(魯迅)

1941년 12월 일본은 진주만을 공격한 후에 정식 선전포고가 따랐다. 바로 그날 이병주는 도쿄 간다(神田)의 한 책방에서 문고판 루쉰(1881-1936) 전집을 구입한다. 200페이지 남짓한 얇은 책자였다. 두 시간도 못되어 독파했다. "당시 나는 랭보, 말라메르 등 프랑스 상징주의 문학에 미쳐있었는데 루쉰은 그러한 나를 부끄럽게 했다." [109]

해방 후 다시 루쉰을 읽는다. "진주에 살고 있을 때 나는 술을 마시지 않으면 루쉰에 빠져있고, 한다는 말이 주로 루쉰에 관한 것이었고, [110] '루쉰 연구'가 내 평생의 주요 과업이 될지 모른다"고 했다. [111] "해방 후의 혼란은 루쉰과 같은 스승을 가장 필요로 하는 시기이기도 했다. 나는 그의 눈을 통해 이른바 우익을 보았다. 인습과 사감(私感)에 사로잡힌 반동들의 무리도 보았다. 민주주의에 대한 지향이 없다고는 할 수 없었으나 불순한 권모술수가 너무나 두드러지게 나타나 있었다.

나는 또한 루쉰의 눈을 통해 좌익을 보았다. 그것은 인민의 이익을 빙자해선 인민을 노예화하려는 인면수심(人面獸心)의 집단으로 보였다. 그곳에서의 권모술수는 우익을 훨씬 상회하는 것이었다. 인민을 선도하는데 목적이 있는 것이 아니고 모스크바의 상전에 보이기 위한 연극에 열중해 있는 꼬락서니였다. 이러한 관찰을 익히고 보니 나는 어느 듯 우익으로부턴 용공분자로 몰리고 좌익으로부턴 악질적인 반동분자로 몰렸다. 가장 너그러운 평가란 것이 회색분자라는 낙인이었다." [112]

---

109) 이병주, 『동서양고전탐사』(2권) p.12

110) 이병주, 『동서양의 고전탐사』(2권) p.12

111) 이병주, 『동서양의 고전탐사』(2권) p.35.

112) 이병주, 『동서양의 고전탐사』(2권) p.15.

사르트르

이병주는 소설 『지리산』에서 당시 일부 청년이 프랑스에 대해 품고 있던 막연한 동경의 정체가 일본의 세계로부터 탈출하는 수단으로 삼을 수 있다는 고백을 한다.

"프랑스어를 해서 무엇을 하실 작정입니까?" "글쎄요." 사실 규는 막연히 프랑스 문화에 동경을 느끼고 학문하는 수단으로서의 일본말로부터 빨리 해방되었으면 하는 것 이외에는 별다른 생각을 가지지 못하고 있었다.[113]

제2차 세계대전에서 독일, 이태리와 함께 동맹국이 된 일본에게 프랑스는 적국이다. 독일이 프랑스를 굴복시킨 것은 동맹국의 승리인 동시에 일본의 승리이기도 했다. 프랑스가 독일에 항복한 소식을 듣고 더 이상 적국, 패전국의 문학을 공부할 필요가 무엇이냐는 한 학생의 질문에 교수는 이렇게 답한다. "프랑스가 독일에 항복한 것이 아니다. 프랑스 군대가, 그것도 일부의 군대가 독일에 항복한 것일 뿐이다. 프랑스가 항복했다고 해서 몽테뉴가, 발자크가, 빅토르 위고가 항복한 것은 아니다. 이 세상에서 항복을 모르는 것은 위대한 사상이고 위대한 예술이다. 위대한 사상은 그 자체가 승리이고 위대한 예술은 그 자체가 축복이다. 위대한 문화는 정권의 흥망, 역사의 우여곡절을 넘어 영원하다. 그리스는 망해도 그리스 문화는 남았다. 로마는 망해도 로마의 문화는 남았다. 중요한 건 문화다. 문화로서 승리해야 하며 문화로서 번영해야 한다."[114]

사르트르 (Jean-Paul Sartre, 1905-1980)는 학병세대가 장년이 된 후에 비로소 본격적으로 접한 인물일 것이다. 학병세대의 주도적 인물의 하나인 황용주는 1950년대에 한국 민속자료를 수집하러 내한한 프랑스인에게서 선물 받은 일본판 사르트르 전집을 소중한 가보로 간직하다 도둑맞은 일을 못내 아쉬워했다. (도둑이

---

113) 이병주, 『지리산』(1권) (한길사) pp.249-250

114) 이병주, 같은 책, p.302

책도 훔치던 시절이었다!)[115]

이병주에게 사르트르는 실천하는 지식인의 표상이었다.

"펜은 검이 아니다." 사르트르의 자서전, 『말』(Les Mots, 1963)의 부제다.

"'오랫동안 나는 펜이 검이라고 생각해 왔었다. 그런데 오늘날 문필생활을 하는 우리들은 무력하지 짝이 없다는 사실을 알았다.'라는 말로 끝을 맺는다. 호오(好惡)를 떠나서 최선의 의미든 최악의 의미든 사르트르는 유럽지성의 상징이다. 최선의 의미란 그의 분명 솔직하고 진지한 학구적 태도에 더하여 최선의 방향을 택하려는 노력을 말하고, 최악의 의미란 그가 구원이 없는 절망의 철학자라는 데 있다."

"그런 사르트르가 인생의 황혼에 펜의 무력함을 절감했다는 사실은 인생의 절망을 보았다는 말과 똑같다. 그는 후세에 남아 생명력을 자지는 작품보다 현실을 변개(變改)하는 데 효과가 있는 문필활동에 중심을 둔 사람이다. 그러니 사르트르의 절망은 현실참여를 목표로 한 문필활동의 한계를 상징적으로 표명한 것이기도 하다."

그런데 우리들은 언제 펜은 검이란 소박한 신앙에라도 충실한 적이 있었던가? 숨 가쁘게 그를 극복하려고만 말고 '쓴다는 것은 어쩌자는 노릇인가', '누구를 위해 쓰는가', '무엇을 써야 하는가.'를 사르트르와 더불어 진지하고 치밀하게 생각해 볼 필요가 있다."[116]

김윤식을 비롯한 '전후세대' 한국청년들에게 사르트르는 가히 절대적인 존재가 되었다. "아! 50년대"라는 감탄사 없이는 우리의 전후 세대와 그 문학을 말할 수 없다. 고은의 말이다. 그 50년에 전쟁을 체험하며 자란 전후세대 젊은이에게 사르트르와 카뮈는 시대의 부호였다."

새 시대의 총아로 떠오른 이어령은 시적산문을 사르트르처럼 썼다. "우리의

---

115) 안경환, 『황용주: 그와 박정희의 시대』 (까치 글방, 2013) p.227

116) 이병주, 「사르트르 단상(斷想)」 『미와 진실의 그림자: 여성론을 끼운 이병주의 엣세이』 (명문당, 1988) pp.184-186

언어는 죽음의 늪에 괴어 빛을 잃었고 어둠의 골목 속에서 폐물처럼 녹이 슬었다. 그렇다면 오늘의 작가들은 그들의 세대에 대하여 하나의 기수가 될 수 있을 것인가. 군중 위에서 퍼덕이는 기의 의미를 그 현실에 대한 기의 의미를 알고 있는 것일까. 오늘의 인간들이 어떻게 죽어가고 있는가를, 어떻게 사랑을 잃어가고 있는가를, 그 공포를 과연 그들은 목격하고 있는 것일까."

"전후세대는 일제말기의 가장 고압적인 군국주의 식민지 교육을 철날 적에 받았고, 해방 뒤엔 미국식 교육에 물들면서 추상적이나마 민주주의 교육을 받았다. 자기나라 전통문화엔 교육의 레벨에서는 거의 접한 바 없었다. 문학의 경우, 그들에겐 전통이 없었다. 그 텅 빈 자리에 사르트르가 군림하고 있는 형국이었다."(사르트르 숭배는) 우리 문화를 지배하던 일본이 남긴 유산에 연결될지도 모른다. 프랑스 문학에 일방적으로 기울었고 또 민감했던 일본문학의 감도가 은연중에 작용한 것이다. 그러나 무엇보다 결정적인 이유는 6·25전쟁이었다. 사르트르의 '실존주의는 휴머니즘이다'라고 번역되었다. 살육과 온갖 비인간적인 행위기 일상의 전쟁의 참회가 쓸고 간 초토의 땅에서 기댈 수 있는 유일한 관념상의 지주가 실존주의였다.[117]

미완의 작품 : 정직한 열정

"단지 한 계명만이 나를 두고 이름이다: 순결하여라.", "파시오 누오바 (passio nuova) 혹은 '정직한 열정,' 이는 일찍이 니체가 집필을 계획했던 책의 제목이었다고 한다. 그러나 끝내 집필을 마치지 못했지만 제목처럼 살다 갔다. 열정적인 정직함, 광신적 강직, 그리고 고통으로까지 상승되어 자극하는 진실 됨이 바로

117)「사르트르와 우리 세대 - 사르트로의 무덤을 찾아서」,『김윤식예술기행』, pp.340-383

니체를 성장시키고 변화시킨, 창조의 원세포였기 때문이다.[118]

"니체의 비극은 모노드라마다. 그의 생을 그린 이 짧은 비극무대에는 니체 이외에 다른 인물은 등장하지 않는다. 눈사태처럼 파국으로 치닫는 연극의 전막을 통해, 홀로 서서 투쟁하는 유일한 사람이 바로 니체다.", "배우, 상대역의 공연자는 물론이고 청중 한 사람도 없는 이 연극은 다름 아닌 프리드리히 니체의 영웅비극이다." 작가 자신 이외에 그 누구도 인정하지 않고 알아주지 않는, 그런 행보를 말이다. 그가 대도시의 그늘에서 조악하기 이를 데 없는 월세 방, 보잘 것 없는 음식의 여인숙, 지저분한 열차 칸과 많은 병실을 거치는 동안 밖에서는 시간의 표면 위에 예술과 학문이 거래되는 다채로운 큰 장이 서고, 목이 쉬도록 부르짖는 외침으로 가득했다. 오직 니체와 때를 같이하여 동일한 가난과 망각 속으로 몸을 숨긴 도스토예프스키만이 이같이 어둡고 창백한 유령의 빛을 지니고 있었다." [119]

"현존재가 얻을 수 있는 가장 큰 쾌락을 말하자면, 위험한 삶이다."(니체 『비시대적 고찰』)

니체의 제자, 이병주의 삶은 어떠했는가? 스승과는 달리 심신이 강건한 지식인이었다. 생의 마지막까지 붓을 잡다 끝내 대미를 완결하지 못했던 『별이 차가운 밤이면』에도 지식인의 자부심과 품위가 담겨 있다. "라틴어를 할 줄 아는 시체와 할 줄 모르는 시체는 아무래도 다를 것 같아."(p.226)라는 표현이나 교토의 불교성지인 고야산(高野山) 나들이를 하는 장면에서 일본 고등학생의 지식의 폭과 감성의 깊이를 부러운 시선으로 바라본다.(pp.227-236)

'무소속, 자유지성, 방관자, 예외자, 고독자, 관조자, 이런 관념들은 이병주의 전 생애와 문학을 관통하는 핵심어들이다. 친일과 반일, 좌우의 이념대립, 그리고 흑백논리가 일상을 지배하는 사회에서, 흑도 백도 아닌 회색의 지식인 정원을

118) 같은 책, p.370.

119) Stefan Zweig, *Baumeister der Welt*, 스테판 츠바이크 지음, 장영은 옮김 『천재와 광기』 (예하, 1994) pp.50-351

가꾸기에 평생 진력한 이병주의 행장이었다. 『인간적인, 너무나 인간적인』의 경구들 중에 가장 엄청나고도 무서운 경구는 "진리의 적– 모든 신념은 거짓말보다도 위험한 진리의 적이다."[120] 이병주가 엄선한 스승 니체의 경구다.

그리 길지는 않지만, 그렇다고 해서 아주 짧지도 않은 71년 생애 동안 남다른 건강과 정력의 펄펄 나는 필치로 무수히 많은 읽을거리를 남긴 이병주였지만 자신이 진정으로 후세인 길이 기억하기를 소망하는 작품을 썼을까? 마지막 남은 정직한 열정을 모아 화려하고도 위험했던 삶을 총체적으로 결산하는 작품, 산맥과 골짜기, 햇빛과 달빛을 아울러 빚은 작품,[121] 니체와 도스토예프스키, 사마천을 아울러 그들만큼이나 오랜 세월 두고두고 곱씹힐 그런 대작 말이다. 그가 떠난 지 27년 반, 아직도 적정한 예고 없었던 그의 죽음을 못내 아쉬워하는 이유가 있다.

---

120) 이병주, 『동서양의 고전탐사』(2권) p.125.

121) 임헌영, 「운명 앞에 겸허했던 한 여인의 소망」(이병주 문학 학술세미나 자료집) (2019. 4) pp.9-11

이병주 문학의 시대성과 자장

박성천(소설가)

1. 이병주의 역사인식과 문학

독일의 철학자 괴테는 역사를 바라보는 관점에 대해 이렇게 제시한 바 있다. 즉 "역사가의 책무는 진실과 허위, 확실과 불확실, 의문과 부인을 분명히 구별하는 것이다"라는 선언적 명제가 그것이다. 괴테는 진실과 허위를 분명히 구분하는 것을 역사를 대면하는 이들의 자세라고 정의했다.

그러나 오늘날 역사는 자신의 세계관, 정치적 지향점, 소속된 공동체의 이념 등에 따라 전혀 다른 해석의 대상이 된다. 역사라는 텍스트를 두고 상반된 입장을 견지하는 것은 모든 시대가 태생적으로 지니는 불합리와 부조리, 인간 자체의 불완전성 때문이다.

그럼에도 역사를 바라보는 시각에 전제되어야 할 요인이 있다. 역사는 역사로서 존재한다는 당위와 아울러 특정 이해집단이나 정치적 지향에 따라 이를 강요하거나, 배제해서는 안 된다는 것이다.

그런 관점에서 본다면 이병주의 견해는, 특히 문학적 의미망에 수렴되는 역사와 인간에 대한 관점은 작가 자신만의 철학적 토대를 바탕으로 한다고 볼 수 있다. 이병주는 중편 「삐에로와 국화」에서 이렇게 소설적 언어로 언명했다.

"어떤 주의를 가지는 것도 좋고, 어떤 사상을 가지는 것도 좋다. 그러나 그 주의 그 사상이 남을 강요하고 남의 행복을 짓밟는 것이 되어서는 안된다. 자기 자신을 보다 인간답게 하는 힘이 되는 것이라야 한다."

소설 「삐에로와 국화」는 개인의 삶을 완전히 파괴하고 인간관계를 파편화시키는 분단체제의 비극을 다룬다. 작품 속 소설가 와이(Y)는 작가의 분신을 떠올리게 한다. "자네는 역사를 변명하기 위해서라도 소설을 써라. 역사가 생명을 얻자면 섭리의 힘을 빌릴 것이 아니라 소설의 힘, 문학의 힘을 빌려야 된다."

역사가 생명을 획득하기 위해서는 문학적 토대가 없이는 불가능하다는 사실을 작가 이병주는 분명하게 인식하고 있었다. 그와 같은 역사와 시대에 대한 반응은 내면에 그러한 인식이 오래 전부터 싹텄다는 사실을 전제한다.

먼저 대략적으로 이병주의 삶의 이력을 살펴보자. 1921년 경남 하동에서 태어난 이병주는 1927년 북천공립보통학교를 거쳐 1933년 양보 공립보통학교를 졸업한다. 이후 일본 메이지대학 문예과와 와세다 대학 불문과에서 수학했다. 1944년 학병에 동원돼 간부후보생으로 장교를 역임했다. 해방과 함께 귀국을 하게 되고 경남대 전신인 해인대학 교수를 역임했다. 1955년부터는 국제신보[1] 편집국장을 역임하는 등 활발한 언론활동을 펼쳤다. 그러던 중 필화 사건으로 2년 7개월을 복역했으며, 1965년 늦은 나이인 마흔 넷에《세대》7월호에「소설·알렉산드리아」를 발표하며 늦깎이 작가로 데뷔했다. 이병주 문학의 원형이라 평가받는 이 소설은 필화사건으로 겪은 옥살이의 부당성을 고발함과 아울러 인간과 역사, 전쟁과 이데올로기 등을 특유의 날카로운 시각으로 그려낸다.

특히《국제신문》주필을 역임하고 있을 당시「조국의 부재」[2]를 (월간《새벽》1960년 12월),「통일에 민족역량을 총집결하자」[3]를 (《국제신보》1961년 1월 1일) 게재해 고초를 겪는다.

5·16군사쿠데타로 이병주는 혁명재판에 회부돼 10년형을 선고 받는다. 이후 2년 7개월을 복역 후 특사로 출소한다.

필화를 겪지 않았다면 이병주는 언론인의 길을 걸었을 것이다. 그러나 정론직

---

1) 창간당시는《산업신문》이었으며 이병주 활동 시기에는《국제신보》였다.

2) "조국이 없다. 산하가 있을 뿐이다. 이 산하는 삼천리강산이란 시적 표현을 가지고 있다"라고 시작하는 논설문은 반향을 일으켰다.

3) 이병주는 "국토의 양단을 이대로 두고 우리는 희망을 설계하지 못한다. 민족의 분열을 이대로 두고 어떠한 포부도 꽃피울 수 없다"면서, "누가 누구를 경계하는 것이냐?/ 어디로 향한 총부리냐?/ 무엇을 하자는 무장이냐?"고 반문한다.

필을 견지했던 그에게 돌아온 것은 보복과 공작이었다. 별수 없이 이병주는 창작이라는 우회의 길을 선택할 수밖에 없었다. 소설 『그해 5월』과 『그를 버린 여인』은 '한때는 술친구였던' 박정희에 대한 나름의 보복이라 할 수 있다.

이어 일제 말 지식인들의 생존의 모습과 내면을 파헤친 『관부연락선』, 지리산 빨치산의 활동과 공산당의 잔학상을 서사화한 『지리산』, 해방공간부터 자유당, 4·19에 이르는 현대사를 조명한 『산하』 등 80여 편의 작품을 발표했다. 특이한 것은 등단 후 생의 마침표를 찍을 때까지 27년 동안 한달 평균 1천여 매의 원고를 써내는 초인적인 창작활동을 펼쳤다는 점이다. 원고지로 치면 대략 10만 장의 분량을 작가는 일평생 혼신을 다해 써냈다. 많은 평자들이 그를 '기록자로서의 소설가', '증언자로서의 소설가'라고 평하는 이유는 그 때문이다.

이러한 글쓰기 열망, 소설에 대한 갈망은 어디에서 비롯된 것일까. 그의 잠재의식 속에 모국어에 대한, 우리말에 대한 병적일 정도의 강박적 사랑이 드리워져 있는지 모른다.

다음의 작가 고백은 혼신의 글쓰기에 대한 일말의 근거를 제공한다.

"그 책 속에 있었던 것이 알퐁스 도데의 「마지막 수업」이다. 물론 그때 알퐁스 도데라는 이름을 의식했을 까닭이 없다. 그러나 그 작품은 내게 있어서 심각한 충격이었다. (중략) 열두 살의 소년인 나는 그 소설에서 받은 충격으로 그때까지 전혀 해보지도 않은 생각에 차례차례로 말려들었다. 첫째 생각한 것은 알사스와 로렌이 어쩌면 우리나라와 비슷한 처지에 놓여 있는 곳은 아닐까 하는 생각이 뒤따랐다.

'국어를 지키고만 있음은 스스로의 손에 감옥의 열쇠를 쥐고 있는 거나 다를 바가 없다.'고 했는데, 지금 국어라고 하며 배우고 있는 일본어가 우리에게 국어가 되는 것일까. 그럼 조선어라고 배우고 있는 것은 뭐가 되는 것일까. (중략)

그러나 국어의 문제에 관한 부인의 말은 아직도 그 기억이 생생하다. 일본어와 조선어를 똑같이 소중히 해야 한다는 말이었던 것이다. 두 가지 말을 지탱하는 것은 고통스러울지 몰라도 잘 익혀만 놓으면 서로가 서로를 보충해서 훌륭한 문학자를 가꿀 소지가 될 것이란 뜻이었고, 조선어도 역사를 지닌 말이니 그것을 등한히 해선 안 된다는 뜻이었다. 이렇게 「마지막 수업」은 내게 있어서 문학에의 개안(開眼)과 동시에 세계에의 개안, 자기에의 개안의 결정적인 계기가 된 것이다."[4]

특히 이병주의 학창시절은 일제의 우리말 말살정책, 문화정치가 극에 다다랐을 시기였다. 창씨개명을 비롯해 신사참배, 조선어 폐지 등은 조선인의 황국신민화와 연계돼 있었다. 시대적 절망감과 식민지 조국의 현실 그리고 정의에 대한 감수성이 남달랐던 문학청년의 자각은 역사의 증언자로서의 인식을 강화하는 계기가 되었을 것으로 보인다.

이십대 때 이병주는 우연히 『루쉰 선집』을 읽게 되고 문학에 대해 숙고하게 된다. 이전만 해도 프랑스 상징주의에 다소 심취해 있었던 것에서 조금 변화된 양상이다.[5]

2. 지리산과 서사화 그리고 시대성

이병주 문학의 모태는 '지리산'이라 할 수 있다. 이병주 문학을 대표하는 작품이 『지리산』이기도 하지만 지리산이 표상하는 텍스트의 상징과 아우라가 작가 이병주의 삶과 문학으로 수렴된다 할 만큼 역동적이며 포괄적이다.

1921년에 태어나 1992년에 타계하기까지 이병주의 70여 년에 걸친 생애는 우리 근현대사의 가장 극적이면서도 질곡의 시대였다. 불의한 시대를 관통하면

---

4) 이병주, 『동서양 고전탐사』 1권, 생각의 나무, 2002, 14~18쪽.

5) "해방 후의 혼란은 루우신과 같은 스승을 가장 필요로 하는 시기이기도 했따. 나는 그의 눈을 통해 이른바 우익(右翼)을 보았다. 인습과 사감(私感)에 사로잡힌 반동들의 무리도 보았다. 민주주의에 대한 지향이 없다고는 할 수 없었느나 불순한 권모술수가 너무나 두드러지게 나타나 있었다. 나는 또한 루우신의 눈을 통해 좌익(左翼)을 보았다. 그것은 인민의 이익에 빙자해서 인민을 노예화하려는 인면수심(人面獸心)의 집단으로 보였다. 그곳에서의 권모술수는 우익을 훨씬 상회하는 것이었다."(이병주, 『虛妄과 眞實-나의 文學的 遍歷』, 麒麟苑, 1979, 13~14쪽)

서 살아온 작가에게 원체험은 문학적 질료로 작용했을 것이다.[6] 언급한 대로 그의 삶은 일제 강점기, 혼란한 해방공간과 이데올로기의 대립, 6·25전쟁, 남한 단독정부 수립, 4·19혁명, 5·16군사쿠데타, 5·18민주화운동 등 격동의 시기였다.

'생이지지(生而知之)'라는 말이 있다. 공자의 말로 "태어나면서부터 아는 것이 최상"이라는 뜻이다. "배워서 아는 사람이 그 다음이며(學而知之), 막힘이 있어 배우는 것은 그 다음이다(困而學之). 막힘이 있어도 배우지 아니하는 것은 최하이다(困而不學, 民斯爲下矣)."

이병주는 태어나면서 생래적으로 지리산을 알아버린 작가로 인식된다. 작품 곳곳에 스민 '지리산의 정서'는 그와 지리산을 분리할 수 없게 한다. 이병주의 소설에 지리산의 기운이 깊이 스며있는 것은 그 때문이다. 1972년 이병주는 장편소설 『지리산』 연재를 시작하며 이렇게 각오를 다졌다.

"나는 지리산을 실패할 작정을 전제로 쓴다. 민족의 거창한 좌절을 실패 없이 묘사할 수 있으리라는 오만이 내게는 없다. 좌절의 기록이 좌절할 수 있을 수도 있을 법한 일이 아닌가. 최선을 다해 나의 문학적 신념을 지리산에 순교(殉敎)할 각오다."[7] 지리산 인근 하동에서 태어난 이병주의 작품에는 그렇게 지리산의 정서가 고스란히 스며있다. 지리산에서 태어나 지리산이 키운, 어쩌면 그의 '삶의 팔 할은 지리산이 뿜어내는 자장'으로 형성됐다 해도 과언이 아닐 듯하다. 그의

---

6) 이병주는 자신의 원체험에서 비롯된 증언을 통해 과거를 호출하고 그 과거 안에서 자신을 반추한다. 이때 호출된 과거는 주로 그의 학병체험과 관련이 있으며, 어쩔 수 없는 상황에서의 강제에 의한 선택이었지만, 그 선택은 죄의식이 되어 그림자처럼 작가 주변을 유영한다. 이러한 죄의식은 작가에게 객관적인 역사 쓰기에 대한 사명감을 부여한다. 때문에 이병주는 역사의 행간에 묻혀 있는 자들에게 눈을 돌리며 객관적이고도 유연한 방식으로 그들의 삶을 복원해 낸다. 이는 공적인 기억과 지배적인 기억이 배제시킨 망각된 기억을 재생시킴으로써 가능해지는데, 이때 복원적 서사는 체제를 폭로하고 공적인 기억에 균열을 내는 데 중요한 역할을 한다. 손혜숙, 『이병주 소설과 역사 횡단하기』, 지식과교양, 83쪽.

7) 이 소설은 1972년부터 1977년까지 《세대》지에 연재하다 일시 중단, 세운문화사에서 단행본 1, 2집으로 간행하였고 이후 장학사에서 전 8권으로 《세대》에 발표하였던 분량을 발간했다. 1985년 기린원에서 3000매 분량의 뒷부분을 첨가해 전 7권으로 완간했다. 최문경, 「하동에 새긴 선율, 작가 이병주를 말하다」, 『2020 이병주문학 학술세미나-영호남학술대회』, 54쪽.

호가 나림(那林)인 것만 봐도 그의 생의 한복판에 지리산이 깃들어 있음을 알 수 있다. "어떤 숲" 또는 "큰 숲"이라는 뜻의 '나림'은 질곡의 근현대사의 이면을 파헤쳐온 이병주의 정체성을 가장 분명하게 보여주는 말이다.

하동(河東)이라는 지명은 섬진강의 동쪽을 아우를 뿐 아니라 비옥하면서도 평온한 이미지를 담고 있다. 통일신라 이전에는 한다사군(韓多沙郡)으로 불렸고 경덕왕 때 이르러 하동(河東)이 되었다 한다. 지명에 담긴 배경과 의미는 시대를 초월해 오늘에까지 이어진다. 그리고 이곳의 들판과 강을 품으며 변함없이 함께 해온 실체가 바로 지리산이다.

예로부터 지리산은 삼신산의 하나인 方丈山으로 일컬어졌으며, 신라시대에는 나라를 鎭護하는 南岳으로 中祀에 올랐다. 神仙과 不死藥, 그리고 나라의 환란을 통어하는 권능성 등으로 지리산은 神山으로 인식되었다. 더불어 조선시대에는 여러 유학자들이 심성을 수양하는 수신처[8]였다.

민초들에게 지리산은 신앙의 처소로 다시 말해 내밀한 소원을 비는 공간으로 인식되었다. 그뿐 아니라 조선시대에는 병란을 겪으면서 민중들의 주요 도피처였다. 여느 산에 비해 산세가 깊은 데다 사시사철 풍부한 자원이 은신처로서의 좋은 요건을 갖추고 있었다.

이러한 지리적, 신화적, 신앙적 관점이 복합적으로 투영된 지리산은 소설 『지리산』에서도 역동적이며 드라마틱하게 전개된다. 언급한 대로 이병주 작가의 생애처럼 소설 또한 아픔과 고통으로 점철된 근대의 격동기를 관통한다. 일제 말부터 8·15해방, 6·25전쟁 그리고 휴전협정까지를 다룬 소설은 식민지와 해방 그리고 분단과 전쟁으로 이어지는 민족사적 모순과 비극을 정면으로 응시한다.

작가는 역사의 렌즈로는 웅숭깊은 삶의 면모를 다 들여다볼 수 없는 진실을 특유의 예리한 문체로 생생하게 담아낸다.

---

8) 강정화, 「지리산 遊山詩에 나타난 조선조 지식인의 산수인식」, 『남명학연구』제26집, 경남문화연구원, 2008 참고; 박찬모, 「정헌(靖獻)·애도(哀悼)·자유(自癒)의 '지리산 인문학' 시론」, 『2020 이병주문학 학술세미나─영호남학술대회』, 이병주기념사업회 주최, 2020, 65쪽.

『지리산』은 어느 모로 보나 이병주의 대표적인 작품이라고 할 수 있겠다. 남북 간의 이데올로기 문제를 정면에서 다루면서 지리산을 중심으로 집단생활을 한 좌익 파르티잔의 특이한 성격을 조명한 소설의 내용에서도 그렇거니와, 모두 7권의 분량에 달하여 실록 대하소설이란 명호를 달고 있는 소설의 규모에서도 그러하다. 이 소설에 등장하는 주요 인물들, 각자가 특별한 애정을 갖고 그 성격을 묘사하고 있는 박태영이나 하준규 같은 인물, 그리고 해설자인 이규 같은 인물은 일제 말기의 학병과 연관된 공통점을 가지고 있다. 그 '치욕스런 신상'과 한반도의 걷잡을 수 없는 풍운이 마주쳤을 때, 이들의 삶이 어떤 궤적을 그려나갈 수밖에 없는가를 뒤쫓고 있는 형국이다.[9]

많은 평자들과 독자들은 이병주를 가리켜 '한국의 발자크'라고 지칭하는데 주저하지 않는다. 프랑스 소설가 발자크(1799~1850)는 방대한 작품과 다양한 이야기, 생동감 넘치는 인물 묘사로 고전소설 양식을 확립한 작가다. 무엇보다 방대한 양의 장편과 단편소설로 이루어진 『인간희극』 연작은 많은 작가들에게 지대한 영향을 미쳤다. 그 발자크와 같은 작가가 바로 이병주라는 사실은 그의 문학이 지닌 서사성의 깊이와 미적 가치를 돌아보게 한다. 이병주 문학의 서사가 수용되는 맥락, 다시 말해 독자와 교감하는 양상은 지리산의 품만큼이나 넓고 깊고 방대하다는 사실을 방증한다 하겠다.

---

9) 김종회, 「지리산 문화권의 문학과 교류 확대-이병주 박경리 조정래의 소설을 중심으로」, 『2020이병주학술세미나-영호남학술대회』, 이병주기념사업회, 2020, 7~18쪽 참조. "작가 이병주는 『지리산』에서 자신의 직적체험과 빨치산 출신의 회고록에 근거하여 일제 말기에서 6.25까지의 역사를 복원하고자 하였다. 징병을 피하여 지리산 속으로 숨어든 청년학생들이 열린 시대, 해방공간을 맞아 저마다의 이념을 선택해 나아가다 마침내는 역사의 격류에 휩쓸려 어떻게 파괴되고 상처입는가를 중도적 주인공인 이규의 시각을 통해 그린 작품이다."(김윤식 정호웅, 『한국소설사』, 문학동네, 2000, 485쪽.)

3. 현재성과의 조응

이병주가 활동했던 당시 70년대의 문학청년들 사이에서는 이런 말이 있었다고 한다.'이병주를 읽은 사람과 읽지 않은 사람으로 나누어진다'고. 이 말은 당대 이병주의 문학적 위상이 어떠한지를 보여주는 명징한 사례다. 이 말은 그의 작품들은 근현대사 100년을 압축하고 있다는 말로도 표현할 수 있다. 그만큼 복잡다단한 사건과 무수히 많은 인물들이 소설 속에 상존한다는 의미다.

이병주는 공적인 역사는 기록이나 사료에 의거해 소설 속에서 역사를 재현하고, 사적인 역사는 개인적 체험과 다양한 기록을 통합하여 역사를 다시 쓰려고 하였다. 여기서 사적 체험으로 기술되는 역사에 대한 증언은 기존 담론을 넘어서서 역사적 기억을 재구성하려는 시도의 일환으로 보였다. 이는 이미 고정되고 공식화된 기억들, 즉 이데올로기로 고착된'역사적'기억들에 대한 저항을 지향한 것이라 볼 수 있다.[10]

이병주 문학의 생명력은 바로 현재성과의 조응이다. 그것은 마치 이병주문학관 내부에 조성된 '디오라마'가 발현하는 자장과도 같다. 일정한 공간에 설치된 특정 입체물을 디오라마라고 하는데, 이병주 문학관에는 작가의 대표작『지리산』이 형상화돼 있다. 산 골짜기를 배경으로 벌이는 치열한 전투는 지난 시대의 역사라기보다는 오늘, 눈앞에서 펼쳐지는 무수히 많은 인간군상들의 치열한 다툼으로 다가온다. 그것은 이념과 사상과 철학, 나아가 자본의 경계까지도 허물어버린다.

또한 문학관에 자리한 거대한 만년필 조형물은 작가정신이 지금 오늘의 시간에까지 이르고 있음을 부연한다. 천정에서 종이를 뚫고 내려온 만년필은 이병주 문학 정신의 표상이자 치열한 창작세계를 보여준다. 아래 놓인 작품들은 여전히 작가가 살아 글을 쓰고 있는 듯한 착각을 하게 한다. 문학관 외부의 펜촉

---

10) 손혜숙, 앞의 책, 338쪽.

조형물과 내부의 만년필 조형물은 순교할 각오로 집필을 이어왔던 치열함이 투영돼 있다.

이병주는 『산하』의 서문에서 "우리의 산하(山河)는 햇빛에 바래면 역사가 되고, 달빛에 물들면 신화가 된다"고 단언했다. 문학비에도 새겨진 이 말은 낮에는 역사를 말하지만 밤에는 신화를 이야기한다는 뜻으로도 읽힌다. 우리의 산하 곳곳에 스며 있는 통한의 역사와 수다한 이야기는 후대들에게는 엄밀한 텍스트와 시정 넘치는 설화로 기억된다는 의미일 터다.[11]

아마도 앞의 말은 이병주의 또 다른 "역사는 산맥을 기록하고 나의 문학은 골짜기를 기록한다"는 말과도 연계될 것이다. 이병주의 내면에는 작가이전에 기록자라는 명징한 사명이 드리워져 있었던 것 같다. '한국의 발자크' 이병주 문학정신이 오늘에도 유효한 것은, 창작자 이전에 글을 쓰는 기록자라는 명제를 안고 평생을 소설이라는 무거운 바위를 밀어 올렸기 때문이 아닐까 싶다.

---

11) 이 말은 이렇게도 해석할 수 있겠다……. "태양에 바래지면 역사가 되고 월광에 물들면 신화가 된다는 말을 즐겨 하던 그는 작가란 햇빛에 바래진 역사를 새로 쓰는 복원자, 준엄한사관이나 다를 바 없다는 생각을 하고 있었다. 모든 역사는 승자들을 위한 기록이다. 따라서 당연히 역사는 승리자 중심으로 기술되고 결과만 따지게 된다. 그러나 문학은 역사가 빠뜨리고 간 것을 챙기고 메워준다. 무명의 패배자에게도 발언권을 주고 결과만이 아니라 동기도 중요하게 조명을 한다."(장석주, 『나는 문학이다』, 나무이야기, 2009.)

한국 대중문학의 정점에 이른 이병주 소설

김종회(문학평론가)

1. 글 머리에

2021년 나림 이병주 선생 탄생 100주년을 기념하여, 이병주기념사업회에서는 12권 분량의 선집 편찬·기획위원회를 꾸려서 도서 출간을 진행한다. 소설 (10권)과 에세이(2권) 가운데 올해 안에 소설 10권을, 뒤이어 내년에 에세이 2권을 상재한다. 그동안 주로 역사 소재의 소설들을 재출간 하였으므로, 이번 계기에는 대중성을 가진 우수한 작품에 중점을 두기로 했다. 간행 계획 및 경과, 간행 대상 도서 목록, 그리고 이제까지 기념사업회에서 발간한 이병주 도서 목록을 이글의 말미에 첨부한다. 이 발표에서는 위와 같은 간행 계획과 관련하여, 선생의 생전에 가장 강력한 독자 친화 및 수용을 보인 이병주 문학의 대중성과 그 의미에 대해 문예원론에 입각하여 검토하기로 한다.

2. 대중문학의 운명과 미래의 전망

대중문학은 그 내부에 부정과 긍정의 논리를 함께 끌어안고 있으며 그러한 대중문학 논의의 대척적인 자리에는 항상 순수문학이라는 고상한(?) 품격의 적수가 자리하고 있다. 서구의 경우에는 대중문학과 순수문학의 구분이 실제 문학의 현실에서는 별반 차이가 없어서, 알렉산드르 뒤마나 프랑소아즈 사강의 작품이 작품 자체의 완성도로서 평가 받았다. 그러나 우리의 경우는 아직도 이와 매우 다르다. 아무리 많은 독자를 가졌다 할지라도, 좀 멀리로는 방인근이, 더 가까이로는 이병주가 각기 걸출한 작가임에도 그 생전에 본격적인 평단의 주목을 유발하지 못했던 것이다.

이 순수문학 지향의 결백성은, 특히 대중문학의 상업적 경도를 도무지 견딜 수 없는 것으로 평가절하 해야 예의 그 '고상한'자태를 잃지 않는 것으로 여기게 하는 동인(動因)이다. 대중문화를 연구한 중요한 이론가 중의 한 사람인 강현두가 그의 저서『한국의 대중문화』에서, "상업주의와 대중문학은 분간되어야 한다. 시장 또한 대중사회의 중요한 현장 가운데 하나이지만, 목적이 문학을 통한 문화 창조에 있지 않고 화폐의 획득에만 있다면 상업주의 운운의 비난 이전에 작가라는 이름을 스스로 내놓아야 할 것이다"라고 신랄하게 적고 있는 것은, 대중문학과 상업주의 문학의 차별성이 전제 되고서야 대중문학의 존립 기반이 다져질 수 있다는 인식을 나타내고 있다.

비록 논리적 규범으로서가 아니라 현상학적 실상으로서 그 세력을 확장했으며 부정적인 가치평가의 대상이 된다 해도, 상업주의 문학이 대중문학의 한 분파로서 무시할 수 없는 부피를 이루고 있는 것이 현실이다. 이를 부정적으로 정죄할 수 있으되 그 실체의 저력과 부피를 외면할 수는 없다. 이를테면 이는 '미운 오리새끼'이면서 동시에 '뜨거운 감자'이다. 문제는 그것이 아무리 뜨겁다 할지라도 금전적 이익이 된다면 가차 없이 삼키려는 황금광들, 미운 오리가 나중에는 창공을 나는 백조가 될 것이라는 결과제일주의자들에게 있다. 그들은 자신의 얼굴을 대중문학의 긍정적 측면이라는 유약으로 덧칠하려 한다. 그 강작(强作)된, 그러나 현대적이고 도회적으로 세련된 화장술을 간파하기에 현대 대중소비사회의 독자들은 너무 유약하다.

우리 문학에 문학이 의미 그대로의 대중을 독자로 확보하기 시작한 것은 산업화 시대가 본격적인 궤도에 들어선 1970년대 후반 이후다. 이는 1960년대에 대중적 잡지, 상업성의 라디오, TV 중앙사들이 등장했으며 이를 통해서 성장하기 시작한 문화 욕구들이 더욱 크게 팽창하고 수용되는 이른바 문화폭발(culture explosion) 현상이 사회적 조류를 이룬 점과 관련이 있다. 이를테면 대량생산의 물질적 증폭이 문화소비에까지 영향을 파급하는 산업화 시대의 개막이었다. 이러한 1970년대적 현상은 1980년대의 정치적 통치 체제와 마주치면서 상당한 변모의 양상을 보일 수밖에 없었고, 한국문학이 추수한 1980년대의 대중문학은 곧 이념의 이름에 지사적 풍모의 작품들이 주류를 이루었다.

이때까지만 해도 문학과 대중은 모양 좋은 관계 속에 있었고, 여기서 언급한 상업주의적 결탁의 나락으로 떨어지는 일과는 거리가 있었다. 그러나 다변화 또는 다원주의의 시대라 호명되는 1990년대 이후, 그리고 21세기의 초입에 들어서서는 벌써 그 시대적 의미가 다르다. 전 시대와 같이 이념적 쟁투의 대상이 될 만한 정치체제도 사라져버렸고, 전자매체와 컴퓨터의 진보가 공동체적 의식의 개별적 분리를 촉진하며, '무엇을 말하는가'라는 내용보다는 '어떻게 쓰는가'라는 기법이 더 위주가 됨으로써, 문학은 전통적인 창작방법에 비추어 볼 때 바야흐로 격심한 위기의 국면으로 접어들게 되었다.

3. 대중적 상업주의문학의 재인식

이와 같은 정체성의 위기 또는 자아형성의 고정성 파탈(擺脫), 그리고 쉽게 변동하는 시대를 응대하는 불안감 등이 문학에 여러 가닥의 진로를 예비해준 형국이 된다. 이 시기의 특징적 성격을 딛고 일어선 포스트모더니즘도 그러한 불확실성 · 비정형성 · 탈일상성과 악수한 혐의가 짙다. 이러한 동시대 현실 그리고 문학의 다기한 움직임들이 유발한 우리 문학의 부정적 면모, 경박하기 이를 데 없어서 그 개선을 위한 진지한 노력이 지속적으로 요구되는 현상의 유형을 간추려보면, 다음과 같은 여러 논점을 제시할 수 있을 것이다.

이념의 부재로 인한 문학의 방향성 상실과 문학이라는 예술형식에 관한 흥미의 퇴화를 들 수 있다. 역사적이고 시대적인 전망을 상실한 문학이 당대적 합의에 의한 진로를 설정하지 못하고 표류한다. 그리고 따분하고 전통적인 형식의 문학보다 영상매체나 만화 및 공포 · 괴기스러운 이야기를 더 선호하는 경향을 나타낸다. 예술성과 오락성 사이의 경계가 와해되고 전문창작자의 권위와 자위력

약화를 들 수 있다. 문학의 대중취향적 기반이 강화되고 순수문학 문인들의 대중 문학 참여가 확산된다. 그 경계의 와해에 대한 경각심이 더 이상 예민하게 작동 하지 않는다. 작가들도 고통스러운 창작과정을 기피하며 심지어 표절·혼성모 방·패러디 등을 하나의 문학형식으로 내세운다.

소비적·실용주의적 독서욕구가 증대하고 에로티시즘의 확산과 외설의 조장 에 문제의식을 느끼지 않는 상황을 들 수 있다. 문학을 통한 영혼의 울림보다는 주식·증권 투자나 비문학적 사회관계에서 활용할 수 있는 지식의 축적을 선택 한다. 에로티시즘에 있어서는 문학·연극·영화 등 예술 장르 전반에 걸친 옷 벗 기기 추세와 그 분위기에 편승한 관능적 흥미 유발을 노리는 세태에 이르렀다. 복고적 취향의 저급한 소설들이 양산되는 등 순수문학의 명패를 과감히 내던지 고, 이제는 이를 부끄러워 하지 않는 문학 매체들의 이기적 집단주의를 들 수 있 다. 창작현장의 고통스러운 고민보다 손쉬운, 역사적 사건이나 인물을 소재로 극 적인 구성을 동원한 흥미 위주의 독서를 노리기도 한다.

문학계의 판도도 문학적 의식의 동류와 관계없이 상업 출판사 중심으로 집단 화·세력화하는 배타적 문화집단으로 재편된다. 등단·출간방식 및 문학상 제 도의 상업주의화와 출판광고의 상업성 극대화를 들 수 있다. 베스트셀러를 겨냥 한 작위적인 기획 도서의 전작 출간 및 과다한 상금을 내걸고 그 반대급부를 기 대하는 상업주의적 문학상 시상 등이 시도된다. 또한 상업적 광고가 상품, 곧 문 학작품의 본질을 대신해버리는 부작용과 과대포장으로 인한 독자들의 판단력 마비를 조장한다.

여기서 몇 가지 예를 든 이 논의 체계의 문학 현장 적용은, 앞서 언급한 바와 마찬가지로 우리에게 여전히 '뜨거운 감자'의 존재양식으로 남아 있다. 그러므 로 우리 문학이 이러한 폐해를 극복하고 문학이 문학다운 체모를 유지하기 위한 논의는, 신실한 효용성을 인정받을 수 있을 것이다. 그 방안이 무슨 장엄한 정자 관 따위를 쓰고 나타날 일은 아니다. 우리가 앞서 논의한바 우리 문학에 나타난 부정적 면모들을 대칭적으로 뒤집어 보면, 거기에 이미 구체적인 극복의 방안이 마련되어 있는 셈이다. 물론 문제는 그것을 알아차리는 데 있는 것이 아니라 현실적으로 실천하는 데 있다는 점이다.

미상불 오늘날과 같은 이념적 방향성 부재의 시대에, 우리가 구체적으로 적시 (摘示)해 보인 우리 문학의 '경박성'문제를 쉽사리 해소할 수 있는 길과 그 가능성을 찾기는 어려워 보인다. 문학의 보편적 정서와 감각의 연장선상에서 내다보자면 그 앞날의 전망은 결코 밝지 않다. 황금만능주의의 잔영이 우리 삶의 미세한 뿌리에까지 침투해 있는 이 물질 문명의 시대에, 정신이나 영혼의 영역이 아닌 한에서는 그야말로 '문약(文弱)'하기 그지없는 문학의 힘으로 실제적 현상 변화의 거센 바람을 막아내기가 어려워 보이기 때문이다.

이러한 상황에 있어서 문학이 가진 대처의 방략이란 그다지 신통한 것이 있기 어렵다. 다만 문학이 인간의 내면세계를 소중하게 받아들이고 그것을 통어하는 정신의 질서에 경의를 표하는 그 신뢰의 힘, 요컨대 판도라의 상자 맨 밑바닥에 남은 '희망'과 같은 그러한 힘에 기댈 수밖에 없다. 문학의 '정신주의'가 이 그로테스크한 대중소비사회 속에서 성한 데 없이 상처입고 패배와 멸절의 예감으로 황량한 불모의 광정에 나선다 힐지라도, 오히려 그 성황으로 인하여 활기찬 반딘력과 새로운 기력을 섭생하는 것이 정신주의의 개가(凱歌)일 수 있다는 말이다.

4. 이병주 소설의 대중문학적 요소들

여기에 우리가 문학에 거는 마지막 기대가 있다. 미약하지만 확고하게 존재하는 힘이다. 문학이 그 내부에 본능적으로 끌어안고 있는 이 반동적인 힘이 죽지 않았다면, 문학은 죽은 것이 아니다. 단정하여 말하건대 그럴 때의 문학은 희망이 있다. 아무리 전자매체·영상문화가 활자매체·문자문화를 압도하는 시대라 할지라도, 끝까지 문학을 고집하는 독자군은 비록 소수가 된다 할지라도 견고하게 남아 있다. 문학의 본질을 향한 그 꺼지지 않는 믿음의 열망, 그것을 각기의 창작실에서, 책 읽는 서재에서, 그리고 펼쳐진 논의의 마당에서 어떻게 살려가야 할 것인가라는 과제도 거기에 함께 남아 있다. 이병주 문학을 바라보는 시각은 바로 이러한 논의의 연장선상에 놓인다.

이제껏 살펴본 대중문학 또는 상업주의 문학의 논리들은, 기실 본격적인 이병주 문학론 곧 대중성의 특장을 지닌 이병주 소설을 주의 깊게 살펴보기 위한 시론(試論)에 해당한다. 이병주는 그가 작품 활동을 하던 시기에 가장 많은 독자를 가진 베스트셀러 작가였다. 많이 읽히는 소설이 꼭 좋은 소설은 아니지만, 좋은 소설이 많이 읽히는 것은 자연스러운 일이다. 그만큼 많은 대중적 수용성을 가지고 있었다는 것이 칭찬의 소재가 될 수 있을지언정 흠결이 될 수는 없는 것이다. 이러한 수용의 성과는 기본적으로 그의 소설이 가진 탁발한 '재미'와 중량 있는 '교훈'에서 말미암았다. 특히 『관부연락선』, 『지리산』, 『산하』로 이어진 한국근대사 소재의 3부작을 비롯하여 역사 소재의 작품들이 이 영역에 있어서 제 몫을 가지고 있다.

그의 소설을 통한 역사 해석 또는 재해석은, '문학을 통해 정치적 토론이 가능한 거의 유일한 작가'라는 평가를 불러왔다. 이승만의 제1공화국, 박정희의 제3공화국을 비롯하여 역사상의 좌우 대립에 이르기까지 독특한 균형감각을 갖고 서로 대립된 양측 모두를 함께 조명하는 판단력을 보여주었기 때문이다. 동시에 이를 단순한 이야기의 차원에서가 아니라 박학다식한 기량을 활용하여 설득력 있는 서사를 전개했다. 그래서 그를 두고 '문(文)·사(史)·철(哲)에 두루 능통한 거의 유일한 작가'라는 평판이 가능했던 것이다. 이처럼 작품의 수준과 그 운동 범주의 확장을 함께 가진 작가는 어느 나라에서나 어느 시대에서나 결코 흔하지 않다.

그런데 우리 문학은 이 작가 이병주를 그렇게 잘 끌어안지 못했다. 역사 소재의 작품 이외에 현대사회의 애정 문제를 다룬 작품들로 시각의 초점을 바꾸고 보면, 작품의 수준이 하락한다는 것이 주된 이유였다. 물론 그 지점에서 동어 반복 곧 동일한 이야기의 중복이나 전체적인 하향평준의 경향이 없는 것은 아니다. 하지만 순수문학의 편협한 잣대를 버리고 이미 우리 주변에 풍성하게 펼쳐져 있는 대중문학의 정점이라는 관점을 활용하면 이 문제는 오히려 강점이 될 수 있다. 여기서 군이 대중문학의 수용성과 이병주 소설을 함께 결부하여 살펴보는 이유도 거기에 있다.

한 시대의 중심을 뜻 깊은 화제를 안고 관통한 작품은 어느 모로나 그 시대의 문화적 자산이다. 그와 같은 생각을 바탕으로 오늘에 이르러 여전히 강력한 대중 친화의 위력을 가진 이병주의 소설 몇 편을 검토하는 일을 매우 중요한 시사점을 가진다. 역사 소재의 장편, 그리고 시대적 성격을 가진 예리한 관점의 중·단편들을 제외하고 대중문학적 성격을 가진 그의 소설들을 본격적으로 논의하는 자리 자체가 거의 없었던 까닭에서도 그렇다. 여기서는 그러한 그의 장편소설 가운데 일품이라고 할 만한 작품들, 『허상과 장미』, 『풍설』, 『허드슨 강이 말하는 강변 이야기』 등을 거론해 보기로 한다. 이 작품들은 모두 많은 판매 부수를 기록했고 그 만큼의 재미와 유익을 함께 가진 경우에 해당한다.

5. 작품의 실제를 통해본 소설적 성취

『허상과 장미』는 1979년에 범우사에서 간행되었고, 1990년에 이르러 서당에서 『그대를 위한 종소리』로 개명되어 상·하 2권으로 다시 나왔다. 독립운동가였던 노인 '형산 선생'을 중심으로 올곧고 평범하게 살아가는 교사 '전호', 평범을 혐오하며 극적인 삶을 추구하는 형산 선생의 손녀 '민윤숙' 등의 인물이 등장한다. 인생이 어떻게 한 순간의 허상과 같으며 그 종막에 바치는 장미꽃의 의미가 무엇인가를 묻는다. 그런데 그 재미있고 박진감 있는 이야기의 펼쳐짐에 4·19의 진중한 의미가 배경에 깔려 있고 나라를 위해 헌신한 독립운동가의 쓸쓸한 후일담이 함께 맞물려 있다. 한국문학의 어떤 대중소설이 이러한 구색을 모두 갖추었을까를 질문하지 않을 수 없다.

『풍설』은 1981년 문음사에서 상·하 2권으로 초판이 나왔고, 1987년 문예출판사에서 『운명의 덫』으로 개명 출간되었다. 그리고 2018년 나남에서 다시 같은 제목으로 재출간 되었다. 이 소설은 작가 자신의 수감체험을 활용하여 부당한 압제에 대한 인간의 반응을 여실히 그리고 참으로 흥미진진하게 보여준다. 20년 간

억울한 옥살이를 한 인물 '남상두'를 등장시키고 그가 누명을 벗는 과정에 개재된 여러 이야기들을 이병주가 아니면 가능하지 않은 방식으로 서술해 나간다. 한 지역사회의 소읍 전체가 이 사건과 연관이 되고, 그 와중에 주 인물과 '김순애'라는 여성의 만남이 세대를 넘어서는 사랑의 한 전범으로 제시된다.

『허드슨 강이 말하는 강변 이야기』는 1982년 국문에서 간행되었다가 1985년 심지에서 다시 『강물이 내 가슴을 쳐도』라는 제목으로 나왔다. 소설의 무대는 뉴욕. 한국에서 사기를 당하여 가족을 모두 잃고 미국으로 건너간 '신상일'이라는 인물이 그 낯선 땅에서 기묘한 인연들을 만난다. 그것이 인생과 예술의 존재양식에 어떤 의미를 갖는 것인가를 묻는 소설이다. 다른 작품들과 마찬가지로 매우 재미있고 드라마틱하다. 이는 작가의 뉴욕 거주 체험과 관련이 있고 작가는 후속편의 뉴욕이야기를 쓰고자 했으나 그 꿈은 이루어지지 않았다.

장편 『허드슨 강이 말하는 강변 이야기』와 단편 「제4막」은 이병주 소설 가운데 뉴욕이라는 거대 도시를 직접적인 배경으로 한 작품이다. 작가 자신이 꽤 오랜 뉴욕 체류 경험을 가지고 있고, 이 세계 최대의 도시가 가진 속성과 그 가운데서의 인간 군상을 여러 모로 목도한 사실이 이 작품들을 창작하게 한 원동력이 되었을 것이다. 그의 전체 작품세계를 관류하여 살펴보면 창작이 지속될수록 그 무대를 점진적으로 확대해 가는 형용을 볼 수 있다. H읍이라는 이름으로 표기된 향리 하동, C시라는 이름으로 표기된 일시 거주지 진주, P시라는 이름으로 표기된 부산을 넘어 일본, 동남아, 미국, 유럽 등 종횡무진의 지경으로 내닫는다. 동시에 박학다식과 박람강기를 자랑하는 문학적 호활(豪活)을 자신의 전매특허처럼 과시한다.

그와 같이 범주가 넓고 규모가 큰 서사적 형상력 속에서 중심인물 또한 기구한 운명과 맞서서 온갖 간난신고를 헤쳐 나가는 모습을 보인다. 『허드슨 강이 말하는 강변 이야기』의 신상일이 하나의 표본이다. 일찍이 이 작가가 데뷔작 「소설·알렉산드리아」에서 선보인 기상천외한 이야기와 그것이 유발하는 재미 또한 유사하다. 이 서사성의 확장과 증폭이 가능하자면 중심인물이 일반적이고 선량한 캐릭터로 출발하는 것이 보다 효율적이다. 그러한 측면은 「제4막」의 주인공'나'의 경우에도 동일하게 적용된다. 뉴욕이라는 소설의 무대가 천의무봉의 필력을 행사하는 작가와 만나고, 그것이 대중적 수용성이라는 방향성과 결합한 곳에 이 작품들이 놓여 있다. 그러할 때 등장인물들의 고통조차 가치 있게 느껴진다. 작가는 「제4막」의 말미에서 "이런데도 뉴욕에 애착하지 않을 수 있겠는가"라고 반문한다.

여기서 개관해 본 대중 성향의 이병주 장편소설들은 한결같이 재미있고 극적이며 인생에 대한 교훈을 함께 남긴다. 더욱이 출간 당시 뜨거운 대중적 수용을 받았던 작품들이다. 모두 80여 편에 달하는 그의 작품 가운데 이 외에도 『망향』(경미문화사, 1978), 『그들의 향연』(기린원, 1988), 『비창』(문예출판사, 1988), 『지오콘다의 미소』(신기원사, 1985) 등 주목할 만한 소설적 성과가 많다. 그 중 『망향』은 『여로의 끝』(창작예술사, 1984)으로 개명 출간되었고, 『비창』은 같은 제목으로 재출간(나남, 2017)되었다. 이러한 재출간 현상 역시 여전한 독자 친화력을 말하는 것이기도 하다. 이러한 사실을 토대로 앞으로, 또 점진적으로 이병주 소설 전반에 걸쳐 대중 친화력 확장의 요소와 그 방향에 대해 살펴보는 일은 그 수고에 값할 만하다.

이병주의 독서와 스토리텔링의 상상력

박명숙(창원대 교수)

1. 이병주와 희곡 〈유맹(流氓)〉

이병주는 80여 편에 이르는 소설과 독서 에세이 및 여행기 등 다양한 글쓰기로 한국의 발자크로 일컬어진다. 『관부연락선』, 『지리산』, 『바람과 구름과 碑』, 『행복어사전』 등의 소설로 대표되는 이병주는 그의 방대한 지식의 양과 당대를 살았던 증인으로서의 역량이 주요하게 평가되는데 그의 작품세계는 역사성과 대중성으로 집약되고 있다. 드라마화 되거나 영화화 된 소설도 27편에 이른다.

그의 희곡은 1945년 9월에서 1946년 3월 사이에 쓴 것으로 추정되는 〈유맹(流氓)〉이다. 이 시기는 일본에서 메이지 대학 전문부 문예과를 졸업하고 와세다 대학 불문과에 유학하던 이병주가 1944년 학병에 응소하여 대구의 제20사단 제80연대 통신대에 배치되었다가 중국 쑤저우(蘇州)의 제60사단 치중대로 최종 배치되고 거기서 해방을 맞은 때이다. 〈유맹〉은 1959년 11월에서 1960년 1월에 걸쳐 잡지 《문학》[1]에 수록되는데 전 3막 4장이나 《문학》이 폐간되어[2] 3막은 실리지 못했다. 3막은 미발굴 자료로 남았다. 비록 작품 전모를 확인할 수는 없으나 〈유맹〉은 이병주의 첫 문학작품으로서 작가론적으로나 작품론적으로도 의미

---

1) 《문학》은 1958년에 부산에서 《新潮文學》을 발간하기도 했던 정상구가 1959년 서울에서 발간한 문학전문지이다. 당시 전국문화단체총연합회 부산지부장인 정상구는 '젊은 세대를 위한 젊은 세대에 의한 젊은이의 문학잡지'를 지향했다. 그러나 부산에서의 《新潮文學》도 제1, 2호에 그치고 서울에서의 《文學》 역시 통권 3호에 머문다.(이순욱, 「1950년대 정상구의 문학활동」, 『문학도시』 42호, 2005. 민병욱, 「이병주의 희곡 텍스트 유맹 연구」, 《한국문학논총 70, 2015.)

2) 《문학》 2호에 〈유맹〉(상)이, 3호에 (중)이 실리지만 해당 잡지의 폐간으로 (하)는 누락되었다. 그러나 작품은 1945년에 이미 완성했다.

가 큰 자료이다.[3] 알려진 바대로 이병주는 부산대학 강사였던 황용주와 부산일보 편집국장이던 이상우와의 만남을 계기로 소설 연재를 제의 받는다. 그리하여 1957년 부산일보에 『내일 없는 그날』을 연재하게 되는데 이것이 그의 처녀작으로 알려져 있다. 1965년 발표한 중편 「소설·알렉산드리아」는 정식으로 중앙무대에 작가로 데뷔한 등단작이 된다. 이러한 작가 활동에 앞서 비록 그 발표는 늦었으나 최초로 쓴 희곡작품이 있었다는 점은 이병주 연구에 있어서 매우 각별하다. 〈유맹〉 이후 이병주는 다양한 장르의 왕성할 집필활동을 하지만 희곡을 쓰지는 않은 것으로 확인된다. 그럼에도 불구하고 경남 해인대학에서 교편을 잡는 중에 오스카 와일드의 희곡 〈살로메〉를 연출하는 등 지역에서 적지 않은 극 활동을 했다. 소설가로서 이름을 내지만 최초에 희곡을 썼으며, 희곡을 지속적으로 쓰지 않았으나 극 연출 활동을 한 정황들에서 〈유맹〉 연구는 소중하다. 아울러 희곡은 소설과 다른 장르적 특징이 있는데 이러한 장르적 측면은 이병주를 새롭게 들여다 볼 기회라고 하겠다. 〈유맹〉은 그의 장르 의식과 창작방법의 형성 과정을 이해함에 있어서 기저가 되는 자료인 것이다. 게다가 〈유맹〉은 7의 데뷔작 「소설·알렉산드리아」의 배경이 특이했던 것과 마찬가지로 무대 설정이 매우 이채롭다. 희곡의 배경은 1937년, 중국 상해의 공동조계에 있는 백계로인(白系露人)의 하숙집이다. 등장인물들은 마이라, 소냐, 타쟈나, 세르게이, 크라코프, 안 평 등인데 한국인이 등장하지 않는다. 희곡 〈유맹〉의 객관적인 지표만 본다면 〈유맹〉은 한국인이 한글로 쓴 러시아 문학에 가깝다. 이는 그 내용 연구에 있어서 독립 구조물로서의 텍스트 내적 구조를 밝히는 동시에 해당 텍스트의 상호텍스트성 분석이 중요함을 드러낸다. 그리하여 본고는 〈유맹〉의 면면을 살핌

---

3) 지금까지의 연구는 이병주의 소설을 연구하는 가운데 〈유맹〉이라는 희곡의 존재를 언급한 정도이다.
　　① 노현주, 「이병주 소서의 정치의식과 대중성 연구」, 경희대학교 박사 논문, 2012, 21쪽.
　　② 추선진, 「이병주 소설의 원형으로서의 내일 없는 그날」, 《인문학연구》 21권, 경희대학교 인문학연구원. 2012, 262쪽.
　　③ 손혜숙, 「이병주 산문 연구」, 《문화와 융합》 40권, 한국문화융합학회, 2018, 399쪽. 2015년 희곡 자료가 발굴되면서 비로소 이 희곡의 창작배경 및 극 텍스트의 구조를 다룬 첫 연구가 나왔다.(민병욱, 「이병주의 희곡 텍스트 유맹 연구」, 《한국문학논총》70, 2015, 361-385쪽.)

으로써 청년 문학도 이병주의 스토리텔링 지향과 그것의 극적 형상화라는 복합적 관계를 확인하고자 한다.

2. 20세기 초 상해의 에트랑제와 〈유맹〉

막과 장		사 건 진 행
제1막 제1장		안 평이 피를 흘리며 일본 헌병을 피해 하숙집으로 뛰어들자 마리아가 그를 숨겨준다. 세르게이가 이로써 화를 당할까 걱정한다. 또 크리코프의 조국회복운동론을 비현실적이라고 평가하고 크리코프 때문에 타쟈나가 문학소녀가 되어 자기를 싫어하게 됐다고 불평한다. 유태인은 안드레이 백작을 잘난 체 하는 도둑놈이라고 하며 싸운다. 마리아는 유태인의 방세를 깎아주고 실내를 정리한 후 하숙집 사람들을 위해 저녁 기도를 한다.
제 2 막	제1장	타쟈나의 생일에 모두 모여 합창과 덕담을 주고받는다. 타쟈나의 미래를 두고 세르게이와 크라노프가 싸운다. 유태인이 안드레이의 도벽을 질타하며 서로 싸운다. 페트루이깅이 일본이 소련을 침공하는 계획에 동참해야한다고 말하지만 니코라이는 그를 빨갱이, 앞잡이 개라고 하며 싸운다.
	제2장	안드레이는 세르게이에게 아편 값을 구걸하다 안 되어 꽃병을 들고 나간다. 크라코프는 책의 출간을 공상한다. 유태인은 안드레이가 페트루이깅에게 아편값을 빌리고 일본 헌병에게 돈을 받았음을 폭로한다. 안 평이 헌병에게 체포되어 마리아는 헌병대 출두를 당한다. 마리아는, 안드레이를 백계로인의 수치라며 민족의 체면과 사나이 보람을 찾기 위해 떠나겠다고 하는 니코라이를 격려한다. 소냐가 타쟈나가 행복을 찾아서 멀리 떠난다는 편지를 읽어 주자 세르게이는 혼절한다.
제3막 제1장		미발굴

〈유맹〉은 《문학》 제2호에서 '〈戱曲〉, 流氓(上) -나라를 잃은 사람들- (全三幕四場), 李炳注'라는 표제 아래 작은 글씨로 '해방직후 상해에서 쓴 작품인데 그대로 버리기엔 아깝다는 친구의 권에 의하여 발표한다'라는 설명을 덧붙이고 있다. 〈유맹〉의 사건 진행은 다음과 같다.

〈유맹〉의 시·공간 배경은 '때, 1937년/ 곳, 상해'이다. 이러한 사실과 이병주의 설명대로라면 일본 학병으로 쑤저우에⁴ 있던 작가는 1945년 8월 해방을 맞아 상하이로 갔고 여기서 6개월 정도를 머무르는 동안 1937년의 상하이를 상상하며 극작품을 완성한 것이다. 곧 학병에서 제대한 청년 이병주의 문학적 감수성을 형상화한 것이 〈유맹〉이라고 할 수 있다. 당시의 상해는 이병주에게 무엇이었을까? 이와 관련하여 근대의 상해를 살펴볼 필요가 있다.

상해는 1840년 아편전쟁에서 중국이 패하고 난징조약으로 영국의 조계를 두게 된다. 당시 안전을 추구한 영국인과 이들을 '서양오랑캐'로 혐오한 중국인은 중국인과 서양인의 거주분리, 즉 화양분거(華洋分居)를 희망했다. 그러던 것이 1850년 태평천국의 난을 거치면서 이 조계는 중국 봉건전제 통치에 저항하는 기지로 자리 잡았고 화양잡거(華洋雜居)의 근대의 창구가 된다. 1862년, 미국조계와 영국조계가 합병하여 형성된 공공조계와 프랑스 정부의 독자적인 프랑스조계는 그 면적과 인구가 더욱 증가하여 중국을 근대 자본주의로 이끄는 실질적 공간이 된다. 영문 'modern'(프랑스어 'moderne'과 더불어서)은 상해에서 처음으로 중국어 '마등(摩登)'으로 번역되었다. 이는 '새롭고 유행하는'이라는 의미로, 중국인의 일상적인 생각에서 '상해'와 '근대'는 등가적인 것이었다. 상해 조계지는 중국인에게 이장(夷場)에서 양장(洋場)으로, 상상 속에서 상하이를 구미의 기타 도회지에 관련지을 수 있는 코즈모폴리터니즘(cosmopolitanism) 도시 중의 하나가 된다.

만일 코스모폴리터니즘이 '밖을 향해 바라보는'- 중국과 세계의 다른 곳을 연결하는 문화 중재자로 자기 자신을 자리매김하는 - 영원한 호기심을 의미한다면 상하이는 의심할 여지없이 1930년대의 가장 확실한 코스모폴리터니즘 도시 중의 하

---

4) 이와 관련하여 이병주는 자신의 저서에서 "내가 남방의 정글로 가지 않고 중국 소주에 간 것이 일본 육군 본부 어떤 참모 장교의 연필 끝이 만들어낸 우연이었듯이 그 숱한 좌절에서 이 정도로 나 자신을 감당할 수 있게 한 것은 거듭 말하거니와 내 의지가 아니고 우연이었던 것이다."라고 밝히고 자신의 문학적 편린 역시 우연의 기록이다고 덧붙이고 있다. 이병주, 『이병주의 동서양고전탐사1』, 생각의 나무, 2002, 13쪽.

나이다.[5]

　20세기 들어 다양한 민족이 몰려든 1930년대 상해는 '중국 자산계층의 황금 시대를 상징하며 서양식 주택, 물자의 풍요로움, 화려한 도시의 풍경 속에서 치파오로 치장하고 서양 음식과 댄스홀을 즐겨 찾는 이른바 모던 여성들로 가득찬 국제적 소비 중심지'로 부상한다.[6] 그리고 1931년 만주사변과 1937년 중일전쟁에 승리한 일본이 조계 이외의 상해 지역을 점령하면서 1937-1941년까지 특별한 시기를 맞는다. 조계지는 안전을 찾아 전국에서 몰려오는 사람들과 자금들로 소비와 오락산업이 급성장하는 기형적 발전을 이루지만 자본 계급과 하류 계층, 제국주의적 착취와 자본주의의 모순을 고발하는 좌익계열의 지식인 등이 충돌하게 된다. 결국 1941년 태평양전쟁으로 일본에 의해 영 · 미의 공공조계가 와해되고 프랑스조계는 제국주의 연합으로 독일이 점령한다. 1945년에는 국민당이, 1949년에는 공산당이 점령하면서 상해의 근대는 다시 격변을 맞는데 이병주가 머물렀던 상해는 이러한 역사에 당대 한국민의 상해에 관한 인식까지 덧보태진 곳일 터이다. 식민지인에게 있어서 상해는 한일강제병합 이후 조선 지식인들의 망명지로서 1919년 4월 11일 대한민국 임시정부가 수립된 던 곳으로 의의가 깊다. 특히 프랑스조계지는 중국 정부가 관여 못하였을 뿐만 아니라 자유와 민주를 강조하는 프랑스의 혁명적 분위기를 반영하였기에 식민지인에게는 각별했다고 볼 수 있다. 이러한 사정은 이미 1913년 이광수의 상해 기록에서도 드러난다. 1913년에서 1915년까지 상해, 백이부로 22호에서 홍명희, 문일평, 조용은 등과 동거했던 이광수는 고국에서 돈을 들고 올 정인보를 기다리면서 프랑스공원에서 볕을 쪼이고 남루하게 담배를 얻어 피면서 홍명희의 권유로 오스카 와일드를

5) 리어우판, 『상하이 모던』, 고려대학교출판부, 2007, 49쪽.

6) 위앤진, 「상하이는 어떻게 중국 근대의 문화중심이 될 수 있었는가」, 《한국학연구》 20, 인하대학교 한국학연구소, 2009, 7~27쪽.
　한지은, 『도시와 장소 기억』, 서울대학교출판문화원, 2014, 42쪽.

읽었다는 기록을 남기고 있다.[7] 이병주가 보았던 1930년대의 상해 조계지는 이러한 망명 식민지 지식인들의 친밀성과 코즈모폴리터니즘의 선망과 인종과 사상이 교차하는 공간이라고 할 수 있다. 〈유맹〉을 보자면 이병주는 이러한 조계지에서 동병상련의 러시아계 에트랑제[8]에 주목했다고 할 수 있다. 〈유맹〉의 등장인물표와 무대지시문을 살펴보자.

등장인물

마리아   (67세) 하숙주
소-냐   (45세) 그의 며느리
타쟈-냐   (21세) 그의 손녀
니코라이   (19세) 그의 손자
세르게이   (31세) 하숙인
크라코프   (80세) 하숙인 전 교수
유태인   (25세) 고물상
안드레이백작   (53세) 아편중독자
페트루이깅   (50세) 이웃에 사는 백계로인
안 평   (25세) 항일중국인
일본 헌병 갑, 을
(안평, 유태인, 일본헌병을 제외하고는 전부 백계로인)
무 대
공동조계에 있는 백계로인 마리아가 운영하는 하숙집의 응접실.

이상과 같이 〈유맹〉이 조계지의 러시아인들을 다룬 것을 이해하는 데에는 이

---

7) 이광수, 「상해 이일 저일」, 《삼천리》 10호 1930년 11월 1일.

8) 에트랑제(étranger)는 외국인, 부외자, 낯선 이를 뜻하는 프랑스어인데 1942년 발간된 카뮈의 『이방인』으로 각인되는 어휘이기도 하다.

병주의 독서체험이 주요한 단서를 제공한다. 그는 익히 푸시킨은 물론 톨스토이, 도이스토예프스키*에 이르기까지 해박한 지식이 있었는데 중국과 관련해서는 '일제 말기, 이른바 일본의 학도병으로 중국 대륙의 한구석에서 나는 일본 용병으로서의 고통을 그의《죽음의 집의 기록》을 읽은 기억으로써 견디어냈다.'고 할 정도이다.[10] 즉, 소주에서의 시간을 러시아 문학에 기대었기에 조계지의 백계 로인들에 대한 스토리텔링은 자연스러운 접근이다. 더욱이 조계지에는 1917년 볼세비키 혁명으로 사회주의를 반대하는 러시아인들이 몰려들었고 1920~30년 사이 조계지에 머문 서양인의 1/3에 이르렀다. 러시아 정교회 사원은 물론 1937년에는 푸시킨 동상이[11] 세워졌는데 이러한 장소 경험에 이병주 자신의 독서 체험이 강렬하게 투영된 셈이다. 이로써 그는 자신의 독서 체험을 통해 서구 작가와 작품에 서정적 몰입을 하면서 작가적 비전을 내면화했음을 알 수 있다. 그리고 이를 개인적 장소 경험을 통해 구체적인 서사로 형상화함으로써 작가 세계를 구축한 것이다. 이는 향후 그의 작품에서 흔하게 드러나는 점이기도 하다. 이로써 이병주 작품의 주요 창작 방법은 그의 첫 희곡작품 〈유맹〉에서부터 비롯되었다고 볼 수 있다. 〈유맹〉은 작가 이병주의 개인적인 장소 경험과 독서 체험 즉 에트랑제와 코즈모폴리턴의 상호텍스트성 안에서 그 스토리텔링이 발로됐음을 보여준다.

9) 중학 2, 3학년 때 일본 사이소오사(改造社) 판 『세계문학전집』 가운데 한 권으로 도스토예프스키의 『죄와 벌』을 탐정소설로 알고 읽은 이병주는 도쿄의 유학생 선배의 하숙에서 죄와 벌과 관련한 토론을 듣고 다시 읽기를 하게 된다. 영역이나 불역으로 읽어보라는 선배의 추천으로 영역은 가네트 부인의 것, 불역은 〈NRF〉 판을, 일역으로는 이와나미 문고의 나카무라 역을 사 보았다고 밝히고 있다. 이병주는 메이지 대학 전문부 졸업논문을 『카라마조프가의 형제들』을 테마로 썼다고 한다. 이병주 앞의 책, 50쪽.

10) 이병주 같은 책, 227쪽. 이병주는 자신의 에세이에서 밝힌 바, 학병 시절과 감옥 투옥 등 생의 전환점에서 도스토예프스키의 생애와 작품에 공명하며 현실을 견뎠다고 한다. 그는 자신의 극적인 삶과 도스토예프스키의 그것을 유사 경험으로 인식하며 일체감을 표명했고 나아가 작가적 삶의 태도를 숱하게 견주었다.

11) 푸시킨 동상은 1937년 서거 100주년 기념으로 제작되었으나 1944년 일본군 점령으로 파괴되었고 1947년 러시아 교민과 상하이문화계의 합작으로 재건되었다. 1966년에는 문화대혁명으로 다시 파괴되었다가 1987년 서거 150주년 기념으로 재건되었다. 이 동상의 기록만으로도 상하이의 장소성이 여실히 드러난다. 푸시킨 문학은 문학의 각 장르를 아우르는 다종성과 러시아 스토리텔링의 대중성에서 이병주와 닮은 면이 있다.

3. 여성 등장인물과 스토리텔링

앞서 언급했듯이 〈유맹〉에는 상해의 조계지를 배경으로 러시아인, 일본 헌병, 항일 중국인 등이 등장한다. 무대에 한국의 장소와 한국인이 전혀 등장하지 않는 희곡이다. 이러한 희곡이 한국 근대 희곡사에서 없었던 것은 아니다. 예를 들면 이원경이 1943년 문예지 《국민문학》에 일문으로 발표한 〈해적 프리 헤이즈〉에는 1800년대의 말레이시아를 배경으로 이국 인물들이 등장한다. 그렇다고 이러한 설정이 보편적인 것은 아닌데 이렇듯 특이한 지역과 이국의 등장인물을 설정한 데에는 그것을 이해할 특별한 접근이 요구된다. 마틴 에슬린은 픽션 작품 특히 드라마는 작가의 심리를 드러낸다고 하였다. 극작가는 자신이 창조한 다양한 극중인물들 속으로 들어갈 때 그는 상상력을 구사해야만 하는데 그것은 항상 그의 경험, 욕구, 선입관 등에 기초한 상상력이기 때문이다. 이러한 전제로 〈유맹〉의 등장인물에서 고려할 것은 작가의 독서와 그에 따른 상호텍스트성이다.

먼저 여성 등장인물이다. 마리아, 소냐, 타쟈냐 등의 여성인물은 그 이름이 러시아 여성에게 흔하기도 하지만 러시아 문학작품에 등장하는 것이다. '타쟈냐'는 푸시킨의 5500행의 산문시 『예브게니 오네긴』,의 여주인공이다. 그녀는 첫사랑 오네긴을 사랑함에 있어서나 남편과의 신의를 지키는 점에서나 능동적 주체이다. 이 작품으로 타쟈냐라는 이름은 젊은 여성의 아이콘이 된다.

> 푸슈킨이 현대 문학어를 완성하고 '국민'문학의 전통을 확립했다는 것은 하나의 공리와도 같다. 19세기 러시아 사회의 백과사전이라 지칭되는 『예브게니 오네긴』, 으로 말하자면 푸슈킨의 대표작일 뿐만 아니라 러시아문학 전체의 대표작으로 손꼽히는 명작이며, 그중에서도 여주인공 타티아나의 형상은 잉여인간 오네긴에 비교되는 러시아적 자연미와 도덕적 숭고함의 대명사로 평가받는다. [12]

---

12) 김진영, 「일본유학생과 러시아문학 : 조선의 1세대 노문학도를 찾아서」, 《러시아연구》 25권, 서울대학교 러시아연구소, 2015, 17쪽.

〈유맹〉에서의 타쟈나는 푸시킨의 타쟈나와 겹친다. 푸시킨의 타쟈나는 인형을 갖고 놀거나 수틀을 손에 드는 보통의 여자아이들과는 달리 명상과 소설을 즐기는 고요한 처녀로 그려진다. 그러다가 오네긴을 만나 첫눈에 사랑에 빠지게 되는데 그녀에게 있어서 오네긴은 자신이 읽은 소설 속 인물들의 이상화라고 할 수 있다. 타쟈나의 사랑을 푸시킨은 "공상의 행복한 힘으로 다시 살아난 허구의 인물들, 쥘리 볼마르의 연인, 말렉 아델과 드 리나르, 격정의 순교자 베르테르, 우리를 꿈길로 안내하는 저 독특한 그랜디슨, 이 모든 인물들은 꿈 많고 어여쁜 소녀에게 하나의 형상으로 나타나 오네긴 속에 합쳐졌다."(93쪽)라고 표현했다. 이러한 특징은 고스란히 〈유맹〉의 타쟈나에게도 드러난다. 그녀는 전직 교수였던 하숙인 크라코프에게서 러시아 문학을 배우면서부터 푸시킨의 시를 읊는 처녀로 변하고 문학 속의 낭만적 이상을 현실에서 찾기 위해 조계지를 떠나는 것으로 그려진다.

(노래소리)
크로지아의 언덕에 밤노을 자욱한데
아라그바의 시내는 밤새어 속삭인다.
외로움건만 가벼운 처녀의 이 가슴을
다만 그대에 그대에 영원히 바치노라
세르게이 : 크라코프! 영감은 나의 원수요. 당신이 올 때까지 타쟈나는 나를 사
　　　　　랑했오. 당신이 와서 푸시킨이니 네크라소-프니, 트르게네-프니, 밤
　　　　　마다 날마다 속삭이고 나서는 사람이 달라졌오. 그래도 당신 책임이
　　　　　아니란 말이오.(61쪽)

마찬가지로 '마리아'는 푸시킨의 소설 『대위의 딸』에 나오는 여주인공과 동명이다. 『대위의 딸』은 푸가초프의 난을 배경으로 마리아와 표트르의 사랑을 그린 역사소설이다. 여주인공 마리아는 부모를 전쟁으로 잃고도 사랑하는 사람들을 위해 기도하고 인내하며 용기를 내는 여인으로 등장한다. 〈유맹〉의 마리아는 비

록 67세의 초로의 하숙집 여주인으로서 『대위의 딸』의 마리아와는 연령대가 다르지만 내적 인격에 있어서는 닮은꼴이다. 〈유맹〉의 1막 끝 장면에서 하숙집 사람들을 위해 기도하는 마리아의 모습에서 잘 나타난다. 그녀는 일본군에게 총격 당하고 쫓기는 낯선 형제를 집안에 들일 만큼 용기가 있으며 자신의 안위보다 가족과 투숙객 한 사람 한 사람을 위해 기도하는 인고의 인물이다.

마리아 실내를 마저 치우고 한숨과 함께 의자에 앉는다. 이윽고 머리를 숙여 기도를 시작한다. "거룩한 하나님! 또 오늘밤 불상한 형제를 저의 집에 맞이하였습니다. 불상한 그 형제에게 하나님의 은혜를 베푸시와 하루 속히 상처를 낫게 하시고 그분에게서 위협을 없애주소서. 크라코프선생님은 오늘도 글을 쓴다고 무척 애를 쓰셨습니다. 멀지않는 그의 여생에 빛을 주시와 그의 저작을 통해서 아버지의 영광을 더하시옵소서. 타쟈나는 말도 없이 노래만 부릅니다…… 아멘"(65쪽)

또한 '소냐'는 도스토예프스키의 소설 『죄와 벌』의 여주인공 이름이기도하다. 소냐는 한국의 러시아문학 번역사를 볼 때, 일반 대중에게는 도스토예프스키의 소냐가 절대적인 우위에 있다. 이병주도 앞서 밝혔듯이 유학 시절, 『죄와 벌』을 일어·불어·영어로 읽을 만큼 애정을 가졌다. 이병주는 저서 『동서양의 고전탐사 1』[13]에서 소냐의 심성은 "자기를 위해서 바라는 바가 없고, 가족 또는 사회를 위해서 희생하는 애타적인 현상"이며 "몰아의 개성"이라고 설명했다. 〈유맹〉에서의 소냐는 2막에 이르기까지 두 번의 대사가 있을 뿐 그다지 비중 있게 그려

---

13) 이병주의 『동서양 고전탐사』 1, 2는 1979년 『허망과 진실』이라는 제목으로 출판되었는데 2002년도에 개정판을 통해 해당 이름으로 바꾸었다. 그리고 다시 2008년에 원제인 『허망과 진실』로 발간되었다. 책이 나온 지 40년이 됐음에도 불구하고 거듭 출간되어 명저로 남은 것은 이병주의 독서 세계가 그만큼 탁월하고 정치하며 친근한 면면이 있기 때문이다. 『동서양의 고전탐사』 1권에서는 서양 고전으로 알퐁스 도데와 표도르 도스토예프스키, 프리드리히 니체를 다루었는데 그 관점은 전방위적이면서도 다채로운 자료들을 곁들인다. 즉, 작가를 처음 알게 된 계기-작가의 생애와 작품의 사건과 인물-저서와 관련한 사회적 반향-이와 관련한 자신의 에피소드-작가와 작품에 관한 명저 등으로 전개하면서 문학이 곧 삶임을 여실히 보여준다.

지지 않는다. 등장인물로서 소냐의 성격과 역할에 관한 것은 일반적인 등장인물 표, 무대 위에서 행동, 갈등관계에서 보다는 마리아의 기도 속에서 독백으로 묘사된다. 20년을 과부로 지내며 마리아와 어린 조카들을 보살피느라 머리가 희어진 여인, 한마디로 마리아와 투숙객들의 말없는 조력자이다. 이병주가 자신의 산문에서 설명한 소냐와 같다. 덧붙이자면 전막을 알 수 없기에 속단하기 어렵지만 2막까지의 사건 진행으로 보자면 소냐는 그 등퇴장과 행동에 대한 부분이 미진하다. 무대 위의 인물이기에는 역할이 미미하다.

근대의 많은 작가들이 자신의 전기적 사실을 작품으로 형상화했듯이 이병주의 작품도 작가의 전기적 체험과 밀접한 관계를 맺고 있음을 선행 연구는 누누이 언급하고 있다.[14] 그런데 〈유맹〉을 통해서 알 수 있는 것은 이러한 자전적 서사 이외에 추가로 그의 독서 체험으로 내면화한 주인공을 스토리텔링하고 있다는 사실이다. 특히 여주인공에 있어서는 더욱 그러한데 이는 보바리즘적이다. 보바리즘(Bovarysme)은 플로베르의 소설 『보바리 부인』의 보바리처럼 세속에서 소설을 살고자하는 욕망으로서 '상상과 소설 속으로의 도피'이자 일종의 환상작용이다. 이병주는 〈유맹〉에서 푸시킨의 시를 직접 인용하고 또 그의 소설 속 인물을 무대의 허구 공간으로 옮겨 오면서 자신의 독서 체험을 새로운 스토리텔링으로 완성하였다. 곧 보바리가 소설적 삶을 현실에서 구현하지 못해 결국 자살로 끝냈다면 이병주는 그것을 자신의 작품 세계에서 구현함으로써 오히려 현실성을 부여한 것이다. 여기서 현실성이라고 함은 고전적 명저로서 허구의 인물이 존재한다는 사실의 영역을 의미한다.[15] 또한 이러한 보바리즘적 스토리텔링은 소구력(appealing poewr)으로 작용한다. 소구력은 전통적 의미에서 동일시와 몰입에

---

14) 황호덕, 「내전,분단,내전, 1950 이야기 겹쳐 읽기: 끝나지 않은 전쟁의 산하, 끝낼 수 없는 겹쳐 읽기-식민지에서 분단까지, 이병주 독서편력과 글쓰기」,《사이間SAI》 10권, 2011, 9~62쪽.

15) 이와 관련하여 추선진이 '이병주 소설의 특징은 텍스트 간에 나타나는 서사의 반복이다'라고 언급한 바를 주목할 필요가 있다. '동일한 인물이 여러 소설에 걸쳐 등장하기도 하고, 같은 모티브가 여러 소설에 나타나기도 하는데 이러한 서술의 반복을 통해 서사의 사실화를 꾀한다'고 밝혔다.(추선진, 「이병주 소설에 나타난 법에 대한 의식 연구」,『이병주 문학의 역사와 사회인식』, 바이북스, 2017, 322쪽.) 이병주는 자신의 독서 체험 안에서 공명한 등장인물 이외에 자신의 작품 속 등장인물도 보바리즘적 스토리텔링을 하고 있음을 알 수 있다.

서 기인하기 쉽다. 공연심리학적으로 희곡에서 이루어지는 관객들의 관계설정은 동일시라고 불리는 중요한 심리적 과정에 기초하고 있다. 무대 위의 배우에게 일어난 일이 관객 자신에게도 일어났다고 느끼는 투사 능력이다.[16] 이는 무대 위의 인물과 사건에 대한 관객이 정보를 갖고 있을 때 용이해진다. 그러한 측면에서 보바리슴적 스토리텔링은 익히 알고 있는 허구의 인물을 매개로 정보의 확장으로써 관객을 준비시키고 참여시킬 수 있다.[17] 쉽게 말해『예브게니 오네긴』의 타쟈나를 〈유맹〉에서 연속적으로 이해하는 것이다.

4. 남성 등장인물과 스토리텔링

남성 등장인물인 크라코프, 안드레이, 세르게이, 유태인, 니코라이, 페투루이킹은 여성 인물들처럼 그 이름이 대중에게 쉽게 환기 되는 것은 아니다. 그러나 이들 역시 고전 작품 속 인물의 사건을 유사하게 겪었다는 점에서 여성 등장인물과 마찬가지로 작가의 독서 체험과 상호텍스트성의 관계에 있다. 즉 여성 등장인물은 이름으로써 그 성격을 이식했다면 남성 등장인물은 생애 사건이 복제되었다. 그러니까 〈유맹〉의 등장인물은 여성에 있어서는 그 이름에, 남성의 경우 굴곡진 인생사가 스토리텔링의 방법이었다. 캐릭터 형상화에 있어서 이름으로 독자에게 환기되는 바가 있으며 이와 달리 생애 사건으로 기억되는 것들이 있다. 이름만으로도 또는 생애 사건만으로도 캐릭터의 이미지에 긍정적이거나 부정적인 영향이 가능하다. 생애 사건에 대한 이해를 위해 등장인물들의 지향점을 중심으로 인물을 정리하면 다음과 같다.

---

16) 글렌 윌슨, 『공연예술심리학』, 연극과 인간, 2000, 88쪽.

17) 이는 극적 스토리텔링의 기법으로 미리 알려주기와 예상하게 만들기이다. 미리 알려주기는 등장인물의 의도를 드러냄으로써 관객으로 하여금 앞으로 벌어질 일을 내다보게 만든다. 예상하게 만들기는 등장인물의 기대와 두려움을 드러냄으로써 관객으로 하여금 그 일일들이 실제로 현실화될 것인가 그렇지 못한가를 예상하도록 만든다. (D.하워드, 『시나리오 가이드』, 한겨레신문사, 1999, 127쪽.)

특 징	나이	남성 등장인물	지향점	여성 등장인물	나이	특 징
항일주의자 반공주의자	19	안 평	미래지향 행동적	타챠-나	21	아름다움 추구, 능동적
		니코라이				
생활주의자	31	세르게이	생활지향 현실적			
금전주의자	35	유태인				
			가족헌신	소냐	45	희생적
반공의 일본 밀정	50	페투루이킹	기회주의적 퇴폐적			
아편중독자	53	안드레이				
			인본지향	마리아	67	휴머니스트
공상적 반공주 의자	80	크라코프	공상적 과거회귀적			

남성 등장인물들은 여성 등장인물들에 비해 사회적 반경이 크며 성격 대립 또한 확연한데 이들은 크게 세 부류이다. 항일주의자거나 반공주의자거나 현세주의자들이다. 항일과 반공의 중심에는 적극적으로 행동하는 안 평과 니코라이가 있다. 상대적으로 크라코프의 경우는 러시아 왕정복고를 꿈꾸는 공상의 반공주의자로 차별화 된다. 현세주의자들은− 성실과 책임감으로 생활의 안정을 최고로 여기며 살아가는 세르게이, 돈놀이를 하며 물신과 배금의 가치를 믿는 유태인, 과거 러시아의 백작이었으나 러시아 왕조의 붕괴 이후 현실을 살아내는 못하는 아편중독자 안드레이, 러시아를 소련 공산주의로부터 구하기 위해서 일단 힘 있는 쪽에 붙어야한다며 일본의 밀정이 되는 페투루이킹이 그들이다. 이들의 현세는 쾌락 추구의 정도에 따라 달라진다. 사실, 항일과 반공, 현세는 청년 이병주의 독서 체험에서 가장 빈번하게 감정이입이 되는 영역이다. 예를 들어 페투루이킹은 이병주가 읽었던 『악령』에서 확장된 인물이다. 이병주는 자신의 인생에서 영향의 끼친 한 권의 책을 뽑으라면 바로 『악령』이라고 하고 이 책으로 인해 세 번의 거절을 했다고 한다. 첫 번째는 유학시절, 게오르그 짐멜을 읽는 모임을 거절한 것이고 두 번째는 일본 우익계 나카노가 영도하는 국수적 청년 단체이자 중

학 동기 박준근이 참여하던 동방청년회 가입을 거절한 것이다. 나카노는 일본국
수주의자로서 조선 자치령을 주장했다. 박준근은 그런 나카노가 일본 정치의 주
류가 되면 '조선 자치령＝조선 독립'에 가까워진다고 믿었다. 세 번째는 중국 소
주에서 학병으로 같이 있었던 공산주의자 안영달이 제안한 공산주의 서클을 거
절한다. 『악령』에 깊이 침윤한 이병주는 결사와 집회에 대한 공포가 생겼으며 나
카노, 안영달에게서 베르호벤스키의 그림자를 보았던 것이다. 이병주는 『악령』
의 등장인물들을 현실의 나카노, 박준근, 안영달을 통해 현실적으로 만났으며 또
이 실존 인물을 러시아 공산당 타도를 위해 기꺼이 일제 밀정이 되는〈유맹〉의 페
투루이깅으로 재탄생시켰다.

> 도스토예프스키가 혁명에 대한 공포를 느낀 점은 바로 이것이었다. 과격한 혁명
> 사상이 거의 무신론에 기인하고 있다는 사실 인식은 목적을 위해선 수산과 방법을
> 가릴 필요가 없다고 설치는 인간들이 생살여탈권을 쥐는 사회가 실현될지 모른다
> 는 사태 인식으로 번지게 마련이다. 그런 인간의 전형이 표트르 베르호벤스키다.[18]

크라코프는 공산주의자에게 총살당할 뻔 했으나 아내의 기지로 살아나 조계
지의 하숙집에 머무른다. 사형장에서 살아남은 극적인 그의 과거는 도스토예프
스키의 그것을 연상시킨다. 전직 교수였던 그는 모든 등장인물 가운데서 가장 해
박한 지식의 소유자이다. 푸시킨과 괴테는 물론 벨린스키에 이르기까지 막힘이
없는 그의 문학적 지식은 작가 이병주의 문학 편린을 고스란히 드러낸다.

> 니코라이 : 러시아 全土를 합치면……
> 세르게이 : 굉장하게 피를 흘렸지. 그러나, 니코라이! 그런건 알 필요가 없어.'죽
> 을 사람으로 하여금 죽게 하라'는 말이 있잖아. 그저 앞만 바라보고

---

18) 이병주, 앞의 책, 125쪽.

살아가면 돼.

크라코프 : 과거가 없는 현재가 어디 있단 말이냐! 죄없이 흘린 피 원통하게 빼
앗긴 생명의 보상을 보지 못하는 한 우리는 한발도 전진 할수 없다.
이것은 유명한 '벨린스키-'의 말이야. 우리가 먼저 할 일은 원수를
갚는 일이야. 복수-이것이 우리 백계로인에게 주어진 지상명령이란
말이야.

벨린스키는 도스토예프스키의 처녀작『가난한 사람들』을 주목하고 호평함으
로써 그를 러시아 문단에 소개한 사상가이자 비평가이다. 이병주는 독서 에세
이에서 도스토예프스키를 다루면서 벨린스키와의 인연도 세세히 소개했다. 이
로써 짐작컨대 크라코프는 벨린스키와 교유했던 도스토예프스키이자 그 사실을
알고 있는 독자 이병주이기도 한 셈이다. 이상으로 이병주는 자신의 독서 체험
을 현실의 인간 군상들 안에서 실존적으로 받아들였으며 이들을 결합하여 스토
리텔링의 원동력으로 삼았음을 알 수 있다. 그에게 있어서 이야기와 삶 즉 허구
와 실제는 상호보완의 하나의 무대인 것이다.

하지만 중요한 것은 남성 등장인물들은 하나 같이 유맹이라는 점이다. 그러
니까 애초에 문청 이병주의 가장 큰 화두는 '유맹'이었던 것이다. 이것은 좀 아이
러니하기도 하다. 이병주의 독서 편력이 자신의 문학적 스토리텔링을 구체화한
것이 사실이지만 정작 이 독서 편력은 어린 이병주가 느꼈던, '나라 잃음'에서 비
롯한 세상에 관한 질문들이 문학적으로 축직되면서 만들어진 것이다. 유맹으로
서의 절박함은 이병주의 독서 편력에 큰 영향력을 행사했다. 알퐁스 도데의「마
지막 수업」, 도스토예프스키의『죄와 벌』과『악령』, 루쉰의「아Q정전」은 이병주
생의 기념비적 독서였다. 독서에 있어서 책을 고르는 일은 결국 독자의 몫이라
면 여기에는 이병주의 유맹 의식이 가장 유효했음을 알 수 있다. 이병주는 나라
를 잃어버린 자 곧 유맹이다. 그러기에 정치적 통제권을 누가 쥐고 있느냐에 따
라 인간과 자연과 사물에 대한 해석과 생의 굴곡이 달라지며 그 의미가 흔들린
다는 것을 장소 경험으로 체득했으며 또 문학적 독서 체험을 통해 누구보다도 잘

알고 있었던 것이다. 그러기에 중국 공공조계지에서 이병주는 다른 어떤 것보다도 러시아인과 유태인 군상에 관심을 두었고 이러한 처지의 스토리를 기억에서 소환하고 나아가 그들의 무대를 새롭게 그려볼 수 있었다.

5. 이병주와 스토리텔링의 발원

청년 문학도 이병주을 관통하는 키워드는 '에트랑제'와 '코즈모폴리턴'[19] 그리고 무엇보다도 '유맹'이다. 앞의 두 키워드는 〈유맹〉에서도 드러났는데 실제, 〈유맹〉을 쓰기까지의 이병주 생애의 공간을 살필 때 더욱 분명해진다. 유년기부터 〈유맹〉 집필까지 이병주가 머문 물리적 공간은 일제식민지 고국, 일본제국주의의 유학지, 일제의 중국 점령지, 중국의 공공조계지이다. 어디에서도 그는 이방인의 입장이다. 한국 근대 지식인이 그러했듯, 주인 의식으로 살아가기에는 결핍된 공간이다. 반면 이병주의 산문에서 드러난 바를 토대로 〈유맹〉 시절까지 그에게 강렬했던 심리적 공간을 살피면 알퐁스 도데, 도스토예프스키와 니체, 루쉰 등이다. 그는 이들의 세계에 서정적 몰입을 하면서 그 안에서 중심인으로서 자유로웠고 각성되었을 터이다. 이에 일본과 프랑스, 독일, 중국을 넘나드는 세계주의자가 되는 것은 자연스럽다. 특히 〈유맹〉과 관련해서 상해 조계지에서의 이병주는 푸시킨적인 스토리텔링에 강하게 매료되었음을 알 수 있다. 푸시킨의 작품세계는 '모든 것을 포용하는 보편성'을 특색으로 했는데 이를테면 장르, 사조, 러시아적인 것과 외래적인 것, 상호텍스트성의 실험이 그것이다. 그리하여 그는

---

19) 노현주는 이에 대해 "이병주가 코즈모폴리탄을 지향하게 된 이유는 식민지배 말기의 청년이 지닌 문화적 혼종성에 있다"라고 하고 『관부연락선』의 유태림이 '코즈모폴리탄으로서의 에트랑제 생활에 대해 가책'을 느끼는 장면을 덧붙였다. 이는 코즈모폴리턴과 에트랑제가 식민지 지식인의 고뇌로 작동된다는 견해이다.(노현주, 「이병주 문학의 정치의식」, 『이병주 문학의 역사와 사회의식』, 바이북스, 2017, 246쪽). 그러나 이것은 코즈모폴리터니라기보다는 코즈모폴리턴으로의 위장에 대한 반성으로 보인다. 여기서는 〈유맹〉 이후 이병주가 어떤 작가적 변모를 겪는지는 예외로 한다. 다만 〈유맹〉에 관한한 에트랑제와 코즈모폴리턴의 두 성향은 스토리텔링의 작동기제로서 긍정적으로 파악된다.

인간 군상을 등장시켜 당대 사회를 기록하는 국민적 작가로 사랑받았다. 이러한 면면은 이병주의 스토리텔링에서 주요하게 반영되었다. 노골적으로 러시아인을 등장시키고 푸시킨의 시와 그의 등장인물을 적극적으로 차용한 것이다.[20] 〈유맹〉의 제시형식도 이러한 사정이 드러난다. 〈유맹〉은 각 인물이 대사를 전개하는 것으로써 희곡의 양상을 띠고 있지만 보다 중심적인 것은 사건의 전체적 전개가 아니라 그것을 이끌어 가는 인물의 형상화이다. 사건 중심적인 구조가 아니라 인물 중심적인 구조'[21]이다. 그러다보니 무대 위 인물의 등퇴장도 모호하며 '행위 보기'로서의 읽기가 아니라 '대사 듣기'로서의 읽기가 된다. 극 장르의 특징이 'to act'라는 점을 상기한다면 극적 긴장보다는 소설적 내레이션적인 측면이 강하다고 하겠다. 그런데 이러한 구조는 푸시킨의 『예브게니 오네긴』과 매우 흡사하다. 『예브게니 오네긴』은 산문시이자 운문소설이다. 이 작품 안에서 푸시킨은 소설 『예브게니 오네긴』의 저자로 등장하기도 하며 오네긴의 친구이기도 하고 타챠나를 잘 아는 인물이기도 하다. 또 자신을 소개하고 프랑스어로 쓰인 타챠나의 편지를 러시아어로 번역하기도 한다. 그런가 하면 푸시킨 자신으로 돌아가 자신의 유배 생활을 회고하기도 한다.[22] 그러니까 한 작품 안에서 장르가 중첩되고 여러 층위로 인물의 대사가 나타나는 셈이다. 각 연은 곧 인물의 대사에 속한다. 〈유맹〉이 막과 장의 극적인 형식이지만 대사 곧 언어에 집중된 전개라는 점은 『예브게니 오네긴』이 소설이지만 행과 연으로 된 시라는 사실의 탈장르성과 맞닿는다. 이병주는 어린 시절 일본인 교장 부인이 가져다 준 알퐁스 도데의 마지막 수업을 읽고 깊은 감명을 받았으며 '한국의 발자크'가 되겠다는 야심을 키웠다고 한다. 푸시킨 역시 어린 시절 집 안에서 오로지 프랑스어만을 듣고 말하였고 당시의 습작 시 모두 프랑스어로 썼다. 아마도 문청 이병주는 프랑스조계지에서 러시아인들 에트랑제의 정신적 지주가 되는 푸시킨을 떠올리며 『예브게니

20) 물론 푸시킨과 발자크 사이의 관계는 논외의 문제이다.

21) 민병욱, 앞의 책, 164쪽.

22) 알렉산드르 푸슈킨, 석영중 역, 『예브게니 오네긴』 열린책들, 2009.

오네긴』,의 대사와 같은 스토리텔링의 투사가 가능했을 것이다. 물론 그렇지 않더라도 대화체는 이병주에게 익숙한 것이다. 대화체(혹은 토론체, 문답형식)는 근대 초기 가사와 신문 논설 및 기사, 소설 등의 장르에서 다양하게 나타났다.[23] 그 효과와 의미는 차치하고라도 양식 면에서 대화체는 희곡 장르에 대한 수용자의 인식 확대에 기여했다. 근대 초기 작가들이 굳이 희곡 작가가 아님에도 불구하고 희곡 작품 한 두 작품쯤은 발표했다는 것을 생각하면 이는 이병주에게도 해당되는 이야기겠다. 그러나 가장 중요한 것은 독자 이병주의 선택 의지 곧 유맹의 의식이다. 이병주는 스토리를 통해 자신과 세상을 이해했고 스토리텔링을 통해 세상을 보여주고 응답하려 했다. 결국 이병주의 문학은 에트랑제와 코즈모폴리턴적인 성향, 유맹의 의식 등에서 촉발되는 스토리텔링의 충돌과 모순을 서사적 해우로서 승화한 것이다. 그 첫 단추가 〈유맹〉이다.

---

23) 김종하, 『개화기 소설연구』, 국학자료원, 2005.

나림 이병주의 생애와 문학

안경환(서울대 명예교수)

머리말 : 사랑과 사상의 거리 재기

문자를 통해 세상을 배우고 익힌 세대에게 문인은 시대의 스승이었다. 그 세대에게 문인이란 자신도 모르는 사이에 인간 가까이에서 사물을 보는 연습을 길러온 사람, 삶의 본질을 통찰하는 고도의 훈련을 습득한 진인(眞人)이었다.[1] 문학 작품은 시대의 거울이자 개인과 공동체 삶의 성찰을 담은 경전인가하면 대안정부를 세우자는 시대의 격문이기도 했다.

나림(那林) 이병주는 20세기 후반 대한민국의 소설가였다. 한국문학사에 명멸했던 무수한 별들 중에 단 하나만을 고르라면 이병주를 선택할 수 밖에 없다. '한국근대문예비평'이라는 전인미답의 지적 영역을 개척한 김윤식은 자신이 이병주에 집착한 이유를 이렇게 들었다. 그의 작품을 합치면 곧바로 대한민국 국민의 삶의 총체가 되기 때문이다. 혁명가, 애국지사, 정치가, 장군, 언론인, 지식인, 대학생, 기업인, 살롱 여주인, 막걸리집 작부, 사기꾼…… 높낮이 가리지 않고 누구나 작품의 주역으로 삼았고, 그들의 사연을 사랑과 사상, 그리고 인간성과 운명의 이름으로 포용하였다. 당대의 인물뿐만 아니라, 역사의 행간에 묻혀버린 선인들의 삶도 작품 속에 녹여 담았다. 거의 모든 대한민국 작가의 글을 읽고 정성들여 평을 쓴 김윤식이 생의 마지막 순간에 붙들고 있는 작가는 다름 아닌 이병주였다.

---

1) 김윤식, 『내가 읽고 본 일본』, 그린비, 2012. pp.106-107.

"나라가 불행하면 시인이 행복하다(國家不幸詩人幸)" 즐겨 인용하던 옛 중국 시인의 구절대로라면 이병주는 작가로서 축복받은 세대다. "우리에게 청춘은 없었다. 우리는 청춘을 빼앗겨버렸던 세대다."라고 그는 탄식했다. 이민족의 압제에, 명분 없는 전쟁에, 끝이 보이지 않는 궁핍과 내일 없는 좌절에, 미처 품어보지도 못한 꿈을 송두리째 잃어버린 불행한 세대라며 입버릇처럼 그는 쓰고 말했다. 3 · 1만세 사건 직후에 식민지 소년으로 태어나 지배자 일본의 제도 속에서 작가 의식이 형성되었다. 학교에서 배운 공식어와 집에서 사용하는 생활어, 두 언어로 나뉘어 엉킨 '이중자아'를 안고 살아야 했다. 황국신민과 민족주의자, 가아(假我)와 진아(眞我)를 함께 갈무리하며 위태로운 줄타기 일상을 익혀야만 했다. 아버지가 모르는 언어와 세상을 배운 그는 후일 그 언어와 세상을 거부하는 아들세대를 상대로 서로 답답한 강론을 풀어야만 했다.

10대 후반에 반항아로 학교문을 뛰쳐나온 이래 일본 유학, 학병, 해방과 이데올로기의 대립, 군사 쿠데타와 투옥에 이르는 격동의 세월을 살았다. 대학교수에서 언론인을 거쳐 전업소설가로 변신한 후 짧지 않은 세월을 세인의 이목을 끌며 사랑과 증오를 함께 누렸던 71년에 걸친 그의 화려한 행장(行狀)을 일러 감히 '사랑과 사상의 거리재기'로 명명한 적이 있다. "사랑이 없는 사상은 메마르고 사상이 없는 사랑은 경박하다."[2]

1. 작가의 고향 하동

작가에게는 고향이 따로 없다는 말이 있다. 어떤 시인이 호기를 부렸다. 산하 전체가, 온 세상이 그의 몫이라고. "노동자에게는 조국이 없다." 공산당 선언의

---

2) 『안경환의 문화 읽기: 사랑과 사상의 거리 재기』, 철학과현실사, 2003.

한 구절이다. 그러나 국제공산주의도 결국에는 국가와 민족 단위로 분화되었다.[3] 어느 누구에게나 고향과 조국은 정신적 삶의 버팀목이다. 고향이란 떠나서 그리워하고 이따금씩 되찾곤 하는 장소에 그치지 않는다. 숫제 평생토록 가슴에 지니고 다니는 것이다. 그러나 또 한편으로는 고향을 객관적으로 바라볼 수 있는 사람이라야 성숙한 지성의 자격이 있다. "고향을 감미롭게 생각하는 사람은 아직 허약한 미숙아다. 모든 곳을 고향으로 느끼는 사람은 이미 상당한 힘을 갖춘 사람이다. 그러나 전 세계를 타향으로 느끼는 사람이야말로 완벽한 인간이다." 12세기 유럽의 신비주의 철학자, 빅토르 위고 (Hugh of Saint Victor, (c.1096~1141) 의 말이다.[4]

사마천의 『사기(史記)』에 의하면 하동은 주나라 무왕의 아들이자 성왕의 아우인 숙우(叔虞)가 터잡은 곳이다.(「진세가(晉世家)」) 그래서 그런지 옛글에 밝은 한 서생이 초가을 밤 동방의 하동에서 잔잔한 술잔을 들고 『시경』의 「귀뚜라미(蟋蟀)」를 읊으면서 이병주의 생애를 연상했다고 한다.

"귀뚜라미 집에 드니 이 해도 저무누나
지금 내가 즐기지 않으면 세월은 그냥 흘러간다.
무사태평하지 말고 어려운 일도 생각해야지.
즐기되 지나치지는 말아야지. 좋은 선비는 언제나 분발하는 법이니."

在堂 歲聿其莫. 今我不樂 日月其除
無已大康 職思其憂. 好樂無荒 良士休休

3) 마르크스 엥겔스 지음, 권혁 옮김, 『공산당선언』, 돋을새김, 2010.

4) 에드워드 사이드 지음, 박홍규 옮김, 『오리엔탈리즘』, 교보문고, 1997, 416면에서 재인용.

'호락무황 양사휴휴(好樂無荒 良士休休)' 그 서생의 직감처럼 마치 나림 이병주의 일생을 읊은 듯한 느낌이 든다. 그런 선비가 이병주이다. 이병주는 삶을 맘껏 즐기다 떠난 사람이다. 너무 짧지도, 너무 길지도 않은 72세 생애를 쓰고, 만나고, 사랑하고, 걷고, 마시고, 웃고 살았다. 그리고 짧은 시간 자리에 누웠다 홀연히 떠났다. 생애를 통틀어 물경 80여 편의 장편소설을 포함하여 원고지 수십만 장 분량의 글을 활자로 남겼다.

그러나 그는 결코 글쓰기에만 탐닉한 것은 아니다. 부지런한 발길은 조국 산천 구석구석에 닿았고 쉼없이 흘러 바다로 유영하는 섬진강 물줄기처럼 세계를 유람했다. 그러면서도 시대의 고관대작, 석학, 시정잡배를 가리지 않고 진한 교분을 나누었다. 무수한 여인과 사랑을 주고 받아 많은 사람의 시샘과 미움도 샀다. 한마디로 이병주의 생애는 그 시대의 유행어를 빌리자면 '총천연색 시네마스코프'였다.

2. 진주

이병주의 진주 사랑은 유별났다. 사랑은 자랑으로 이어진다. 작가는 여러차례 글로 진주에 대한 무한정 사랑을 고백했다.

"진주는 나의 요람이다. 봉래동의 골목길을 오가면서 잔뼈가 자랐다. 진주는 나의 청춘이다. 비봉산 산마루에 앉아 흰 구름에 꿈을 실어 보냈다. 남강을 끼고 서장대에 오르면서 인생엔 슬픔도 있거니와 기쁨도 있다는 사연을 익혔다.

진주는 또한 나의 대학이다. 나는 이곳에서 학문과 예술에 대한 사랑을 가꾸었고, 지리산을 휩쓴 파란을 겪는 가운데 역사와 정치와 인간이 엮어내는 운명에 대해 나름대로의 지혜를 익혔다. 나는 31세까지는 진주를 드나드는 과정을 되풀이하면서 살았다. 거북이의 걸음을 닮은 기차를 타고 일본으로 향했고, 그 기차를 타고 돌아왔다. 중국으로 떠난 것도 진주역에서였고, 사지에서 돌아와 도착한 곳도 진주역이었다. 전후 6년 동안의 외지생활에서 진주는 항상 나의 향수였다."[5]

1936-1939년 진주농업중학교 학적부에 두 가지 중요한 사실이 기재되어 있다. 첫째, 2학년 때인 1937년 10월 11일, 교사의 명령에 거역한 데 대한 징벌로 견책처분을 받은 사실이다. 4학년 부분에 보다 결정적인 문구가 담겨있다. "소화 14년(1939년) 8월, 부친의 허락 없이 가출하여 내지(內地) 모 사립중학교에 입학. 결석계 없이 무단으로 1개월 이상 결석함. 부친이 호소하여 다시 돌아왔지만 본교에서 공부하려는 의지가 희박함."

이병주는 자신이 제적당한 정황에 대해 여러차례 글을 썼다. 무도한 일본인 교사에 지속적으로 반항하였고 선생의 폭행을 고분고분 받아들이지 않고 방어적 폭력으로 맞선 것은 민족적 의분의 발로였던 것도 사실이었다.[6] 그러나 보다 근본적인 이유는 처음부터 농업학교가 적성에 맞지 않아 학교에 대한 애착이 없었기 때문이었다. 어쩌면 자퇴할 명분을 찾아 사건을 일으켰는지도 모른다. 그리고 무엇보다도 아버지의 세계에서 벗어나기 위해 몸부림치고 있었던 것이다. 봉건의 유교 전통사회에서는 아버지는 하늘이지만, 일본을 통해 들어온 근대의식은 청소년에게 과감하게 아비의 세계를 벗어나는 의식의 가출을 부추긴다. 새는 알을 깨고 나온다. 한 세계를 창조하려는 자는 먼저 자신을 속박하고 있는 기존의 세계를 파괴해야만 한다. '부친의 허락 없이 가출하여 내지의 모 중학에 입학.'이는 단순한 의식의 가출을 넘어선 하나의 인격체로서의 독립선언이다.

3. 교토의 무소속 청년

일본의 고도 교토가 이병주의 문학에 미친 영향에 대해 김윤식이 내린 최종결

5) 이병주, 『풍류어린 산수』, 세운출판사, 1979, pp.223~225.

6) 《국제신문》 2001. 6.17; 이병주 에세이집, 『잃어버린 시간을 위한 문학적 기행』, 서당, 1988, 17-18; KBSTV 1985. 12. 17, 〈11시에 만나요〉(대담 김영호).

론은 이러하다. "식민지 벽지 진주농림학교 중퇴생인 그는 고학으로 검정고시를 돌파하여 그토록 부러워한 명문 중의 명문인 교토3고에서 전면적으로 노출된 교양주의를 몸에 익혀 학병체험을 했고, 그 교양주의를 한 조각도 내치지 않고 증폭시키도록 강요한 해방공간의 조국에서 그는 온몸으로 몸부림쳤다."[7] 교토에서 이병주는 아마도 뚜렷한 적이 없는 학생으로 보냈을 가능성이 짙다. 자유로운 독서와 통신강의록을 통해 검정고시를 치러 중학졸업자격을 획득한 후에 메이지대학 전문부에 진학한다. 박태영과 이규, 그리고 유태림과 이병주가 교토에 정신적 뿌리를 둔 것은 분명하다. 그들이 교토에서 '청춘의 감각, 조국의 사랑'을 불태우고 있던 1938년 즈음, 앞서 문학의 길을 헤메던 조선인 선배들의 체취가 남아있었을 것이다. 당시 자신들은 의식했든 못했든, 정지용, 이양하, 염상섭, 김말봉, 오상순, 이장희, 기라성 같은 선배들의 문학적 혼이 이들의 시린 가슴을 애무했을 것이다. 그리고 이병주와 유태림이 떠난 쇼코쿠지(相國寺) 대숲의 빈 의자를 윤동주와 송몽규가 물려 받았을 것이다.

4. 도쿄의 에트랑제 청년 (1941~1943) 메이지 대학

『관부연락선』에서 곧 전쟁에 내몰릴 유태림은 조선인과 일본인 학우들은 규합하여 동인지를 발행하기로 결정한다. 토론 끝에 '문(門)'이라는 제호가 결정된다. "좁은 문도 좋고, 개선문도 좋고, 감옥문, 병영문, 병원문 …… 상징적으로나 정서적으로나 청년이 당면한 현재와 졸렌당위"을 상징하는 제목이다.[8] 폐허적 상황에서 '자아에 있어서의 애트랑제의 발견'을 지향하는 문학, 철학 동아리이다. 조선인이든 일본인이든 의사결정 과정에 참여하지 못하면서 고스란이 주

7) 김윤식, 『이병주와 지리산』, 국학자료원, 2007, p.52.

8) 이병주, 『관부연락선』 2권, p.203.

어진 상황을 받아들일 수밖에 없는 청년의 처지를 에트랑제로 규정한 것이다.[9]

유태림은 1938년 10월 도버에서 칼레로 건너오는 배 위에서 문득 조선과 일본을 오가던 관부연락선 생각이 나서 글을 쓰기로 마음 먹는다. 자유가 존재하지 않음을 깨달은 것이다.

"나는 영국의 자유를 생각하고 프랑스의 자유를 생각하며 시걸 호 갑판 위로 희희낙락 뛰어노는 어린이들을 바라보았다. 외국인인데도 불구하고 그처럼 자유스럽게 왕래할 수 있다는 사실이 다시 관부연락선의 그 부자유한 상태를 상기시켰다. 같은 나라임에도 불구하고 한반도의 사람은 도항증이라는 번거로운 수속을 밟아야만 일본으로 건너갈 수 있는 것이다…… 나는 돌아가기만 하면 관부연락선의 그 상징적 의미를 연구해서 우리 반도와 일본과의 관계를 납득이 가도록 밝혀 볼 작정을 했다."[10]

식민시기 유학생을 포함하여 수많은 조선인이 일본에 체류했지만 정작 소설의 배경으로 일본이 본격적으로 등장하는 경우는 매우 드물었다.[11] 이런 관점에도 보면 이병주의 소설은 예외 중의 예외다. 『관부연락선』에서 유태림의 수기에 동경 생활이 상세하게 그려져 있다. 『지리산』은 후반부가 박태영 중심의 지리산 이야기인 반면, 전반부는 이규 중심의 교토 생활이다.

이병주는 동경의 조선인 대학생의 일상을 그리면서 시대의 여러 측면에서 시대의 특성을 배경으로 제시한다.

"1940년대 초 일본은 그 이전과는 확연하게 다른 모습이었다. 젊은 남자들은 모두 전장으로 보내졌다. 여성의 비율이 압도적으로 높았고 남자라고는 노인과 어린 아이, 그리고 군대가 거절한 병약한 남자 뿐이었다. 쓸만한 사내들은 병정

9) 『관부연락선』 2권, pp.202-205.

10) 『관부연락선』 1권, p.14.

11) 이보영, 「역사적 상황과 윤리」(1973), 김윤식 외 편 『역사의 그늘 문학의 길』, 한길사, 2008, p.24.

엘 가버리고 여자가 남아도는 데다가 군수공장의 하청을 해서 푼돈께나 번 소시민들이 오입 맛을 보기 시작한 데서 2호 여성, 3호 여성이 범람하게 되었다."[12]

유일한 예외가 학생이었다. 그러나 일본인 대학생은 군대가 면제된 것이 아니라 재학 중 입영이 유예된 것 뿐이다. 조만간 군대에 불려간다는 불안감이 대학을 지배하고 있었다. 조선인 유학생도 우울한 분위기 속에 살았다. 식민지인으로 태어났기에 군역을 면제받았다는 안도감보다는 자신도 무언가 의미있는 일을 해야 한다는 초조감 속에서도 정작 마땅히 할 일이 없다는 고독감과 우울감이 지배했다. 유태림은 이런 상태를 '에트랑제'라는 말로 요약하고 벗어나기 위해 몸부림 친다.

"고독! 그렇다. 고독은 고독 속에서 이겨내야 한다. 나는 망명인으로서의 내 숙명을 감상하고 있다. 코스모폴리탄이란 견식을 모방하고 민족과 조국의 절박한 문제를 회피했다. 에뜨랑제를 뽐내는 천박한 기분으로 안이하고 나태하고 비겁한 생활을 변명해 왔다."[13]

조신으로 돌아간들 생활인으로서의 감각을 회복할 수기 있을까? 조선은 동경보다 더 낯선 곳이다. "나는 동경을 떠나선 살 수 있을 것 같지 않다. 고향에 돌아가면 동경에 있을 때보다 몇 갑절 더 강해져 스스로가 에뜨랑제라는 것을 느낀다. 동경에서 느끼는 에뜨랑제는 8백만의 인구 속에서 살고 있는 미립자로서의 감미로운 겸손이었다. 그런데 고향에 돌아가기만 하면 주위에 둘러친 친화감에 적성(敵性)을 느껴보는 오만한 감정 때문에 발광할 지경이 되는 것이다."[14]

"정직하게 고백하면 나는 일본인 뿐만 아니라 같은 동포를 대할 때도 진실의 내가 아닌 또하나의 나를 허구했다. 예를 들어 '일본인으로서의 자각'이나 '황국신민으로서의 각오'니 하는 제목을 두고 작문을 지어야할 경우에는 도리없이 나 아닌 '나'를 가립(假立) 해놓고 그렇게 가립된 '나'의 의견을 꾸미는 것이다. 한데

---

12) 『관부연락선』 1권, p.340.

13) 조영일, 「학병서사 연구」 서강대학교 박사학위논문, 2015; 『관부연락선』 2권, p.183.

14) 『관부연락선』 2권, p.184.

그 가립된 '나'가 어느 정도로 진실의 나를 닮았으며 어느 정도로 가짜인 나인가를 스스로 분간할 수 없기도 했다."[15]

본질이 자부심이든 부담감이든 민족의식을 버릴 수 없는 식민지 지식청년에게 공통된 '자아의 분화 내지 이중화' 현상이다.

문학도 예술가

1941년 4월 만 20세가 된 이병주(大川炳注)는 메이지대학 전문부 문예과에 입학한다. (문예과는 오늘날 한국대학의 문예창작과에 해당하는 것으로 이를테면 장래 작가가 되기를 준비하는 학과라고 김윤식은 평가한다.) 문예과는 자유로운 영혼을 표현하는 기법을 수련하는 학문이자 예술이다. 법으로 본 근대의 상징은 국체이지만 문학과 예술의 관점에서 본 근대는 인간의 자유와 해방이다. 다이쇼시대가 끝나고 쇼와시대로 넘어온 나라는 전쟁을 국가적 사업으로 내걸고 국민의 결속을 다지고 있었다. 그러나 일단 해방의 맛을 본 자유로운 정신은 전쟁에 의해 위축되지 않았다. 적어도 대학과 지식인들의 세계에서는 작가 이병주에게 있어 토쿄는 근대사상의 수용지이자 문학사상과 예술을 연마한 수련장이었다. 동시에 식민지 출신 지식청년의 에트랑제 정서에 빠져 다소 느슨한 일상을 죽일 변명과 핑계를 만들 수 있는 자유의 공간이기도 했다. 유태림의 동급생 화자, 이선생의 입을 빌린다.[16] 한마디로 자유분방한 청년, 적당히 탈선하고 적당히 게으르고 적당히 타락할 청춘의 특권을 누린 청년들이었다.

연극 연출을 배우다

이병주가 재학한 메이지대학 전문부 '문예과'의 교과과정은 '연극영화' 과목을 주로, '문예창작' 과목을 보조로 편성하였다. 이병주는 연극, 영화 관련 과목

---

15) 『관부연락선』 2권, p.194.

16) 『관부연락선』 1권, pp.12-13.

을 집중적으로 수강했다. 1학년 때는 일본연극사, 영화개론, 영화사, 각본해설, 연극론사, 과백(科白)원리 등 6과목을 수강했다. ('과백'이란 배우의 동작과 대사를 통틀어 이르는 연극 전문용어다.) 학점을 취득한 총 48개 과목 중에 연극, 영화 관련 과목이 17이나 된다. 최고평점인 우(優)을 받은 과목의 하나가 '연출연구'다. 1945년 상해에서 〈유맹(流氓)〉이란 희곡을 쓰고, 1946년 진주연극회의 창립에 관여하여 송영의 창작극 〈개척자〉와 1947년 진주농대 개교 1주년 기념식 공연으로 오스카 와일드의 〈살로메〉를 연출한 데는 대학시절의 수업이 결정적인 자산이 되었을 것이다. 또한 만년에 그가 프랑스의 작가 사르랭의 희곡을 번역한 것도 놀라운 일이 아니다.

이병주는 1943년 9월 25일 졸업한다. 3년 과정이 전쟁으로 인해 2년반으로 단축된 것이다. 졸업장을 받기 한 달전인 1943년 8월. 고향 하동으로 서둘러 귀한하여 이웃 고을 고성의 함안 이씨 규수를 배필로 맞는다. 물론 집안이 주선한 중매결혼이다. 당초 계획대로 입학허가를 받아둔 와세다대학에 진학하지 못한 채 이듬해 1월 20일 학병으로 입대하여 노예의 삶에 내몰린다.[17]

5. 소주 60사단 : 용병의 비애(1944. 2~1945. 8)

"유정은 천년 묵은 소주(蘇州)성 위에서 일본제의 총칼을 들고선 10년 전의 자기를 조각달 속에서 봤다. 4천 2백 몇십 년으로 헤아리는 이 나라의 시간과 일천 구백 몇십 년으로 헤아리는 시간이 교차되는 좌표처럼 그 조각달은 우주의 세계의 극동반도의 그리고 남단의 항구에 그 하늘 위에 걸린 유성의 눈 안에 박치

---

17) 이병주가 와세다대학에 정식으로 등록한 기록은 없으나, 메이지대 문예과를 수료하고 와세다대학에 입학할 것을 전제로 많은 와세다생들과 교류하면서 사실상 와세다 학생 취급을 받았다. 와세다대학의 입학 허가를 받았으나 학병 때문에 진학하지 못한 사실을 황용주를 위시한 많은 와세다 동문들이 숙지하고 있었다.

열의 눈, 안익수의 눈이 겹쳐 괴인의 눈 안에 걸린 달이었다."[18] 이병주의 작품에 최초로 소주가 등장하는 것은 1958년 부산일보에 연재된 소설, 『내일없는 그날』이다. 이 작품에서 철학교수 성유정은 일제말 학병에 동원되어 '용병의 비애'를 겪은 '노예의 삶'을 반추한다.

이병주가 중국전선 중에서도 중부지역(中支) 소주에 배치된 것을 실로 천운이었다. 소주에 사령부를 둔 일본군 60사단은 단 한차례도 본격적인 전투를 치르지 않았다. 중지는 일본군이 확실하게 장악한 가장 안전한 지역이다. 실제 전투가 거의 없었기에 대부분 병력이 살아 돌아왔다. 이병주가 배치된 부대, 60사단 치중대의 조선인 학병 60명 중에 단 3명만이 귀환하지 못했다. 전사한 것이 아니라 안전사고나 신병으로 인해 목숨을 잃었다.

1980년 11월, 이병주는 자전적 단편, 「8월의 사상」을 발표한다. 자신이 생애 처음이자 마지막으로 감투를 탐내어 얻고 스스로 종신직이라고 선언한다. 이름하여 '소주회' 회장직이다. 60사단 수송부대에 복무하던 학병 동료들의 모임이다. [19]

"내가 중국 소주에 있었을 때의, 그 이년 간은 연령적으로 나의 청춘의 절정기였다. 그 절정기에 나의 청춘은 철저하게 이지러졌다. 일제 용병에게 어떤 청춘이 허용되었을까. 용병은 곧 노예나 마찬가지다. 노예에게 어떠한 청춘이 허용되었을까. 육체의 고통은 차라리 참을 수가 있다. 세월이 흐르면 흘러간 물처럼 흔적이 없어지기 때문이다. 그러나 정신이 받은 상흔은 아물지 않는다. 우선 그런 환경을 받아들인데 대해 스스로 용서할 수 없기 때문이다. 그런데 일제 용병의 나날엔 육체적 정신적 고통이 병행해서 작용하고 있었다. 일제 때 수인들은 고통 속에서도 스스로를 일제의 적으로서 정립할 수는 있었다. 그런 제의 용병들은 일제의 적

18) 『내일없는 그날』 145회, 《부산일보》, 1958.

19) 이병주, 「팔월의 사상」, 《한국문학》, 1980. 11, pp.113-113.

으로서도 동지로서도 어느 편으로도 정리할 수가 없었다. 강제의 성격을 띤 것이라곤 하지만 일제에게 팔렸다는 의식을 말쑥이 지워버릴 수 없었으니 말이다."[20]

"그런데 너는 도대체 뭐냐. 용병을 자원한 사나이. 제 값도 모르고 스스로를 팔아버린 노예. (중략) 먼 훗날 살아서 너의 집으로 돌아갈 수 있더라도 사람으로서 행세할 생각은 말라. 돼지를 배워 살을 찌우고 개를 배워 재처럼 짖어라. (중략) 헌데 네겐 죽음조차도 없다는 것은 죽음은 사람에게만 있는 것이기 때문이다. 죽을 수 있는 것은 사람뿐이다. 그 밖의 모든 것, 동물과 식물, 그리고 너처럼 자기가 자기를 팔아먹은, 제 값도 모르고 스스로를 팔아먹은, 노예 같지도 않은 노예들은 멸(滅)하여 썩어 없어질 뿐이다."[21]

『관부연락선』의 마지막 부분 E에게 보내는 유태림의 편지 구절이다.

"병정은 그저 병정이지 어느 나라를 위해, 어느 주의를 위한 병정이란 것은 없다. 병정은 죽기 위해 있는 것이다. 도구가 되기 위해 있는 것이다. 수단이 되기 위해 있는 것이다. 영광을 위한 재로가 되기 위해 있는 것이다. 무엇을 위해 죽느냐고 묻지 마라. 무슨 도구냐고도 묻지 말 것이며, 죽은 보람이 뭐냐고도 묻지 말아야 한다. 병정은 물을 수 없는 것이다. 물을 수 없으니까 병정이 된 것이며 스스로의 뜻을 없앨 수 있으니까 병정이 되는 것이다."[22]

20) 손혜숙, 「이병주 소설의 역사인식 연구」, 중앙대학교(2011. 2), pp.67~69.

21) 이병주, 「팔월의 사상」에 삽입되어 있는 이병주의 자작시, pp.114-115.

22) (1970. 3. 364-365 연재) 손혜숙, 「이병주 소설의 역사인식 연구」, 중앙대학교 (2011. 2) p.67.

6. 상해의 냉소적 관찰자(1945 .8~1946. 2)

이병주는『관부연락선』에서 상해의 현장을 체험한 유태림의 냉소적인 관찰자의 변을 옮겼다. 필시 작가 자신의 심경이었을 것이다.

> "상해라는 곳은 동양과 서양의 기묘한 혼합, 옛날과 지금의 병존, 각종 인종의 대립, 그 혼혈, 호사와 오욕과의 선명한 콘트라스트, 전 세계의 문제와 모순을 집약해놓은 도시, 특히 1945년의 상해라고 내가 말하는 것은 이때까지나 앞으로나 상해에서 기생충과 같은 존재밖에 안 되는 한국 사람들이 주인이 없는 틈을 타서 한동안이나마 주인 노릇, 아니 주인인 척 상해에서 설친 때라는 것이다. 8·15 직후 상해에서 한국 사람들이 우쭐대던 꼴은 꼭 기억해둘 만한 가치가 있다. 승리를 했다는 중국 사람이나 패배한 일본 사람이나 그밖의 각국 사람들이 어리둥절하고 있는 판인데 한국 사람들만은 내 세상을 만났다는 듯이 설쳐 댔으니 기관이었지."[23]

무위도식에 가까운 여섯달 상해 생활중에 이병주는 실로 다양한 경험을 한다. 그 중 한가지, 채기엽이 마련해준 거소에서 이병주는 희곡을 쓴다. 용캐 간직하고 있던 초고를 1959년 부산의 월간잡지《文學》에 기고한다. 제목은 '유맹(流氓)' 즉 '나라를 잃은 사람들'이다.

이병주 일행은 1946년 3월 6일, 미군이 제공한 LST선을 타고 상해를 출발하여 이튿날 아침 부산항에 도착한다. 그때부터 부산에서는 매년 1월 20일 어김없이 회합을 가졌다. 5·16 후 이 모임을 기반으로 하여 전국적 대규모 조직'1·20 동지회'가 탄생했다.[24]

---

23) 『관부연락선』, (2006) 1권, pp.131-132.

24) 엄익순, 『학병사기』1권, 767

7. 진주 : 해방직후 혼란기(1946. 5~1955)

1946년 봄, 상해에서 돌아온 이병주는 약간의 탐색기를 거쳐 그해 가을부터 진주농업중학교의 교사로 근무한다. 당초에는 서울에서 일자리를 구할 요량이었다. 그러나 이 소식을 전해 들은 아버지가 간곡한 사연의 편지를 보낸다. 잠시라도 부자가 함께 살고 싶다는 것이다.

> "진주농고 교사 시절만은 그 회상에 언제나 쓴 맛이 따라온다. 결론적으로 말해 청춘으로서도 불성실한 청춘이었고 교사로서도 불성실한 교사였었다."
>
> "해방직후 좌익의 횡포가 심할 때, 그땐 좌익이 합법화되어 있어 경찰이 학원 사태 같은 것을 돌볼 위력도 시간적 여유도 없었을 무렵이다. 나는 그 횡포에 맞서 싸워 우익 반동이란 낙인을 찍혔다. 대한민국이 수립되자 좌익 세력은 퇴조해 가는데 그 대신 학원에 우익의 횡포가 시작되었다. 나는 그 횡포에 대항해서 좌익계의 학생들을 감싸주지 않으면 안 될 입장으로 몰려들었다. 그런 결과 '좌익에 매수된 자' 또는 '변절자'란 욕설을 뒷공론으로나마 듣게 되었다. [25]

1947년 11월 20일, 여순반란사건의 여파가 진주에도 밀어닥친다. 1948년 7월 대한민국이 출범하기 전에도 미군정에 의해 공산당이 불법으로 선언되자, 확실한 우익으로 공인받지 못한 교사들은 모두 경찰당국의 사상검증을 받아야만 했다. 1948년 3월 진주경찰서의 요청으로 진주농림의 이병주와 이재호가 함께 사상 검정을 받는다.

이병주에 호의적인 경찰은 석방 명문을 만들기 위해 반공가를 지으라고 권하고 이병주는 응한다. 이병주가 작사하고 이재호가 곡을 붙여 만든 진주 최초

---

25) 이병주 에세이집, 『문학적 기행』, pp.22~23.

의 '반공가'가 탄생한다.[26]

「여사록」: 화해의 장

이병주는 1976년 1월호 《현대문학》에 단편소설, 「여사록」을 발표한다. 소설로 분류하기에 너무나 소설적 요소가 취약한 작은 회고록이다. 등장 인물들은 모두 실제 인물로 대부분 생존해 있고 이름 석자 중 한 자씩만 바꾸었다. 정영석(정범석), 변형섭(변경섭), 김용달(김용관) 이정두(이병두) 등등……[27] 작품의 제목에 "서자여사부 (逝者如斯夫) 불사주야(不舍晝夜)"라는 부제가 달려있다. 『논어』 「자한(子罕)」편에 나오는 구절이다.[28]

문자 그대로 흘러간 이야기라고 할 수 있다. 해방공간과 6 · 25전쟁 시기에 진주농림학교에 재직했던 교사들이 30년 후에 재회하는 이야기다.

「여사록」의 하이라이트는 30년전 사상적으로 앙숙이었던 이정두와 송치무가 화해하는 장면이다. 이정두는 중앙정보부 차장을 역임한 골수 우익인사 이병두를 지칭하고 송치무는 좌익에 깊히 경도되었던 실제인물의 가명이다.

연극 〈살로메〉 공연

1947년 10월 진주농과대학의 개교 1주년 기념으로 오스카 와일드의 작품 〈살로메〉를 공연한다.

"첫 대사에 프랑스 원어 한토막을 넣고 우리말로 시작하게 한 잔재주는 얄미울 정도로 효과적이었고, 그렇게 시작한 극의 진행엔 추호의 하자도 없었다. 요한의 음산한 목소리도 좋았고, 살로메의 현란한 대사는 관객을 매혹시켰다. 살로메의 대사 몇 구절은 그 뒤 술자리에서나 다방에서나 교실에서 젊은 여자들이

---

26) 《월간조선》, 1994년 7월, p.379: 김기원, 「나림 이병주 선생의 진주의 발자취」, 《해동문학》 90호 2015 여름, pp.171–174. 이재호의 미망인(김정선)이 허름한 살롱에서 출발하여 일류 요정의 마담으로 성공한 사실을 복잡한 마음으로 기록했다: 이병주 『그해 5월』 1권, pp.158–159.

27) 이병주, 『여사록』(바이북스, 2014) 고인환, 작품해설 「기록이자 문학' 혹은 '문학이자 기록'에 이르는 길」, pp.180~197.

28) "자재천상왈(子在川上曰) 서자여사부 (逝者如斯夫) 불사주야(不舍晝夜)"

소리를 내어 외어 볼 정도로 깊은 감동을 받았던 것이다. 이와같이 살로메는 대성공을 거두었다. 그 이틀밤의 공연이 C시의 문화적 색채를 일신케 했다고 해도 과언이 아니었다. 살로메 역을 맡은 임예심이란 배우는 C시를 떠나면서 자기의 연극생활 10여 년에 이렇게 감격적인 연극을 해 보지 못했다며 눈물을 글썽였다."[29]

남재희도 소설가로 입신하면서 숨은 재능을 제대로 펴지 못했던 연극연출가 이병주가 필생의 업적으로 내세우는 경력이 청년 시절에 살로메를 연출한 사실이라고 자랑했다고 전한다.[30] 이병주 문학에서 살로메는 관능과 결기와 철학을 겸비한 여인의 원형이다. 「소설·알렉산드리아」의 여주인공 사라 엔젤의 원형이기도 하고 청년시절 탐독했던 아나톨 프랑스의 '무희(舞姬) 타이스'의 현신이기도 했다.

8·15 해방과 더불어 설창수의 주도로 진주에 문화건설대가 조직된다. 이듬해인 1946년 해외유학파 젊은이들이 귀국하여 진주극문화연구회를 조직한다. 3월초, 상해에서 귀국한 박두석, 이병주, 이병두도 참여한다.[31] 조웅대가 쓴 『진주연극사』에는 이병주를 좌파 연극인으로 분류한다.[32]

1940~50년대에 진주지역에서 발표된 창작희곡에 기여한 청년들로는 손억, 홍서해, 박두석 등 10여 명의 이름이 적혀 있다. 그중에 이병주의 〈유민(流民)〉이 가장 먼저 공연된 것으로 기록되어 있다. 〈유민(流民)〉은 아마도 후일 상해 시절에 쓴 것으로 소개되는 〈유맹(流氓)〉일 가능성이 다분하다. 번역극으로 이병주의 〈살로메〉가 기록으로 남아있다.

29) 『관부연락선』 2권, pp.311-313.

30) 남재희, 『언론 정치 풍속사』, 민음사, 2014.

31) 이경순 《예총진주》 10호, 1974 p.98, p.198에서 재인용

32) 조웅대, 「진주연극사」, 같은 책, p.225.

6 · 25 전쟁 : 체포와 문화선전대

1950년 7월 31일 진주가 인민군 수중에 떨어졌다. 8월 1일. 이병주는 식솔을 이끌고 고성 처가에 피신했지만 고향의 부모님의 안위가 걱정되어 왔던 길을 되돌아가다 사천읍 내무서에 내무서 요원에게 연행되어 진주 천주교성당 부속건물 2층에 임시로 설치된 정치보위부 유치장에 구금된다. 좌익사상가 권달현의 도움으로 석방된다.[33]

풀려난 이병주는 권달현이 제공한 진주시 집현면의 피신처에서 20여 일 머물면서 연극동맹(문화선전대)을 조직하는 일에 투입된다. 연극동맹이 결성되자 이동연극을 준비하라는 지령이 떨어진다. 인민군이 패주하고 극단은 저절로 해산된다. 이 일로 인해 '부역자'로 당국의 조사를 받는다. 무엇보다 친구 이광학의 죽음에 큰 충격을 받는다. "좌우투쟁에 있어서의 학살, 전시에 있어서의 참사가 새삼스럽게 문제될 수 없을 만큼 죽음이 범람상태를 이루고 있었지만 이광학 같은 인물만은 그렇게 죽어선 안 되는 것이었다. 그의 죽음으로 미루어 많은 그와 같은 죽음을 상상할 수 있을 때 이광학군의 운명은 개인적인 슬픔을 넘어 상징적인 의미를 띠게 되었다. 그의 좌절은 민족의 희망으로서의 좌절이었다. 그의 죽음과 더불어 나의 8 · 15에 대한 감격은 끝났다."[34]

심우 중의 심우가 원인도 모르고 명분도 없는 허무한 죽음을 당하는 것을 보고 충격애 출가를 진지하게 고려했노라고 고백하기도 했다. 1984년 3월 17일 《동아일보》에 기고한 글이다.

"1951년 5월 나는 가야산 해인사로 들어가 강고봉(姜高峰)이란 스님을 도사(導師)로 하여 출가할 의사를 밝혔다. "불법에 이르는 길은 한가지만이 아니다. 꼭 출가할 생각이면 1년만 더 기다려라." 하고 고봉스님은 응낙하지 않았다. 고봉스님은 나의 제안이 친구를 잃은 충격에서 비롯된 일시적인 충동의 탓이라고 언

---

33) 같은 책, 226; 이병주, 「당신은 친구가 있는가」, 김윤식 김종회 엮음, 『문학과 역사의 경계에 서다』, 바이북스, 2010, pp.69~73.

34) 「불행에 물든 세월」, 이병주 에세이집 『미(美)와 허실의 그림자』, p.249.

파(言破)한 것이다. 그래도 나는 해인사에 살 작정을 했다. 상처입은 마음에 있어서 그 이상의 환경을 상상할 수가 없었다."[35]

8. 마산 생활(1956~1958)

1956년 진주의 해인대학이 마산으로 옮기자 교수 이병주도 거소를 옮긴다. 이병주가 교류한 많은 마산 사람들 중에 '혁신계' 인사가 많았다.

1968년 이병주는 장편소설 『돌아보지 말라』를 쓰면서 적재적소에 마산의 풍광과 생활을 맛깔나게 끼워 넣었다. 스토리의 시작 시점은 1960년 3.15 부정선거 무렵이다. 마산결핵요양소를 주무대로 하고, 부산과 진주를 보조무대로 설정했다. 신마산역에서 가포해수욕장 방면으로 2킬로미터 남짓한 지점에 결핵요양소가 서 있다 아내와 남편을 각각 요양소에 입원시킨 두 남녀가 사랑에 빠진다. 죄책감을 느끼면서도 거부할 수 없는 욕정에서 빠져나오지 못한다.

둘의 관계를 눈치 챈 배우자들은 자살로 생을 마감함으로써 탈선자들에게 새 길을 열어준다. 그러나 자책감에 빠진 연인들은 1년의 자숙기간을 가진 후에 장래를 결정하기로 합의한다. 그런데 1961년 5월 군사쿠데타가 발발하고 남자는 교원노조에 관여한 혐의로 체포되어 10년 징역을 선고 받는다. 7년 후에 출옥하여 기다리던 여자와 재결합하면서 서로 다짐한다. 지난 일은 '돌아보지 말라!'

이 신문소설은 다른 어떤 독자층보다 교사들에게 특히 인기가 높았을 것이다. 주인공을 교사로 설정했고, 교원노조와 3·15 부정선거와 4·19와 같은 사건들은 교사들이 비켜갈 수 없는 관심사였다. 남자 주인공의 입을 통해 3·15 부정선거와 관련하여 작가 자신이 쓴 국제신문 논설이 거의 전문 인용되기도 한다.

---

35) 「나의 30대」, 1984년 3월 17일, 《동아일보》.

9. 부산 : 주필시대(1958~1961)

부산 소설 :『배신의 강』, 「예낭 풍물지」, 『내일없는 그날』

1970년 한 해 동안 부산일보에 연재한 이병주의 장편소설 (1970.1.1-12.30)[36]
『배신의 강』은 이러한 시대의 혼란을 그린다. '작가의 말'이 저술의 동기를 압축
한다.

"물론 상하이처럼은 아니지만 우리 부산도 꽤나 침울한 역사와 복잡한 생리
를 지니고 있는 항구도시이다. 1945년 8월, 일본으로부터 해방이 되었을 당시
에 부산의 부의 5분의 4가 일본인에 의해 점유하에 있었다. 그런 까닭에 해방 직
후 일본인이 남기고 간 재산을 둘러싼 경제전쟁이 양성적 음성적 양면에 걸쳐
치열하게 전개되었다. 승자는 재벌로 부상하고 패자는 낙오자가 되었다. 이 소
설은 그러한 사정을 배경에 깔고 한 때의 부산의 병리적 생태를 허구해 본 작품
이다. 그런데 그 의미는 부산에 국한되는 것이 아니라 전국적인 색채를 띠었다
고 짐작할 수 있다. 특히 이 속에 전개된 풍속도는 그 시대 이 나라를 풍미한 병
적인 풍경의 단면이다."[37]

이 작품은 1970년, 80년대에 이병주의 다른 '기업소설'들의 원형으로 볼 수
있다. 문학적 기법에서 동일한 구조와 서사를 취한다. 즉 물질적 부를 획득하기
위한 인물들간의 대립이 내부서사를 이루고, 이러한 내부서사를 객관적인 위치
에서 해석 평가하는 중립적 인물이 외부서사를 이루고 있다.[38] 중립적 외부인물
은 예외없이 지식인으로 사건의 전개에 적극적으로 개입하지 않고 대립자를 통
해 사회의 병리적 현상을 명료하게 정리해주고, 인간이 추구해야할 도덕적 방향
으로서 독자를 선도하는 역할을 맡는다.[39]

---

36) 이병주,『배신의 강』, 범우사, 1979 상 · 하, 서당, 1991 상 · 하.

37) 이병주,『배신의 강』, 1979 상, pp.7-8.

38) 손혜숙, 앞의 논문, p.181.

39) 손혜숙, 같은 글, p.189.

『예낭 풍물지』(1972)

이병주 자신은 부산에서 활동하던 시절을 "내 인생 가운데 이 시기를 가장 아름답게 회상하는 버릇을 가지고 있다."라고 썼다.[40] 1975년 프랑스의 노르 망디지역을 여행하면서 부산시민이 자신의 부산 사랑을 알아주리라 기대를 드러냈다.

"플로베르는 프랑스 문학뿐만 아니라 세계문학에 지대한 영향을 미친 작가다. 그와 나를 비교하는 것 자체가 우스운 얘기지만 『예낭 풍물지』를 비롯해 부산을 무대로 많은 작품을 쓴, 그리고 앞으로도 쓸, 나의 조상(彫像)을 내가 죽은 뒤 부산의 시민들이 해안통 어디에 세워줄 수 있을까 하는 생각을 안해 볼 수 없다."[41]

이 작품은 '국가의 대죄'를 얻어 10년 형을 언도받고 5년 남짓 복역하고 옥문을 나서게 된 '나'와 예낭 빈민굴에 사는 주변 사람들의 이야기다. '나'의 아내는 '나'가 감옥에 있는 동안 아내는 돌연 편지 한 장을 남기고 부잣집 사내와 결혼한다. '나'는 떠나간 아내를 그리워하면서 그런 상황을 만든 자신을 자책한다. 유치원에 다니는 어린 딸은 아버지가 죄수라고 놀려대는 통에 외톨이로 지내다 폐렴에 걸려 죽는다. 소중한 가족을 잃게 된 나의 '대죄'가 무엇인지는 구체적인 언급은 없지만 국가폭력의 희생자라는 것은 충분히 감지할 수 있다.

한 평론가의 분석을 빌리면 작가는 과거의 상흔을 안고 있는 사람들은 그저 '풍경으로', '보여주기'방식으로 그린다. 반면 과거의 상흔과는 무관한 지식인 '권철기'는 직접 말하게 하는 방식으로 그린다.[42]

독자에 따라서는 이 작품에서 이병주가 후일 사회의 부조리와 비리를 파고들

---

40) 이병주, 「실격교사에서 작가까지」 칼럼집, 1979 p.150. 이병주는 1985년 12월 17일 KBS TV 〈11시에 만납시다〉(대담 김영호) 출연하여 '예낭'은 부산이라고 밝혔다.

41) 『바람소리, 발소리, 목소리: 이병주세계기행문』, 한진출판사, 1979, p.280, 「노르망디 기행」 1975. 12.

42) 손혜숙, 「이병주 소설의 역사인식 연구」, 중앙대학교(2011), p.165.

면서 이러한 사회악의 그늘에서 신음하는 대중의 아픔을 위무하는 대중작가의 길을 걷게될 것을 예상할 수도 있을 것이다.

『내일없는 그날』(1959)

부산일보는 1957년 8월 1일부터 이듬해 2월 28일까지 이병주의『내일 없는 그날』을 연재한다. 마산 해인대학 교수로 재직하던 그는 이전에 정식으로 작품을 발표한 적이 없다. 그런 무명인을 부산일보가 과감하게 데뷔시킨 것은 황용주의 주선 때문이었다. 당시 중앙문단의 오만과 독점적 지배에 맞서 지역의 작가를 발굴한다는 사명감의 발로이기도 하다.

작품은 만 2년의 형기를 마치고 출옥한 주인공 형수가 노모와 아들을 만나는 장면으로 시작된다. 작품이 부산일보에 연재되기 시작한 것은 1957년, 이병주가 투옥되어 10년 징역을 언도받은 것은 1961년이다. 마치 몇 년 후의 자신의 모습을 예견하는 듯한 설정이다. 자신이 설정한 허구가 현실이 되는 순간, 그리고 그 현실이 소설보다 더욱 가혹한 것을 깨달으면서 이병주에게는 현실과 허구의 경계가 허물어진다. 허구가 현실이 되고 현실이 허구처럼 여겨지는 것, 그것이 이병주가 겪었던 현실이었다.[43]

이 작품에도 이병주 소설의 원형의 하나인 학병체험자와 중립적 관찰자가 등장한다. 주인공 형수의 형, 익수는 학병에 동원되었다가 해방 후 이데올로기 대립의 소용돌이 속에서 죽임을 당한다. 관찰자인 성유정은 익수의 친구로 학병에서 살아 돌아온 현직 교수다. 그러나 그는 학병의 죄의식과 트라우마를 온전히 극복하지 못한다.[44]

---

43) 추선진,「이병주소설연구: 사실과 허구의 관계를 중심으로」, 경희대학교, 2012. 8.

44) 정미진,「이병주 소설연구:현실 인식과 소설적 재현 방법 중심으로」, 경상대학교 박사학위논문, 2017.2. pp.19~20.

'주필시대'의 신화

한때 부산, 경남지역 지식인들 사이에 '주필시대'라는 말이 회자되었다. 부산일보 (주필 황용주)와 국제신보(주필 이병주), 부산에서 발간되는 두 일간지가 서로 경쟁하면서 지역의 여론과 지성을 주도하던 시절을 일컬었다. 어림잡아 1958-1961년이다. 두 주필의 인도 아래 양대 신문은 이승만정권의 날카로운 비판자로 필봉을 휘둘렀다. 한 예로 이승만의 정적 제거 차원에서 진행된 의혹이 짙은 조봉암의 재판과 사형판결에 대해 강한 비판을 서슴치 않았다. 1960년 4 · 19혁명의 도화선이 된 3 · 15 부정선거에 항의하는 마산시민의 봉기를 방송과 연결하여 보도하였다. 4월 13일 마산 앞바다에 떠오른 김주열의 부패한 시신 사진을 전국 언론에 동시 배포하여 효과를 극대화한 것이다.[45] 타 신문사보다 앞서 취재하던 국제신보 특파기자 3명이 경찰에 붙잡혀 감금당하기도 했다.[46] 이병주는 작품「산하」에서 이 장면을 사실적으로 그린다. 마산으로 달려가는 국제신보 취재 차량을 본 경상남도 경찰국장 최남규의 거친 발언이다. "개새끼들, 그놈들이 내일 아침 또 무슨 소릴 써재낄지 모르겠구만.", "하여간 그 주필인가 편집국장인가 하는 녀석을 벌써 족쳐왔어야 하는 건대."[47]

박정희와의 악연의 시작

1960년 1월 박정희가 부산 군수기지 사령관으로 부임했다. 자연스럽게 대구 사범학교 동기생들과의 회동이 이루어진다. 부산일보 주필 황용주의 주선으로 국제신문 주필 이병주도 이따금씩 자리를 함께 나눈다. 회동할 때마다 시국 토론이 벌어졌다. 세부적 내용에 대해서는 엇갈린 주장과 증언, 그리고 억측이 난무한다.

황용주는 통일의 준비를 위한 도덕 '혁명'을 부추겼지만 박정희는 권력 장악

---

45) 안경환,『황용주 그와 박정희의 시대』, pp.332-337.

46) https://namu.wiki/w/국제신문

47)『산하』7권 p.263.

을 위한 쿠데타를 감행했다. 후일 황용주가 제거되는 것은 처음부터 예정된 일이었다. 1964년 11월, 황용주가 「강력한 통일정부에의 의지」라는 논설을 쓰자 국회에서 야당이 이 문제를 박정희를 공격하는 빌미로 삼자 기다렸다는 듯이 반공법 위반 혐의로 구속한 것이다.[48]

10. 감옥과 작가의 탄생

1961년 8월, 이병주는 새벽과 국제신보에 실린 두 글로 인해 법정에 서게 된다. 대한민국 언론사를 장식한 수많은 필화사건의 한 단면이다. 분단 후, 작가 구속 제1호 사건이다. 반공을 국시의 제1의로 내세운 5·16 쿠데타 정권은 혁신계를 위험한 타도의 대상으로 삼았다.

이병주는 군인으로 구성된 혁명재판소에 회부된다. 1961년 11월 23일 혁명재판소의 재판에서 공소장에 기재된 이병주의 죄상은 아래와 같다. (1) 피고인 이병주는 1960년 12월 잡지 《새벽》에 「조국의 부재」라는 제호로 "조국은 없다. 산하가 있을 뿐이다. 조국은 또한 향수에도 없다" 등의 내용으로 조국인 대한민국을 부인하고 어떠한 형태로든지 새로운 조국을 건설하여야 되는데 대한민국의 정치사에는 지배자가 바뀐 일이 있어도 지배계급이 바뀌어본 일이 없을 뿐만 아니라 이 나라의 주권은 노동자에게 있다는 등 내용으로 일반 국민으로 하여금 은연중에 정부를 전복하고 …… 용공사상을 고취하고, (2) 1961년 4월 25일, 『중립의 이론』이란 책자 서문에 「통일에 민족역량을 총집결하자」는 제호로써 대한민국과 북괴를 동등시하고 어떠한 형태로든 통일을 하는 전제로서 장면과 김일성이 38선 상에서 악수하여 통일방안을 모색하고 경제 문화 학생의 교류 등 어떻게 해서든지 판문점에 통일을 위한 창문을 열어 남북이 협상을 통한 평화통일

48) 안경환, 『황용주: 그와 박정희의 시대』, 까치, 2013, pp.419-452.

을 하자고 선동하는 일방 등을 기재하여 국가의 안전과 간첩의 침투를 막는 일선 장병에게는 무장해제를, 이로 인하여 순국한 영령들에게는 모멸을, 그리고 일반 국민에게는 신성한 납세의무의 불이행, 삼팔선 때문에 국민의 민주적 권리마저 희생당하고 있다고 선동하면서 서상(叙上)한 통일문제에 관해서는 위정자에게 맡길 것이 아니라 민중의 정열을 더욱 팽배시켜 위정자가 민중의 의사에 따라오도록 세력화시켜야 한다고 주장하여 은연중 일반국민으로 하여금 상기한 민중의 의사에 따라오지 않으면 폭동을 일으켜야만 통일이 되는 것같이 선동하여 용공사상을 고취하고……."

1961년 12월 7일, 1심 선고에 이어 1961년 2월 2일, 항소 기각으로 이병주의 징역 10년형이 확정된다. 형의 선고가 내려진 기결수는 연고지 형무소에 보내는 내규에 따라 이병주 일행은 부산교도소에 감금된다.

1963년 12월 16일 이병주는 변노섭, 이종석 등 12명이 함께 부산교도소 옥문을 나선다. 국제신문의 기사다. "10시 10분경 드디어 굳게 닫힌 철문이 삐꺽하고 열렸다. 정치범 12명의 행렬이 풀려나왔다. 그중 징역 10년형을 받았던 전 본보 편집국장 이병주 씨와 논설위원 변노섭 씨도 끼어 있었다."[49]

며칠 후 이병주는 국제신문 기자 둘을 광복동의 식당 '갓집'으로 불러낸다. 둘 중 한 사람, 후일 시인이 된 김규태의 증언이다. "나림은 예의 그 호방한 표정과 늠름한 팔자걸음새였다. 복역 전과 조금도 달라진 데가 없어 보였다. '주필님, 고생 많으셨습니다.' 우리 두 사람의 입에서 위로의 말문이 동시에 터져 나왔다. 그는 웃으면서 '얻은 것과 잃은 것을 굳이 가려내라고 한다면 전자야.'라고 못을 박았다. 그는 갇혀 있는 동안 앞으로 자유의 몸이 된다면 자신이 할 수 있는 역할에 대해 '소설을 통하여 우리 현대사의 전통과 역사가 기록하지 않은 또는 할

49) 《국제신보》, 1963.12. 16.

수 없는 그 함정들을 메우는 작업을 해야겠다는 일념을 가졌어.라고 말했다."[50]

며칠 후 이병주는 서울행 기차에 오른다. '주필시대'의 영광과 '감옥시대'의 치욕을 뒤에 두고 사랑하는 예낭을 떠난다. 그의 앞에는 새로운 광대한 무대의 무변의 삶이 기다리고 있었다.

남재희는 이병주의 위대한 변신을 이렇게 풀이했다. "술친구였던 박 대통령이 자기를 2년7개월이나 감옥살이를 시키다니…. 잡혔을 때는 그러려니 했지만 시일이 지날수록 원한이 사무치게 된 것이다. 그러나 참았다. 그러다가 박 대통령이 죽고 난 다음" 이병주는 박정희를 역사의 심판대에 올렸다

필화가 없었다면 언론이 본업이고 창작이 부업이었을 그는 총칼로 당한 억울함을 붓으로 톡톡히 갚고자 본업을 작가로 바꿨다. 소설 『그해 5월』과 『그를 버린 여인』은 '산바가라스' 술친구 박정희에게 진 빚 갚음이다.[51]

11. 「소설 · 알렉산드리아」, 이병주 문학의 원형

「소설 · 알렉산드리아」는 이병주문학의 원형이다. 이 소설을 철저히 분석하면 그의 문학세계의 윤곽이 드러난다. 그것은 이광수의 『무정』(1917)을 분석하면 『흙』(1932), 『유정』(1933), 『사랑』(1938) 등 이광수 문학의 핵심이 떠오르는 것과 마찬가지다.[52] 이병주의 공식 데뷔작으로 인식되는 이 작품에는 작가 이병주와 이병주 문학의 특성이 고스란히 투영되어 있다. 작가는 이 작품에서 한반도의 운명을 그리면서 드러낸 민족의식과 세계시민 의식은 『관부연락선』과 『지리산』에서 만개된다.[53]

50) 《국제신문》, 2006. 4. 23. 김규태, 「이병주의 인생드라마」, 《남강문학》 6, 2014, pp.51-55.

51) 『남재희가 만난 통 큰 사람들』, 리더스하우스, 2014, p.54.

52) 김영화, 「이병주의 세계 : 「소설 알렉산드리아」를 중심으로」, 김종회 엮음, 『이병주 연구』, 새미, 2017, pp.383-406.

53) 이 작품은 일본어에 이어 영어와 중국어로도 번역되어 동북아시아 독자에게 한국현대사의 문학적 안내서가 되고

"1961년 5월, 나는 뜻하지 않은 일로 이 직업(언론인)을 그만 두지 않으면 안 되었다. 천성 경박한 탓으로, 정치적으로 대죄를 짓고 10년이란 징역을 선고받았다. 그런데도 2년 7개월만에 풀려 나온 것은 천행이었다. 이때의 옥중기를 나는 「알렉산드리아」라는 소설로서 꾸몄다. 대단한 인물도 못되는 인간의 옥중기가 그대로의 형태로서 독자에게 읽힐 까닭이 없으리라 생각한 나머지, 나의 절박한 감정을 허구로서 염색해 보기로 한 것이다. 이것이 소설로서 어느 정도 성공했는지는 내 자신 알 길이 없으나, '픽션'이 사실 이상의 진실을 나타낼 수 없을까를 실험해 본 것으로 내게는 애착이 있다."[54]

"그런 까닭에 「알렉산드리아」는 잊을래야 잊을 수 없는 나의 인생의 기록이다. 나는 이것을 쓰고 통분의 반쯤은 풀었다. 그러나 그렇게 이 소설을 읽어주는 사람은 없으리라. 그러니까 이 소설은 어느 정도 성공한 것으로 된다. 가슴을 쥐어짜고 통곡을 해도 못다할 통분을 픽션=허구의 오블라토로써 쌀 수 있었으니까. 인간으로서의 정의감과 정감을 갖고 살자고 하면 모조리 감옥으로 가야하는 한때 이 나라의 풍토를 그렸다는 자부를 나는 가진다."[55] 후일 작품을 단행본으로 내면서 작가는 이렇게 비장한 회상을 담았다.

12. 김수영의 죽음, 1968년 6월의 비극

1968년 6월 15일은 한국문학사에 큰 재앙이 닥친 날이다. 그날 밤, 자유와 근대성의 화신이었던 시인 김수영이 근대의 괴물인 급행버스에 치여 세상을 떠났다. 불과 몇 시간 전까지 이병주와 함께 술을 마시다 폭언을 퍼붓고 자리를 박차

있다.《韓國文藝》, 1985. 봄 ; Lee Byeng-Ju, trans by Chenie Yoon & William Morley, Alexandria, 바이북스, 2009; 李華, 崔明杰 飜『小說 · 亞歷山大』, 바이북스, 2011.

54) 이병주 작품집 『마술사』, 아폴로사, 1968, pp.299-300.

55) 「작가의 말-회상과 회한」, 이병주 대표 중단편선집 『알렉산드리아』, 책세상, 1988, p.10-11.

고 나갔다고 한다. 때이른 죽음 뒤에 김수영은 한국문학의 성인으로 자리잡았다.

김수영의 죽음을 기록한 문헌들은 사고 당일 술자리를 함께 한 이병주에 대해 적지 않은 적대감을 품었다. 김수영의 아내, 김현경의 회고는 이병주에 대한 노골적인 비난을 담았다.[56] 문제의 술자리를 서울 시장 김현옥이 주선했다는, 터무니 없는 주장도 담겨 있다.[57]

이병주는 괴로웠다. 갖가지 비난과 굽은 시선을 감내하면서도 침묵으로 일관하던 그는 3년 반 후에 비로소 공개적인 글로 김수영을 추모한다. 「학처럼 살다 간 김수영에게」라는 제목을 달았다.[58]

6월 18일 오전 10시, 김수영의 장례식은 예총회관(현재의 세종문화회관 오른편) 광장에서 문인장으로 거행되었다. 그러나 이병주가 참석한 기록도 증언도 없다.[59] 도봉산 골짜기 선산에 묻혔다. 1년 후 그 자리에 시비가 세워졌다. 비문으로 주인의 마지막 시 「풀」의 한 구절이 육필로 새겨져 있다. "풀이 눕는다/ 바람보다 더 빨리 눕는다./ 바람보다 더 빨리 울고 바람보다 먼저 일어난다." 비명횡사하기 불과 며칠 전에 남긴 글이 곧바로 자신의 비명(碑銘)이요, 후세인의 가슴에 새겨진 유언이 되었다.

이 비는 후일 도봉산 도봉서원 앞으로 옮겨졌다. 바로 지척에 이병주의 북한산찬가를 담은 문학비가 서 있다. 김수영의 시비는 통행로에 인접해 있어 쉽게 눈에 띄는 반면, 이병주의 비는 길에서 10여 미터 안쪽으로 숨어 있어 신경을 쓰고 찾아야만 확인할 수 있다. 마치 이병주가 죽어서도 24년 먼저 떠난 김수영에게 상석을 내주어 미안한 마음을 표하는 듯하다. 역사는 후세인의 선택적 기억이다. 시비의 위치나 규모도 후세인의 선택이다. 이병주의 그릇을 감안하면 유

56) 김현경, 『수영의 연인』, 책 읽는 오두막, 2013, p.232.

57) "당시 서울시장이던 김현옥이 마련한 자리였다.", 같은 책, p.232.

58) 이병주, 「학처럼 살다간 김수영에게」, 《세대》, 1971. 12월호, pp.142-144.

59) 성기조, 위의 글, pp.91-92. "젊은 나는 그 뜻을 잘 이해하지 못했다. 그런데 뒷날 80년대 소설가 손소희의 입관때 남편 김동리 선생이 그녀의 『남풍』을 서재에서 찾아다 넣어주고 눈물을 흘리는 것을 보고 '아, 그렇구나'고 생각했다."

택(幽宅)이나마 절대고독, 절대궁핍에 찌들었던 친구에게 명당을 양보한 것 같은 느낌이다. 여러 사람들의 전언에 의하면 이병주는 김수영의 빈소에 사람을 보내어 대신 조문하고 김수영시비의 건립에 상당한 금전적 기여를 했다고 한다. 이병주의 그릇과 성정을 아는 사람들은 너무나 당연한 처신이었다고 믿는다.

13. 『관부연락선』, 학병문학의 효시

1965년, 6월 22일, 굴욕적인 조건의 회담이라는 학생들의 거센 항의에도 불구하고 한국과 일본 두 나라 사이에 협정이 조인되었다. 이로서 20년 동안 막혀 있던 두 나라 사이에 국교정상화가 이루어진 것이다. 누군가가 문학적으로 과거사를 균형잡힌 시각으로 정리할 필요가 절실했다. 이병주가 그 작업을 지원했다.

『관부연락선』은 1968년 4월부터 1970년 3월까지(새로 창간된)《월간중앙》에 연재된 후에 같은 해에 출간되었다. 이병주 최초의 장편소설이자 대표작으로 당시까지 한일관계를 다룬 작품의 백미로 인정받는다. 그가 남긴 수많은 작품중에 유독 이 작품만이 평단의 지속적인 관심과 주목을 받아왔다.[60] 이병주를 경원시한 문단도 이 작품만은 외면할 수가 없었다. 작가 자신도 유별난 애착을 보였다.[61]

"『관부연락선』은 이래저래 내게 있어선 기념해야 할 작품이다. 내가 중앙문단에 발표한 최초의 장편이라는 사실로서도 그러하다. 보다도 이 작품은 나의 청춘의 애상을 기록한 뜻에서 절실하다. 구한말 이래 근 백년의 현대사를 배경

---

60) 이 작품을 집중적으로 다룬 박사학위 논문도 많다. 노현주, 「이병주 소설의 정치의식과 대중성 연구」, 경희대학교, 2012. 8, 최영옥, 「해방 이후 학병서사연구」, 연세대학교, 2009. (『관부연락선』 다룸), 조영일, 「학병서사연구」, 서강대학교, 2015. 8. 또한 해방공간의 혼란 속에 사회변혁의 열정에 휩싸인 10대 후반의 학생의 내면을 이만큼 설득력있게 분석한 작품은 문학은 물론 사회과학에도 찾아보기 어렵다. 정호웅 「해방 전후 지식인의 행로와 의미: 이병주의 관부연락선」, 정호웅, 『한국의 역사소설』, 도서출판 역락, 2006, pp.117-137.

61) 조영일, 「학병서사연구」, 서강대학교, pp.187~216.

에 깔고 이 소설이 취급한 시각의 스팬은 해방 전 5년, 해방 후 5년, 도합 10년이다. 이 스팬을 나의 나이로서 번역하면 20세부터 30세에 이르는 기간이 된다.

일제말기의 가장 암울했던 시기, 바꿔 말하면 한반도의 지식인들이 친일을 강요당해 대부분이 친일로 경사(傾斜), 또는 타락한 시기로부터 시작하여, 해방의 기쁨은 순식간이고 6 · 25의 참담한 상화에 빠져든 민족의 수난기까지를 시간의 무대로 삼았다. 이 시기를 어떻게 방황하고, 고민하고, 한숨짓고 통곡했는가 하는 지식인의 몸부림을 기록한 것이 바로 이 작품의 내용이다. …… 솔직한 이야기, 나는 이 작품을 울면서 썼다. 그러면서도 눈물의 흔적을 보이지 않으려고 애썼다."[62]

"우리는 너무나 바쁘게 지나쳐 버린 것 같다. 바쁘게 가야할 목적지도 뚜렷하지 않은데 뭣 때문에 그렇게 바삐 서둘렀던는지 알 수가 없다. 해방 후 이땅의 문학은 반드시 청산문학의 단계를 겪어야 했었다. 자학할 정도로 반성하고 자조할 정도로 자각해야 했고 일제에의 예속을 문학자 개인의 책임으로 해부하고 분석해서 그러한 청산이 이루어진 끝에 새로운 문학이 시작되어야 했으나 제마다의 주장만 앞세우고 나섰다. 다시 말하면 우리가 해방을 맞이했을 때 '과연 우리에게 해방의 기쁨을 감격할 수 있는 자격이 있느냐'고 물어보기도 전에 감격해버린 것이다. 이건 결코 문학자의 태도가 아니었다. 그랬기 때문에 아직껏 이 나라의 문학은 나라의 정신을 주도하지 못하고 있는 것이다. 만시의 탄은 있지만 나는 이 작품에서 일제의 시대와 더불어 6 · 25 동란까지의 사이, 시대와 더불어 동요한 하나의 지식인을 그림으로써 한국의 근세의 의미를 알아보고자 한다. 관부연락선은 그런 뜻에서 역사적으로도, 상징적으로도 빼놓을 수 없는 교통수단이며 무대다."[63]

---

62) 이병주,「작가의 말」,『관부연락선』, 중앙일보사, 1987.

63)「작가 부기」, 1970. 3. pp.436-437쪽. 손혜숙,「이병주 소설의 역사인식 연구」, 중앙대학교, 2011.2, pp.63-64에서 재인용.

작품이 다룬 시기는 후속 작품『지리산』과 유사하다.『지리산』은『관부연락선』의 속편으로 인식된다.『관부연락선』이 학병체험에 기반한 '허구적 사실'이라면,『지리산』은 '만약 그때 학병에 지원하지 않았더라면'이라는 가정 하에 쓴 '사실적 허구'이다.[64]

이병주는 단순한 개인적 경험에만 의존하지 않고 '문학적 가정'을 통해 학병세대의 경험의 폭을 최대한 확대하여 작품화하려고 애썼다.[65] 일제 식민지를, 특히 그 당시 한국 지식인들의 '나'의 문제를 역사적 방법으로 취급한 "희소한 작품이다. 일제하 지식인의 생활과 의견을 소설화하려고 할 때 그 배경은 한국뿐만 아니라 일본까지 포함시키는 것이 타당하다.", "이병주는 일본이라는 적지의 배경과 그곳에서의 피아의 비교를 통해 감정적인 민족의식이나 민족적 편견에 사로잡히지 않고 근원적이고 종합적인 문제의 파악과 전망을 가능하게 했고, 이러한 방법으로 창작한 관부연락선 등의 작품은 일종의 청산문학이다."[66]

14. 소설『지리산』

『관부연락선』으로 새로운 역사소설가로의 입지를 세운 이병주는 오래 구상하던『지리산』의 집필에 착수한다. 1972년 7월 4일 '남북공동성명'이 발표된 직후다. 가까이 지내던 이후락이 박정희대통령의 밀사를 자임하여 평양으로 가서 김일성을 만난다. 남북한이 서로 적대적인 행위를 금지하겠다는 선언에 많은 사람들이 환호했다. 이러한 시대 분위기에 자신감을 얻어 지리산 빨치산 이야기를 쓸 엄두를 낸 것이다. 작품이 연재되면서 관제 반공소설이라는 비판이 제기되는

---

64) 조영일, 위의 논문, p.188.

65) 학병체험자로 이병주보다 앞서 문학에 투신한 장용학은 자신의 학병체험에 큰 의미를 부여하지 않고 작품활동을 했다. 장용학은 학병으로는 특이하게도 제주도에서 배치되어 상대적으로 극적인 체험을 덜 했다.

66) 이보영,「역사적 상황과 윤리 - 이병주론」,《현대문학》, 1977, p.2-3; 노현주, p.13.

가하면 빨치산을 긍정적으로 그렸다는 용공 시비 또한 거세게 일었다. 그리하여 1972년 10월 연재가 시작된 소설『지리산』은 중단과 재집필을 반복한 끝에 1985년 11월에야 비로소 7권 분량으로 완간된다. "지이산(智異山)으로 쓰고 지리산으로 읽는다."는 부제를 달려 있다.[67]

연재를 사작하면서 그는 이렇게 썼다.

"나는 지리산을 실패할 작정을 전제로 쓴다. 민족의 거창한 좌절을 실패 없이 묘사할 수 있으리라는 오만이 내게는 없다. 좌절의 기록이 좌절할 수 있을 법한 일이 아닌가. 최선을 다해 나의 문학적 신념을『지리산』에 순교할 각오다."

『지리산』과 『태백산맥』

연재와 중단을 거듭한 끝에 1985년 11월에야 비로소 완간이 가능했던 이병주의『지리산』의 빛은 곧이어 등장한 조정래의『태백산맥』으로 인해 크게 바랬고 1990년대 이후로는 완전히 태백산맥의 뒷전에 물러나는 비운을 겪었다. 새로운 독서세대는『태백산맥』을 지리산문학의 원조로 숭앙하면서 이병주의『지리산』의 존재 자체마저 부정하는 경향을 띠기도 했다.

김윤식은 대가답게 이병주편에 서서『지리산』과『태백산맥』사이의 조화를 시도한다.

"태백산맥은 산맥이 아니라 그야말로 공간개념인 산 자체이며, 이를 사회과학적 메타포어로 말하면 소작쟁의일 터이다.『지리산』의 하준규(하준수)라는가「영웅시대」의 이동영이 한갓 일본유학생 출신의 지식인이자 지주출신이라는, 정직한 한계점을『태백산맥』의 주인공 염상진, 하대치가 여지없이 반증했던 것. 여순반란사건을 한갓 이데올로기의 관념상 쟁투가 아니라 소작쟁의의 시각에서 파악한 사실이다."[68] 해방공간에서 이 땅의 의미는 중앙정부로서의 새로운

---

67) 쓰기와 읽기가 의미가 같을 수도 다를 수도 있다는 뜻을 함축한다. 저자와 독자의 몫이 각각 따로 있다는 의미로 해석할 수 있다.

68) 김윤식, 「조정래론, 역사적 선택과 선책적 결정」, 1991.1, 『김윤식 평론집: 작가와의 대화 - 최인훈에서 윤대녕까지』,

지주옹호계층과 소작인의 갈등으로 등장한 것. 그것의 역사적 분출과정이 빨치산, 6 · 25의 한가지 의미였던 것. 어찌보면 벌교 출신의 지식인 그룹(김범준 형제, 손승호, 이학송, 정하섭 등)이란 『지리산』에 등장하는 하준규 이규 등에서도 출몰할 수 있는 것이며, 이현상 이해룡 등의 『지리산』 중심의 빨치산의 표정이란 '남부군'에서도 조금 엿볼 수 있다. 6 · 25와 남로당의 역사적 성격도 『태백산맥』에 잘 정리되어 있다. 그러나 역사적 감각은 세대마다 다르다. 1987년 이전과 이후가 현저하게 다르다. 『태백산맥』이 이를 소화해 냈다."[69]

그러나 김윤식의 균형론과는 달리 1990년대 이후 독서사장에서 『태백산맥』은 지리산을 삼켜버렸다. 지리산이 『태백산맥』에 전면 흡수되고 만 것은 우리 사회의 비극이 아닐 수 없다. 설령 『지리산』이 교묘한 지성의 포장으로 우익 반공이데올로기를 강론하는 소설이라치더라도 작품이 탄생한 시대적 상황을 감안하면 결코 쉽지 않은 업적이었다. 이병주의 『지리산』 적어도 사상문학사에 필연적으로 통과해야 할 관문이거나 극복해야 할 대상일 것이다. 결코 단순히 외면하거나 폐기해야 할 구시대의 노폐물은 아니다. 조정래의 『태백신맥』이 당시 한반도의 남반부에서 '공화국'이 지식인의 관념 속에서만 존재했던 것이 아니라 최소한의 민중적 기반을 갖추었다는 점을 부각시킨 공로는 혁혁하다. 그래서 출간과 동시에 민중의 주체성을 강조하는 1980년대 이후 학생세대의 책읽기에 불을 치폈고, 불행한 광주사건 이후에는 지리산의 전라도 쪽이 민족문학의 정통이라는 인식에도 편승하여 해방 이후 최대의 문제작이라는 타이틀도 거머쥐게 되었다. 그러나 『태백산맥』의 등극은 『지리산』의 반정(反政)이었기 때문에 가능한 일이었는지도 모른다.[70] 역사는 창조가 아니라 연속적인 발전으로 보는 한 『태백산

문학동네, 1996, pp.78~102 82.

69) 김윤식, 같은 글, pp.89-94.

70) 홍용희, 「지리산의 풍모」, 김윤식 김종회 엮음, 『문학과 역사의 경계에 서다』, 바이북스, 2010, p.36. "특히 그(이병주)의 『지리산』은 조정래의 『태백산맥』, 김원일의 「겨울 골짜기」, 이태의 『남부군』과 같은 빨치산 문학의 물꼬를 트면서 우리 현대사의 그늘 깊은 골짜기를 온전히 복원하는 계기가 되었음은 주지의 사실이다."

맥』에 앞서『지리산』을 점령해야 할 것이다.[71]

『지리산』,『남부군』의 표절시비

1988년 6월, 이태라는 필명의 작가가 수기의 형식으로『남부군』을 출판한다. "최초로 공개된 지리산 빨치산 수기"라는 부제만으로도 대중의 흥미와 관심을 끌기에 충분했다.

「나는 왜 이 수기를 쓰는가?」라는 저자의 서문이 커다란 파장을 일으켰다. "어떤 경위로 한 문인에 의해 기록의 일부가 소설 속에 표절되기도 했고 그 때문에 가까스로 만난 보완의 기회를 놓치기도 했다. 이제 국가의 기밀도 공개하는 30년이라는 세월이 흘렀다. 모든 것이 역사적 사실로써 관조할 수 있는 시기가 되었다고 판단하고 나는 이 기록의 출판을 결심했다."[72]

황석영이 이병주 작품을 읽게 된 계기도 바로 이 표절 논란이었다.[73]

표절 시비에 대해 이병주의 해명이 언론 인터뷰를 통해 공개되었다. "이씨의 수기를 원형대로 보전하고자 한데에는 또 하나의 의도가 있었다. 빨치산으로 하여금 스스로를 말하게 하자는 것이다. 만약 그런 수법을 쓰지 않고 작가의 의견을 전면에 내세우게 되면 빨치산이 당한 참담한 측면과 아울러 빨치산이 저지른 범죄행위, 생포한 군경에 대한 잔학행위, 양민을 약탈하고 학살한 측면을 배제할 수 없게 될 것이었다. 나는 그 작품에서 이태라는 인물의 인간적 복권을 위해서 최선을 다했다고 자부한다."[74]「작가 후기」의 문구다. "이 소설의 마지막 부분은 등장인물의 한 사람인 이태의 수기가 없었더라면 가능하지 못했을 것이다. 그의 본명을 밝힐 수 없어 유감이지만 그는 현재 한국의 중요한 인물로 건재하다는

71) 안경환,「상해, 알렉산드리아」,《문예운동》, 2001. 가을;『안경환의 문화읽기 : 사랑과 사상의 거리재기』, 철학과 현실사, 2003, 75-84

72)『남부군』(상) (하), 두레, 1988, 상 pp.16-17.

73) 황석영,「조국은 없다, 산하가 있을 뿐이다」,『황석영의 한국명단편 101』, 문학동네, 2015, 제4권, pp.195-207, 204

74)「이병주, 소설 지리산은 남부군의 표절인가」,《동아일보》, 1988. 8.16.

사실만은 밝혀둔다."라고 썼다. 또한 본문 중에도 '이태에 의하면'이라는 서술이 있다. 강석호는 "그러나 인용을 하려면 좀 더 선명하게 본격적으로 밝혔어야 할 것이다는 것이 독자들의 의견이었다."라고 아쉬움을 나타냈다.[75]

그러나 김윤식은 여러 표현과 정황을 살표보면 이태가 오히려 이병주를 모방한 것이라고까지 주장한다.[76]

표절 시비의 진상과 관련하여 필자가 직접 경험한 바가 있다. 1988년 여름의 일로 기억한다. 바로 직전 해(1987년 7월)에 설립된 저작권심의조정위원(현 한국저작권위원회)에 이태의 대리인이라는 사람의 문의가 들어왔다. 당시 나는 서울신문사 논설위원이던 문학평론가 이중한(1938 –2011) 씨와 같은 부에 배치되어 있었다. (부장은 공교롭게도 지리산의 주인공과 이름이 같은 박태영 서울지방법원 부장판사였다.)

이중한씨가 양 측을 비공식적으로 접촉했다. 자초지종을 전하면서 이중한 씨는 양측 모두의 마켓팅에 도움이 되었다며 씁쓸하게 웃었다. 표절 시비가 일어나자 호기심 때문에라도 두 작품을 모두 챙겨 읽는 독자가 늘어났다는 것이다. 이중한 씨와 내가 함께 내린 결론인즉 나림은 이태의 수기를 넘겨 받으면서 충분한 금전적 보상을 지급했다는 것이다. 평소 나림의 성격을 아는 사람들은 그가 결코 돈문제로 '치사하게' 굴지는 않았을 것이라는 확신이었다.

15. 박정희, 파렴치한 인간의 전형

이병주의 행적에 관해 가장 잘못 알려진 낭설은 그가 박정희의 찬미자였다는

---

75) 강석호, 같은 글, p.202.

76) "오히려 이태가 이병주의 지리산을 '참고'했을 가능성이 짙다." 김윤식, 「이태의 『남부군』과 이병주의 『지리산』」, 『이병주문학의 역사와 사회인식』, 바이북스 2017, pp.12-72; 「이태의 『남부군』과 이병주의 『지리산』」, 김윤식, 『문학사의 라이벌 의식 (2)』, 그린비, 2016, pp.155-219. 정범준도 유사한 생각이다. 정범준, 『작가의 탄생 : 나림 이병주, 거인의 산하를 찾아서』, 실크캐슬, 2009, p.230.

것이다. 한때 이병주와 친교가 깊었던 리영희는 박정희를 역사의 법정에 세우기 위해 뉴른베르크전범재판 기록을 수집한 이병주가 만년에 전향하여 박정희를 예찬하는 전기를 쓴다며 분개했다.[77]

이병주가 박대통령의 주변인물들과 교분이 깊었던 것은 사실이다. 이후락, 김현옥, 서정귀 등 수많은 측근인물과 친분을 과시했다. 부산 국제신문 시절에 박정희를 소개해 준 부산일보의 황용주와는 불가근 불가원한 사이로 지냈다. 박정희에게서 버림받은 후에도 여전히 박정희신화에 함몰되어 사는 황용주가 이병주는 안스러웠다. 황용주와는 달리 이병주는 박정희와 거리를 두고 살았다.

이병주는 박정희의 5·16에 대해 처음부터 비판적인 시각을 지녔다. 그리고 박정희 치세 18년 동안 아슬아슬한 줄타기로 결정적인 위험을 모면해왔다. 이병주의 과소비, 딜레탕트, 허세, 이 모든 것이 박정희정권 아래서의 불편한 일상을 위장하기 위한 연극배우의 분장이었는지도 모른다. 박정희의 죽음으로 비로소 주박에서 풀려났고, 전두환과의 관계가 깊어지면서 박정희에 대한 악감이 증폭되었을 것이라는 심리 분석도 가능할지 모른다. 심지어는 박정희를 비판하기 위해 전두환을 치켜세웠다는 주변의 평가도 있다.

박정희 정권에 대한 정치적 평가를 『그해 5월』로 마감한 작가는 그것으로도 부족하여 인간 박정희에 대한 가차없는 도리깨질을 퍼붓는다. 「어느 낙일(落日)(1986)」과 『그를 버린 여인』(1990)은 이병주가 작심하고 쓴 인간 박정희에 대한 적나라한 고발장이다.

1986년 이병주는 단편소설, 「어느 낙일(落日)」을 발표한다.[78] 이 단편은 4년 후에 탈고할 3권 분량의 장편소설, 『그를 버린 여인』의 예고편에 해당한다. 단편소설의 구성으로는 매우 이례적으로 어떤 여인의 제보를 받아서 작품을 쓴다고

77) 리영희·임헌영, 『대화』, p.391.

78) 《동서문학》, 1986. 4월, pp.55~71.

「머리말」에 밝히고[79] 말미에 별도의 「작가의 말」을 부기한다. "어느 고아원을 경영하는 사람을 만나서 그분으로부터 이 소설에 적은 바와 같은 엄청난 이야기를 알게 되었다. 그 당시 느낀 것은 이것을 두고두고 큰 작품으로 만들 수 있는 소재라고 생각했는데 《동서문학》을 위해서 그 아우트라인이나마 단편으로 소개해 보고 싶은 충동을 느낀 것이다. 그 가운데는 한국의 현실을 이해하는데 있어서 가장 큰 줄거리가 될 수 있는 병리적 현상의 일단이 숨겨져 있다고 나는 본다."[80]

플롯은 지극히 간단하다. 악행을 저지른 한 파렴치한 인간이 인과응보로 비참한 최후를 맞는다는 지극히 상식적인 이야기로 소설적 요소나 기법도 거의 찾아볼 수 없다.

곽희정은 파렴치한 인간이다. 그는 1947년 여순반란사건에 관련되어 체포되었다가 동료들을 밀고한 댓가로 살아남는다. 현역장교에서 문관으로 신분이 바뀐 곽희정은 친구의 사촌동생인 시골학교 여선생을 권총으로 위협하여 강간한다. 졸지에 횡액을 맞은 여선생의 약혼자는 복수를 다짐하며 평생 기회를 노리다가 노인이 되어 비로소 고아원을 찾아온다. 원장 글로리아는 곽희정의 밀고로 목숨을 잃은 장교의 딸이다. 노인은 전재산을 고아원에 기증하고 죽으면서 유품을 남긴다. 그의 유품은 200자 원고지 1천 매의 기록이다. '소설가 이씨'에게 전달해달라는 메모가 있다. "어느 시기가 되기까지는 공표할 수 없는 내용이다."

중학교 동창생의 입을 통해 곽희정의 과거 행적이 드러난다. "'곽희정' 밥맛 떨어지는 놈이오. 일제 관동군 헌병보 한 놈이고 해방이 되자 광복군이라고 거드럼을 피우더니 어느 새 빨갱이가 되어 죽을 뻔하다가 동지들을 판 덕분에 살아나 군문관 노릇을 하며 권력 남용을 하다가 지금은 뭐? 큰 회사의 상무 노릇한다는데 아마 그 회사는 불원 그놈 차지가 될꺼다. 워낙 술수가 능한 놈이니까." 하고 침을 탁 뱉었다.[81]

---

79) 이병주가 타계한 직후인 1992. 5월호, 《월간오픈》에 관련 기사가 실린다.

80) 《동서문학》, 1984년 4월, p.71.

81) 같은 글, p.61.

화자는 곽희정의 밀고로 목숨을 잃은 장교의 부인을 만난다. 강원도 탄광촌에 목노주점을 경영하고 있다. 그녀는 "억울하게 죽은 사람들의 아이들이 지금 자라고 있으니 그중에 복수하려 들 사람이 반드시 있을 것이다."라며 골수에 박힌 원한을 토로한다. 많은 사람의 저주대로 곽희정은 비참한 말로를 맞는다. 1980년 10월 27일 자 조간신문 기사다.

"곽희정 회장의 두상을 늙은 노무자가 망치로 박살을 낸다. 즉사시킨 범인은 세상에 나와 생전 처음으로 옳은 일을 했다면 자랑스럽게 외치고선 법정에서 죽은 자의 죄상을 샅샅이 밝히겠다고 선언한다."[82]

박정희가 여순반란사건의 주모자와 연관되었던 것은 널리 알려져 있는 공지의 사실이다. 곽희정이란 이름은 박정희를 연상시킨다. 그의 고향인 S군은 박정희의 출생지인 구미면이 속했던 '선산'군이 연상된다. 10월 26일은 박정희가 죽은 날이다.(실제로 궁정동사건이 일어난 1979년 대신 1980년으로 설정한 것이 차이라면 차이다.)

작품의 마무리 문장이 비장하다. 『파랑새』의 작가 "메테르닝크의 말 따라 타인의 불행을 준비하기 위해 이 세상에 태어난 곽희정 같은 인간이 있다. 1천 장이 넘는 그의 비행 기록을 언젠가는 공개할 날이 있을 것이다."

3권 분량의 장편소설 『그를 버린 여인』의 플롯은 「어느 낙일」에서 예고한 '1천 장이 넘는 그의 비행'을 고발한 내용이다. 즉 김재규가 박정희를 살해하게 된 결정적인 동기는 그로 인해 '억울하게' 희생된 군인들의 자녀들이 조직한 결사대를 만났기 때문이다.

「작가의 말」이다. "이를테면 사람은 영묘하기 짝이 없는 존재이다. 그런데 권총 한발이면 순식간에 없애버릴 수가 있다……. 사정이 이러할 때, 우리는 인생

---

82) 같은 글, p.70.

에 관해 무엇을 안다고 하겠는가. 그러나 알고 싶은 것은 인간이고 살피고 싶은 것이 인간의 운명이다.

이 소설도 그러한 충동의 소산일 수밖에 없다. 다만 욕심을 낸 것은 '그'가 없었더라면 세상이 이렇게 되지 않았을 것이 아닌가 하는, 그런 인물을 작품의 배경에 깔고 싶었던 사실에 있다. '그'는 권력에 굶주린 망자들이 주변에 모여 있다. 세상의 도의가 제대로 작동한다면 '그'는 평생을 뒤안길에서 살아야 할 사람이었다. 그런데도 '그'는 인생의 정면에서, 그것도 한 나라의 원수로서 집중적인 조명을 받고 살아야만 했다. '그'를 버린 여인은 도의가 무너진 세상에서의 도의를 상징하는 의미를 가진다. 최소한의 도의의식을 가졌을 때 여자는 그런 남자와 같이 살 순 없다. '그'를 버린 여인은 '그'를 대신해서 평생을 뒤안길에서 살아야만 했다.

이러한 배리의 모순이 그냥 묻혀질 순 없다. 여인은 뜻하지 않은 섭리의 힘에 이끌려 어느 인간을 테러리스트로 만들어 버리는 교사자로 변신하게 된다. '그'를 버린 여인은 '그'를 구하려고 했을 뿐 '그'를 죽이려는 의두를 전혀 갖지 않았다. 그런데도 그 여인은 결국 '그'를 죽인 살인자와 일체가 되어 버린다."

"내가 쓰고 싶었던 것은 바로 이것이다. 김재규가 박정희의 가슴팍과 머리에다 대고 탄환을 쏘아 넣은 사실은 결단코 김재규 개인 의사만으로 되는 것은 아니다. 갖가지 이유가 복합적으로 작용했을 것이 틀림이 없다. '그'를 버린 여인을 만나지 않았더라면 그런 결단에 이르지 않았을지 모른다."

"섭리를 분석한다는 것은 섭리의 모독일 수가 있다. 그러나 소설에 있어선 이런 모독이 허용된다는 신념이 곧 소설가의 신념이다. 나는 그 모독을 범하는 모험을 이 소설에서 감행하게 되었다. 허나, 이 소설의 주인공은 '그'도 아니고, '그'를 버린 여인도 아니고, '그'를 쏘아죽인 사나이도 아니다."

이렇게 말하면서도 굳이 작품 속에 비중이 높지 않은 캐릭터인 신문기자를 주인공으로 내세워 이 작품이 역사적 기록 문서임을 강조한다.

"이 소설의 주인공은 신문기자 신영길이다. 무릇 오늘의 시대를 사는 주역은 정치가도 아니고 사업가도 아니고, 기타 등등의 행동인이 아니다. 사회적인 현상을 관찰하고 기록하는 신문기자야말로 이 시대의 주역인 것이다. 결국 나는 신문기자를 주역으로 하는 한 편의 소설을 쓴 셈이다."

김재규의 거사 동기

1979년 10월, 13명의 박정희 암살 모의단이 체포된다. 김재규의 조사에 의하면 이들은 모두 박정희의 밀고로 목숨을 잃은 '숙군대상자'의 아들들이다. 억울하게 좌익으로 몰려 총살당한 아버지들 때문에 인생이 막힌 청년들이다. 연좌제 때문에 군인도 공무원도 되지 못한 개인적 한이 쌓였다. 그들은 박정희의 죄악을 이렇게 요약한다. "내가 노리는 자는 첫째 민족의 적입니다. 일본제국주의의 용병이었으니까요. 둘째, 민주주의의 적입니다. 쿠데타로 합헌 민주정부를 전복한 자니까요. 셋째, 윤리의 적입니다. 자기 하나 목숨을 살리기 위해 자기의 친구를 모조리 밀고해서 사지에 보낸 자이니까요. 넷째, 국민의 적입니다. 자기가 장악하고 있는 정권을 유지하기 위해 언론과 비판활동을 봉쇄하고 자기에게 반대하는 사람이라고 보면 학생이건 지식인이건 경제인이건 인정사정 없이 탄압하는 자이니까요. 게다가 그자는 나에겐 불구대천(不俱戴天)의 원수입니다. 나는 그자 하나를 없앰으로써 애국자가 되는 동시에 효도를 다하게 되는 거지요."[83] 김재규는 이들을 방면하고 10·26거사를 감행한다. 임헌영은 "소설인지, 실록인지 알 수 없다.[84]"라는 말로 소설의 내용이 단순한 허구에 그치지 않을 가능성을 비친다.

작가의 에필로그는 박정희의 죽음이 역사적 정의임을 강조한다.

"확실한 것은 김재규가 쏜 권총 소리가 수십만 수백만이 외친 원성과 아우성 소리보다도 높았다는 사실이다. 십수년에 걸쳐 거듭된 학생들과 군중의 데모가 해내지 못했던, 또한 무수한 야당 정치가와 반체제 인사들의 때론 극형을 초래하

---

83) 『그를 버린 여인』 하권, pp.302-303.

84) 「임헌영의 필화 70년」, 22화, 2017. 3. 3.《경향신문》); 임헌영, 「운명 앞에 겸허했던 한 여인의 소망 - 『그를 버린 여인』에 나타난 인간 박정희」, 2019. 4. 6. 이병주문학 학술세미나 자료집, 이병주기념사업회.

기도 한 항거와 책모로서도 이룰 수 없었던, 한 시대의 종지부를 찍는 획기적 결과는 김재규의 권총이 마련했다는 뜻이다. 그 성질상 분명한 논리적 해명을 불가능한 것이라고 해도 테러리즘의 철학과 정치적 의미와 역사적 의미는 어두운 하늘에 번갯불과 같이 순간적인 황홀을 새긴다. 테러리즘의 미학이 성립하기도 한다. 그런 까닭에 제정 러시아의 테러리스트들은 자기들의 테러행위를 '인류의 새벽에 명성(明星)을 주기 위한 것'이라며 뽐냈던 것이다."[85] 이병주가 습관처럼 찬미하던 미학을 갖춘 「그 테러리스를 위한 만사(輓詞)」로 보아도 무방할 것이다.

16. 전두환대통령 옹호

1988년 11. 23 10시, 전직 대통령 전두환은 유배지로 결정된 설악산 백담사로 떠나면서 연희동 자택 응접실에서 대국민 성명서를 낭독한다.[86]

부인 이순자씨의 비장한 회고다. "그이는 국민들 앞에 서서 진심을 다해 사죄한 후, 내 땅, 내 조국에 남아 받는 벌이라면 어떤 벌도 달게 받겠다는 대국민 담화문을 낭독한 후 백담사를 향해 은둔의 길에 올랐던 것이다. 그이와 나는 연희동 대문을 나섰다. 집 앞에는 우리를 태우고 낯선 곳 백담사로 떠날 차 한 대가 서 있었다. 그이가 대통령직 퇴임으로 청와대를 떠난 지 만 9개월 만이었다."[87]

텔레비전 생방송으로 전국민 앞에 중계된 28분짜리 사과문의 작성에 당대 최고의 인기작가 이병주가 관여했다는 사실이 비상한 관심을 불러일으켰다. 동아일보 석동률 기자가 당시 상황을 증언한다.[88]

---

85) 『그를 버린 여인』 하권, p.311.

86) 상주 승려 10명 미만의 작은 당시 절인 백담사의 당시 주지는 도후(度吼)스님이었다. 『전두환 회고록』 3권 pp.160-163.

87) 『이순자 자서전』, 자작나무 숲, 2017, 496.

88) 〈사진기자 석동율의 사진 이야기〉 blog. daum/net.seoksan8848/15 2020. 5. 26. 최종접속.

전두환 자신의 회고다. "사과문은 아홉 차례의 수정 보완을 거쳐 백담사로 떠나는 11월 23일 새벽녘이 되어서야 완성됐다. 그 하루 전인 11월 22일 저녁, 작가 이병주 씨가 찾아왔다. 부산에 있다가 내가 23일 연희동 집을 떠난다는 뉴스를 듣고는 급히 올라왔다는 것이다. 나는 사과문 원고를 건네주며 문안이 완성되기까지 진통이 있었다는 얘기와 함께 내용을 검토해 달라고 부탁했다. 원고를 본 이병주 씨는 민비서관이 했던 말과 똑같은 얘기를 했다. 무엇을 그렇게 잘 못했다고 사과 일변도의 얘기만 하느냐, 내용이 너무 처연하다. 할 말은 해야 하는 것이 아니냐고 했다. 나는 민비서관에게 했던 얘기를 반복할 수 밖에 없었다. 이병주 씨는 민 비서관에게 20여 대목이 자구를 수정하면 좋겠다는 메모를 남겼고, 그 과정을 거쳐 23일 아침 최종본이 나에게 보고되었다."[89]

유배된 전두환을 위로하기 위해 이병주는 백담사를 찾는다.

"백담사에 세 번 갔다. 2년 동안 세 번이니 나도 박정한 놈이다. 변명이 될 수 있는 건 그동안 나는 미국에 있었다는 사실이다. 지금도 나는 이 글을 미국에서 쓰고 있다."[90] 자신은 박정하다고 말했지만 듣는 사람은 놀랄 일이다. 교통수단도 변변치 않은 그 먼길을 하루에도 원고지 1백 장을 쓰고, 외국을 자신의 안방처럼 휘젓고 다니는, 극도로 분망한 일상을 이어가는 인기 절정의 문사가 그 외진 곳을 세 차례나 들렀다는 것은 쉽지 않은 정성이다.

"백담사에서도 많은 이야기를 하고 듣기도 했다. 그 때마다 전대통령의 인상이 달랐다. 존 F. 케네디 내통령의 책에 grace under pressure를 용기의 으뜸으로 치고 있는데 우리말로 번역하면 '압력 하에서의 품위' 또는 '역경 속에의 품위'가 될 것이다. 백담사에서의 전두환의 태도야말로 이런 표현이 적확하지 않을까 싶다."

89) 민정기 정리, 『전두환 회고록』 3권, 「황야에 서다」, 자작나무 숲, 2017, p.174.
90) 이병주, 『대통령들의 초상』, 서당, 1989, p.284.

"그는 8, 9년 동안을 하루도 편할 날이 없이 나라를 위해 뛰지 않았던가. 시행착오가 있었다면 좋다는 일은 다하려고 지나친 욕심을 부린 탓일 것이고 최선을 다하려고 너무나 애쓴 때문인지 모른다. 아무튼 그를 위대한 대통령이었다고는 말할 수 없겠지만 훌륭하게 책무를 다한 대통령이었던 것만은 사실이다. 그리고 보면 그에겐 위대한 대통령으로서의 소지가 있었다고 보아야 할 것이 아닌가."[91]

"내가 겪은 사례로만 하더라도 전두환 대통령을 둘러싼 오해는 뜻밖에도 두텁다. 오해는 원래 비극적이다. 아니 비극 그것이다. 그 오해의 짙은 안개가 걷힐 날이 언제일까. 내 시답잖은 문장이 그 오해의 안개를 걷게 하는데 어느 정도의 역할을 할 수 있을까. 되려 오해를 짙게 하는 부작용만 있게 하는 결과가 되지 않을까?

이제 나의 결론을 적는다. 전두환의 진실은, 평화적 정부 이양을 완수한 최초의 대통령이며 재임시의 잘못으로 지적된 일에 대해서 진정하게 국민에게 사과한 최초의 대통령이다. 그는 권력 이전에 있어서도 권력의 정상에 있어서도 일관하여 최선을 다한 우리의 대통령이다." [92]

17. 독서대가 이병주

1992년 이른 봄, 71세의 이병주는 폐암말기 진단을 받고 연신 죽음의 그림자가 엄습해 오는 상태에서도 새 책을 주문하고, 새 소설을 구상하고, 구술을 받아 적을 속기사를 구하고 있었다.[93]

20세기의 책읽기는 정치가나 사상가, 학자, 작가만의 기호가 아니었다. 거대한 독자군(群)이 책을 통해 세상을 배우고 깨쳤다. 다양한 분야와 장르의 저술 중

---

91) 이병주, 같은 책, pp.296~297.

92) 이병주, 같은 책, p.290.

93) 이종호, 「선생님과 보낸 마지막 한 달 – 이 작품집을 간행하며」(서문), 『세우지 않은 碑銘』, 서당, 1992. 9.

에서도 소설은 지성과 대중을 상대로 통합인간학을 강론하는 가장 유용한 수단이었다. 나림 이병주는 20세기 통합 인간학의 특권을 극대화로 누린 20세기 후반 한국 독서세대를 대표하는 작가였다.

이병주는 광대무변(廣大無邊)의 독서가로 불렸다. 그와 교류한 많은 사람들이 그의 독서량과 주제의 다양성에 경탄한다. 리영희, 남재희 등 당대의 독서가들도 내놓고 이병주를 극찬했다. 때로는 그의 독서는 중심과 주변, 높낮이가 없어 보였다. 생각하기에 따라서는 '체계'가 없는 딜레탕트로 비치기도 했다.

이병주는 자신의 독서비법을 밝힌 적이 있다. 젊은 시절부터의 습관인즉, 먼저 통독하고 요점을 정리한 독서노트를 만든다고 했다. 전성기에는 한 달에 40여권의 책을 읽고 전부 독서노트를 만든 적이 있다고 했다.[94] 그는 젊은이에게 건네는 독서법의 충고로 좋아하는 한 작가의 작품을 모두 읽으라고 권한다. 그렇게 함으로써 '천재의 궤적'을 자기 나름대로 추적하여 자신의 세계관을 형성할 수 있다고 했다.[95] 어쨌든 그의 독서력은 엄청난 속도와 함께 내용을 기억하고, 기억한 내용을 토해내는 능력, 이 모든 면에서 출중했다. 그가 생전에 소장하고 있던 장서, 1만 4천여 권은 사후에 경상대학교에 기증되었다. (보다 많은 숫자의 장서가 유실되었다는 증언이다.) 이병주는 1970년대 후반에 한 주간지에 연재한 자신의 독서편력을 두 권의 단행본으로 묶어냈다.[96] 2002년, 뒤늦게 이 책을 읽은 중앙일보 논설위원 정운영이 서평을 썼다. 제목은 "나를 야코죽인 고전"이었다.[97]

---

94) 이병주,「나의 독서노트」,『에세이집, 용서합시다』, 1981, p.245. 청년 시절의 독서노트는 6·25전란에 소실되었다고 한다.

95) 같은 책, pp.241 - 242.

96) 이병주는 1977년 4월 17일부터 1979년 2월 4일까지 총 85회에 걸쳐 「허망과 진실- 나의 문학적 편력」이라는 글을 《주간조선》에 연재했다. 연재가 끝나자 단행본 2권으로 묶어냈다.『허망과 진실』, 1979, (상, 하). 1983년에는 이 책의 절반을 추려 『이병주의 고백록』을 펴냈다. 사후 10년이 지난 2002년,『허망과 진실』은『이병주의 동서양 고전탐사』(1, 2권)란 새 제목으로 바뀌어 출간되었다.

97) 〈중앙일보〉, (2002. 4. 27).

3대 경전 : 니체, 도스토예프스키, 사마천,

이병주의 문학사상의 형성에 중심이 된 대가들이 여럿 있다. 그중에서 대표적 3인으로 니체, 도스토예프스키, 그리고 사마천을 들 수 있다. 이들은 이병주 세대의 보편적인 고전에 속하기도 하지만 이병주는 특히 이들 세 사람의 작품을 자신의 중요한 문학적 자산으로 배양했다. 도스토예프스키와 니체는 일본 유학 시절에 처음 접한 이래로 지속적인 탐구 작업을 계속했고, 『사기』는 억울하게 감옥에 갇힌 1961년, 일종의 발분의식으로 출발하여 권력지향의 인간 사회의 본질적 상황을 탐구하는 중요한 참고서로 삼았다. 이병주와 교류한 많은 사람들이 그가 『사기』의 내용을 소상하게 꿰고 있었다고 말한다. 마찬가지로 니체와 도스토예프스키에 대해서도 체계적인 이해를 갖추었다. 이들 세 작가는 이병주 자신의 작품들 속에 적절하게 인용되어 있다.[98]

18. 이병주의 역사소설

『바람과 구름과 비』

이병주의 『포은 정몽주』, 『소설 정도전』, 『허균』, 『유성의 부』(홍계남)는 역사소설로 분류할 수 있다. 그러나 이병주의 역사소설을 대표하는 작품은 『바람과 구름과 비』다. 10권으로 묶은 이 작품은 1977년 2월 12일부터 1980년 12월 31일까지 약 4년간 (총 1,194회) 조선일보에 연재되었다. 연재가 시작된 직후에 송지영, 김열규, 이병주, 세 사람의 지상 좌담이 열렸다. 작가는 '역사는 과거와 현재의 대화'라는 E .H. 카의 언명에 기대어 역사소설의 리얼리티라는 대전제에 동의하면서도 그 전달 방법은 묘사가 아닌 구성에 있다고 강조한다.[99]

---

98) 자세히는 안경환, 「니체, 도스토예프스키, 사마천:-나림(那林) 이병주(李炳注))의 지적 스승들」, 〈2019 이병주국제문학제 자료집〉, 2019. 9. 28 ,하동, pp.20-60.

99) 이 소설은 텔레비전 드라마로도 크게 성공했다. 1989년 KBS 50회짜리 드라마로 방영되었고, TV조선 2020.

작가의 말이다.

"한말의 역사는 우리의 회한이다. 그런만큼 해석도 다양할 수밖에 없다. 나는 시민의 눈으로 시민의 애욕을 통해 그 회한을 풀어보고자 하는 것이다. …… 그런 가운데서도 안타까운 것은 의병활동이다. 국권을 수호하기 위해 나섰던 그 거룩한 저항의 용사들은 오늘날 국사에서 정당한 자리를 차지하지 못하고 있을 뿐만 아니라 일제사관에 억눌려 억울한 대접을 받고 망각의 먼지 속에 파묻혀 있는 것이다. 내가 의도하는 바는 그런 것까지 포함하여 3.1운동까지의 회한사를 적으려고 하는 것이다."

작품은 철종 14년부터 동학농민봉기의 선봉장 전봉준이 처형되는 고종32년까지를 시대적 배경으로 삼는다. 정치의 실종과 관리들의 부패, 도탄에 빠진 백성의 삶, 민란과 의적들의 봉기, 어딜 보아도 구제 가망이 없는 조선을 대신하여 새 나라를 세울 꿈을 품는 최천중의 나라 세우기 과정을 줄거리로 한다. 동학봉기가 일본의 개입으로 실패하고 조선 내의 일본세력이 강해지자 입헌군주제를 구상하며 막을 내린다. 결과적으로 새 나라를 꿈꾸던 중심인물들이 비운의 혁명가로 남을 수 밖에 없다.[100] 소설의 특징은 역사 속의 실제 인물들과 실제 사건 사이에 허구의 인물 최천중과 동지들을 등장시켜 이들로 하여금 역사적 사건을 배후에서 연결한다.[101]

5. 17부터 주말 드라마 24회로 편성되었다. 작품이 탄생한지 40년, 작가가 타계한지 38년 후에도 여전한 인기를 누리는 셈이다.

100) 노현주, 「이병주 소설의 정치의식과 대중성 연구」, 경희대학교, 2012. 8. p.215.

101) 노현주, 위의 논문, p.205.

19. 이병주의 대중소설

중앙문단에 데뷔한 후 한동안 사상성이 짙은 소설들로 지식인 독자의 주목을 얻은 이병주는 점차 대중을 유념한 작품을 썼다. 자신의 말대로 '주문생산' 작가로서 산 그는 어떤 원고 청탁도 뿌리치지 않고 받아들였다.

1985년 12월 17일, 소설 『지리산』의 완간 기념으로 이병주는 텔레비전 심야 프로그램에 출연하여 사회자와 청중 독자의 질문을 받는다. 사전에 잘 조율된 것으로 보이는 두 가지 질문에 작가가 내놓은 답이 이병주 문학론의 핵심요소다. 첫째 문학의 역할에 대한 작가의 소신이다. 이병주는 앞서 몇차례 자신의 문학론을 글로 쓴 바 있었다.[102] 그는 무엇보다 문학은 특정이데올로기의 종속물이 아니라고 강조하며 다니엘 벨의 『이데올로기의 종언』을 읽으라고 권한다. 이데올로기의 노예가 되지 말라. 자신이 이데올기의 주인이 되라. 어떤 이데올로기도 완벽하지 않다. 자신에 맞추어 수정 변화시켜야만 한다. 스스로 주인이 되지 않는 이데올로기는 가지지 않느니만 못하다.

이병주는 특히 청년독자들에게 당부한다. 불의 논리와 함께 물의 논리를 익혀라. 불의 논리는 저항의 논리다. 불은 대상을 태우려 든다. 그러면 그 불을 끄려는 사람들이 있기 마련이고 따라서 대립과 충돌을 불가피하다. 이와 대조적으로 물은 지형에 따라 유연하게 변하면서도 끝내 강을 이루고 바다에 이른다. 이를테면 물의 논리는 체제 안에서 변혁을 도모하는 것이다. 본질은 변하지 않으나 변혁의 의지는 살리는 것이다. 모름지기 청년은 물과 불을 함께 수용하는 지혜를 연마해야 한다.[103]

둘째, 만약 자신을 통속소설 작가로 규정한다면 이를 단호하게 거부할 것이

---

102) 이병주 인생론, 『용서합시다』(집현전, 1982), pp161-169, 「문학적 에세이」, pp. 165-172, 『문학이란 무엇인가』. 흑백논리의 거부, 문학적 진실의 추구, 사랑과 행복을 주축으로 하는 비판적 인식 등 문학의 기능과 사명을 강조한 바 있었다.

103) 이병주는 『관부연락선』에서 소주 부대에 유태림의 질문에 답하는 일본 철학자 이와사키의 입을 빌어 이러한 철학을 편다. 『관부연락선』 1권, p.112.

다. "통속소설이 아니라 대중소설이다. 전하고자 하는 메시지의 대상에 따라 형식과 기법이 다를 수 밖에 없다. 독자의 저급한 취향에 아부하기 위해 쓰는 것이 통속소설이다."[104] 지극히 상식적이고도 모범적인 강론이다. 이 답은 이병주 자신의 변명이자 문학관이기도 하다.

어쨌든 1970년대 이병주의 대중소설(내지는 '통속소설')은 동시대의 다른 작가들의 작품과는 현격한 차이가 있다. 그도 당대 작가들과 마찬가지로 성적방종, 에로티시즘, 속고 속이는 속물인간들의 애환을 그린 점은 마찬가지다. 결정적인 차이는 이병주의 대중소설에는 어김없이 시대현실에 비판적인 지식인이 등장한다는 것이다. 이들 지식인 주인공 내지는 주역의 입을 통해 사회적 자의식과 세태비평이 빠짐없이 등장하며, 광범위한 범주의 지식인 딜레땅트가 개입한다. 특히 정치의식을 드러내는 소설들은 저널리즘적 대중성을 짙게 드러내면서, 대중의 교양 욕망, 사회와 정치현실에 대한 비평적 시각과 욕망을 유도하고, 텍스트를 통해 대리만족을 구하는 대중독자의 기호를 충족시켜 주었다.[105]

20. '법과 문학'의 선구자

이병주를 일러 이 땅의 '법과 문학'의 선구자라고 불러도 좋다. 그의 업적은 두고두고 찬찬히 음미되어야 한다. 근래에 들어와서 이병주의 작품을 법의 측면에서 분석하는 학술적 연구가 늘어난 것은 바람직한 일이다.

이병주에게 법은 단순한 경찰, 검찰, 판사, 재판이 아니었다. 이 땅의 대다수 문인들이 법에 대한 원성에 찬 고발과 편견 어린 냉소로 일관할 때, 이병주만은 따뜻한 시선을 거두지 않았다. 공권력의 이름으로 행사된 인간성의 유린이라는

---

104) 1985년 12월 17일, KBS TV 〈11시에 만납시다〉, 50분, 대담 김영호.

105) 노현주, 위의 글, p.48; 손혜숙, 「이병주 소설의 역사인식 연구」, 중앙대학교, 2011, pp.210-213.

표피적인 현상을 넘어 인간의 본성에 대한 성찰을 게을리 하지 않았다. 법에 대한 이병주의 깊은 성찰은 여러 차원에서 나타난다.

일제 이래 '제도법학'의 굴레를 벗어나지 못하는 한국의 법학과 법률가에 대한 애정 어린 충고는 도처에서 나타난다. "사람을 다루고 재판하는 직책을 가지려면 인생의 기미(機微)에 통달한 지혜와 철리를 가져야 해." 법은 천재의 영역이 아니라 어른의 영역이라는 논리적 당위와 축적된 경험의 소산이다. 일찍이 관부연락선 선상에서 만난 '高文' 합격자 청년의 편협한 자만에 대해 유태림이 건넨 안쓰러운 동정의 눈길은 독립국가의 사법역군에게도 연연히 이어진다.[106] 한 사람의 주머니에서 다른 사람의 주머니로 돈을 옮겨주는 대가로 몇 푼의 구전을 얻는 것에 불과한 민사사건을 수임하지 않는 변호사를 등장시켜 법의 본질이 무엇인가를 생각하게 하는 강한 메시지를 전한다.[107]

운동권 법학도

법에 대한 이병주의 관심은 제도법의 운용을 담당하는 인적자원에 대한 관심으로도 나타난다. 이병주만큼 법학교육, 법대생, 사법고시 등에 대하여 피상적인 관찰을 넘어선 애정 어린 충고를 건네 준 작가도 드물다. 한 예로 '잃어버린 청춘의 노래'로 부제를 단 단편소설, 「거년(去年)의 곡(曲)」(1981)에서 이병주는 반공 이데올로기를 무기로 군사정권이 정의를 유린하던 시절에 법학을 공부하는 학생들의 갈등을 그린다. 작가는 법학도의 유형으로 세 가지 상을 제시한다. 재학 중 사법고시에 합격한 철두철미한 현실주의자이자 법률만능주의자(현실재), 마르크스의 어록에 따라 법을 계급지배의 수단으로 규정하고 이러한 법을 부정해야만 사회발전이 이루어진다고 주장하는 설익은 '운동권'이상주의자(이상형), 그리고 이들 둘 사이에서 사상과 애정의 갈등을 일으키는 우수한 여학생(진옥희)

---

106) 이병주, 『관부연락선』 1권, pp.285-286.

107) 이병주는 소설 속에 강신중(강신옥)과 김종길, 두 '정의로운' 변호사에 대한 존경을 표했다.

이 그들이다. 그러나 이들 셋 모두가 법의 본질에 대해서는 성찰이 부족하다고 작가는 품위 있게 꾸짖는다. 이러한 제자들을 교육한 법학교수와 정권의 시녀가 된 담당검사에게도 따끔한 충고를 건넨다. 작중에 동원된 '부작위에 의한 살인'의 법리는 선택의 이데올로기가 아니라 명백한 불의를 관조라는 미명 아래 방관하는 '지식상인'을 고발하기 위한 장치였다.

장편 『지오콘다의 미소』(기원사, 1985)는 학생운동을 정면으로 다룬 소설이다. 구체적으로 1979년 10월 부마사태에서 시작하여 1980년 5월 신군부의 등장에 이르는 과정에서 학생운동의 성격을 규명하려는 시도이기도 하다. 문학적 완성도는 차치하고서라도 학생에 대한 작가의 사랑은 그것만으로도 진한 감동을 얻을 수 있다. 작품에 담긴 심화된 법학강론은 빛을 발한다. 작품의 제사(題辭)격으로 아폴리네르의 시구를 인용한다. "우수(憂愁)가 사랑과 미움 사이에 잠들고 있는 그러한 뜰에 아네모네가 꽃을 피웠다."

"학생은 시대의 선두에 서는 양심이어야 한다는 의미와 장래의 역군으로서의 보류된 신분이라는 사실이 상충한다. 그러나 어느 한 면을 결여해도 학생으로서의 본분이 성립될 수 없다."(「저자 서문」) "인식한다는 것도 항의하는 뜻이 된다.", '보류된 신분'의 '기다릴 줄 아는 세대'를 위한 이한림 교수의 강의는 "교육은 속박을 가르치면서도 해방을 가르쳐야 한다."는 게오르그 짐멜의 교육관의 법학적 해설이기도 하다.[108] 현실정치에서 학생들의 조급함이 신군부의 등장에 일부 정당성을 제공했다는 것이 작가의 진단인 듯하다.

사형제 폐지, 소급법 금지

이병주가 즐겨 인용하는 고전 중에 베카리아의 『범죄와 형벌』(1764)이 들어있다. 이 명저는 사형폐지론의 원조로, 절대적인 인간성과 상대적인 법제도 사이

---

108) 이병주, 『지오콘다의 미소』, 기원사, 1985, pp.264-275.

의 충돌과 갈등 문제를 깊이 팔고 들었다.[109] 두 세대 후, 공지영의 『우리들의 행복한 시간』(2005)에 의해 비로소 공론의 장에 떠오르는 사형폐지의 문제가 이병주에 의해 이미 의제로 제시되었다. [110]

「소설·알렉산드리아」에서 이병주는 작중인물의 입을 빌려서 사형은 '이론의 문제'가 아니라 '신념의 문제'라고 한다. 모든 사형은 원시적 보복심의 제도적 승인인 동시에 잔인하고도 비정상적인 형벌이다. 그중에서도 사상범의 사형은 자유민주주의의 본질과 관련하여 특수한 문제를 내포하고 있다. 사상은 옳고 그름의 문제가 아니라 신념과 선택의 문제이다.

소급법의 금지는 근대 형사법의 대원칙이다. 그러나 무도한 정치권력은 법 위에 군림한다.

"토마스 홉스는 '범죄란 법률이 금하는 것을 하는 것'이라고 말하고 있다는데, 나는 이것을 납득할 수 없다. 형법 어느 페이지를 찾아보아도 나의 죄는 없다는 얘기였고 그밖에도 나의 죄는 목록에조차 오르지 않고 있다는 변호사의 얘기였으니까. 그런데도 나는 십년의 징역을 선고받았다. 법률이 아마 뒤쫓아 온 모양이었다." 1961년 소급법에 의해 10년 징역을 선고받고 옥살이를 한 이병주의 체험적 울분이다.

고시낭인

이병주는 작품 속에 고시생들의 행태를 삽화로 즐겨 등장시킨다. 고시준비생, 낙방생, 합격생, 고시를 빙자한 사기행각 등등 이 모든 비이성적이고도 비상식인 행태가 이 땅의 법학교육과 법률가 양성제도의 파행성에서 기인한다는 것을 작가는 간파하고 있었다.

『니르바나의 꽃』(1987), 『황혼』(1984), 『비창』(1984) 등 작품에는 '고시준비생'

---

109) 한인섭 옮김, 『체사레 백카리아의 범죄와 형벌』, 박영사, 2010.
110) 또한 2015년에야 비로소 실현된 간통제의 폐지를 반세기 전에 과감하게 주장하기도 했다.

으로 행세하면서 순진한 시골처녀를 유린하는 청년의 이야기가 들어있다. 지극히 보편적인 세태의 단면을 담은 것이다.

"고시공부를 해서 얻은 지식은 고시에 합격하지 않으면 아무짝에도 쓸데가 없는 지식이오. 고시 공부는 사람을 만드는 수양도 못되고 교양도 못된다. 육법 전서는 아무리 뒤져봐도 아무 것도 나오지 않아. 사기군이라면 법망을 뚫는 꾀나 배울까. 도대체 법률공부는 학문이 아니니까 사람의 생활과 행동을 얽어매는 법률 조문을 외우고 해석해 보는 게 그게 뭐란 말인가. 기껏 그따위를 익혀 고시에 합격했다고 해서 사람의 생명과 운명을 다루는 직책을 맡긴다는 제도 자체가 모순이여. 사람을 다루고 재판하는 직책을 가지려면 인생의 기미(機微)에 통달한 지혜와 철리(哲理)를 가져야 하는 건데 고시를 위한 공부는 그런 것을 가꾸기는커녕 인간으로서의 정마저 메마르게 만들어버리거든. 그런 듯에서 경학(經學)과 시문(詩文)에 중점을 두고 인재를 등용하는 과거가 훨씬 합리적인 제도인지 몰라."[111]

21. 불교도 이병주

이병주가 즐겨 쓰는 호, 나림(那林)은 불교의 냄새를 짙게 풍긴다. 무한한 시간을 의미하는 나술(那術)이란 어휘에서 유추하면 가없이 광대한 숲이란 의미로 해석될 수도 있으리라. 이병주는 여러차례 자신이 불교도라고 밝힌 적이 있다. 이병주가 1952년 해인대학의 설립과 동시에 교수로 채용된 사실이나 6·25의 소용돌이 속에 둘도 없는 친구의 죽음에 충격을 받아 출가할 생각을 품었다는 고백도 불교가 지근에 있었음을 확인시킨다. 『관부연락선』에서 유태림의 실종을 해인사와 연결지은 점도 자전적 요소가 강하다. 또한 그는 "나의 문학과 불교"라

---

111) 이병주, 『낙엽』, 동문선, p.282~283.

는 주제로 여러 차례 강연도 하고 불교 잡지에 기고도 했다.[112] 이런 사실들을 종합하면 이병주가 당당하게 불교도임을 내세워도 부족함이 없다.

그런데, '불교도'라는 말은 전형적 의미의 종교가 없는 것이나 마찬가지라는 이야기도 있다. 불교를 종교보다는 전통문화의 일부로 수용하는 무신론자 지식인이 의외로 많다. 이런 관점에서 보면 '신을 죽인' 니체의 열렬한 숭배자 이병주가 동시에 불교도라는 것도 납득하지 못할 바도 아니다.

불교와 문학

불교 잡지에 기고한 글에서 이병주는 불교 경전을 문학 텍스트로 파악한다. "부처님의 가르침, 팔만대장경은 최고의 문학이다. 불교의 설법이 곧 문학인 셈이다. 그러나 이를 문학으로 부르지 않는 이유는 속세적인 언어로 표현되는 그 이상의 것, 즉 중생 구제, 영혼 구제라는 큰 목적을 지향하는 큰 가르침이기 때문이다. 부처님께서 말씀하신 진리는 반야지(般若智)다. 순수한 것, 잡스러움이 없는 것, 오로지 진여(眞如)에 통하는 지혜인데 문학은 그 반대라 할 수 있는 세간지(世間智)에 집착한다. 그리하여 세상이 악하면 악한 그대로, 사랑의 집착은 집착 그대로 표현한다. 사랑이 깊어서 동반자살한 사람의 이야기, 돈이 탐나서 사람을 죽인 이야기 등을 문학은 아무런 첨언 없이, '죽지 말라', '초월하라', '죽이지 말라'는 말 없이 이것이 우리의 실상 그대로라고 드러내어 보여준다. 반야지는 세간지를 통하지 않고서는 이루지 못한다. 세간지에 뛰어들어 함께 맞고 때리며 단련됨에서 반야지가 생성될 수 있다. 동시에 이 세간지에 뛰어들어 함께 부대끼는 문학도 반야지에 대한 부단한 열망과 노력 없이는 이루어 질 수 없다. 나는 문학을 가능하면 부처님의 말씀을 빌리지 않고 불심을 표현하려고 노력한다. 부처님의 위대한 자비로 인간 마음 속의 자비를 이끌어내는데 필력을 쏟고자 한다."[113]

---

112) 이병주,「나의 문학, 나의 불교」,《불광(佛光)》, 1981.12;「문학의 이념과 방향」,《불광(佛光)》, 1983. 2.

113) 이병주, 같은 글, p.99. (1981년 10월 22일 불광 창간 7주년 기념으로 대각사에서 행한 강연 요지다.)

22. 여행. 파리-뉴욕

파리 : 불문학도 이병주의 고향

"서울을 알기 전에 나는 파리를 알았다. 덕수궁, 창덕궁을 알기 전에 나는 베르사이유와 퐁텐블로를 알았다. 빅토르 위고를 통해 하수도를 구경했고, 아나톨 프랑스와 더불어 세느 강변의 헌 책방을 뒤졌고, 발자크의 등장인물과 어울려 파리의 거리를 헤맸다."[114] 불문학도 이병주의 당당한 고백이다.

메이지대학 불문학도 출신의 이병주에게 파리는 '가보지 않아도 알 수 있는 곳'이었다. 그러나 한국의 원로 소설가 이병주에게 파리는 죽을 때까지 '가 보아도 알 수 없는 곳'으로 남아 있었다.[115] "사람들은 저마다 짝사랑을 품고 파리에 모여든다. 그러나 파리는 거만한 여자를 닮았다. 자기에게의 짝사랑을 당연한 것으로 알고 나그네에게 쌀쌀하다……. 파리엘 가야만 진짜의 허망을 배운다."[116]

이병주의 의식은 평생 파리 주위를 맴돌았다. 유럽여행에 나설 때면 언제나 파리를 중심 축으로 여정을 잡았다. 초기에는 발자크, 위고, 지드, 모파상 등등 문호들의 발자취를 더듬는 일에 열정을 쏟았지만, 차츰 이력이 쌓이면서 딱히 정해진 일정 없이 파리 거리를 배회하는 것 만으로도 행복감에 충만했다.

이병주는 자신과 문학과의 첫 만남을 1930년대 초, 향리의 보통학교 시절이라고 되풀이하여 전했다. 일본인 교장 부인이 여름방학 때 고향을 다녀오면서 가져다 준 알퐁스 도데의 「마지막 수업」에 깊은 감명을 받았다고 한다. 그 작품을 읽고 조선도 언젠가 독립할 날이 있겠지요?라며 부인에게 물어 그녀를 곤혹스럽게 만들었다는 일화를 고백했다. 후일 프랑스 문학을 전공할 생각을 품게

---

114) 이병주, 「인간이란 필패로 끝나는 갈대: 1980년 파리」, 『잃어버린 시간을 위한 문학적 기행』, 서당, 1988, pp.102-107.

115) 이병주, 『바람소리 발소리 목소리: 이병주 세계기행문』, 한진출판사, 1979, p.268.

116) 같은 책, 「허망을 배우려거든 파리로」, 1976. 3, pp.103-107.

된 단초가 이때 마련되었다고 술회한다.[117] 『관부연락선』에서 식민지 중학을 중퇴한 유태림이 일본의 대학에 들기 전에 이미 파리를 유람한 것으로 설정한다.

제2차 세계대전에서 독일, 이태리와 함께 동맹국이 된 일본에게 프랑스는 적국이다. 독일이 프랑스를 굴복시킨 것은 동맹국의 승리인 동시에 일본의 승리이기도 했다. 프랑스가 독일에 항복한 소식을 듣고 더 이상 적국, 패전국의 문학을 공부할 필요가 무엇이냐는 한 학생의 질문에 교수는 이렇게 답한다. "프랑스가 독일에 항복한 것이 아니다. 프랑스 군대가, 그것도 일부의 군대가 독일에 항복한 것일 뿐이다. 프랑스가 항복했다고 해서 몽테뉴가, 발자크가, 빅토르 위고가 항복한 것은 아니다. 이 세상에서 항복을 모르는 것은 위대한 사상이고 위대한 예술이다. 위대한 사상은 그 자체가 승리이고 위대한 예술은 그 자체가 축복이다. 위대한 문화는 정권의 흥망, 역사의 우여곡절을 넘어 영원하다. 그리스는 망해도 그리스 문화는 남았다. 로마는 망해도 로마의 문화는 남았다. 중요한 건 문화다. 문화로서 승리해야 하며 문화로서 번영해야 한다."[118]

뉴욕 : 안심하고 절망할 수 있는 곳

"뉴욕은 사람이 안심하고 절망할 수 있는 곳이다."[119] 첫 번째 여행에서 이병주는 이렇게 흘리듯 뉴욕을 평가했다. 그리고선 몇 년 후에는 눈을 크게 넓혔다. " 뉴욕은 그렇게 간명한 추상으로 파악될 수 있는 곳이 아니며, 어떠한 분석도 용납하지 않은 곳이라는 것을 알았다. 어떠한 지성이 어떠한 해석을 해보아도 뉴욕은 뉴욕의 괴기함을 그냥 지난 채 한 치의 개념화나 분석을 허락하지 않는 부분을 남기도 있다."[120]

뉴욕은 거대한 도시, 도시 중의 도시다. 뉴욕의 별칭은 '큰 사과'(Big Apple)다.

---

117) 이병주, 『허망과 진실: 동서양의 고전탐사』, 생각의 나무 2002, 1권, pp.14-17.

118) 이병주, 같은 책, 302쪽

119) 이병주, 『바람소리 발소리 목소리: 이병주 세계기행문』, 한진출판사, 1979, p.243.

120) 이병주, 『허드슨강변 이야기』

아무리 턱주가리 큰 거인이라도 한 입에 베물 수 없는 초대형 선악과라고나 할까? 이병주는 1971년을 시발점으로 하여 열 차례 이상 뉴욕 나들이를 한다. 짧게는 며칠에서 길게는 몇 달, 그리고 마지막 체류에서는 1년 반을 지상 최대의 도시 뉴욕에서 보냈다.

1975년 이병주는 뉴욕을 무대로 한 단편 「제4막 (ACT IV)」을 발표한다.[121]

브로드웨이 극장가에 ACT4 라는 간판이 달린 허름한 술집에서 일어나는 경계인들의 이야기다. 브로드웨이의 연극은 대체로 3막으로 끝난다. 그러나 진짜 연극은 제4막부터 시작한다. 3막까지는 배우들이 주역이지만 4막에서는 조명가, 효과가, 대도구 소도구 일을 맡아보는 사람들이 주역이다.

1982년, 이병주는 본격적으로 뉴욕에 서식하는 뜨네기 '곤충'들의 삶을 조명한다.[122] 『허드슨강이 말하는 강변이야기』, "한국인이 낀 허드슨 스토리"라는 표지 광고 문구대로의 플롯이다. "결국 나는 뉴욕에서 죽을 것이다." 소설의 첫 구절이다. 실제로 그렇게 된다. 196X년 5월 16일, 전직 신문기자 신상일은 자신을 파멸로 몰아넣은 재미교포 사기꾼을 찾아 뉴욕에 도착한다. 그러나 잠적한 범인을 찾지 못한 채 불법체류자의 신세가 된다. 빈민가의 여인숙에서 새우잠을 자고 미술관들을 전전하다 흑인창녀(헬렌)와 미술애호가인 한국인 여성(낸시 성)을 만난다. 파리 유학 경력을 갖춘 낸시는 동구 출신 천재화가 알렉스 페트콕의 예술세계에 매혹되어 화려한 패션 디자이너의 삶을 접고 화가의 도반정려(道伴情侶)가 된다. 신상일은 불법체류자 신세를 면할 방편으로 헬렌과 낸시와 연달아 혼한다. 화가 낸시-상일-헬렌 네 사람은 차례차례 결핵에 걸리고 한국인 남녀와 화가는 죽는다. 최후까지 살아남은 헬렌이 상일의 유언을 받아 한국의 소설

121) 《주간조선》, 1975, 바이북스, 2019, p.346. 작품 초입에 시사성, 보고성, 객관성을 함께 구사하는 '뉴저널리즘' 이라는 새로운 문학기법을 시도하여 소설 영역의 확장을 도모하겠다는 '작가'의 말이 부기되어 있다.

122) 『허드슨강이 말하는 강변이야기』, 도서출판 국문, 1982. 이 작품은 3년 후에 『강물이 내 가슴에 처도』라는 제목으로 재출간된다. (심지, 1985. 7.)

가 이나림과 교신한다.

23. 죽음, 1992. 4. 3.

이병주 자신도 실제로 뉴욕에서 죽음을 맞을 각오였던 것 같다. 1990년 10월 8일, 이병주는 조용히 미국 뉴욕으로 출국한다. 한인교포들의 집단거주지인 플러싱에 주거를 두었다. 서울에서의 습관대로 원고 집필과 바깥 나들이로 비교적 정돈된 일상을 보낸다.

1991년 11월 일시 귀국했다 이내 뉴욕으로 되돌아간다. 그 짧은 틈새 시간에도 그가 전두환의 전기를 집필하고 있다는 사실을 감지한 언론의 추적이 따랐다.[123] 뉴욕에서 작가가 집필하고 있던 작품의 주제에 대해서는 구구한 추측이 난무한다.

1992년 3월 발병한 작가는 급히 귀국한다. 폐암진단을 받고 4월 3일 영면한다.

이병주가 애용하던 죽음의 문구다.

"사람은 모두 죽는다.
내가 죽거든 눈물을 흘리지 말라
눈물을 흘리는 척만 하라!
내가 죽거든 슬퍼하지 말라.
슬퍼하는 척만 하라!
예술가란 원래 죽을 수 없는 것이다.
이것은 장콕토의 유언입니다.
이에 나는 기왕 다음과 같이 덧붙인 일이 있습니다.

---

123) 「뉴욕에서 전두환 자서전 쓰고 있는 작가 이병주: 미국현지 인터뷰」, 1991. 9, 《우먼센스》, pp.184~189; 「내가 쓰는 전두환 전기: 일시귀국 중 인터뷰」, 1991. 12, 《주부생활》.

어찌 예술가뿐이랴. 사람이란 원래 죽을 수가 없는 것이다.

죽은 척만 할 뿐이다.

그러고 보니 인생엔 죽음이란 게 없는 것입니다. 따지고 말하면 자의에 의한 죽음이란 없고 타의에 의해 죽은 척 만하고 있는 것이지."

뜻을 알듯말듯한 이 당부를 이병주 자신의 유언으로 받아 들여야 할 것이다. 그는 예술가였고 그가 남긴 작품들은 모두 예술품이었으니.

맺음말

"역사는 산맥을 기록하고 나의 문학은 골짜기를 기록한다.", "태양에 바래지면 역사가 되고 월광에 물들면 신화가 된다." 단순한 수사가 아니라 소설가 이병주의 사상과 문학의 진수를 대변하는 잠언이다. 역사는 기록과 기억을 두고 벌이는 후세인의 싸움이다. 공식 역사는 승자의 기록이다. 태양 볕 아래에 환히 드러난 승자의 위용을 후세인이 기릴 때, 달빛에 시들은 패자의 한숨은 전설과 신화의 세계로 침잠한다. 역사의 수레바퀴에 짓밟혀, '행간에 깔린 가냘픈 잡초', '역사에 기록되지 않은 작은 생명들의 서러운 이야기'를 쓰기 위해 그는 작가가 되었다고 했다. 다산 정약용의 목민심서(牧民心書)를 구약성경보다 더욱 슬픈 책으로 부른 그는 다산의 붓에 그려진 백성들의 고초에 분노하여 조선이란 어차피 망할 나라였다고 주장했다. 왜 우리의 선조들은 썩은 나라를 무너뜨리고 새 나라, 대안 정부를 도모하지 못했는가. 그 아쉬움이 만년에 『바람과 구름과 비』를 쓴 이유일 것이다. 우리의 근대문학은 국가 상실과 더불어 시작되었다. 초기의 근대문학 담당자는 고아 신세로 현해탄을 건넜고 아비를 죽인 일본제국주의를 신주 모시듯이 신봉하며 제도적 차원에서 몸에 익혔기에 끝내 외디프스 운명에서 벗어날 수 없었다.

"나에게 조국은 없다. 산하가 있을 뿐이다."대안의 꿈도 없이 멸망한 나라, 이민족의 압제에 내몰렸던 산하였다. 천우신조로 되찾은 그 산하에 두 개의 조국이 들어서는 것을 순순히 받아들일 수 없었다. 더더구나 이데올로기라는 불청객이 산하의 주인을 자처하여 서로 죽이고 날 뛰는 난장판에서 진정한 조국의 부재를 통감한 청년이 어찌 그 하나 뿐이었으랴." 어떤 주의를 가지는 것도 좋고 어떤 사상을 가지는 것도 좋다. 그러나 그 주의 그 사상이 남을 강요하고 남의 행복을 짓밟는 것이 되어서는 안 된다. 자기 자신을 보다 인간답게 하는 힘이 되는 것이라야 한다."

산천을 사랑하는 양민이 전쟁의 두려움 없이 일상의 평화를 누릴 수 있는 영세중립국을 염원하고, 자유와 평등이 조화를 이루는 사회민주주의를 신봉하여 스웨덴과 같은 복지국가를 꿈꾸던 그였다. 다양한 독서로 키운 열린 사고의 소유자, 박람강기의 지식을 널리 나누면서 '봉상스 있는 딜레탕트'임을 차저하던 그였다.

그는 지식인의 사명감을 스스로 다졌고 배움이 적은 선량한 필부의 인간애를 한껏 기렸다. 김윤식의 말대로 지식인이란 본시 뿌리 없는 부평초, 우연히 주워 들은 지식을 자신의 것인양 착각하는 부류에 지나지 않는다.[124] 참된 지식인의 색깔은 흑도 백도 아닌 회색이다. 회색은 포용의 색이다. 작가는 자신만의 회색의 정원을 가꾸었다. 그 정원은 현란한 이름의 기화요초(琪花瑤草)와 조율이시(棗栗李柿) 유실수와 더불어 뭇 이름없는 풀과 나무가 무성한 훈유(薰　)공생의 장이었다. "무지개를 찾는 것은 코르시카 소년만의 특권이 아니다." 수많은 무명지초(無名之草) 백성에게 편안한 밤, 무지개 꿈을 꾸도록 조력한 그였다.

이병주는 역사를 불신했다. 그리고 현실에 분노했다. 한 작가가 역사에 대해 격렬하게 분노한다는 것은 나라가 불행하기 때문이다. "진정한 작가는 언제나 패배자라야만 한다. 패배자는 언제나 자신에게 가혹한 법. 그래서 타인에게도 가

124)『김윤식예술기행, 설렘과 황홀의 순간』, 솔, 1994, p.54.

혹하고 도전적인 법이다."[125] 흔히 후진국에서 걸작이 탄생한다고 한다. 사상과 실생활의 구별이 뚜렷하고 그 각각이 독립된 영역을 지키며 견제와 균형을 이루는 사회를 선진국이라고 부른다. 사상과 실생활이 미분화 상태에서나마 나름 균형을 유지하는 곳이 중진국이라면 양자가 엄연히 구분되고 사상이 환각과 같은 수준에서 현실을 올라타고 괴물처럼 지배하는 곳이 후진국이다.[126]

이병주는 후진국 작가로 출발하여 중진국 작가로 떠났다. 그가 떠난 지 30년, 경제적 수치로는 이미 선진국 반열에 정좌한 대한민국은 여전히 국민소득 100달러 시대의 정치의식을 벗어나지 못하고 있다.[127] "우리 사회에는 아직도 전쟁과 분단의 샤머니즘이 횡행하고 있다. 개개 인격체를 공동체에 일치시키는 기술을 일러 샤머니즘이라 부른다. 이는 공동체 내부의 모순을 해소하기 위해 만들어낸 마술이다. 따라서 그 마술은 바깥 세상에서는 한갓 웃음거리에 불과하다."[128] 일곱 차례 성형수술을 거친 국가보안법이 여전히 엄연한 현실규범으로 독아(毒牙)를 드러내고 있는 나라다. 6 · 25전쟁은 아직도 끝나지 않았고 휴전상태에 머물어 있을 뿐이다. "그 속에서 우파는 산업화로 땀을 흘렸고, 좌파는 민주화로 피를 흘렸고, 그 사이에 낀 젊음들은 눈물을 흘렸다." 창조적 감성과 지성의 상징인 이어령의 명징한 진단에 누가 토를 달 수 있으랴.[129] 이병주나 이어령과 같은 분단 체험세대와 필자와 같은 분단 세뇌세대가 사라지고 나면 한갓 우스개로나 남을 일이다. 마찬가지로 86세대, 광주세대의 민주 샤머니즘도 낡은 시대의 신화로 역사의 골짜기에 묻힐 운명이다.

나를 내세우는 것만으로 성에 차지 않아 남을 미워하는 것을 자신의 미덕으로 삼는 세태 또한 영락없는 후진국 모습이다. 내 거는 대의는 허울좋은 명분일 뿐,

125) 같은 책, p.373.

126) 김윤식, 『천상의 빵과 지상의 빵 김윤식 예술기행 1. 환각이 빚은 삶의 순간』, 솔, 1983. p.92.

127) 임헌영, 《사월혁명회보》 134호, 2021. 7., pp.39-56.

128) 『김윤식학술기행, 천지 가는 길』, 솔, 1997, p.160.

129) 김민희 지음, 『이어령, 80년 생각』, 위즈덤 하우스, 2021, p.87

목전의 잇속 따라 움직이는 시속이 안타깝다.

그러나 세상은 진보하기 마련이다. X세대, MZ세대…… 끝 없는 분절에도 불구하고 세대를 이어 연면하게 전승되어야 하는 미덕은 인간 자체에 대한 사랑과 포용이다. "세상에서 제일 빛나는 것은 약한 사람의 아픔에 동참하여 흘리는 연민의 눈물이다." 엄혹한 시절, 붓 한자루도 군사독재에 저항했던 '마지막 선비' 약전 김성식(1908-1986)의 생애 마지막 시론 구절이었다.[130]

사람은 시대의 상황이 만드는 것, 인간은 운명의 이름 아래서만 죽을 수 있다는 그의 수사처럼 작가 이병주도 한국의 상황이 만들어내고 죽인 작가다. 문학이야말로 개인적이자 세대적 경험의 산물이다. 문학이 세대를 넘어 전승되려면 상상의 고리가 이어져야만 한다. 상상이란 간접화된 현실이기 때문이다.[131] 2021년 5월, 탄생 1백주년을 맞아 김수영 이병주 등 8명의 동갑내기 문인의 삶을 조명하는 행사가 열렸다. 이병주론에는 '시민의 탄생, 사랑의 언어'라는 부제를 달렸다.[132] 작가는 초인도, 성인도 아니지만 위인일 수는 있다. 위인이란 많은 크고 작은 약점에도 불구하고 자신의 강점을 극대화하여 인류의 삶에 큰 방점을 남긴 역사적 인물이다. 작가는 작품으로 세상에 기여하는 것이다. 이병주는 이른바 주류문학의 기준으로 볼 때 흠이 많은 작가였다. 그를 기릴 이유만큼이나 미워할 이유도 많았다. 그러나 무수한 작은 흠에도 불구하고 작가로서 한국문학사에 기여한 공로는 결코 가볍지 않다. 그는 평론가나 동료문인의 작가가 아니라 오로지 독자만을 섬긴 작가였다. 그를 미워하든 사랑하든 새겨 기억하는 것은 역사에 대한 한국 독자의 책무이기도 하다.

---

130) 김성식, 「세상에서 제일 빛나는 것」, 《동아일보》, 1986. 1. 20.

131) 김윤식, 「역사감각의 단절성과 문학교육의 연속성 : 간접화로서의 상상력」, 『문학을 걷다』, 그린비, 2013. pp.142-144.

132) 정호웅, 「이병주문학론, 탄생 100주년을 맞아: 시민의 탄생, 사랑의 언어」, 2021 〈탄생 100주년 문학인 기념 문학제 심포지엄〉, 2021. 5. 13. (김관식, 김수영, 김종삼, 류주현, 박태진, 이병주, 장용학, 조병화); 「거대한 100년 김수영 지금, 그를 다시 읽는 이유」, 《한겨레신문》, 2021. 5. 24.

반 세기 넘게 농축된 작가와 작품에 대한 애정, 그리고 작가 세대의 애환에 대해 연민과 경모의 염은 감출 수 없지만, 드러난 흠과 아쉬움을 굳이 감추려 하지 않았다. 그러나 한가지, 무릇 작가는 광범한 면책특권을 누려야 한다는 소신만은 거듭 외치고 싶다. 문자와 이성의 시대에 작가는 지상의 스승이었고, 나아가 신의 세계로 이르는 인도하는 사제였기 때문이다. 작가의 특권과 특전을 최대한으로 존중하는 사회, 그런 사회야말로 인간이 참주인이 되는 세상이다.

춘원 이광수의 소회가 중첩된다.
"붓 한 자루 나와 일생을 가치 하련다……. 망년해도, 쓰린 가슴을 부둥고 가는 나그네 무리, 쉬어나 가게. 내 하는 이야기를 듣고나 가게"

몽블랑 만년필 한 자루에 71년의 정과 한의 삶과 수백년 통분의 나라 역사를 실었던 대한민국의 작가 이병주, 그의 굴곡진 생애와 시대를 담은 이야기, 운명이라는 이름 아래 펼쳐진 사랑과 사상의 역정도 시대의 작은 삽화로 남을 수 있다면 글쓴이의 보람과 축복이 아닐 수 없다. 이 책을 훗날의 독자도 읽기를 바란다. 세상을 내다볼 혜안이 모자란 한 얼치기 서생의 돌아보기에 불과하겠지만, 그래도 역사는 파괴와 새로운 창조가 아니고 연속적인 발전과정이라는 믿음만은 귀기울여 주기를 간절히 소망한다.

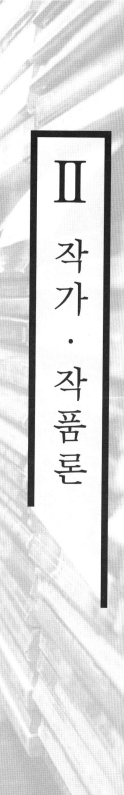

Ⅱ 작가 · 작품론

Ⅱ-Ⅰ
역사 소재의
장편소설 연구

이병주의 『지리산』 또는 체험과 허구의 상관성

김윤식(문학평론가)

1. 『남부군』과 『지리산』

『남부군』(두레, 1988)은 최초로 공개되는 지리산 수기이다. 쓴 자는 본명이 이우태(李愚泰)인 이태(李泰)인데, 그는 1922년 충북 제천에서 태어나 해방 직후 《서울신문》 기자로 활동하였다. 이후 좌경하여 평양의 〈조선중앙통신사〉(북한국영통신)기자로 대전방면에 내려와 있다가 나중에 전주지사의 보도관이 되었다. 때는 1950년 9월 26일 추석이었다. 전주지사의 책임자는 평양에서 내려온 김상원이라는 사람이었고, 그를 포함하여 모두 네 명이 직원이었다. 〈조선중앙통신사〉는 물론 정부기관이라 노동당의 지시를 받지만, 한편으로는 소관 도내의 《노동신문》(노동당 기관지), 《인민보》(인민위원회 기관지) 등을 지휘, 조정하는 위치에 있었다.

인민군이 UN의 인천상륙작전으로 인해 전면적으로 후퇴하자, 남은 잔당들은 빨치산이 되어 소백산과 지리산에 집결하여 잠복했다가 투쟁을 계속했다. 군경의 토벌작전이 이어졌는데 그 통계를 보이면 다음과 같다.

1949년 이래 5여 년 간 교전회수는 실로 10,717회, 전몰군경 측의 수는 6333명, 빨치산 측은 줄잡아 '1만 수천'을 넘는 것으로 추산되었다. 그러니까 피아 2만의 생명이 희생된 것이다. 지리산 빨치산 부대의 가장 악명 높은 지도자는 남부군의 이현상(李鉉相). 그 부대의 정식명칭은 독립 제4지대, 일명 나팔부대였다. 이 강력한 빨치산의 괴멸과정은 어떠했을까. 작가 이태는 이렇게 썼다.

나는 기구한 운명으로 이 병단의 일원이 되었고 신문기자라는 전직 때문에 전사(戰史) 편찬이라는 소임을 담당하면서부터 이 부대의 궤멸하는 과정을 스스로 겪고 보며 기록해왔다. 이 경위도 이 기록(수기)에서 차차 밝혀질 것이다. _「머리말」 – 나는 왜 이 기록을 썼는가. 두레(상권) 1988. p.15.

잇따라 그는 또 이렇게 적었다.

이 기록은 소재이지 역사 자체는 아니다. 소재에는 주관이 없다. 소재는 미화될 수도 비하될 수도 없다. 의도적으로 분석된 것은 기록이 아니라 창작이다. 나는 작가가 아니라 사실 보도를 업으로 하는 기자였다. 되도록 객관적으로 모든 사실을 기록 속에 적은 그대로의 연유로 해서 내 손에서 떠나가 버렸다. 나는 언젠가는 그러한 내 체험을 기록으로 남겨야 할, 의무감 같은 것을 느끼며 체포된 직후 N 수용소에서 다시 이 작업을 시작했다. _상권(이하 같은 책), pp.15-16.

작가 이태는 석방된 후 놀랍게도 야당 국회의원(1960-1993)을 지냈고, 1997년에 사망했다. 필자가 이 글을 쓰게 된 것은 빨치산에 대한 흥미도 아니었고, 물론 그렇다고 해서 이태라는 인간 자체에 대한 흥미 때문도 아니다. 다만 다음의 기록 때문이라 할 수 있다. 그럭저럭 20여 년을 기다려야 했다고 적은 이태의 다음의 기록.

> 그 동안 파렴치한 한 문인으로 해서 기록의 일부(자기의- 인용자)가 소설 속에 표절되기도 했고, 그 때문에 가까스로 만난 보완의 기회를 놓치고야 말았다. 이제 국가의 기밀도 공개하는 30여 년의 세월이 흘렀다. 모든 것을 역사적 사실로써 관조할 수 있는 시기가 되었다고 판단하고 나는 이 기록의 출판을 결심했다. _pp.16-17.

필자가 주목한 대목은 '파렴치한 한 문인으로 해서 기록의 일부가 소설 속에 표절되기도 했고'에 있다. 대체 그 '파렴치한 한 문인'이란 누구일까? 문득 필자의 머리를 스치는 것은 대하소설『지리산』(1972-1978)의 작가 이병주였다. 분명히 이 소설은 무려 6년에 걸쳐《세대》지에 연재되었다. 그러므로『남부군』보다먼저 씌어졌다. 그렇다면 혹시 이『지리산』은『남부군』과 관련성이 있을까. 있다면 어떤 것일까. 필자는 이에 두 작품을 면밀히 읽고 분석해 볼 수밖에 없다.

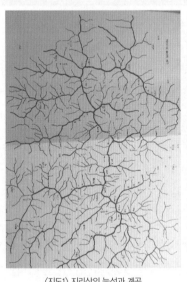

〈지도1〉 지리산의 능선과 계곡

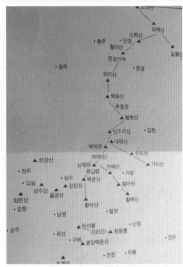

〈지도2〉 남부군 이동경로

2. 『남부군』의 전모

UN군의 인천상륙작전이 이루어진 것은1950년 9월 15일이었다. 전황의 주도권은 이제부터 UN군 및 남쪽이 장악한 셈이었다.

1950년 9월 26일은 추석. 마산 전선에서 부상한 인민군 패잔병들이 북상하고 있었다.

이태 일행의 보도관들은 어떻게 되었을까. 빨치산으로 들어갈 수밖에. 순창군 구림면 엽운산 산채에 들기. 빨치산은 세 번 죽는다는 말이 있다. 또 빨치산에 삼금(三禁)이란 것이 있다. 곧 소리, 능선, 연기가 그것. 연기란 낮, 밤에는 불빛을 가림이다. 엽운산 산채에서 그들을 보았다.

하루는 완전 무장에 따발총을 멘 인민군 편제부대가 찾아듦으로써 아지트의 사기는 크게 올랐다. 지휘자는 '남해 여단장'이라고 불리는 초로의 장군이었다. 그는 만주 항일 빨치산 출신으로 인민군의 고위 간부들이 모두 그의 빨치산 동료라는 얘기였는데 대열의 선두에서 소를 타고 들어오는 폼이 유유자적, 마치 동양화에 나오는 어옹(漁翁) 같았다. 그런데 이 남해여단장은 끝내 수수께끼의 인물이었다. 연합군에 투항하지는 않았지만 그렇다고 유격투쟁에 협력하지도 않았다. 무슨 생각이었던지 다만 방랑객처럼 이 산채 저 산채를 위장하여 표연히 왔다 갔다가 표연히 사라지곤 했다.

그동안 부하들은 자꾸만 이산돼갔지만 가는 자는 쫓지 않고 오는 자는 막지 않는 식이었다. 엽운산에서 1개 중대 병력이 도당 위원장의 권유로 도당 산하에 남아있게 되었는데 남해여단장은 나머지 병력을 이끌고 표연히 어디론가 떠나가 버렸다. 결국 남해 여단은 전남도 유격부대에 의해 무장해제 당하고 노장군은 투쟁을 거부했다는 이유로 총살됐다는 후문이었다. 이 풍채 좋은 초로의 장군은 어떤 당적 과오 때문에 중앙의 요직에서 여단장으로 격하되어 전선에 보내진 데 불만을 품고 앙앙 몰락했었다는 기록을 오래 전에 어디에서 본 적이 있으나 지금 상고할 방도가 없다 _pp.61-62.

소를 탄 남해여단장, 이는 『남부군』 속에서는 썩 이색적인 에피소드에 속하지 않는가, 싶다. 이 책을 오래 전에 읽은 필자가 이 대목에 밑줄을 친 것이 그 증거라 할 수 있을지 모른다. 빨치산 전법은 모택동 주석의 전법 그대로 적진아퇴, 성동격서, 이정하령 등등 16자전법이 그것. 이 전법을 익혀야 진짜 빨치산이 된다. 누가? 얼치기 지식인들이 그들이다.

　　다시 말해 통일을 저해하는 세력은 현실 변혁을 바라지 않는 지주계급을 대표하는 모당파 친일 모리배 군상, 그리고 그 세력을 타고 않은 이승만 일파라고 생각하는 청년들도 많았으며 이들은 그대로 좌익이 돼버렸다. 그러니까 그 저해세력을 물리치지 않고는 통일은 영원히 불가능하고 물리치는 수단은 폭력적일 수밖에 없다는 급진 과격론도 나왔던 것이다.
　　역설적인 얘기지만 이런저런 동인으로 해서 저 남한 천지에 그 많은 좌익 동조자를 만들어낸 것은 공산당이 아니라 남한의 극우 세력이었다.
　　요컨대 전쟁 좌익 동조자의 상당 부분은 정확히 말해서 사회 불만층들이지 진짜 공산주의자는 아니었다고 생각한다.
　　이런 것들은 바로 20대 청년시절의 내 모습이었다. 나는 그것을 정의라고 믿으며 그것에서 법열(法悅)같은 기쁨 까지도 느끼고 있었던 것이다. _p.81.

　　작가 이태가 '스스로를 포함한 당시의 지식인'을 말해놓은 것이라 주목할 필요가 있다. 이병주의 『관부연락선』의 유태림도 그러했을까. 『지리산』의 박태영도 그러했을까. 검토해 볼 문제가 아닐 수 없다.
　　이태의 태생은 충북 제천. 그러나 부모가 살고 있는 곳은 서울이었다.

　　서울의 아버지 어머니는 안녕하실까? 나 때문에 곤욕을 치르고 계시지 않을까. 서울을 떠나오던 전날 밤 부민관에서 소련 영화 〈석화〉(石花)를 같이 구경하고 헤어진 여의전의 이윤화는 지금 어디서 무엇을 하고 있을까? 지난 여름 7월 초 용산 대폭격 때 그녀를 추켜세운 나의 기사 때문에 화를 입지나 않았는지……_p.19.

또 이런 대목은 어떠할까.

　기왕에 부연한다면 전우의 죽음을 보고 분노에 불타 적진에 뛰어드는 것이 전쟁 드라마의 정석으로 돼 있지만 실제로는 분노보다 공포가 앞서는 것이 화선(火線)에 선 병사들의 공통된 심정이라고 보는 게 옳은 것이다. 정규군도 그렇고 이 시기의 빨치산들도 그랬다고 본다. '간부보전'이라는 명분 아래 하급 부대나 하급자를 희 생시키는 사례를 앞으로 이 기록은 보여주게 될 것이다. _pp.128-129.

이태의 수기가 특히 보여주고자 한 관점이기도 하다. 이들은 중공군 개입도 모른 채, 군경합동 토벌대를 상대로 싸워야 했다.

　1951년 3월 20일 자정-전선에서 연합군이 다시 서울을 수복하고 38선을 향해 물밀 듯 올라가고 있던 무렵 - 희문산을 탈출한 전북도당 유격 사령부의 길고 긴 대 열이 내리 퍼붓는 찬비와 어둠을 타고 미록정이 계곡을 빠져나가고 있었다. _p.201.

이들은 덕유산으로 옮겼고 그들 속에는 여성 빨치산도 많았다.

　공산사회의 다른 분야에서나 마찬가지로 여자 대원이 수월찮게 있었다. 좌익운 동에 가담한 여성 중에는 외향적인 다시 말해서 겁 없는 여성들이 비교적 많았고, '순교자' 감상에 사로잡혀 있는 이른바 '열성당원'이 적지 않았다. 좌익에 투신하고 있는 애인에 대한 사랑이 그렇게 만든 경우가 많았다. _p.217.

이른바 산중처(山中妻)도 버젓이 있었다. 1951년 4~5월에 걸쳐 이름 모를 전 염병이 산중 생활의 중대한 전환점을 만들었다. 1951년 5월 백운산으로 이동. 승리사단(조선인민 유격 남부군)에 속해 덕유산으로 이동.
한국은 남로당 잔당 숙청에 돌입. 남로당은 뿔뿔이 지리산 산악지대로 도피, 이때 남로당 연락부장이며 일제 때 전경의 검거를 피해 지리산에 은신한 경험이 있는 '이현상'이 자진하여 지리산에 들어갔다. 이 〈지리산 유격대〉는 1949년 7월부터는 공식명칭이 〈제2병단〉이 된다. 여기에는 문화란 김태준(45), 시부 유진오(俞鎭五. 26), 음악부 유호진(21) 등이 참여했는데, 이것이 나중에 〈지리산 문화공작대 사건〉이다. 이들은 후일 체포되어 전부 총살된다.

제2병단의 당시 편제, 약 500명
제5연대(이이회) 동부 지리산
제6연대(이현상) 지리산
제7연대(박종하) 백운산
제8연대(맹모) 조계산
제9연대(장금호) 덕유산

남도부, 본명 하준수(河準洙)에 관해서는 앞으로 이야기할 기회가 있겠지만 당시 해주 인민대표자 회의에 참석차 월북했다가 대의원으로 선출되지는 못하고 강동학원에서 군사교관으로 있다가 제3병단(김달삼 사령관)의 간부로 남하하게 된 것이다.

그는 6·25 때 김달삼과 함께 제7군단을 이끌고 동해안 주문진으로 상륙 침투해왔다. 이때 그는 인민군 소장계급을 수여받았으며(후에 중장으로 승진) 1954년에 남부군의 마지막 게릴라로 체포됨으로써 유명해졌다. _p.256.

이 남도부, 곧 하준수는 이병주의 『관부연락선』에 상세히 묘사되어 있다. 고독한 영웅 이현상은 어떠했을까.

다만 이현상은 김일성 일파와의 타협을 완강히 거부하여 월북을 마다하고 남한 빨치산에의 투신을 자청한 터였다. 이응엽은 평양으로 피신하여 김일성 내각의 각료 반열에 올라 요직을 두루 거쳤으나 지금은 〈조선인민 유격대 총사령관〉의 직책을 가지고 이현상에게 지시를 내린 것이다. 철저한 반김일성파였던 이현상으로서 빨치산으로의 반전 명령이 크게 불만될 것은 없었을 것이다. _p.266.

이현상, 그는 어떤 인물인가.

1950년 이때 이응엽은 만50세의 중년이었다. 대한제국이 경각에 달렸던 1901년 그는 충남(당시전북) 금산군 군북면 외부리의 중농의 집안에서 태어났다. 고창고보를 거쳐 서울 중앙고보로 전학한 그는 그 곳을 중퇴하고 보성전문별과를 졸업하게 되는데 고보시절에 이미 국권은 군국주의 일본의 손에 넘어가 있었다.

그는 자연스럽게 공산주의 운동에 뛰어들었고 1925년에는 박헌영의 밑에서 김삼룡 등과 더불어 조선공산당 결성에 참여했다. 러시아에서 볼셰비키혁명이 성공한지 8년 후의 일이다. 1928년 노동당(ML당)의 소위 (국)당 원칙에 의해 그 명맥마저 일본공산당에 흡수 소멸되자 박헌영을 정점으로 경성 콤뮤니스트 클럽을 만들기도 했다. 일제말기 경찰의 발악적 탄압이 시작되어 동료 공산주의자들의 투옥과 전향이 속출하자 그는 지리산으로 운신했다. 해방과 함께 그는 지상으로 나와 〔……〕 그는 북한정권의 요직에 참여한 동료들을 외면하고 1948년 11월 겨울이 휘몰아쳐오는 지리산으로 들어갔다. 그리고 5년 후 그 지리산에서 파란 많던 생애를 마친다. 북한 정권은 1953년 2월 5일 이현상에게 '공화국 영웅'의 칭호를 수여했다. _p.275.

이현상을 본 이태의 묘사.

그는 남부군 대원들로부터 지극한 흠앙을 받고 있었으며 그의 한마디 한마디는 언제나 절대적인 신의 계시처럼 대원들에게 받아들여지고 있었다. 누구도 듣는 데서나 안 듣는데서나 그의 이름은커녕 직함조차 부르는 법이 없고 그저 '선생님'이었다. 〔……〕 말단 대원이던 나로서는 그와 대화할 기회는 거의 없었지만 진회색 인조털을 입힌 반코트를 입고 눈보라치는 산마루에 서서 첩첩 연봉을 바라보고 있던 이현상의 어딘가 우수에 잠긴 듯 하던 옆 모습은 지금도 선명한 인상을 남기고 있다. _p.282.

이상이 상권의 전모이다.

3. 『남부군』의 기록방식

이태의 수기에는 포로로 잡힌 경찰관 30여명을 훈계하여 돌려보냈다는 점을
기록해 놓았다. 그들은 간단한 심사를 마친 후 서 너 명의 부상자를 들 것에 실려
보냈다. 다시는 경찰에 들어가지 않겠다는 〈서약서〉를 받았음은 물론이다. 이들
석방된 경찰관을 통해서 그 당시 관계자들 사이에 화젯거리가 된 경찰과 빨치산
의 회담이 제안되었다. 빨치산 측이 지정한 곳은 장계읍으로 빠지는 국도 중간쯤
에 있는 외딴 집. 시간은 이튿날 아침 8시. 쌍방 무장 없이 나온다는 조건이었다.
그 실행경위를 이대는 아래와 같이 적었다.

서울 부대가 평지 마을의 보루대를 공격할 무렵에는 명덕분지를 둘러싼 고지의
요소요소는 이미 빨치산들에 의해서 장악돼 있었다. 깃대봉 능선은 전북720과 장
수부대가, 육십령재 일대는 그 밖의 연합부대가 방어선을 펴고 외부로부터 오는
응원부대에 대비하고 있었다.

육십령재 쪽에서는 안의(安義) 방면에서 재빨리 달려온 응원경찰부대와 교전하
는 총소리가 간헐적으로 들려왔으나 빨치산 장악 하에 서울부대 보충대원들은 어
느 큼지막한 민가의 대청마루에서 인솔자인 고참 대원으로부터 미식 자동소총의
분해결합을 교육받은 후 각기 자유행동을 허락받았다.

나는 혼자서 가게가 늘어서 있는 신작로길을 천천히 거닐어 봤다. 대낮에 이런
사람들의 마을을 걸어보는 것은 전주시 이래 근 일 년 만의 일이었다. 마치 꿈을 꾸
고 있는 것 같았다. 어디선가 오르간 소리가 들려왔다. 아이들의 합창 소리도 들렸
다. 국민학교가 열려있었다. 교원출신이라는 서울 부대 구대원 한 사람이 엠원을

어깨에 걸친 채 오르간으로 아이들에게 〈아침은 빛나라 이 강산〉(북의 국가)을 가르치고 있는 것을 젊은 여교사가 저만큼 서 웃으며 바라보고 있었다. 구대원은 차림새에 어울리지 않게 오르간이 매우 익숙했고 그렇게 오르간 앞에 앉아 있던 지난날을 회상하는 듯 어깨를 좌우로 들썩들썩하는 국민학교 교사 특유의 제스처까지 해가며 건반을 누르고 있었다. 빨간 우체통이 길가 담벼락에 붙어 있었다. 옆의 담배 가게에서 우표도 팔고 있었다. 집에 소식을 전할 수 있는 천재일우의 기회일는지도 몰랐다. 우리가 점령하기 전부터 집어넣은 편지도 있을 테도 설마 하니 빨치산이 자기 집에 편지를 띄웠으리라고야 생각하겠는가. 봉투 한 장 쯤은 아까 그 여교사에게 부탁하면 얻을 수 있겠지. 아니 우리가 떠나간 얼마 후 부쳐달라고 부탁하면 더욱 안전하겠지 …… 그러나 잘못하면 집안 식구에게 엉뚱한 후환을 만들어줄지도 몰랐다. 그리고 도대체 그때 나는 내 집이 어디에 있는지도 몰랐다. 편지를 단념하면서 생각해보니 그 빨간 통 속에 글을 적어 넣으면 몇 백리 밖까지 전달된다는 사실이 도무지 정말 같지 않았다.

다음에 나는 마을을 뒤지고 다니는 후방부의 뒤를 따라가 봤다. 특무장들이 식량을 '징발'할 때는 '지불증'이라는 것을 써주었다. 언제 무엇을 얼만큼 징발하는데 '해방' 즉, 인민군이 다시 들어왔을 때 이 증명서를 가져오면 정당한 보상을 하겠다는 메모 같은 것을 써서 군사칭호와 싸인을 해주는 것이다. 물건을 빼앗긴 부락민은 울며 겨자 먹기로 그 증명서나마 받아서 소중히 간수하고 있었다. 다만 보통 보급투쟁 때 그런 '지불증'을 써준 예는 없었다.

그날 저녁은 양념을 제대로 한 고기국에 흰 쌀밥을 배가 터지도록 먹었는데 밤에는 또 찰떡이 간식으로 배급됐다. 많이들 먹고 어서 힘들을 차리라는 고참병의 말과 함께. 이튿날 아침 8시 장계읍으로 가는 외딴 집에서 경찰과 빨치산 사이의 기상천회의 '회담'이 시작됐을 무렵에는 국민학교 게양대에 인공기까지 펄럭이고 아이들은 여느 때와 같이 재잘거리며 등교하고 있었다. 이날의 회담 광경을 나는 훗날, 빨치산측 대표로 나갔던 이봉각으로부터 자세히 들었다. 빨치산 대표 일행이 약속한 장소로 나가자 곧이어 장수경찰서의 경무주임이라는 금테모자를 쓴 경찰간부를 장으로 한 경찰 측 일행이 나타났다. 가벼운 인사를 교환한 후 빨치산 측이

준비해간 돼지고기와 막걸리를 내놓으니까 경찰간부가 잔을 받으면서

"이럴 줄 알았으면 과자나 뭐 단 것을 좀 사올 걸 그랬네요. 산에선 단 것이 귀할텐데……"

꽤 담대해 보이는 사나이였다고 한다. 술이 두어 순배 오간 후 경찰 간부가 먼저 허두를 꺼냈다.

"하고 싶다는 말씀을 들읍시다."

"간단히 말씀 드려서 어제 우리가 점령한 명덕분지 3개 리를 해방지구로 인정해달라는 겁니다."

"해방지구요?"

"바꿔 말하면 현재 우리 측이 방어선을 치고 있는 구역 내에 대해서 공격을 말아 달라 이겁니다. 그 대신……"

"그래서요?"

"우리는 어느 기간 동안 이 구역 내에 정착하고 다른 곳에 대한 공격을 일체하지 않겠다. 이 말입니다. 당신들은 많은 병력을 동원할 수 있겠지만 우리도 당신네들을 괴롭힐 만한 무력을 갖고 있습니다. 그러니 피차 공연한 피를 더 이상 흘리지 않도록 하자는 겁니다.

"정전을 하자는 말씀이군요."

"그렇지요, 일정한 군사분계선을 두고 말입니다. 무력으로 우리를 섬멸한다는 것은 불가능합니다. 당신네들에게도 이것이 더 이상 희생을 내지 않는 유일한 해결방법이 되리라 생각합니다. 어떻습니까?"

"알겠습니다. 그렇지만 38선만도 다시없는 비극인데 여기 또 하나 38선을 만들자는 말입니까. 아무튼 이것은 나 혼자 결정할 수 없는 문제니까 돌아가서 상사에게 당신들의 뜻을 정확히 보고하겠습니다. 그리고 회답을 드리지요."

"시한을 정합시다"

"그래야지요. 오늘 정오까지로 합시다. 정오까지 이곳에 회답을 보내지 않으면 '노오'입니다. 어떻습니까?"

"좋습니다. 좋은 결과를 기대합니다."

빨치산 측의 이 터무니없는 요구가 받아들여질리 없었음은 물론이다. 다만 그렇게 해서 총성이 중단된 몇 시간 동안에 승리사단은 마을 사람들을 총 동원해서 막대한 양의 보급물자를 덕유산으로 실어 나르고 있었다.

시간을 번 것은 토벌군 측도 마찬가지였다. _pp.26-28.

이병주의 『지리산』에서도 양측의 타협대목이 있거니와, 또 미군정청 경찰서장(함양경찰서장) T와 하준수의 면담. 이러한 것은 한갓 에피소드에 지나지 않을지 모르나 눈여겨 볼 것이다. 가령 『관부연락선』에서 하준수가 강달호의 자수를 권하는 대목. 하준수, 그는 바로 남도부가 아니었던가. 남부군 부사령관.

남부군의 문화공작 대원의 모습도 생생히 묘사되어 눈길을 끈다. 그중 작가 이동규의 죽음과 그의 시.

작가 이동규는 희곡 〈낙랑 공주와 호동왕자〉로 남한에서도 약간 이름이 알려졌던 사람이다. 월북 후 문예총(북조선문화예술총동맹)의 서기장으로 있었다. 50이 넘은 나이 덕으로 모두들 동무라 부르지 않고 '이선생'이라고 존대했다. 문예총의 직위로는 내각의 부상급(차관급)에 해당된다는 말을 가끔 약간 불만스러운 어조로 말하고 있었다.(사실 그가 북한인이었다면 사령부의 객원 대우는 받았을 것이다.) 침식을 같이 하다 보니 나와는 좋은 말벗이 되었다. 보기에도 약질인 그는 행군 대열을 따르는 것만도 큰 고역으로 보였다. 군의 2차 공세 때 안경을 잃어버린 후로는 심한 근시 때문에 두 팔을 헤엄치듯이 내저으며 걷는 바람에 젊은 대원들이 보기만 하면 웃어댔다.

52년 2월 남부군이 거림골 무기고 트라는 데 머물고 있을 때 화가 양지하가 연필로 이동규의 얼굴을 스케치해서 '이선생의 빨치산 모습'이라는 제목을 달아 그에게 주었다. 그는 좋은 기념품이 생겼다면서 그것을 배낭에 넣고 다녔다. 그런데 그 해 5월 내가 N수용소에 있을 때 205 경찰연대의 정보과장이 환자 트에서 사살된 시체의 배낭 속에 들어있었다면서 보여준 그림이 바로 그것이었다. 죽은 그 빨치산은 동상으로 발이 거의 썩어 없어져 버렸더라고 했다.

그는 (경남부대당시) 산 중에서 몇 편의 시를 남겼다. 문외한인 내가 봐도 별 대단한 작품은 못되는 듯싶지만 불운했던 한 작가의 처참한 죽음을 회상하며 그의 절필이 된 시와 노래 한편씩을 여기 기록하고자 한다.

내 고향

높은 산 저 너머 푸른 하늘 우러르면
구름 밖 멀리 내 고향이 아득하다.
샛부시 눈 감으며 떠오르는 마을 모습
두툼한 볏집 지붕 위에 박꽃 피고
버드나무 강둑 사이로 시냇물 흐르는
다정하고도 평화스런 마을, 아아, 그러나 지금……(이하 생략)

지리산 유격대의 노래

지리산 첩첩산악 손아귀에 거머잡고
험악한 태산준령 평지같이 넘나드네
지동치듯 부는 바람 우리 호통 외치고
깊은 골에 흐르는 물 승리를 노래한다.
(후렴)
우리는 용감한 지리산 빨치산
최후의 승리 위해 목숨 걸고 싸운다.

이동규와 최문회는 원래 50년 여름 경남지방에 문화 공작요원으로 내려왔다가 인민군 후퇴 때 경남도당 유격대에 투신한 터였다. 최문회의 경우는 이때 당 중앙 간부부 부부장인 강규찬과 강의 처인 전남 여맹위원장 조인희 등과 함께 북상을 기도하다가 무주 덕유산 밑 월성리에서 경남도당 유격대를 만나 합류하게 되었다고 한다. (조인희는 전남도당으로 돌아갔다 후일 자결했다.) _pp.100-102.

『남부군』에는 비트라는 것이 자주 등장한다. 비트는 인근의 부역자들이 은신하고 있는 '비밀 아지트'를 가리키는 말. 인원이 적고 부근의 마을에 연고자가 있어 은밀히 보급을 받아가며 은신하고 있는 것이니까 아지트의 방탄시설이나 식량 준비가 비교적 갖추어져 있는 경우가 많았다. 나타나지 않으니까 종적이 잘 드러나지 않았다. 빨치산 정찰대는 이곳을 그냥 지나쳐야 했다. 노출될 염려 때문이었다.

이태는 또 이렇게 썼다.

　　일반 대대와 접촉이 적었던 나로서는 대원이 탈출했다는 얘기를 한 번도 들은 적이 없다. 〔……〕 탈출한 생각만 있다며 얼마든지 기회는 있었다. 〔……〕 탈출사건이 빈발해서 이 시기 지휘본부는 큰 골치를 앓았다는 이야기를 후일 들은 적이 있다. 군 기록에도 작전 때마다 많은 투항 귀순자가 있었던 것으로 기록되어 있다. _p.151.

남부군의 괴멸과정의 보고문

우리가 토벌군의 제3차 작전이라고 생각했던 이 시기의 토벌 상황이 몇 가지 기록에 나와 있다. 그에 의하면 이때의 작전은 3월 1일부터 15일간 계속된 것으로 보이며 전에 비해 발표된 전과 숫자가 매우 적은 것이 눈에 띈다. 빨치산의 잔존 세력이 미미해서 그런 숫자 밖에 나올 수 없었던 것 같다. 발표 숫자가 기록마다 다르기 때문에 일단 그대로 옮겨 놓는다.

　　52. 3. 16. 경남경찰국 발표. 3월 1일부터 3월 15일에 걸친 경남 서부지구 토벌전에서 사살 100명의 전과를 올림.(후에 3월 중 종합전과 교전 129회, 사살 377명, 생포귀순 50명이라고 발표)

　　52. 3. 17. 지리산 지구 경찰 전투사령부 발표. 지리산 지구에서 공비 사살 21명, 생포, 귀순 21명.　　　　　　 -이하『한국전란 2년지』에서-

　　52. 3. 1. 서남지구 산악지대 공비 소탕전에서 사살 16명, 생포 3명.

3.4. 서남지구에서 사살 8명, 생포 17명, 귀순 3명.

3.5. 경찰당국 발표, 서남지구 공비 소탕전에서 283명 사살, 15명 생포

3.7. 지리산 지구 토벌작전 본격화 8개소에서 57명 사살, 24명 생포

3.8. 지리산 지구 군토벌 작전 3일째 5명 사살

3.9. 지리산 지구 경찰대 전과, 사살 43명, 생포 4명

3.11. 국방부 보도과 발표 지리산 지구 잔비 완전 격멸, 12월 1일부터 3월 9일 까지의 100일간의 전과 종합, 사살 귀순 19,345명, 3월 10일 현재 잔비 약 1,200명. _ pp.228-229.

53년 9월 18일 11시 5분, 드디어 남한 빨치산의 총수 이현상이 전투경찰 제2연대 소속 경사 김용식 이하 33명의 매복조에 걸려 빗점골 어느 골짜기에서 10여발의 총탄을 맞고 벌집처럼 되어 쓰러졌다. 이때 이현상의 측근에는 2명(어떤 기록에는 4명)의 대원이 있었는데 모두 함께 사살됐다. (그 위치가 벽점골, 갈매기봉, 반야봉 동쪽 5킬로 지점의 무명고지 등 기록마다 다르지만 반야봉 부근에는 갈매기봉이라는 산이 없고 많은 기록에는 '벽점골'로 되어있는데 '벽점골'은 빗점골의 와전일 것이다.)

기록에 의하면 그 얼마 전 구례군 토지면 산중에서 생포한 전 전남 도당 의무과장이며 제5지구 기요과 부과장인 이형련(당시29세, 경성의전 출신 의사)의 자백으로 이현상이 빗점골 부근에 잠복 중이라는 것을 알고 서경사의 4개 경찰연대를 총동원해서 수색했으나 일단 실패하고 그 작전에서 생포한 제5지구 간부 강건서, 김진영, 김은석 등으로부터 보다 상세한 정보를 얻어 매복조를 배치했다는 것이다. 이 때 이현상의 나이 52세, 그의 피묻은 유류품은 그후 서울 창경원에서 일반에게 공개됐다. 그의 시중을 들던 하여인은 이현상의 권고로 그 보다 훨씬 전에 귀순하여 우여곡절 끝에 지금도 어딘가에서 조용한 여생을 보내고 있는 것으로 안다.

공교롭게도 이현상의 죽음과 전후해서 그의 동료이며 상사이던 조선인민유격대 사령관 이승엽을 비롯한 남로당계 간부들이 '미국 간첩'의 죄명을 사형대에 서고 그 죄상 속에 남한 빨치산이 들어있었다는 사실은 앞서 말한 바와 같다. 남과 북

에서 버림받은 고독한 '혁명가'도 짙어가는 지리산의 가을과 함께 마침내 파란 많던 생애를 마치고 만 것이다.

필자는 연전에 대성골을 거쳐 세석평전에 오르는 산행을 하면서 지금은 취학개선사업으로 전혀 모습이 달라진 의신마을에서 하룻밤 민박을 한 일이 있다. 빗점골에서 가장 가까운 마을인 의신 마을이지만 기록에 나오는 '갈매기봉'을 아는 사람은 없었다. 전사에 나오는 갈매기봉은 어디일까? 그러나 놀라운 일로는 민박집 주인인 초로의 내외는 이현상에 관해 아주 소상한 기억을 갖고 있었다. 거기서 2십리 쯤 되는 면 소재지 화개장 밖으로는 일생동안 나가본 적 이 없다는 최라는 그 촌로내외는 영지버섯으로 담갔다는 약주를 권하면서 사변 당시의 회고담을 이렇게 말하는 것이었다.

"토벌대가 소개 명령으로 마을이 소각됐지요. 그러나 산전이나 붙여먹던 우리가 가면 어딜 갑니까? 얼마 후 슬금슬금 기어들어와 초막을 짓고 사는데 다시 소각명령이 내려 또 마을을 떠나야 했지요. 두 번 불탄 셈이지요.

"빨치산 들이 들어왔을 텐데 그땐 어땠어요?"

"어쩌다 산사람들이 들어와 감자나 수수 같은 것을 거둬갔지만 그 밖엔 별 해꼬지는 안했어요. 한번은 그게 가을 무렵인데 뒷산에서 산사람들 습격을 받아 토벌대가 13명이 죽고 5명이 포로로 잡혔는데 포로로 잡힌 토벌대원들이 발가벗긴 채 늘어서 있는 것을 봤지요."(그것은 51년 9월 말경 남부군의 서남부 지리산 주변 작전 때의 일로 그 촌로의 기억이 너무나 정확한 것이 신기로웠다.)

"이현상 이라는 아주 높은 빨치산 대장이 있었는데 나도 한 번 악수를 한 적이 있어요." 주인 아주머니의 얘기다.

"무섭지 않았어요?"

"그땐 열여섯 살 때니까 어려서 무서운지 어쩐지 몰랐어요. 그냥 사람 좋은 아저씨 같았어요."

"시중드는 여자는 없었나요?"

"그런 여자는 없었고 아주 잘 생긴 남자 호위병이 꼭 붙어 다녔는데 음식물을 주며 그 호위병이 반드시 먼저 먹어보고 나서 얼마 후에야 이현상에게 갖다 바치곤 하더군요."

"그 이현상이 빗점골 어디선가 사살됐다고 하던데요?"

"예. 빗점골 합수내 근처의 절터골 돌밭 어귀에서 맞아 죽었다더군요. 그 근처에 가면 지금도 귀신 우는 소리가 들린다해서 사람들이 잘 안가지요."

영감이 핀잔을 줬다.

"귀신은 무슨…… 거기가 워낙 험한 곳이 돼서 자칫하면 길을 잃고 큰 고생을 하니까 사람들이 범접하지 않는 거지."

사실 빗점골에서 주능선인 토끼봉으로 오르는 루트는 지금도 등산로도 나 있지 않은 전인미답의 비경이다. 조선인민유격대 남부군 사령관이던 '공화국 영웅' 이현상은 그곳에서 그 전설적 생애를 마친 것이다.

뒤이어 11월 28일, 전57사단장이며 경남도 유격대 사령관인 이영회(李永檜)가 62명의 대원과 함께 상봉골(천왕봉 동북방의 어느 골짜기?)에서 전경 제5연대 수색대와 교전하여 이영회는 사살되고 나머지도 거의 섬멸되고 말았다. 62명이라는 숫자에는 다소 의문이 있으나 어쨌든 이것이 빨치산 편제부대와의 마지막 교전 기록이 된다. 이 기술은 『공비토벌사』에 의한 것인데 지금 '상봉골'에서 50킬로나 서쪽인 남원군 만복대 기슭, 시암재에 이영회를 사살한 곳이라는 전공기념 표지판이 세워져 있으니 어느 편이 옳은지 알 수 없다. 다만 이영회가 주로 배회하던 근거지는 '상봉골'로 기록돼 있는 천왕봉 동북지역이었다.

이 때 이영회의 나이 26세, 검붉은 근육질 얼굴에 강철같은 인상을 풍기던 중키의 젊은이 였으며 유격전의 귀신이라고 불리울이만치 실전에 능했고 경남부대를 혼자 손으로 지탱해간 유능한 지휘자였다. 〔중략〕

경남 유격대를 상징하던 이영회의 죽음과 함께 지리산 주변, 아니 남한 전역의 빨치산 편제부대는 자취를 감췄다. 이어서 닥쳐온 겨울, 유명무명의 빨치산 잔존자들은 거의 모두 소멸(掃滅)되고 남은 기십 명이 변복하고 각 지방 도시로 숨어들어 '망실공비'라는 이름으로 전투경찰 아닌 정보경찰의 수배대상이 됐다. 이듬해 54년 1월 15일, 그 중의 한 사람인 제4지구당 군사부장 남도부가 체포됨으로써 남한 빨치산의 이름은 일체의 기록에서 사라져버린다.

남도부, 본명 하준수(河俊洙)는 지리산하인 경남 함양 태생으로 체포 당시 34세의 청년이었다. 그리 크지 않은 키에 깡마른 체구였던 그는 '가라데(唐手)'의 명수로 알려져 있었다. 진주중학(구제)를 중퇴하고 일본 대학에 진학했는데 가라데 6단으로 일본대학의 주장 선수였다고 한다. 일제 말 학병을 기피하여 지리산에 도피, 야산대 활동을 시작했다. 48년 8월 해주 인민 대표자 대회에 참가 차 월북했다가 김달삼의 제3병단 부사령으로 남하 침투한다. 일단 재차 월북하지만 6·25와 함께 '인민군 중장'의 계급을 가지고 제7군단 유격대를 이끌고 내려왔다. 김달삼 아래 사뭇 동해지구 빨치산의 리더였던 그도 마침내 사형대의 이슬이 되어 최후를 마쳤던 것이다.(끝) _pp.246-250.

4. 『관부연락선』과 『남부군』의 관련성

이상에서 『남부군』의 전모가 대강 드러났을 것으로 믿거니와, 그렇다면 이병주의 『지리산』은 어떠할까. 대하소설 『지리산』을 말하기에 앞서 우리가 우선적으로 검토해 보아야 할 것은 작가의 출세작인 장편 『관부연락선』이다.

'관부연락선'은 일제 때 부산과 일본 시모노세키를 연결하는 대형 수송선을 가리킴인 것. 일제는 이 수송선으로 식민지 조선의 수탈품을 본국으로 가져갔고 수많은 조선인 노동자를 저임금으로 고용하며 수송해 갔다. 또한 중국대륙을 향한 침략군인과 무기를 실어 날랐다. 한편 '네 칼로 너를 치리라!'라는 명제를 가슴에 비수처럼 품고 육당, 벽초, 춘원, 송진우, 정지용, 임화 등이 현해탄을 건넜다. 작가 이병주도 그런 부류의 일원이었다. 하동군 북천면 양조장 집 아들 이병주는 진주농고를 중퇴하고 관부연락선으로 도일하여 일본의 메이지 전문부 문과별과를 다니다 1943년 9월에 졸업했다. 이후 1944년 1월 20일 조선인학병으로 강제 동원되어 중국 쑤저우에서 복무했고 1946년 2월에 귀국했다. 그 뒤 진주농과대학과 해인대학에서 각각 교수 노릇을 했다. 나중에는 부산의 《국제신보》(1955)에서 편집국장과 주필 등을 역임했고 1961년 5월 필화사건으로 2년 7

개월 간 실형을 마치고 석방되었다. 요컨대 이병주는 격동기에 살았다. 해방 정국은 참으로 격동기 그 자체였다. 38도선 확정(1945), 미소군정기, 미소공동위원회 결렬(1946), 남로당 결성(1946), 여운형 피살(1947), 대한민국 성립(1948.8. 15.), 조선민주주의인민공화국 수립(1948.9.9.), 여순반란사건(1948.10), 김구 피살(1949.6), 1950년 6·25 발발 등등. 실로 냉전체제 속의 좌우익 대립이 드디어 국군과 UN군, 인민군과 중공군의 각축장으로 변했다. 이 와중에 이병주는 진주에서 교수 노릇을 하고 있었다.

『관부연락선』의 화자는 '나'(유태림이 이군이라 부르는)로 되어있다. 이는 아마도 작가 자신에 가까운 인물이라 할 수 있다. 물론 주인공은 유태림. '나'와 유태림의 관계는 어떠했던가.

나는 '유군과 나에게 대한 우정'이란 대목에서 약간의 저항을 느꼈다. 나와 유태림과의 사이에는 분명히 우정이 있었다. 그러나 단순하게 우정이라고 할 수 있기에 나의 유태림에 대해 복사(輻射)되는 감정은 너무나 복잡했다. 그것을 우정이라고 치더라도 지금 유태림이 나와 상종하는 있는 형편이라면 어떻게 발전되고 어떻게 변화되었을까. 생각하니 결코 만만한 문제가 아닐 성싶다. E와의 우정은 그 가능성 여부조차 생각하기 싫다. 이십칠팔 년 전의 교실의 분위기가 되살아났다.

이십칠팔 년 전에 내가 다니던 학교는 서투름을 무릅쓰고 한마디로 말하면 기묘한 학교였다. A대학 전문부 문학과라는 것이 정식 명칭인데, 전문부 상과(商科), 전문부 법과(法科), 하다못해 전문부 공과(工科)라면 그 나름의 가치가 있다고 하겠지만 전문부 문학과란 이 학과는 도대체 뭣을 가르칠 작정으로 학생을 모집하고 장차 뭣을 할 작정으로 학생들이 들어가고 하는 것인지 분간할 수 없는 그런 학교, 학교라기보다는 강습소, 강습소라고 보면 학교일 수밖엔 없다는 그러한 곳이었다.

그것이 속해 있는 대학 자체가 격으로 봐서 3류도 못되는 4류인데다가 학과가 그런 형편이니 여기에 모여든 학생들의 질은 물으나마나한 일이다. 고등학교는 엄두도 못 내고 3류 대학의 예과(豫科)에도 붙을 자신이 없는 패들이면서 법과나 상과쯤은 깔볼 줄 아는 오만만을 키워 가지곤 학부에 진학할 때 방계입학(傍系入學)할 수 있는 요행이라도 바라고 들어온 학생은 나은 편이고 거의 대부분은 그저 학교에 다닌다는 핑계를 사기위해서 들어온 학생들이었다. 그만큼 지능 정도는 낮았어도 각기 특징 있는 개성의 소유자들만 모였다고 할 수 있었다. 대부분이 중학 시절에 약간의 불량기를 띤 학생들이고 이런 학교에 가도록 허용하는 집안이고 보니 경제적으로도 윤택한 편이어서 천진난만하고 비교적 단란한 30여 명의 학급이었다.

이 학과, 특히 내가 속해 있었던 학급의 또 하나의 특징은 일체의 경쟁의식이 없다는 점이다. 학교의 성적에 구애를 받지 않는 열등학생들의 습성이 몸에 배어 학교의 성적을 좋게 해야겠다든가 선생들에게 잘 보여야 하겠다든가 하는 의식이 전연 없었다고 해도 과언이 아니다. 그러니 우월의식을 뽐내는 놈도 없고 때문에 열등의식을 개발할 틈도 없었다.

모파상의 단편 하나 원어로 읽지 못하면서 프랑스 문학을 논하고 칸트와 콩트를 구별하지 못하면서 철학을 말하는 등, 시끄럽기는 했으나 소질과 능력은 없을망정 문학을 좋아하는 기풍만은 언제나 신선했기 때문에 불량학생은 있어도 악인은 없었다.

이 평화롭기 참새들의 낙원 같은 학급에 이질분자(異質分子)가 끼게 된 것은 2학년 초였다. E라는 학생과 H라는 학생이 한 달을 전후해서 나타난 것이다.

E가 나타나자 학급 안엔 선풍처럼 소문이 돌았다. E의 고향은 일본 동북지방 일본해(日本海)에 면한 사카다항(酒田港. 명치(明治) 때부터 그 연안 일대의 선운(船運)을 독점하고 있는 운송업자일 뿐만 아니라 일본 전국에서도 유명한 미림(美林)을 수십만 정보, 농토를 수만 정보나 가진 동부 일본에서 제일가는 부호의 외아들인데 Y고등학교에 다니다가 연애사건을 일으켜 그 지방을 떠들썩하게 해놓곤 자진 퇴학하고 우리 학급에 전입했다는 얘기였다. 당시 고등학교라고 하면 여간 수재가 아니고서는 들어가지 못하는 곳으로 되어 있었다. 그러니까 E의 출현은 동부 일본에서 제일가는 부호의 아들인데다가 눈부신 수재라는 후광을 띤 등장이었다. 우리 학급의 동료, 1학년에서부터 올라온 학생들은 부호의 아들이란 사실엔 무관심할 수 있었지만 수재라는 사실엔 무관심할 수 없었다. 열등생만의 집단에 하나의 수재가 나타났으니 그 사실만으로도 학급의 평화는 깨어질 수밖에 없었다. 어

제까지는 수재의 존재를 의식하지 않고 천진하게 살아왔는데 오늘부터 돌연 수재란 존재를 의식하고 따라서 스스로의 둔재를 싫더라도 인식하지 않을 수 없게 되었으니 따분하게 된 셈이다.

휴식시간만 되면 타월 수건을 머리에 둘러 앞이마 쪽으로 불끈 지르곤 '도도이쓰'며 나니와부시(浪花節)을 부르던 놈이 그 버릇을 억누르게 되었다. 백화점에서 여인용 팬티를 훔쳐내 온 자기의 모험을 아문센의 북극탐험 이상의 모험이었다고 선전하던 놈이 그 선전을 중단해버렸다. 어떻게 하면 가장 재미나게 놀 수 있는가의 이법(理法)을 연구하는 것이 백 명의 소크라테스보다도 인류에게 공헌하는 바가 크다고 설교하길 일삼던 놈도 그 설교를 멈췄다. 엽기오락 동경사전(獵奇娛樂東京辭典)을 만든다면서 매일처럼 진부(眞否) 분간할 수 없는 재료를 주집해선 피력하기에 정열을 쏟던 친구도 그 정열의 불을 껐다. 그리고는 모두들 갑자기 심각한 표정으로 인정받지 못한 불우한 천재의 모습을 가장하기에 이르렀다.

일본인 학생이 이처럼 수재에겐 약하다는 사실을 안 것은 하나의 수확이긴 했으나 결코 유쾌한 분위기는 아니었다. 이렇게 말하고 있는 나도 E의 출현 때문에 적잖게 위축했다. 제법 똑똑한 척 날뛰려 하다가도 E의 시선을 느끼면 기가 꺾여 수그러지곤 했던 것이다.

이와 같이 말하고 있으면 E가 눈에 조소의 빛을 띠고 교실 한가운데 버티어 앉아 있는 모습을 상상할는지 모르나 그런 것은 아니다. 사실은 불어도 날아갈 듯한 조그마한 체구를 교실의 한구석에 가라앉히고 겁에 질린 듯한 눈을 간혹 천장에다 던져보는 것 외엔 언제나 책상 위만 바라보고 있었다. E는 되레 거인국에 나타난 걸리버와 같은 심정이었을지 모른다. 수재는 수재들끼리 어울려야 맥을 쓰는 법이다.

한 달쯤 지나 H가 나타났을 때도 E의 경우처럼 소란스럽지는 않았지만 적잖은 파문이 일었다. H는 현재 일본 문단의 대가이며 당시에도 명성이 높았던 중견작가 H씨의 아우라는 사실에다가, M고등학교에 들어가자마자 불온사상 단체의 실제 운동에 뛰어들었다는 경력까지 겹친 후광이 있었고 이에 만약 그의 형이 이름 높은 명사가 아니었다면 줄잡아 10년은 징역살이를 했어야 되었을 것이란 극채색(極彩色)까지 하고 있는 판이니 우리들에겐 눈이 부신 존재가 아닐 수 없었다. 그러나 E가 신경질만을 모아 만든 인간 같아서 접근하기가 어려운 데 비하면 H는 거무스레한 외모에서부터 친근감을 풍기는 위인이었다. H가 나타나자 E에게도 변화가 있었다. 음울하게 풀이 죽어 있던 E에게서 물을 만난 물고기 같은 생기가 돋아난 듯 보였다. 교실의 분위기도 한결 부드러워지고 구성진 '도도이쓰' 소리가 다시금 교실 안에 퍼질 때도 있었다.

유태림의 등장은 2학기에 접어든 9월의 어느 날이라고 나는 기억한다. 그리고 둘째 시간의 시업(始業) 벨이 울렸을 때라고 생각한다. 문이 열리면 반사적으로 그곳을 보게 되는데 나는 열린 문으로부터 걸어들어오는 사람을 보고 놀랐다. 같은 고향의 이웃에 사는 내겐 2년쯤 선배가 되는 유태림이었던 것이다. 처음에 눈을 의심했지만 틀림없는 유태림이었다. 나는 반가움에 복받쳐 그의 곁으로 뛰어가서 손을 잡았다. "이거 웬일이십니까" 하고. 유태림은 애매한 웃음을 띠고 "이군이 여기에 있었구면" 하면서 빈자리를 찾아 앉았다.

유태림이 나와 같은 학교의 같은 학급에 오게 되었다는 것은 내게 있어선 대사건이었다. 유태림은 우리 고향에서 수재로서 이름난 사람이었고 그의 광채가 너무나 강렬했기 때문에 나를 비롯한 몇몇 유학생들의 존재는 상대적으로 희미해 있었다. 그런 사람과 한 학교 한 학급에 있게 된 것이다. 이로써 고향에 있어서의 나의 면목도 살릴 수 있을 것이란 여태까진 생각지도 않았던 허영조차 싹트게 되었다.

이번에 소문을 돌릴 사람은 나였다. 수업이 파하기가 바쁘게 나는 유태림을 선전하기 시작했다. 우리 고을에선 제일가는 부호의 아들이란 것(여기서 E보다도 더 부자면 부자이지 뒤지지는 않을 것이란 점에 강세를 두었지만 이건 당치도 않은 거짓이라고 내심 꺼림칙해하면서도 그렇게 버티었다.) Y고등학교니 M고등학교와는 격이 다른 S고등학교에 다녔다는 것, 독립운동 결사에 가담했다가 퇴학당했다는 것(여기에도 약간의 조작이 있었다). 퇴학단한 뒤 구라파 일대를 여행하고 돌아왔다는 것 등을 신이 나게 지껄였다.

유(類)는 유를 후각으로써 식별하는 것인지, 누가 소개할 틈도 없을 것 같은데 유태림은 어느덧 E와 H의 클럽이 되었다. 그것이 한국 학생들의 비위를 거슬러 놓았다. 나의 실망도 컸다. E와 H의 출현에 대항하는 뜻으로 한국 학생들은 유태림을 끼고 돌 작정을 모두들 은근히 지니고 있었던 참이었는데 그런 작정을 산산이 부숴 버렸으니 화를 낼 만도 했다. 성질이 괄괄한 평양 출신의 윤(尹)은,

"자아식, 생겨먹긴 핥아 놓은 죽사발처럼 귀족적으로 생겼는데 마음보는 천민이구면."

하고 혀를 찼다.

"저 꼴로 독립운동을 했어?"

서울 출신의 임(林)도 한마디 거들었다. 같은 고향인데다가 극구 선전한 책임도 있고 해서 나는 이런 변명을 했다.

"그런 사건 때문에 퇴학을 당하고 했으니 감시 같은 것이 있지 않을까. 그래 고의로 저렇게 하는 것인지도 모르니 그만한 건 양해를 해야지."

"집어쳐" 하고 윤은 와락 화를 냈다.

"그 사건 때문에 딴 애들은 징역살이를 하고 있는데 저는 구라파에 가서 놀구와! 틀려먹었지 뭐야. 그따위 수재면 뭘 해. 어, 치사하다. 앞으론 본척만척해 뭐 대단하다구."

이런 일이 있었다고 해서 유태림이 전연 우리들 한국 학생과 어울리지 않았다는 것은 아니다. 5, 6명밖엔 안 되는 한국 한생이었으니 때론 비위를 상하기도 하고 싸움질도 있었지만 대체로 무관하게 혈육처럼 어울려 놀기를 잘 했는데, 유태림도 간혹 이 모임에 끼였다. 우리가 청했을 때 응하기도 하고 자기가 우리를 청해 호화로운 잔치를 베풀어 주기도 했다. 유태림으로선 동족인 우리들에게 대해서 자기 나름의 배려를 하고 있었던 것만은 분명한 사실이었다. _pp.16-21.

'나'와 유태림의 관계는 그러니까 학교 같지도 않은 전문부 엉터리 저능아들이 우글거리는 곳. 여기에 수재만 다니는 고등학교에서 퇴학당한 유태림이 나타난 것. 같은 고향의 이웃에 사는 2년 선배쯤 되는 이 조선인. 그런데 같은 반의 일본인 학생 H에게서 '나'에게로 편지가 왔다. H는 일본 문단에 데뷔한 쟁쟁한 현역. 유태림의 행방을 알려달라는 것. 그는 유태림이 탁월한 인물임을 알았고, 그가 남긴 '관부연락선' 관련 자료를 자기가 갖고 있노라고 말했다. 그런데 6 · 25

이후 유태림의 소식을 알 수 없어 안타깝기 짝이 없다는 것. 허니 제발 이군이 알아봐 달라는 것. 그러니까 '나'(이군)가 유태림의 행방을 찾아 헤매는 작품이 바로 『관부연락선』이다.

'나'는 유태림과 함께 중국에 학병으로 나갔다가 귀국했고, 모교인 중학에서 영어교사 노릇을 하고 있었다. A, B, C 정도를 겨우 아는 정도.

학교는 학생도 교사도 좌우익으로 편이 갈려 어수선하기 짝이 없었다. 어떤 수습 방도가 있었을까.

1946년 여름

필연적이라고 할 땐 사람은 쉽게 체관(諦觀)할 수 있다. 호우가 내리면 홍수가 지게 마련이니까. 운명적이라고 말할 땐 체관할 수밖엔 없지만 그 체관이 쉽지가 않다. 운명적이란 말엔 그때 그 자리를 피했더라면 하는 한탄, 그때 그 일을 하지 않았더라면 하는 한탄이 묻어 있다.

유태림과 나와의 운명적인 접촉이 다시 있게 된 것은 1946년의 가을이다.

그때 나는 모교인 C고등학교에서 영어교사 노릇을 하고 있었다. 영어교사라고 말하니 제법 허울이 좋게 들리지만 미국인을 만나도 영어 한마디 시원스럽게 건네지 못하고 내일의 수업을 위해서 밤새워 사전과 씨름을 해야 하는 이른바 엉터리 교사였던 것이다.

변명 같기는 하지만 엉터리는 나만이 아니었다. 나 말고도 다섯 사람의 영어교사가 있었는데 그 가운데는 '에스'와 '노'를 분간하지 못한 까닭으로 장학사의 실소를 터뜨린 사람도 있었고 흑판에다 A와 Z 두 글자를 굵다랗게 써놓곤 이것만 배우면 영어를 처음부터 끝까지 배운 것으로 된다고 자못 초연하게 설명하고는 숫제 수업을 할 생각을 하지 않는 교사도 있었다.

이러한 꼴은 영어교사의 경우만도 아니다. 더러는 실력과 덕망이 겸전한 교사가 없었던 바는 아니었지만 학교의 규모는 일정 때의 그것보다 4, 5배쯤으로 늘려 놓고 교사의 절대 수는 모자랐으니 이력서 한 장 근사하게 써넣기만 하면 돼지도 소도 교사로서 채용될 수 있었던 때라, 자연 엉터리 교사가 들끓지 않을 수가 없었다. 학력 위조쯤은 예사로운 일이라서 원자탄 덕택으로 경향 각지의 학교에 히로시마 고등사범 출신의 교사가 범람한 것도 이 무렵의 일이다.

파리가 왜 앞발을 비비는가 하는 문제를 가지고 꼬박 한 학기를 넘겨 버린 동물교사가 있었다. 딴에는 동물학을 가르치는 것이 아니고 동물철학을 가르친다는 것이다. 일 년이 삼백일, 2백일이면 이백 일로 되었으면 편리할 것을 왜 365일로 구분되어야 하는가를 끝끝내 납득하지 못하는 지리교사도 있었다. 하루 벌어 하루 먹는 주의가 실존주의이며 푼푼이 저축하며 사는 주의가 이상주의라고 설명하는 사회생활과 교사도 있었고 도수체조(徒手體操) 한번 제대로 지도하지 못하는 체육교사가 유도 5단이란, 참말인지 거짓말인지 모르는 간판을 코에 걸고 으스대고 있었다.

어떤 수학교사는 참고서대로 수식과 답을 노트에 베껴 온 것까진 좋았는데 그것을 흑판에 옮겨 놓고 보니 이상하게 되었다. 답은 정확한데 그 답에 이르기까지의 수식에 이상이 생긴 것이다. 간밤에 참고서를 옮겨 쓸 때 수식 하나를 빼먹은 탓이었다. 그 교사는 수업도중에 울상이 되어 교무실에까지 잃어버린 수식을 찾으러 왔다. 참고서는 집에다 두고 왔고 공교롭게도 다른 수학교사가 자리에 없어 드디어 엉터리 영어교사에게까지 구원을 청해 왔다. 수식을 잃어버린 엉터리 영어교사에게서 수식을 찾아간 얘기에는 그 솔직함과 성으로 해서 그런대로 애교가 있다.

이렇게 헤아리고 있으면 거뜬히 만화책 한 권쯤은 꾸밀 수 있는데 더욱 흥미가 있는 것은 이러한 엉터리 교사들이 어떻게 교사 노릇을 감당할 수 있었을까 하는 점일 게다.

C고등학교라고 하면 일정(日政)이래 수십 년의 전통을 지닌 학교다. 시골 소읍에 자리 잡고 있는 학교이긴 하나 당시의 그 학교 학생들은 저학년을 제외하면 일정 때 10대 1 이상의 경쟁을 뚫고 입학한 그 지방으로서는 수재로 꼽아 주는 학생들이었다. 그러니 전쟁 말기 보국대니 근로봉사니 해서 제대로 공부를 못 한 탓으로 학년 상당의 학력은 없었다고 해도 교사의 진가(眞價)조차 알아차릴 수 없었을 것이라고 판단하는 것은 그들을 부당하게 깔보는 것으로 된다. 되레 그들이 교사

들을 깔보고 있었다고 말하는 것이 적당하다. 그들은 교사로서 대접해야 할 교사와 함부로 깔봐도 좋은 교사를 구별하고 있었음이 분명했다. 교사들도 이런 풍조를 민감하게 느끼고 있어 실력이 없는 교사들은 발언권이 강한 교사와 학생들에게 영합함으로써 보신(保身)의 책으로 하고 있었다.

그리고 당시의 학교는 학원의 생리로써만 움직이고 있었던 것이 아니다. 일종의 정치단체적인 생리가 작용하고 있었다. 그러므로 학생들은 교사들의 교사로서의 자격을 묻기 전에 대상이 되는 교사가 그들의 편인가 아닌가에 중점을 두는 경향이 있었다. 엉터리 교사들은 학생의 편을 들거나 또는 편을 드는 척만 하고 있으면 쉽게 연명할 수도 있었다.

엉터리 교사들이라고 해서 바보처럼 웅크리고 있었던 것은 아니다. 직원회의가 있으면 엉터리일수록 소란스럽게 떠들어 댔다. 직원회의의 의제는 주로 민주학원의 건설이고 교사의 생활보장 문제였다. 듣고 있으면 이상한 결론으로 발전하는 수가 태반이다. 민주학원이란 학생들의 의사를 존중해야 하는 학원이니 그러자면 학생들이 요구하는 학생집회는 이를 무조건 승인해야 한다는 것이다. 그렇게 해서 1년 내내 수업은 하지 않고 학생집회만 열고 1백 프로의 민주학원이 된다는 따위의 결론이 그 예다. 생활보장을 요구하는 발언에도 다채다양한 것이 많았다. 그 가운데서 예를 들면 다음과 같은 것이 있다.

"우리들 교사는 모두들 수양이 되어 있고 도를 통해 있기 때문에 물이랑 안개만 먹고도 살 수 있지만 수양이 덜 되고 도를 통하지 못한 처자들은 아무래도 밥을 먹고 옷을 입어야 하는 모양입니다. 그런데 지금 주는 월급 가지고는 홍길동 같은 기술로도 어떻게 할 수 없으니 월급을 올려 주어야겠습니다."

또 이런 것도 있었다.

"우리가 야학교 강사만도 못하다고 합시다. 그래도 이튿이니 해로 학교의 교사들처럼 대접을 해달라, 이 말씀입니다. 그래 놓으면 벼룩에도 낯짝이 있고 빈대에도 체면이 있다고 하지 않습니까. 공부하고 연구해서 좋은 교사가 될 것입니다."

이럴 땐 교장은 구구한 변명만 하고 있어야 한다. 만약 현재의 형편으로선 불가능하다든가 분수를 지키라든가 하는 설교가 섞이면 불이 튀기 시작한다.

"교장은 기밀비 기타 등등으로 생활 걱정이 없으니까 그렇게 말하는 것이 아니오?"라는 말이 어디선가 터져 나오고,

"우리, 학교의 경리장부 좀 감사해 봅시다." 하는 소리가 뒤따르게 마련이다.

이런 상황이었으니 학내의 질서는 엉망이었다. 하지만 학내의 질서를 바로세우지 못한 것을 어떤 특정한 학교의 개별적인 책임으로 돌릴 수는 없다. 해방 직후의 정세, 이어 1946년의 국제 국내의 정세가 모든 학원에 그렇게 반영된 것이라고 보아야 하기 때문이다.

1946년은 세계적으로 2차 대전의 전후 처리 문제를 둘러싸고 그 방향과 내용에 있어서 미국과 소련의 대립이 점차 예각적(銳角的)으로 부각되기 시작한 시기다. 동구라파에 있어서의 구질서의 분해, 중국에 있어서의 국공내전의 발전, 동남아 제국에서의 독립 기운, 승리자의 처단만을 기다리는 패전국의 초조, 이러한 사상들이 얽히고 설켜 격심한 동요를 겪고 있는 가운데 서서히 새로운 역관계(力關係)가 구축되어 갔다.

이와 같은 세계의 동요를 한국은 한국의 생리와 한국의 규모로서 동요하고 혼란하고 있었다. 해방의 벅찬 환희가 감격의 혼란으로 바뀌고 이 감격의 혼란이 분열과 대립의 적대관계로 응결하기 시작한 것이 1946년의 일이다. 일본군을 무장해제하기 위해서 편법적으로 그어진 38선이 항구적인 분단선으로 교착되지 않을까 했던 막연한 공포가 결정적이고 냉엄한 현실의 벽으로서 느껴지게 된 것도 1946년의 일이다.

모스크바에서의 삼국 외상회의가 결정한 한국 신탁통치안을 둘러싸고 국론이 찬방양반으로 갈라져 좌우익의 충돌이 바야흐로 치열화해서 전국적으로 번지기 시작한 것이다.

이 해의 여름엔 콜레라가 만연해서 민심의 분열을 미분(微分)하고 혼란을 적분(積分)하는 데 부채질을 했다.

이러한 모든 일들이 학생들을 자극했고 또 학생들을 이용하려는 세력들이 끈덕지게 작용하기도 했다. 다른 학교의 경우도 비슷했겠지만 당시의 C고등학교는 표면은 미 군정청의 감독을 받고 있는 척했으나 학교의 주도권은 완전히 좌익세력의

수중에 있었다. 교장과 교감, 그리고 몇몇 교사들을 빼놓곤 대부분의 교사들이 학교의 체통과는 전연 다른 정치단체의 조직 속에서 들어 있었고 학생들도 대부분이 학생동맹이란 좌익단체에 소속되어 있었다. 그러니 그 조직 속의 교사들과 학생들은 사제지간이라기보다 동지적인 유대관계로써 묶여 있었다.

우익적인 세력 또는 좌익의 그러한 움직임에 비판적인 태도를 취하고 있는 인물이 없지는 않았지만 그런 태도의 강도(强度)에 따라 부딪쳐야 할 저항이 강했고 다음으로 학생들의 배척 결의의 대상이 되어 드디어는 추방되기가 일쑤인 까닭에 1946년 여름까지의 C고등학교에선 그런 세력이 맥을 추지 못했다.

그리고 좌익계열의 움직임에 반대하는 언동은 곧 미군정에 추종하는 것으로 되고, 미군정에 추종하는 언동은 곧 일제 때의 노예근성을 청산하지 못한 소치이며 조국의 민주적 독립을 반대하는 노릇이란 일종의 통념 같은 견해가 지배적이었기 때문에 반동, 매국노, 민족반역자 라는 낙인을 무릅쓸 용기가 없고서는 섣불리 행동할 수도 없었던 것이다.

이 까닭에 일주일이 멀다 하고 학생대회가 열리고, 사흘에 한 번 꼴로 학급집회가 있고, 그 밖에 별의별 구실을 만들어 학업을 거부해도 교사들은 속수무책이었다. 무책일 뿐만 아니라 교사들 가운데에는 되레 학생들의 이러한 움직임을 선동해선 힘겨운 수업을 피하는 수단으로 이용하기조차 했다.

이런 가운데서도 그럭저럭 대사(大事)엔 이르지 않도록 유지해 온 학교가 7월에 들어서면서부터는 거친 풍랑을 만난 배처럼 더욱 소연(騷然)하게 되었다. 교장 이하 몇몇 교사들을 반동 교육자로 몰아 배척하는 대대적인 동맹휴학을 좌익계열의 교사들과 학생들이 계획하고 나선 것이다. 교장은 일제 때 관리 노릇을 한 적이 있는, 좌익들의 말을 빌리면 친일파적 인물이었다. 그런 까닭도 있고 해서 이때까지도 몇 번이고 배척 대상이 되었지만 '우리 말을 듣지 않으면 정말 배척한다'는 공갈적 제스처로써 실리를 거두곤 수그러지고 했던 것인데 이번의 계획은 공갈로서 끝내선 안 된다는 상부 조직의 지령을 받고 이루어진 것이란 정보가 흘러들어온 것이다.

이 위기를 용케 미봉(彌縫)할 수 있었던 것은 이 지방에까지 만연하기 시작한 콜레라를 미끼로 여름방학을 앞당겨 버렸기 때문이었다. 방학이 되어 한시름 놓기는 했으나 화근은 그냥 남아 있을 뿐만 아니라 전국적 소동으로 번질 것이 확실한 국대안(國代案) 반대까지 겹칠 판이니 9월의 신학기는 소란하기 짝이 없는 학기가 될 것이었다.

교장이 교감과 나와 A교사, 그리고 나의 선배가 되는 B교사를 불러 놓고 유태림 씨를 모셔올 수 없을까 의논을 걸어온 것은 이처럼 불안한 가을의 신학기가 한 주일쯤 후로 다가온 8월 어느 날의 오후였다.

교장 댁의 비좁은 응접실에 다섯 사람은 땀을 뻘뻘 흘리며 앉아 있었다. 창문을 죄다 열어 젖혔는데도 바람 한 점 들어오지 않고 되레 찌는 듯 한 바깥의 열기가 간혹 훅 하며 스쳐가곤 했다. 뜰에 몇 그루 서 있는 나무에서 두 세 마리의 매미가 단속적으로 쓰르릉대고 있는 것이 더욱 무더움을 더했다. 교장은 어떻게 말을 꺼내야 할까 하고 망설이고 있는 모양이었다. 침묵이 또한 무겁고 무더웠다.

"콜레라는 퍽 수그러진 모양입니다."

A선생이 불쑥 이렇게 말을 꺼냈다.

아무도 대답하는 사람이 없었다. 콜레라 따위는 문제가 아니라는 듯한 표정이 교장의 얼굴을 스쳤다.

"내 개인의 진퇴는 문제가 아닙니다. 다만 혼란을 이대로 방치할 수가 없다는 겁니다. 신학기가 시작하기 전에 무슨 방법을 마련해야 되겠는데 …… 그 방법이란 것이……"

교감이 맞장구를 쳤다. 그러나 무슨 뾰족한 수가 있어서 하는 말은 아니었다. A선생이 볼멘소리를 하고 나섰다.

"방법이란 게 달리 있을 수 없습니다. 그 P선생, M선생, S선생 세 사람만 파면시켜 버리면 됩니다. 교장선생님은 너무나 관대하셔서 곤란하단 말씀입니다. 과단이 필요합니다. 그 셋만 잘라 보십시오. 다른 선생들이나 학생들이 뭘 믿고 덤빕니까."

교장은 그런 말엔 이미 싫증이 나 있다는 듯이 고개를 창밖으로 돌렸다. A선생은 더욱 핏대를 돋우어 말했다.

"항상 드리는 말씀입니다만 그 P, M, S를 그냥 두곤 백년가도 학교의 혼란을 수습할 순 없을 겁니다."

"무슨 말을 그렇게 하는 거요. A선생. 그래 보시오. 벌집을 쑤셔 놓은 것 같이 될 테니까. 교장선생님은 지금 혼란을 피하자고 말씀하시는 거지 더욱 혼란을 시키자고 말씀하시는 것이 아닙니다."

교감도 못마땅한 듯한 얼굴로 말했다.

"그들은 진짜 빨갱이입니다. 공산당이에요. 화근을 빨리 없애자는 거지요. 그들의 목을 잘라 놓으면 물론 한 동안은 시끄럽겠지요. 그러나 버티어 나가면 즈그가 어떻게 할 겁니까. 학교를 떼메고 나가겠어요? 모진 열병을 치를 셈하고 해지우자 이겁니다. 백 년 가봐요. 그들을 그냥 둬두고는……."

A선생이 계속 떠들어 대려는 것을 교감이 가로막았다.

"파면 시키려면 조건이 있어야 할 게 아뇨?"

"조건? 공산당과 내통하고 있는 게 분명하지 않소? 학생들을 선동하고 있는 것도 분명하지 않소? 이 이상의 조건이 또 필요합니까?"

"증거가 있어야 된단 말입니다. 확실한 물적 증거가……."

교감은 뱉듯이 말했다.

"증거라니?" A선생은 더욱 흥분했다.

"학교의 현상, 이것이 곧 증거가 아닙니까. 경찰에서 내사해 놓은 것도 있을 겁니다. 그것하고 종합해서 도청에 내신(內申)하면 되지 않겠어요?

"누가 그들의 목을 자를 줄 몰라서 안 자르는 줄 아시오?"

쓸데없는 말싸움을 그만두라는 어조로 교장이 잘라 말했다. 자리는 다시 무더운 침묵으로 돌아갔다. 매미 소리가 한층 높은 옥타브로서 들렸다. 나는 교장의 심증을 상상해 봤다.

교장도 A선생 이상으로 과격한 수단을 써보고 싶지 않은 바는 아닐 게다. 하지만 그들의 목을 잘랐다고 하자. 동맹 휴가는 더욱 악성화 될 것이 뻔하다. 다른 학교와도 연합할 것이다. 학생대표들이 도청으로 우르르 몰려갈 것이다. 거기서 기세를 올리며 농성을 한다. 그러면 …… 일제처럼 체통이 서 있지도 않고 끝끝내 자기를 보호해 줄 아무런 연분도 없는 군정청 관리들은 잠시나마 조용해지기만 하면 그만이라는 심산으로 학생들의 요구를 들어줄 것이 틀림없다. 그러니 … 교장에게 P, M, S의 목을 자르라고 권하는 것은 자살을 권유하는 것이나 마찬가지다.

게다가 P와 M은 교사로서의 실력이 있었고 동지적인 유대관계가 아니라도 학생들의 신임을 받을 만한 자질을 갖추고 있는 인물들이고보니 더욱 만만치가 않았다. S는 교사로서의 실력은 없으면서 변설(辯舌)이 날카로웠다. 일제 때엔 교장 밑에서 하급관리 노릇을 한 적이 있어 교장과는 서로 괄시할 수 없는 사이일 것이지만 '공(公)과 사(私)'를 구별할 줄 알아야 한다'는 교장의 입버릇을 역이용해서 자신의 존재를 학생들 사이에 클로즈업시키고 있는, 나쁘게 말하면 맹랑하고 좋게 말하면 다부진 위인이었다. 이들 셋이 교장 반대파의 지도적 인물임을 교장 자신도 잘 알고 있었다. 그럼에도 불구하고 이런 화근을 쾌도난마(快刀亂麻)할 수 없는 데 교장의 딜레마가 있었고 고민이 있었다.

"요는 인물의 빈곤에 모든 화근이 있는 겁니다. 교육자로서의 우리들의 힘이 너무나 무력합니다. 너무나 무력했어요. 모든 혼란은 우리들이 무력한 탓에 생긴 겁니다."

언제나 하는 교장의 탄식이 또 한번 되풀이 되었다.

"시대의 풍조 아니겠습니까. 어디 우리 학교만 혼란하고 있습니까."

교장의 탄식이 있으면 으레 뒤따르는 교감의 말이다.

"시대의 풍조까지 지도할 수 있는 인물이라야 교육자로서 자격이 있다는 뜻이지요. 하여간 학력이 있고 지도력이 있고 감화력이 있는 선생을 많이 모셔 와야겠습니다. 그런데……"

하고 말을 끊었다가 교장은 나를 향해 물었다.

"이선생은 유태림 군하곤 어떻게 되지요?"

뜻밖에 유태림의 이름이 튀어나오는 바람에 어리둥절해서 나는,

"어떻게 되다니, 무슨 말씀입니까?" 하고 되물었다.

"잘 아는가 어떤가를 물은 겁니다."

"잘 압니다. 이 학교에서 저보다 2년 쯤 선배가 되는데 제가 들어왔을 때 벌써

다른 학교로 전학한 후였습니다만 대학에서 동기동창이었습니다. 그런데 교장 선생님이 이 학교에 계실 때 유태림 씨가 있었습니까."

"내가 도청으로 전근하기 직전 1년 동안 유군의 반을 맡은 적이 있지."

"그렇습니다."하고 B선생이 거들었다.

"저와 한반이었습니다."

"그렇지. B선생도 그럼 유태림 군을 잘 알겠구먼, 어떨까, 유군을 이 학교에 데리고 올 수 없을까. 그만한 교사면 큰 힘이 될 것도 같은데…"

"그 사람이 와주기만 하면 힘이 되지요."

B선생의 말이었다.

"어떤 인물인지 저는 잘 모르겠습니다만 그런 분이 온다고 해서 신학기의 사태를 수습하는데 도움이 되겠습니까?"

교감의 이 말은 나의 의사를 그대로 대변한 것이나 마찬가지였다. 교장은 수색(愁色)이 어린 얼굴을 엄숙하게 차리면서 말했다.

"신학기의 사태 때문만으로 하는 얘기가 아닙니다. 근본적으로 학원을 개조해야 된다는 겁니다. 그러자면 좋은 인재를 모을 필요가 있다는 거지요. 헌대 유태림 군은 지금 어떻게 지내고 있답니까."

"금년 3월이 저와 거의 같은 무렵 중국에서 돌아왔습니다. 그리고는 잠깐 고향에서 머물고 있다가 지금은 서울에 가 있는 모양입니다. 그러나 학병으로 갔을 때나 돌아와서나 만나 본 적은 없습니다.

이렇게 말하면서 더 이상 구체적인 것을 B선생이 알고 있지나 않을까 해서 그쪽으로 건너보았다. 그러자 B선생이 다음과 같이 보충했다.

"유태림 군이 중국에서 돌아왔다는 소식을 듣고 제가 한 번 찾아갔었지요. 그때 유군의 말로는 서울에 자리를 잡고 학문을 계속할 의향인 것 같았습니다."

"어떻게 해서라도 그 사람을 데리고 왔으면 좋겠어. 서울엔 이따가 가도 될 게고 학문을 한다고 해서 꼭 서울에 있어야 할 까닭도 없을테니 시대가 안정될 때까지 고향에 있어 보는 것도 좋지 않을까. 이렇게 권해서 2, 3년간이라도 좋으니 이 학교를 돌봐 달라고 해볼 수 없을까. 어떻겠어요. 이 선생과 B선생이 책임을 지고 서둘러 주었으면 하는데!"

원래 아첨하는 근성이 있는 탓으로 상사(上司)가 이렇게 부탁해 오면 나는 거절을 못 한다. 그래 이럭저럭 말들을 주고받고 있는 동안에 어쩌다 보니 유태림을 C고등학교의 교사로서 모셔 오는 책임을 나 혼자 걸머진 결과가 되어 버렸다.

신학기의 사태에 어떻게 대비하느냐의 문제로 되돌아갔다. 어떤 수단으로라도 P와 M과 S를 없애야 한다고 A선생이 다시 한바탕 떠들었다. 주동 되는 학생을 회유하는 수단이 없을까 하는 의견도 나왔다. 방학을 연기하면 어떠냐는 안도 나오고 경찰에 의뢰해서 공포분위기를 조성하자는 제안도 있었다. 그러나 모두가 실현성 없는 말들이었다.

"도리가 없습니다. P선생과 M선생을 교장선생님이 불러서 간곡하게 부탁해 보는 수밖엔 없지 않습니까?"

차분한 소리로 B선생이 이렇게 말했다. 교감을 그렇게 해보았자 그들은 자기들의 말을 학생들이 들을 턱이 없다고 딱 잡아뗄 것이 뻔하다고 했다.

"그러니 어떻게 합니까. 우리들도 우리들 나름으로 설득 공작을 해 볼 것이니 교장선생님이 P선생과 M선생을 불러서 타일러 보십시오."

언제나 온건한 의견이어서 화려한 광채가 없는 그만큼 B선생의 의견엔 설득력도 있었다.

"그자들의 의견을 들으나마나지. 그러니 얘기하나 마나구. 전번에 내가 부탁했더니 교장선생님의 말을 듣지 않는 학생들이 어떻게 우리말을 듣겠습니까, 하더구먼."

이렇게 말하는 교장의 입언저리에 쓸쓸한 웃음이 남았다.

"일본 사람의 말입니다만 적심(赤心)을 상대의 뱃속에 둔다는 것이 있지 않습니까."하고 B선생은 다시 한 번 말했다.

"적심! 그것이 통할 수만 있다면야!"

교장은 힘없이 중얼거렸다.

그러나 별달리 묘안이 있을 까닭이 없었다. 교장이 P와 M, 그리고 S를 불러 술이나 같이 나누면서 수단껏 타일러 본다는 것으로 모임의 끝을 내지 않을 수 없었다. _pp.32-43.

‘나’는 유태림의 집을 찾아갔다. 엄청난 부잣집이었다. 그의 부친은 이렇게 말했다. 15세적부터 객지 생활 12년. 귀공자풍의 부친은 약 5천 석가량의 토지를 하인들, 소작인들에게 무상으로 나눠준 위인. 그의 부친 왈,

"권해보게. 이와 같은 난세에는 되도록 가족과 같이 있어야 하느니."

이 정도의 말만 들었으면 교장에게 대한 나의 책무의 반은 다한 셈이라고 생각하고 일어서려는 나를 유태림의 아버지는 기어코 붙들어 앉혔다. 십수 년 전 중국에서 가져온 오갈피주(酒)가 있으니, 그것을 한잔하고 가라는 것이다. 친구의 부친과 같이 술을 마신다는 건 그 지방의 풍습으로선 있을 수 없는 일이다. 나는 굳이 사양하지 않을 수 없었는데 유태림의 아버지는 그런 나의 마음을 알아차렸는지,

"지금부턴 노소동락(老少同樂)을 해야 하네. 민주주의의 세상이 아닌가. 민주주의란 어떤 뜻으론 노소동락해야 한다는 말이 아닌가."하고 술상을 차려 오라고 하인에게 일렀다.

외롭던 차에 아들의 친구, 또는 친구의 아들을 만나 반가워하는 그의 뜻을 매정스럽게 뿌리칠 수가 없어 한잔 한잔 거듭하는 바람에 〔중략〕

그걸 가지고 고향에 와서 학교를 하든 사회사업을 하든 하면 될 게 아닌가. 자네에게 의견이 있으면 같이 의논해서 해보게. 이조(李朝)가 망하는 것을 우리 눈으로 보지 않았는가. 권불백년(權不百年) 세불십년(勢不十年)이란 걸세. 아직도 액(厄)이 풀린 것 같질 않아. 무슨 산해(山害)도 아닐 거구. 내 대에 와서 무슨 변이 날 것만 같으니 선조의 영에 대한 면목도 없구. 태림이가 불쾌한 짓을 해도 자네는 그를 잘 봐주게. 자네가 하고 싶은 일이 있으면 내게 말하게. 태림이가 반대해도 내가 해주지. 돈으로써 되는 일이면 언제든지 말해 주게. 어쨌든 태림을 잘 봐주게."

말의 도중에 잘 봐줘야 할 편은 내가 아니고 태림이라고 몇 번 서둘러 나의 뜻을 전하려 했지만 태림의 아버지는 자기의 말이 그냥 지껄이는 인사말이 아니라고 정색을 했다. 나는 그런 말을 들으면서 태림의 부친이 태림에게 대한 나의 복

잡한 감정을 꿰뚫어 본 탓으로 그렇게 말하는 것이 아닐까 하는 생각마저 들었다. 그러나 그 부친의 말은 유태림에게 대한 나의 미묘한 감정을 풀어 놓는 데 커다란 작용을 했다. 진심으로 유태림을 C고등학교에 모셔 왔으면 하는 생각이 돋아나게 까지 된 것이다.

어머니에게 드리라고 사주는 한 꾸러미의 인삼을 들고 산정을 나온 것은 이미 모색(暮色)이 짙어 있을 때였다. 유태림의 부친은 동구 앞 개울가에까지 전송하러 나왔다. _pp.50-51.

드디어 유태림이 교사노릇을 하기 시작. '나'는 유태림의 애인 서경애를 만난다. 최영자라는 이름, 동경서 유태림과 알게 된 유학파 출신. 러시아어 공부. 사상보다 사랑을 택한 여성. 유태림은 또 여사여사한다. 곡절을 겪어 학교에서 일부 교사 및 학생들의 배척으로 떠났고 지리산으로 납치되어 행방불명. 〈나〉는 유태림과 서경애의 지리산행까지를 추적해 본다.

경애는 재작년 초겨울, 나와 함께 걸은 일이 있는 C루(樓)를 거쳐 S대(臺)에 이르는 길을 다시 한 번 걸어 보자고 했다. 나는 그러기에 앞서 유태림에게 연락을 해두자고 말해 보았다. 경애는 태림을 만나기 전에 나더러 의논할 얘기가 있다는 것이었다.

나는 경애와 더불어 산보하는 것은 싫지 않았지만 검문이 심한 거리에서 서경애에게 무슨 일이 생기지나 않을까 해서 우선 그것이 불안했다. 그러나 그런 말을 입 밖에 낼 수는 없었다. 눈치 빠른 경애는 그와 같은 나의 마음속을 꿰뚫어 본 양으로 핸드백을 열더니 한 장의 신분증을 꺼냈다. 대구시에 있는 어떤 학교의 교사 신분증이었다. 사진은 경애의 것이 붙어 있는데 이름은 '이정순'이라고 되어 있다.

"이정순?" 하고 나는 경애의 얼굴을 돌아보았다.

"가명을 만들어 보았어요. C시에서 이만한 신분증으로써 통할 수 있지 않을까요?"

경애는 침착하게 말하는 것이었지만 나는 어안이 벙벙했다. 가짜 증명서가 있을 수 있다는 것도 그런 것을 가지고 행동하는 사람이 있다는 것도 들어서 알고 짐작도 하고 있었지만 바로 눈앞에 그런 사람을 보는 것은 그때가 처음이었고, 그런 것을 알면서 같이 행동해야 할 처지가 그저 딱하지만 했다. 하지만 나는 아무런 기색도 나타내기 않았다.

"제정 러시아 시절의 여자 테러리스트 같구먼요."

나는 고작 이렇게 말하며 마음속의 동요를 얼버무렸다.

N강을 낀 산보로를 C루를 향해 걸어 올라가면서도 나의 마음은 엷게 눈에 덮인 풍경에 있지 않고 가짜 증명서를 가진 위험한 여자와 공범으로서 행동하고 있다는 의식으로 꽉차 있었다.

상대방이 서경애가 아니었더라면 어림도 없는 일이다. 나는 새삼스럽게 서경애에 대한 내 마음의 경사가 얼마나 가파른가를 깨닫고 암연한 심정이 되었다.

N강의 빛깔은 주위의 흰빛 때문인지 검게 보였다. 녹청을 흘린 것 같은 흐름이 잔잔한 주름을 잡은 물결 위에 간혹 엷은 얼음 조각이 희미한 광택으로 태양빛을 반사하고 있었다.

C루 위에서 이런 풍경을 내려다보며 그 의논해야 할 얘기라는 것이 하마나 나올까하고 기다렸지만 서경애는 말문을 열지 않았다. 나는 제정 러시아 말기 혁명 조직에 가담한 여자들의 군상을 서경애의 모습을 통해서 공상했다. 당시의 혁명조직 가운덴 사상의 힘으로써 보다 신비로운 분위기를 가진 여자의 매력에 의해서 지탱되어 간 것도 있었을 것이 아닌가 하는 생각도 들었다.

경애도 말이 없었고 나도 말이 없었다. 눈이 온 뒷날이라서 그런지 차가운 물 때문인지 그렇게 붐비던 세탁녀(洗濯女)들의 모습이 한 사람도 N강변에 나타나 있지 않았다. 황량한 겨울의 길이었다. 나와 경애는 S대 쪽으로 묵묵히 걷고 있었다. 황량한 겨울의 길이었다. 나와 경애는 S대 쪽으로 묵묵히 걷고 있었다.

S대에 이르자 경애는 지리산 있는 쪽을 향해서 섰다. 한참동안 같은 자세로 서 있더니 경애는 중얼 거렸다.

"지리산이 보이지 않네요."

"맑은 날씨가 아니면 보이질 않습니다."

그러나 서경애는 희미한 태양빛이 비치곤 있다지만 흐린 하늘이라 고밖엔 할 수 없는 그 하늘의 저편에 있는 지리산의 모습을 꼭 찾아내고야 말겠다는 듯이 그 방향에다 시선을 쏟고 있었다.

"지리산은 춥겠죠." 경애는 묻는 말도 아니고 혼자말도 아닌 어조로 이었다.

"전투에서보다도 동상 때문에 희생이 많이 난다고 하던데."

서경애는 지리산 속에 있는 빨치산에게 마음을 쏟고 있는 것이었다. 지리산 속의 빨치산! 그들은 여수와 순천 기타 지리산 주변에서 나와 같은 사람을 많이 죽였다. 우익이라고 해서, 그들과 같은 사상을 지니지 않았다고 해서, 만일 그들이 나를 붙들면 영락없이 죽여 버릴 게다. 그런데 서경애는 그러한 빨치산에게 호의가 넘치는 관심을 쏟고 있는 것이다. 나는 억지로라도 서경애에 대해서 적의(敵意)를 품어 보려고 애썼다. 허사였다. 실감이 나지 않았다.

서경애의 '얘기'란 것은 S대에서 내려오면서부터 시작되었다. 간추려 말하면 재작년 겨울 태림의 부친이 경애에게 주려고 했던 그 돈을 달라고 할 수 없을까 하는 의논이었다. 하두 어이가 없는 제안이어서 나는 선뜻 뭐라고 말할 수가 없었다. 경애가 스스로 태림의 아버지로부터 돈을 받겠다고 나선다는 것은 도무지 납득이 가질 않았다.

"불가능할까요?" 내 마음의 소용돌이가 가라앉기도 전에 경애의 말이 뒤쫓아 왔다.

"말씀만 드린다면 당장에라도 내놓을 겁니다." 해놓곤, 나는 꼭 돈 쓸 일이 있으면 내가 어떻게 마련해 드려도 좋겠느냐고 묻고 싶어졌다. 그래 그런 빛을 풍겨 보았더니.

"이선생님을 괴롭힐 생각은 없습니다." 하고 잘라 말했다.

"돈이 필요하다기보다 태림 부친의 돈이 필요하단 말입니까?"

"돈이 필요하다는 것뿐이죠. 갑자기 돈을 쓸 일이 생겼어요. 그래 재작년 일을 생각해 낸 거지요."

서경애에게 돈을 써야 할 일이 생겼다면 그건 어떤 경우일까. 미묘한 관계에 있는 태림의 부친에게 돈을 요구해야 할 만큼 필요하게 된 돈이란? 그 용도는? 경애의 기품과 성질로 보아 그리고 연전 한 말로 미루어 굶어 죽는 한이 있어도 그런 쑥스런 요구를 할 사람이 아니라는 나의 인식을 버릴 수 없었으니 벅찬 수수께끼였다.

"돈을 어디다 쓸 작정입니까?"

용기를 내어 물어보았다.

"미안합니다. 그건 묻지 말아 주세요."

용도를 밝히지 못할 사람에게 그런 의논은 뭣 때문에 하느냐고 윽박지르고 싶은 마음이 일었으나 말은 마음과 딴 판으로 나타났다.

"좋습니다. 태림 씨의 부친께 말씀드려보죠."

경애의 얼굴이 활짝 개었다.

"고맙습니다. 이선생께는 정말 신세만 끼치고……"

"쇠뿔은 단김에 뺀다고 지금 유태림 씨 집으로 가겠습니다."

"되도록이면 태림 씨는 모르도록 했으면……"

"그거 안 됩니다. 그렇다면 전 사이에 설 수가 없지요."

경애는 한참 망설이는 눈치더니

"좋아요. 태림 씨가 알아도 좋습니다." 하고 단호한 표정을 지었다. 창피스러운 꼴이라도 감수하겠다는 각오의 표명처럼 보였다.

경애를 데리고 태림의 집 근처까지 갔다. 그리곤 그 근처에 있는 음식점에 경애를 기다리게 해놓고 나는 태림의 집으로 갔다. 태림은 그때까지 자리에 누워있다가 이제 막 세수를 하고 식사를 끝낸 참이라고 했다. 나는 서경애가 왔다는 것과 서경애의 요구를 대충 설명했다.

"경애가? 돈을?"

태림은 도무지 납득이 가지 않는 다는 멍청한 표정이었다.

"그런데 그 얘길 아버지에게 어떻게 하지?"

"그건 내게 맡겨 둬."

이렇게 말하고 나는 사랑으로 나왔다. 태림의 부친은 나를 반겨 맞았다. 이만저만한 신세를 지지 않았다면서 무슨 부탁이건 하면 자기도 힘이 되도록 애쓰겠다고

했다. 나는 망설일 것도 없이 서경애의 얘기를 털어놓았다. 그리고

"웬만해 가지곤 이런 얘길 할 여성은 아닌데 참으로 딱한 사정인가 봅니다."

하고 덧붙이기도 했다.

"그것 참 잘됐네. 언제나 마음에 걸려 있었던 건데. 연전에 드릴려다가 드리지 못한 것이 그대로 있는데 그것으로써 될까?"

하면서 벽장 속의 문갑을 뒤지더니 눈 익은 봉투를 꺼냈다. 재작년 초겨울 나를 거쳐 서경애에게 주려다가 거절당한 바로 그 봉투였다. 햇수로 2년인데 그 봉투를 그냥 간수하고 있는 태도에 태림 부친의 마음가짐을 새삼스럽게 알 것만 같았다.

"펴보게. 그걸 가지고 되겠는가?"

나는 봉투 안에 든 것을 꺼내 보았다. 50만 원짜리 수표가 다섯 장이나 들어있었다. 도합 2백 50십 만 원, 우리들 교사 10년 치의 월급을 합해도 미치지 못할 액수였다. 그런데도 태림의 부친은,

"그걸 가지고 될까?"

하고 근심스럽게 물었다.

"되다 뿐이겠습니까?"

서경애가 필요로 하는 돈의 액수를 물어 오지 않았던 것이 후회가 되었지만 이런 거액까지 필요로 하지 않을 것은 분명한 일이라고 생각했다.

"조금이라도 미안하다는 생각을 갖지 않도록 자네가 잘 말해 주게. 만일 그걸 가지고도 모자란다면 기탄없이 말해 주도록 이르기도 하게."

이렇게 말하는 태림 부친의 말을 등 뒤로 들으면서 나는 밖으로 나왔다. 대문밖에 태림이 기다리고 있었다.

"2백50만원을 받았어."

태림을 보고 이렇게 말했으나 태림은 아무 말도 없이 내 뒤를 따라 나왔다. 나와 태림을 보자 경애는 음식점에서 나왔다. 경애와 태림은 서로 덤덤한 인사를 주고받았다. 태림은 어디 조용한 데나 가서 얘기나 할까 하는 눈치를 보였지만 경애는 급한 일이 있다면서 이만 실례하겠다고 딱 잘라 말했다.

한길 가운데 서서, 경애와 내가 나란히 걸어가는 뒷모습을 보고 유태림이 어떤

생각에 잠겼을까. 나는 경애가 태림 부친에게서 돈을 받았다는 그 사실에 태림과 경애의 영원한 결별을 짐작했다. _pp.576-582.

그 후의 유태림은 어떻게 되었을까. 지리산행을 포기한 서경애는 어째서 해인 사에서 여승이 되었을까. 유태림을 납치해 간 빨치산이 거창 덕유산 쪽으로 이 동하고 있다는 정보가 들렸으나 이를 찾고자 하는 〈나〉는 비관적이었다. 일본인 H의 부탁도 불가능한 형편.

5.『지리산』과『남부군』의 이동점

이병주의『지리산』은 이태의『남부군』과 어떤 점에서 닮았고, 또 어떤 점에서 결정적으로 구분되는가. 이태는 서두에서 이렇게 분명히 말해놓았다. "기록은 소재이지 역사 자체는 아니다. 소재에는 주관이 없다. 소재는 미화될 수도 비하 할 것도 아니다. 나는 작가가 아니라 사실보도를 업으로 하는 기자였다."(「머리 말」) 자기는 '작가'가 아니라고 분명히 못을 박았다. '기자'이기에 객관적으로 기 록하는 작업에 진력했다는 것. 그렇다면 누구나 이렇게 말할 수 있겠다. 그 '기 록'을 누구나 읽을 수 있지 않을까. 누구나 읽어도 무관한 것이 않을까. 그런데도 기자 이태는 이렇게 또 말해놓았다. "그 동안 파렴치한 한 문인으로 해서 기록의 일부가 소설 등에 표절되기도 했고 그 때문에 가까스로 만난 보완의 기회를 놓치 기도 했다."(p.16). 그렇다면 이렇게 볼 수밖에 없다. 이태의『남부군』의 초고나 그 초고의 일부가 이미 세상에 공개되었거나 아니면 '수기형태'로 '파렴치한 한 문인'도 능히 얻어 볼 수 있었다고.

두레출판사에서 1988년 7월에 간행된『남부군』은 그 완성판이라 할 것이다. 필자는 이 '파렴치한 한 문인'이 보고 소설 속에 이용했다는 '수기'의 일부를 찾 아볼 길이 없었다. 그런데 이병주의 대하소설『지리산』(1978년까지《세대》지에 연 재, 단행본으로 나온 것은 1978년)에는 이런 기록이 나온다.(인용은 한길사판)

이태는 박태영이 일제 때부터 이현상과 인연이 있다는 사실을 알고 있었다. 그래서 박태영을 말단 전사로 그냥 두고 있는 것이 의아했다.

"박동무는 지리산 마지막의 빨치산이 될 거요. 그건 나도 믿고 있소. 박 동무처럼 강인한 건강과 의지를 나는 본 적이 없으니까. 게다가 박동무는 탄환 사이를 누비고 다니는 기술까지 있거든. 아직 한 번도 부상한 일이 없잖아. 병이 난 적도 없구."

이태의 말이 있자 박태영은 피식 웃었다. 병이 났다는 정도가 아니라 박태영은 동상이 최악의 상태가 되어 있었다. 그래도 박태영은 자기의 동상에 관해선 한마디 말도 하지 않았다.

"박동무, 사령관 선생님의 노여움을 산 적이 있나? 지리산에서가 아니고 말이오."

"그걸 왜 묻지?"

"이상해서 그래요. 과거부터 알았다면 박동무의 실력을 알고 있을 텐데. 용기도 말야."

"나는 기본 계급이 아니니까."

"누군 기본 계급인가?"

"이 동무, 나는 간부가 되기 싫어. 지금이 좋아."

"허기야 지금 간부가 되어보았자 마찬가지지만 사람 대우가 어디……."

"나와 사령관은 통하지 않는 점이 꼭 한가지 있어."

"그게 뭔데?"

"지금은 말할 수 없어. 사령관 동무는 그걸 알고 있어."

"글쎄, 그게 뭔데?"

"언젠간 얘기하겠소. 그러나 지금은 안 돼."

박태영과 이태는 거림골의 무기코트를 숲 사이로 바라볼 수 있는 바위틈에서 얘기하고 있었는데 강지하가 불쑥 나타나 이태를 보고 말했다.

"문춘 참모가 찾던데."

"그래?"

이태는 막사가 있는 쪽으로 갔다.

"여기가 좋군."

하고 강지하는 이태가 앉아있던 자리에 앉았다. 그리고 박태영을 보고

"동무 얘긴 이태 동무를 통해서 많이 들었소. 전투대원으로서 고초가 심하겠지?"

하고 생긋 웃었다.

"고초는 마찬가지 아니겠소. 동무의 그림솜씨가 대단하다는 얘긴 들었습니다. 이태동무가 말합디다."

"내가 그리는 게 어디 그림입니까. 도화(圖畵)지요, 도화."

"겸손의 말씀을."

"겸손이 아닙니다. 정말 도화지요. 인민에게 복무하려면 도화라야 한다나요?"

강지하는 이렇게 말해놓고

"헷헷"

하고 웃었다. 그 웃음엔 자조적인 빛깔이 있었다. 박태영은 그 웃음에서 친근감을 느꼈다. 그래서 물었다.

"어떻게 그리면 인민에게 복무하게 되는가요?"

"그걸 나도 모르겠단 말요. 작년 여름 뱀샛골에서 상당히 오랫동안 머무르고 있을 때. 가지 골짜기 바위틈에 피어 있는 나리꽃을 보았소. 바위 몇 개가 포개진 들에 흙이 쌓였는데, 그 흙에 뿌리를 내린 나리꽃이었소. 이끼가 긴 바위 몇 개가 포개진 형태가 늙긴 했지만 아직도 싱싱한 남자의 육체를 연상케 하고 그 나리꽃은 그 남자의 육체에 안긴 농염한 젊은 여자의 얼굴 같았소. 자연은 가끔 이상한 에로티시즘을 발산하거든. 나는 뭐라고 형언할 수 없는 감동에 젖어 바위를 늙은 남자의 육체로 나리꽃을 젊은 여자로 그렸소. 그런데 사령부의 간부 한 사람이 그 그림을 들여다보더니 설명하라고 하데요. 내 상상을 대강 말했더니 대뜸 한다는 소리가. '공화국의 바위와 나리꽃을 그렇게 그리면 안 된다'는 거였소. 그리고 '그림은 공화국을 위하고 인민에 복무하는 그림이라야 한다.'는 거였소. 바위는 바위로, 나리꽃은 나리꽃으로 그려야 한다나요? 요컨대 도화를 그리라는 말이었지."

"그 간부가 혹시 정 정치위원 아닙니까?"

"맞소, 그런데 그걸 어떻게 아우?"

"그 분의 입버릇이니까요. 내 발도 공화국의 발이라고 합디다."

"어쨌든 당성이 강한 동무니까. 그 당성을 배워야죠."

하고 강지하는, 눈이 얼룩덜룩 남아있는 건너편 산을 보며 중얼거렸다.

"벌써 2월에 들어섰을 텐데."

"요즘은 무슨 그림을 그립니까."

"쫓기기에 바빠 그릴 여가가 어딨수."

"이태 동무 말로는 짬만 있으면 그린다고 하던데요."

"그게 내 유일한 사는 보람이니까요. 어느 골짝, 어느 두메에서 죽을지 모르지만. 국군이나 경찰이 내 배낭 속에서 내가 그린 그림을 발견하고. '자이식, 꼬락서니는 굶주린 산돼지인데 그림은 좋군.' 할 수 있게 좋은 그림을 그리고 싶소."

박태영은 웃으려다가 그 웃음이 얼어붙는 걸 느꼈다.

'이 세상에. 이 인생이 어디 그런 걸 소망이라고 지니고 다니는 사람이 있을까. 모든 파르티잔이 밥이나 한번 실컷 먹어보고 죽었으면 하는 소망밖에 지닌 것이 없는 상황 속에서…….'

강지하는 지금, 작가 이동규를 모델로 초상화를 그리고 있는데, 그 그림의 제목을 '어느 빨치산 작가의 초상'이라고 할 참이라고 했다. 이렇게 장시간 한담을 할 수 있었다는 것도 이례에 속했다. 그러나 그 대화가 박태영이 강지하와 가진 최초이자 마지막 대화였다.

남부군 수뇌부는 전력 회복 방안을 두고 회의를 거듭했다. 백 번 회의를 거듭해 보았자 결론은 마찬가지였다.

첫째는 식량보급이고 둘째는 동상치료였다.

결론이 나왔다고 해도 이 문제를 해결하기 위한 구체적인 방법이 있어야 했다. 동상 문제는 약을 구할 수도 없고 병원에 입원시킬 수도 없으니 각자 알아서 최선을 다하라는 지시밖에 있을 수가 없었다.

사실을 말하면 남부군 전체가 이 동상에 의해 전멸된 상태에 있었다. 정도의 차이는 있으나 거의 전부가 동상에 걸려 있었다. 다섯 발가락, 다섯 손가락이 변색해서 썩어 들어가는 대원이 태반이었다. 그런데 방법은 하나밖에 없었다. 냉수 마사지였다. 박태영은 냉수 마사지와 건포(乾布)마사지, 기회 있을 때마다 환부를 때리고 꼬집고 하는 방법으로 다소나마 효험을 보았다. 그런데 그 치료법은 굉장한 의지력을 필요로 했다. _ pp.200-203.

박태영은, 앞서 가는 이봉관이 이태에게

"생쌀을 씹더라도 쌀이 있는 동안엔 살아남겠지. 이젠 얼어 죽진 않을 테니까."

라고 속삭이는 말을 들었다. 이봉관으로선 안타까움을 그렇게 표현했겠지만 박태영은 문득 이런 생각을 했다.

'김훈이 북쪽에서 온 사람이었다면 이봉관은 누구에겐가 명령을 내려서라도 떠메고 가자고 했을 것 아닌가.'

지대, 즉 문춘지대는 그날 밤 주능선을 넘어 거림골로 탈출하는 데 성공했다. 단출한 인원인데다가 건강한 대원만으로 된 부대여서 백뭇골 뒷산을 별 탈 없이 넘을 수 있었던 것이다. 남쪽 비탈에서 잠시 휴식을 취했다. 이윽고 아침 해가 돋았다. 눈으로 얼룩진 지능선들이 선명하게 눈 아래 깔렸다. 그물처럼 토벌대의 대병력이 그 아래에 깔려 있다고는 상상도 못할 장엄하고도 아름다운 풍경이었다.

문춘이 쌍안경으로 사방을 둘러보았다. 바로 그 옆에서 눈 위에 드러누운 이봉관이 코를 골기 시작했다.

누군가가 이봉관을 가리키며 킬킬 댔다. 보니 그의 검은 권총대가 사타구니에 끼여 숨을 쉴 때마다 그 끝이 들먹들먹하여 남근의 발기를 연상케 했다. 짓궂은 대원 하나가 여성 대원에게 농을 걸었다.

"저것 봐, 저것 봐. 거, 물건 한번 좋다."

처녀인 여성 대원들은 그 농담의 뜻을 몰라 어리둥절했다. 그 꼴이 또 우스워 모두 한바탕 폭소를 터뜨렸다. 이런 판국에도 웃음이 나온다는 사실 그 자체가 또 웃음을 유발했다. 어쨌든 긴장이 확 풀린 한 장면이었다.

다음 순간 일행을 출동을 개시했다. 지능선을 넘어갔다. 인원이 적으니까 행동이 빨라 편리하긴 했지만, 그 대신 정찰대를 낼 수가 없어서 불안했다. 12명의 전투원으로는 정찰대를 편성할 도리가 없었던 것이다.

선두에 선 지휘자 문춘의 뒤를 따라 어디로 가는지도 모르고 부대는 이동하고 있었다.

내리뻗은 지능선과 두 가지 능선이 M자를 이룬 곳에서 100미터쯤 내려갔을 때 갑자기 선두대열이 좌우로 산개하여 엎드려 자세를 취했다. 모두들 반사적으로 지형 지물을 이용하여 몸을 숨겼다.

적정이 있었다. 아래쪽에서 총성이 울려왔다. 이편에서도 일제히 응사했다. 방한모를 쓴 병사 여남은 명이 능선을 타고 올라오는 것이 보였는데, 뒤이어 그 수가 자꾸만 불어났다. 거리는 약 5백 미터.

카빈총을 든 장교 하나가 꼿꼿이 서서 병사들에게 호통을 치는 것이 보였다. 전진하지 않는다고 병사들을 몰아세우는 모양이었다.

문춘이 저만큼 떨어져 있는 바위 뒤에서 감탄했다.

"그 놈 참 대담한 놈이군. 적이지만 됐어. 그만하면 됐어."

지열한 사격선이 10여 분 간 계속되었다.

낮은 등성이여서 눈은 녹아 없고 햇볕이 따사로웠다.

박태영이 붙은 바위에 김금철이 붙고, 그 건너에 이태가 붙어 있었다. 김금철은 승리사단 시절, 박태영과 이태가 속한 부대의 연대장이었다. 두 번이나 부상을 당해 환자트에 있다가 나온 후론 무보직 상태에 있었다. 물론 격은 다르지만 실제론 박태영과 마찬가지로 전사일 뿐이었다.

김금철은 정면을 향해 두세 번 권총을 쏘더니 흥미를 잃었다는 듯이 바위를 등지고 앉아 기지개를 켰다.

"어어, 날씨 좋다. 완전히 봄이군."

급한 정황에서 할 말이 아니다 싶었는데 이태의 말이 있었다.

"이 판에 봄이구 뭐구, 왜 사격을 안 하시오."

"권총으로 사격이 되나. 탄환도 없구. 늘어지게 한 숨 잤으면 좋겠군."

"허, 참."

이태의 얼굴에 신경질적인 힘줄이 나타났다.

"날씨가 좋으니까 자꾸 졸음이 와. 동무 담배 없나? 있으면 한 대 줘."

"없어요."

이태의 퉁명스러운 대답이었다. 그러자 김금철이

"이 동무, 마음 변했어."

하고 허리품에서 쌈지를 꺼내 삐라 종이로 담배를 말아 불을 붙였다.

"쳇, 담배를 가지고 있으면서 남보구 달래."

이태의 말투에 불쾌감이 묻어 있었다. 김금철은 대꾸하지 않았다. 박태영은 김금철이 무안해서 대꾸를 안 한다고 생각하고 정면을 보고 한 발 한 발 조준 사격을 했다.

이태도 최근에 바꾼 성능이 좋은 99식으로 열심히 사격을 했다.

얼마 쯤 후,

"김동무, 어이, 연대장 동무."

하고 이태가 김금철을 불러, 박태영은 김금철 쪽을 보았다. 김금철의 앉은 자세가 이상하다고 느꼈다. 자세히 보니 김금철은 담배를 떨어뜨린 채 죽어 있었다.

"이 동무, 김금철 연대장이 죽었소."

"뭐라구?"

이태의 얼굴에 놀람과 비통의 그림자가 교차했다. 자기가 퉁명스럽게 대한 데 대한 뉘우침도 있었는지 이태는

"아아 연대장 동무"하고 울먹거렸다.

박태영은 승리사단에 선속되어 그 부하로 늘어갔을 때 들은 김금철의 첫 번째 훈시를 상기했다. 빨치산은 용모와 복장이 깔끔해야 한다고 전라도 사투리를 마구 쓰며 강조했었다.

김금철은 여순사건 이래 수많은 전투를 겪었다. 국기 훈장 2급을 타기고 하고 연대장까지 지낸 14연대의 고참이었다. 그 역전의 용사 김금철의 최후치곤 너무나 어이없는 죽음이었다.

박태영은 사격을 계속하면서도 김금철에 대한 상념을 지워버릴 수가 없었다.

– 그는 당당한 연대장이었다.

일본 육군 대학을 나온 일본의 연대장 이상의 작전 능력을 지닌 연대장이었다. 졸병으로 출발한 사람이었던 만큼 졸병의 마음을 잘 파악하는 지휘자였다. 연대에서 가장 용감한 병사였다. 몸을 사릴 줄을 몰랐다. 그리고 언제나 솔선수범했다. 두 번이나 입은 부상은 그 때문이었다. 그의 전라도 사투리는 어떤 국어보다 훌륭했다. 그는 평안도 사투리, 함경도 사투리, 심지어 서울말까지도 흉내내려고 하지 않았다. 그의 전라도 사투리 훈시는 시저의 웅변보다 훌륭한 웅변이었다.

아아, 김금철 연대장! 그의 일생은 과연 무엇이었을까. 사기당한 일생이 아니었을까. 횡령당한 일생이 아니었을까. 늘어지게 한숨자고 싶다더니 소원대로 된 것일까. 누구도 그의 잠을 깨울 수 없게 되었으니. _240-243.

『지리산』 제7권 「가을바람, 산하에 불다」의 일부이다. 여기에 이태가 등장하고 있다. 작가 이병주가 이태의 '수기 초고'를 보지 않았다면 어떻게 이태를 알았고, 또 어떻게 이렇게 썼을까. 또한 경찰과 빨치산의 휴전회담이 있었음도 보여준다.

"앉읍시다, 우리."

하고 바위에 앉았다. 6명이 모두 앉았다.

경찰관이 담배를 꺼냈다.

"우린 악수할 처지는 아니지만 담배는 나눠 피웁시다."

하고 담배를 한 개비씩 권하더니, 박태영 차례가 되자 아직 꽤 많이 남아 있는 담뱃값을 그냥 넘겨주며,

"당신이 가지시오"

하고 호기를 부렸다. 그리고 제안했다.

"인질 하나씩을 데리고 정확하게 보수步數를 헤어려 5백보 갔을 때 인질을 동시에 돌려보내도록 하는 방법이 어떻겠소."

"우리가 서로 양해한다면, 그런 복잡한 방법 쓸 것 없이, 아무 일 없었던 것처럼 통과합시다."

문춘의 말이었다.

경찰관은 "우린 공산당을 믿지 않기로 했소."

하고 껄껄 웃고 덧붙였다.

"당신들도 경찰을 믿지 못할 것 아니오."

"당신의 제안대로 하겠소."

문춘이 말했다.

"이로써 협상되었소."

하더니, 경찰관은

"실례가 될지 모릅니다만 내 의견을 말해보겠소."

라고 했다.

"말하시오."

"어떻소, 당신들은 저 산위로 갈 것이 아니라 우리들과 같이 평지로 내려갑시다."

"쓸데없는 말은 안 하기요."

문춘이 노기를 띠고 말했다.

"강요하는 건 아니오. 그러나 내 말을 듣기나 하시오. 당신들은 지금 무슨 생각을 하고 있는지 모르지만 머잖아 죽을 운명에 있소. 대한민국은 결코 호락호락하지 않소. 지리산 속에서 죽는 것보다 살아 장차 당신들이 좋아하는 공화국을 위해 일하면 될 것 아니오. 만일 당신들이 나를 따라가겠다면 절대로 안전하게 모시겠소. 원하신다면 거제도 포로 수용소로 보내주겠소. 지금 휴전 회담에서 포로를 교환하는 데 합의해서 교환 절차만 남아 있소."

"듣기 싫으니 인질 선정이나 합시다."

문춘이 딱딱하게 말했다.

"우리 측은 선정할 필요가 없소. 내가 인질이 되어 따라갈 테니까."

그 때 옆에 있던 경찰관 두 사람이

"대장님, 그건 안 됩니다. 제가 인질이 되겠습니다."

하고 거의 동시에 말했다.

문춘이 입을 열기 전에 박태영이 나섰다.

"내가 가겠습니다."

"그렇게 해주시오."

문춘이 나직이 말했다.

결국 부하 경찰관 한 사람이 남부군의 인질이 되고 박태영은 경찰의 인질이 되었다.

부대가 각기 움직이기 시작했다.

5백 보를 정확하게 헤어리더니 경찰대장이 박태영에게

"어쩐지 당신만은 데리고 가고 싶지만 우리 부하가 저기에 있으니 할 수 없군. 그러나 기회를 보아 귀순하도록 하시오. 내 이름은 김용식이오. 경찰에 붙들리거든 내 이름을 대시오."

하고 옆구리에 차고 있던 가방에서 한 다발의 신문과 캐러멜 두 통을 주며 말했다.

"빨리 돌아가시오."

박태영은 돌아오다가 중간에서 인질이 되었던 경찰관과 스쳤다. 그 경찰관은 지나치려다 말고 포켓에서 담배 한 갑과 성냥을 꺼내 얼른 박태영의 손에 쥐어 주었다. 그리고 박태영이 고맙다는 말을 할 사이도 없이 미끄러지듯 비탈길을 내려갔다.

박태영은 느릿느릿 숨을 조절해가며 걸었다. 얼마를 가니 문춘이 박태영의 배낭을 들고 서 있었다. 주위가 갑자기 어두워졌다.

긴 봄날의 해도 어느덧 저물어 가고 있었던 것이다.

박태영은 방금 있었던 일을 꿈속에서 있었던 일처럼 생각하며 문춘의 뒤를 따랐다. 동족끼리의 싸움이기에 더욱 비참하고, 동족끼리의 싸움이기에 뜻밖의 정이 오갈 수도 있다는 상념이 애처로웠다.

"그놈, 참으로 대단한 경찰관이다."

"공산당원이 되었더라면 모범 당원이 되었을 놈이다."

등등, 김용식 경찰관은 한동안 남부군의 입에 오르내렸다.

박태영은 경찰관이 준 신문을 몰래 읽었다.

4월 9일자 신문에는 다음과 같은 기사가 있었다.

'전황-지상 전투는 지극히 평온하다. 유엔군 정찰기가 문등리 계곡에서 공산군 부대를 습격하여 7명을 사살했다. 유엔군 폭격기가 전주, 순천 간의 철도를 폭격하고, B29폭격기는 선천의 군사 시설을 파괴했다.

'미 국방성 발표 – 한국 전선에서의 미군 사상자 총수는 107,143명이다. 이것은 지난 주 발표에 비해 178명이 증가된 수이다.'

'4월 9일 현재 지리산 지구의 종합 전과 – 공비사살 12,286명, 생포 8,438명, 귀순 1,120명, 각종 포 51문, 기관총 269정, 소총 4,690정, 수류탄 2,793개 노획.'

'휴전회담 – 6개월 내에 평화가 달성 될 것이라고, 영국 극동 지상군 사령관 게이트리 장군이 언명했다.'

'국내 정세 – 국회전원 위원회는 비공개로 예산안 본격심의에 들어갔다. 장 국무총리가 미군 병원에 입원했다. 사회부가 4월분 구호 양곡을 각 도에 배당했다.……'

4월 10일자 신문도 지상 전투는 평온하다고 하고 공군의 활약상만 보도했다. 내각 책임제 개헌안 서명 의원이 10일 현재 125명에 달했다고 했다. 휴전 회담 진행 상황 보도도 있었다.

4월 11일의 신문은 미 육군이 발표한 공산군의 손해를 보도했다. 4월 3일까지 공산군 사상자는 1,648,456명이고 포로가 132,268명이라고 했다. 160만여 명이 죽고 13만여 명의 포로가 있다면 공산군은 궤멸된 거나 다름없지 않을까 하는 생각이 들었다.

이태가 없어졌다는 사실은 날이 갈수록 박태영을 침울하게 했다. 어느덧 정이 들 대로 들어 있었던 것이다. 박태영은 보초를 설 때에도 행군을 할 때에도 이태를 생각하며 멍청해져버릴 때가 있었다.

죽었을까, 생포되었을까, 귀순했을까, 그 사실을 확인하기 위해서라도 탈출하고 싶은 충동을 빈번히 느끼게 되었다.

사실을 말하면 이태는 생포되었다. 물론 박태영이 알 까닭이 없었지만 이태는 그

후 자기가 생포된 경위를 다음과 같이 썼다.

이태의 수기 -

내가 떠나려고 하자 문춘이 내 작업복 포켓 언저리가 터져있는 것을 보고 여성 대원 원명숙에게 지시했다.

"원동무, 이태 동무의 작업복을 꿰매주시오."

원명숙은 내 윗도리를 이곳저곳 뒤적이며 몇 군데 터진 곳을 얌전하게 꿰매주었다. 그리고 다소곳한 소리로 말했다.

"자, 됐어요, 돌아서봐요. 바지는? 바지는 괜찮아요?"

나는 실을 도로 감고 있는 원명숙의 하얀 손등을 내려다보았다. 춘풍 추위를 겪고 찌는 듯한 여름의 태양에 그을리고, 엄동설한을 견디고도 하얀 빛깔로 우아하게 손을 간수할 수 있었다는 사실만으로도 대견하다고 생각했다. 그러자 문득 고약한 예감이 들었다.

'원명숙하고도, 모든 대원들하고도 이게 영 이별이 되는 게 아닌가?'

토벌군의 거점이 되어 있는 거림골 주변으로 들어간다는 것은 사지(死地)를 찾아드는 거나 다를 바 없으니까.

pp.270-274.

앞에서 보시다시피, 작가 이병주는 『지리산』에서 「이태의 수기」라고 본명을 밝혀 놓고 있다. 더욱 중요한 것은 이 '수기'를 기초로 활용했다는 사실이다. 뿐만 아니라 이렇게까지 썼다. "이 소설의 마지막 부분은 등장인물의 한 사람인 이태의 수기가 없었다면 서술이 가능하지 못했을 것이다. 그의 본명은 밝힐 수 없어 유감이지만 그는 현재 한국의 중요한 인물로 건재하다는 사실만은 밝혀 둔다."(「작가의 후기」). 그렇다면 '파렴치한 한 문인'의 '표절'이라고 이태가 말한 사람은 누구를 가리킴이었을까. 추측컨대 그동안 '빨치산'을 소재로 장편과 단편 소설을 써온 작가들이 아닐까. 그들은 「이태의 수기」를 활용했음을 밝히지 않은 작가들일 터.

『지리산』이 품은 생명의식

남송우(부경대 명예교수)

1. 들어서면서

『지리산』은 하준수의 수기와 이태의 수기, 그리고 김남식의『실록 남로당』등의 기록을 재구성하면서 일제, 해방공간, 6.25 등으로 이어지는 한국 현대사 중 굴곡의 한 부분을 재구성한 증언소설(정찬영,『한국증언소설의 논리』, 예림, 2000)이라 할 수 있다.

이 작품에 대한 논의는 그동안 다양하게 펼쳐져 왔다. 첫 논의는『지리산』(기린원. 1985)이 출간될 때, 작품해설은 쓴 임헌영의「〈지리산〉의 인간과 역사」(이 내용은「현대소설과 이념 문제」라는 제목으로, 김윤식, 임헌영, 김종회 편『이병주 문학 연구 역사의 그늘, 문학의 길』에 다시 수록되어 있다)이다. 여기서 임헌영은 등장인물들을 다섯 가지 유형으로 분석한 이후에 우리 분단 문학은 어쩌면『지리산』을 원점으로 하여 처음부터 다시 시작해야 할지 모른다는 평가를 내리고 있다.『이병주 문학 연구 역사의 그늘, 문학의 길』(한길사, 2008)에는 이병주 작가에 대한 작가연구 9편과 작품연구 13편이 수록되어 있는데, 작품『지리산』에 대한 연구는 정호웅의「영웅적 인물의 행로」, 정찬영의「역사적 사실과 문학적 진실」, 김복순의「"지식인 빨치산"계보와『지리산』」, 이동재의「분단 시대의 휴머니즘과 문학론」등 5편이 실려 있다.

정호웅은 이규와 박태영 두 주인공의 성격을 분석함으로써 역사소설의 문제점을 지적하고 있다. 기록과 증언의 실현자로서 역사의 한복판에 있지 않았던 이규를 설정함으로써 구체적 역사성의 확보가 제약당했다는 것은 곧 구체적 역사성의 개념적 파악이 과도하게 행해졌다고 본다. 정찬영은 현대사를 이루어온 역사적 힘의 원동력을 국내의 정치 역학 관계로만 파악했다는 점에서 한계가 있지만, 한 시대를 살아간 인물들의 기록과 증언을 적극 수용하여 우리 시대의 숨겨진 영역을 벗겨주었다는 증언소설로서의 의의는 평가되어야 할 것이라고 결론을 짓고 있다. 김복순은 『지리산』이 지식인 빨치산의 모습을 보여주고 있어, 순이를 제외하고는 민중이 전면에서 역사를 추동하는 원동력으로 그려지지 못하였다고 평가한다. 이동재는 이병주의 『지리산』에 깔린 개인주의적 휴머니즘은 인간의 생명과 가치, 창조력을 긍정하고 보다 풍부한 것으로 하기 위해서 이것을 위협하고 압박하여 왜곡하는 모든 비인간적이고 반인간적인 힘과 싸우는 것이기보다는, 현실추수적이고 자기 보존적이며 기회주의적인 방관자적 휴머니즘으로서 해방 이후 순수문학을 주창해온 문협 정통파의 문학관과 맥락을 같이하고 있다고 해석했다.

이경은 「몸과 질병의 관점에서 『지리산』 읽기」(《코기토》 70, 2011)에서 질병을 매개로 정신을 중시하고 몸을 도구화하는 빨치산과 몸속에 정신이 있으며 질병이 삶의 한 형태라고 인식하는 비빨치산의 대립양상에 착안하여 인간의 몸을 도구화하는 이데올로기의 폭력을 드러내는 동시에 유아론과 동일자적 연대로 귀결되는 반공이데올로기의 한계를 규명하고 있다.

그리고 추선진은 「이병주의 『지리산』에 나타난 여성 지식인 고찰」(《비평문학》 64, 2017)에서 가부장적 질서에서 한 치도 벗어나지 못하는 여성 지식인의 한계를 지적하고 있다. 또한 이광욱은 「중립불가능의 시대와 회색의 좌표 – 이병주의 "관부연락선", "지리산"에 나타난 지식의 표상을 중심으로 –」(《민족문화연구》 84, 2019)에서 유태림과 박태영의 삶을 통해 중립주의의 실패담을 통해 자유주의, 공산주의, 허무주의 어디에도 복속되지 않는 주체로서의 지위를 갖고자 했음을 밝히고 있다. 최근 발표된 손혜숙의 「학병의 기억과 서사 – 이병주의 소설을 중심으로 –」(《우리문학연구》 66, 2020)에서는 학병거부자의 삶에 초점을 맞춘 『지리산』 작품 분석을 통해 자기비판이 촉발되고 있으나 결국 민족의 수난자로 전이되는 있음을 밝히고 있다.

이상의 『지리산』 작품연구를 종합해볼 때, 『지리산』이 품고 있는 생명의식[1]에 대한 해명은 아직은 미답지로 남겨져 있다. 이에 본고에서는 『지리산』에서 우리가 사유해 볼 수 있는 생명의식에 초점을 맞추어 논의를 전개해 보려고 한다.

2. 지리산 자체가 품은 생명력

지리산 자체가 지니고 있는 생명력을 논하기 위해서는 이 산으로 피신할 수밖에 없었던 하준수가 인식한 지리산의 모습은 어떤 것이었을까를 먼저 살펴볼 필요가 있다. 일본의 학병징집을 거부하고 지리산으로 향하는 하준규가 박태영에게 전해주는 지리산은 다음과 같은 곳이다.

지리산은 험하기 짝이 없는 산입니다. 그러나 쫓기는 사람이 아니면 근처에 마

---

[1] 생명이란 무엇인가라는 생명 자체에 대한 논의를 본격적으로 시작한 것은 그렇게 오래되지는 않았다. 20세기 말부터 생명이 우리 시대의 중요한 과제로 등장하면서 여러 학문 영역에서 생명현상을 탐구하기 시작했다. 그래서 다양한 학문 영역에서 생명의 기원, 조건, 요소, 본질 등을 규명하는 작업에 열을 올리기 시작했다. 그러나 모든 분야의 사람들이 모두 공감할 수 있는 생명의 정의를 제시한다는 것은 불가능한 상태이다. 생명현상을 밝혀보려는 연구자들마다 자신의 전공영역에서 바라보는 관점에 따라 생명을 각각 다르게 규정하고 있기 때문이다. 오늘날 논의되고 있는 생명을 이해하는 유형은 크게 다섯 가지로 나누어 볼 수 있다. ① 에르빈 슈뢰딩거가 『생명이란 무엇인가』를 출판한 이후에 나타난 생명현상을 물리학적 관점에서 논의하는 내용들 ② F. 카프라가 물리학에 동양의 직관과 철학을 도입하려는 흐름인 신과학 운동에서 나타나는 생명이해 ③ 한스 요나스 등의 생태윤리적 생명철학 ④ 노자나 장자 등의 동양철학에서 말하는 영성적인 생명이해 ⑤ 신학적 · 종교적 차원에서의 생명논의 등이다. 그런데 이러한 다양한 생명논의에도 불구하고 오늘날 생명 논의의 핵심적 문제는 생명에 대한 자연과학적 이해와 종교 · 영성적 접근의 이원화 현상이다. 생명현상은 생물학적인 차원에서의 해명으로 다 해결될 수 있는 문제는 아니다. 생명체가 지닌 개체 생물이 지닌 특성만으로 생명 현상을 다 설명할 수 없기 때문이다. 그렇다고 생명의 문제를 철학적인 성찰로 다 해결할 수 있는가? 이것도 불완전한 결과로 나타난다. 생명의 문제는 철학적인 성찰로만 해결될 성질이 아니기 때문이다. 자연과학적, 실증적 접근은 그 본래적 의미를 드러내지 못하고, 인간과의 관계에서 주어지는 어떠한 존재론적 의미도 제시하지 못한다. 자연과학의 맹목성에 대해 생명의 정당한 의미를 밝혀내는 데에는 철학적 사유와 종교적 사유, 영성적이며 형이상학적 사유가 총체적으로 어우러져야 한다는 것이다. 그래서 전통적으로 생명을 바라보는 두 견해는 전 우주는 살아있다고 보는 범생명관적 견해와 생명을 물리화학적인 기계로 보는 입장으로 나뉘어져 있었다. 이 두 극단 사이에 다양한 의견들이 놓여있다. 그러나 생명의 기계화와 물질의 생명화 둘 다 생명의 본질을 온전하게 설명해 주지는 못한다. 그래서 이러한 한계를 극복하기 위한 생명론의 논의들이 제기되었다. 이러한 관점의 토대 위에서 생명의식이란 개념을 사용한다. 신승환, 「마르틴 하이데거의 생명 이해와 한스 요나스 생명철학의 존재론적 함의」, 《하이데거 연구》 제6집, 2001, p.358 참조.

을도 있으니 근근히 연명할 수도 있는 곳입니다. 그러나 쫓기는 몸이라든가 경찰을 조심해야 할 처지에 있는 사람은 살아가기 지극히 힘드는 곳입니다. _『지리산』 2권, p.104

쫓기는 사람들에게는 살기가 힘든 곳이 지리산임을 밝히고 있다. 그런데도 지리산에서 보광당을 조직했던 중심인물인 하준규와 박태영은 지리산으로 향하고 있다.

지리산으로 간다! 그것은 일제에 대한 단호한 항거를 의미한다. 일제라고 하는 그 억척 같은 세력을 적으로 하고 고립된 힘으로써 지리산 속에서 과연 몇 해, 아니 몇 달을 지탱할 수 있을까 지리산으로 가는 것은 무덤을 찾아간다는 행위와 조금도 다른 것이 없는 게 아닐까. 그러나 일본 병정으로 끌려가 개죽음을 하는 것보다는 나을 것이다. _『지리산』 2권, p.108

동트기 직전인 회명의 하늘 저편에 새벽의 별빛이 유난히 큰 광망으로 빛나고 있었다. 태영은 그 별빛을 향해 심호흡과 더불어 맹세를 했다. "영광의 그날까지 나는 결코 굴하지 않으리라" 태영은 지리산을 향해 힘찬 발걸음을 옮겨놓기 시작했다. _『지리산』 2권, p.140

사람이 살아가기 힘든 지리산으로 입산한 한 이들은 산에 정착하면서 산이 지닌 생명력을 확인하기 시작한다. 박태영이 인식한 자연을 통한 생명력의 확인은 우선 지리산의 흙이 지닌 생명력이다.

검은 흙 속에서 감자가 알알이 나타났다. 땅이 정성껏 잉태해서 길러놓은 생명을 파낸다는 신성한 감동이 태영의 가슴에 서렸다. 대지의 신비가 새삼스럽게 피부로써, 혈맥으로써, 두뇌로써, 느껴진다는 그런 기분이었다.
감자를 심으면 감자를 낸다. 참외를 심으면 참외를 낸다. 수박을 심으면 수박을 낸다. 콩을 심으면 콩이 나고 팥을 심으면 팥이 난다. 이 아무렇지도 않은 일상의 상식이 어떻게 이처럼 감동이 되는 것일까.

태영은 흙이 곧 조국이란 사상을 익혀보았다. 모든 생명이 흙에서 나고 흙으로 돌아간다. 흙은 신선하다. 이 신성한 흙이 강토의 규모가 되면 거기 조국이 생긴다. 흙이 신성한 것처럼 조국도 신성하다. 사람은 조국의 신성을 더욱 신성하게 하기 위해 아쉬움 없이 목숨을 바칠 수가 있다. 목숨을 조국을 위해 바쳤다는 것은 조국의 생명에 스스로의 생명을 기일(歸一)한다는 뜻으로 된다. _『지리산』 2권, pp.179~180

박태영의 흙을 통한 생명인식은[2] 결국 산 자체가 살아있는 생명체임을 인식하는 단계로 나아간다.

산은 살아 있다. 어떤 생명체보다도 민감하게 거창하게 풍성한 생명력과 섬세한 심미감과 마를 줄 모르는 정열을 지니고 살아 있는 것이 산이다.

산에 봄이 오면 봄의 산이 된다기보다 봄 그 자체가 된다. 여름이 오면 여름 그 자체가 되고, 가을이 오면 가을 그 자체가 되고, 겨울이 오면 겨울 그 자체가 된다. 계절이 산을 스쳐가는 것이 아니라 산이 그 의지와 정열로써 계절을 만들어 내는 것이다. _『지리산』 2권, p.209

지리산이 품고 있는 생명성은 20년을 지리산에서 살면서 약초를 캐어온 중년부부의 삶에서는 단순히 생명을 지닌 산의 차원을 넘어 영적인 존재로 드러

---

2) 흙은 죽어 있는 것이 아닙니다. 흙 한 숟갈 안에도 박테리아 같은 생명체가 수없이 존재합니다. 태양 에너지를 받은 흙이 대지 피라미드의 맨 바닥에 위치합니다. 식물은 이 흙에 뿌리 박고 있습니다. 식물이 광합성을 해서 먹을 수 있는 에너지로 바꾸어 주면 이것을 곤충류 벌레들이 먹고, 곤충류를 새와 설치동물이 먹습니다. 그 위에 채식동물이 있고, 점점 좁혀지면서 맨 위에는 육식동물이 있게 됩니다. 육식동물은 훨씬 숫자가 적은데, 피라미드 위로 올라갈수록 개체 수는 점점 줄어듭니다. 그러나 그것이 피라미드의 끝이 아닙니다. 육식동물도 죽습니다. 죽으면 다시 땅으로 돌아오면서 해부자(박테리아, 세균 등)를 통해 새로운 생명체를 이루는 에너지를 제공합니다. 계속 돌고 도는 이것을 '에너지의 순환'이라고 합니다. 생명권 안의 모든 것이 '생명공동체'입니다. 그런데 이 생명공동체는 거미줄처럼 연결되어 있습니다. 김승혜, 「생태윤리 의식의 시작 −자연과 인간의 관계 재정립」, 『현대 생태사상과 그리스도교』, 바오로딸, 2009, pp.101~102.

나고 있다.

> 이 고원에서 약초를 캐며 20년의 풍상을 살아왔다는 주인 내외는 지리산을 영산(靈山)으로 알고 산신령이 있다는 것을 믿고 의심하지 않았다.
> 산신령은 지리산 크기만 합니다. 아니 지리산 전체가 산신령의 모습인걸요. 산신령은 또 조그만 꽃의 형상을 하기도 하지요. 산신령은 봄철엔 만발한 꽃으로 핀답니다. 가을철엔 단풍이 되고요. 저 바람소리는 산신령께서 숨쉬는 소리올시다.
> _『지리산』 7권, p.52

지리산은 생명체의 단계를 넘어 생령이 되고 있다. 이러한 지리산에 대한 인식은 자연은 살아있고 생명력과 영적 활력으로 가득차 있으며, 또한 인간의 마음에 감응하는 기운으로 이해되고[3] 있는 장면으로 볼 수 있다. 그러면 이러한 산에 들어와서 살고 있는 자들은 어떤 생명의식을 내보이고 있는가? 그 모습을 보광당 시절과 남부군 시절로 나누어서 살펴본다.

3. 보광당 시절의 생명의식

일제의 압정을 피하고 일제에 저항하기 위해 지리산으로 입산한 자들이 조직한 보광당은 체제를 갖추고 일본 경찰들과 대치하면서 결투를 벌이지 않으면 안되었다. 경찰들이 지리산에 입산한 보광당 무리들을 없애기 위해 늘 지리산을 공격해 왔기 때문이다. 그런데 보광당은 인간의 생명을 죽이는 일은 최대한 금했다. 송평리에서 쾌관선으로 들어오는 길목에서 토벌대와의 전투를 앞두고 하준규는 다음과 같은 지시를 내린다.

---

3) 김용휘, 「해월 최시형의 자연관과 생명사상」, 《철학논총》 90, 2017, p.1.

가능한 한 부상은 입히되 죽이지 말도록 하라. 총을 쏘아야 할 경우엔 아무리 가까운 거리에서라도 사람이 맞지 않도록 총이 있다는 사실을 알릴 정도로 쏴라. 포로로 잡아선 안 된다. 포로처럼 처치 곤란한 건 없다. 그들을 추격할 땐 추격하는 척하고 부상자를 데리고 도망을 칠 수 있도록 여유를 주어야 한다. _『지리산』 3권. p.38

이 전투의 상황은 다음과 같이 기록되고 있다.

전투는 싱겁게 끝났다.
토벌대는 9명의 부상자와 대부분의 총기를 포기하고 퇴각해 버렸다. 토벌대의 퇴각을 완전히 확인한 후 부상자를 치료해 주는 한편 유기된 총기를 주워 모아 보았더니 거의 모두가 목총이고 진짜 총은 20정밖엔 안 되었다. 탄환은 2백여 발.
부상자들은 응급치료만 해주고 기어가든 걸어가든 마음대로 하라고 이르곤 모두들 쾌관산으로 돌아왔다. 이편엔 한 명의 부상자도 없는 것이 다행이었다. _『지리산』 3권. p.40

이 전투에서 보여주는 보광당의 생명의식은 가능한한 사람을 죽여서는 안된다는 것을 철저하게 실천함에 있다. 이는 이들이 인간의 생명을 함부로 죽여서는 안 된다는 생명에 대한 경외 의식과 함께 그들이 궁극적으로 지향하는 세상이 있었기 때문이다. 이 사상은 이들이 해방을 맞아 하산하면서 하준규가 보광당에 속한 150명 동지들에게 전한 고별사에서 나타난다. 그것이 화원 사상이다.

"꼬박 1년 8개월 동안을 우리는 이 날이 오길 기다렸다. 배가 고픈 것을 참고 집이 그리운 것을 참고 온갖 욕망을 모두 참고 우리는 이 산골에 숨어 살면서 오직 이날만을 기다렸다. -중략- 지나온 나날은 힘겨웁고 고달프기도 했지만 지금 되돌아보니 우리는 꽃밭에서 살아온 것이나 다름없다. 어젯밤 성한주 선생께서 하신 말 그대로 이곳은 화원이었다. 그러니 이곳에서 생각한 모든 생각은 화원의 사상이다. 기막히게 아름답고 거룩한 사상 우리는 이 화원의 사상을 길이 잊지 말아야 하겠다. 화원의 사상이란 다른 것이 아니다. 우리는 조국의 독립을 바랬다. 우리는 민족의 해방을 원했다. 일본놈의 속박, 그 압제에 항거했다. 그리고는 보다 슬기롭게 착하게 바르게 살려고 애썼다. 이것이 화원의 사상이다. 우리는 앞으로 더욱 이 사상을 가꾸어 나가야 하겠다. 조국의 독립이 빨리 이룩되도록 민족의 해방이 빨리 성취되도록 해야겠다는 것이 곧 화원의 사상을 가꾸는 것이다. 이제 우리 150명이 이 산을 내려간다. 우리를 기다리는 사회는 복잡할 줄 안다. 이때까진 피하고 항거하고 싸울 작정으로만 살아올 수 있었지만 새로운 질서를 만들어야 하고, 새로운 터전을 만들어야 하고, 옳고 나쁜 것을 가릴 줄 알아야 하고, 남의 고통을 나눠 고민해야 하고, 솔선수범할 줄 알아야 하고, 일본 천황이 그들의 국민에게 가르쳤듯이 참지 못할 것까지를 참고, 견디지 못할 것까지를 견디어야 한다. 이것이 곧 화원의 사상이며 지리산에서 배우고 괘관산에서 익힌 우리의 정신이다. 우리 보광당은 그야말로 민족을 고루 비치는 빛이 되어야 한다."_『지리산』3권, pp.146~147

모두가 꽃이 되어 화원을 이루는 화원 사상의 뿌리는 무엇일까? 우선 독립과 자유에서 찾을 수 있다. 생명의 특성인 자율, 자주성을 말한다. 구속과 압박은 모든 생명을 제대로 활성화 시킬 수 없다. 구속은 생명을 억압하고 죽인다. 그리고 화원 사상은 바르게 사는 정의를 지향하는 삶이다. 그러므로 보광당이 내세우는 화원 사상은 자유, 자주, 정의라는 생명의식을 토대로 두고 있는 생명 사상이다.

그러면 보광당이 해체되고 난 뒤 다시 지리산에 모여든 남부군 시절에는 어떤 생명의식이 드러나고 있는가?

4. 남부군 시절의 생명의식

박태영은 보광당 조직으로부터 남부군에 소속됨으로써 공산당의 비생명성과 싸워야 했다.

"내가 당했대서 하는 말이 아니라 이런 부조리가 다른 부분에서도 작용하고 있을 것이 아닌가. 강철 같은 규율로써 조직의 원칙으로 삼아야 하지만 그 조직이 유기적으로 생명처럼 움직일 것이고 또 수액처럼 인화의 훈훈한 기분이 미만해 있어야 하는 건데 시기와 질투, 출세주의, 섹트 근성, 이런 것이 판을 치고 있으니 될 말인가?"_『지리산』 4권, p.333

나는 보다 인간적인 사람을 만나기 위해 공산당에 입당했다. 나는 보다 인간적인 사람이 되기 위해 공산주의자가 되었다. 보다 인간적인 사람일 수 없을 때 공산주의자는 되지 못한다. 그런데 박태영은 공산당 안에서 인간적인 사람을 하나도 만나질 못했다. 물론 하준규나 노동식은 인간적인 인간이었다. 그러나 하준규와 노동식은 공산당원이 되기 이전에 인간적인 인간이었다. _『지리산』 5권, p.77

공산당이란 조직이 인간다운 조직이 아니라 비인간적인 조직임을 확인하고 있다. 이러한 공산주의 사상의 뿌리를 이동식 교수로부터 박태영은 듣는다.

그러니까 내 말을 오해하지 말고 들어. 마르크스주의는 죽음을 전제로 한 사상이다. 부르조아를 죽이지 않곤 프롤레타리아가 승리할 수 없다. 트로츠키를 죽이지 않곤 스탈린이 있을 수 없다. 반혁명자를 죽이진 않곤 소비에트가 체제가 없다. _『지리산』 6권, pp.54~55

공산주의가 비인간적일 수밖에 없는 것은 죽음을 전제로 한 사상이기 때문이란 것이다. 공산주의를 위해서는 상대방의 생명을 죽여야 하는 반생명적인 행위가 이루어질 수밖에 없다는 것이다. 이렇게 남부군 시절에는 인민해방을 위해서 반생명적인 행위들이 자행되고 있었음을 보여준다.

보광당에서 남부군으로 그리고 빨치산의 마지막 투쟁자로서 남겨진 박태영은 『지리산』의 중심 인물이다. 그러면 박태영이 보여준 생명의식은 어떠한가?

5. 박태영의 생명의식

그해 5월 박태영이 그의 대원들을 모아 놓고 다음과 같이 제안했다.

"우리는 이미 파르티잔 조차도 아니다. 주의도 있을 수 없고 이념도 있을 수 없다. 우리가 할 일은 오직 생존을 위한 투쟁이다. 생존을 위한 투쟁엔 두 가지가 있다. 하나는 끝까지 지리산에 남아 죽음을 한정하고 버티는 길이 있고, 또 하나는 적에게 항복하여 살길을 구하는 길이다. 생존을 위한 투쟁만이 남았을 때 항복은 결코 수치스러운 것이 아니다. 만책이 다 끝났을 때 옛날의 영웅호걸도 항복을 서슴치 않았다. 나폴레옹도 항복을 서슴치 않았다. 이미 당이 없어지고 여러분의 공화국으로부턴 아무런 소식도 지원도 없는데 여러분은 무엇을 기다릴 것인가. 자기의 목숨 하나를 구하는 것이 지금에 있어선 대사업이다. 지금부턴 자기 목숨 하나를 구하기 위해 용감해야겠다."

박태영은 항복을 준비하는 지점으로서 하동군 옥종면 북방리를 상정했다. 그곳에 정호영이 있었기 때문이다. 정호영을 통해 주성중, 주영중과 연결이 되면 생명만은 구할 수 있을 것이란 계산이었다. _『지리산』 7권, p.355

"순이야, 너는 살아 남아야 해, 넌 살아 남을 수 있어, 자아, 이 보따리를 갖고 뛰어라. 엄호를 해줄테니까. 어떻게든 너는 살아남아 이 보따리를 김숙자에게 갖다줘라. 그리고 김숙자에게 일러라. 이규가 불란서에서 돌아오면 이걸 그에게 주라고."

"네가 살아 남아 이 기록을 숙자에게 전하지 못하면 지리산에서 죽은 파르티잔은 죽어도 눈을 감지 못한다. 영원히, 영원히 죽을 수도 없다. 산돼지처럼 죽어야 한다." _『지리산』 7권, p.364

박태영과 정복희의 시체가 십자형으로 겹쳐진 채 딩굴고 있었다. 두 사람 모두 머리에 탄환자국이 있었다. 최후의 순간 박태영과 정복희는 서로 상대방을 쏘아 죽은 것이라고 순이는 짐작했다. 단 1분이라도 늦게 박태영이 죽었을 것이다. _『지리산』 7권 p.365

박태영에게 죽음이란 어떤 의미를 지니는 것일까? 박태영은 지리산에 남은 남부군 8명의 생명을 해치지 않기 위해 항복의 길을 택하게 했다. 그것은 박태영이 지닌 타자의 생명을 그토록 귀하게 여겼음을 보여준다. 그러나 자신의 생명에 대해서는 항복을 통한 목숨을 구하는 길이 아닌 토벌대와 싸우면서 자신의 생명을 죽음에 이르게 하는 길을 택한다. 이렇게 자신의 죽음을 스스로 선구하는 의미가 무엇인가? 죽음에 대한 불안에서 도피하지 않고 그것을 용기 있게 인수하면서 그 안에서 개시되어오는 자기 자신의 본래적인 가능성을 떠맡는 것이 '죽음에의 선구'이다. 이러한 죽음에의 선구를 통해서 인간의 근원적인 존재의미인 본래적인 시간성이 구현된다. 하이데거가 말하는 죽음에로의 선구는 사람들이 자신의 죽음을 앞당겨서 자살하는 것이 아니라 오히려 그 어느 것에 의해서도 대체될 수 없는 각자의 고유성을 자각하는 사건이었다. 그리고 우리 인간의 삶이 결국은 탄생에서 죽음에 이르는 유한한 시간이라면, 죽음에로의 선구는 우리가 자신에게 주어진 유한한 시간을 자기 자신만의 일회적인 시간으로 경험하게 되는 것을 의미한다[4]. 이는 죽음을 통해 새로운 생명을 각인하는 순간이다. 그러므로 박태영은 죽음을 선구함으로써 영원한 생명의 길에 이르는 길을 택하고 있다. 그 구체적 방안의 하나로 순이를 통해 지리산의 삶의 기록을 이규에게 전달하도록 한 것이다. 기록은 소실되지 않는 한 영원히 남는 것이기 때문이다. 박태영은 죽음을 통해 살아남는 길을 택한 것이다. 이것이 박태영이 이 작품에서 보여주는 『지리산』의 생명의식이다.

6. 나가면서

『지리산』은 항일투쟁으로 학병징집에 불응하고, 지리산에 입산했던 하준수

---

4) 박찬국, 「죽음은 인간 개개인의 가장 고유한 가능성이다」, 『철학, 죽음을 말하다』, 산해, 2005, pp.208~210 참고.

와 박태영을 중심한 보광당과 해방 이후 좌우익의 이념 대립으로 말미암아 지리산으로 모여든 소위 빨치산들의 삶을 보여주는 대립과 갈등의 파노라마라 할 수 있다. 갈등과 대립이 극한에 이르게 되면, 결국 인간의 생명을 죽음으로 몰고 간다. 이런 극한의 상황 속에서도 지리산이 지닌 생명력과 박태영이 내보인 스스로 생명을 죽음으로 내몰고 간 행위는 『지리산』 작품이 품고 있는 중요한 생명의식의 하나로 해석할 수 있다. 지리산은 사계절의 순환 속에서 끝임없는 생명성을 유지하고 있음을 보여준다면, 박태영이 선구한 죽음은, 죽음을 통해 또 다른 생명의 길을 보여주고자 한 행위라고 할 수 있다. 남은 과제는 지리산의 생명력이 박태영의 생명의식에 어떻게 작용을 했을까 하는 지점이다. 이는 앞으로 해명되어야 할 부분으로 남겨져 있다.

이병주 소설과 기억의 정치학

『관부연락선』을 중심으로

손혜숙(한남대 교수)

1. 이병주 소설과 기억

이병주의 글쓰기는 다양한 기록과 역사체험 기억의 조화 속에서 이루어지고 있다. 그리고 이러한 창작방법을 토대로 한국 현대사의 문제와 모순을 지적하고, 나아가 역사 다시 쓰기를 시도한다. 이병주 소설에서 개인적 기억은 선택과 조합의 과정을 거쳐 역사를 기록하고 재현하는 수단이 된다. 동시에 공적인 역사에서 배제된 희생자들에 대한 망각에 이의를 제기하고 추모와 애도를 통해 그들을 역사적 공간으로 호출해 낸다. 역사를 지배적 영웅이나 지배적인 위치에 있는 사람들 중심의 공적 서사 양식으로 보는 이병주는 공적인 역사에서 은폐되고 침묵되어온 인물에 초점을 두어 역사를 다시 기술하고자 한다. 때문에 이병주 소설에서 소환된 개인적 역사체험 기억은 정전화된 공적 역사에 균열을 낸다.

이 글에서는 작가가 망각에 의해 봉합될 수도 있었던 과거의 기억을 현재의 시간 위에 호출해 내는 이유와 그것이 작가의식과 어떤 관계가 있는지에 대해 규명해 보고자 한다. 궁극적으로 공적 기억의 억압과 배제로 인해 소거되었던 개별적 체험을 통해 관제적으로 구축된 기억들을 재배치하고, 학습된 역사를 체험의 역사로 다시 기술하고자 하는 작가의식을 밝히는 데 목적이 있다.

2. 흔적과 기록, 망각의 복원

『관부연락선』은 이선생이 E, H와 주고받은 편지를 중심으로 한 외부서사와 일본 유학생인 유태림이 '관부연락선'을 조사하면서 기록한 수기 및 해설자 이선생이 유태림의 삶을 서술한 내부서사로 구성되어 있다. 편지를 중심으로 한 외부서사는 주로 현재의 시점에서 이뤄지며 유태림의 전기를 쓰게 된 동기를 설명하고 있다.

> 도쿄에서 이 원고를 읽으면 그 객관적인 의미를 납득할 수 있지만, 잘은 모르나 오늘의 한국에 앉아 이것을 읽으면 그 의미가 흐려지고 자칫하면 왜곡되지 않을까 두렵기도 해서 하는 말이니 양해하길 바란다. 그리고 이 '관부연락선'이란 원고 뭉치는 문자 그대로 원고 뭉치이지 소설도 아니고 논설도 아니고, 황차 체제가 완결된 기록도 아니다. 그저 편편(片片)한 자료에다 감상을 섞은 정도의 것인데 이대로 공개하는 깃은 거의 무의미하다. 이 원고의 성립 과정을 잘 아는 사람의 설명이 없으면 어떻게 할 수도 없는 미완성 원고다. 나는 유군이 이것을 만들어나갈 때 시종 그를 도왔기 때문에 유군 다음으론 내가 그 사정을 가장 잘 알 수 있다고 자부한다. 만약 그가 살아만 있다면야 자기의 생각에 맞추어 자료를 정리하고 보완할 수도 있겠지만 그가 없는 지금 그것을 공개하고 가치를 부여하려면 부득이 나의 보충설명이 있어야만 한다.[1]

이병주는 E의 언술을 통해 '관부연락선'이라는 원고뭉치를 메우고 있는 문자와 그 외연의 기억이 연동하여야 비로소 과거를 온전히 복원할 수 있다는 논리를 피력한다. '관부연락선'이란 원고뭉치는 '황차 체제가 완결된' 텍스트가 아니라 유태림의 시대증언이 담긴 흔적이다. 텍스트는 코드화한 정보와 그와 결부된

---

1) 이병주, 『관부연락선』, 한길사, 2006, 11~12쪽. (이후 인용은 쪽수만 밝힘)

기록자의 편파적인 시각을 포함한 한 시대의 의식적 산물이다. 이에 반해 흔적은 한 시대의 양식화되지 않은 기억을 증거해 주며, 어떤 검열이나 왜곡의 지배도 받지 않는 간접적 정보이다.[2] 이러한 점을 미루어 보았을 때 유태림이 남긴 '관부연락선'이란 원고뭉치는 공적인 역사에서 배제된 부분을 복원하는데 유용한 자료가 된다. 주목할 점은 이때의 흔적은 과거의 것이고, 기록 당사자가 존재하지 않은 현재의 시점에서 복원작업이 추진되고 있다는 사실이다. 흔적에만 의거해 현재의 시점에서 복원될 경우 '관부연락선'이란 원고가 갖는 원래 의미가 희석되거나 왜곡될 가능성을 배제할 수 없다. 그래서 한·일 병합에 대한 생각이 문자로 기록될 당시 유태림과 함께 했던 E의 기억에 근거한 주석이 필요한 것이다.

이처럼 이병주는 유태림이 남긴 기록을 서사화하기 위해 기록과 관련된 당시 체험 기억이 동반되어야 함을 강조하고 있는데, 이것은 역사를 서술함에 있어서도 기록된 역사와 당대를 체험했던 기억이 함께 기술되어 역사와 기억이 연동하여야 한다는 인식을 공고히 한다. 이때 기억은 사적 역사의식의 근거를 이루며, 역사 왜곡을 방지하고 서술역사의 빈터를 메워간다. 동일한 역사적 사실에 대한 다원적인 해석과 평가를 용인하여 '중심'이 가하는 억압과 배제에 저항하고 자의적인 해석 논리를 해체시키는 중요한 단서로도 작용한다.[3]

3. 식민지 기억의 상징 '관부연락선'

흔히 구체적인 영상이나 상징물, 이미지들은 기억의 촉매제로 작용하며 이것

---

2) 전통의 맥락에서 기억의 기준이 되는 것은 기록하고 저장하는 문제였지만, 역사 의식의 틀 내에서 기억은 삭제나 파괴나 공백이나 망각을 기준으로 규정된다. 즉 문자와 텍스트의 경우는 과거의 기록이 완벽하게 재생될 수 있다고 전제되었지만, 흔적의 경우는 언제나 과거의 의미 가운데 일부만 복원될 수 있다는 것이다. 이러한 의미에서 흔적은 기억과 망각을 서로 불가분하게 연결해 주는 이중기호로 작용하며 말 없는 간접적 증인들에게 더 높은 진실성과 신빙성을 부여한다.(Aleida Assmann, 『기억의 공간』, 변학수 외 역, 경북대학교출판부, 2003, 267~268쪽.)

3) 김영범, 『민중의 귀환, 기억의 호출』, 한국학술정보, 2010, 249쪽.

들은 각각 내러티브를 담지하고 있다. 작품에서 '관부연락선'역시 단순한 이동수단을 넘어서 숱한 역사적 의미들을 함의하고 있는 기억의 촉매제로 자리한다. 유태림은 '관부연락선'을 '영광과 굴욕의 통로', 일본제국주의의 시발과 동격으로 인식하는데 여기에 관부연락선이 내포하고 있는 첫 번째 상징적 의미가 있다. 작품 속 유태림의 언술처럼 당시 일본 사람들은 지배와 군림을 목적으로 한국으로 건너왔고, 한국 사람들은 생계를 해결하기 위해 일본으로 건너갔다. 목적과 삶의 모양은 서로 다르지만 이들은 모두 식민지 상황이라는 시대 속에서 '관부연락선'을 통해 이동했다. 당시 '관부연락선'은 고관이나 귀족들만 탈 수 있는 1등실과 누구나 탑승 가능했지만 비용이 비쌌던 2등실, 그리고 이용자들이 창고 같은 선저(船底)에 갇혔다가 목적지에 이르러서야 자유로워지는 3등실로 나누어져 있었다.[4] 뿐만 아니라 3등실 이용자들은 '관부연락선'을 탈 때나 내릴 때도 형사들의 눈치를 살펴야 했다. 이러한 '관부연락선'의 구조와 당시의 시대적 상황 속에서 대다수의 조선인들은 3등 선실을 이용했다.

결국 관부연락선은 조선인들에게는 일제 식민지 수탈의 비애가 서려있는 트라우마의 공간인 동시에 일본인들에게는 지배를 통해 더 윤택한 삶을 살 수 있는 기회의 보고였던 셈이다. 작가는 이러한 사실들에 착목해 '관부연락선'을 '영광'과 '굴욕'의 통로라 명명하고 있다. 여기서 간과하지 말아야 할 사실은 관부연락선이 상징하는'영광'과'굴욕'의 대상을 단순히 일본인과 한국인으로 이분하지 않고 있다는 점이다. 송병준처럼 시대의 야합에 편승했던 한반도인들에게는 관부연락선이 '영광'의 통로가 될 수도 있다'는 사실을 유태림은 놓치지 않는다. 즉 작가는 송병준과 같은 조선인에게 관부연락선은 일반적인 조선인들처럼 식민지인의 굴욕을 내포하고 있는 상징물이 아닌 제국주의를 향한 일본의 독주에 야합하여 신분상승을 노려볼 수 있는 기회의 통로였음도 함께 보여준다.

이와 관련해 한일병합에 대해 언급하는 부분은 주목을 요한다. 1910년 한일

---

4) 이귀원, 『시민을 위한 부산의 역사』, 부산경남역사연구소, 늘함께, 1999, 256쪽.

병합으로 인해 조선은 식민지가 되었다. 그리고 이것은 다시 1965년 한일협정으로 반복되어 대한민국은 또다시 일본의 경제 식민지가 되는 동시에 식민지 과거의 복잡한 문제들은 국가 논리로 환원될 위기에 봉착했다. 이러한 과정 속에서 식민 피해자들의 개인 기억은 억압되고, 그들은 또다시 정체성의 혼란을 경험하게 되었다. 때문에 이병주는 '한일병합'의 문제를 소환해 내어 분석 평가해 보여줌으로써 정부 권력에 의해 독단적으로 이루어졌던 한일협정에 대한 비판의 날을 세운다. 즉 문학적 전유를 통해 동시대를 인식하면서 과거의 과오가 되풀이되고 있는 현실의 문제를 지적하고 있는 것이다. 이러한 문학적 전유는 부자유의 시대에서 역사 정치적 비평 담론을 펼치기 위한 이병주의 창작방식이라 할 수 있다.

한편 '관부연락선'은 유태림으로 대변되는 식민지 조선 청년들에게 식민지인으로서의 자의식을 자극하는 모멸의 상징인 동시에 기억의 장소로써의 의미도 지닌다. 유태림과 E가 겪은 일본 경찰들의 급습, "이왕 관부연락선을 탈 바엔 그 악명이 높은 3등 선실에 타야만 모처럼 연락선을 탄 보람이 있는 체험을 할 수 있다면서 고집을 부"리는 E와 2등 표를 사자는 유태림 사이에서 벌어진 격론 과정 등이 이를 방증한다. E에겐 한낱 이동수단 혹은 체험의 공간에 지나지 않은 '관부연락선'이 유태림에게는 민족적 차별과 식민지인으로서의 비굴이 응축되어 있는 공간으로 작용한다. 때문에 유태림은 자신의 동료에게 민족적 '차이'를 각인시켜 주고 싶지 않아 한다. 이러한 의미가 함축되어 있는 '관부연락선'은 식민지 시기에 대한'기억의 기반을 확고히 하고 그것을 명확하게 증명한다는 것을 넘어 지속성을 구현한다.'[5] '관부연락선'이란 공간을 통해 당대의 상황을 기억해 내고 그것을 서사화할 수 있는 것도 공간이 갖는 이런 특수성 때문이다. 주지하다시피 기억은 공간에 의해 공고해지는데 이때의 공간이란 상호작용의 장(場)일

---

5) Aleida Assmann, 앞의 책, 392쪽.

뿐만 아니라 특정집단의 정체성이 구체화되는 장소이다.[6] 다시 말해 그것은 유태림과 E의 관계가 식민지인과 피식민지인의 관계로 전이되는 공간인 것이다.

日露戰爭에 勝利한 그해 日本은 關釜連絡船을 始航하고 2次 大戰에 敗北한 해에 終航했다는 데 歷史로서의 또 다른 意味가 있기도 하다. 마지막 關釜連絡船이 떠난 지도 벌써 25年이 지났다. 25年이 지난 이 時間 속에서 關釜連絡船을 回想하려는 노릇은 산산이 부서진 유리조각, 더러는 散失하고 없어진 것도 大部分인데 그것을 모아 그대로 瓶을 再構成하려는 노릇과 비슷하다. 하물며 이 배를 타고가고, 타고 온 數百萬 사람들의 感懷를 集約하고 反映할 수 있는 어떠한 手段도 없다.

그리고 바다의 無常엔 陸地의 無常이 겨눌 바가 못 된다. 陸地 위의 建物은 웬만하면 數百 年을 견딜 수가 있고 사람의 마음만 作用하면 廢墟를 通해 數千 年의 記憶을 간직할 수가 있다. 그러나 陸地의 建物을 標準으로 하면 數10層의 빌딩에 비교할 수 있는 豪華船도 1百 年의 세월을 견디기가 어렵고, 그만한 세월이 흐르고 나면 스크랩의 堆積으로 變해서 드디어 蒸發하듯 없어지고 만다. (중략)

關釜連絡船으로서 就航했던 10數隻의 배들도 그 가운데 1,2隻을 除外하곤 이미 古鐵이 되었을 것이다. 그 배들에 對한 기억도 數百萬 乘客의 腦理에 雲散하고 세월과 더불어 霧消할 상황에 있다. 그런 이유로 作者는 자기가 나지도 않았던 時間의 일까지를 虛構하고, 他人의 感精을 模倣하며 가냘픈 經驗에서 眞實을 描出하는 等의 强行的 作業을 포기하고 柳泰林이란 非運의 靑年에다 關釜連絡船을 通路로 한 知識靑年의 一部를 代表하는 任務를 맡긴 것이다.[7]

작가 부기에서 이병주가 언급한 바와 같이 '관부연락선'이 단순히 사물로만 존재한다면 그것은 세월의 무게를 견디지 못하고 소멸되고 말 것이다. 그러나 '관부

---

6) Mark Crinson, ed., *Urban Memory: History and America in the Modern City* (Vew York, 2005) 비교역사문화연구소, 전진성, 이재원 엮음, 『기억과 전쟁』, 휴머니스트, 2009, 42쪽에서 재인용.

7) 이병주, 「관부연락선」, 《월간중앙》, 1970.3, 436~437쪽.

연락선'은 단순히 대상으로써의 사물이 아니다. 그것은 수많은 의미를 함축하고 있는 '기억의 장소'[8]이다. '기억의 장소'는 시간을 멈추게 하고, 망각을 차단시키고, 죽은 것을 불멸의 상태로 만들고, 최소한의 기호 속에 최대한의 의미를 집어넣는다.' 이병주는 '관부연락선'이라는 최소한의 기호 속에 공적 역사가 외면해왔던 역사적 의미를 부여하여 그것을 '기억의 장소'로 새롭게 재구축한다. 이렇게 다시 구축된 '관부연락선'은 "소실되고 망각된, 즉 역사의 차원에서 이미 낯설게 되었고 사라져버린 과거의 삶을 드러나게 해준다."[9] 그리고 그것은 다른 역사 텍스트들과 같은 해석을 거쳐 우리가 과거의 진실에 접근하는데 도움을 주며 역사인식의 지평을 넓혀 주는데 일조한다.

4. 망자 추모와 애도, 역사 다시쓰기

유태림은 작가의 분신으로 역사의 파고 속에서 어떠한 제스처도 취하지 못한 채 시대를 견뎌온 나약한 식민지 지식인을 상징한다. 수기에서 유태림은 학병 당시의 기억을 떠올리며 이러한 자신을 '코스모폴리탄'이란 견식을 모방하며 민족과 조국의 절박한 문제를 회피한 '망명인'이라 자인한다. 이러한 자책은 식민지 시기 지식인들의 고뇌를 단적으로 표명하는 대목이며 죄의식이 형성되는 시원이 되기도 한다. 나아가 죄의식의 탈출구로서 역사를 재전유하려는 문학적 글쓰기의 동인이 된다. 때문에 이병주는 시간이 흐름에 따라 관부연락선에 응축되어 있던 역사, 인물, 감정들이 사라져 감을 의식하고 과거 기억을 소환하여 역사를

---

8) 피에르 노라는 프랜시스 예이츠(Frances A. Yates)의 '기억의 장소(Places of memory)'개념을 수용하여 '기억의 터'라는 용어를 만들어 사용한다. 노라에 의하면 기억의 터는 기억이 머물고 있는 구체적인 장소들이라기보다 오히려 진실한 기억의 부재를 나타내는 상징화된 이미지이다. 그것은 '형태변이'로서의 기억에 대한 성찰까지를 포함하며 이를 '메타기억', '메타역사'로 표현하기도 한다.(전진성, 『역사가 기억을 말하다』, 휴머니스트, 2005, 403~405쪽.) 이 글에서도 피에르 노라의 견해를 수용하여 기억의 장소란 구체적이고 특정한 장소에 한정된 개념이 아닌 기억과 역사를 성찰하게 하는 이미지 혹은 매개물을 포함한 유연한 의미로 사용할 것임을 밝혀둔다.

9) Aleida Assmann, 앞의 책, 409쪽.

재구성하려는 시도를 보인다. 그리고 다시 쓰인 역사의 재전유(再專有)를 통해 학병지원에 대한 자신의 비겁함을 자인하는 동시에 자신도 나약한 시대의 희생자 중 하나였다는 사실을 공고히 한다. 이것은 "피압박 민족으로서의 콤플렉스를 지니며 어두운 나날을 보내다가, 젊음의 절정을 일본군(日本軍)의 용병(傭兵) 신세로" 지내고 "좌우충돌(左右衝突)의 회오리 속에서 생사지간(生死之間)을 방황해야 했던"[10] 자신에게 청춘은 없었다는 일종의 피해의식의 표출이기도 하다.

대부분의 사람들은 살아남기 위해 자신들이 겪은 충격적인 경험을 의식의 심연 속에 묻어두고자 한다. 그러나 망각이 유지되는 한 '반복의 강제에 의한 정신적 억압'[11]에서 자유로워질 수는 없다. 억압에서 벗어나 과거의 상흔으로부터 자유로워지기 위해서는 과거의 경험과 직접 대면하여 그것을 객관화하는 기억작업이 필요하다. 따라서 이병주는 자신의 불편한 과거를 기꺼이 끄집어내어 자신의 과거를 반추하고 역사의 한 부분으로 기록하고 있는 것이다. 나아가 그는 시대의 상황 논리로 인해 죄의식을 가지고 살아왔을, 어떤 측면에서 보면 역사의 피해자가 될 수 있는 수많은 유태림들을 위로하고 애도한다. 이것은 부끄러운 자신의 과거를 직시함으로써 그 과거를 진정으로 극복한다는 의미로써의 애도작업을 의미한다.[12]

주지하다시피 이병주가 문학을 통해 역사를 말하는 방식은 실질적인 자료와 자신의 체험 기억을 병치시키는 것이다. 이를 통해 패배의 기록이나 체험과의 끈을 놓지 않으면서, 권력과 맞서 싸우는 행동과 작용이 좌절되었다 하더라도 그런

---

10) 이병주, 「세우지 않은 碑銘-歷城의 風, 華山의 月」, 《한국문학》, 한국문학사, 1980. 6, 72쪽.

11) Sigmund Freud, 『정신분석학 입문』, 서석연 역, 범우사, 1990, 305쪽.

12) 프로이트에 의하면 '애도(Trauer)'란 보통 사랑하는 사람의 상실, 혹은 사랑하는 사람의 자리에 대신 들어선 추상적인 것. 이를테면 조국, 자유, 이상 등의 상실에 대한 반응이다.(Sigmund Freud, 윤희기역(1999), 「슬픔과 우울증」, 『무의식에 관하여』, 열린책들, 248쪽 참고) 그리고 이것은 후에 프로이트 학파의 일원인 미철리히 부부를 통해 부끄러운 자신의 과거를 직시함으로써 그 과거를 진정으로 극복한다는 의미의 '애도 작업(Trauerarbeit)'으로 발전하였다.(Imgard Wagner, *Historischer Sinn zwischen Trauer und Melancholie: Freud, Lacan und Henry Adams*, Historische Sinnbildung, pp.412~413(최호근, 「집단기억과 역사」, 《역사교육》 85, 역사교육연구회, 2003, 186쪽에서 재인용).

결과를 낳게 된 과정에 관한 관심은 충분히 정당화될 수 있다는 것을 표명하기도 한다.[13] 그리고 이때 그가 작품 속에 담아 놓은 기억들은 원체험을 수반한 개인적이며 불연속적인 대항기억이며[14] 동시에 그것은 공식화된 기억들로 고착된 역사에 대한 비판적 전략으로 읽힌다. 공적인 역사에서 배제된 사건이나 인물을 선택해 역사의 자장 안에 재배치하는 행위는 작가의 '역사의식'과 관계가 있다. 반면 기록과 자료에 대한 작가의 목소리 혹은 해석을 유보한 채 그대로 명시하는 방식은 '역사인식'의 표출이다. 즉 이병주 소설에서 역사서술 동기인 '역사의식'과 그것을 기술하는 방식인 '역사인식'은 착종관계를 이룬다. 이러한 글쓰기 방식은 그의 역사 기록 방식이 역사를 주관적으로 전유하는 역사의식의 한계를 극복하고 '역사인식'의 차원으로 확장되어 가고 있음을 의미한다.

13) Harvey J. Kaye, 『과거의 힘』, 오인영 역, 삼인, 2004, 225쪽.

14) 푸코는 우리에게 기억된 역사란 대부분 지배 권력의 담론이 구성한 승리자의 역사임을 주장하면서 '대항기억'이라는 개념을 통해 지배 권력의 기억된 역사를 재구성하고자 하였다. 여기서 '대항기억'이란 사회적 연속성의 기억에 맞서 오히려 우연적 요인들로 간주된 미세한 일탈들이 만들어내는 불연속적, 단층적 출발점들에 대한 기억이다.(Michel Foucault: *Nietzsche, die Genealogie, die Historie. Von der Subversion des Wissens*, Frankfurt/M.1987. S. 69f. (김영목, 「역사적 기억과 망각된 역사」, 《뷔히너와 현대문학》 23호, 한국뷔히너 학회, 2004, 232쪽에서 재인용).

이병주의 『관부연락선』과 진주(晉州)의 사상

송희복(진주교대 교수)

1.

제 이름은 송희복이라고 합니다. 문학평론가로 활동하고 있고요, 현재 인근의 진주교육대학교 교수로 재직하고 있습니다. 먼저 제가 드리는 얘기는 지금으로부터 6년 전으로 돌아갑니다. 문학과 통일이란 두 기둥 말을 가지고 경주에서 세미나가 있었지요. 저는 소설가이면서 자유주의 사상의 논객인 복거일 님의 주제 발표에 대한 지정 토론자로 참여하였습니다. 통일에 대한 다양한 논의들이 마치 지금의 4월처럼 백화난만하였었지요. 오후의 종합 토론 시간에 이르러 동리목월문학관 세미나 장소는 열기가 후끈 달아올라 무슨 사상 논쟁의 난장, 갑론을박의 아고라가 되고 말았었지요.

물론 잠시이지만, 우리나라에 통일에 대한 논의가 민간 차원에서 다양하게 전개된 적이 있었습니다. 4·19와 5·16 사이의 일 년 남짓한 기간이 바로 그때입니다. 문학에서도 그 이전에 북진 통일만을 부르짖던 자유당 시대에는 생각하지도 못했던 유연성이 보장되어 있었습니다.

주지하는 사실이겠지만요, 최인훈의 소설 저 「광장」이 바로 그러한 시대적인 분위기에서 탄생할 수 있었던 거지요. 「광장」은 역사성의 바탕 위에서 탄생했지요. 4·19혁명의 열기가 사회의 구석구석에 배어있을 때 이 소설은 역사성의 지지를 받으면서 창작되었던 거랍니다. 하지만 이 소설의 역사성은 이성화된 논리의 역사가 아니라 내면화된 정념(情念)의 역사를 바탕으로 한 것이었지요. 한편 부산의 칼럼니스트 이병주는 1960년 12월에 월간 《새벽》지에 「조국의 부재」라는 논설을 발표하고, 이듬해 자신이 재직하고 있는 국제신보에 「통일에 민족

역량을 총집결하자」라는 제목의 연두사를 게재합니다. 그리고 5개월 후에 반공을 국시로 한다는 기치 아래 군사 쿠데타가 발생하지 않았어요? 최인훈의 소설「광장」은 무사히 넘어갔지만, 이병주의 두 편의 칼럼은 혁명재판부에 의해 10년 징역형으로 단죄되고 맙니다. 혁명 지도자 박정희와의 개인적인 인간관계가 있었음에도 불구하고 말입니다. 소설은 상징 형식으로 쓰일 뿐더러, 작가의 자유로운 기질을 감안한다면 내면화된 정념을 지향하는 경향이 있습니다. 이에 반해 논설의 주의주장은 이성과 논리에 기초해 있는 것이 일반적이에요. 소설가가 아니라 논객이었던 이병주는 2년 7개월에 걸쳐 옥살이를 한 후 풀려납니다. 그리고 그는 소설가로 등단합니다. 그는 훗날 자신의 억울한 옥살이에 대해 항변한 바 있었지요.

> 당시 '조국이 없다. 산하가 있을 뿐이다.'라고 한 말은, 우리가 애착할 수 있는 조국을 만들어야겠다는 결론을 내리기 위해 쓴 말인데, 그걸 가지고 '조국이 없다'고 조국을 부정했으니 반국가적이라고 한 거야. (……) 통일의 방식 중에 이남의 이북화는 최악의 통일이고, 이북의 이남화는 최선의 통일이다. 이 사이에 중립 통일은 차선의 방법이 될 수 있지 않은가. 통일에는 백론이 있어야 한다. 중립통일론은 위험하다고 해서 그냥 억누르는 것은 재미없다. 이렇게 쓴 거야. 그걸 용공으로 몬 거야. 그러니 그게 말이 돼? _《마당》, 1984. 11.

통일 논의에 관한 한 지금의 사정은 어떨까요? 지금에 있어서도 이병주가 우려한 바와 같이 이분법적인 통일론이 힘을 얻고 있는 게 현실입니다. 다양한 통일 논의가 나오지 않고 있어요. 정파적인 이해관계가 개재되어 있기 때문이 아닐까요? 통일론은 잘못 건드리면 일파만파 문제가 확산되기 때문에 사람들은 대체로 침묵하려고 해요. 그때 복거일 님의 통일관은 소위 '최선의 통일'에만 치우쳐 있는 게 아닌가 하는 생각이 들었지요. 그래서 저는 통일 논의에 회색의 논리가 틈입하지 않으면 흑백논리로 황폐화된다고 판단해, (물론 저의 평소의 생각대로) 그때 통일에 관한 한 다양한 가운데 중도적인 시각을 제시하였고, 최인훈과 이병주의 한 예를 들었던 것입니다.

2.

이병주의 『관부연락선』(1968~1970)은 '한 통의 편지가 고향에서 전송되어 왔다.'라는 문장에서 시작하여 '운명…… 그 이름 아래서만이 사람은 죽을 수 있는 것이다.'로 끝을 맺는 소설입니다. 저는 이 소설을 동아출판사 1995년 판으로 읽었습니다. 소설 본문은 661면에 이릅니다. 장편소설 중에서도 분량에 있어서는 평균 이상의 분량이라고 하겠습니다. 시간적으로는 대체로 1940년대 전체를 포함하고 있으며, 공간적으로는 대부분 일본의 동경과 한국의 진주와 중국의 소주 등의 광역을 포괄하고 있습니다. 이 소설은 최인훈의「광장」이후에 세상에 나온 지식인 소설이지만「광장」이전의 시대사로 소급된 관념 소설이기도 합니다.

이 소설은 역사적 사실을 전달하는 기록의 방식을 소설의 형식에 기대고 있습니다. 이 형식을 두고 실록과 소설의 간극을 좁힌 글쓰기의 형식이라고도 말할 수 있겠습니다. 이 소설에 등장하는 인물들 가운데 상당수가 실존 인물인 것으로 짐작됩니다만, 이 인물 모두가 역사적인 인물인 것은 아니지요. 제가 보기에는 역사적인 인물이라면, 이 소설에 잠시 등장하는 하준수라고 하겠습니다. 이 사람의 인간됨이나 얘깃거리는 지금도 진주권 지역의 높은 연령층에서 인구에 회자될 만큼 전설적입니다.

> 하준수는 뒤에 괴로 중장 남도부(南道富)란 이름으로 대한민국 경찰에 붙들려 죽을 운명을 가진 사람이다. 진실한 자기가 아닌 또 하나의 자기가 되기 위해 안간힘을 쓰다가 죽은 사람이란 느낌이 짙다. _동아출판사, 610면.

이 소설에서의 하준수의 인물평은 마치 실록의 '졸기(卒記)'를 연상시키고 있습니다. 가장 압축적이고 객관적인 시각에서 한 인물의 일대기를 평판의 대상으로 삼은 것이 졸기의 기록적인 가치라고 하겠습니다. 단독 정부 수립을 앞두고 제헌국회의원 선거 유세에서 후보자들이 등장해 정치적인 견해를 발표한 것과, 한국전쟁 개전 초기에 진주가 인민군의 수중에 들어가기 전에 서울에서 조병옥과 유진산이 내려와 시민들 앞에 진주여고 교정에서 시국강연(반공강연)을 했다는 사실과 내용은 사료적인 가치가 충분합니다.

이 소설의 시공간적인 배경 가운데 가장 많은 분량을 할애하고 있는 부분은 좌우 대립이 극심한 해방정국의 진주 지역입니다. 이 부분은 어림잡아 이 소설 전체의 3분의 2를 훌쩍 넘어서고 있습니다. 소설의 주인공은 유태림. 자산가의 아들로 태어나 남부럽지 않게 성장한 후에 일본 동경을 유학하고, 이런 가운데 학병으로 끌려가 중국에서 전쟁의 마감을 경험한 후에 귀국해 진주 지역의 한 학교의 교사로서 재직하고 있습니다. 그는 작가의 삶과 유사한 경로를 밟고 있습니다. 작가의 자전적인 경험과 결정적으로 차별되는 것은 유태림이 '팔자가 센 아들의 액을 풀어주는 셈'으로 그 부친이 머슴과 소작인들에게 토지를 무상으로 분배하지만 액을 풀지 못하고 해인사에서 빨치산에 의해 납치되어 행방이 불명하다는 사실. 이 유태림의 행적과 사상을 옆에서 지켜본 소설 속의 관찰자인 '나'가 작가의 분신이라고 할 것입니다.

유태림은 그 시대에 끊임없는 사상 논쟁의 중심에 놓입니다. 그는 사회주의와 공산주의 체제에 끊임없이 회의의 시선을 보냅니다. 좌파의 안달영과의 논쟁이 소설의 초반에 이미 나오고 있는데, 그가 안달영에게 던지는 말 – 스탈린이 증명한 것은 나라 전체를 감옥으로 만들고 백성의 자유를 죄다 빼앗지 않고는 공산국가를 만들 수 없다(80~81면)는 – 은 오늘날에도 울림을 주고 있는 말이기도 합니다. 그도 그럴 것이 지금의 북한 체제가 주민이 자신의 지도자를 직접 뽑지 못하는 정치적인 B급 체제라는 점에서입니다. 이런 유태림을 두고, 안달영은 대단한 휴머니즘, 개도 먹지 않는 썩어빠진 센티멘털리즘, 비굴하게 구는 토착 부르주아 근성 등의 표현을 써 가면서 심하게 몰아붙입니다. 결국 유태림은 좌파로부터 반동의 낙인이 찍힙니다. 한민당원이라는 소문까지 나돌기 시작합니다. 한국전쟁 때는 그를 심문하는 자가 이렇게 말합니다. "유태림이란 반동분자가 인민공화국의 하늘 밑에 활보할 수 있을 줄 알아? 뻔뻔스럽게?"(626면) 결국 그는 우여곡절을 겪다가 지리산 빨치산에게 납치되어 이데올로기의 노예로서 역사의 희생자가 되기에 이릅니다.

해방정국에, 그는 우파에게는 어떤 처우를 받았을까요? 우파가 그를 기회주의자로 의심하는 것은 당연하겠지요. 우파의 전형적인 인물로, 작가는 그의 친구이자 동료인 이광열을 내세웁니다. 단독 정부 수립과 관련하여, 유태림과 이광열의 논쟁적인 대화를 살펴볼까요.

> 이광열 : 그래 자네는 끝까지 단정 반대 운동을 할 것인가?
> 유태림 : 운동이랄 것도 없다……. 나는 내 나름대로 단정반대의편에서 노력하고 있을 뿐이다.
> 이광열 : 그것이 자네의 소신이라면 할 수 없구나. 하지만 교사들이 학생들을 정치적으로 선동한다고 해서 자네는 좌익들과 싸우지 않았나? 그러니 자네도 자네가 자네의 소신대로 하는 것은 좋네만 학생들을 선동하는 언동은 하지 말게, 주의주장의 문제이기 전에 자아당착(自我撞着)이니까.
> (……)
> 유태림 : 난리가 겁이 난단 말이야, 난리가……. 너희는 난리가 겁나지도 않나?
> 이광열 : 난리?
> 유태림 : ……
> 이광열 : 혼자 당하는 난리가 겁나지, 모두가 당하는 난리 같은 건 겁나지 않는다. _543~544면, 참고.

이광열은 우파의 인물로서 유태림의 모순적이면서, 기회주의적인 처세관을 꾸짖는다. 이 처세관을 '자아당착'이라고 표현하고 있습니다. 여기에서 말하는 난리는 한국전쟁의 예감 같은 것을 말하는 것인데요, 마침내 이광열이건 유태림이건 둘 다 난리의 희생자가 되고 맙니다.

유태림은 한마디로 말해 경계인이에요. 일본 동경 유학생 시절에는 내지와 반도의 경계인이었어요. 동경에서는 소위 '에트랑제(이방인)'이요, 고향에 돌아오면 동경에 유학하고 있는, 혹은 유학한 선민(選民)이었지요. 서로 다른 집단이나 처지의 경계에서 느끼는 혼란, 자아의 분열상 등을 가리켜 경계인 의식이라고 표현할 수 있겠지요. 이 의식을 상징하는 기표가 다름 아닌 『관부연락선』이 아닐까요? 최인훈의 「광장」에 나오는 주인공인 이명준이 경계인이었듯이, 이병주의 『관부연락선』에 등장하는 문제적 인물인 유태림도 전형적인 경계인이라고 하겠습니다. 그는 정치적으로는 중도파이지만, 약간의 아나키즘적인 냄새도 감도는군요. 지리멸렬해질 우려 때문에, 이에 관해서는 더 이상 언급을 아니 하겠습니다.

경계인은 '형편없는 데카당'(466면)으로 떨어질 수 있겠지만, 유태림이 동경 유학의 시절에 자신을 대신하여 심문을 당하고 옥고를 치른 서경애에게도 사상적인 시달림을 받지만 그녀의 말대로 '제3의 방향'(324면)으로 틀 수도 있습니다. 세상의 모든 경계인에게는 제3의 길이 대안이겠지요. 그렇지 않으면 좌절하거나 허무의 늪에서 헤어나지 못합니다. 「광장」의 이명준의 경우가 대표적인 사례라고 하겠지요. 좌와우의 경계에 선 유태림도 자신의 입지에 관해 고민하고 있습니다.

> 유태림은 자기가 좌익계의 기관에도 잡히고 대한민국의 검찰에도 걸려들고 한 사실 자체에 적잖은 충격을 받았던 것 같았다. 그의 말을 빌리면 설 자리가 없다는 기분이며 그러니 도무지 살맛이 나지 않는다고 했다. _638면

소설의 작중 화자인 '나'가 기억하고 있는 유태림은 이랬어요. 그에게는 설 자리가 없고, 그가 살맛이 나지 않는다고 했다지요. 이 뿐이 아니에요. 화자는 더욱이 그에게서 '일종의 허무사상'(421면)과 같은 것마저 감지하고 있어요. 경계인이 고통스러워하는 자아의 분열상이란 것이야말로 바로 이러한 유의 현상이 아닐까, 합니다.

3.

최근에 전세계적으로 지역문학에 대한 관심과 연구가 붐을 이루고 있습니다. 이 개념은 문학과 지지학(地誌學)의 상관관계를 규명하는 데서 비롯한 것이라고 하겠지요. 그런데 문학과 지지학 중에서 어느 쪽에 방점을 두느냐에 따라 시각의 차이가 있게 마련이겠죠. 전자를 중시한다면 이른바 '지리적 문학(geography literary)'이 될 것이고, 후자를 강조한다면 문학지리학(literary geogra phy)이 될 것입니다. 지리적 문학의 관점에서 볼 때 가장 대표적인 사례로 손꼽히는 것은 박경리의 「토지」 제1부와 이병주의 『지리산』이에요. 이 두 작품은 한국문학을 대표하는 지리적 문학의 명편입니다. 잘 알다시피 질량면에서 매우 웅숭깊은 시대의 대작이라고 평가됩니다.

지리적 문학의 관점을 가장 먼저 떠올릴 수 있는 것은 박경리의 『토지』 제1부입니다. 이 작품에 녹아 있는 문학사상 가운데 하나의 것을 손에 꼽는다면, 이른바 '산천(山川)의 사상'이라고 할 수 있지요. 얼마 전에 돌아가신 김윤식 선생께서 제안한 개념 틀이요, 하나의 탁견입니다. 임금을 위한 사상도, 백성을 위한 사상도 아닌 산천의 사상. 민족주의도, 사회주의도 아닌 그 산천의 사상 말입니다. 이병주의 소설 『지리산』에서도 이 비슷한 논리가 녹아 있습니다. 인간의 제도와 이데올로기는 변해도 산천은 변하지 않는다. 그는 '조국보다 산하(山河)'라는 논리를 폈다가, 무정부 내지 반(反)정부를 선동했다는 사상의 의심을 받고 옥살이를 했습니다. 어떻게 보면 '조국보다 산하'의 논리 내지 사상은 박경리적인 '산천사상'보다 시기적으로 앞서 있다고 하겠습니다. 산천이니 산하니 하는 말은 문학지리학적인 개념의 틀에서 보자면 경관에 지나지 않겠지요.

지리적인 문학의 관점에서 볼 때 이병주의 『관부연락선』에서는 동경과 진주라는 두 지역이 소설 줄거리의 중요한 실마리가 되고 있습니다. 이 소설은 일부분이 동경에서 일어난 일이지만 대부분은 진주의 시대상을 반영하고 있습니다. 이에 관해 소설가인 조갑상 님이 한 논문에서 이런 얘기를 남겼습니다. 상당히 의미가 있는 견해가 아닌가 하고 생각합니다.

동경이 식민지 출신의 젊은 지식인에게 일인 형사들의 사상 검증이 언제라도 강요되는 곳이기는 하지만 에트랑제로서의 자기 존재를 내세울 수 있는 최소한의 도피가 가능한 곳이라면, 해방과 미군정, 단독 정부 수립과 6·25가 휩쓰는 진주는 질문과 답, 좌와 우 중의 어느 한쪽이기를 강요한 공간이다. _ 김종회 엮음,『이병주』, 새미, 2017, 92~93면.

지리산의 사상이 장풍득수를 배경으로 한, 매우 포용적인 의미의 일종의 산천(山川)의 사상이라면, 이를테면 진주의 사상은 거점의 사상이라고 하겠습니다. 거점이라고요? 활동의 근거가 되는 지점 말이에요. 진주의 사상은요, 군주를 위한 사상도 아니요, 백성을 위한 사상도 아닌 것입니다. 둘 중의 하나가 선택되어야 하는 것의 사상입니다. 김시민의 충절과 논개의 항거(殉國)는 군주를 위한 사상이요, 진주민란이 19세기 전국 민란의 도화선이 되고 형평사 운동이 백정 해방의 첫 번째 기치를 밝힌 것은 백성을 위한 사상인 것입니다. 소설에서 유태림이 교사로 재직하던 혼란한 해방정국의 진주는 좌와 우를 선택해야 하는 소위 거점의 사상이 자리하는 공간이었습니다. 그는 가파른 선택의 갈림길에서 무게 중심을 잡지만, 한때 그를 대신해 수난을 겪었던 여인 서경애는 이미 저울질이 끝난 상태입니다.

겨울철이 들었지만 따스한 소춘(小春)의 날씨가 계속하고 있는 날의 오후였다. 들 위엔 아지랑이가 가물거렸다.

C루에 올라 아름드리 기둥에 기대어 나는 경애가 올 방향을 향해 서 있었다. 흡사 애인을 기다리는 가슴의 설렘조차 느꼈다. 서경애는 정시에 나타났다.

C루에 오른 경애는 인사를 끝내자 나와 두어 걸음 떨어진 곳에 서서 바로 아래를 흐르는 N강을 바라보기도 하고 건너편 백사장과 백사장을 따라 푸르게 울창한 죽림에 눈을 보내기도 하고 멀찌막하게 단정한 선으로 남쪽 하늘에 아담하게 치솟은 M산을 바라보기도 했다. 그리곤 고개를 돌려 동쪽에 있는 K산, 북쪽의 B산, 서쪽의 S대(臺)를 두루 보고 나더니, "C시란 참으로 아름다운 곳이군요." 하고 탄성

에 가깝게 중얼거렸다. _317~318면

작가는 이 대목에서 진주시의 지리적인 경관을 잘 묘파해내고 있습니다. 촉석루를 중심으로 남강이 흐르고, 강 건너에는 백사장과 죽림이 펼쳐져 있고, 망경산과 비봉산이 남북으로 서로 마주보고 있습니다. 지리산에 잠입해 머잖아 여성 빨치산이 될 서경애의 눈길은 서상대에까지 미칩니다. 그녀는 진주가 아름다운 곳이라고 감탄하고 있네요. 진주가 영남에서 가장 아름다운 장소성을 지닌 곳이라는 평판은 이미 고려시대의 문헌인 『파한집』의 첫머리에도 나오는 얘기랍니다. 진주는 예로부터 '산하금대'의 자연 풍광으로 유명한 곳. 예제의 뭇 산은 옷깃을 세운 듯하며, 남강의 흐름은 마치 띠를 두른 것 같습니다. 진주는 교통의 요지이기 때문에 물류와 유통의 거점이 되고, 또 사상이니 이념이니 하는 것도 모이거나 스쳐 지나가기 용이하답니다. 그리하여 시대의 격랑에 휩쓸린 극단주의자들에 의해 강잉히 무장된 이데올로기 앞에는 경관의 아름다움이 무엇이고 산천의 의연함이 무엇이고 간에 그 압도하는 힘에 미치지 못하는 측면이 없지 않습니다.

N강의 빛깔은 주위의 흰빛 때문인지 검게 보였다. 녹청을 흘린 것 같은 흐름이 잔잔한 주름을 잡은 물결 위에 간혹 엷은 얼음 조각이 희미한 광택으로 태양빛을 반사하고 있었다.
C루 위에서 이런 풍경을 내려다보며 그 의논해야 할 얘기라는 것이 하마나 나올까 하고 기다렸지만 서경애는 말문을 열지 않았다. 나는 제정 러시아 말기 혁명조직에 가담한 여자들의 군상을 서경애의 모습을 통해 공상했다. _577면

소설의 작중 화자는 서경애를 객관적인 시점에서 바라보려고 애를 쓰는 것 같군요. 해방정국에 좌우가 꿈틀대고 준동하는 거점의 공간인 진주에서, 언제라도 여자 테러리스트로 돌변할 여지가 있는 서경애에게서, 돌이킬 수 없는 운명의 삶을 예감하게 되는군요. 이 운명은 작가의 자전적인 육체성을 부여한 화자 '나'나

영혼의 형식을 부여한 주인공 유태림에게도 해당되는 얘기입니다.

4.

저는 이 대목에 이르러서 한 시대를 성찰해 봅니다. 전체를 아우르며 포괄하고 포용하는 소위 지리산의 사상이 실종한 가운데, 오로지 좌우의 거점을 확보하려고 가파르게 대립하고 충돌하던 해방기, 한국전쟁기의 진주의 사상이 시의적으로 유효했을까를 생각하게 됩니다. 또한, 극단으로 치우지지 않는 중간자의 삶이 현실적으로 가능하기나 했을까요.

끝내 말예요. 양쪽으로부터 압박을 받는 경계인 유태림과, 믿고 싶은 것만 믿으려 들고 한쪽의 진실만을 추수하고자 하는 극단주의자 서경애가 세상을 함께 등지면서 사랑의 도피, 혹은 도피의 사랑을 완성했을까요. 경계인이 곧잘 취하기도 하는 휴머니즘이 이분법을 지양하는 위기의 사상, 전환기의 사상으로 일쑤 유효성을 얻을 수 있었을까요.

지리산의 사상인가, 진주의 사상인가.

제 생각으로는 무사한 시대에는 전자가 입지를 마련할 것이요, 난세에는 물론 후자가 뿌리를 내릴 것이라고 보입니다. 이와 같이 점점이 이어져 제기되는 물음들은 제 얘기를 경청하는 여러분 개개인의 삶에 있어서 하나의 몫과 값과 짐으로 변주되는 것이 아닐까, 하는 생각의 여지를 남기면서 보잘것없는 제 소견을 이 정도에 이르러 마무리할까 합니다.

이병주의 『바람과 구름과 비』가 놓인 자리

제1권의 「서곡」을 중심으로

김윤식(문학평론가)

1. 신문연재소설이 놓인 자리

지난 2017년 국립중앙도서관은 꽤나 흥미로운 전시회를 개최했다. "매일 읽는 즐거움─독자가 열광한 신문소설 展"(2017.4.25-6.18)이 바로 그것. 1층의 전시 공간에는 최초의 신소설로 꼽히는 이인직의 『혈의 누』(《만세보(萬歲報)》, 1906.7.22.-10.10)에서부터, 이광수의 『무정』(《매일신보》, 1917) 염상섭의 『삼대』(《조선일보》, 1931) 박태원의 「소설가 구보씨의 일일」(《조선중앙일보》, 1934), 심훈의 『상록수』(《동아일보》, 1935)를 거쳐 『토지』, 『상도』, 『즐거운 나의 집』에 이르기까지, 이 나라 문학의 중심부에 놓여 있는 작품들이 두루 소개되었다. 게다가 전시장의 입구에는 다음과 같은 신문소설의 '역사'가 걸려 있었다.

형성기(1896년~1920년)-확산기(1921년~1950년)
-전성기(1951년~1990년)-쇠퇴기(1991년~현재)

신문소설의 시작점(신문연재소설의 효시는 1903년 《한성신보(漢城新報)》에 연재된 무서명(無署名)의 『대동애전(大東崖傳)』을 1896년으로 내세운 저 주장의 근거를 필자는 모르거니와, 여기서 문제 삼고 싶지도 않다. 다만 이 대목에서 불현 듯 떠오른 것은 1920년대에 조선일보와 동아일보가 창간하면서 신문연재소설이 바야흐로 '확산기'를 맞이하게 된 일. 염상섭, 채만식, 이기영, 홍명희, 나도향, 김동인, 심훈 등 일제강점기 문단의 거목들이 각 신문사의 연재소설을 통해 대중적 지명도를 보다 확고히 한 작가들이라는 사실. 특히 1928년 11월 28일부터 1939년까지 장장 14년간(4차례 중단) 조선일보에 연재된 벽초의 『임격정』과 이에 맞선 동아일보 이광수의 『단종애사』 발표는 단순히 작가적 지명도와 대결을 넘어, 양대 신문사의 자존심을 내건 운명의 한판이자 문학사적 사건이었다는 것(그러니 작품 발표가 시작되기도 전에 대대적인 홍보작업을 벌일 수밖에) 등등.

여기서 알 수 있듯이 한국현대문학사의 전개과정에서 신문연재소설의 역할과 의의는 결코 소홀히 다룰 수 없다(당연하게도 작품성과 상업성에 관해서는 별도의 논의가 요청된다). 그것에 대한 소홀함은 흡사 19세기 프랑스의 근대 소설을 논하면서 발자크의 『노처녀』, 알렉산드르 뒤마의 『삼총사』와 『몬테크리스토 백작』과 같은 신문연재물을 빼먹는 일과 같은 것이기 때문이다. 해방이전의 열악한 환경에서 작가들의 집필활동을 적극적으로 지원하는 발표지면을 마련해 주었다는 점, 당대 최고의 인기 작가들을 창작 주체로 내세움으로써 대중들의 문학적 관심을 유도하였다는 점 등은 이 시기 '신문+연재소설'이 보유한 최선의 미덕으로 평가된다. 오늘날과 달리 "제대로 된 책을 사서 읽을 수 없었던 일반 대중에게 날마다 배달돼 오는 신문에 실린 소설은 '특별한 읽을거리'였다"라는 전시장 한 편의 또 다른 문구는 이와 같은 신문연재소설의 "특별함"에 대한 강조였을 터이다.

신문소설의 '확산기'에 창작된 작품들이 문학사의 중심축 부근에서 형성되고 있었다면, '전성기'(1950-1990)에 발표된 적지 않은 작품들은 이전보다 훨씬 적극적으로 독자대중에게 다가서는 모습을 보인다. 1954년 《서울신문》에 연재된 정비석의 『자유부인』이 그러하거니와, 박종화(『자고 가는 저 구름아』, 《조선일보》, 1962/『세종대왕』, 《조선일보》, 1969)와 유주현(『장미부인』, 《한국일보》, 1962/『대원군』, 《조선일보》, 1965) 등 1960년대 인기 작가들의 작품이 그러하며, 1970년대 이른바 중간소설로도 불리던 최인호의 『별들의 고향』(《조선일보》, 1972-1973)과 조해일의 『겨울여자』(《중앙일보》, 1975)가 그러하다. 또한 1980년대의 김성한과 한수산의 신문연재소설들도 예외일 수 없다. 이들 작품은 각각의 독자적인 창작방법으로 이야기성의 극대화를 통해 독자들의 읽는 재미를 십분 충족시켰다는 점에서 공통성을 지닌다. 이 과정에 역사적 사실에 관한 흥미 위주의 재구, 인간의 사실적 삶에 대한 통속적 접근, 아주 가끔씩은 교양지식의 제공을 통한 대중의 지적 갈증 해소 통속적 등이 동반되고 있음은 물론이다.

2. 『바람과 구름과 비(碑)』가 놓인 자리

당대 최고 이야기꾼의 면모를 갖춘 인기 작가들이 창작 주체로 나선다는 점, 방대한 역사의 시공간을 자유자재로 횡단한다는 점, 인간의 세속적 욕망에 대한 유희적 탐구가 곁들여진다는 점, 더하여 교양지식의 제공을 통해 대중들 지적 갈증을 해소한다는 점 등이 '전성기' 신문연재소설의 특징이라면, 여기에 작가 이병주가 빠질 리 만무하다. 타고난 이야기꾼인 그와 읽는 재미를 추구하며 작품의 무대를 역사적 시공간에로까지 넓혀온 그의 소설은 '전성기' 신문연재소설이 요구하는 조건들을 넉넉하게 충당하고도 남음이 있는 까닭이다. 이런 측면에서 해인대학 교수생활을 청산하고 부산 소재 국제신보 상임논설위원으로 근무한 지 두해 째 되었을 때 발표한 그의 처녀작 『내일 없는 그날』은 새삼 주목할 필요가 있다. 썩 통속적인 작품임에도 불구하고, 이 소설은 과거 일제말기의 체험을 바탕으로 '교양＋재미'라는 작가 특유의 대중 미학의 균형감을 추구한, 이병주 글쓰기의 기원 지점에 해당하기 때문이다(이에 대해서는 졸고, 「'위신을 위한 투쟁'에서 '혁명적 열정'에로 이른 과정—이병주 문학 3부작론」이 상세하다).

하지만 뭐니 뭐니 해도, 한국의 발자크를 꿈꾸었던 이병주의 대표 격 신문연재소설은 『바람과 구름과 비(碑)』라고 할 것이다. 신문연재소설이 판매부수에 절대적인 영향력을 끼치던 '전성기' 1970, 80년대에 『바람과 구름과 비(碑)』가 상당 기간 동안 《조선일보》에 연재되었다는 것, 나름의 대표작으로 꼽히는 『지리산』이 전 7권으로 구성된 데 비해, 이 작품은 단행본 10권의 엄청난 분량으로 이루어졌다는 점 등이 이를 우회적으로 뒷받침한다. 특히 90년대 이후를 신문연재

소설의 '쇠퇴기'라고 보면, 최소한 길이(분량)면에서 아마도 이 작품은 황석영의 『장길산』과 함께 신문연재소설의 마지막 '대작'이었을 성싶다.

> 『바람과 구름과 꽃과 비』의 무대는 한말(韓末)입니다. 역사상 어느 시기든 중요하지 않은 시기는 없지만 우리 역사상 한말처럼 중요한 시기는 없었다고 생각합니다. 사람도 중병을 앓을 때가 가장 중요하지 않습니까. 개화기를 앞두고 병부터 먼저 앓았다는 점에서 중요해요. 조선 왕조라는 것이 형편없는 나라더군요. 5백 년 동안 끌어왔다는 게 이상스러울 지경입니다. 백성을 올바르게 이끈 임금은 세종대왕밖에 없다고 해도 좋지 않을까요? 한말의 그 어려웠던 시기에 그래도 훌륭한 인물들이 많이 나왔었고 이들의 나라를 위한 의지는 대단했습니다. 중병을 견딘 것도 이들 때문이었고 따라서 우리 민족은 역시 훌륭하다고 하겠습니다. 이 시대에 산 인간상을 그리는 것이 곧 우리 민족의 전형적인 인간상을 그리는 거예요. 저는 그렇게 생각합니다. 『바람과 구름과 꽃과 비』를 쓰려는 뜻도 거기에 있지요. _《조선일보》, 1977년 1월 19일자

이병주의 대하소설 『바람과 구름과 비(碑)』는 1977년 2월 12일에서 1980년 12월 31일까지, 무려 4년여 동안 총 1천1백94회의 분량(9권, 이후 10권은 1987년 단행본 간행)으로 《조선일보》에 연재된 작품이다. 당시 주요 신문사들은 연재소설의 대중적 인기를 실감하고 있었는데 《조선일보》 역시 박종화에서 이병주로, 다시 유현종으로 순서를 이어가며 여타의 신문사와 팽팽한 대결구도를 이루었다. 더욱이 『바람과 구름과 비(碑)』의 경우에는 높은 대중적 인지도, 역사소설의 형식, 장기간 연재라는 측면에서 황석영의 『장길산』(《한국일보》 연재 1974-1984)과 간혹 비교 대상이 되기도 하였다. 이런 『바람과 구름과 비(碑)』과 1989년 10월 9일부터 1990년 3월 27일까지 KBS에서 총 50회로 방영된 것은 당시 드라마나 영화 제작의 풍토(인기 있는 신문연재소설은 단행본으로 출판되거나 영화 · 드라마로 제작되는 등 대중문화발전을 견인해 왔다)로 보면 당연한 수순이라고 할 것이다.(참고로 황석영의 『장길산』은 그보다 한참 늦은 2004년이 되어서야 비로소 드라마로 제작되었다).

위의 인용은 연재를 앞두고 이병주가 조선일보 편집자와 가진 인터뷰 기사이다. 이 자리에서 그는 이 소설을 쓰는 동기와 시대적 배경에 대해 소상히 밝히고 있는바, '구한말의 참담한 역사를 극복한 우리 민족의 전형적인 인간상 제시'라는 내용으로 요약할 수 있다. 작가가 피력한 이러한 창작 동기와 작품 배경은 소설의 제9권까지에 해당하는 1,194회의 연재를 마친 후 조선일보에 기고한 글에서도 재차 확인할 수 있다.

> 한말의 역사는 우리의 회한이다. 그런 만큼 해석도 다양할 수밖에 없다. 나는 시민의 눈으로 또는 서민의 애욕을 통해 그 회한을 풀이해 보고자 하는 것이다. 〈중략〉 그런 가운데서도 안타까운 것은 의병 운동이다. 국권을 수호하기 위한 그 거룩한 저항의 용사들은 오늘날 국사에서 정당한 자리를 차지하지 못하고 있을 뿐만 아니라 일제 사관에 억눌려 억울한 대접을 받고 망각의 먼지 속에 파묻혀 있는 것이다. 내가 의도하는 바는 그것까지를 포함해서 3·1운동까지의 회한사를 적으려고 하는 것이다

훗날의 인터뷰에서도 마찬가지로 "한말의 역사는 우리의 회한"이기에 이 소설을 통해 역사에 억울하게 희생된 서민들의 입장을 견지하며 "망각의 먼지 속에 파묻혀 있는"그들 서민과 민중의 삶을 복원하겠다는 작가의 분명한 입장이 반복된다. 곧 한말의 역사적 시간에 개입함으로써 우리 민족의 전형적 인간상, 더 나아가 민중적 삶의 본래성을 회복하겠다는 것이다. 이런 측면에서만 보면, 역설적으로 이 소설은 두 가지 층위에서 일단 작품의 성패가 결정될 법하다. 다름 아닌, '역사적 시간'의 현실 개입 정도 여부와 민중적 인물의 창조에 대한 강박관념과 조급증 극복이 그것. 왜냐하면 역사적 시간의 조형을 통해 당면한 현실의 문제를 온전하게 다루는 것을 소설(역사소설)이라고 하니까. 더하여, 세계를 바꾸어야 한다는 모종의 사명감에서 벗어나 인물의 내면적 갈등과 사회구조적 분석이 치밀하게 수행될 때, 전형적 인간상과 민중적 삶의 본래성은 진정으로 회복될 수 있을 테니까.

작가 이병주는 『지리산』을 쓰기 시작할 때, '실패할 각오로 나는 이 작품을 쓴다'고 말했다. 작품으로서는 실패해도 좋다는 것은 '역사 속에서 지식인이 어떻게 참여하며 살아가야 하는가'라는 과제가 문학과는 비교도 할 수 없을 만큼 소중하고도 절실하다는 뜻이 아니었겠는가. 작품의 완성도라든가, 문학이 안고 있는 예술적 기쁨을 넘어서는 작가 이병주가 대형 작가인 이유가 이와 관련되어 있을 것이다. 『바람과 구름과 碑』를 비롯한 이병주 문학의 대중성의 근거가 이에서 말미암는다. _ 김윤식(문학평론가, 서울대 교수)

태양 빛에 그을리면 신화가 되고, 달빛에 이끼가 끼고 바래면 역사가 된다 했던가. 역사가 숨 쉬고 맥박 치는 소설 『바람과 구름과 碑』를 읽어 가노라면 장쾌한 감동으로 숨을 죽이게 된다. 이병주 씨는 확실히 타고난 이야기꾼이며, 장강처럼 도도하게 흐르는 해박한 지식과 역사의식, 그러면서도 멋과 재미가 어우러진 이 소설이야말로 흥미진진하여 손에서 놓을 수가 없다. 이병주 문학의 '종합'이라 할 만하다. _ 유현종(소설가)

이병주 문학은 '역사가 생명을 얻자면 소설의 힘, 문학의 힘을 빌려야 한다'는 작가적 신념의 소산이다. 대표작 『바람과 구름과 碑』, 『지리산』, 『산하』, 『그 해 5월』 등이 그런 신념 하에서 씌어졌다. 그 가운데 특히 『바람과 구름과 碑』는 민족의 앞날이 어두웠던 한말(韓末)을 배경으로, 난세를 사는 서민들의 '기막힌 공화국에의 꿈'과 희망을 탁월하게 형상화함으로써, 회한(悔恨)의 민족사에 뜨거운 생명력을 불어 넣어 준다. _ 이어령(문학평론가, 전 문화부장관)

《조선일보》에 장기 연재되면서 화제를 모았던 조선시대 사나이들의 웅대한 꿈을 그린 『바람과 구름과 碑』의 작가 이병주. 그는 긴 호흡과 박력 있는 필치로 대하소설에 뛰어난 성취를 이루었으며, 특히 한국적인 인물의 전형을 발견하는 데서는 타의 추종을 불허했다. _ 《조선일보》

이병주는 『바람과 구름과 碑』 등 자신의 작품에 대해서 '보다 인간적인 것, 인간의 안에 있는 진실을 추구하는 것'이라고 얘기한 바 있다. 무엇보다 그는 사회와 정치 비판, 역사 등을 소재로 광범위한 대중을 사로잡은 작가로, 파란만장한 삶을 살아 온 방랑객으로 독자들의 관심을 끌어 왔다. _《동아일보》

한편, 신문연재가 끝나고 이 작품이 전10권의 단행본으로 출판되었을 때 당대의 평가는 어떠했을까. 위의 인용은 이 글이 기본 텍스트로 삼은 기린원(1992) 출판본의 '표사'이다. 당시에 평자들은 이 작품이 창작의 기쁨을 넘어서는 "대중성의 근거"(김윤식)라고 했고, "장강처럼 도도하게 흐르는 해박한 지식과 역사의식, 그러면서도 대하처럼 흐르는 멋과 재미가 어우러진", "이병주 문학의 종합"(유현종)이라고 했으며, 또 "앞날이 어두웠던 한말(韓末)을 배경으로, 난세를 사는 서민들의 '기막힌 공화국에의 꿈'과 희망을 탁월하게 형상화함으로써, 회한(悔恨)의 민족사에 뜨거운 생명력을 불어 넣어 준다"라고 평했다. 아울러 그의 이 소설에 대해 "긴 호흡과 박력 있는 필치로 대하소설에 뛰어난 성취를 이루었으며, 특히 한국적인 인물의 전형을 발견하는 데서는 타의 추종을 불허했다"(《조선일보》)라고 했으며, "무엇보다 그는 사회와 정치 비판, 역사 등을 소재로 광범위한 대중을 사로잡은 작가로, 파란만장한 삶을 살아 온 방랑객으로 독자들의 관심을 끌어 왔다"(《동아일보》)라고도 진단했다. 결국 당대의 평가들을 요약하자면, 『바람과 구름과 비(碑)』는 작가의 해박한 지식과 역사의식을 민중성에 기대어 풀어낸 이병주 문학의 '종합'이자, 그 자신의 파란만장한 삶의 체험을 바탕으로 회한의 민족사에 뜨거운 생명력을 불어 넣어 준 대하소설의 뛰어난 성취로 정리된다. 여기에 대중성에 근거한 이병주의 문학적 신념, 멋과 재미가 어우러진 소설적 흡인력에 대한 찬사가 덤으로 주어진다.

3. 『바람과 구름과 비(碑)』의 '종합'과 '대중성의 근거'

그렇다면 작가의 해박한 지식과 역사의식의 소설적 반사, 그리고 민중적 상상력은 대하소설 『바람과 구름과 비(碑)』에서 어떻게 구현되었는가. 아울러 작품의 전 과정을 통해 대중성의 확보는 어떻게 가능했을까. 이 질문에 대한 답변은 결코 간단한 성질의 것일 수 없다. 자칫 말놀이로 비춰질 수도 있겠지만, 이 물음이야말로 이병주 대중소설의 '근거', 나아가 이병주 문학의 '종합'을 실질적이면서도 구체적으로 견인하는 일에 다름 아니기 때문이다.

서곡(序曲)

― 나라의 불행(不幸)은 시인의 행(幸) 이런가. 창상(滄桑)을 읊은 시 구절 절묘하니라.

청나라 조익이 유산 원호문(遺山元好問)에게 제(題)하여, 원호문이 적은 평시(評詩)의 일절이다.

나는 이 구절에서 받은 충격으로 원호문의 글을 읽기 시작했다. 비극이 있는 곳에 비가(悲歌)가 있기 마련이지만, 그 비가가 만인의 가슴을 치며 영원할 수 있자면, 금조(金朝)의 유신(遺臣) 원호문과 같은 천재(天才)가 매체로 되어야 한다는 사실을 비로소 알았다.

이른바 그의'상란시'(喪亂詩)는 북서의 요충 봉상부가 몽고군에 의해 점령되었다는 비보를 접한 1231년 4월에 비롯되었다. 〈중략〉

국난이 시재(詩才)를 더욱 빛나게 하는 경우는 원호문의 경우만이 아니다. 두보(杜甫)도 국난에 단련된 시인 가운데의 하나이다. 〈중략〉

그러나 이상화, 심훈, 윤동주는 한말의 시인이 아니다. 한말에 시인이 없었던 것은 이조(李朝)에 대한 애석(哀惜)이 있을 수 없었던 탓이 아닐까도 했지만, 나는 기어이 한말의 시인을 찾아야만 했다. 이러한 집념이 드디어 하나의 시인을 발견했다. 그런데 그는 원호문처럼 창오(蒼梧)를 향해 호곡(號哭)하는 시인이 아니고 저주(詛呪)의 시인이었다. 그 이름은 민하(閔賀). 당나라의 귀재 이하(李賀)를 닮은 그 이름이 우선 나의 관심을 끌었다. 이하는 보들레르처럼 괴려(愧麗)하고 랭보처럼 현란하고 조숙한, 불세출의 재능을 가진 8세기 초두의 당나라 시인이다. 〈중략〉

그런데 원호문 같은 시인을 한말에서 찾으려다 이하를 닮은 시인을 만났다는 사실 이상으로 민하에 관한 애길 이 자리에서 더 할 수는 없다. 민하에 앞서 왕문을 얘기해야 하고, 그에 앞서 최천중 얘기를 해야 하기 때문이다. _『바람과 구름과 碑』제 1권, 기린원, 1992, pp.5-17.

전체 작품의 시작을 알리는 「서곡(序曲)」의 도입부이다. 보다시피 이 대목에는 주인공은커녕 어떠한 시대적 배경도 좀처럼 직접적으로 드러나지 않는다. 인물과 배경 묘사가 들어설 자리에는 나라 잃은 비분의 정서를 토해내는 조선과 중국의 고사와 한시가 빼곡하게 쌓여 있을 뿐이다. 그런데, 소설 구성의 차원에서 보면, 인물과 배경의 부재란 동시에 사건의 부재를 의미한다. 그리고 이는 곧 소설 자체의 성립 불가능성을 지시한다.

『바람과 구름과 비(碑)』는 이처럼 작품의 초입에서부터 정통 소설의 장르적 특성과 전통적 문법을 크게 의식하지 않는다. 그보다도 이 소설은 '망국의 시름'을 공유했던 역사 속의 시인들을 들춰내는 작업에 시종일관 치중함으로써, 앞으로 전개될 서사적 무대가 상실과 비애로 가득한 구한말이며 그 망국의 시대를 살아가던 우리 민중들의 이야기임을 암묵적으로 예고한다. 금조(金朝)의 유산 원호문(遺山元好問), 당의 두보(杜甫)와 이하(李賀), 일제강점기의 이상화와 심훈과 윤동주 등 망국의 한을 품은 시인들의 시편들이 「서곡」의 전면에 배치된 원인도 이런 사정에서 비롯된다. 작가는 이들 시에 함축된 우국충정과 분개의 마음을 전유하며 "시민의 눈으로 또는 서민의 애욕을 통해" 회한의 역사를 풀이하고자 한 것이다. '이하(李賀)'와 '민하(閔賀)'의 인명 유사성과 정서적 중첩이 상징하듯이, 전통 시가(詩歌) 및 한시와 피지배계층의 서사를 접목시킴으로써 민중 주체의 새로운 역사적 해석을 시도하고 있는 것이다. 이때 한학과 한시에 대한 작가의 연박한 학식과 조예가 대중적 신뢰와 공감대를 획득하는데 크게 기여했음은 재론의 여지가 없다.

이렇듯 「서곡」이 지닌 저러한 의미들이야말로 『바람과 구름과 비(碑)』를 비롯한 이병주 문학의 축소판 '종합'이자 '대중성의 근거'라고 나는 생각한다. 분명한 사실은 이병주 대중소설의 근거와 종합의 진실은 『바람과 구름과 비(碑)』에 대한 체계적인 분석이 마련되었을 때 더욱 투명해질 수 있다는 점이다.

한 가지, 『바람과 구름과 비(碑)』라는 작품의 제목이 의미하는 것은 무엇일까. 짐작컨대 풍운(風雲)의 비(碑), 요컨대 '풍운(風雲)의 기록'에 대한 암시는 아니었을까.

불세출의 작가, 이병주 새롭게 읽기

이병주 장편소설 『낙엽』・『허상과 장미』를 중심으로

김종회(문학평론가)

1. 탄생 100주년에 이른 이 작가

나림 이병주 선생은 1921년 경남 하동에서 태어나 1992년 서울에서 세상을 떠났다. 마흔이 넘은 나이에 문단에 나와 30년 가까운 세월에 88권의 소설과 23권의 산문집을 남겼다. 일본 메이지대학 문예과에 유학했고 재학 중에 중국 소주로 학병을 나가야 했으며 광복이 되자 상해를 거쳐 귀환했다. 부산《국제신보》 주필로 있다가 5·16쿠데타 이후 필화사건으로 복역했으며, 출옥 후 소설을 쓰기 시작했다. 공식적으로 기록되어 있는 그의 첫 소설은 1965년《세대》에 발표한 중편 「소설·알렉산드리아」이지만, 그 이전에 이미 《부산일보》에 『내일 없는 그날』이란 장편을 연재한 경력이 있다. 「소설·알렉산드리아」는 작가로서의 출현을 알리는 작품인 동시에, 그 소설가로서의 기량과 가능성에 많은 사람들을 놀라게 한 역작이었다.

작가의 생애가 격동기의 우리 역사를 바탕으로 하고 있고, 작품세계가 파란만장한 굴곡의 생애를 반영하고 있는 만큼, 그의 소설을 읽는 일은 곧 근대 이래 한국 역사의 현장을 탐사하는 일과 다르지 않다. 특히 그가 활달하게 개방된 상상력과 역동적인 이야기의 재미, 그리고 유려한 문장을 구사하는 까닭으로 당대에 보기 드문 문학적 형상력을 집적한 작가로 평가되었다. 뿐만 아니라 활발하게 소설을 쓰는 동안, 가장 많은 대중적 수용성을 보인 작가였다. 그런 연유로 당시에 그를 설명하는 작품의 안내 글에는 '우리 시대의 정신적 대부'라는 레토릭이 등장하기도 한다. 세월이 유수(流水)와 같다는 말은 어디에나 적용되는 것이어서, 그렇게 많은 독자를 이끌고 있던 이 작가도 마침내 한 시대가 축조한 기억의 언덕을 넘어가기에 이르렀다.

하지만 그는 결코 잊혀서는 안 될 작가다. 그처럼 역사와 문학의 상관성을 도저한 문필로 확립해 놓은 경우를 발견할 수 없으며, 문학을 통해 우리 근·현대사에 대한 지적 토론을 가능하게 한 경우를 만날 수 없기에 그렇다. 한국 문학에 좌익과 우익의 사상을 모두 망라한 작가, 더 나아가 문·사·철(文·史·哲)을 아우르는 탁발한 교양의 세계를 작품으로 수렴한 작가, 소설의 이야기가 작가의 박람강기(博覽强記)와 더불어 진진한 글 읽기의 재미를 발굴하는 작가가 바로 이병주다. 그의 문학에는 우리 삶의 일상에 육박하는 교훈이 잠복해 있고, 그것은 우리가 어떤 관점과 경륜으로 세상을 살아가야 할 것인가에 대해 유력한 조력자로 기능한다. 때로는 그것이 어두운 먼 바다에서 뭍으로 돌아오게 하는 예인 등대의 불빛이 되기도 한다.

그동안 숱한 이들의 주목을 받았고 또 학술적 연구가 이루어진 그의 소설들은, 대체로 역사 소재의 작품들과 현대사회에 있어서 삶의 논리 또는 윤리에 관한 작품들로 구성되어 있다. 우리가 익히 아는 『관부연락선』·『지리산』·『산하』의 근·현대사 3부작을 비롯하여, 조선조 말기를 무대로 중인 계급 혁명가를 설정한 『바람과 구름과 비』, 그리고 동시대 고등 룸펜이 노정하는 일탈의 사상을 그린 『행복어사전』 등 그 면면이 화려하기 이를 데 없다. 더 나아가면 현대사회의 애정문제를 흥미진진한 이야기로 구성한 백화난만한 문학 세계를 목도하게 된다. 그와 같은 문학의 성가(聲價)를 배경으로 여기에서는 그의 이름 있는 대중적 성향의 작품 『낙엽』과 및 『허상과 장미』를 중심으로, 앞서 살펴본 역사성과 강력한 독자 친화의 대중성이 어떻게 만나며 어떤 의미를 생성하는지 검토하기로 한다.

2. 이야기의 재미와 삶의 교훈 – 『낙엽』

2-1. '지금 여기'서도 빛나는 소설 미학

이병주가 작품 활동을 하던 시기에 가장 많은 독자를 가진 베스트셀러 작가였다는 사실은, 자칫 그를 대중문학 작가라는 함정으로 이끌고 들어가는 덫이 될 수 있었고 또 그 혐의를 인정할만한 근거도 있었다. 많이 읽히는 소설이 꼭 좋은 소설은 아니지만, 좋은 소설이 많이 읽히는 것은 자연스러운 일이다. 그만큼 넓은 독자 수용성을 가지고 있었다는 것이 칭찬의 소재가 될 수 있을지언정 흠결이 될 수는 없는 것이다. 이러한 성과는 기본적으로 그의 소설이 가진 탁발한 '재미'와 중량 있는 '교훈'에서 말미암았다. 그런데 우리 문학의 평가 기제는 이 작가 이병주를 그렇게 잘 끌어안지 못했다.

역사 소재의 작품 이외에 현대사회의 애정 문제를 다룬 작품들로 시각의 초점을 바꾸고 보면, 작품의 수준이 하락한다는 것이 주된 이유였다. 물론 그 지점에 시 등이 빈복 곧 동일한 이야기의 중복이나 전체적인 하향평준의 경향이 없는 것은 아니다. 하지만 순수문학의 편협한 잣대를 버리고 이미 우리 주변에 풍성하게 펼쳐져 있는 대중문학의 정점이라는 관점을 활용하면 이 문제는 오히려 강점이 될 수 있다. 굳이 대중문학과 이병주 소설을 함께 결부하여 살펴보는 이유도 거기에 있다. 이와 같은 관점으로 바라볼 때 여기서 검토하는 『낙엽』의 문학적 의의와 가치를 보다 잘 포착할 수 있지 않을까 한다.

『낙엽』은 1974년 1월부터 1975년 12월까지 꼬박 2년간 《한국문학》에 연재되었다. 작가 이병주가 1957년 아직 비공식 미등단 문인으로서 《부산일보》에 『내일 없는 그 날』을 연재함으로써 작가의 길을 걷기 시작한 지 18년 만에 완성된 작품이다. 그 중간 1965년에 작가는 앞서 언급한바 《세대》에 「소설·알렉산드리아」를 발표하면서 세간의 집중적인 조명을 받았으니, 이러한 사실들을 감안해 보면 『낙엽』은 그의 창작 기량이 한껏 무르익었을 때의 작품이라 말할 수 있다. 작가는 1977년 장편 『낙엽』과 중편 「망명의 늪」으로 한국문학작가상과 한국창작문학상 수상했고, 1984년 장편 『비창』으로 한국펜문학상 수상한 바 있다. 이렇게 보면 그 문학적 성취에 비해 문학상 수상이 많지 않았던 그에게 처음으로 상을 안겨준 작품이기도 했다.

이 작품을 응대하는 데 있어 필자는 이병주 소설 분석의 오랜 관행과 같은 역사성과 대중성의 이분법적 잣대를 버리지 못하고, 좀 쉽고 편안한 접근을 예상했던 것이 사실이었다. 처음 읽었을 때의 기억이 희미할 만큼 만난 지 오랜 작품이어서, 이 글을 쓰기 위해 다시 읽으면서도 별다른 긴장이 없었다. 그런데 중간 제목 없이 숫자로 구분된 14개의 장(章)과 종장(終章)을 한꺼번에 읽는 동안, 그 도입부를 넘어서면서 어느결에 책상 앞에 앉은 자세를 가다듬고 있었던 터이다. 어쩌면 허섭스레기 같은 낙백(落魄)한 자들의 일상 가운데서 소설의 진면목을 발굴했다 할 수준으로, 박학다식하고 현학적이며 지적 향연이 넘치는 서사 세계가 전개되고 있었던 것이다.

2-2. 생동하는 인물과 인간회복의 꿈

하나의 소설이 한 전문적 독자로 하여금 인식의 현(絃)이 팽팽하게 당겨지는 듯한 느낌을 갖게 하는 것은 보통의 경험이 아니다. 언필칭 작가의 '입담'으로 이끌고 나가는 소설이 이야기의 재미와 삶의 경륜을 한꺼번에 공여할 수 있다면, 그와 같은 인식에 이르는 길에 아연 익숙한 경각심이 촉발되지 않을 수 없다. '역시 나림'이라는 생각이 그것이다. 『낙엽』에 등장하는 범상한 인물들과 그들이 엮어내는 사건들이 빛바랜 옛이야기가 아니라 '지금 여기'서도 통용 가능한 것이라고 납득하는 순간, 이병주 소설과 그 담론의 자장은 반세기의 공간을 훌쩍 넘어서게 된다. 그런데 이 지점에 이르기 위해서는, 소설의 서두를 보다 성의 있고 정밀하게 읽을 필요가 있다.

작가가 펼쳐놓은 이야기의 세계와 친숙해지는 대가를 지불해야 하기 때문이다. 마치 도스토옙스키의 『카라마조프가의 형제들』의 도입부가 그러하듯이, 어느 작품에나 그 담화의 여행에 승차하기 위한 운임이 있어야 한다는 의미다. 인내의 과정을 거치지 않은 유락(遊樂)은 그 심도가 덜하다는 사실이 소설 독법에도 적용될 수 있다는 새로운 발견을 만난다는 뜻이다. 그 초동단계를 지나면 문장과 표현, 생각과 각성 등 여러 부문에 걸쳐 일종의 철리(哲理)를 방불케 하는 흔연한 실과(實果)를 건네는 것이 이병주의 소설이다. 이 작품은 그렇게, 결미에 이르기까지 여러 인물의 '인간회복'에 도달하는 길고 고단한 과정을 견인한다. 이를테면'낙엽이 꽃잎으로 화하는 기적'의 기록이다.

『낙엽』의 소설 무대는 서울 옹덕동 18번지다. 짐작컨대 마포구 공덕동 즈음에서 지명 이미지를 가져오고, 이를 소설의 분위기에 맞도록 개명한 것이 아닐까 싶다. 이 옹덕동의 한 지번에 1970년대 중반의 한 시대를 상징할 만한 몇 사람의 인물이 모여 산다. 소설의 중심인물이자 화자인 '나'는 안인상이란 이름을 가졌다. '나'는 여러 인물의 이야기를 한데 묶는 구심점이자 관찰자이며, 이병주 소설 곳곳에 등장하는 서술자·기록자의 위치에 있다. 그런 만큼 소극적이며 회의적인 성품을 가졌으나, 그렇다고 호락호락하게 물러서는 캐릭터도 아니다. 그는 외형보다 내포적 인식의 세계가 훨씬 넓은 인물이다. 그가 없이는 이 소설의 서사가 진척되지 못한다.

힌 지붕 아래 각기 다른 방에서 함께 사는 이들은 전직 언론인 박열기, 미국에서 살다 온 신거운, 미군 시체미용사 출신의 모두철 등 평범하면서도 특별한 이력을 지닌 과거를 가지고 있다. 동시에 '나'를 포함한 이 네 남자의 아내들 역시 파란만장한 경력의 소유자들이다. 이들은 서로 충돌하기도 하고 또 융합하면서 생애의 한 행로를 공유한다. 거기에 그 동네의 구멍가게 주인 양호기나 노 독립투사'경산 선생'같은 이들이 각기의 역할과 더불어 연계되어 있다. 그런가 하면 구멍가게 안주인과 불륜 관계에 있는 편수길, 고시 공부를 한다고 도서관에서 세월을 보내고 있는 배영도 같은 인물도 있다. 이들이 씨줄과 날줄이 되어 엮어내는 인간관계의 드라마는 이 작가의 다른 소설들, 이를테면 「예낭 풍물지」나 『행복어사전』에서 보던 것처럼 백화난만으로 다채롭게 펼쳐져 있다.

'나'와 '나'의 아내 가운데서 침착하고 당찬 쪽은 아내다. 마치 『산하』의 차진희나 『행복어 사전』의 차성희처럼, 생각과 행동이 단단하게 정돈되어 있다. 이상의 저 유명한 1930년대 소설 「날개」에까지 비길 바는 아니지만, 여기 이 주인공의 삶이 보이는 행태는 「예낭 풍물지」와 견주어 볼 수는 있다. '나'의 무능에 지친

아내는 가출을 했다가 돌아온다. 그 바탕에는 '나'가 가진 근본적인 선성(善性)이 연동되어 있고, 이를 꿰뚫어 본 이는 가까이 사는 경산이다. 아내의 가출과 귀환이라는 담론의 방정식은, 이병주의 소설이 궁극에 있어서 삶의 희망적 전망을 포기하지 않는다는 사실과 관련되어 있다. 그런데 이 경과를 표현하는 이야기의 세부는 질투, 성적 능력, 선물, 취직 등으로 다채롭기 이를 데 없다. 이야기꾼으로서 이 작가의 기량이 한껏 빛나는 대목이다.

박열기란 인물은 여러모로 작가와 닮아있다. 언론인의 전직(前職), 필화사건으로 인한 징역살이가 그러하다. 특히 '노름'에 대한 소회는『산하』의 이종문을 곧바로 소환할 만큼 설득력이 있다. 만년 고시생 배영도도 소설 가운데 법률적 지식을 도입하는 데 매우 유용한 장치에 해당한다. '의심스러운 것은 벌하지 않는다'라는 무죄추정의 원칙을 환기하는 것은, 어쩌면 작가 자신의 억울하고 부당한 수형 체험을 반사하고 있는지도 모른다. 이 정황은『운명의 덫』이란 소설 속의 법률적 시각과 논의 구조와도 유사하다. 그러기에 '도적의 누명을 쓴 사람이 그 누명을 벗기란 힘들다'는 레토릭이 제시되고, 심지어는 거의 확고하게 살인 혐의자로 보이는 편수길에게 끝까지 그 낙인을 찍지 않는 것이다.

이 세속의 저잣거리에서 부대끼며 살아가는 삶의 '교사'로 돌올(突兀)한 인물이 경산이다. '경산'이라는 이름은 중편「그 테러리스트를 위한 만사(輓詞)」에 같은 작명으로 나오고, 그는 그 소설의 '정람'과 함께 의기 쟁쟁한 선각이다.『허상과 장미』의 '형산'도 이와 같은 배분에 있다.『낙엽』의 실체를 이루고 있는 갑남을녀들의 삶이 지지부진하고 혼란스러우며 갈 바를 명확하게 알지 못할 때, 경산의 훈도(薰陶)나 일침(一針)은 그로써 삶의 길을 이끄는 예인(曳引)의 기능을 수행한다. 물론 그를 생동하는 소설적 인물로 추동한 것은 작가다. 경산의 작용이 있고서야 소설의 중심축이라 할 수 있는 '나'와 아내의 관계도 재정립된다.

작가는 시종일관, 소설이 이야기로 구성된다는 사실과 그 이야기가 재미있지 않으면 안 된다는 소설 창작의 원론을 상기하고 있다. 이를테면 옹덕동 18번지가 미군의 검색을 당하게 되었을 때, 박열기의 재치로 모두철을 콜레라 환자로 유추하게 하여 위기를 모면하는 장면이 있다. 이처럼 유머와 위트 그리고 기막힌 반전의 구사는, 그의 단편 「빈영출」이나 「박사상회」에서 유감없이 발휘되던 솜씨다. 이 모든 소설적 요소와 작가로서의 특장이 합력하여, 이 소설은 언제 어디서나 볼 수 있는 세상사의 문맥을 헤치고 짐짓 뜻깊고 흥미로우며 읽는 이의 가슴 속 반향판을 울리는 성과를 일구어낸다. 그리고 그것은 부서지고 파편화되어 앙상한 형해(形骸)만 남을 수밖에 없는 인간관계 속에서, 흙 속에 묻힌 옥돌을 찾아내듯 '인간회복의 꿈'을 되살리게 한다.

2-3. 마침내 『낙엽』이 우리에게 남긴 것

이 소설에 명멸하는 여러 사건 가운데서 가장 충격이 강한 것은 박열기와 신거운의 아내가 사랑의 도피를 감행하는 일이다. 이는 그나마 한 줄기 잔영처럼 남아 있는 우호적 관계성과 공동체의 질서를 전면적으로 훼파하는 것이기에 그렇다. 그런가 하면 모두철이 공공연히 '양공주'로 나설 수밖에 없는 아내를 용인하는 상황도 그렇다. 그런데 모두철은 그가 아무것도 할 수 없었을 때 자신을 공궤(供饋)한 그 아내를 뿌리치지 않는다. 박열기의 도피행각도 결말에 이르러서는 신거운의 새로운 삶을 매개로 화해로운 결말에 도달한다. 이러한 소설적 대단원은 기실 결코 쉽지 않다. 이야기 자체의 흐름에 위배되지 않아야 하거니와, 그 흐름을 감당할 작가의 역량과 배포가 수반되어야 하기 때문이다.

소설의 처음에서는 난마처럼 얽힌 옹덕동 18번지의 생활무대를 배경으로 모든 인물이 패배와 낙담의 늪으로 침윤할 것이라는 예단을 넘어서기 어려웠으나, 작가는 이 여러 곡절을 모두가 되살아나는 행복한 마무리로 이끌어 간다. 그 마무리에서 되돌아볼 때 독자는 소설이 과연 우리에게 무엇인가, 이 소설은 진정 우리에게 무엇을 남겼는가를 반추하게 된다. 좌절과 절망 가운데서 새로운 의욕과 활력을 제기한다고 해서 반드시 재미있거나 또 좋은 소설이 되는 것은 아니다. 하지만 새 희망의 발현이 이야기의 재미 또는 소설적 교훈과 조화롭게 만나게 된다면, 우리는 그 소설을 한층 호쾌하고 의미 깊게 읽을 수 있다. 이를 수행하는 작품의 제작자를 우리는 '좋은 작가'라 지칭한다.

이병주의 『낙엽』은 사회적으로 이름 있는 인사를 내세우지도 않고 제 자리에서 일정한 존재감을 드러내는 인물을 형상화하지도 않았다. 그렇지만 그들의 내면에 응축된 사람 사는 일에 대한 보편적 상식과 도의감, 사람 구실에 대한 정론적 인식을 허물지 않고 끝까지 지켰다. 여기에 불후의 화가 빈센트 반 고흐가 그 스스로 가난하여 주위에 있는 가난한 서민들을 주로 그렸으나, 그 그림이 오히려 동시대 삶의 진실을 표출했던 예술사의 범례를 환기해 볼 수 있다. 이병주의 소설 『낙엽』의 인물들이 바로 그와 같다. 이들은 소설의 말미에서 다시 옹덕동 18번지로 '헤쳐모여'한다. 그동안 볼 수 없었던 그 집의 주인도 돌아온다. 마치 봄날 새 생명의 뜰과도 같은 풍광이 회복된다.

경산 선생의 회고담이 계속되었다. 우리들은 비로소 역사라는 것을 느꼈다. 방안의 공기가 탁해지자 경산 선생은 방문을 열라고 했다. 어느덧 조그마한 뜰에 달빛이 깔려 있었다. 그 달빛을 받고 뜰 가득히 갖다 놓은 화분의 꽃들은 요란한 향연을 이루고 있었다.

"보아라, 저 꽃들을 보아라. 옹덕동 골짜기의 구멍가게 비좁은 뜰이 사람들의 호의로 인해 서 황홀한 꽃밭이 되었다. 낙엽(落葉)이 모여 썩기만을 기다리던 우리들이 이렇게 아름다운 꽃밭을 이루어 놓았다. 우리는 뜻만 가지면 어느 때 어느 곳에라도 꽃밭을 만들 수 가 있다. 그러나 꽃밭이라고 해서 그저 아름답기만 한 곳은 아니다. 꽃밭엔 슬픈 과거가 있고 그 밑바닥엔 검은 흙 모양의 고통도 있다. 허지만 슬픈 과거가 있기에 화원은 안타깝도록 아름답고 밑바닥에 검은 고통이 있기에 그 아름다움이 더욱 처량하다. 인생도 또한 꽃이다. 호박꽃으로 피건 진달래로 피건 보잘것없는 잡초의 꽃으로 피건 사람은 저마다 꽃으로 피고 꽃으로 진다."

옹덕동 18번지 공동체의 변화와, 그에 속한 각기 개인 생활의 혁명은 두 손을 마주 잡고 함께 찾아왔다. 이곳에서 맺혔던 원수가 이곳에서 풀렸다. "고목(古木)에 꽃이 핀 기적을 보았느냐. 낙엽이 꽃잎으로 화(化)하는 기적을 보았느냐. 여기 그 기적이 있다. 낙엽이 썩지 않고 다시 생명을 얻었다!"는 소설의 마지막 문장 경산의 말은 강력한 상징을 함축한다. 우리가 직접 경험한 것이 아닐지라도, 이와 같은 흔쾌한 간접체험은 소설 읽기의 매혹을 약속한다. 이야기의 진진한 재미와 삶의 응축된 교훈이 만나는 소설의 지경, 우리는 그것을 이병주의 『낙엽』에서 목도할 수 있다.

역사 소재의 장편, 특히 대하 장편들에 비하면 대중소설적 성향이 다분하긴 하나 그 대중성은 흥미 위주의 또는 상업주의적 대중성과는 다른 것이다. 강력한 독자 친화의 창작 태도를 대중적이라고 호명하자면, 이 소설이 바로 그렇다. 더욱이 이 소설은 그와 같은 창작 의도에 반응한 뜨거운 독자 수용을 보여주기도 했다. 이를 따라 언표(言表)할 수 있는 말, 역사성과 대중성 사이를 자유롭게 왕래할 수 있는 거의 유일한 작가가 바로 이병주다. 그러기에 지금 여기에서도 여전히 이병주인 것이다.

3. 대중 친화력의 첨탑 『허상과 장미』

3-1. 역사성 – 대중성의 조화로운 만남

이병주의 대표적 장편소설들에 나타난 역사의식은 우리 문학사에 보기 드문 체험과 그것의 정수를 이야기화하고, 그 배면에 잠복해 있는 역사적 성격에 대해 이를 수용자와의 친화를 강화하며 풀어내는 장점을 발휘했다. 주지하는바 역사 소재의 소설은, 실제로 있었던 역사적 사실을 근간으로 하고 거기에 작가의 상상력을 통해 소설적 이야기를 덧붙이는 것인데, 이러한 점에서 이병주의 소설과 그 역사의식은, 한국 근대사의 극적인 시기들과 그 이야기화에 재능을 가진 작가의 조합이 생산한 결과라 할 수 있다. 작가는 그 과정에 문·사·철(文·史·哲)의 인문학적 식견을 다양하게 펼쳐놓고 있으며, 논자들은 그를 두고 '문학을 통한 정치적 토론이 가능한 거의 유일한 작가'라 평한다.

역사와 문학의 상관성에 대한 그의 통찰은 남다른 데가 있어, 역사의 그물로 포획할 수 없는 삶의 진실을 문학이 표현한다는 확고한 시각을 정립해 놓았다. 표면상의 기록으로 나타난 사실과 통계수치로서는 시대적 삶이 노정한 질곡과 그 가운데 개재해 있는 실제적 체험의 구체성을 제대로 반영할 수 없다는 논리였던 것이다. 그런데 문제는 그가 남겨 놓은 이와 같은 값있는 작품들과 문학적 성취에도 불구하고, 당대 문단에서 그에 대한 인정이 적잖이 인색했으며 또한 그의 작품세계를 정석적인 논의로 평가해 주지 않았다는 데 있다. 물론 거기에는 그것대로의 원인이 있다.

그가 활발하게 장편소설을 쓰기 시작하면서 역사 소재의 소설들과는 다른 맥락으로 현대사회의 애정 문제를 다룬 소설들을 또 하나의 중심축으로 삼게 되었는데, 이 부분에서 발생한 부정적 작용이 결국은 다른 부분의 납득할 만한 성과마저 중화시켜 버리는 현상을 나타냈던 것으로 볼 수 있다. 지나치게 대중적인 성격이 강화되고 문학작품이 지켜야 할 기본적인 양식의 수위를 무너뜨리는 경우를 유발하면서, 순수문학에의 지구력 및 자기 절제를 방기(放棄)하는 사태에 이른 경향이 없지 않았다. 여기에는 그 예증으로 열거할 만한 작품이 다수 있다. 그러나 이러한 부정적 측면을 제하여 놓고 살펴보자면, 우리는 여전히 그에게 부여되었던 '한국의 발자크'라는 별칭이 결코 허명이 아니었음을 수긍할 수 있다.

그러한 한편, 또 하나 유의해야 할 대목은 그렇게 창작된 대중적 성향의 소설들이 놀라울 정도로 '소설 읽는 재미'를 충족시키고 있다는 데 있다. 베스트셀러가 반드시 좋은 작품은 아니지만 좋은 작품은 베스트셀러가 될 소지를 더 많이 안고 있다. 그런 만큼 당대 독자에의 수용은 좋은 작품에 대한 판정에 있어 하나의 바로미터가 될 수 있다. 이병주의 소설이 대중적 흥미 유발만을 과녁으로 하지 않고, 거기에 그의 특장이라 할 역사성을 결부했을 때는 더욱 그렇다. 여기서 살펴보는『허상과 장미』가 바로 그러하며, 그래서 글의 제목을 '역사성과 대중성의 조화로운 만남'이라 붙일 수 있었던 것이다.

3-2. 과거의 4 · 19가 아직도 남은 곳

『허상과 장미』는 1979년에 범우사에서 간행되었고, 1990년에 이르러 서당에서『그대를 위한 종소리』로 개명되어 상 · 하 2권으로 다시 나왔다. 독립운동가였던 노인 '형산 선생'을 중심으로 올곧고 평범하게 살아가는 교사 '전호', 평범을 혐오하며 극적인 삶을 추구하는 형산 선생의 손녀 '민윤숙' 등의 인물이 등장한다. 인생이 어떻게 한 순간의 허상과 같으며 그 종막에 바치는 장미꽃의 의미가 무엇인가를 묻는다. 그런데 그 재미있고 박진감 있는 이야기의 펼쳐짐에 4·19의 진중한 의미가 배경에 깔려 있고 나라를 위해 헌신한 독립운동가의 쓸쓸한 후일담이 함께 맞물려 있다. 한국문학의 어떤 대중소설이 이러한 구색을 모두 갖추었을까를 질문하지 않을 수 없다.

이 소설에서 사건과 인물들을 구성하는 다림추(錘)라 할 수 있는 형산은, 『낙엽』에서 선보인 '경산' 그리고 「그 테러리스트를 위한 만사(輓詞)」에서 보다 구체화 된 '경산'과 동궤(同軌)의 캐릭터다. 그는 역사적 추체험(追體驗)의 기능을 매개하며, 시대 현실 속에서 테러리스트와 아니키즘의 의미를 설파하는 작가의 대변자다. 과거의 비극을 현재에 이르도록 이끌어 오면서 역사성의 존재 양식을 보여주는 인물이 전호와 최성애 그리고 옥동윤 같은 이들이다. 그런가 하면 목하 자본주의의 새로운 개막을 예표하는 인물로서 A(안달호), L(정재석), 길종호, 비어스 윌수 같은 이들이 등장한다. 이 양자 사이를 가로지르며 독자적인 시대정신을 선언하는 인물이 형산의 손녀 민윤숙이다.

소설적 이야기로서 사랑의 귀하고 소중한 면모를 환기하는 전호와 최성애의 첫 만남은, 『꽃의 이름을 물었더니』의 정황과 매우 유사하게 닮아있다. 이들의 사랑이 로푸신의 『창백한 말』이라는 작품의 불어 번역과 연관되어 있는 것도 사뭇 참신한 환경 설정이다. 그런데 이 역사성의 테마에 얽혀 있는 인물들은 한데 모으는 가장 강력한 힘은 4·19혁명의 체험이다. 형산의 손자 민덕기와 최성애의 동생 규복은 4·19로 인해 죽었고, 민덕기의 배려로 목숨을 부지한 전호는 그 사실을 필생(畢生)의 부채로 안고 산다. 4·19는 이병주의 이 소설이 상재되기 19년 전의 일이었으나, 소설에서는 여전히 내연(內燃)하는 현재진행형인 것이다. 우리는 얼핏 '과거의 역사에서 교훈을 얻지 못하는 민족에게는 미래가 없다'는 금언(金言)을 반추해 보게 된다.

"4·19가 없으면 나라는 오늘의 존재가 없어지는걸."

전호의 이 말엔 여러 가지 복잡한 감회가 담겨져 있었다. 첫째 4 · 19가 없었다면 민덕기라는 학생이 없었을 것이고, 따라서 자기는 수학 교사가 되지 않았을 것이고, 형산 선생도 윤숙이도 몰랐을 것이다. 그런데 민덕기, 형산, 수학 교사, 윤숙이 이런 것이 오늘날 전호의 전부인 것이다. 게다가 최성애를 알게 된 것도 4 · 19 때문이다.

"그러나 과거는 과거, 현재는 현재, 이렇게 매듭이 있게 살아야 하잖아요? 차지도 덥지도 않은 과거라는 목욕탕에 흥건히 몸을 담가놓고 있는 것 같은 꼴이 아니꼽단 말예요."

윤숙은 성애의 동의를 얻어야겠다는 듯이 성애 쪽을 보며 말했다.

성애는 그저 웃고만 있었다.

전호, 최성애, 민윤숙이 함께한 자리에서 오가는 4 · 19에 대한 대화다. 세 사람이 이 미완의 역사를 어떻게 응대하는지 잘 나타나 있다. 이미 지나간 과거이되 과거로만 그치지 않고, 현재의 절대적 명제이되 미래의 삶과 무관하지 않은 형국이다. 그 명백하면서도 엄엄(俺俺)한 세월의 경과에 이들의 삶이 결부되어 있다. 생활인으로서 교사의 직분에 있는 전호와 옥동윤, 도배일로 자신의 생계를 추스르는 형산, 자본주의적 세계관을 미래 향방의 발판으로 삼은 윤숙은 모두 현실의 치열한 공방 가운데 있다. 다만 이 모든 것을 관조적으로 바라보는 최성애는, 수동적 관찰자이지만 그 내면에 활화(活火)의 열정을 숨겼다. 결국 작가는 세월의 변화에 따라 이들의 삶이 각기의 방향으로 흘러가도록 물꼬를 튼다.

3-3. 두 영역의 교집합, 그 중복의 의의

이 와중에 윤숙의 변신은 눈부신 바 있다. 윤숙은 자신이 가장 싫어하는 것이 '평범'이라고 강변하고, 그 행위에 있어서도 탈평범의 범례를 만들어 간다. 그리고 일정 부분 자신을 희생해서 전호와 최성애의 사랑이 성사되도록 위태로운 역할을 마다하지 않는다. 그 행위 규범에 우리가 대중성이라 이름 붙일 만한 소설적 요소들이 수반되어 있다. 마침내 윤숙은 세상의 통념을 넘어서서 요정의 '처녀 마담'으로 이동해 간다. 그런 점에서 이 소설에서 가장 중점적인 인물은 전호와 윤숙이다. 윤숙이 새로운 시대의 가치 질서와 정면으로 부딪히며 나갈 때, 전호는 과거사의 상흔을 끌어안은 채 그 경계 지점을 분할하고 또 공유하는 기능을 담당한다. 이는 소설로 쓴 시대 판독의 한 사례다.

　　형산은 전호가 따라 주는 찻물을 맛있게 마시곤 말을 이었다.
　　"나는 내 70 평생을 요즘 세심하게 점검해 봤다. 자랑할 게 하나도 없더구나. 그렇다고 해서 부끄러울 것도 별로 없더라. 그런데 단 한 가지 후회되는 게 있어. 그건 실수를 겁내고 해야 할 행동을 하지 못했다는 점이다. 인생엔 따지고 보면 성공도 실패도 없는 것이다. 일을 했나 안 했나가 있을 뿐이다. 사업의 성공이 결코 인생으로서의 성공이 아니고 그 실패가 인생으로서의 실패도 아니다. 이승만 씨와 김구 씨를 비교해 보면 이승만 씨는 정치엔 성공했지만 인생으로선 실패하고 김구 씨는 정치엔 실패했지만 인생으로선 이승만 씨에 비하면 성공한 셈이다. 그러나 지내 놓고 보니 이승만 씨의 실패나 김구 씨의 실패가 모두 아쉬운 것이었구나. 실패도 없이 성공도 없이 그저 무사주의로 살아온 사람들에 비하면 훌륭하지 않은가. 뭔가를 이룩하려고 몸부림치는 일, 결과보다도 그게 소중하니까."
　　형산의 얼굴에 피로의 빛이 돋았다.

　　형산이 그 임종을 향해 가면서 남긴 말이다. 여기서 형산이 제기하는 역사성의 평설은 당연히 작가의 관점이요 견해다. 우리가 이 작가를 존중하는, 간과할 수 없는 요건 하나가 여기에 있다. 이른바 역사에 대한 '균형감각'이다. 이것이 살아 있으면 누구나 이 작가를 따라 사관(史官)이요 언관(言官)이 될 수 있을 것이다. 소설 속의 형산, 담론의 전달자로서 작가가 동시에 소중한 이유다. 이러한 역사적 균형성은 현재를 살아가는 전호로 하여금, 어떤 극명(克明)한 일과 마주할 때마다 4·19 때 총에 맞았던 허벅지의 통증이 되살아나게 한다. 전호가 최성애의 위기에서 그 통증을 감각하며 '이 여자를 위해 죽는다'고 결의하는 것은, 역사적이고 시대적인 문제와 현재적인 개별자의 사랑을 연동하는 거멀못과 같다. 이 소설의 담화들은 이와 같이 정교한 인식의 가늠자 위에 놓여 있다.

> 할아버지의 기일(忌日)이 지난 이튿날 전호와 성애의 연명으로 편지가 왔다. 형산의 일주기에 참석하지 않은 윤숙에게 무슨 사고가 있지 않나 하고 보낸 문안 편지였다.
> 윤숙은 전호와 성애 이름을 보자 저도 모르게 눈물을 흘렸다. 뭔가 인생에서 가장 소중한 것과 결별했다는 의식이 강한 충격을 주었다.
> '이것은 인생이 아니다' 하고 생각하면서도 그러나 자기가 택한 길을 끝끝내 걸어야겠다고 다짐하고 쓸쓸하게 웃으며 저금통장에 불어나는 돈의 액수를 뇌리에 그렸다.

소설의 결미에 이르러 전호와 최성애는 구원(久遠)을 바라보는 사랑의 결실을 얻는다. 그러나 윤숙은 전혀 다른, 새 길을 간다. '인생에서 가장 소중한 것'과 결별했다고 느끼면서 '저금통장에 늘어나는 돈의 액수'에서 위안을 얻는다. 사용가치 중심의 시대가 교환가치 위주의 시대로 변환해가는 그 길목에 윤숙이 서 있다는 뜻이다. 그런데 이 모든 소설적 이야기와 인생 행로의 드라마들을 두고 작가가 궁극적으로 포기하지 않는 원론적 개념은, 고색창연한 공자의 옛말 곧 논어의 한 구절이다. 기서호(其恕乎), 용서가 그것이다. '이 세상에 살아가면서 용서하지 않고, 용서받지 않고 배겨 낼 도리가 있겠나'라는 것이 형산의 말이다. 이 모든 허구적 이야기의 조합과 심금을 울리는 소설적 교훈을 함께 공여하는 터이기에, 우리가 여기에 '대중성의 첨탑(尖塔)'이란 수식어를 헌정해도 무방할 것이다.

4. 이병주 소설의 새로운 인식 지평

일찍이 대학에서 문학을 공부하던 시절, 그는 자신의 책상 앞에 "나폴레옹 앞엔 알프스가 있고, 내 앞엔 발자크가 있다"라고 써 붙여 두었다고 술회한 바 있다. 이 오연한 기개는 나중에 극적인 재미와 박진감 있는 이야기의 구성, 등장인물의 생동감과 장대한 스케일, 그리고 그의 소설 처처에서 드러나는 세계 해석의 논리와 사상성 등에 의해 뒷받침된다. 그는 우리 문학사가 배태한 유별난 면모의 작가였으며, 일찍이 로브그리예가 토로한 바 "소설을 쓴다고 하는 행위는 문학사가 포용하고 있는 초상화 전시장에 몇 개의 새로운 초상을 부가하는 것이다"라는 명제의 수사에 부합하는 작가라 할 수 있다.

이병주의 문학관, 소설관은 기본적으로 '상상력'을 중심에 두는 신화문학론의 바탕에서 출발하고 있으며, 기록된 사실로서의 역사가 그 시대를 살았던 민초들의 아픔과 슬픔을 진정성 있게 담보할 수 없다는 인식 아래, 그 역사의 성긴 그물망이 놓친 삶의 진실을 소설적 이야기로 재구성한다는 의지를 나타낸다. 우리는 그러한 역사의식의 기록이자 성과로서, 한국문학사에 돌올한 외양을 보이는 장편소설의 세계를 목격하게 되는 것이다. 물론 소설이 작가의 상상력을 배경으로 한 허구의 산물이므로 실제적인 시대 및 사회의 구체성과 일정한 거리를 가지는 것은 분명한 사실이다.

그러나 문학을 통한 인간의 내면 고찰이나 문학이 지향하는 정신적인 삶의 중요성, 그것이 외형적인 행위 규범을 넘어 발휘하는 전파력을 고려할 때는 문제가 달라질 수밖에 없다. 한 작가를 그 시대의 교사로 치부하고, 또 그의 문학을 시대정신의 방향성을 가늠하는 풍향계로 내세울 수 있는 사회는 건강한 정신적 활력을 가진 공동체의 모범이라 할 수 있다. 작가 이병주의 소설과 그의 작품에 나타난 삶의 실체적 진실로서의 역사의식이 우리 사회의 한 인식 지표가 될 수 있다는 것, 그리고 우리 주변의 범상한 사람들로부터 시작되는 대중 친화의 소설들이 그야말로 소설이 가진 이야기 문학의 장점을 추동(推動)할 수 있다는 것은, 그런 점에서 오늘처럼 개별화되고 분산된 성격의 세태에 시사하는 바가 크다.

그런데 그동안 이병주의 소설을 두고 우리 한국문학이 연구 및 비평과 평가의 지평에 있어서, 엄연히 두 눈을 뜨고도 놓친 부분이 있다. 역사 소재의 작품에만 주목한 나머지, 대중 성향의 작품들이 어떤 진보와 성취를 이루었는가에 대한 논의의 장(章)을 마련하지 못한 것이다. 여기에서 살펴본 바와 같이 그의 대중성 지향의 소설들은, 대중성이라는 단독자만 추구한 것이 아니라 시대 및 역사의 굴절을 매우 효율적으로 수용하고 있다는 장점이 있다. 더 나아가 이 유형의 소설들은 한국의 어느 작가도 흉내내기 어려운 이야기의 재미로 풍성하다. 그것도 단순한 말초적 재미가 아니라 삶의 진중한 교훈을 동반한 것이다. 올해 이병주 탄생 100주년, 그리고 내년의 이병주 타계 30주기에 즈음하여 다시 상고해 보면 이 대목이야말로 한국문학 평자들의 새로운 과제가 아닐 수 없다.

이병주 소설에 나타난 4 · 19의 문학적 전유 양상

『허상과 장미』를 중심으로

손혜숙(한남대 교수)

1. 소설가, 이병주

이병주가 소설가로 살게 된 시작점에는 5 · 16 필화사건이 있다. 그리고 그 시작점을 추적하다보면 4 · 19라는 역사적 사건에 다다르게 된다. 저널리스트였던 그가 소설로 글쓰기의 방향을 선회한 표면적인 계기는 5 · 16 필화사건이었지만, 그것은 다시 4 · 19에 맞닿아 있다. 4 · 19 이후 노동운동이 활성화되었는데, 그중에서도 가장 활발했던 노동운동은 전국적으로 전개된 교원노조운동이었다. 4 · 19 직후 '속죄와 책임의식'으로 촉발된 교원노조는 1960년 7월 '한국교원노동조합총연합회'를 결성하면서 전국적으로 통일된 체제를 갖추었다. 이때 노조에 참여한 교사는 1만 9천 883명가량[1]이었으며, 이 중에는 당시 이병주와 가깝게 지냈던 이종석도 있었다. 당시 경남지역 교원노조 위원장으로 취임했던 이종석은 1961년 5 · 16 쿠데타가 발발하면서 교원노조를 좌익으로 치부했던 혁명검찰부에 의해 구속되었고, 그와 가깝게 지냈던 이병주 역시 교원노조의 고문이라는 이유로 구속되기에 이른다. 구속의 직접적인 사유는 교원노조의 고문이라는 점이었지만, 실제 이병주가 교원노조의 고문이라는 명확한 단서가 나오지 않자, 혁명검찰부는 당시 여러 사람들이 함께 집필하였지만 이병주 이름으로 발간

---

1) 강준만, 『한국현대사 산책 1960년대 편 1권 : 4.19혁명에서 3선 개헌까지』, 인물과사상사, 2004, 164-166쪽.

된 책『중립의 이론』에 실려 있던 두 편의 논설에 주목한다. 그들은 당시 이병주가 『중립의 이론』이라는 책자를 발행하여 "조국은 없다, 산하가 있을 뿐이다" 운운하며 조국인 대한민국을 부인하고, 1961년 4월 25일『중립의 이론』이란 책자 서문에 통일에 "민족 역량을 총집결하자"는 제호로써, 대한민국과 북괴를 동등시하며 평화통일 등을 주장하는 반국가행위[2]를 하였다는 점을 이유로 들어 특수범죄처벌에 관한 특별법 제 6조를 적용하여 이병주를 투옥한다. 시작은 교원노조의 고문이라는 이유였지만, 결국 그의 투옥은 4 · 19를 통해 활성화된 '중립통일론'이라는 논설로 귀결된다.

이 지점에서 주목해야 할 점은 두 편의 논설이 모두 4 · 19에서 촉발되고 있다는 점이다. 물론 현장에 직접 참여하지는 않았지만, 이병주 역시 대부분의 당대 지식인들처럼 4 · 19로 인해 민주주의 국가 건설에 대한 희망을 갖고, 변화와 발전을 기대하고 있었을 것이다. 문제가 된『중립의 이론』이라는 책자도 이러한 상황과 맥락 속에서 배태된 집적물이라 할 수 있다. 4 · 19는 레드 콤플렉스로 인해 북진통일을 주장하는 것 외에 다른 통일의 방식을 거론할 수도 없었던 시대를 통일에 대한 자유로운 논의가 가능한 시대로 변화시켜 주었다. 그리고 극우반공 체제의 양화와 자유의 확보로 통일에 대한 논의가 가능해지면서 중립화 통일론의 대표논자였던 김용중과 김삼규의 중립화 통일론이《새벽》,《세계》,《사상》등의 언론에 집중적으로 소개되었고, 이후 통일논쟁은 뜨겁게 확산되기 시작했다.[3] 당시 한국의 분단이 미소 냉전 구도의 가장 직접적인 결과물이라는 점에서 '중립화'라는 표상은 당대 한국 지식인들에게 매력적인 대상이었다.[4] 이러한 상황에서 이병주 역시『중립의 이론』[5]이라는 책을 통해 김용중, 김삼규와 함께 중

---

2)《동아일보》, 1961. 12. 7.

3) 서중석,『한국현대사』, 웅진 지식하우스, 2005, 271–272쪽.

4) 홍석률,「중립화통일 논의의 역사적 맥락」,《역사문제연구》12, 역사문제연구소, 2004, 54쪽.

5) 1961년에 발간된『중립의 이론』에는 1960년 12월《새벽》지의 '조국을 말한다'라는 특집호에 실린 이병주의「조국의 부재」라는 논설과, 1961년《국제신보》발간사에 발표했던「민족 역량을 총집결하자」는 권두사가 실려 있다. 이와 같은 이병주의 두 편의 논설을 포함해 여기에는 중립의 형식, 내용, 역사, 중립을 이룬 여러 나라와 해방이후부터 1961

립통일론을 주장하고 나섰다.

　(가) 허다한 우열(愚劣)을 되풀이하면서도 역사는 서서히 진보해서 오늘에 이르렀다. 의식, 무의식적으로 범죄(犯罪)와 불행(不幸)을 조성하면서도 줄기찬 행복에의 의욕만은 이 날에 이르기까지 꺾이질 않았다. 다시금 희망을 가다듬어야 할 아침은 왔다. 백절(百折)할지언정 굽힐 수 없는 포부를 다져야 할 시간이 왔다. 8 · 15의 해방에서부터 고스란히 15년의 세월이 흐르고 6 · 25의 처참한 기억은 십년의 성상(星霜)을 두고도 선명하다. 그리고 아직 양단(兩斷)된 국토(國土)의 상처는 아물지 않고 있다.

　국토의 양단을 이대로 두고 우리는 희망을 설계하지 못한다. 민족의 분열(分裂)을 이대로 두고 어떠한 포부(抱負)도 꽃필 수 없다. (중략)

　혜산진(惠山鎭)에서 제주도(濟州島)에 이르기까지 이 아담한 강토가 판도(版圖)로서 "스칸디나비아" 반도의 나라들처럼 복된 민주주의를 키워 그 속에서 행복하게 살고 싶다. 이렇게 되기 위한 준비의 시간으로서 1961년의 해를 활용해야만 한다. 통일을 위해서 민족의 전 역량을 집결하자! 이 비원성취(悲願成就)를 위해서 민족의 정열을 집결하자![6]

　(나) 진정(眞正) 조국의 이름을 부르고 싶을 때가 있었다. 8 · 15의 해방(解放), 지난 4 · 19의 그날, 이를 기점(起點)으로 우리는 조국(祖國)을 건설할 수가 있었다. 그 이름 밑에서 자랑스럽고 그 이름으로 인해서 흔연(欣然) 죽을 수 있는 그러한 조국(祖國)을 만들어 나갈 수가 있었다. (중략)

　우리들은 기왕(旣往)의 4 · 19 때 국민의 민주적 의욕이 그 만큼한 혁명(革命)의 단서(端緒)를 잡고서도 우리는 공산주의자(共産主義者)와 사상적(思想的)으로 대

년 당대까지의 통일 방안에 관한 자료 및 각계 인사들의 통일 방안에 관한 글들이 실려 있다. 특이한 점은 책 표지에는 "국제신문사 논설위원 일동 함께 지음"이라고 되어 있는데, 뒤편에는 지은이가 이병주로 되어 있다는 점이다.

6) 이병주, 「통일에 민족역량(民族力量)을 총집결(總集結)하자」, 『중립의 이론』, 샛별출판사, 1961, 1-3쪽.

결할 수가 있었다. "너희들은 이렇게 할 수 있는 기회(機會)만이라도 가졌냐"고.

그러니 우리는 먼저 우리 내부(內部)의 38선부터 철거(撤去)해 버려야 하는 것이다. 38선을 미끼로 한 일부(一部)의 조작을 봉쇄해야 하는 것이다. (중략)

그러기에 어떠한 수단을 써서라도 국토(國土)는 통일(統一)되어야 한다. 국민의 한 사람의 희생(犧牲)도 이 이상 더 내서는 안 된다. 이건 분명히 "디렘마"다. 그러나 이 "디렘마"를 성실하게 견디지 못하는 정신을 우리는 기피한다. 그리고 이 "디렘마"를 풀기 위한 이념(理念)의 일단으로서 한국 중립화론(韓國中立化論)이 대두되기도 했다.

중립 통일(中立統一)이란 이 심각(深刻)한 "한국적(韓國的)" 현황 속에서 고민에 빠진 젊은 지성인(知性人)들의 몸부림이다. 중립 통일론(中立統一論)은 고민 끝의 하나의 결론이다. (중략)

이북을 이남화(以南化)함으로써 통일을 최선(最善)이라고, 하고 이남이 이북화(以北化)됨으로써 통일(統一)을 최악(最惡)이라고 할 때, 중립화 통일론(中立化統一論)은 차선(次善)의 방법(方法)은 되는 것이다.[7]

위 인용은 문제가 된 두 편의 논설의 일부로, 4·19로 인해 촉발된 이병주의 '민주적 의욕'과 새로운 조국 건설에의 희망을 잘 드러내고 있다. 아울러 이러한 이병주의 희망이 '중립통일론'으로 구체화 되고 있음을 보여준다. 주지하다시피 4·19 이후 이승만 정권이 퇴진하면서 민족통일의 과제가 전면화 되었고, 이러한 과정에서 수면 위로 올라온 중립 통일론은 당시 여론 조사에서 32.1%[8]의 지지를 받을 만큼 대중들에게 상당한 호응을 얻고 있었다. 이병주 역시 당대적 상황에서 중립 통일이 최선이라 생각을 했던 것이고, 저널리스트로, 한 신문사의 주필로서 시대적 문제에 관심을 갖고 그에 대한 자신의 생각을 펼치는 것은 어

---

7) 이병주, 「조국의 부재- 국토와 세월은 있는데 왜 우리에겐 조국(祖國)이 없는가?」, 위의 책, 136-142쪽.

8) 《한국일보》, 1961. 1. 15.

쩌면 당연한 일이었다고 할 수 있다. 더욱이 대중들에게 다양한 시각과 옳은 정보를 제공하는 것이 언론인으로서의 사명이라고 할 때, 그는 응당 자신의 의무를 다한 것이다. 하지만 이병주를 포함한 당대 대중들의 새로운 조국 건설과 통일에의 희망은 4 · 19의 '민주적 의욕'과 기대감을 교묘히 이용한 5 · 16 군사 쿠데타 세력에 의해 좌절로 변했다. 더하여 공식적인 지면을 통해 중립통일론을 주장하고 나섰던 이병주는 통일담론, 탈냉전 이데올로기를 가장 불온시 했던 5 · 16쿠데타 주도 세력에게 직접적인 탄압의 대상이 되었다.

이로 인해 억울하게 지속된 2년 7개월의 투옥생활은 이병주의 삶을 바꾸어 놓는다. 저널리스트로서의 삶에서 소설가로서의 삶으로의 전향이 그것인데, 그는 출소하면서 옥중에서 잃은 것보다 얻은 것이 더 많으며 "소설을 통하여 우리 현대사의 전통과 역사가 기록하지 않은, 또는 할 수 없는 그 함정들을 메우는 작업을 해야겠다는 일념을 가졌다"[9] 는 뜻을 밝힌다. 이후 감옥에 들어가지 않았더라면 영원히 소설을 쓰지 않았을지도 모르며 감옥은 자신에게 "결정적인 인생의 전기일 뿐 아니라, 문학의 모티브"[10] 가 되었다고 밝힌 바처럼 그는 소설 쓰기를 본격화 한다.

살펴본 바와 같이 이병주의 소설 창작의 시작점에는 분명 4 · 19가 위치하고 있다. 그럼에도 불구하고 아이러니하게 그의 방대한 소설 중에 4 · 19를 전면화하여 다룬 소설은 찾아보기 힘들다. 그 원인을 찾기 위해서는 4 · 19와 직간접적으로 연루된 당대의 역사적 사건들과 그것을 전유하는 문단 양상을 살펴볼 필요가 있다. 소설의 경우, 비단 이병주의 작품세계에만 국한된 것이 아니라 4 · 19 체험에 대한 전면적인 서사적 형상화가 시나 비평에 비해 드문 게 사실이다. 소설은 시나 비평에 비해 내러티브를 구성하고 구체화하는데 적지 않은 시간이 소요되는데, 4 · 19 이후 1년 만에 발발한 5 · 16 군사 쿠데타로 인해 4 · 19 체험

---

9)《국제신문》, 2006. 4. 23.

10) 金柱演, 「政治的 敗北와 人間補償」, 《서울평론》73호, 4. 10, 28쪽.

을 소설적으로 형상화할 수 있는 시간적 여유를 확보하지 못했다. 즉 5.16 군사 쿠데타 주도 세력이 4 · 19에 관한 서사를 구축할 틈도 없이 시대와 역사 문제를 전면화하는 것을 봉쇄했기 때문에 당시 소설가들이 4.19를 문학적으로 형상화 하기엔 한계가 있을 수밖에 없었다. 이러한 상황에서 그들이 선택할 수 있는 방 법은 다양한 형식을 도입하거나 일정한 장치를 매개로 먼 거리에서 시대 및 역사 와 대면하는 것뿐이었다. 즉 4 · 19를 딛고 발발한 5 · 16으로 인해 소설적 재현 이 쉽지 않았던 4 · 19라는 역사적 사건은 전체 서사의 일부 테마로 활용되거나, 알레고리 형식으로 간접화 되어 온 것이다.

본고는 이러한 상황과 맥락을 같이 하는 이병주의 『虛像과 薔薇』에 주목해 보 고자 한다. 이 작품 역시 4 · 19라는 역사적 사건을 작품의 구심점으로 삼아 서 사를 형성하고 있는 작품이지만, 4 · 19를 형상화하는 대표 소설로도, 이병주 작 품 세계를 대표하는 소설로도 주목받지는 못했다. 물론 미학적 측면에서 소설 로서의 결함이 있는 것이 사실이지만, 그럼에도 불구하고 이 작품은 4 · 19라는 매개성을 인식 차원으로 확장하여 1970년대 시대의 문제까지도 환기시키고 있 다는 점에서 주목할 만하다. 이것은 단절이 아닌, 연속의 역사와 시대를 그려내 고 있는 이병주의 시대인식을 파악할 수 있는 단서가 될 수 있으며, 나아가 시대 나 역사 문제에 대한 혜안을 제공해 주기도 한다는 점에서 의미가 있다. 따라서 본 연구자는 『허상과 장미』를 중심으로 이 작품에서 4 · 19라는 역사가 어떤 방 식으로 소환되는지, 그를 통해 무엇이 환기되고, 무엇을 문제 삼고 있는지를 추 적해 보고자 한다.

2. 몸의 기억 : 통증으로 소환되는 4·19와 의미 찾기

『虛像과 薔薇』[11]는 4·19라는 과거 역사를 안고 1970년대를 살아가는 인물들의 이야기를 담고 있다. 이 작품은 1970년대 초를 살아가는 인간의 다양한 군상과 사랑을 표면적인 서사로 삼고 있지만, 그들의 삶과 사랑에는 4·19의 파편들이 관여하고 있으며 분산적으로 재현되고 있다. 먼저, 주목해 볼 부분은 전호와 성애의 만남에서부터 사랑의 결실을 맺기까지의 과정이다. 신문연재소설이라는 특징과 1970년대라는 특수적 상황으로 이 작품에는 로맨스와 통속성이 전면화 되어 있지만 그것은 표면적인 장치일 뿐 정작 중요한 것은 로맨스를 이루는 전호와 성애가 4·19에 대한 기억을 소환하여 그 공통항의 슬픔을 나눠 갖고 살아가는 인물들이라는 데에 있다. 즉 4·19라는 공통항이 없이는 이들의 로맨스도 불가능했다는 점이다.

4·19는 당대인들에게 새로운 가능성에 대한 희망과 동시에 아물 수 없는 상처와 좌절을 가져다주었다. 특히 4·19가 가져다준 희망은 지극히 짧았다. 그에 비해 상처와 좌절은 형언할 수 없을 만큼 컸고, 오랜 시간 당대인들의 삶에 깊게 관여했다. 이 작품에서는 전호와 성애가 그들을 대변하고 있다. 전호는 십년 전 4월 19일 경무대 앞에서 왼쪽 허벅다리에 총탄을 맞고 위험에 처했었으나 윤숙의 오빠 덕기가 병원 순서를 양보해 준 덕택에 살아남았다. 그러나 전호에게 순서를 양보해준 덕기는 죽었고, 전호는 이후 자신의 삶이 아닌 덕기의 삶을 살기로 한다. 사범대생이었던 덕기의 뜻을 이어 사범대에 가서 교사가 되었고, 자신 때문에 손주를 잃은 형산을 부모처럼 모시며, 덕기의 동생 윤숙의 신랑이 되어 그녀를 책임지겠다고 다짐한다. 그러나 이러한 부채의식에서 비롯된 그의 삶은 그리 행복해 보이지 않는다. 여기에 더해 4·19가 가져다준 희망만큼이나 더한 좌절감과 절망감은 허벅다리의 통증으로 불쑥불쑥 나타나 그날을 상기시킨다.

---

11) 이 작품은 1970년 5월 1일부터 1971년 2월 27일까지 《경향신문》에 연재된 후, 1978년 범우사에서 단행본으로 발간되었고, 1990년 『그대를 위한 종소리』라는 제목으로 바뀌어 서당에서 상, 하로 재출간된 작품이다.

"또 4 · 19를 들먹이는 것 같아 미안하지만 나는 4 · 19를 잊고는 살 수가 없어. 4 · 19의 의미가 어떤 것 인지는 아직 아무도 몰라. 알 까닭이 없지. 일정량의 의미라는 것이 주어져 있는 것이 아니니까. 그러니 4 · 19의 의미는 4 · 19에 참여한 우리들이 앞으로 만들어 내야 하는 거다. 우리 하나하나가 훌륭하게 깨끗하게 삶으로써 4 · 19의 의미를 훌륭하게 만들 수 있는 거야. 우리가 타락하면 4 · 19도 타락해. 그렇게 되면 살아 있는 우리들은 우리가 저지른 일이니까 어떠한 책망도 감당할 수 있지만 이미 죽어 없어진 사람은 어떡허지? 더욱이 내 경우는 윤숙이 잘 알고 있지 않아? 윤숙의 오빠는 나 때문에 죽었어. 그러니까 나는 윤숙의 오빠 몫까지 훌륭하게 깨끗하게 살아야 한단 말이다."[12]

'이승만 정권이 물러섰을 때 그는 그것이 승리라는 것을 확신하는 동시에 그 승리를 마련하기 위해 엄청난 대가를 치렀다는 슬픔을 느꼈다. 그런데 지금, 그 승리의 뜻은 간 곳 없고 잃은 생명에 대한 슬픔만 남았기 때문에 그에게 그날의 역사에 대한 망각이란 있을 수 없게 되었다.'(1970. 5. 1) 그래서 그것은 허벅다리의 통증으로 각인되어 있는지 모른다. 십년이 지났음에도 불구하고 심경의 변화가 있을 때마다 불쑥불쑥 찾아오는 허벅다리의 통증은 늘 그의 기억을 부추긴다. "고통이 기억술의 가장 강력한 보조수단"이라는 니체의 말대로 전호의 허벅다리 통증은 4 · 19라는 사건이 그의 몸에 기록되어 있다는 것을 의미한다. 즉 이것은 정신의 기억보다 더 신빙성을 갖는 몸의 기억이 된다.[13] 전호는 허벅다리의 통증이 일 때면 당시의 '폭력을 상기해 결코 망각하지 않고 그것을 타자에게 말하는 행위를 반복한다.' 작가가 소설쓰기를 통해 역사체험에 관한 기억을 분유하고자 하는 것과 같이 전호도 4 · 19라는 '역사적 사건의 기억을 나누어 갖고자 하는 것이다.'[14]

12) 이병주,『虛像과 薔薇』,《경향신문》, 1970. 6월 27일. (이후 날짜만 표기함)

13) Aleida Assmann,『기억의 공간』, 변학수 외 역, 경북대학교출판부, 2003, 318~320쪽.

14) Oka Mari,『기억 서사』, 김병구 역, 소명출판, 2004, 109~110쪽.

"4·19가 없으면 나라는 오늘의 존재가 없어지는걸."이라고 말할 정도로 4·19는 전호의 삶에 깊이 관여하고 있다. 그에게 4·19라는 과거는 봉합되지 않은 상흔이면서 현재의 삶을 지탱해 주는 원동력이다. 과거를 망각하지 않고, 역사로서 4·19의 의미를 만들어가야 하는 의무를 이행하는 것이 전호의 삶의 이유이다.[15] 위인용처럼 전호가 10년이 지난 시점에서도 4·19의 의미 찾기에 몰두하고, 그들을 기억하며, 그들 대신 청렴하게 살아내야 한다는 의지를 다지는 것 모두 4·19를 이끌었던 수많은 사람들의 희생과 헌신에 대한 추모의 한 형태라 할 수 있다.

'4·19란 뭣일까.'

새삼스럽게 이런 물음이 전 호의 가슴속에 솟았다.

'4·19 희생자의 묘소가 아니라 바로 4.19의 묘소 같다.'는 형산 선생의 말이 어떤 박력을 지니고 전 호의 마음속에 작용하기 시작했다. 실상 4·19가 남아 있는 것은 이 무덤이 형태로 남아 있는 것이다. 무덤 앞에 새겨진 주인을 잃은 이름만으로 남아 있는 것이다.

'4·19는 간데 온데가 없다. 그날의 그 함성이 허공에 사라졌듯 4·19는 역사의 대해 속에 거품처럼 사라져갔다.'

그렇다면 4·19는 그 무수한 역사의 트릭에 불과했단 말인가. (중략)

'그렇지 않다면 4·19에 진정한 뜻이 있다면 뭔가 살아남아 있는 흔적이라도 있어야 할 것이다.'

그런데 살아남은 흔적은 없고 눈앞에 백팔십오 개의 무덤이 있을 뿐이다.

"이대로 가면 4·19란 영원히 꺼져 없어지지 않겠습니까?"

생각에 겨워 전 호가 이렇게 물었다.

---

15)'민주적 기억을 활성화함으로써 타성적 사고방식을 깨뜨릴 수 있는 비판은 현재에 대한 신선하고 고무적인 시각을 개발할 수 있다. 그리고 때때로 그 비판은 망각될 위험에 처해 있는 그 무엇인가를 기억해내는 방식을 통해서 이루어진다.'(Harvey J. Kaye, 『과거의 힘』, 오인영 역, 삼인, 2004, 226쪽)

"그래서 아까 내가 말하지 않았나. 4·19 희생자의 묘소가 아니라 4·19 자체의 묘소 같다고."

　"그럼 어떡하면 될까요?"

　"4·19의 의미를 만들어야지."

　"어떻게 만드는 겁니까?"

　"그건 내가 묻고 싶은 말이네."

　전 호는 할 말을 잃었다.

　"그러나……." 하고 형산이 입을 열었다.

　"4·19의 의미는 그대로라도 없어지지 않을 것이다. 역사의 어떤 기동력, 전환력은 됐거든. 일단 있었던 일은 반드시 그 의미를 다하고야 마는 것이 역사더구먼. 가령 1936년에 서안 사건(西安事件)이 있었다. 한때 떠들썩하더니 그 뒤에 모두들 잊어 버렸다. 그랬는데 그 후 십 년쯤 지나서 중국 역사의 동향 속에 서안 사건의 영향이 뚜렷이 나타나더란 말야. 4·19도 꼭 그와 같을 줄 믿어."

　"그러니까 내버려둬도 역사로서의 구실은 한단 말 아닙니까?"

　"그렇지."

　"그런 우리가 할 일은 없다는 말이 되겠습니다."

　전 호는 우울하게 말했다.

　"왜 없어. 개인의 건설이란 것이 있잖나. 내 개인의 건설이 국가의 건설이다, 민족의 건설이다, 그쯤 프라이드는 있어야지." _1970. 7. 31

　형산은 전 호에게 '4·19 희생자의 묘소가 아니라 4·19의 묘소 같다'며 4·19의 의미 찾기를 추동한다. 4·19에 대한 전 호의 생각과 형산과의 대화는 4·19의 정신과 의미는 온데 간 데 없고, 희생자들의 이름만이 덩그러니 남아 있는 당대의 현실에 대한 이의제기에 다름 아니다. 전호는 4·19 희생자들의 죽음이 무색할 만큼 그들의 헌신이 무섭게 잊혀 가고 목숨을 담보로 그들이 쟁취하고자 했던 것을 당대 어디에서도 찾아 볼 수 없다는 인식에서 4·19의 의미 찾기에 천착한다. 이 과정에서 전 호는 사물로서의 기념비가 아닌, 그날의 뜻을 기억할 수 있는 흔적의 필요성을 상기한다. 흔적은 한 시대의 양식화되지 않은 기억을 증거해 주며, 어떤 검열이나 왜곡의 지배도 받지 않는 간접적 정보이다.[16] 또한 그것은 기억과 망각을 서로 불가분하게 연결해 주는 이중기호로 작용하며 말 없는 간접적 증인들에게 더 높은 진실성과 신빙성을 부여한다. 때문에 4·19의 흔적이 필요한 것이다. 전 호가 말하는 4·19의 '살아남아 있는 흔적'이란 4·19의 의미를 끊임없이 호출해 내는 전 호나 최성애 같은 인물이 아닐까? 4·19의 의미를 만들기 위해 우리가 할 수 있는 일이란 없냐는 전 호의 물음에 '개인의 건설'이라고 답하는 형산의 언술은 이를 증빙해 준다.

한편, 이 지점에서 전 호의 삶에 끼어든 성애라는 인물에 주목해 볼 필요가 있다. 최성애 역시 전 호처럼 4·19라는 역사적 사건으로 삶의 변화를 겪은 인물이다. 전 호가 바뀐 삶에 순응하며 나름대로의 삶의 목표와 의미를 두고 살아가는 인물이라면 최성애는 4·19 이후 바뀐 삶을 포기한 채 무기력하게 살아가는 인물이다. 즉 형산이 말하는 '개인의 건설'을 포기한 채 살아가는 인물이다. 최성애의 삶을 따라가다 보면 만약 4·19가 미완의 혁명이 아니었더라면 그녀의 삶은 달라졌을 것이라는 생각에 봉착하게 되는데, 여기에 4·19의 또 다른 측면인 비극성이 있다. 즉 최성애를 통해 4·19 희생자들 중에는 당시 현장에서 직접 맞서다가 희생된 자들도 있지만, 4·19로 가족이나 지인을 잃은 슬픔에 삶이 몰락한 자들도 있다는 점을 환기시킨다. 결국 최성애와 전 호는 공통적으로는 4·19 희생자들에 대한 기억을 추동하는 인물이면서 전 호가 4·19의 의미를 잊지 않게 지속적으로 상기시키고 있다면, 최성애는 4·19 희생자들의 가족과 주변 인물, 즉 살아남은 자들의 애환과 비극을 담지하고 있다.

"보다도 저는 4·19때 희생된 전체를 생각하는 겁니다. 그들의 죽음의 의미가 뭣일까 하구요. 왜 죽어야 했나, 그들을 죽인 총탄의 의미는 뭔가, 무엇을 지키기

---

16) Aleida Assmann, 앞의 책, 267-268쪽.

위한 어떻게 하자는 총탄인가. 차라리 적의 총탄에 맞아 죽었으면 명분이라도 있죠. 그러나 이건 아무리 생각해도 까닭을 알 수가 없단 말입니다. 그때 총을 쏜 자, 총을 쏘게 한 자를 적으로 보아야 하나, 적으로 보지 않으면 뭣으로 보아야 하나. 이와 같은 딜레마가 항상 저를 괴롭히는 겁니다."_1970. 8. 8

민덕기의 죽음에 강박관념 즉 부채의식을 가지고 있는 것이 아니냐는 최성애의 질문에 전 호는 위 인용과 같이 대답한다. 촉발은 자신을 대신해 죽은 민덕기 개인에서 비롯되었지만 그의 의문은 4·19 희생자들 전체의 죽음에 닿아있다. 이는 민덕기에 대한 추모와 기억이 민덕기 개인에게만 국한되어 있는 것이 아닌 4·19 전체를 포함하고 있다는 것을 의미한다. 또한 전 호는 같은 민족끼리 총구를 겨눴다는 점에 착목하는데, 이는 식민지 시기의 친일, 한국전쟁, 5·16 군사 쿠데타에 이르기까지 같은 현상이 반복해서 일어났다는 점을 상기해 볼 때, 동일한 과오를 반복하고 있는 세대들의 우매함과 우리 역사에 대한 안타까움의 발로라 볼 수 있다. 뿐만 아니라 1970년대란 시대 위로 4·19의 그날을 다시 불러와 4·19의 의미가 또 다시 절실히 필요하게 된 당대의 현실에 문제를 제기하고, 4·19의 의미가 퇴색되거나 망각되는 것을 방지하기 위한 자문인 것이다.

3. 4·19의 낙착점 : 경제 동물로서의 세속적 성공

전호나 최성애가 4·19의 기억을 소환하여 그 의미 구축을 추동하는 매개적 인물이라면, 민윤숙은 4·19의 의미가 허상이 되어 가고 있는 병리적인 70년대를 표상하는 은유적 인물이라 할 수 있다. 민윤숙은 독립투사였던 형산의 손녀이며, 4·19 때 희생된 민덕기의 동생이다. 전 호나 형산이 과거와 연루된 삶을 살고 있는 것에 반해 민윤숙은 철저히 현재를 사는 인물이다. 민윤숙은 청빈하게 사는 할아버지와는 정반대로 '할아버지가 중요하게 생각하는 마음의 진실은 시궁창에 버리듯 하고 오로지 세속에의 성공만을 위해 어떤 수단도 가리지 않는 삶'을 살 것이라 다짐한다. 그녀는 대학 때 가난하다는 이유로 소외된 적이 있었고, 가난한 독립 운동자의 손녀라는 이유로 사랑하는 남자에게 실연당한 적도 있었으며, 권문의 딸에게 꼭 필요했던 미국으로 가는 장학금을 빼앗겨 꿈이 좌절된 적도 있었다. 그녀는 이러한 일련의 과정을 거치면서 할아버지의 청빈한 삶에 모든 일의 원인이 있다는 것이라 판단하여 할아버지처럼은 살지 않겠노라고 다짐했던 것이다.

그녀는 "수월한 길을 택해 속된 사회의 승리자"가 되기 위해 고군분투한다. 여기서 수월한 길이란 성공한 남성들을 통하는 것이며, 그녀가 말하는 승리는 부의 획득이다. 속된 사회의 승리자가 되기 위해 그녀가 만난 남성들은 대부분 자본주의 사회에서 나름대로 성공한 사람들이며 그들을 통해 민윤숙이 접하는 문명의 상징들— 벤츠, 스카이웨이, 골프, 호텔 빌라— 은 당대의 시대적 특수성을 보여주면서, 이는 다시 4·19와 5·16이라는 역사적 사건의 의미를 반추하게 한다. 민윤숙이 그의 남자들과 만날 때 사용하는 자동차, 그리고 그들과 만나는 장소인 스카이웨이나, 호텔 빌라, 민윤숙이 살고 있는 아파트 등은 사회적 상황과 함께 그 기호를 나타내며 많은 사람들이 추구하는 구체적인 목표일뿐만 아니라 온갖 희망과 원망을 압축하고 있는 신화적 상징이자 제의적 상징을 대변한다.[17] 나아가 사용가치의 소비를 포함한 행복, 안락함, 풍부함, 성공, 위세, 권위, 현대성 등의 소비는 그들을 스스로 돋보이게 함과 동시에 사회적 지위와 위세를 나타내며, 그 배면에는 다른 사람들과의 차이화를 내재하고 있다.[18]

이러한 세속적 성공은 민윤숙에게 행복이 아닌 죄의식과 자괴감을 가져다준다는 점에서 문제적이다. 작품 속에서 민윤숙은 정조를 지키며 남성들과 등등한, 때론 남성들을 좌지우지할 수 있는 위치에서 나름대로 현명하고 세련되게 그들과 관계를 이어간다고 생각을 한다. 하지만 결과적으로 보면 남성들과 동등

17) Umberto Eco, 『대중문화연구2 : 대중의 영웅』, 조형준 역, 새물결, 2005, 58-59쪽.
18) Jean Baudrillard, 『소비의 사회』, 이상율 역, 문예출판사, 1991, 314-315쪽.

한 능력에 의해서가 아닌, '예쁜 여성'이라는 점이 부를 축적하는 수단이 되었으며, 그녀가 생각했던 것들은 허상에 불과했다. 그리고 오히려 상처받는 쪽은 그녀를 좋아했던 남성들이 아닌, 민윤숙 자신이었다. 자신을 좋아하던 안달호에게 정조를 빼앗긴 사건은 민윤숙에게 끊임없는 혼란과 급기야는 그녀의 삶의 방향을 바꾸어 놓을 정도의 파장을 가져왔지만, 정작 가해한 안달호는 아무렇지도 않게 새로운 여자를 만나 가정을 꾸린다. 또한 그녀를 좋아했던 사업가 길종호와도 미국 W회사 사장인 윌슨과의 관계에서도 그녀는 동등한 위치에서의 진실한 사랑을 키워가지 못한 채 "성공의 첩경인 성공자의 아내가 되는 것은 싫고, 그렇다고 재력도 없고, 특출한 기술도 없"다는 생각에 요정을 하면서 그녀가 말한 부를 축적해 간다.

그녀가 입버릇처럼 이야기했던 성공은 결국 요정 마담으로서의 성공으로 귀착되고 있다. 이는 "요정 정치와 성 문란이 극에 이르렀던" 당대의 상황을 반영한 설정으로 볼 수 있다. "1970년대 서울의 요정은 비밀요정까지 포함, 1백 개에 가까웠다. 그 시절 요정업계 사장들은 재벌그룹 회장 부럽지 않은 돈을 벌었다. 또 이른바 일류 기생들은 정치인 재벌총수와 동거 또는 '첩살이'를 하며 호화저택을 마련하는가 하면 평생 살아가는 데 지장 없을 정도의 큰돈을 모으기도 했다."[19]뿐만 아니라 1970년대 초반 한국에서는 이른바 기생 관광이 붐이었다. 1970년 6월 7일 한국의 부산과 일본의 시모노세끼(下關)를 연결시키는 부관(釜關) 페리호의 취항이 있은 지 딱 한 달 후 경부고속도로가 개통된 것도 한국 관광의 매력에 기여했다.[20] 이것을 필두로 외국 관광객 수가 증가함에 따라 1973년 외화벌이를 위해 매매춘의 국책 사업화가 본격적으로 시행된다. 즉 박정권은 1973년부터 관광 기생들에게 허가증을 주어 호텔 출입을 자유롭게 했고, 통행금지에 관계없이 영업을 할 수 있도록 했다. 또한 여행사들을 통해 '기생관광'을

19) 조성식, 「김택수의 여인 김성순 고백 - 내가 겪은 '요정의 세계': '한윤희' 놓고 이후락 김진만 김택수 3각 게임」, 《일요신문》, 1996. 1. 28, 52쪽.

20) 강준만, 『한국현대사 산책 1970년대 편 1권평화시장에서 궁정동까지』, 인물과사상사, 2002, 57쪽.

해외 선전했을 뿐 아니라 문교부 장관은 1973년 6월 매매춘을 여성들의 애국적 행위로 장려하는 발언을 하기도 했다.[21] 이러한 노골적인 매매춘 장려 정책은 일제의 식민화 정책과 유사한 구조로서[22] 1970년대를 살아가는 국민을 '경제동물화'[23] 하기에 이른다.

민윤숙이 바로 이러한 1970년대 경제 동물의 표상이라 할 수 있다. 경제개발을 빌미로 '자본' 중심의 사회로 탈바꿈하던 당대 현실에서 성공의 척도는 '물질'이었고, 아무것도 없는 여성이 그것을 쉽게 획득할 수 있는 길은 요정마담이 되는 것이었다.[24] "10년을 지켜내려 오던 '4·19의 4월'이었던 달이 금년에는 갑자기 '관광의 4월'로 탈바꿈했다."[25]라는 리영희의 개탄처럼 이병주는 요정 마담으로서의 민윤숙의 성공을 '4·19의 낙착점'으로 상정하고 있다. 이것은 다음의 작가의 말에 나타난 바와 같이 4·19의 순수한 정신은 온데 간 데 없이 사라지고, 독재 권력에 의해 자본주의로 변모해 가는 당대에 대한 은유가 된다.

애국지사인 형산 선생, 그의 손주딸 민윤숙, 그리고 척성애, 전 호 등의 인간관계는 4·19라고 하는 인연으로 맺어진 관계이고 그 교감(交感)의 바탕엔 4·19의 그날 경무대 앞에서 총탄을 맞고 쓰러진 민덕기와 최규복의 영혼이 깔려 있다. (중략) 형산은 반속적(反俗的)으로 스스로의 정조를 지키려고 하는데 민윤숙은 세속적

---

21) 이효재, 『한국의 여성운동: 어제와 오늘』, 정우사, 1989, 182, 251쪽.

22) "중요한 사실은 그들이 매매춘을 조선 식민지정책의 일환으로 인식했으며 시장 구조를 전국 규모로 체계화하여 정치적 반향이나 반일 감정의 무마 전환 수단으로 악용하려 했다는 것이다. 특히 지식인들 보편의 비관주의를 더욱 증폭시키고 정치적 강압에 대한 현실 도피의 발판으로 매매춘 문화를 선별 심화하려 했던 식민당국에게 매매춘을 권하는 사회적 무드의 조성은 무엇보다 긴요한 전제가 된다."(박종성, 『권력과 매춘』, 인간사랑, 1996, 61-62쪽.)

23) 강준만, 『한국현대사 산책 1970년대 편 1권 평화시장에서 궁정동까지』, 앞의 책, 63쪽.

24) 이러한 설정은 물론 실제로 민윤숙 같은 당대 여성들이 선택할 수 있는 전형적인 길이었을지 모른다. 그러나 한편으론 이병주의 여성관에서 형성된 것이었을 수도 있다. 그의 소설 속에서 여성의 성공은 어떤 분야에 대한 전문적인 능력에 의해서가 아닌 대부분 '여성'을 간판으로 내세우는 일을 통해서 이루어진다. 그리고 여기에는 항상 남성 조력자가 등장한다. 이는 이병주 여성관과도 맥락이 닿아 있는데, 이는 이 연구의 주제와는 조금 동떨어져 있는 문제이기에 이후 별도의 논의를 기약하기로 한다.

25) 리영희, 「외화와 일본인」, 『전환시대의 논리』, 창작과 비평사, 1974, 182쪽.

인 성공에 집착한다. 그런데 민윤숙이 거둔 세속적인 성공이란 요정 마담으로서의 성공이다. 개성적이며 총명한 여자의 성공이 70년대 한국의 특수사정의 제약을 받은 결과란 함의도 있지만 4·19의 낙착점을 상징하고자 한 작가의 작위(作爲)의 어수선한 표현일지도 모른다.

만일 민윤숙이 90년대에 인생을 시작했더라면 전연 다른 인생의 국면을 전제했을 것이다. 아무튼 작가는 당시 민윤숙을 통해 새로운 여인상을 구축해 보려고 했었다.[26]

이병주가 말하는 민윤숙을 통한 4·19의 낙착점을 파악하기 위해서는 민윤숙의 결말[27]에 주목해 보아야 한다. 요정을 하게 된 민윤숙은 날이 갈수록 손님을 다루는 솜씨가 능란해졌으며, 장안에 '처녀 마담'이란 소문이 퍼질 정도로 그의 요정은 인기였다. 뿐만 아니라 이병주는 요정 마담 민윤숙을 "요정의 마담이라고 하기보다 18세기 불란서의 살롱을 지배하는 귀부인 같은 기품이 있었다."고 묘사한다. 하지만, 그녀가 바라는 부를 축적하고, 작가가 묘사한 대로 귀부인 같은 기품이 있으면 무엇하랴. 그 스스로가 "지금의 내 생활은 인간으로서의 생활이 아니다"라고 생각할 정도로 만족스러운 삶을 살지 못하는 데 말이다. 그녀는 "불어나고 있는 돈의 액수"를 생각하며 나름대로 위안을 삼지만 "인생에서 가장 소중한 것과 결별"해야만 할 만큼 떳떳하지 못한 삶을 살고 있다는 데에 문제가 있다. 즉 이병주는 가난하지만 반속적으로 정조를 지키고 산 형산에 비해 세속의 성공을 목표로 살면서 많은 부를 축적하고 있는 민윤숙의 삶이 그리 행복하지 않다는 설정을 통해 4·19의 의미가 사라지고, 그 대신 들어선 자본주의와 그로 인해 산발적으로 드러나고 있는 병리 현상을 문제 삼고 있는 것이며, 또다

---

26) 이병주,「작가의 말」,『그대를 위한 종소리』상, 서당, 1990.

27) 단행본으로 재발간 되면서 연재 당시에는 없었던 서두의 '작가의 말'과 마지막의 '에필로그'가 삽입되었다. 다른 부분은 연재된 것과 같은데, 작가의 말과 마지막 에필로그 부분만 차이점을 보인다. 연재되었을 때는 민윤숙이 아빠도 모르는 아이를 가졌기에 형산의 기일에 참여하지 못하면서 통장에 쌓여 가는 돈을 보며 위안을 삼는다는 결말을 취하고 있지만, 단행본에서는 민윤숙의 임신은 생략되어 있으며, 형산에 대한 사후적 평가가 제시되어 있다.

시 4 · 19의 정신이 필요함을 역설하고 있는 것이다.

4. 반속(反俗)의 삶 : 역사로 기억하기

　　형산은 "애국지사의 전형"으로 전 호나 최성애와 마찬가지로 4 · 19와 관련이 있는 인물이다. 더욱이 그는 과거와 현재 역사의 집약체라는 점에서 눈여겨 볼 필요가 있다. 형산은 "부와 귀라는 세속적인 가치를 부인하고 역사 속에서의 정당한 자리를 차지하려 노력"하며, "세속을 따라 노예가 되는 길을 박차고 스스로의 주인이 될 수 있는 길을 택"한 인물이다. 그는 "조국의 독립을 위해 목숨을 건 적도 있었고 동포의 해방을 위해 자기 나름대로의 노력도 했지만 그런 노력에 대한 보상도 없었고 평생을 날품팔이나 다름없는 처지로서 셋집과 셋방을 돌았다. 그러는 동안에 아들 부부를 잃었고 오누이가 남은 손주 가운데서 사내 손주는 4 · 19가 앗아갔다." 때문에 사람에 따라 그의 일생을 실패한 것으로 긴주할 수 있다. 적어도 손녀 민윤숙의 눈에는 그렇게 보인다. 자신의 신념을 지키며 남을 도우면서도 청빈하게 살아온 그이지만, 그로 인한 고통은 정작 가족에게 대물림 되었다는 점에서 민윤숙은 다른 사람들처럼 마냥 형산의 삶을 지지할 수만은 없다. 오히려 형산의 청빈한 삶은 민윤숙으로 하여금 세속에의 성공에 더욱 집착하게 만든다. 어찌 보면 형산은 본인의 의지대로 살아왔고, 윤숙은 애국지사인 할아버지가 만들어 놓은 이미지에 갇혀 누군가에 의해 보여 지는 삶을 살면서 할아버지의 전력 때문에 의도치 않은 피해를 겪어 왔다. 그러나 아이러니하게도 작가는 타의적인 시선과 불합리한 피해에서 벗어나기 위해 발버둥치는 윤숙의 삶에 동정을 보태지 않는다. 그저 세속적인 것을 좇는 것은 행복하지 못한 삶이며, 가족의 희생은 감수하더라도 지사로서의 정조를 지키며 살아가는 것이 깨끗한 일생이라는 점만을 드러낼 뿐이다.

　　"윤숙의 할아버진 참으로 훌륭한 사람이야. 뚜렷한 업적이 없고 세상에 알려지지 않았을 뿐이지 참으로 훌륭한 인물이야. 자기를 속이지 않고 남을 속이지 않고, 남에겐 관대하고 자기에겐 엄하고, 실오리 하나 남의 신세를 지지 않으셨고 그러면서도 역경에 있는 동지들을 끝끝내 보살피고.(중략) 이 어른이 이 나라에 태어나지 않고 영국이나 불란서 같은 나라에 태어났더라면 참으로 기막힐 인물로서 업적을 남겼을 텐데 말이야."

"난 스스로 고생길만을 택하고 있는 할아버지에게 반발을 했어요. 그 반발은 지금도 변하지 않아. 누가 알아 줬어요? 평생을 집 한 칸 못 가지고 가족들 걱정만 시키고…… 그게 뭐 잘한 짓이란 말예요. 시대착오도 이만저만한 게 아니잖아요? 그러니까 난 할아버지가 불쌍하단 말예요. 심청이가 되고 싶어요."

"할아버진 심청이를 원하지 않아."

"그러니까 어떻게 했으면 좋을까 하고 망설이는 것 아녜요?"

"망설일 필요도 없구, 걱정할 필요도 없어. 할아버지의 진면목을 알아주면 되는 거다. 그러면 되지 뭐. 온갖 잡동사니 도도하게 흐르고 있는 이 세상에 한 줄기 맑은 물로 일관한 인물이 우리 할아버지였다는 긍지만 가지고 살면 그로써 되는 거야."

"나는 뛰어난 재주도 있고 높은 인격도 가지고 있고 얼마든지 만들 수 있는 기회도 가지고 있으면서 바보스럽게 일생을 마친 어리석은 노인으로서 기억할 테야." _1970. 12. 11

윤숙은 청빈한 삶을 사는 것 자체를 바보스러운 일생이라 일축하며 오히려 그런 삶을 택한 것 자체가 시대착오적인 발상이라 여긴다. 그리고 왜 그렇게 밖에 살 수 없는지에 대한 고민보다는 그저 그런 할아버지를 불쌍히 여긴다. 윤숙의 이러한 시각은 형산 같은 삶을 사는 사람들을 바라보는 일반적인 시대적 시선을 상징한다. 반면 과거를 끌어안고 4·19의 의미 찾기에 몰두하며 혼란스러워하는 전호에게 형산은 위안의 대상이며 존경의 버팀목으로 작용하는데, 여기에 형산을 통해 작가가 말하고자 하는 의도가 실려 있다. "모든 계급이 협조하고 서로 도우며 살아나가는 우애국가(友愛國家)"라는 다소 소박한 국가관을 가지고 있었던 형산은 시대의 문제에 있어서는 날카로운 분석을 내 놓을 줄 아는, 그래서 전호의 지적 호기심을 채워주고, 늘 그의 사유를 촉진하는 역할을 한다. 이병주의 여타의 소설들에서 늘 시대를 바라보고 분석할 줄 아는 혜안을 가진 인물들이 등장해 작품의 방향키 역할을 하며, 시대와 역사를 향해 끊임없이 문제를 제기하고 있는 것과 마찬가지로 형산 역시 이 작품에서 그러한 역할을 떠맡고 있는 것이다. 또한 형산은 이병주가 천착하던 "역사의 뒤에서 생략되어버린 인간의 슬픔, 인생의 실상, 민족의 애환"[28]을 응축하고 있는 인물의 상징이기도 하다.

> "참으로 깨끗한 일생이었다. 우리나라처럼 혼탁한 세상에서 그처럼 깨끗하게 일생을 마칠 수 있었다는 것은 기적에 가까운 일이다."(중략)
> 일제의 밀정노릇을 한 자가 해방이 되자 독립운동을 한 양으로 꾸민 사기꾼들은 제쳐놓고, 독립운동을 했다는 경력을 내세워 으스대는 사람이 없지 않은 가운데 형산은 자기의 경력을 숨기려고 애썼다는 것, 그런 경력을 가진 사람에게 있기 쉬운 비분강개하는 자세가 형산에겐 전연 없었다는 것 등은 전호와 옥동윤이 이미 알고 있는 일인데 원촌 선생을 통해 새로운 사실을 알았다.
> 박정희 대통령이 집권한 직후, 독립유공자에 대한 서훈문제(敍勳問題)가 제기되었을 때 형산은 끝끝내 서훈을 사양하고 연금까지도 거절했다는 얘기다. 서훈을 사양한 사람 가운데 박 대통령의 전력을 들먹여 "그런 자로부터 서훈받기 싫다."고 공언하는 사람도 있었지만 형산은 그런 내색은 전연 없이 자기의 노력이 독립에 유공한 실적을 만들지 못했다고 했을 뿐이라는 것이다.[29]

위인용은 단행본으로 재발간 될 때 부연된 에필로그의 일부이다. 이병주는 마무리에 형산의 삶에 대한 간략한 소개와 평가, 그리고 독립유공자에 대한 서훈문제를 덧붙이고 있다. 박정희 정권은 4 · 19 3주기에 355명의 상이자와 140명의

---

28) 이병주, 남재희 대담,「灰色群像의 論理」,《세대》, 1974. 5, 237쪽.

29) 이병주,『그대를 위한 종소리』下, 서당, 1990, 263쪽

'4 · 19 지도자'에게 건국포상을 수여하였다. 문제는 이러한 분위기 속에서 상이 자를 제외하고 많은 사람들이 변절했다는 점에 있다. 이들 중에선 3선 개헌과 유신을 지지하고, "10월 유신이야말로 4 · 19 정신의 계승"이라고 주장하는 이들도 속출했다.[30] 이병주는 이러한 당대적 상황에 문제를 제기하기 위해 에필로그를 덧붙여 애국지사 형산의 삶을 표면화 하고 있는 것이다. 뿐만 아니라 형산의 삶에는 비단 독립운동과 해방만 엮여 있는 것이 아닌, 4 · 19에서 5 · 16, 그리고 1970년대까지의 역사와 시대가 도도히 흐르고 있다는 점에서 그의 삶을 들여다 보는 것 자체로 의미가 있다. 다음의 '작가의 말'들은 형산을 포함해 다양한 인물군상들을 통해 말하고자 하는 의도와 이 작품이 지니는 의미를 함축하고 있다는 점에서 주목을 요한다.

(가) 허상을 쫓고 있는 사람들. 그래서 자기 자신도 허상일 수밖에 없는 사람들. 인생(人生)은 이런 뜻으로 그 애환(哀歡)이 보다 절실(切實)한지 모를 일입니다. 그러니 장미는 허상(虛像)의 뜰에 수놓인 애절(哀切)한 아름다움이겠습니다. 가시가 있어도 꺾는 손을 막지 못합니다. 소리 없이 침범(侵犯)해 오는 벌레를 거역하지도 못합니다. 그리고 그 아름다움을 끝내 지키지도 못합니다. 그렇다면 장미의 가시는 무엇을 어쩌자는 무장(武裝)이겠습니까. 그것도 역시 허상(虛像)으로서의 무장(武裝), 무장(武裝)으로서의 허상(虛像)이 아니겠습니까. 대강 이러한 마음의 서정(抒情)을 가락으로 허상의 뜰에 피고 꺾이고, 병(病)들고 시드는 몇 포기 장미를 인생(人生)의 의미(意味)로서 그려보겠습니다. 장미를 꼭 여자(女子)를 상징(象徵)하는 것으로 보지는 않습니다.(후략)[31]

(나) 십 년의 세월이 지나자 4 · 19는 빛 바래진 전설처럼 되어 망각(忘却)의 늪

30) 고성국, 「4 · 19, 6 · 3세대 변절 변신론」,《역사비평》22호, 역사비평사, 1993. 가을, 65쪽./ 김삼웅, 『한국현대사 뒷얘기』, 가람기획, 1995, 38쪽.
31) 이병주, 「작가의 말」,《경향신문》, 1970. 4. 24.

에 빠져들 예조(豫兆)를 보이기 시작했다. 안타까운 일이 아닐 수 없었다. 4·19의 만사(輓詞)를 써서 그때 희생된 젊은 사자들을 위한 진혼(鎭魂)의 뜻을 다하려고 했다. (중략) 주제를 요약하면 다음과 같다.

4·19는 간데 온데가 없다. 그날의 그 함성이 허공에 사라졌듯 4·19는 역사의 대해 속에 거품처럼 사라졌다. 그렇다면 4·19는 그 무수한 역사의 트릭에 불과했단 말인가.(중략)

이와 같은 주제로 시종일관하려 했는데 신문 연재소설(당시《경향신문》에 『虛像과 장미』로 연재되었다)의 성격상 다소의 변주곡(變奏曲)을 삽입하지 않을 수 없었다. 그러나 이 소설은 4·19에 대한 정감이 라이트 모티브로서 향수처럼 흐른다. (중략)

무엇보다도 아끼고 싶은 것은 4·19에 대한 향수이다. 4·19는 배신당하고 횡령당하고 사악한 세력에 유린된 채 이제 전설로서의 빛깔마저 퇴색한 지경에 이르렀다. 어떤 곡절로 배신당하고 어떤 사정으로 그 정신을 횡령당하고 심지어 짓밟히기까지 헸는지의 문제는 지금에 있어서도 절실한 과제이다. 이러한 절실성을 일깨우는데 있어서 다소고한 계기라도 된다면 이 작품은 나름대로의 보람을 가질 것이 아닌가 한다.

위의 (가)인용은 『虛像과 薔薇』로《경향신문》에 연재될 당시 연재를 앞두고 실린 '작가의 말'의 일부이고, (나)인용은 1990년 서당에서 『그대를 위한 종소리』로 발간하면서 첨가된 '작가의 말'의 일부이다. 주지하다시피 처음 연재 당시 '작가의 말'에는 4·19에 대한 언급이 없다. 단지, '허상'과 '장미'라는 비유와 다양한 인물군상을 통해 우리 인생을 그리겠노라는 전언만 있을 뿐이다. 신문연재 소설이라는 장르적 특성과 무엇보다 1970년이라는 시대적 특수성 때문에 20년 뒤에 덧붙인 '사악한 세력에 의해 횡령당한 4·19의 의미를 다시 세우자'는 언술은 전면화 되지 못하고 있는 듯하다. 가시가 있어도 벌레를 막지 못하며 아름다움조차 지켜내지 못하고 있는 '장미'와 모든 것이 '허상'에 불과하다는 인식의 표현으로 당대에 있어서 4·19의 의미와 역사에 의문을 제기하고 그날을 다시 소환해 내고 있을 뿐이다. 실제로 박정희 정권은 "5·16혁명은 4·19의거의 연장이며 조국을 위기에서 구출하고 멸공과 민주수호로서 국가를 재생하기 위한 긴급한 비상조치"[32]였고, "도의와 경제의 재건은 바로 여러분들이 4월 의거 때 품었던 염원이었으며, 우리는 지금 이것을 계승 실천하자는 것이다."[33]라는 식으로 4·19를 자신들을 정당화하고 미화하는 용도로 이용했다. 이러한 상황에서 이병주는 4·19가 "어떤 곡절로 배신당하고 어떤 사정으로 그 정신을 횡령당하고 심지어 짓밟히기까지 했는지"에 대한 인식을 촉구하고 있는 것이다.

살펴본 바와 같이 이병주는 5·16과 이후 1970년대까지 확장하여, 연속적인 스펙트럼 속에서 4·19를 전유하는 방식을 취하고 있다. 1970년대 독재의 폭압성에 대한 심각성과 절망이 4·19의 기억을 소환하고 있는 것이다. 그리고 소환된 4·19의 기억은 또 다른 역사의 환부와 연결되는 통로로 작용하여 제대로 청산되지 못한 과거의 역사와 연루됨으로써 영웅중심으로 기술된 역사를 환기시키고 만들어갈 역사에 대한 자각을 불러일으킨다. 앞서 언급했듯이 이 소설을 서사적 측면이나 소설 미학적 측면에서 완성도가 있는 작품이라 단언할 수는 없지만, 저자가 의도한 대로 장미로 대변되는 '우리 생활주변에서 흔하게 볼 수 있는 다양한 인물들을 통해 인생을 느끼고 그 의미를 찾아가며 그 기쁨과 슬픔, 그리고 고민을 나누'는 과정 속에서 '4·19의 의미와 절실성을 일깨우는 계기'를 마련하고 있다는 점에서 이 작품의 의미를 찾을 수 있다.

---

32) 「5·16혁명은 4·19의거의 연장 - 박정희 의장 기념사」, 《동아일보》, 1962. 4. 19.

33) 전재호, 「군정기 쿠데타 주도집단의 담론분석」, 《역사비평》 55호, 2001, 117쪽.

운명 앞에 겸허했던 한 여인의 소망

『그를 버린 女人』에 나타난 인간 박정희

임헌영(문학평론가)

1. 발자크와 나림, 월광과 태양의 기록자

"나폴레옹의 앞에는 알프스가 있었다면, 나의 앞에는 발자크가 있다."_「나의
문학적 초상」, 『그 테러리스트를 위한 만사』, 1983, 227쪽

"역사는 산맥을 기록하고, 나의 문학은 골짜기를 기록한다."_『지리산』 題詞, 『바
람과 구름과 비』, 이병주문학관 마당 문학비

"태양에 바래지면 역사가 되고, 월광에 물들면 신화가 된다."_『산하』 題詞

이 세 테제는 나림 이병주문학세계의 근간을 이루고 있는데, 이를 분해 총괄
하면 아래와 같은 새로운 명제를 유추해 낼 수 있다.

체험 – 나폴레옹, 산맥, 태양. 역사(마키아벨리 혹은 사마천).

상상 – 발자크, 골짜기, 월광. 신화(문학. 발자크 혹은 루쉰).

이병주는 체험과 상상의 두 세계를 시계추처럼 흔들리며 주제와 소재 및 창작
시기의 정치사회적 상황에 따라 어떤 때는 햇빛이, 어떤 때는 달빛이 더 강한 작
품을 써왔다. 그러나 역사를 정면으로 다룬 작품들은 거의가 햇빛의 문학이며,
그걸 필자는 이 글의 화제로 삼고 있다.

문학도였던 그로서는 발자크를 최고의이상으로 삼았으나 1941년 루쉰(魯

迅,1881.9.25~1936. 10.19)을 읽으면서 좌경했다고 하는데, 그 당시 이병주가 볼수 있었던 건 필시 일역판 마스다 와타루(增田涉, 1903-1977) 역『루쉰선집(魯迅選集)』(岩波文庫, 1935)이었을 것이다.

그가 자신을 발자크에 비교한 것은 종자기(鍾子期)가 백아(伯牙)를 발견한 듯 그럴 듯하다. 둘 다 초인적인 정력가로 창작도 다작이었다는 점에서 일치한다. 발자크는 매일 밤 12시에서 다음날 오후까지 무려 16시간씩 일했다. 국회의원 출마, 사업 등으로 분방했는데, 이병주도 국회에 출마했으며 낙선한 것도 닮았다.

여성문제가 복잡한 것 역시 닮았다. 여성이 다수인 점은 같으나, 발자크는 오매불망의 여인이었던 한스카와 결혼한 지 5개월 뒤에 자신이 죽어버렸던 참담한 사실과는 달리 이병주는 조강지처였으면서도 여유 만만하게 바람을 피웠다. "보았노라, 만났노라, 끝났노라."(남재희의 표현)는 말이 단적으로 말해 주듯이 그의 여성 유혹은 베테랑급이어서 언론계의 매력남 조덕송도 탄복했다는 일화가 전하며, 오죽하면 별명이 '이나시스'(임재경의 작명)였을까.

멋과 사치에서도 비슷하다. 발자크는 엄청나게 글을 써서 엄청나게 아무리 벌어도 멋과 사치로 엄청난 빚더미에서 일생동안 헤어나지 못했다는데, 이에 비하면 이병주는 사치하면서도 넉넉하게 살았다. 이병주의 멋쟁이에 대해서는 남재희가『남재희가 만난 통큰 사람들』(리더스하우스, 2014)에서 문인으로는 이병주와 선우휘 둘만 언급했을 정도다. 남재희가 도쿄에서 이병주를 만났을 때, 제국호텔 아주 큰 방(구관)을 얻어 있었는데, 호텔 내 신문 매대에서《아사히 신문》《인터내셔널 해럴드 트리뷴》《르 몽드》를 사서 팔뚝에 걸치곤 유유자적 걸었다. 누가 봐도 국제적 교양을 갖춘 멋쟁이다.

"양복도 일류 재단된 것, 넥타이도 반드시 화려하다. 양말까지도 붉은 색 계통의 눈을 끄는 색깔이다. 게다가 1970년대에는 희귀했던 스웨덴 제 볼보를 기사를 두고 굴린다. 차 안에서는 성능 좋은 카스테레오에서 주로 베토벤(그는 베도뱅이라고 한국명으로 불렀다) 등 명곡만 흘러나온다. 가끔 한국 음악으로는 심수봉이다. 그는 심수봉을 대단히 좋아했다.

살롱이나 카페에서는 주로 양주다. 코냑을 병으로 시킨다. (……) 나는 그와 여러 번 술자리를 같이 했으나 막걸리나 소주를 마신 적은 없다.”라는 것이 남재희의 증언이다.

너무 사치를 하기에 한번은 내가 정색하고 시비조로 비판을 했다. 그랬더니 “나는 형무소에서 맹세를 했다. 출소하면 모든 것을 최고급으로 사치를 하며 살겠다고.” 그의 사치 취미에서 배울 것도 있다. 외국 여행을 가는 나를 보고 “물건 하나를 사더라도 가보가 될 것을 사라.”라고 한 말이다.

그런데 문학관에서는 발자크가 달빛 우선주의인데 비하여 이병주는 햇빛 우선주의인 점이 다르다. 빅토르 위고는 발자크의 장례식에서 “아, 이 강력하고 절대로 지치지 않는 노동자, 이 철학자, 이 사상가, 이 시인, 이 천재.”라고 말했다는데, 이병주에게도 그대로 해당된다고 필자는 생각한다.

둘 다 목적 좌절에서 문학을 시작했는데, 발자크는 29세 때 여름에 6-10만 프랑의 부채로 자금융통이 어려워 도저히 사업을 할 수 없게 되자 소설을 써서 돈을 모아 다시 사업을 하려고 창작에 전념했다. 파리의 부촌인 파시, 르누아르 거리 47번지에 발자크 기념관이 있다. 3층 건물인데, 그는 항상 빚쟁이가 찾아오면 뒷문으로 빠져나가기 위한 장치로 출입구가 둘로, 하나는 비밀통로였다고 한다. 필자가 직접 확인한 바로는 소문 그대로였다. 로댕이 제작한 수많은 발자크 상 중에서 최고 걸작은 잠옷 차림인 점도 특기할만하다.

일화로 따지면 이병주도 발자크에 뒤지지 않을 것이다. 교육자나 언론인으로 햇빛 속에서 즐기도록 됐으면 그는 소설을 안 썼을 것이다. 5 · 16 후 술친구였던 박정희에게 구속당해 징역을 살면서 그는 달빛 체험의 세계로 전환했다. 유신 독재 시절에 이병주는 박정희 정권의 지지자로 여겼던 건 그리 이상하지도 않았다. 마치 발자크가 보수파이면서도 독자를 사로잡았듯이 우리 세대의 독자들은 이병주의 현대사 소설을 외면할 수 없었다.

그러다가 박정희 작고 후 그의 영식 이권기 교수(일문학 전공)를 통해 박정희 치하에서도 이 작가가 얼마나 독재자를 야멸차게 비판했던가를 듣고 너무나 놀랐다. 그는 역대 대통령들을 주제로 아예 단행본 저서(이병주 저, 『대통령들의 초

상』, 서당, 1991)를 냈다. 여기서 작가는 「이승만 편 – 카리스마와 마키아벨리즘의
화신」, 「박정희 편 – 탓할 것이 있다면 그건 운명이다」, 「전두환 편 – 왜 그를 시
궁창에서 끌어내야 하나」라는 세 대통령을 다루고 있다. 셋 다 한국 현대 정치사
에서 불명예 퇴진을 했던 터인 데다가 출간 연도가 1991년이라 이병주로서는 얼
마든지 자유롭게 집필 할 수 있을 터였다. 그런데 예상을 뒤엎고 이승만, 전두환
에 대해서는 긍정의 차원을 넘어 변명과 찬양의 단계를 들락거리면서 오로지 박
정희에 대해서는 많은 비판의 칼날을 곤두세우며 그 이유를 '운명'에다 돌렸다.
여기서는 이 저서는 일단 나중에 다시 다루기로 하고 이병주가 박정희에 대하여
비판적인 자세로 접근했던 대표적인 소설의 하나인 『'그'를 버린 여인』을 중심
으로 살펴 보기로 한다.

2. 권력에 굶주린 망자들

이병주만큼 한국 현대사에 대한 정보망이 넓고 권력층과 교유가 넓고 깊었
던 인물은 없을 것이다. 그의 문학을 역사적인 관점에서 조명한 연구서로는 손
혜숙의 『이병주 소설과 역사 횡단하기』(지식과 교양, 2012)가 많은 참고가 된다.

이병주는 1961년 5 · 16 쿠데타부터 1979년 10 · 26까지의 박정희 시대를 『그
해 5월』이란 대하소설로 탁월하게 정리했다. 유신 40년을 맞아 박정희를 평가
한 여러 작업 중 아마 가장 총체적이고 근본적인 게 이 소설이 아닐까 싶을 정도
로 『그해 5월』은 충실한 실록으로 평가받을만하다. 이 작품이 정치사적인 박정
희 평가라면 『'그'를 버린 여인』(《매일경제신문》, 1988.3-1990.3 연재, 단행본 상중하 3
권, 書堂 1990)은 박정희의 여인관계를 중심으로 주로 유신시대의 잔혹 이면사를
다루고 있다. 이병주가 이 소설을 쓰고자 한 동기는 이 여인을 만난 뒤 김재규가
"박정희의 가슴팍과 머리에다 대고 탄환을 쏘아 넣은 사실"이란 점이라고 했다.
즉 "'그'를 버린 그 여인을 (김재규가) 만나지 않았더라도 그런 결단에 이르지 않
았을지 모른다."라는 게 작가의 인과응보식 인생론이자 역사의식, 혹은 이병주

식으로 말하면 '운명'인데, 이를 아래와 같이 해명해준다.

> '그'를 버린 여인은 '그'를 구하려고 했을 뿐 '그'를 죽이려는 의도는 전연 가지
> 지 않았다. 그런데도 그 여인은 결국 '그'를 죽인 살인자와 일체가 되어 버린다. _
> 「작가의 말」

여기서 '그'는 박정희이고, '그'를 버린 여인은 그의 두 번째 동거녀이다.

> '그'는 권력에 굶주린 많은 망자(亡者)들을 그의 주변에 모았다. 세상에 도의가
> 제대로 작용한다면 '그'는 평생을 뒤안길에서 살아야 할 사람이었다. 그런데도 '
> 그'는 인생의 정면에서, 그것도 한 나라의 원수로서 집중적인 조명을 받고 살아야
> 만 했다.
> '그'를 버린 여인은 도의가 무너진 세상에 있어서의 도의를 상징하는 의미를 가
> 진다. 최소한의 도의 의식을 가졌을 때 여자는 그런 남자와 같이 살 순 없다. '그'
> 를 버린 여인은 '그'를 대신해서 평생을 뒤안길에서 살아야만 했다. _「작가의 말」

이병주에게 '그'는 한 개인이 아니다. "'그'가 없었더라면 세상이 이렇게 되지
않았을 것이 아닌가."(「작가의 말」)라고 작가는 개탄한다. 여기서 '이렇게'란 오
늘의 한국사회가 지닌 모든 비극적이고 부정적인 요소들을 총괄하는 지극히 비
판적인 술어로 박정희가 남긴 부정적인 정치 유산 전체에 대한 전반적인 거부의
식을 상징한다.

소설은 "유난히도 눈이 잦은"1970년 겨울을 화제의 시발점으로 잡는다. 첫
무대는 서울 해당화(海棠花) 다방. 여주인공의 이름은 한수정(韓秀貞)이다. "원산
루씨여고(樓氏女高)를 해방된 그해에 졸업"(상 19)한 청주 한씨 집안 출신이다. 영
조의 사도세자 사건 때 왕을 비판했던 한규연 승지가 유배로 갔다가 복권 된 뒤
에도 그대로 머물렀던 함경도 영흥이 수정의 고향이다. 조부 한근우는 홍범도와

의병을 일으켜 일군과 교전 중 전사했으나, 아버지는 원산에서 해산물 도매상을 했던 유복한 집안이라 그녀는 피아노를 전공하며 원산 명사십리에서 일본 유학생 최균환을 만나 열렬히 사랑했지만 그가 탔던 "관부연락선 곤륜환(崑崙丸)이 미군의 기뢰를 맞고 침몰"(상 170)하면서 첫 사랑의 상처를 일생동안 앓는다.

8·15 직후 아버지가 북한 당국에 피체, 희생되자 단신 월남, 서울 고모 집에 의탁하려 했으나, 두 아들이 좌익이라 그 집에서 나온다. 그녀는 할아버지의 원수인 친일파와 아버지의 원수인 좌익을 둘 다 철저히 증오했다. 종로 어느 잡화점 점원으로 있다가 이내 동대문시장에 의류 가게를 냈다. 그러나 대화재를 만나 빚에 쫓겨 한 '어깨'에게 처녀성을 빼앗겼는데, 그 사나이는 동대문 상권(商權)으로 좌우익이 다툴 때 죽어버렸다.

한수정은 1946년, 여학교 선배(박 마담)와 을지로 4가에서 금성 다방을 냈는데, 단골에는 남로당계 군인이었던 최남근(崔楠根), 김종석(金鍾碩, 김삼룡계), 강태무(1949년 연대병력 끌고 월북) 등 군인들(다 실존 인물들. 상 227-229)이었다. 12월 23일 밤, 강태무가 "군인 치곤 키가 너무 작다. 몰골이 꾀죄죄하다는 정도"의 '그'를 데리고 이 다방에 등장, "박 소위는 광복군 출신이며 그 앞엔 일본군의 대위였다고 하고 머리가 비상하니 앞날 대성할 인물이라며 칭찬"(상 229)한 게 그녀가 '그'(박정희)와의 첫 대면이었다. "그(박)에 비하면 최남근은 풍채도 좋고 활달한 성격으로 그가 다방에 앉으면 훈훈한 분위기를 만들어 내는 마력 같은 것을 가지고 있었다."(상 230)고 한수정은 생각했다.

어느 밤, 박 소위가 술에 잔뜩 취한 채 다방에 와서는 술을 더 달라고 생짜를 부리며 통곡을 했다고 박 마담은 증언한다. 작가는 여기서 그 이유를 구태여 밝히진 않았으나 한국 현대사를 아는 독자라면 대구 10·1사건에 가담했던 셋째 형 박상희(朴相熙, 1905-1946.10.6. 박정희의 형, 독립투사로 박정희의 만주행과 본처와의 이혼을 반대했으나 듣지 않았다고 함)가 피살된 데 대한 통한(痛恨)이었음을 유추할 수 있을 것이다.

육사를 졸업한 박은 한 동안 안 보이다가 어느 날 나타났는데, 그 사이에 "38

선 경비대장"으로 지냈다면서 이렇게 말한다.

남의 나라와의 국경을 지키는 것이면 힘들어도 견딜 수가 있지만 자기 나라 한복
판을 금 그어 놓고 네 땅 내 땅을 챙기려고 하니 나날이 괴롭기만 하더군 _ (상 247).

이 장면은 바로 박정희가 1947년 4월 조선국방경비대 제8연대(연대장 원용덕)
제4소대장으로서 38도선 경비를 맡았던 시기를 나타낸다. 이 대목에는 형 박상
희의 죽음으로 '그'가 좌경화의 길을 걸었던 사상적 편린이 묻어있다. 그런데 '그'
는 반 강제로 한수정의 하숙집엘 따라가서는 자신도 그 집에 들어오겠다고 억지
를 썼다. 그는 그 해 10월 육군사관학교 중대장으로 전출되면서 38선을 떠나 서
울 생활이 시작된 것이다.

'그'는 "사관학교의 교관인가, 학생대장인가를 맡았다"며 주 3일은 들어오
지 않았고 실사 들어와도 아침 일찍 출근하고 저녁 늦게 퇴근했기 때문에 수월
한 하숙인이었으나, "지나치게 까다로운 '그'의 성미가 때론 문제거리였다."뿐
만 아니라 그는 집에 있을 땐 언제나 취해 있었고, 특히 토요일이면 친구들을 불
러 모아 밤새워 술을 마셨다.
식모들이 투덜대면 "내가 술을 마시는 건 세상을 한탄하기 때문이다. 시정의
잡배들이 마시는 술관 달라."(상 282)라고 호통 치곤 했다.
'그'는 "술을 마시지 않았을 때는 말이 없었다. 술이 들어가기만 하면 초롱초
롱한 말소리로 민족과 국가를 위한 경륜을 폈다. 그러면 '그'의 동료들은 '그'의
말을 경청했다."
'그'는 교묘하게 한수정에게 접근, 그녀에게 "애인이 없다는 것만 확인하면 필
승의 신념을 가지고 행동을 시작하겠다."라고 박 마담을 통해 간접적인 애정고
백을 했다. "일제 때 많이 듣던 말"인 '필승의 신념'은 완강하게 추진되었다. "그
사람 한바탕 자기 자랑을 늘어놓더라. 장차 육군대장은 꼭 될 거라나? 나라가 독
립하기만 하면 얼마지 않아 자기가 참모총장이 되고 최고 사령관이 될 거래. 소

장군인들은 모두 자기편이라고 장담을 하던데. 자기의 구혼에 응해주기만 하면 미스 한을 최고사령관의 부인으로 만들어 주겠다는 말도 있었어."(상 290)라며 박 마담은 한수정에게 말했다.

"나는 무슨 사태를 오해할 만큼 옹졸한 사람은 아냐. 나의 판단력은 정확해. 정확한 판단력의 소유자로서 나는 출중한 사람이야. 나는 내게 대한 미움은 참고 견딜 수 있어도 어느 누구도 나를 멸시하거나 경멸하는 놈은 용서하지 못해……."

하숙집에서 생긴 사소한 걸 트집 잡아 이렇게 집요하게 추궁하는 '그'에게 한수정은 "왜 나를 적으로 돌리죠? 나는 장교님을 존경하고 있어요. 존경하는 사람을 어찌 경멸할 수 있어요? 오해예요. 오해를 푸세요……."라고 달랬지만 '그'는 기회를 놓치지 않고, "백 천의 말보다 행동으로써 증명하라."며 "덥석 한수정을 끌어안고 입술을 갖다 댔다. 뭉클한 술 냄새가 견딜 수 없었다. 와락 '그'를 밀쳐 버렸다."

나를 밀쳤다?

핏발 선 '그'의 눈이 굶주린 짐승의 눈을 닮아 있었다. 그의 손이 사정없이 뻗어와 한수정의 목을 안았다. 무섭기에 한수정의 전신이 저려들었다.

"이 이상은 내 입으로 말할 수 없어요."

하고 한수정은 그날 밤의 일에 관해선 더 이상 신영길(기자)에게 말하지 않았다. _ (상 294-296)

남녀관계란 이런 것인가. 한수정은 차츰 '그'를 좋게 보아주기로 했고, 더구나 "독립운동을 했다는 사실, 앞으로 우리나라를 지킬 국군의 간부가 될 사람이란 사실은 존경할 만한 일이라고 생각"(상 297)하게 되어 엉겁결에 '그'가 마련한 약혼 피로연 술판을 벌리면서 동거생활로 들어갔다.

한수정은 동거를 시험 결혼 쯤으로 생각하고 "증인으로서 최남근 강태무 등만 배석시키고 동서생활에 들어갔다." 그런데 알고 보니 그에겐 이미 아내에다 아이까지 있었다. 이혼할 작정이었던 건 사실이나 법적으론 부부관계가 청산되지 않은 채였다.

"오랫동안 홀아비로 있었던 탓인지 '그'는 잠자리에서 탐욕스러웠다. 술 냄새를 풍기며 덤비는 것이 처음엔 역겨웠지만 그런대로 순응되는 것이 여체(女體)의 슬픔인지 모른다는 것이 이 시기를 회상하는 한수정의 술회이다."

"그런데 여자란 슬픈 동물적인 면을 가지고 있어요. 어느 정도가 되면 밤을 기다리게 되니까요."

아무튼 한동안 한수정은 '그'에게 순응했을 뿐 아니라 가정다운 가정을 꾸며 보려고 애쓴 것은 사실이었다.

'내가 뭐길래.'

하는 자각을 다지면서 '그'의 대성을 기대하고 '그'가 대성하도록 가꾸어 보자는 열의도 가졌다. 주부로서 힐 일을 배우게 된 것도 그 무렵의 일이다. 사흘이 멀다 하고 '그'는 친구들을 데리고 와서 술판을 벌였다. 술판을 벌여 놓곤 기분이 좋으면 노래를 부른다. '그'가 좋아하는 노래는,

─ 황성 옛터에 밤이 되면 월색이 고요해…….

─ 강남달이 밝아서 님이 놀던 곳…….

이다. _ 상 306

한수정에게 심각한 문제는 그가 동서생활 두 달이 지났는데도 돈 한 푼 내놓지 않는다는 거였다. 한수정은 그와의 성관계를 끊었고, 동거 넉 달 만에 "그의 주먹이 한수정의 얼굴에 날랐다. 코피가 터졌다. 코피를 처리할 사이를 주지 않고 그는 발길로 한수정의 허리를 찼다."(상 318). 바로 그와 헤어지게 된 계기가 된 것인데, 여기에는 이보다 더 큰 이유가 있다.

만주에서 독립운동을 했던 강영태가 한수정의 집엘 와서 할아버지(한근우)의 장렬한 최후를 중언해 줬는데, 그는 "그런데 해방이 되었다고 해서 돌아와 보니

엉망이었다. 옛날 만주에서 아편을 팔던 자가 독립투사 행세를 하고 독립투사를 왜놈경찰에 밀고한 놈이 애국자연 하며 큰 소리를 치고 있단 말이지. 자넨 똑똑히 알아야 한다. 지금 대동뭐란 신문(大東新聞)을 발행하고 있는 이모란 자(李鍾榮 발행인을 지칭, 1895~1954. 이 신문사에는 李鳳九, 黃錫禹, 李瑄根 등이 관여)는 일본 관동군의 밀정 권(權)이란 놈(권수정이란 가명으로 활동)이다. 어떻게 그런 놈이 과거를 속이고 민중을 현혹할 수 있게 된 것인지 불가사의한 일이여. 그와 유사한 놈이 비일비재하니 사람을 사귈 땐 각별히 조심을 해야 한다."고 충고했다.

바로 그때 박이 옆얼굴을 보이며 큰 마루 저편을 지나갔다.

– 어디서 본 듯한 사람인데?

하고 강영태가 물었다.

– 저 사람 뭘 하는 사람이지?

– 국방경비대의 장교입니다.

–국 방경비대의 장교라? 이름이 뭔가.

한수정이 그의 이름을 말했다. 그랬더니 강영태가 중얼거렸다.

– 내가 살던 열하성(熱河省)에 고목 대위(高木大尉)란 한국계 만군장교(滿軍將校)가 있었는데 영판 그 사람을 닮았군.

– 고목이면 일본말로' 다카키'아닙니까?

최명환(한수정의 죽은 애인의 동생)이 물었다.

– 높을 고자 나무 목이니까 다카키가 되겠지.

– 한국 이름은 뭡니까.

– 모르겠다. 모두 다카키 다카키 하고 불렀으니까. 한국 이름을 챙길 생각도 안 했지. 개처럼 왜놈에게 붙어 앞잡이 노릇하는 놈 이름을 알아 뭐 할 건가 싶어 물어 볼 흥미도 없었구.

– 그 다카키란 자는 뭐 했습니까. 헌병이었나요?

– 헌병보다 더한 놈이었어. 그는 열하에 주둔하고 있는 만군(滿軍) 특별수사대의 대장이었는데 놈들의 주된 임무는 한국 독립군을 수색하고 체포하는 거였

지._(상 321-322)

강 노인의 말은 계속되었다. "해방되었을 땐 그잔 도망간 뒤였어. 북경으로 갔
다는 말도 있고 한국으로 돌아갔다는 말도 있었는데 확인은 못했지. 그자가 해방
될 때까지 열하에 남아 있었더라면 아마 살아남지 못했을 것이야. 그자는 독립군
잔당만 붙든 것이 아니라 중국의 공작원도 붙들어 죽였으니까."

이런 얘기를 주고받고 있는데 박이 군복으로 갈아입고 뜰을 걸어 나가자 강
노인은 "영판 고목인데? 키도 몸집도 걸음걸이도……."라며, "한번 알아봐. 저
자가 고목이면 한 지붕 아래 둬둘 인간이 아니다."(상 323)라고 간곡하게 충고
했다.

3. 독립투사를 비하하는 다카키 마사오

섹스가 단절된 냉랭한 가운데서 박은 어떤 손님(강영태 일행)이 다녀간 뒤부
터 이상해졌다며 그 중 젊은 하나(최명환을 지칭)가 애인이냐고 한수정에게 트집
을 잡자 본격적인 입씨름이 벌어졌다. "그 어른(노인)은 독립투사예요."라는 한
수정의 말에 박은 "독립투사? 어디서 굴러먹던 개뼈다귀를 갖고 독립투사란 거
야."라며 독립투사 비하 발언을 쏟아낸다.

> "이름이 좋아 불로촌가? 독립투사에도 갖가지 종류가 있어. 무식하고 무능한 탓
> 으로 독립군에 따라다닌 패거리도 있구, 올데 갈데가 없어 심부름이나 하며 돌아
> 다니다가 보니 독립군이 되어 버린 패거리도 있구……."_ (중 14-15)

이어 '그'는 말했다. "나는 조국의 독립을 위해 지금 노력하고 있다. 과거가 문
제될 건 없어. 지금이 문제다. 기왕 독립운동을 했다던 사람들은 지금 조국독립
의 방해물이다. 이승만이 그렇고, 김구가 그렇지 않은가."

여기서 한수정은 과거에는 친일파, 현재에는 좌익인 '그'의 정체를 본다. 친일파는 할아버지의 원수이고 좌익은 아버지의 원수다. 그러자 수정은 참지 못하고 내뱉고 만다.

– 당신 혹시 일제 때 다카키 대위라고 하지 않았소?

하고 날카롭게 물었다.

– 그렇다. 나는 일제 때 다카키 대위이다. 그런데 어떻게 그걸 알았지?

– 다 아는 수가 있어요.

– 알았으니까 다행이군. 나는 이래 뵈도 만주군관학교를 1등으로 졸업하고 일본 육사를 우등으로 졸업한 사람이야. 무식하고 무능한 독립군 출신관 달라. 앞으로의 국군은 우리가 맡아야 해. 우리가 왜 만주군관학교에 가고 일본 육사에 간 줄 알기나 해? 장차 독립된 나라를 위해 봉사하기 위해서다. 우리야말로 선견지명을 가진 독립투사였다고 말할 수 있어.

(중략)

– 당신은 독립군 잡는 특별수색대의 대장이었다며요?

– 누가 그랬어. 그런 말 한 자를 대. 누구야 그게.

– 누구이건 상관할 필요 없잖아요? 사실 여부가 문제이지.

– 사실 무근한 소리니까 따지는 것 아냐? 누구야, 그 사람 이름을 말해.

– 만주 열하성에서 살던 사람이에요. 이름은 말할 수 없어요.

– 가만 보니 이년이 남의 뒷조사만 하고 다녔군.

하곤 '그'는 덤벼들어 한수정의 팔을 틀어쥐었다. 한수정이 비명을 지르며 악을 썼다.

– 독립군 잡아 고문하던 버릇인가요?

– 이년을 당장.

하고 틀어쥔 한수정의 팔을 젖히려고 할 때 개성댁이 뛰어들어 '그'의 가슴팍에 혼신의 힘을 다하여 몸을 부딪쳤다.

비틀하더니 뒤로 궁둥방아를 찧은 '그'의 머리가 뒷벽에 쿵 하는 소리를 냈다.

실신한 모양으로 잠시 그대로 누워 있더니 부스스 일어나 앉아 뒤통수를 만지며 소리쳤다.

　– 이년들이 사람 잡겠구나. 어디 두고 보자.

　그러자 개성댁이,

　– 이년들이라니, 고분고분하고만 있었더니 사람을 뭘로 아느냐.

　고 악을 썼다.

　– 아무튼 나를 모략한 놈은 가만두지 않을테니 각오해야 할거다.

　하고 '그'는 자기 방으로 가 버렸다. 한수정은 분이 풀리지 않았다. _ (중 15-17)

　'그'는 갖은 위협과 회유를 가했지만 한수정이 헤어지겠다고 결연히 선언하자, "그럼 됐어. 나도 구질구질한 놈이 아니다. 하나의 사나이다. 당당한 육군 장교다. 지금 당장 나갈테니 그리 알아. 짐은 찾으러 올 사람이 있을 거다."라며 떠나갔다.

　그 얼마 뒤 강태무가 나타나 '그'가 "미스 한만은 못하지만 미인"과 결혼했다는 소식을 전해 주었다. 한수정의 루씨여고 2년 선배 이숙진과였다. 이 여인의 이름을 조갑제는 이현란(李現蘭)이라고 했고(『내 무덤에 침을 뱉어라』, 《조선일보》, 2권 202), 정영진은 "내연의 아내 이현숙(李鉉淑)이라고 했다(『청년 박정희』, 리브로, 3권 76). 둘 다 그녀의 경력이 원산 루씨여고를 나온 이화여대생으로 밝혔다. 그녀는 여순 사건 이후 박정희와 이혼했다. 그러나 조갑제와 정영진은 한수정에 대해서는 언급하지 않았다.

　한수정의 집에 기숙하게 된 박에게는 손님들이 잦았는데, 그 중에는 "이재복(李在福, 남로당 군사책)이 가끔 찾아와선 며칠씩 묵다가 가고 그럴 때마다 꽤 많은 돈이 생겼다." 그러나 그녀는 그들의 동정엔 일체 신경을 쓰지 않았다.

　"사실이 그랬어요. 그 중년의 사나이가 박헌영·김삼룡의 직속 부하이고, 그 하사관이 통위부에 배치된 공산당의 프락치였다는 것을 안 것은 그로부터 2년쯤 후의 일인데 내가 만일 그때 그 사실을 알았더라면 절대로 그냥 있진 않았을 것입니다. 틀림없이 경찰서로 가서 신고했을 것입니다. 그랬더라면 5 · 16도 없었을 것이고 유신이니 뭐니 하는 것도 없었을 것이구……."_(상 314)

4. 여순 사건의 사형수

1948년 10월 19일에 발생한 여수 제14연대 사건(중 85-86)이 발생했다. 사건의 주모자인 인사계 "지창수(池昌洙) 상사를 외부에서 조종한 인물은 남로당 특별공작 책임자이며 대군총책(對軍總責)인 이재복이다. 이재복은 평양신학교 출신이며 체포 당시 46세였다."

남로당의 군부 장악을 위한 핵심 기간은 대구에 주둔해있던 제6연대로, 그 연대장은 좌익 장교가 아니면 배겨내지 못하고 바로 전출 당했다. 제2대와 5대 연대장이 최남근, 3대는 김종석일 정도로 좌익의 단단한 성채였다.

여순병란(조정래는 이를 병란으로 호칭)이 평정되고 이내 세칭 '숙군 사건'이 터지자 '그'(박정희 소령)도 그 명단에 올랐다. 이미 헤어져 다른 여인과 살고 있는 사이인데도 흥사에는 그런 걸 가리지 않고 꼭 연루시킨다. 한수정은 수사대에 끌려가 고춧가루를 탄 물고문으로 실신까지 했지만 모르는 사실은 끝내 잡아뗐고, 자신의 인격을 위해 남에게 위해를 끼칠 증언까지도 끝내 거부했다. 사상적으로나 애증관계로 보아 박 소령에게 유리하도록 증언해 줄 의도는 추호도 없었지만 그녀를 버티게 한 건 전적으로 그녀 자신의 인간됨이었다. 그녀에게 집요하게 추궁한 증언은 매우 중요했다.

－ 김종석은 전후 세 차례에 걸쳐 이재복에게 거액의 돈을 건네준 적이 있습니다. 그 돈은 남로당의 총책 김삼룡에게 가는 돈이었지요. 그 돈을 주고받은 장소는 당신 집이었어요. 그 사실에 대한 확실한 증거가 있어야 합니다. 그 증인이 되어주

시는 게 우리에게 협조하는 것으로 됩니다.

　－우리 집에서 만난 것은 사실이지만 돈을 주고받는 것은 보질 못했는데 어떻게 증인이 될 수 있겠습니까.

(중략)

　－이재복이 돈을 받은 것이 확실하고 김종석이 돈을 준 것이 확실하고 박모는 그 현장에 있었던 것이 확실한데 자백을 하지 않아요. 당신의 한마디 말만 있으면 자백을 받아내기가 훨씬 수월할 것 같아서 부탁드리는 겁니다. 그 자백만 받으면 내가 맡은 사건의 매듭을 짓게 됩니다. 어떻습니까. 이 사건을 빨리 종결짓기 위해서 박모의 방에서 돈의 거래가 있었던 것 같다는 정도의 말씀은 하실 수 없을까요?　_ (중 88)

"뒤에 안 일이지만 바로 그 문제, 즉 김종석이 이재복에게 돈을 주었는가 안 주었는가의 여부에 김종석과 '그'가 사형이 되느냐, 무기로 되느냐의 관건이 있었던 모양입니다. 결국 김종석이 이재복에게 돈을 준 사실은 밝혀졌는데 우리 집, 즉 박의 방에서 주었다는 사실은 밝혀지지 않았어요. 그때 만일 내가 수사원의 꾀임에 넘어가 우리 집에서 돈의 수수(授受)가 있었던 것처럼 말했더라면 다음에 무슨 일이 있었건 박은 목숨을 지탱하지 못했을 겁니다."

끝까지 비협조적이 되자 한수정은 기소 당해 서울구치소로 넘겨졌다.

그러나 이미 세상에 다 밝혀진 이유로 하여 박 소령은 풀려났는데, 그 풀려나게 된 명분에서 한수정은 한몫 단단히 해주었다. 구치소로 접견 간 법무감실 측의 해명에 따르면 내역은 이렇다. 박 소령은 "군대 내의 좌익세력을 뿌리째 뽑아버리려면 자기가 좌익으로 가장하여 그 조직 내에 침투하여 실상을 파악해야겠다고 결심하고 스스로 세포책임자가 된 것입니다. 처음엔 그것을 믿지 않았던 것인데 박 소령은 자기가 파악한 군내 좌익세포 전모를 털어놓음으로써 자기의 결백을 밝힌 것입니다. 그 때문에 우리의 숙군작업은 성공적으로 일단락 지을 수가 있게 되었습니다."(중 95)

수정은 풀려났고, 이내 한국전쟁, 부산 피란지에서 박 마담이 연 금성다방에 있던 1951년 2월 어느 날 밤 10시 쯤 느닷없이 '그'가 나타났다. 한수정은 "공포 같은 충격"을 느끼며 뒷문으로 빠져 나가 피신해버렸다. 그만큼 그가 싫었다.

한수정이 서울로 다시 올라온 것은 1954년 초였다. 그녀는 동대문 밖 변두리에다 다방을 내어 독립하기로 작정, 상호를 고향 원산의 명물인 해당화로 정했다.

1년쯤 지났을 때 '그'가 "충청도 어느 부자집 처녀(육영수)와 결혼"했다는 소식을 들었다.

5. 쿠데타와 유신, 그 반 역사성

또 세월은 흘렀다. 4·19 후 민주당 시절(1960)의 어느 가을날, 레인코트를 입은 한 청년(임동필)이 한수정을 찾아왔다. "장군님의 심부름"이라면서 방을 빌려달라는 전갈이었다. '그'를 떠올리며 누구에게도 안 빌려준다고 했건만 청년은 "우리는 지금 큰일을 하려고 합니다. 나라를 위해서 민족을 위해서 한 여사께서 우리의 대사업에 협조하시는 뜻으로 방을 빌려주십시오."라고 하자 한수정은 섬뜩하게 여순반란사건 당시의 공포가 되살아났다. 그는 "이 집을 빌릴 수 있느냐 없느냐에 우리의 사업이 성공할 수 있느냐, 없느냐의 분기점이 됩니다. 한번 고쳐 생각해 주시지요."라고 간청했으나 한수정은 단호했고, 청년이 나간 뒤 가정부를 시켜 소금을 뿌렸다. 그 청년은 다시 나타나지 않았으나 유창식이란 사람은 몇 번 더 다녀가며, "당신은 들어오는 복을 찬 여자다. 얼마 안 있어 그걸 일게 될 거라며 싱글벙글 웃곤 그 뒤론 발"을 끊었다.(중 147) 이게 바로 5·16쿠데타 모의를 위한 거처 물색이었는데, 뿌린 소금의 효력이 없어 쿠데타는 성공했다. 한수정이 여순사건 때 보여준 걸 자신에 대한 신의로 착각한 결과였는데, 이에 대하여 그녀는 그를 위한 신의가 아니라 "나 자신의 체신을 위했을 뿐"이라고 못을 박았다.

그리고는 5·16 쿠데타, 우여곡절을 겪었지만 어쨌든 민정이양으로 대통령에 취임(1963. 12. 17)한 이후 한 달 쯤 지난 새해 어느 날 "느닷없이 P라는 사람이 어떻게 알았는지 내 집을 찾아왔어요."(중 162). 조용히 할 이야기가 있다며 자동차에 태워 조용한 요정이 있다는 자하문 밖으로 달렸다. '그곳'이란 바로 '그'가 "여자를 필요로 할 땐 자하문 밖의 어느 집을 쓴다고 들은 곳"이라 한수정은 탈출할 기회를 엿보다가, 정차하자마자 내리기가 무섭게 내달렸다. 뒤따라온 P가 "잠깐이라도 좋으니 인사를 드리겠다고 모처럼 자리를 마련"했다며 통사정하자, "영부인께서 합석하신다면 저도 기어이 거절은 않겠어요. 그러나 단독으론 안 돼요."라며 단호해지자 놓여날 수 있었다. "그 이튿날 '금일봉'을 보내왔다. 거절하는데 따른 수선을 피하기 위해 순순히" 받아 바로 최명환이 하는 영명재단의 고아원으로 기부해버렸다.

이것으로도 끝나지 않았다. "박 실장(청와대)이 찾아와서 그토록 한번 만날 기회를 달라는 것"(중 121)도 한사코 거절하고 지낸 한수정은 박정희에 대하여 이렇게 털어놓는다.

> "내가 옆에 있었더라면 절대로 '그'는 대통령이 되지 못했을 것이다 하는 뜻이구요. (……) 대통령이 될 만한 사람이 대통령으로 되었어야 하는데 아무리 생각해도 그런 자격이 없는 사람인데 내가 그런 처지에 놓였다면 얼마나 난감할까 하는 뜻이에요. 그래서 나는 정말 '그'의 부인을 동정한 거예요. 저런 사람을 남편으로 모시기도 뭣할 건데 대통령으로 받들게 되었으니 얼마나 거북할까 하구요. (……) 한번 상상을 해보세요. 일제의 하급 장교, 공산당의 세포, 밀고자, 쿠데타를 일으킨 장본인, 짧은 반생에 이런 곡절을 가진 사람이 쉽겠어요? 그러구서 대통령이라니… 난 도저히 감당 못해요. 그런 것……" _(중 161-162)

한 여사의 첫 연인이었던 최균환의 동생인 최명환은 5·16을 이렇게 평한다. "한마디로 기가 막히데요. 1961년이면 해방된 지 16년째가 아닙니까. 일본의 사슬에서 벗어난 지 16년 만에 일본군 하급 장교 출신의 사나이에게 나라가 지배

된다 싶으니 이젠 이 나라는 글렀다 하는 비분이 솟았지요. 여순반란사건을 빼고라도 이럴 순 없다는 비분이었소."(중 149)

최명환은 5 · 16쿠데타가 한국의 미래에 끼칠 영향을 이렇게 예측했다.

첫째, 교육이 불가능하다. 수단방법 가리지 않고 권력만 잡아놓으면 그만인 풍토 속에서 어떻게 교육이 가능하겠는가. 앞으로 학원은 난장판이 된다.

둘째, 정직한 사업가가 기를 쓸 수가 없다. 권력자에 아부하기만 하면 일확천금이 문제 아니게 될 텐데 바보 아닌 바에야 정직한 기업에 힘쓰겠는가. 앞으로 재계의 판도가 크게 달라진다.

셋째, 부정부패가 극심할 정도가 된다. 도의와 윤리가 근본에서부터 유린당한마당에 공무원이 무엇을 바탕으로 청렴할 수 있겠는가. 좋은 자리에 있을 때 한 밑천 장만해야 한다는 사고방식의 창궐을 어떻게 막을 수 있겠는가.

넷째, 강도적 원리(强盜的 原理)가 이 나라를 휩쓸고 있고 앞으로는 더욱 심해질것이다. _ (중 150)

최명환의 의견은 5 · 16쿠데타 세력은 "인계할 수도 양도할 수도 없구. 심지어는 후계자도 만들 수 없는 정권이 바로 이 정권"이란 것이다. 그 모든 평가의바탕에는 '그'의 품성이 작용한다. 인간은 어떻게 평가되는가.

"사람의 본질이란 것은 없다. 그가 어떤 책을 몇 권이나 읽었는가, 음식 가운데 어느 것을 좋아하는가, 그가 하는 짓이 무엇인가, 그가 가진 재산이 얼마나 되는가, 그의 키는 얼마인가, 그의 체중은 얼마인가, 그가 쓰는 술수는 어떤 것인가……. 이런 것의 총화가 곧 그 사람이다……."(중 283)

이렇게 따져 볼 때 "그 사람에게 교양이 있다면 그 전부가 일본에서 얻은 것이고 그 사람에게 무슨 비전이 있다면 모두 일본을 본받을 것입니다. 더욱이 경제정책 같은 델리킷한 문제에 관해선 그 사람이나 브레인들은 입안할 수도 해답을 낼 수도 없습니다. 일본이 시작하고 좋은 성과를 내고 있으니까 오죽 좋습니까. 얼씨구나 하고 따라가는 것이지요."(중 194)

그럼에도 불구하고 풍류는 여전히 존재한다. 아무리 역사가 신음해도 당대의 지식인들은 풍유(諷諭)를 즐긴다. 소설에서는 여러 이니셜 익명이 등장하는데, 예컨대 S는 송지영이며, Y는 이병주 자신, L은 이영근, N은 남재희, 양수미는 심수봉, 차 씨는 차지철 등등, 실명으로는 너무나 많은 인물들이 기라성처럼 나열된다.

유신이란 박으로서는 권력 유지를 위해 어쩔 수 없는 방법으로 그게 아니면 총통제라도 만들지 않곤 배겨날 수 없던 상황의 산물이었다. "이양할 수도 인계할 수도 없는 성질의 정권"(하118)이었던지라 1979년에 접어들면서 온갖 사태가 속발한다.

이런 와중에 해당화 다방에서 소설가 Y씨(이병주 자신)의 안네 프랑크(하 131-152)에 대한 강연행사를 열어 초만원을 이뤘다. 그런데 참석자들 중 몇몇 청년들이 "살아있는 안네 프랑크를 도우실 생각이 있어야 할 것 아닙니까."고 따지고 들더니, 구국민주학생단(민학)이 지명수배 당하고 있는데, 피신처를 제공해 달라는 강요로 비화됐다. 끈질긴 요구 앞에서 난처해져 있는데, 한수정이 마련해 둔 마장동 도살장 정문 부근에 있는 집을 그들에게 제공해 주었다. 주변에서 만류했지만 한수정은 듣지 않고 감행했는데, 결국 일이 터지고 말았다. 거기서 피신 중이었던 청년들(양춘길, 진독수, 민경호, 김태청, 그리고 여학생 문경희 등)중 양춘길이 박정희 암살범으로 몰려 중앙정보부에 체포되었고 나머지는 다 도주해버렸다.

그 사이에 신영길 기자는 부마항쟁과 대구 계명대에서의 반유신 시위(하 233-264, 273)를 취재하는 등 분주했지만, 양춘길의 체포에 이어 그들에게 아지트를 제공했던 한수정도 연행당해 버렸다. 직접 관여하지 않은 한수정의 과거를 알게 된 김재규로서는 적당한 수준의 반성문만 쓰면 석방할 작정이었지만 그녀는 아무 잘못도 없는데 왜 반성문을 쓰느냐는 고집과 함께 양춘길의 동시 석방과 관련자들에 대한 지명수배를 해지해 달라고 버텼다. 바로 1979년 10월 24일의 일이었다.

한수정이 거처를 제공해 준 청년들이 관련된 조직원들은 13명으로 이미 정보부에서 신원 파악과 배경조사가 끝난 상태인데, 모두가 박정희가 여순사건 때 밀고했던 피해자의 후손들이었다. "그들 아버지 13명은 같은 날, 같은 시각"에 죽었다.

한수정과의 면담에서 김재규는 이 사건을 상부에 보고하지 않고 넘겨버릴 구실을 찾았고, 신영길과의 면담에서는 민주주의에 대한 허심탄회한 이야기를 듣게 된다. 한수정은 자기 고집대로, 구속된 양춘길과 함께 10월 25일 석방되어 나왔는데, 바로 그 이튿날(10. 26) 궁정동 안가에서의 총성 소식을 듣게 되었다.

6. 더 많은 비극을 줄이려면

정보부로 연행되기 3일 전 한 여사는 진독수 청년에게 "단 한 번으로서 애국자가 될 수 있는 행동이 뭐냐고 물었더니 안중근 의사가 취한 것 같은 행동이란 겁니다."라고 그는 답했다. 한 여사는 누구를 노리는지를 짐작했지만 왜 그런지 다시 진독수의 의견을 물었다.

"내가 노리는 자는 첫째 민족의 적입니다. 일본제국의 용병이었으니까요. 둘째 민주주의의 적입니다. 쿠데타로서 합헌민주정부를 전복한 자니까요. 셋째, 윤리의 적입니다. 자기 하나의 목숨을 살리기 위해 자기 친구를 모조리 밀고해서 사지에 보낸 자이니까요. 넷째, 현재 국민의 적입니다. 자기가 장악하고 있는 정권을 유지하기 위해 언론과 비판활동을 봉쇄하고 자기에게 반대하는 사람이라고 보면 학생이건 지식인이건 정치가이건 경제인이건 인정사정 없이 탄압하는 자이니까요. 게다가 그자는 나에겐 불구대천의 원수입니다. 나는 그자를 없앰으로써 애국자가 되는 동시에 효도를 다하게도 되는 거지요. 나는 그자 하나를 없앰으로써 그자가 계속 존재하면 생겨날지 모르는 수천수만의 희생자를 미리 구할 수 있게 되는 겁니다. 빠르면 빠를수록 희생자의 수를 줄이는 결과가 되겠지요."

여기까지 말하고 진독수는 물었다.

"내 말에 틀린 데가 있습니까?"

한 여사는 대답할 말을 찾지 못했다고 한다. _ (하 302-303)

진독수에게 들었던 이 이야기를 한수정은 그대로 김재규에게 전하면서 자신은 아무 죄도 없다고 우겼다. "권총 한 방으로 애국자가 될 수 있다는 아이디어는 상당히 기발"했다. 그래서 한수정의 고집대로 지명수배는 취소됐고, 양춘길이 먼저 풀려나는 걸 보고 그녀도 풀려난 것이 1979년 10월 25일 밤 11시 30분쯤이었다. 그녀가 정보부를 나오며 돌아보니 김재규가 "아주 무뚝뚝한 얼굴로 저편 벽에 걸린 태극긴가 '그'의 사진을 바라보고 서" 있었다.

10월 26일 저녁의 역사적인 사건을 작가는 사마천의 필법으로 간략하게 처리(하 306-310)한다.

자 이제 후일담을 할 차례다.

김재규를 작가는 어떻게 평가하고 있는가?

작가는 자신의 견해보다 "조갑제 기자의 다음과 같은 추리는 어느 정도의 설득력을 가진다."라며 인용한다.

― 김재규는 대통령의 측근이 되고서도 늘 회의했던 사람이다. 유교적인 도덕관을 지닌 그는 대통령에 충성하면서도 '이래선 안 되는데……'란 생각을 갖고 있었던 것 같다. 권좌에 앉아서도 기본적인 양심을 완전히 버리지 못하고…… 철저하게 충성하지도 못하고 철저하게 부패하지도 못했던 김재규는 1979년의 소용돌이 속에서 대통령에 대해 실망, 절망 끝내는 증오까지 하게 되었다.

조갑제 기자는 다음과 같이 계속한다.

― 그가 그토록 존경하고 두려워했던 대통령에게 서슴없이 방아쇠를 당길 수 있었던 것은, 그가 최후까지 정의감을 지니고 있었기 때문이다. 굴욕감이나 증오심만으론 총알이 나갈 수 없었을 것이다. 여러 사람들의 증언을 종합하면 1979년에 들어서 김재규는 서서히 대통령에 대해 절망해가면서 모반의 마음을 키워갔고, 끝내

는 개인의 정분을 끊을 수 있을만한 폭발력까지 축적할 수 있었던 것이다. _(하 312)

그런데 10월 27일 오전 11시 경, 아침 신문 호외를 읽던 한수정은 졸도하여 입원했으나 이내 회복됐다. 그녀가 기절한 이유는 "아무래도 내가 '그'사람을 죽인 것"같아서였다.

"아무래도 내가 김재규 씨를 살인범으로 만든 것 같아요. 바로 그젯밤 아녜요? 진독수의 말을 김재규 씨에게 전한 것은. 권총 한 발로 애국자로서 역사에 기록될 수 있다고 말한 거지요. 그때 김재규 씨는 굳은 표정이었어요. 지금 생각하니 김재규 씨는 진독수의 말을 전해 듣고 그때 자기가 애국자가 될 작정을 한 것이 아닌가 해요. 그는 태극기와 '그'의 사진이 걸려있는 벽을 향해 화석처럼 서 있었으니까요, 내 짐작대로라면 김재규 씨를 통해 내가 '그'를 죽인 거나 다름이 없어요."(하-316)

이어 그녀는 말한다. "자기의 죄를 살아있는 동안 모조리 보상하고 죽게 하도록 하고 싶었어요. 나는 그런 기회를 기다리고 있었어요. 이젠 영원히 기회가 없어진 것 아녜요? 불쌍해요."라고 했다.

김재규에 대한 평가는 아직도 미궁이다.

세월은 흘러 1980년 5월 24일 토요일 새벽 3시, 육군 교도소 7호 특별감방의 문이 열렸다. 이감이라며, "수갑을 차고 포승줄에 묶인 김재규는 준비되어 있던 호송차에 올랐다. 새벽 4시, 호송차량은 서대문 영천의 서울 구치소(현 서대문형무소역사관)에 도착해 보안청사의 지하 독방"에 그는 갇혔다. "이미 집행을 예상하고 있었으므로 감방에 들어가자마자 정좌하고 염주를 굴리면서 마음속으로 「금강경」을 외웠다." _(문영심, 『김재규 평전 – 바람 없는 천지에 꽃이 피겠나』, 시사인 북, 2013)

아침 7시 정각, 김재규는 사형집행실로 갔다. 사형집행관이 유언이 있느냐고 물었다.

"나는 할 일을 하고 갑니다. 나의 부하들은 아무런 죄가 없습니다."

마음을 정리하고 담담하게 죽음을 맞는 순간까지 김재규의 마음에서 떠나지 않는 것은 부하들에 대한 안쓰러움과 미안함이었다.

"스님과 목사님을 모셨으니 집례를 받으시겠습니까?"

집행관이 다시 물었다. 김재규는 눈을 감은 채 대답이 없다가 눈을 뜨고 고광덕 스님과 김준영 목사를 쳐다보았다.

"집례는 필요 없습니다. 나를 위해 애쓰시는 여러분께 감사드립니다."

교수형이 집행되고 숨이 멎고 나서도 그는 양손에 쥔 염주를 놓지 않았다.

한 시간 후에 같은 장소에서 그의 충실한 부하 박선호가 그의 뒤를 따라갔다.

(……)

박선호의 뒤를 따라서 한 시간씩 간격을 두고 이기주, 유성옥, 김태원이 같은 자리에서 차례로 이승을 하직했다. _(문영심, 『김재규 평전 – 바람없는 천지에 꽃이 피겠나』, 시사인 북, 2013, 350-353)

이들이 처형당한 그 자리는 일제 치하에서 4백 여 독립투사들이 희생된 곳이기도 하다.

문영심은 "그날 하늘은 비구름이 덮여 컴컴한 날씨였다."라며, "김재규 일행은 죽은 후에도 신군부로부터 가혹한 대접을 받았다. 빨리 시신을 치우라는 독촉에 떠밀려 정신없이 장례를 서둘렀다." 김재규 부인 김영희는 처형된 다섯 사람의 수의를 똑같이 주문해 시신이 안장된 육군통합병원으로 가져갔다. 보안사는 장례에도 일일이 간섭, 3일장도 못 지내고 바로 그 다음 날 함께 묻히려는 소망조차 못하게 해서 서로 흩어져 묻혔다.

다시 소설로 돌아가자.

그 뒤 한수정은 국립묘지의 '그'의 묘역을 찾아가 '그'가 아닌 "육 여사 무덤 앞에" 꽃을 놓고 왔다는 소설의 마지막 장면은 뭔가 작위성이 느껴지는 한편 여인의 마음이 얼마나 미궁 속의 미궁인가를 보여준다.

대체 박정희는 무엇을 남겼을까? 이에 대하여 작가는 마키아벨리가 아닌 사마천의 입장에서 아래와 같은 결론을 짓는다.

　　최명환은 노신(魯迅)의 말을 인용해서 다음과 같이 말했다.

　　"치세(治世)가 짧은 사람은 후세사람들로부터 욕을 얻어먹기 마련인데 치세가
긴 사람은 욕을 덜 얻어먹는다. 그 이유는 치세가 길면 그 사람 밑에서 출세한 사
람이 많아지고 따라서 이해가 일치된 사람이 많아지고 그 세(勢)는 무시할 수 없
을 만큼 커진다. 후대까지도 그 영향이 미쳐 대개의 사람들이 날카로운 비판을 피
한다. 그런 까닭에 설혹 만고의 역적일지라도 역적이란 소리를 하지 못한다. '그'
도 후계자를 곁들여 한 백년 이 나라를 지배하게 되면 사실(史實)을 산제(刪除) 또
는 첨가하여 뜻밖의 인물로 조작될지 모른다. 역적은커녕 그야말로 중흥의 영주(英
主)로 되는 것이다. 불쌍한 건 그 사람이 아니고 '그'가 등장하지 않았던들 아무 일
없었을 사람이 '그'가 등장했기 때문에 비명에 쓰러진 사람들, '그'의 지배하에 학
대받고 있는 사람들이오."

　　그리고 신영길을 돌아보곤 이렇게 말했다.

　　"이왕 기록하는 작업을 택했다면 신기자는 '그'가 등장하지 않았던들 아무 일
없었을 건데 '그'가 등장했기 때문에 억울하게 희생된 사람들의 열전(列傳)을 쓰
시오."_(중-122)

Ⅱ-2

대중성을 가진
장편소설 연구

운명에 관한 한 개의 테마

이병주의 장편『비창』을 중심으로

김윤식(문학평론가)

1.『비창』에 드리운 상념(想念)

이병주의 장편『비창』은 1983년 1월에서 동년 12월까지, 꼬박 일 년 간《매일신문》에 연재되었던 작품이다. 연재 당시의 제목은 '和의 의미'. 이후 이 작품은 문예출판사에서 '비창'으로 개제하여 출간하였고, 같은 해 제4회 한국 펜문학상을 수상하였다. 또한 1987년에는 동명의 영화(주연: 이영하, 이혜숙)로도 상영된 바 있다.

장편소설『비창』을 대할 때마다 필자에게는 불현 듯 떠오르는 오래 전의 사건이 하나 있다. 바로 작가 이병주와의 논쟁.

그 첫 번째. 논쟁이라기보다는 작가의 대표작『지리산』(《세대》연재, 1972~1977)에 대한 일종의 비판이었다. 주인공으로 등장하는 이규를 둘러싼 사실적 정보의 오류에 관한 것. 작품에서 이규는 넘버 스쿨 교토(京都) 삼고(三高)의 고학생으로 설정되어 있다. 이런 이규가 문과병류(文科丙類) 입학 구술시험에 임했을 때, 시험관이 일본의 고명한 불문학자 구하바라 다케오(桑原武夫, 1904~1988) 교수라고, 『지리산』은 적고 있다. 그런데 실상 그 당시 구하바라 교수는 오사카 대판고등학교(大坂高等學校)에 재직하고 있었다. 그로부터 몇 년이 지난 후, 비로소 그는 경도 三高로 옮겨 왔던 것이다. 필자는 어느 사석에선가 이 사실을 지적하면서 작가에게 실증적인 차원에서 문제가 있다고 대들었다. 그러자 이병주 씨는 한참동안 나를 멍하니 쳐다보더니, 이렇게 말했다.

"김교수, 그렇다면 당신이 한번 본격적으로「이병주론」을 써보시지 그래."

당시 팔팔한 나이였던 나는 이를 묵살했다. 내 나름으로는 그를 한갓 '대중작가'로 치부했던 까닭에 여기에 매달릴 이유가 없었다. 하지만 지금 생각해보면 부끄럽기 그지없다. 거대한 실록 대하소설『지리산』의 전체적 시각에서 보면, 그같은 작품의 오류는 그야말로 사소한 '부분'에 불과한 것. 그보다는 이 작품이 지닌 참된 의미, 그러니까 "실록적 성격과 허구적 성격을 동시에 바라보는 문학적 안목"이 필요했던 것이다.

두 번째 논쟁은『비창』이 단행본으로 출간되었을 무렵이다. 당시 필자는 문화방송(MBC)이 기획한 교양프로그램의 고징 사회를 맡고 있었다. 신간 서적을 소개하는 프로그램이었는데, 이때 논제가 된 것이『비창』이었다. 녹화가 끝난 직후 나는 작가를 향하여 이 작품이 졸작임을 주장했다. 그리고 그 근거로 40대의 여주인공이 '이랬다 저랬다' 하는 것은 소설에서의 '성격(Character)' 부재라고 강조했다. 그러자 이병주 작가가 나를 향해 이렇게 말했던 것을 기억한다.

"김교수, 60대인 나도 인생을 갈팡질팡하며 사는데, 또 그것이 인생일진대, 하물며 40대 미모의 여자가 그래, 어째야 하는가?"

어느덧 지금의 내 나이는 80세를 훌쩍 넘겼다. 그런데도 아직까지 인생을 '갈팡질팡'하고 있지 않은가. 그러니 낮고 부드러웠던 작가의 음성이 생각날 때마다, 어찌 부끄러워하지 않을 수 있겠는가. 이 작품『비창』을 앞에 두고 어찌 인생의 상념에 잠기지 않을 수 있겠는가.

2. 운명과 마주한 인간학

『비창』에는『지리산』에서의 경우와 유사한 작가의 사소한 실수 혹은 오류가 다시, 발견된다. 다름 아닌 등장인물의 전기적 생애에 대한 이병주의 '착각'.

1943년이 저물어 갈 무렵, 이른바 학병소동(學兵騷動)이 있었다. 전문학교, 대학에 다니는 한국인 학생, 그 해 졸업한 학생들에게 일본 군인으로 지원하라는 명령이 내린 것이다. 말이 지원이지 강제(强制)였다. 당시 인상의 어머니 서창희는 대구여학교 졸업반이었는데 친구 오빠가 그 지원병에 걸렸다고 듣고 위문하러 갔다.

서너 명의 대학생이 그 집에 와 있었다. 결국 여학생들과 어울려 놀게 되었는데 한문수는 그 가운데의 한 사람이었다. 서창희는 첫눈에 한문수에게 끌리는 것을 느끼었다.

〈중략〉

1944년의 1월 20일이 학병의 입대일이었다. 대구 시내의 남녀 중등학교 학생들이 대구에 있는 80연대의 영문 근처에 도열해서 그들을 환송하게 되어 있었다. 서창희도 그 속에 끼어 있었다. 서창희는 앞을 지나가는 입대자들을 일일이 눈으로 쫓았다. 마지막 한 사람이 영문 안으로 사라질 때까지 남아 있었으나 한문수의 모습은 없었다.

〈중략〉

　1월 27일, 80연대에 입대한 학병들이 만주에 있는 어느 부대로 간다고 하여 대구역에서 출발했다. 그 때도 서창회는 대구역 근처에서 그들을 전송했다. 한없이 서글픈 광경이었다. 한문수의 모습은 보이지 않았다. ─『비창』, 문예출판사, 1984, pp.335-336.

　일제가 조선 육군지원병령을 공포한 것은 1938년 2월 26일이었고 시행은 동년 4월 3일이었다. 이어 일제는 2월 11일에 창씨개명을 실시했고, 1940년 8월 10일에는 조선일보와 동아일보 등의 민간신문을 폐간 조치했으며 1942년 10월 1일에는 조선어학회 사건을 일으켰다. 또한 1942년 11월 20일에는 조선 징병제 실시요강을 결정, 1943년 3월 1일에 징병제를 공포했고 동 8월 1일에 시행했다. 태평양 전쟁을 맞는 1940년을 기점으로 일제의 식민지 조선에 대한 무차별의 횡포와 탄압은 공식/비공식의 차원에서 더욱 노골화되고 있었던 것이다. 1943년 들어 일본 육군성이 조선 학생의 징병유예를 폐지하고 강제 실시한 것은 그 정점에 해당한다고 볼 수 있다. 1943년이 되자 일제는 전쟁 수행을 위해 일본인 학병을 동원하는 것에 그치지 않고, 동년 10월 2일 조선학생의 징병유예를 폐지하고 재학징집연기임시특례법을 공포한 것이다. 이후 학병제를 강제 실시한 날짜가 10월 20일이고, 징집영장이 같은 해 11월 8일에 발부(국내외 문과계 대학 및 전문고등학교 해당, 사범계 및 이과계는 제외)되었으며 일제히 입영(당시 재학생 총 5천 명 중 4,385명이 입대/문과계, 이과계, 사범계 포함 총 학생 수는 7천2백 명으로 추산)한 것이 1944년 1월 20일이었다는 사실은 우리가 이미 알고 있는 바이다.

　당시 조선군 사령부(서울, 용산)는 제19사단(나남), 제37여단(함흥), 제38여단(나남), 제20사단(용산), 제39여단(평양), 제40여단(용산)으로 구성되어 있었고, 1931년 이후에는 다시 1개 사단이 증가했으며 말기에는 약 23만 명으로 증원되었는바, 학병들은 용산, 평양, 대구 등의 일본군 소재지에서 입대했다(졸고, 「상하이, 1945년 조선인 학도병」, 『이병주와 지리산』, 국학자료원, 2010; 『일제말기 한국인 학병세대의 체험적 글쓰기론』, 서울대출판부, 2007. 참조).

그렇다면 위의 인용문은 우리가 이미 알고 있는 역사적 사실과 비교했을 때, 별반 차이가 없다. 아니, '시는 역사보다도 더 철학적이고 보편적이다'라는 아리스토텔레스 『시학』의 한 구절이 떠오를 만큼, 1940년대 학병문제를 다룬 그 어떤 역사의 기록보다 당시 현실의 정황 및 동시대인의 내면을 보다 생생하고 구체적으로 재현한다. 아마도 이것은 1943년 9월 25일 메이지대학 전문부 문과(文科) 별과(別科)를 졸업하고 1944년 1월 20일 대구 연대를 거쳐, 인용문에서 지시한 "만주에 있는 어느 부대", 즉 천하 절경으로 소문난 중국 쑤저우의 일본군 60사단 치중대(수송대)로 2월 초순에 배치(이 시기 작가의 행적은 『별이 차가운 밤이면』과 『내일 없는 그날』, 『그 테러리스트를 위한 만사』, 『8월의 사상』 등의 작품에서 재차 확인할 수 있다.)된 '학병세대' 이병주의 실제 체험과도 무관하지 않을 것이다. 결국 『비창』의 주인공 구인상의 비극적 운명은 작가 이병주의 운명적 체험과 마찬가지로 '학병'의 문제에서 시작되고 있었던 것이다. 이 책 제10장의 소제목이 그러하듯이, 주인공 구인상과 작가 이병주는 '학병체험'을 진원지로 둔 "가시덤불 속의 軌跡"을 공유하고 있는 것이다.

그런데, 정작 문제는 다음의 대목이다.

여름방학 내내 기다려도 편지가 오질 않아 초조한 마음 금할 수가 없는데, 가을 학기, 서울로 올 차비를 차리고 있는 서창희의 귓전을 스친 말이었다.

"대학생을 포함한 몇몇 사람이 독립 운동하다가 경찰에 붙들렸다."

서창희는 어찌할 바를 몰랐다. 친척들 가운데 경찰서와 통하는 사람을 찾아 알아보려고 했으나 요령을 얻을 수가 없었다.

그러던 어느 날 친구의 어머니로부터 '본정여관(本町旅館), 하해여관(河海旅館), 이화여관(梨花旅館)' 등에 독립운동, 사상운동을 하는 사람들이 많이 묵고 있는데 지난 5월과 6월, 그 여관에서 많은 사람들이 붙들려 갔으니 혹시 그 여관에 가서 물어보면 알 수 있을지 모른다는 말을 들었다. 서창희는 서울 가는 것을 연기하고 어느 날 이모를 앞세우고 여관을 돌아보기로 했다.

먼저 본정여관으로 갔다. 이모가 안주인을 찾았다. 안주인은 한문수란 이름을 듣더니 많이 들은 이름이긴 하나 자기 여관에서 묵은 적은 없다고 생각했다.

"혹시 경찰에 있는지 없는지 알아볼 수 있을까요?"

서창희가 이렇게 애원하자

"나도 알아볼 대로 알아보겠습니다만 하해여관으로 가보시지요." 하고 안주인이 하해여관 주소를 가르쳐 주었다.

하해여관의 주인 이동하(李東夏) 씨가 단순한 여관 주인이 아니라 대동단(大東團)이라고 하는 항일운동 단체의 지도인물이란 것도 서창희는 그때 들었다. 이화여관의 이봉로(李鳳魯) 선생이 경북 유림단(儒林團)의 지도적 인물이란 것도 그때 알았다.

"나는 온 천지가 일본에게 붙어 있는 줄만 알았는데, 그때사 독립운동의 줄거리가 지하수처럼 스며 있다는 것을 알았다."는 것이 얘기 가운데 인상의 어머니가 끼운 말이다. _ 위의 책. pp. 338-339.

인용문은 학병 거부자 한문수가 일제의 감시를 피해 "부산, 진주, 광주, 대구 등지"(p.340)로 피해 다니던 시절, 그러니까 1944년 1월 20일 이후의 날들에 대한 기록이다. 한문수를 연모했던 서창희는 갑자기 연락이 끊긴 그를 걱정하여 상급 학교가 있는 "서울로 가는 것도 연기"한 채, 급기야는 "이모를 앞세우고 여관을 돌아"본다. 거기서 그녀는 한문수가 체포되었다는 사실을 알게 된다. 이어지는 전후 사정의 전개는 여사여사하다.

이 과정에서 문제가 되는 것, 아니 군이 한번쯤 문제를 삼아볼 수도 있는 것은 인용문의 말미에 제시된 부분이다. 이 대목에서 작가는 "하해여관의 주인 이동하(李東夏) 씨가 단순한 여관 주인이 아니라 대동단(大東團)이라고 하는 항일운동 단체의 지도인물이란 것도 서창희는 그때 들었다. 이화여관의 이봉로(李鳳魯) 선생이 경북 유림단(儒林團)의 지도적 인물이란 것도 그때 알았다."라고 했것다!

잘 알려진 바와 같이, 여기에 등장하는 이동하(李東夏)와 이봉로(李鳳魯)는 실존했던 인물이다. 먼저, 백농 이동하(1875-1959)는 1905년 항일언론투쟁단체 충의사를 설립한 독립사상가 이규락(1850- 1929)의 아들이자, 만주에서 신흥무관

학교의 전신인 신흥강습소를 차려 학교설립운동을 주도한 인물이다. 좌파로 전
향한 독립운동가 이병기(1906-1950)가 그의 아들인데, 이들 안동 이씨 집안 3대
에 관한 이야기는 지금까지도 한국 독립운동사에서 두고두고 회자되고 있다. 한
편 '하해여관'은 이병기가 신접살림을 차린 곳으로도 유명한 데, 명목상 여관일
뿐 사실상은 독립운동가의 연락 장소였다(이들 안동 이씨 삼대에 걸친 이야기는 몇 해
전『하해여관』이라는 제목으로 한 여성작가에 의해 출간된 바 있다).

경북 대구시 달성 출신의 약송(若松) 이봉로 역시도 일제강점기의 억압적 현
실을 치열하게 살다간 인물이다. 〈국가보훈처 독립유공자 공훈록〉 및 〈한국학중
앙연구원〉 자료와 같은 시중의 지식에 따르면, 그는 "1919년 137명의 한국 유
림단 대표들이 조국의 광복을 갈망하고 있다는 사실을 파리 강화회의에 직접 제
출하기 위하여 작성한 소위 파리장서(巴里長書)를 가지고 김창숙(金昌淑)과 함
께 상해(上海)로 망명하였으며, 이듬해에는 임시정부조직에 참가하여 활동하였
다. 1924년에는 김창숙 · 김화식(金華植) · 송영호(宋永祜) · 손후익(孫厚翼) 등과
함께 총기와 탄약을 국내에 은밀히 반입하여, 군자금 모금운동에 참여하였다가
소위 제2 경북 유림단 사건으로 북경(北京)에서 피체되어, 대구(大邱)로 호송되었
다. 그 후 미결수로 2년간 수감되었다가 1927년 3월 29일 대구지방법원에서 징
역 2년형을 받고 옥고를 치렀다." 이 유림단 사건의 진상은《동아일보》1927. 2.
12일자 지면에서 비교적 상세하게 다루고 있는데, 이와 관련된 대구지방법원 판
결문은 현재 〈국가 기록원〉에 소장되어 있다. 이후 이봉로의 역사적 행적에 대해
서 소상하게 알려진 바는 그다지 없다. 다만 그가 대구 형무소를 출감하고도 '이
화여관'을 운영하며 독립운동에 뜻을 모았다는 것은 분명해 보인다.

식민지 후기
대구에는 대동단 사건의 주동자
이동하(李東廈)가 경영하는
하해(河海)여관이 있다
경북 유림단 사건으로 감옥에 갔다 온

이봉노(李鳳魯)가 경영하는
이화(李華)여관이 있다

또 하나 항일운동가
윤홍렬(尹洪烈)과 황옥(黃鈺)이 묵고 있는
본정(本正)여관이 있다
애국자 뒷바라지 황봉이(黃鳳伊) 여인이 경영한다

고등계 형사 감시를 받는다
자주 그 여관에
예비검속 나와
붙잡혀 가면
일주일도
10여일도 갇혔다 온다

그런 여관거리에
거지 행색의 사람
몇 번씩 오락가락한다
애국자 이상훈(李相薰)이다

저게 누구야
저 거지 누구야
물으면
바로 저분이
독립운동가 이상훈 선생이시다!

사람들은 그 거지가

대구거리를 걸어다니는 것만으로도

독립운동을 한다고 말한다

세 여관에는

이상훈

신재운

김찬기

허영 들이 자주 묵었다

하루 1원 정도의 숙박비 밀리기도 한다 _ 고은, 「어떤 거지」 전문, 『만인보 16』, 창비,

2004

　『비창』에 등장하는 세 개의 여관, 하해여관, 이화여관, 본정여관이 꼭 이십년
후에 발표된 고은 시인의 시집 속에 오롯이 자리하고 있다는 점이 흥미롭다. 비
록 '본정(本町/本正)' 여관과 '이화(梨花/李華)' 여관의 한자어 표기가 다르기는 하
나, "식민지 후기"의 대구지역 독립 운동가들의 거점으로 이 세 여관이 활용되었
다는 점에 있어서 두 작품은 일치된 견해를 보인다. 애써 차이점을 찾자면, 고은
의 이 시가 지시하는 "식민지 후기"의 시간과 이병주의 『비창』에서 서창희와 한
문수가 서 있는 역사의 시간이 약간의 시차(時差)를 보인다는 점이다. 이로 인해
이병주의 『비창』과 고은의 「어떤 거지」는 부득불 역사적 시간성의 진위 문제를
따져볼 수밖에 없는데, 결과적으로는 "1944년 1월 20일" 이후로 한정한 이병주
보다, "식민지 후기"라고 적음으로써 시간 폭을 넓게 가져간 고은에게 유리하다.
　물론, 그렇다고 해서 지금 필자는 이런 사실을 들먹이며 장편 『비창』이 범한
실증적 차원의 오류를 운운하려는 것은 아니다. 더욱이 이들 시인과 작가의 역
사적 시차(視差)을 말하려 함도 아니다. 오히려 1940년대의 동시대를 살아갔던,
작품 속의 한문수처럼 대구에서 학병으로 차출되었던, 그 어떤 작가보다도 역사
적 기록에 민감했던 소설가 이병주의 진술들이 전체적인 차원에서 보면 더욱 더
산문적 진실을 내포할 수도 있는 것이다. 허구와 사실의 정제된 복화술이야말로

바로 소설이 지향하는 진실의 영역이 아닐 것인가.

그럼에도 불구하고, 이제까지 필자가 이 대목을 다소 장황하게 설명한 이유는 다음의 한 가지 이유에서 비롯된다. 역사적 사실은 그 무엇과도 바꿀 수 없다는 것. 간혹 그것이 소설 속의 인물로 혹은 픽션물의 시대적 배경으로 차용될 지라도 말이다.

각설하면, 약송 이봉로는 1940년에 사망했다. 직전에 언급했던 모든 '시중의 상식'은 그의 죽음을 1940년으로 규정하고 있다. 따라서 고은의 「어떤 거지」에서 시대적 배경이 되는 "식민지 후기"란 적어도 1940년 이전을 가리킨다. 독립 운동가 "이상훈/신재운/김찬기/허영 들이 자주 묵었"던, 아울러 이동하와 "황봉이 여인"이 운영하던 두 개의 여관과 "경북 유림단 사건으로 감옥에 갔다 온/이봉노(李鳳魯)가 경영하는/이화(李華)여관이" 동시적으로 놓여 있던 "식민지 후기"의 그 구체적 시간대는 1940년 이후에는 존재할 수 없는 것이다.

사정이 이러하다면, 1944년 1월 20일 이후의 서창희와 한문수의 행적을 주로 서술한 "가시덤불 속의 궤적" 부분은 여전히 문제가 된다. 특히 경북 유림단의 지도적 인물인 "이화여관의 이봉로(李鳳魯) 선생"이 1944년 가을 이후에도 여전히 건재하고 있다는 진술은 역사적 사실에 명백히 위배된다.

그렇다면 이 문제를 가지고 필자는 다시 작가에게 달려가 따지고, 대들어야 할 것인가. 하지만 안타깝게도 작가 이병주는 이제 우리 곁에 없다. 혹 생전에라도 작가가 이 문제를 들었더라도, 그는 나를 또 다시 한참동안이나 바라보다가 이렇게 말했을 것이다.

"그래 김교수! 그까짓 것이 뭐 그리 대수란 말이오!"

『비창』이 궁극적으로 가닿고자 한 지점은 인간의 운명에 관한 것. "운명은 순응하는 사람은 태우고 가고, 거스르는 사람은 끌고 간다."(p.117)라는 수사가(修辭家) 세네카의 말이 있듯이『비창』의 주제는 그 "운명을 감당하여 사람으로서의 품위를 잃지 않을 의지의 강조"(「작가의 말」, p.433)인 것! 비약하자면, 결국『비창』의 '운명'은 주인공 구인상을 비롯한 등장인물들의 의지에 달린 것! 그래서『비창』은 운명과 마주한 실존의 인간학인 것!

3. 한 역사철학자의 운명 수용 방식

『비창』의 주인공은 대학교수 '구인상'이다. '역사철학'을 전공한 그는 아내의 외도를 목격하고 방학을 맞아 서울을 떠나 대구로 내려온다. 이 과정에서 그는 애인에게 배신당한 '고진숙'과 그의 가족을 만나게 되고, 술집 마담이면서도 "교양과 맵시가 밸런스를 취하고 있는 여자"(p.33) '명국희'를 '운명처럼' 만난다. 또한 "어릴 땐 계향이었으나, 지금은 대덕행으로 불리"(p.180)는 대구의 노기(老妓)를 통해 자기 출생과 관련된, 이른바 "괄호 속의 세월"에 대한 이야기를 듣기도 한다.

편의상, 『비창』을 전반부와 후반부로 크게 나누어 읽는 일이 허락된다면, "괄호 속의 세월"을 소제목으로 한 제6장까지를 대략 그 경계지대로 취급할 수 있을 것이다. 작품 전체의 분량으로 보아도 그러하고, 무엇보다도 새로운 사건의 전개 및 시공간의 이동(대구에서 서울)이라는 측면에서 그러하다.

우선, 전반부 대강의 줄거리는 역사철학자 구인상과 "사람을 죽었대서 무서운 여자가 아니라, 그와 같은 상황에 휘말리게 된 운명 때문에 무서운 여자"(p.126) 명국희의 과거를 소급한 내용으로 주로 짜여 진다. 그리고 이 두 사람의 과거는 불행한 '운명'이라는 단어를 동반한다는 점에서, 그로인해 자신들의 '뿌리(아버지)'와 전혀 상관없는 성(性)을 현재에도 사용한다는 점에서 일단 친연성을 지닌다.

> "내 성은 송가예요." 하고 조금 사이를 두곤 명국희는 덧붙였다. "그런데 난 아버지의 얼굴도 몰라요. 내가 이 세상에 태어나기 직전에 돌아가셨어요. 내 어머니가 기생이었다는 것을 말한 적이 있었죠?"
>
> 이어진 말을 간추리면 명국희의 아버진 장래가 촉망되었던 국악, 특히 판소리의 명창이며 명 고수였다. 어머니 또한 창의 명창이었다. 같은 취미를 갖고 같은 길을 걷는 사람으로서 두 남녀가 맺어졌다. 그 결과가 명국희였다.
>
> 〈중략〉

그런데 여자가 짊어진 업(業)이란 그처럼 간단한 게 아니다. 국회의 어머니는 자기보다 다섯 살이나 아래인 남자와 사귀게 되었다. _ 위의 책, pp.121-122.

"이미 남자를 졸업했다는 여자, 뭇 남성들을 눈썹 하나 까딱하지 않고 조정하는 여자"(p.114) 명국회의 불행은 기생이었던 그녀의 어머니로부터 기원한다. 어느 유행가의 가사처럼 '사랑에 울고 돈에 속은' 기생 어머니의 '업(業)'은 "무서운 숙명을 짊어진" 채 술집 마담으로 살아가는 명국회에게 고스란히 이월된다. 명국회의 고단했던 삶은 그녀 자신의 의지와는 관계없이 주어진 운명에 의해 결정된 것이다.

한편, 구인상의 과거는 명국회의 경우보다 훨씬 더 복잡한 구조에서 생성된다. 무엇보다도 여기에는 암울했던 일제강점기와 혼탁했던 해방공간, 그리고 한국전쟁까지 깊숙이 개입하고 있는 까닭이다.

선생님의 말씀을 듣고 있으니 옛날 생각이 납니다. 방학이 되면 대학생들이 돌아와 술자리를 벌이는 수가 있었지요. 그럴 때 간혹 술을 마시지 않고 토론에만 열중하는 경우가 있었습니다. 무슨 소릴 하는지는 모르면서도 대학생들이 열심히 토론하고 있는 걸 옆에서 듣고 있으면 저도 대학생이 된 것 같은 기분이 되기도 했어요.

"혹시 그런 사람 가운데 지금도 기억하고 계시는 분이 있습니까?"

"있고 말고요. 지금도 눈에 선한걸요."

옛날을 바라보는 듯 계향의 눈이 먼 빛으로 되더니 돌연 구인상의 얼굴을 자세히 응시하는 태도로 바뀌었다. 그리고는 말했다.

"아까부터 어디서 뵌 적이 있는 분 같다고만 싶었는데 이제 겨우 알았습니다. 토론에 열중한 대학생들 가운데 꼭 선생님을 닮은 분이 있었어요."

구인상의 가슴이 쿵 소리를 내는 것 같았다.

"그분 이름이 뭐라고 했습니까?"

"한문수 씨라고 했어요."

〈중략〉

"학생시절부터 좌익사상을 가지고 계셨는가 봅니다. 그 때문에 형무소까지 가셨죠. 해방과 동시에 출옥했다고 들었어요. 그러다가 그때 형편으론 좌익이 될 수밖에 없었던 거죠. 좌익이 비합법적으로 되었을 때 한문수 씨와 몇몇 사람들이 우리 집 그러니까 바로 이 방에서 며칠인가 지낸 적이 있습니다. 그분들의 좌익운동이 오늘날 북한에 김일성 정권 같은 것을 만들 것이라고 예상했더라면 죽었으면 죽었지 좌익할 분들은 아니었습니다. 생각하면 참으로 아까운 분들입니다."_ 위의 책, pp.184-185.

구인상의 과거, 즉 그의 아버지에 관한 이야기는 기생 계향의 회고를 통해 암시된다. "학생시절부터 좌익사상을 가지고" 활동하다가, 결국에는 냉전이데올로기의 희생양이 되어 역사 속으로 사라졌다는 것이 그 기억의 요지이다. 이런 아버지 '한문수'의 일생은 앞에서 언급한대로 제10장 "가시덤불 속의 軌跡"에서 서창회를 통해 보다 상세하게 전달된다. 학병을 거부한 후, 1946년 10월 1일 대구 폭동사건의 주모자로 몰려 피해 다니다가 "해를 넘긴 1947년 1월"(p.344)의 어느 날 "한문수와 서창회는 사실상의 부부가 되었"(p.345)다는 것. 이후 "경찰의 앞잡이" 구영화(당시 이름은 구만택)의 간계에 속아 한문수는 총살을 당하고, 정작 이 사실을 몰랐던 서창회 자신은 구영화의 부인이 되고 만 일 등이 그것이다. 결과적으로 구인상의 운명도 자기의 의사와는 무관하게 한국근대사라는 거대한 타자의 농간에 의해 결정되었다. 그러니 주인공이 그 자신의 '뿌리'를 모를 수밖에.

아닌 게 아니라 이것이 문제였다. 구인상은 구모(某)의 장남이 아니면서도 호적엔 장남으로 되어 있다. '장남이 아니면서도' 정도가 아니라 구인상은 철물회사 구모와 아무런 핏줄기의 연관도 없을지 몰랐다.
이 문제의 언저리를 어렴풋이 알게 된 것은 퍽이나 오래 된 것 같았다. 그러나 구인상은 굳이 그 문제를 파고들지 않으려고 했다. 가능만 하다면 영원한 수수께끼로서 무덤까지 가지고 가고 싶었다. 이미 수정할 수 없는 과거를 들춰내서 무엇을 하겠다는 말인가.

그런 까닭에 전 재산을 주식 형식으로 하여 동생에게 증여했을 때도 당연한 일로 생각하며 지냈고 따로 살아야 한다는 통고를 받았을 땐 되레 다행으로 생각해 왔던 것이다. 그러나 이젠 문제가 달라졌다.

"내가 누구냐" 하는 것을 따지기 위해 구인상은 대구를 찾아온 것이다. 아내와의 파탄을 마무리 짓기에 앞서, 아직도 그 파탄을 보다 완전하게 하기 위해 대구를 찾아온 것이다.

(과연 나는 누구일까)

생각하면 역사철학에 앞서 이것이 구인상의 제1문제가 되어야만 했었다. _ 위의 책, p.27.

『비창』 전체를 통틀어 가장 빈번하게 환기되는 단어를 하나 꼽으라면 단연, '운명'일 것이다. 이 작품에서 작가는 구인상과 명국희의 경우에서 확인되듯이, 각각의 등장인물들에게 저마다의 크고 작은 '운명' 혹은 '팔자'를 부여하고 있다. "이류의 피아니스트밖엔 못 될 운명"(p.258)인 구인상의 아내 이미숙이 그러하고, "자기의 천분(天分)에 대한 환멸"(p.276)을 가진 이미숙의 불륜 상대 기병열의 팔자가 그러하다. 마찬가지로 구인상과 "운명의 밤"(p.283)을 보낸 기병열의 아내 진숙영도 "갈대의 운명"을 타고 났다. 이들은 모두 운명이라는 이름으로 묶여 있는 것이다.

그렇다면 이제 남은 문제는 "내가 누구냐" 또는 "과연 나는 누구일까"라는 질문을 동반하고 운명과 마주하는 일뿐이다. 아니, 그보다도 "그것을 받아들이는 방식과 태도"(p.430)가 요청될 것이다. 특히 역사철학을 전공한 구인상에게 있어서 운명을 받아들이는 방식과 태도의 문제는 "역사철학에 앞서", "제1문제"가 되지 않을 수 없다. 왜냐하면 그는 이미 "역사철학은 인과관계나 법칙성을 찾아내기에 바빠 한 치 앞을 어둠에 가려 놓고 사는 인간들이 모여 역사의 주체가 된다는 사실을 망각"(p.87)했다는 점을 앞서 인지하고 있기 때문이다. 누구보다도 구인상은 "인간을 운명적인 존재라고 할 때 그 비리(秘理)는 이 지구가 멸망할 때까지를 기다려도 이해할 수 없을 것"(p.430)이라는 사실을 예감하고 있기 때문이다.

　　아까 구선생께선 역사를 믿을 수 있는가를 말씀하십니다만 역사는 몰라도 섭리는 믿을 수 있을 것 같애요. 우리와 같은 처지의 기생, 달성 권번의 우리 동기생이 칠십 여명이었는데 지금 살아 있는 사람은 스무 명이 채 못 됩니다. 그들의 운명을 생각해 볼 때가 있지요. 최선을 다해 자기를 지킨 사람은 최선의 사람이 되어 있고, 자기를 지키지 못한 사람은 하나같이 불행하게 되었어요. 빨리 죽었다고 해서 불행하다는 얘기는 아닙니다. 만사는 자기하기 나름입니다. 제가 좌익운동자들을 개인적으로 좋아했으면서도 사상적으로 동조하지 않은 것은 모든 악(惡)이나 부정(不正)을 제도(制度)에다 돌리는 그들의 사고방식 때문이었습니다. 깨끗한 버릇을 가진 부지런한 사람은 기어들고 기어나는 집도 깨끗하게 지녀 어떤 귀빈이라도 맞이할 수 있게 해 놓고 있고, 게으르고 불결한 사람에겐 아무리 좋은 집을 주어봤자 곧 불결하게 만들어 버리더라 이 말입니다. 제도도 물론 중요하겠지만 제도의 힘만을 들먹이는 사람은 큰 실수를 하고 있는 거나 다름이 없습니다. 제도야 어떻건 주어진 환경 속에서 최선을 다하는 사람들은 급기야 약한 제도이면 그것을 고치기 마련입니다. 그런 사람들이어야만 제도를 고칠 수도 있는 겁니다. 인간으로서 자기 자신 최선을 다하진 않으면서 제도만을 고쳐 제도의 덕을 보려고 해보았자 소용없는 일입니다. 기생으로서 최선을 다하는 사람은 기생 신분에서 벗어날 수 있을뿐더러, 기생제도를 없애는 힘을 가꿀 수가 있겠지만, 기생 팔자를 한탄만 하고 최선을 다하지 않는 사람은 기생 신분을 벗어나지 못하고 끝이 비참하게만 되데요. _ 위의 책, pp.191-192

　　저 찬란한 유물변증법적 이론 혹은 그 역사철학의 근방을 서성거리지 않더라도, 사회제도의 구조적 모순과 계급적 한계를 "만사는 자기하기 나름"으로 치부하는 계향의 견해는 지나치게 소박한 측면이 있다. 하지만 이런 계향의 생각, 더 나아가 작가 이병주의 사유에 우리가 적극적으로 이의를 제기할 필요는 없다. 이 대목에서도 여전히 작가의 주안점은 운명을 수용하는 방식과 태도의 문제에 놓여 있는 까닭이다. "최선을 다해 자기를 지킨 사람"과 "기생 팔자를 한탄만 하고 최선을 다하지 않는 사람과 비교"란 곧 운명과 대면하는 자들의 태도와 자세의 문제를 묻는 일에 다름 아닌 것이다. 이처럼『비창』의 주제는 시종일관 '운명'의 문제로 향하고 있다.

4. '和의 의미' 혹은 '비창'의 인생론

그렇다면 이제, 우리는 작가에게 물어야 한다. 운명을 받아들이는 방식과 태도는 어떠해야 하느냐고. 운명을 수용하는 인간의 표정은 어떠해야 하는지를.

작가 이병주는 이 질문에 대한 답변을 작품의 마지막 자리에서 진즉에 마련하고 있다. 아내 이미숙의 자살 이후 새로운 인생을 설계하며 "스스로의 의지로써 대학을 떠나"(p.430)는 주인공 구인상의 고별 강연이 여기에 해당한다. 특히 구인상의 이 마지막 강연에는 장편소설『비창』의 원제가 왜 '和의 의미'였는지에 대한 분명한 단서도 제공되어 있다. 강연의 일부를 여기에 가감 없이 옮겨놓음으로써 한 역사철학자의 운명에 대한 입장, 덧붙여 작가 이병주의 일종의 인생론을 함께 경청하기로 한다.

> 모든 결정은 운명이 한다. 새삼스럽게 세네카의 말을 들먹일 필요가 있을까. 운명은 순종하는 자는 태우고 가고, 거역하는 자는 끌고 간다고 했다. 사정이 정말 그렇다면 내가 전공하는, 여러분이 전공하는 역사철학은 파산이다. 역사철학이 등장할 여지가 없다. 하지만 우리는 역사철학의 파산을 그냥 승복할 순 없다. 운명이 만사를 결정하더라도 그것을 받아들이는 방식과 태도는 우리의 자유에 속한다. 운명이 사형선고를 내렸다고 하자, 그 결정에까진 우리가 관여할 수 없지만, 돼지처럼 죽을 것인가, 소크라테스처럼 죽을 것인가는 우리의 선택에 있다.
> 역사가 우리의 고통을 진정할 수 없다는 사실로써 역사철학은 비정(非情)의 학

문일 수밖에 없다. 우리는 그 일반론을 신뢰할 순 없다. 그러나 역사철학을 불패(不敗)의 의지라고 생각할 때 인생의 지혜로서 빛날 수가 있다. 이 지혜엔 운명애(運命愛)가 있다. 운명애엔 방법과 의지가 있어야 한다. 방법이 뭣이냐. 친화(親和)의 화(和)를 관철하는 방법이다. 화를 관철한 인생은 성공된 인생이다. 그런데 화는 언제나 악의(惡意)의 도전을 받게 마련이다. 그래도 굴하지 않는 게 화의 의지이다. 단적으로 말해 화의 의지란 사랑하는 것을 위해선 어느 때 어느 곳에서 죽어도 좋다는 결의이다. 이 결의 앞엔 운명도 무색하다. 운명이 내리는 최후의 결정은 기껏 죽음일 것이니까. 자네들은 젊다. 화의 의지를 가꾸고 그 의미를 탐색하기 위해 충분한 시간을 가지고 있다. _ 위의 책, p.431. (밑줄 강조 인용자)

결국 '和의 의미'란 거센 운명의 파도 앞에서도 "품위를 잃지 않는" 인간의 의지를 강조한 것. 그때라야만 비로소 인간은 "숭고한 인격"으로 "화할 수"(이상 「작가의 말」) 있다는 것. 그 선택권은 이미 우리 인간에게 주어져 있다는 것. 장편소설 『悲愴』의 한자적 의미 '슬프고 아픈 마음'은 이런 인간 내면의 운명적 표정이라는 것은, 사족!

'원한'의 현실과 '정감'의 기록, 『행복어사전』

정미진 (경상대 교수)

1.

이병주는 자신이 경험하고 인식한 현실을 사실적으로 기록하고자 노력했다. 현실을 사실에 가깝게 재현하여 기록으로 남기는 것이 소설가로서 자신의 책무라고 여겼던 때문이다. 역사를 기록하는 소설가라는 이병주에 대한 평가 역시 이를 바탕으로 하는 것이다. 그러나 이병주는 역사가 기록 자체로서 교훈과 의미를 가지고 있다고 생각했지만, 역사를 전적으로 신뢰하지는 않았다. 왜냐하면 역사가 비인간적인 혹사에 의해 건축된 로마의 성벽을 인간문화의 성과로 기록하는가 하면, 강도행위로 치부의 터전을 잡았던 인물을 성공자로 기록하는 등 "악(惡)을 선화(善化)"[1]하는 사례를 목도했기 때문이다. 또한 사실을 객관적으로 기록하는 경우에도 불가피하게 결여가 발생할 수 있다는 것 역시 인식하고 있었다. 그것은 엄정한 사료를 근거로 하여 사실 그대로의 역사를 기록한다고 하더라도 그 배면에 놓인 진실에 미치지 못하는 경우가 많으며, 사실의 기록이 과거의 사건으로 상처받아야 했던 사람들의 상흔까지 온전히 기록하기에는 역부족이라는 생각을 바탕으로 한다. 그래서 역사적 사건을 제대로 기록하기 위해서는 논리나 객관이 아닌 정리(情理)가 필요하고, 그래야 인간의 진실을 찾고 그 실상에 접근할 수 있다고 주장한다.[2]

---

1) 이병주, 「인간에의 길」, 「6.25가 남긴 이기주의」, 『생각을 가다듬고』, 정암, 1985. 81쪽, 171쪽.
2) 이병주, 「6.25의 文學的 表現」, 『1979』, 세운문화사, 1978, 227쪽.

때문에 이병주는 "독특한 원근법에 의해 거시와 미시 사이로 유연하게 시점을 이동"[3]할 수 있는 문학이야말로 인간의 실상을 기록하기에 적합한 담론 양식이며, 문학이 "인식과 감동으로써 엮어내는 자기 조명"인 동시에 "비참한 그대로, 추악한 그대로 그러나 맥맥한 생명감으로써 구원의 구실"을 할 수 있을 것이라고 믿었다. 이런 믿음을 바탕으로 "인류의 슬픔을 말하는 대신 어버이를 잃은 소녀의 눈물에 착목(着目)하고, 여성 일반을 논하기에 앞서 미망인의 고독을 드라마틱하게 묘사하는"[4] 미시적인 접근을 통해 사실 그대로의 기록이나 거시적인 방식만으로는 담아내기 힘든 인간의 실상을 소설로써 기록하고자 했다.

이런 관점에서 이병주가 『행복어사전』[5]을 통해 보여주는 것은 1970년대를 살아가는 인간의 실상이라 할 것이다. 그러나 『행복어사전』에서 재현하는 1970년대가 제목이 시사하고 있는 것과 같은 '행복'한 현실은 아니다. 현실이 행복의 빛깔이라면 굳이 행복을 기록할 필요도 없을 것이고, 행복을 정의내리기 위한 노력도 필요하지 않을 것이기 때문이다. 행복을 희구하지만 그렇지 못한 현실, 이병주가 『행복어사전』을 집필한 배경에는 결코 행복할 수 없는 현실에 대한 인식이 자리하고 있다.

2.

『행복어사전』의 주인공 서재필은 한국 최고의 대학을 졸업한 재원이지만 뭇여성에게 "잔뜩 경멸하는 감정"(1권, 134쪽)을 불러일으키는 신문사의 교정부원으로 입사한다. 입사 시험에서 "오백여 명 가운데서 제1번으로 뽑"힐 정도로 탁

---

3) 이병주, 김윤식 김종회 편, 「이병주 문학론」, 『문학을 위한 변명』, 바이북스, 2010, 120쪽.

4) 이병주, 「문학이란 무엇인가」, 위의 책, 132~133쪽.

5) 『행복어사전』은 1976년 4월부터 1982년 10월까지 《문학사상》에 연재되었으며, 이후 문학사상사에서 단행본이 출간된다. 이 글은 2006년 한길사에서 간행된 전집을 대상으로 하며, 작품을 인용할 경우 권수와 페이지만 표시한다.

월한 능력을 갖춘 재원임에도 불구하고 스스로 기자가 아닌 교정부원의 삶을 택한 것이다. 그러나 그러한 설정 덕분에 서재필이 교정하는 신문기사를 통해 1970년대의 일상이 자연스럽게 소설 속에 등장할 뿐만 아니라 일상의 면면들이 어느한쪽으로 치우치지 않은 채 제시된다.[6]

『행복어사전』에서 보여주고 있는 것은 작품 속 신문기자인 양춘배의 말처럼 "소설보다 더 재미나는"(1권, 229쪽) 현실이다. 절도나 간통 같은 사건이 연일 신문을 가득 메우고, 돈을 벌기 위해 사람을 '먹고, 뜯는' 시대. 연탄가스 중독으로 가족 모두가 죽어나가는 일이 있는가 하면, 빚에 시달리던 일가족이 집단자살을 계획하는 동안 어느 재벌의 아들은 유흥비로 억대 가까운 돈을 쓰기도 한다. 아내를 죽여 토막을 낸 사내, 20대 유행가수와 놀아난 50대 기업체 사장의 부인, 본처를 찔러 죽인 일본인의 현지처 등 "이 사회가 썩어가는 과정을 증명"(1권, 272쪽)이나 하는 것처럼 서재필에 의해 보여지는 신문 속의 사건은 죄다 어둡고 우울하기 짝이 없다. 『행복어사전』의 전반부에서 1970년대의 일상은 교정부원인 서재필이 전해주는 신문의 기사뿐만 아니라 반공 정책으로 가족의 비극 속에서 홀로 살아남은 김소영의 서사를 중심으로 전달된다. 서재필이 김소영의 공판을 방청하기 위해 간 법정에서 다뤄지는 사건들이 여러 페이지에 걸쳐 옮겨지는 대목에 이르면 이병주의 의도는 보다 분명하게 드러난다. 법정이라는 공간을 설정했기 때문에 주로 사기, 방화, 간통과 같은 범죄 사건들을 마주할 수밖에 없겠지만 굳이 자세하게 기술하지 않아도 이상할 것 없는 재판의 내용과 그 결과가 서재필의 입을 통해 상세하게 전달된다.

또한 술집 종업원인 김소영은 간첩인 삼촌을 신고하지 않았다는 죄목으로 감옥에 끌려간 아버지와 혼자 남아 자식들을 건사하다 자식 잃은 슬픔과 절망감을 이기지 못해 스스로 목숨을 끊은 어머니를 과거로 떠안고 있다. 과거의 비극

---

6) 김윤식은 "시대를 망라해서 바라볼 수 있"는 부서가 신문사의 교정부이며, 『행복어사전』에서 교정부원 서재필을 통해 등장하는 신문기사는 "우리 모두가 '교정'하고 싶었던 안타까운 삶의 이야기였을지도 모른다"고 설명한다.(김윤식, 「이병주 소설 『행복어 사전』 試論」, 『2016 이병주문학 학술세미나 자료집』, 2016.)

은 과거에서 끝나지 않고 강력한 트라우마로 작용하여 현재의 김소영이 현재의 삶을 영위하며 살도록 내버려두지 않는다. 신고하지 않아 억울하게 죽은 아버지로 시작된 가족사의 비극은 김소영으로 하여금 타인을 의심하게 만들고 급기야 확인되지 않은 의심만으로도 사람을 '신고'하게 만든다. 한 마디로 김소영은 과거로부터 벗어나려고 하는, 과거에 사로잡힌 인물이다. 간첩을 신고하지 않아 죽임을 당한 아버지와 신고했다는 이유로 수감된 김소영의 에피소드는 한국의 현실이 아이러니한 비극으로, 비극 속에 무수히 많은 원한을 담지하고 있음을 보여준다.

또한 『행복어사전』에서 또 하나의 축을 담당하고 있는 윤두명 역시 역사의 광풍에 휘말려 어린 나이에 부모를 잃은 상처를 가진 인물이다. 윤두명의 아버지는 좌익운동에 가담했다는 죄목으로 수감생활을 하다가 6·25동란 직후 총살당해 죽고, 아버지의 죽음 이후 어머니 역시 재혼하여 윤두명의 곁을 떠난다. 어렵게 만난 어머니의 재혼과 임신으로 큰 충격을 받은 어린 윤두명은 할머니의 손에서 자라고, 이후 할머니의 유지를 받들어 옥황상제교의 교주가 된다.

이렇듯 『행복어사전』의 전반부에서 뚜렷하게 강조되는 것은 행복과는 거리가 먼, 암울한 1970년대의 현실이다. 그리고 현재의 불행과 비극의 원인으로 작동하는 것은 다름 아닌 과거이다. 과거의 상처는 치유되지 못한 채 원한으로 남아 현재의 삶을 피폐하게 만들고 있다. 그리고 이병주는 이 상처를 치유하기 위한 첫 번째 수단으로 종교라는 방편을 제시한다.

윤두명은 옥황상제교가 사람이 가진 원한을 해소할 수 있다고 믿는다. "사람은 저마다 어떤 원한을 품고 있습니다. 그 원한을 풀어야만 구원이 있는 법인데 우리 상제교에 들어오기만 하면 그 모든 것이 해결됩니다."(2권, 283쪽) 개인이 가진 원한을 잘 가꾸고, 그것이 옥황상제라는 신의 이름으로 모인 사람들에 의해 응집되어 분출되면 커다란 힘을 발휘할 것이라는 윤두명의 믿음은 교세를 확장하는 가운데 집단의 힘이라고 믿어왔던 '돈'이 빌미가 되어 깨어진다. 옥황상제교의 패착과 그로 인한 자멸을 통해 이병주는 종교가 원한에 빠진 일상의 사람들을 구원하는 수단이 될 수 없음을 보여주고 있는 것이다.

그리고 종교가 아닌 문학이 원한을 기억하고 해소하는 역할을 해 주기를 기대하고 있는 것으로 보인다.

3.

서재필은 차성희와의 결혼에 실패하고, 자신에 대한 김소영의 집착 때문에 정명욱과의 관계 역시 뜻대로 되지 않자 충동적으로 소설을 써야겠다 결심하고 뚜렷한 계획이 없는 상태에서 신문사를 그만둔다. 서재필이 소설 쓰기를 결심한 가장 큰 이유는 "해명"과 "한풀이"를 위해서이다. 사실만을 열거해도 거짓이 되는 현실 속에서 되려 "참말을 참말답게 만들려면 거짓을 필요로 하게 되는 인생의 기미"를 해명하기 위한 방법이 소설밖에 없다는 것을 깨달은 서재필은 "한 맺힌 내 마음을 풀어나가기 위해 이야기를 꾸며보자는 생각"(3권, 141쪽)에 빠져든다. 그리고는 "백 개, 천 개의 인생"(3권, 147쪽)을 소설로 살아보자는 결심을 하고 문방구에서 "만 장의 원고용지"를 사는가 하면, 소설을 쓰겠다고 결심한 다음날 북악산에 오르기도 한다. 산에 오른 서재필은 "이만한 높이, 이만한 거리를 두면 육백만 인구로 붐비는 도시가 무인의 도시처럼 되어버리는 것이로구나 하는 감상"으로 "소설가는 고소의 사상을 가르치는 역할"을 해야 한다고 생각하지만 이내 자신의 생각을 철회한다.

"연탄 값 버스 값에 신경을 쓰고 있는 삶"들을 상대로 크고 높은 이상적인 이야기가 통하지 않겠다고 생각한 때문이다. 그리고 높은 데서 아래를 내려다보는 사상 속에는 "웃음소리도, 한숨소리도, 외치는 소리도 들을 수가 없"음을 깨닫는다. 위에서 아래를 내려다보는 방식을 통해서는 생활을 살고 있는 사람들의 삶을 제대로 다룰 수 없다는 생각, 생활을 외면하고서는 올바른 소설을 쓸 수 없을 것이라는 생각이 서재필로 하여금 '고소(高所)의 사상'은 곤란하다는 결론에 가닿게 한 것이다. 이러한 생각으로 말미암아 서재필은 자신이 소설을 위해 직장을 포기했던 사실까지 후회하는데, 고소의 사상을 버리고 나서야 소설을 읽을 독자가 살고 있는 생활을 직접 사는 것이 필요하다는 것을 뒤늦게 깨우친 탓이다. 그리고 이제 진짜 "생활"을 시작해야겠다고 결심하기에 이른다. 생활에 밀접한 소설을 쓰겠다는 서재필의 소설론은 삶을 '기록'하는 것이 소설이라는 인식으로 나아간다. '역사로서도, 신문기사적 기록으로도 부족한 그 무언가'를 찾기 위해 문학이 필요하다는 것이다.

그리고 역사와 신문기사 같은 사실적 기록이 설명하지 못한 '그 무언가'를 설명할 수 있는 문학적 기록 방식이 '정감을 통한 기록'이라 생각한다.

> '(······) 백 년 후엔 아무도 남을 사람이 없을 지금 이 거리의 인간들. 백 년 후에도 사람들로 붐빌 이 거리. 그 인간들과 지금 이 사람들과의 관계는 도대체 어떻게 되는 것입니까. 백 년 전 이 한강변에서 목 베여 죽은 천주교도들의 원한은 또한 어떻게 되는 것입니까. 천주교도들뿐이겠습니까. 시간마다로 핏자국으로 물들이는 인간의 참극······. 이 모두를 해답할 순 없습니다. 다만 정감으로써 기록할 뿐입니다. 그래서 소설이 있어야 하는 것입니다······.'
> 어느덧 나는 소설론의 서문을 엮고 있었다.[7]

서재필은 원한 맺힌 삶을 정감으로 기록하는 것이 문학, 소설의 역할이라고 생각한다. 시대는 시대마다 부조리와 갈등으로 인한 비극을 떠안고 있다. 정치 이데올로기에 의해 희생당한 천주교도의 비극과 원한에 대해 해답을 제시할 수는 없지만 그것을 기록하는 행위를 통해 승리자의 기록이라 할 수 있는 역사에서는 지워져야만 했던 삶의 원한을 반추하게 한다는 것이 서재필의 논리이다. 그리고 이때 문학만이 가질 수 있는 것이 바로 '정감(情感)'이다.

① "전 문학이란 얘기를 꾸며놓은 거로만 알았어요. 특히 소설은요."

---

7) 『행복어사전』 5, 230쪽.

"얘기를 꾸며놓은 것이라고 할밖에 없는 소설도 많지요. 그러나 문학으로서의 소설은 왜 그런 얘기를 꾸미지 않을 수 없었던가 하는 정념(情念)과 사상(思想)이 표현되어 있는 얘기라야만 하는 겁니다."[8]

② "그런데 이 선생, 난 요즘 묘한 것을 느끼기 시작했습니다. 신문기자가 어느 특정인을 두고 기사를 쓰면 아무리 좋은 의도를 갖고 정확을 기한다고 해도 독소적으로 작용할 수밖에 없다는 느낌입니다. 만일 그 독소적인 부분을 의식적으로 없애 버리려고 하면 쓰나마나한 것으로 되구요. 신문기자의 눈은 어디까지나 타인의 눈이거든요. 타인의 눈은 무서운 겁니다. 그러나 소설가의 눈은 다르다고 생각해요. 근본에 사랑의 빛깔이 있는 이웃의 눈, 아니면 동포의 눈으로 되는 것이 아닐까 해요. 그러니 아무리 주인공을 가혹하게 다루어도 독소적인 작용은 없을 것이다, 이겁니다. 나는 요즘에 와서야 비로소 직업적인 두려움을 느꼈습니다. 신문기자란 무서운 직업입니다. 그 눈은 차갑습니다. 세상엔 물론 그런 눈이 있어야 하는 것이지만 두려워요. 어디까지나 타인의 눈이니까요."[9]

③ 오늘날 우리나라의 문학이 일견 조촐해 뵈도 문학이 아니고서는 감당할 수 없는 인간의 기록, 인간의 진리를 담고, 어떤 정치연설, 어떤 통계숫자, 어떤 판결 이유보다도 짙은 密度와 호소력을 지니고 있다. 우리 생활의 인간화를 위해선 문학청년적 감상마저 아쉬운 계절인 것이다. 문학은 인생이 얼마나 존귀한가는 외우고 외치는 작업이다. 지구위에 四十數億種의 人生이 있다는 것, 그 하나 하나가 모두 안타까울이만큼 아름답다는 인식이며 표현이다.[10]

인용글 ①은 『歷城의 風, 華山의 月』에서 일본 유학 시절 성유정이 기차 안

8) 이병주, 『歷城의 風, 華山의 月』, 신기원사, 1980. 104쪽.(「세우지 않은 비명(碑銘)」,《한국문학》, 1980.6.)

9) 이병주, 『무지개사냥』 1, 문지사, 1985. 42~43쪽.(「무지개 연구」,《동아일보》, 1982.4.1.~1983.7.30.)

10) 이병주, 「文學의 渴渴」, 『白紙의 誘惑』, 남강출판사, 1973.

에서 일본인 미네야마 후미꼬를 만나서 나누는 대화이다. 일본인 아가씨를 꾀어내기 위해 그녀가 읽고 있는 소설에 대해 질문을 하며 자신의 문학적 식견을 뽐내는 부분이지만 이병주는 성유정을 통해 문학에 대한 자신의 인식을 밝힌다. 소설은 단순히 이야기를 꾸며내는 것에 그치는 것이 아니라 "왜 그런 얘기를 꾸미지 않을 수 없었던가 하는 정념(情念)과 사상(思想)"이 드러나야 한다는 것이다. 쉽게 말해 한 편의 소설은 그 소설을 통해 말하고자 하는 무엇인가가 있어야 하며, 말할 수밖에 없게 만든 그 무엇에 대한 깊이 있는 사유와 격렬한 정서에 기반을 둔 것이어야 한다. 이것은 『행복어사전』의 서재필이 "흥미 또는 재미를 노려 소설을 허구한다는 것은 완전히 무망한 짓"(3권, 245쪽)이라고 생각하는 것과 동일한 맥락이기도 하다. 허구성이 소설 문학의 본질적인 속성이라 할지라도 허구를 위한 허구, 말초적인 흥미만을 추구하는 소설은 소설로서 가치를 갖지 못한다는 것이다.

인용글 ②는 소설 『무지개사냥』에서 K라고 하는 신문기자가 소설가인 '나(이선생)'에게 위한림을 모델로 하는 소설을 써보라고 권하는 장면이다. K는 신문기자가 사실을 기록한다고 해도 그것은 차갑디 차가운 '타인의 눈'[11]이 될 뿐이므로 근본에 사랑을 가지고 있는 '소설가의 눈'으로 위한림이라는 인물을 소설로써 기록해야 그 독소가 제거될 것이라고 말한다. 사실의 세밀한 기록을 통해 현실을 전달하는 신문기자가 "좋은 의도를 갖고 정확을 기한다고 해도 독소적으로 작용할 수밖에 없다"는 인식은 일찍이 『배신의 강』의 성유정의 입을 통해서도

---

11) 이병주는 칼럼을 통해서 '타인의 눈'에 대해 언급한 바 있다. "한국국민을 알려면 이 '한'을 이해해야만 한다. 그런데 잊어선 안될 문제가 있다. 그것은 '타인의 눈'이다. 개인으로나 집단으로나 우리는 우리의 눈으로 관찰하고 행동하는 것이지만 언제나 타인의 눈앞에 있다는 사실을 잊을 순 없다. 남이 우리를 어떻게 생각하는가에 대한 배려만으로 살아갈 순 물론 없지만 그것을 배제하고도 살지 못한다. 고독이란 것은 남의 눈이 내 눈 같지 않다는데 대한 의식적인 또는 무의식적인 반응이라고 하라 수 있다. 다시 말하면 나는 이처럼 기쁜데 남은 나의 기쁨에 동조하지 않는다. 나는 이처럼 슬픈데 남은 나의 슬픔을 이해하지 않는다고 느꼈을 사람의 고독은 짙은 빛깔을 띤다."(이병주, 「차가운 '타인의 눈'」, 『불러보고 싶은 노래』, 정암, 1986, 232쪽.) 타지면에 실은 칼럼을 모은 칼럼집으로 위 글은 1984년 LA올림픽 직후 작성된 것으로 보인다. 이병주는 LA올림픽에서 종합 10위의 성적을 올린 우리나라에 대해 미국의 유력 잡지들이 전혀 언급하지 않은 사실을 전하며 우리 민족의 한을 이해하지 못한 차가운 타인의 눈을 느꼈다고 기술한다.

드러난 바 있다. 작중 소설가 성유정은 "현실이 소설보다 더 재미가 나니까 소설 쓰기도 힘들어. 옛날엔 일상생활이 지루했거든. 별반 사건도 없구. 그러니까 웬만한 상상력만 동원해서 그럴 듯하게 사건을 꾸며놓으면 한 편의 소설이 됐거든. 그런데 요즘 세상엔 소설가의 상상력 따위는 뺨치는 사건이 다음다음으로 일어난단 말야. 소설가는 그러니 현실의 사건을 희석(稀釋)해서 쓸 수밖엔 없다는 거지. 현실의 밀도 그대로를 쓰면 '독'이 되니까 거기에다 물을 타야 한다는 얘기야."[12]라고 말한다. 있는 그대로의 현실을 소설로 옮겼을 경우, 오히려 그것이 현실을 살아가는 인간들에게 위해로 작용할 수 있기 때문이라는 것이다. 이때 '독'을 희석시키는 역할을 하는 것이 바로 '정감'이며, 바로 이 정감이 이병주의 소설에 대한 인식의 핵심이다.

또한 인용글 ③은 이병주의 에세이 「文學의 渴」의 일부이다. 이병주는 근본적으로 문학만이 감당할 수 있는 인간의 기록이 있으며, 문학이 보기 좋게 정돈된 숫자나 설득력을 가진 연설보다 더 "짙은 밀도와 호소력"을 지니고 있다고 믿는다. 그리고 "지구 위에 四十數億種의 인생"이 있다면 '그 四十數億種의 각각이 가진 인생의 아름다움을 보여줄 수 있는 것이 바로 문학이며, 문학의 역할'이라고 기술한다. 문학이 객관적이고 논리적인 여느 글보다 더 큰 설득력을 가진다고 한다면 그것을 가능하게 하는 것 역시 '정감'일 것이다.

'원한'은 과거와 현재를 가로지르며 인간의 현재적 삶에 영향을 미친다. 과거를 사는 동안 생긴 상처의 흔적이 바로 원한이며, 원한은 해소되지 못한 상처이기에 기억이라는 형태로 응어리진 채 축적되어 있다. 『행복어사전』에 등장하는 윤두명과 김소영, 정진숙, 순자, 정자 등대부분의 인물들 역시 과거의 원한으로 온전한 현재를 살지 못한다. 이렇듯 이병주는 인간의 삶에 내재한 원한을 강하게 인식했고 이를 온전하게 기록하기 위해서는 '정감'으로서 기록해야 하며, 소설이 그것을 가능하게 한다고 결론짓는다.

---

12) 『배신의 강』下, 범우사, 1979. 558쪽.(《부산일보》, 1970.1.1.~1970.12.30.)

4.

이병주는 객관적 기록이 기록할 수 없는 원한을 기록하기 위해 허구로서의 소설을 선택했고, 소설의 허구는 거짓으로서의 허구가 아닌 "진실을 인간적으로 번역하기 위"[13]해 필요한 것이며, 인간의 진실을 해치지 않으면서 기록을 가능하게 하는 것이 '정감'이라는 확신을 가졌던 듯하다. 그런 의미에서 『행복어사전』은 이병주 자신의 소설론에 대한 설명이자 실천이기도 하다.

『행복어사전』은 '행복을 마스터하기 위한 사전'이 필요하고, '행복을 기념하고 기원할 만한 탑'이 필요한 1970년대 일상의 기록이다. 암담하고 불행한 1970년대의 생활은 서재필의 관찰자적 시각에서 전달되는 듯하지만 '생활'을 겉돌던 서재필이 원한의 당사자가 되는 결말을 맺는다. 소설을 통해 타인의 원한을 기록하려 했던 서재필은 끝내 소설을 시작하지 못하고 원한 하나를 가슴에 묻은 채 스웨덴으로 떠난다. 그리고 소설의 마지막에서 서재필을 서술자로 하는 1인칭 시점이 3인칭으로 변화하여 "아무튼 서재필이 기도한 「행복어시전」은 이처럼 좌절한 셈이 되었지만 우리는 희망을 버릴 순 없다"(5권, 356쪽)라고 정리된다.

> 백 년 전 서재필은 용의 꿈을 꾸었다가 이무기로 끝나고 말았는데 백년후의 서재필은 끝끝내 미꾸라지로 남으려고 했지만 추어탕으로 끓여질 운명에 이르렀다.
> 나는 그 운명에서 그를 간신히 구출하여 스웨덴으로 보냈지만, 스웨덴으로 갈 수 없는 수많은 미꾸라지를 생각하면 가슴이 아프다.[14]

이병주는 서재필을 "끝끝내 미꾸라지로 남으려고 했지만 추어탕으로 끓여질 운명"을 가진 인물이라 설명한다. 서재필은 소설로써 인간의 삶과 원한을 기

---

13) 이병주, 『사랑을 爲한 獨白』, 회현사, 1979. 201~202쪽.

14) 이병주, 「〈행복어사전〉"연재를 끝내고"」, 《문학사상》, 1982.9.

록하고자 하는 포부를 가지고 있는 인물이었지만 "하나의 인간을 철저한 불행에 빠뜨리기 위해 그 사람이 전연 알지도 못하는 곳에서 음모와 책략"(5권, 353쪽)이 꾸며지는 세상, 시민들의 불안을 자극하고 이를 이용하는 방식으로 폭압을 일삼았던 시대의 현실에 도리어 좌절하고 만다. 사실 이병주가 소설을 통해 보여주고자 했던 것, 애정을 가지고 지켜보는 것은 "스웨덴으로 갈 수 없는 수많은 미꾸라지"이다. 소설 속의 서재필은 이병주에 의해 운명이 바뀌었지만 일상을 살고 있는 보통의 사람들은 끝끝내 구원되지 못하고 추어탕으로 끓여져 누군가의 배를 불릴 수밖에 없는 운명에 있으며, 『행복어사전』은 그 미꾸라지들이 가진 원한과 운명에 관한 이야기이다. 그리고 그 밑바탕에 그들에 대한 애정 어린 시선이 자리하고 있음은 두말할 나위가 없다. 왜냐하면 이병주에게 '기록'은 원한의 또 다른 해소 방식이기 때문이다.

풍속소설의 가능성과 한계

이병주의『행복어사전』론

정영훈(경상대 교수)

1.

지나간 시절의 문학 작품을 읽을 때면 자주 책장을 넘기다 말고 멈추어 서게 된다. 당시 감각으로는 쉽게 이해되었을 장면이 시간이 지나면서 맥락이 사라져 요령부득이 되는 경우가 있는가 하면, 사회 통념상 허용되었던 일들이 윤리적 감각의 차이로 인해 눈살을 찌푸리게 만들기도 한다. 이 경우 독자들은 그 시대 사람들의 경험과 기억에 의지하여 당시의 감각을 익힌 후 해당 장면을 읽거나, 현재의 감각을 적극적으로 개입시켜 이들을 재해석하기도 한다.『행복어 사전』의 경우는 어떠할까?

지금의 독자가 읽기에『행복어 사전』은 꽤 불편하다. 성에 관한 관념들이 특히 그렇다. 남성들은 여성들을 성적 대상화하는 데 주저함이 없고, 여성들은 남성들의 이런 태도에 대해 무심하거나 한없이 너그럽다. 젠더 감수성의 차이에서 비롯되었을 이런 불편함은, 일정 정도 이 소설을 시대의 산물로, 당대의 한계를 내장하고 있는 작품으로 바라보게 만든다. 1970년대 후반에서 1980년대 초반으로 이어지는 시기의 감각과 감수성, 사회적 통념들이 이 소설에는 강하게 자리하고 있다. 2019년 현재『행복어 사전』을 읽어야 한다면, 그것은 이들을 현재화하기 위해서가 아니라 이들이 불러일으키는 감각적 차이를 매개로 그 시대의 가능성과 한계를 성찰하기 위해서일 것이다.

2.

　이미 잘 알고 있다고 생각하는 사실로부터 이야기를 시작해 보자.『행복어 사전』은 1976년 4월부터 1982년 9월까지 모두 73회에 걸쳐《문학사상》에 연재되었다. 작가의 해외여행(1978년 9월호, 1980년 7, 8월호)과 잡지의 휴간(1979년 3, 4월)으로 5차례 쉬었을 뿐, 6년이 넘는 기간 동안『행복어 사전』은 매달 빠짐없이 독자들을 만났다.[1] 전집으로 묶인『행복어 사전』5권이 모두 69개의 장으로 되어 있으니 이를 기준으로 할 때 거의 매달 한 장 분량만큼씩을 쓴 셈이다. 이런 사실들을 첫머리에 밝혀 두는 이유는, 이 사실이 작가 이병주의 글쓰기 감각이랄까 리듬 같은 것을 이해하는 데, 그리고 이 작품이 지닌 당대성의 의미를 좀 더 분명하게 드러내는 데 도움이 된다고 판단하기 때문이다. 이 점에 대해 보다 구체적으로 이야기해 본다.

　소설 초반부에 이런 이야기가 나온다. "요즘 화제가 돼 있는 이십대 유행가수와 사십대 상류부인의 정사에 관해선 어떻게 생각합니까?"(1 : 80) 이는 20대 초반의 젊은 가수 태진아와 국내 굴지 회사였던 현대건설의 사장 부인이 간통 혐의로 피소된 일을 두고 나누는 이야기의 일부다. 두 사람의 이야기가 처음 기사화되어 사람들의 입에 오르내리게 된 것이 1975년 1월 말이고, 이 대목이 잡지에 실린 것이 1976년 6월의 일이었기 때문에 독자들은 인물들이 대화를 주고받는 현재 시점이 1975년의 어느 날임을 어렵지 않게 추정할 수 있었을 것이다. 1권 마지막 장(1977년 3월 연재분)에 언급되는 "시카고 마피아단의 두목 돈 샘 지안카나의 정부인 주디스 캠벨"관련 기사에 대해서도 같은 이야기를 할 수 있다. 캠벨뿐 아니라 "제인 맨스필드와 마릴린 먼로"(1 : 319) 역시 케네디 대통령의 정부였고, "킴 노박, 앤리 디킨슨, 자넷 레이, 론다 플레밍 등"도 케네디와 관련이 있다

---

1) 여러 자료들에『행복어 사전』이『문학사상』1982년 10월까지 74회에 걸쳐 연재된 것으로 되어 있는데, 이는 잘못이다. 74회에 걸쳐 연재되었다는 정보는 최종회가 실린『문학사상』1982년 9월호의 기록을 근거로 한 것일 텐데, 연재 도중 회차 표기에 실수가 있었다. 1981년 1월호에 53회가 54회로 잘못 표기된 것을 확인할 수 있다. 이 기회를 통해 실수가 바로잡히기를 바란다.

는 소식이 국내에 전해진 것은 1975년도 다 저물어가던 12월 25일의 일이었다. 이때의 기억들을 소환하고 소설의 흐름을 고려할 경우 이 장면의 시간대를 1975년 12월 말이나 1976년 1월 무렵으로 보는 것은 당시 독자의 감각으로 그리 어렵지 않은 일이었을 것이다.

이 같은 전개는 『행복어 사전』이 어떤 방법론에 근거하여 쓰이기 시작했는지 짐작하게 해 준다. 집필 시점을 기준으로 할 때 소설 속 사건들은 1년 내외의 시간적 거리를 사이에 두고 순차적으로 전개되고 있다. 실재했던 사건들이 시간적 표지로서 적극 활용되고 있다는 사실도 지적할 필요가 있다. 실재했던 사건들을 소설 속으로 끌어들임으로써 작가는 당대의 이야기들을 거의 실시간으로 소설화하는 한편, 소설 속의 이야기를 당대의 현실 속으로 편입시키고자 한다. 이 과정에서 "정인숙 사건"을 "육 년 전에 있었던 사건"(1:171)으로, "다섯 명의 일본 적군파 청년들이 쿠알라룸푸르의 미국 영사관을 점령한"(2:201~202) 사건을 "며칠 전"에 일어난 일로, "스페인의 프랑코 총통이 곧 죽을 모양"(2:259)이라고 잘못 전달하는 실수를 범하기도 하지만,[2] 실재했던 사건들을 작품 속으로 끌어들이는 것이 작가가 의도한 방법적 산물이었다는 사실 자체를 바꾸어 놓지는 못한다.

3.

『행복어 사전』은 서술 시점을 기준으로 대략 1년에서 1년 반 정도의 시간을 사이에 둔 채 그 이전의 이야기들을 동시대의 감각으로 소설화하고자 하는 기획

---

2) 정인숙 사건이 일어난 것은 1970년 3월, 일본 적군파가 쿠알라룸푸르에 있는 미 대사관을 점령한 것은 1975년 8월, 탈영병의 인질소동이 벌어진 것은 1974년 5월 21일, 프랑코 총통이 사망한 것은 1975년 11월의 일이다. 소설 속 현재를 기준으로 할 때 정인숙 사건이 일어난 것은 5년 전, 일본 적군파의 미 대사관 점령은 1년 전, 탈영병 소동이 있었던 것은 2년 전, 프랑코 총통의 기사가 전해진 것은 1년 전의 일이 되어야 한다. 이는 계산상의 착오 또는 기준점을 집필 당시로 잡은 데서 생긴 오류일 것이다.

의 산물이다. 적어도 3권 초반까지는 이런 리듬으로 소설이 전개된다. 주인공 서재필과 그의 주변 인물들을 신문사 교정부서에 배치한 것은 1년 정도의 시간적 거리를 두고 당대 현실을 그려 나간다는 의도에 잘 부합한다. 이들은 책임감 있게 기사를 써야 한다는 부담감을 가질 필요 없이 활자화된 기사들을 소재 삼아 다양한 이야기들을 펼쳐 보인다. 이들은 신문기사를 매개로 자기 시대를 이해하고 받아들인다는 점에서, 보통사람들의 경우와 비교할 때, 정보에 접근하는 속도, 정보의 양, 정보를 이해하는 수준에서는 좀 더 나은 점이 있을지 모르지만, 현실과 마주하는 방식 자체에는 큰 차이가 없다.

교정부원이라는 자리는 보통사람들의 감각을 크게 벗어나지 않는 수준에서 일상을 살고 그려내기에 적절하다. 그런 만큼 서재필이 신문사를 그만두고 소설을 쓰기로 마음먹을 때 소설은 일정 정도 변화가 불가피하다. 소설가를 꿈꾸는 서재필의 눈에 포착되는 현실은 신문기사로 옮기기에 어울리는 현실과는 차이가 있다. 국내외 소식을 실시간으로 알려주던 신문기사의 자리를 대신 차지하게 되는 것은 서재필이 번역을 위해 손에 쥐게 된 사상서들이다. 소설은 번역의 결과물을 일부 옮겨 놓기도 하고, 서재필의 의견을 빌려 이들이 지닌 의미와 한계 등에 대해 논하기도 한다. 작가 이병주의 "박학 현시 욕구"(조남현)를 특히 잘 보여주는 이런 대목들은 『행복어 사전』을 꽤 고급한 교양물로 읽히게 만들기도 하지만, 근대 이후 서양에서 들여온 지식과 관념들이 놓인 운명을 보여준다는 점에서도 흥미롭다.

서양으로부터 수입해 온 여러 지식과 관념들은 우리에게는 그 자체로 자족적이고 자율적인 논리적 체계로 이해될 뿐이지만, 서양 사람들에게는 역사의 과정을 통해 정립되어 온 결과물, 당대의 풍속을 체계적으로 이해하기 위해 마련한 방법적 산물이다. 이런 사실을 알아차리지 못한 채 서양의 관념을 이식해 온 데서 여러 문제들이 노출되었던바, 주인공인 서재필 역시 수많은 책을 읽고 그에 대한 자기 나름의 생각들을 가지고 있지만, 이들은 현실에 제대로 뿌리를 내리지 못하고 있다. 루시앙 골드만의 생각을 빌리면, 어떤 관념이 수입되어 영향력을 미치기 위해서는 영향을 가능하게 하는 물질적 조건이 마련되어 있어야 한다. 관념이 논리적 체계, 체계 그 자체로서 수용되는 것이 가능한 일이기는 하더라도, 이를 수용할 만한 물질적 토대 없이 관념이 사회에 뿌리내리기는 어렵다. 서재필을 통해 표현되는 여러 관념들 역시 이런 한계로부터 자유롭지 못하다.

소설에서 서양의 역사와 물질적 토대에 뿌리를 두고 있는 여러 관념들은 그것이 언급될 만한 현실적 맥락을 가지고 있지 못한 채, 시간과 장소에 구애받음이 없이 소개되고 소비된다. 서재필은 어떻게 하면 자신의 박식함을 드러낼 수 있을까 고민하며 사는 인물처럼 보인다. 그는 약간의 틈만 보이면 그 사이를 비집고 들어가 온갖 '설'을 풀어낸다. 책을 번역하기로 마음먹었을 때, 누군가가 어떤 인물에 대해 이야기하는 것을 듣게 될 때, 이미 모든 것들을 잘 알고 있는 서재필은 거기에 대한 자기 견해를 즉각적으로 피력한다. 그는 모르는 것이 없다. 이것은 통속소설에서 흔히 보던 어법이기도 하다. 가령 이호철의 『서울은 만원이다』에서의 그런 느낌. 주어진 상황 속에서 이미 알고 있던 것만을 반사적으로 내놓는 상황은 충분히 통속적이다. 여기에는 상황 속에 들어감으로써 비로소 무엇인가를 새롭게 깨닫게 되는, 소설이 갖는 주요한 특징이 드러날 자리가 없다.

4.

동시대의 풍속을 그리는 것은 작가 이병주의 주요 과제 가운데 하나였다. 이는 그가 자신의 모델로 종종 이야기하곤 했던 발자크의 소설적 기획이기도 하다. 최인훈은 풍속소설의 불가능성에 대해 이야기한 바 있다. 적어도 두 가지 조건이 우리 앞에 주어져 있다. 충분한 만큼의 자유가 주어져 있지 않고, 제대로 된 풍속이 마련되어 있지 않다. 풍속이란 것은 사회 전체가 나아가는 대체적인 방향, 그 속에서 사람들이 살아가는 대체적인 모습을 뜻할 것이다. 이런 것이 1960년대 우리 사회에서는 찾아볼 수가 없었다. 전통적인 삶의 여러 습속들은 상당수 낡은 것으로 치부되어 버려졌으나, 이를 대체하는 새로운 풍속은 마련되지 못한 가운데 서양의 풍속들이 무분별하게, 애초 그것이 나온 맥락이나 삶의 태도 이면에 자리하고 있는 문제의식은 사상된 채 받아들여지고 있었다. 따라서 어느 나이가 되면 무엇을 하고, 앞으로 그의 삶은 어떻게 될 것이라는 기대와 예측이 가능하지 않았고, 당연히 풍속소설은 쓰기가 어려웠다.

『행복어 사전』 역시 이런 한계로부터 자유로울 수는 없었다. 『행복어 사전』이 애초 1년에서 1년 반 정도의 시간을 사이에 둔 채 그 이전의 이야기들을 동시대의 감각으로 소설화하고자 하는 기획의 결과물이라고 가정했을 경우 4권을 전후하여 갑자기 속도가 느려지게 된 것은 이러한 기획이 어느 순간 문제에 봉착하게 되었다는 뜻으로 이해할 수 있다. 그렇게 된 계기는 무엇이었을까? 풍속소설이 사회의 안정을 전제로 한다는 점을 떠올려 보면, 이 안정을 송두리째 무너뜨린 사건, 곧 1979년의 10·26과 1980년 5·18 광주의 영향을 이야기해 볼 수 있을 것이다. 소설은 10·26이나 5·18 같은 역사적 사건들을 예상하지 못한 채 시작되었고, 예상하지 못했던 이런 사건이 일어난 것 자체가 이 시대가 풍속소설이 쓰이기 어려운 시절이었음을 반증하고 있다.

소설의 마지막 대목을 이런 맥락에서 이해해 볼 수 있다. 소설은 "해가 바뀌"(5:254/1982년 9월호)어 1979년이 되었음을 알린 후 봄에서 여름으로 접어드는 어느 시점에 갑자기 끝이 난다. 이 마지막 장면을 위해 사용된 지면은 전집을 기준으로 2페이지 정도에 불과하다. 1979년이 오는 것을 최대한 늦추면서 1978년 한 해의 이야기에 전집 2권 분량의 지면을 할애했던 이병주는, 1979년이 되자 해가 바뀐 사실만을 언급한 채 서둘러 이야기를 끝맺는다. 서재필이 스웨덴으로 떠난 후 몇 달이 지나면 10월 26일이 될 것이다. 생각해 보면 이야기의 방향을 급격하게 바꾸어 놓고, 마침내 중단에 이르도록 한 사건 자체가 이미 정치적인 성격의 것이었다. 간첩으로 오해받고 잡혀들어 가면서 서재필의 이야기가 끝을 향해 나아간 것과 마찬가지로, 10·26이 일어났을 때 이미 소설은 예전에 써오던 감각으로는 쓰이기가 어려워졌던 것이라고 볼 수 있지 않을까.

5.

서재필은 소설을 쓰기 위해 사람들을 관찰하고, 책들을 참조하고, 자신만의 소설론을 정립하고자 애쓴다. 그러나 이 모든 노력에도 불구하고 그는 끝내 소설을 써 내지 못한다. 어떤 의미에서 소설 쓰기에 실패하는 것은 서재필만이 아니다.『행복어 사전』그 자체가 실패를 내장하고 있다. 이 소설에는 발자크 같은 작품을 쓰겠다는 작가 이병주의 야심이 깃들어 있다. 당대의 삶을 그리는 것, 당대의 풍속도를 그리는 것. 그러나 소설은 당대의 풍속을 그리는 일에 한계를 드러내고 있다. 한계의 실패의 이유가 작가에게만 있다면, 이 문제는 그리 중요하지 않을 수도 있다. 한계의 이유가 작가 바깥에 있다면, 그래서 어떤 작가이고 이러한 조건 속에서는 작품을 통해 얻을 수 있는 성취가 제한적일 수밖에 없다면, 이것은 중요한 문제가 될 것이다.

발자크는 프랑스혁명이 비추는 광원을 배경으로 하여 역사의 미래를 내다볼 수 있었고, 바로 그런 감각 속에서 '리얼리즘의 승리'라 부르는 빛나는 소설들을 쓸 수 있었다. 작가 최인훈은 4·19혁명이 비춘 광원에 의지하여『광장』을 쓸 수 있었다고 고백한 바 있다. 4·19혁명이 그 전까지는 소재로 삼기 어려웠던 주제를 다룰 수 있는 자유를 허락했고, 혁명이 열어 보여준 하나의 가능성, 이를테면 남과 북 모두를 아우를 수 있는 제3의 지대에 대한 상상이 주인공 이명준의 중립국 행을 가능하게 했던 것이다. 역사가 비추는 빛의 수명이 얼마나 짧은가는『광장』이후의 역사와 그 이후에 나온 작품들이 잘 보여준다. 최인훈이 자기 시대의 풍속도를 그려 보고자 의욕을 가지고 시작했던 작품『하늘의 다리』가 끝내 실패로 돌아갈 수밖에 없었던 사실도, 풍속을 그리는 일이 작가의 능력에만 달려 있는 일이 아님을 방증해 준다.

이병주는 발자크가 될 수 없었는데, 그것은 그의 개인적인 능력이 발자크에 미치지 못했기 때문이 아니라 그의 시대가 발자크의 시대와 비교하여 말할 수 없이 불행했기 때문이다. 발자크의 '리얼리즘의 승리'만큼은 아니더라도, 그에 견줄 만한 승리를 거둘 수 있는 가능성의 여지가 전혀 없었던 것은 아니다. 역사의 흐름과 관련하여 빛나는 대목 둘이 있다. 우선 언론 현실에 문제를 제기하고 기자들이 파업을 이어 가는 장면. 이는 시대적인 의미가 적지 않은 일이었고, 이런 소재를 소설로 옮기는 것 자체가 문제적일 수 있다. 기자들이 보인 일련의 행보 속에는 시대가 변화하고 있는 와중의 어떤 징후랄까 기미 같은 것이 담겨 있었을 것이다. 작가 역시 이 점을 인식하고 있었기에 이런 장면들을 소설로 옮겨 놓았을 것이다. 보다 적극적인 평가가 가능한 대목이 있다. 변호사 강신중의 입을 빌려 소설은 이렇게 말하고 있다. "만일 국회가 법의 정신에 있어서 어긋난 입법을 했을 땐 그 부당성을 지적하고 이와 싸우는 변호사의 조직을 가져야 해요. 미국엔 대법원이 제정된 법률의 합헌 여부를 따지는 기능을 가지고 있는데 가능하면 그것에 유사한 기능을 변호사회가 가져야 한다는 겁니다."(1:255~256) 제정된 법률의 합헌 여부를 결정하는 기구인 헌법재판소가 출범한 것은 1988년이다. 1987년 6월 항쟁이 이 일을 가능하게 했다. 10년이나 앞서 이런 생각을 적어 놓을 수 있었던 것은 작가 이병주의 명민함이라고 해야 할 것이다.

현실 속에서 역사가 나아갈 방향을 예측할 수 있었던 것이 이병주의 탁월함이라면, 이를 끝까지 밀어붙이지 못한 것은 이병주의 한계라고 할 수 있을 것이다. 그러나 이 한계는 이병주 개인만의 것이 아니다. 역사의 과거를 되짚어보고 현재를 이해하며, 다시 미래를 조망할 수 있게 하는 광원을 갖지 못한 것이 1970년대의 불행이고 작가 이병주의 불행이었다고 할 수 있다. 『행복어 사전』은 성공하지 못한 풍속소설이다. 『행복어 사전』이 풍속소설로서 성공할 수 없었던 이유는 안정된 풍속이 없고, 과거와 현재를 거쳐 미래를 조망할 수 있는 역사의 광원이 없었기 때문이다. 그러므로 『행복어 사전』의 한계는 작가적 한계가 아니라 시대적 한계라고 보는 것이 온당할 것이다.

이병주 문학의 낭만적 아이러니 :
『운명의 덫』 小考

임정연(안양대 교수)

1. 이병주 문학에서 '운명'의 용법

운명론과 인본주의는 이병주 문학이 위치한 두 개의 좌표점이다. 인본주의는 "제도만으론 어떻게 할 수 없는 인간의 문제를 중시"하는 '인간의 문학'[1]을 주장 해온 "이병주 문학의 상수"[2]이며, 운명은 "이병주 소설의 도처에 편만해 있는 모티프"로 "실존의 생명현상이며 토론을 거부하는 완강한 자기 체계를 형성하는"[3] 기준점이 된다.

그런데 하늘의 뜻과 섭리에 종속된 운명론과 이에 맞서는 인간의 이성과 자유의지를 옹호하는 인본주의는 일견 상충되는 개념처럼 보이기도 한다. 인본주의(人本主義)[4]는 신이 인간사의 기승전결을 주관한다는 신본주의(神本主義)를 부정하고 인간이 자기 운명의 주체이자 만물의 척도가 됨을 믿는데서 출발하기 때문이다.

---

1) 이병주, 『허망과 진실- 나의 문학적 편력』, 기린원. 1979, 24쪽.

2) 이경재, 「휴머니스트가 바라본 법」, 김윤식 김종회 역, 『이병주문학의 역사와 사회인식』, 바이북스 2017, 311쪽.

3) 김종회 「이병주 소설과 문학의 대중성」, 위의 책, 445쪽. 다른 작품에서도 "'운명'이라는 단어가 등장하면 토론은 종결"이라든가 "운명… 그 이름 아래서만이 사람은 죽을 수 있는 것이다." 등 이병주가 인간의 삶을 압도하는 운명의 존재를 의식하고 있었음을 알 수 있는 대목들이 있다.

4) 여기서 '인본주의'라는 용어는 어원이나 유래와 관련해 정치한 역사적 맥락들을 괄호쳐두고 휴머니즘(humanism)을 번역한 인문주의, 인간주의와 같은 포괄적 의미에서 사용하고자 한다.

그러나 흥미롭게도 이병주에게 운명론과 인본주의는 인간과 세계, 역사와 운명이라는 미시 세계와 거시 세계를 매개하는 완충제 역할을 하고 있다는 생각이다. 이병주 문학에서 이들은 고정된 의미를 생산하는 완결된 기호가 아니라 그의 다층적 사상과 가치체계를 가로지르며 웅숭깊은 의미를 길어 올리는 기표로 활약하고 있다.

　　그렇다면 이병주의 운명론과 인본주의 사상, 그리고 여기서 파생되는 다양한 개념들은 어떻게 상호작용하면서 공존하고 있는가. 『운명의 덫』[5]에 대한 본고의 독법은 이 같은 질문을 바탕하고 있다. 『운명의 덫』은 살인범이라는 누명을 쓰고 20년간 옥살이를 한 주인공 남상두가 출옥 후 사건의 실체를 파헤쳐가는 추리서사 혹은 복수담의 성격을 띠고 있다. 「작가의 말」에서 밝힌 바에 따르면 이 소설은 "운명의 작희(作戲)라고밖엔 할 수 없는 함정에 빠져들어 유위(有爲)한 장래를 망치고 심지어는 비명(非命)에 쓰러"진 사람이 자신의 "억울한 운명"을 극복하는 "재생(再生)의 기록"[6]에 해당한다.

　　'운명'을 표제로 내세운 작품답게 이 소설에는 운명이라는 단어가 36회 이상 등장한다. 이쯤 되면 이 소설의 서술자가 운명론자이거나 최소한 주인공은 자신의 운명을 초월적 힘에 의탁하는 인물이 아닐까 추정하게 된다. 그러나 다음과 같은 「작가의 말」은 '운명'을 대하는 이 작품의 태도가 어떤 입각점과 지향점에 놓여있는지를 시사한다.

　　　함정에 빠진 것도 운명이려니와 재생의 계기를 잡는 것도 운명이라고 하면 이 소설은 한갓 흥미 본위의 '로망'일 뿐이지만, 자세히 읽어 보면 그러한 운명을 이겨 내려는 의지력이 얼마나 중요한가도 기록되었기에 만만한 '로망'으로 끝나지는 않

---

5) 이병주, 『운명의 덫』, 나남, 2018. 이 작품은 『별과 꽃들의 향연』(《영남일보》, 1971.1 –1979.12), 『풍설』(문음사, 1981)로 개제되는 과정을 거쳐 『운명의 덫』이라는 제목으로 1987년 문예출판사에서 출간되었다. 이 글에서 제시하는 작품 본문은 2018년 나남출판사 출간본을 기준으로 한다.

6) 이병주, 「작가의 말」, 위의 책, 5쪽.

았다는 자부심도 든다. (중략)

아무튼 이 작품의 주제는 운명과 결투하는 인간의 의지이며 그 의지의 승리가 있기 위해서는 어머니의 사랑을 비롯한 주위의 사랑이 결정적인 도움이 된다는, 그 언저리에 있다. _「작가의 말」

무엇보다 여기에는 운명이라는 추상적 실체에서 운명을 구성하는 구체적 인자들로 관심의 초점을 옮기고자 하는 작가의 의지가 뚜렷하게 드러나 있다. 이같은 작가의 의도가 작품을 통해 어떤 양상으로 구현되고 있는지 살펴보자.

2. 운명과 의지의 낭만적 변주

이 소설의 첫 장면은 남상두가 사건 현장인 S읍으로 찾아가는 대목에서 시작한다. S읍 여고 국어교사로 부임하던 20년 전을 회고하며 "운명의 길", "운명적 존재", "운명의 덫" 운운하는 남상두의 모습에는 영락없는 운명론자의 그림자가 어른거린다. S읍에 도착한 직후 남상두의 심경이나 행동을 보면 그곳에 온 이유역시 복수심보다는 회한과 결핍 때문임을 알 수 있다.[7] 이때까지 남상두는 자신의 여정을 "과거를 잊"고 "새로운 인간으로 행동"하기 위한 "수양"의 과정쯤으로 여기고 있는 것이다.

사건의 실체를 밝혀야겠다는 결심이 동기화된 것은 S읍에서 자신의 결백을 믿어주고 호의를 베푸는 사람들을 만나면서부터이다. 이들로 인해 그는 진범을 밝히는 일이 개인적인 해원을 위해서가 아니라 "불공정한 일을 없애"는 "공익"을 위한 "사명감" 때문이라고 의미 부여를 할 수 있게 된다.

---

7) 억울한 누명을 쓴 인물의 화려한 재기와 복수담이라 면에서 이 소설은 알렉상드르 뒤마의 소설 『몬테크리스토 백작』에 비견되기도 한다. 그러나 뒤마 소설에서 주인공의 탈옥과 재기 과정이 모두 '복수'라는 목적에 종속되어 있는 반면 남상두는 처음부터 복수를 의식하거나 목적으로 삼고 있지 않다.

나는 새삼스럽게 나의 분을 풀기 위해서만이 아니라 이 세상에서 그런 불공정한 일을 없애기 위해서 분발해야 한다는 결의를 다졌다. (중략)

나는 사명감마저 느꼈다. 수많은 탐정 이야기, 복수 스토리가 세상에 유포되어 있다. 그 가운데는 나라를 위한 것도, 자기가 속한 단체를 위한 것도, 순전히 개인적인 사정에 의한 것도 있다.

탐정 노릇을 한다는 것은 남의 탐정 기록을 읽는 것보다 흥미롭지는 않겠지만 그런 대로 보람과 긴장이 있는 일이 아닐까. 수사에 종사하는 사람들에게 경종(警鐘)이 되고 법률 운용자에게 지침이 되기 위한, 이를테면 공익을 위한다는 명분이 있을 때 그 의미가 없지 않으리라 _95쪽

이처럼 남상두의 진범 찾기는 진실을 밝혀 불공정한 세상을 바로잡고 "사람답게" 살기 위해서라는 동기에서 출발한다. 복수에 대한 남상두의 의지를 매개하는 것은 자기 운명에 대한 저항감보다는 공익에 대한 명분과 사명감이다. 남상두에게 이 일은 인간 존재와 인간다움을 증명하는 일에 다름없던 것이다.

이때부터 남상두는 윤신애를 죽인 진범을 알아내고 사건을 해결하는 탐정으로서의 역할을 수행한다. 본래 제도 밖에서 개인이 직접 잘못을 바로잡고자 나서는 복수 서사는 공권력에 대한 불신을 전제로 한다. 무고한 남상두를 범죄자로 만든 과거의 오류는 공권력의 무능함과 무력함, 무관심이 만들어낸 합작품이다. 경찰이 고문과 폭력으로 증거를 조작하고, 검찰은 권위만 내세워 피의자를 범인으로 몰아세우기 급급했으며, 재판은 피의자의 진술을 배제하고 최소한의 증거 확인 절차를 거치는 데도 게을렀다.

이 같은 공권력의 직무유기 상태에서 문제 해결 과정은 남상두 개인의 결핍과 갈망, 열정과 의지, 천재성과 비범함이라는 내성성[8]에 절대적으로 의존할 수

---

8) 남상두가 가진 이 같은 자질은 그가 낭만주의적 영웅의 모델로 제시되고 있다는 증거이다. 이사야 벌린에 따르면 독일 낭만주의에서 영웅의 탄생은 한 인간의 영원히 충족되지 않은 결핍과 내면에서 타오르는 욕망과 갈망과 같은 '내성성'에서 비롯된다고 본다. 이사야 벌린, 『낭만주의의 뿌리』, 강유원 나헌영 역, 이제이북스, 2005, 113-149 참조.

밖에 없다. 남상두는 증거 자료를 수집하고 축적해 이를 바탕으로 사건을 재구성하는 과정에서 뛰어난 직관과 추론 능력을 발휘한다. 덕분에 이야기 전반부에 이미 범인은 윤곽을 드러낸다.

추리서사의 문법으로 보자면 이제 이야기는 '누가 죽였는가'가 아니라 '왜 죽였는가'로 독자의 시선을 이동시키고, 여기에 흥미로운 단서와 반전들이 합리적인 연쇄작용을 일으키는 수순을 밟게 된다. 그러나 이 소설에서는 이 과정이 모두 남상두의 상상과 직관과 확신에 의해 구성되고 있다. 심지어 사건의 전말이 남상두가 이미 감옥에서 상상했던 바와 다르지 않다는 점이다.

게다가 남상두의 비범한 능력에 재력이라는 행운이 더해진다. 남상두가 50억 원 가량의 재산을 가진 재력가라는 점은 불필요한 시간을 낭비하지 않고 장애를 없애는 데 편리하게 작용한다. 계림방직을 인수해 선창수와 변동식을 무너뜨릴 수 있었던 것도, 윤신애의 시신을 발견했던 옛 의용대원에게 단서가 되는 정보를 얻은 것도, 그리고 소식이 끊겨버린 성정애의 미국 연락처를 알아낸 것도 돈이 없었다면 지연되었거나 불가능했을 일들이기 때문이다.

물론 남상두 개인의 능력과 행운 외에 조력자의 존재도 빼놓을 수 없다. 남상두를 돕는 조력자들은 매 단계마다 실마리를 제공하고 그 실마리를 연결하는 기능을 했다. 남상두를 사모했던 제자 하경자, 제자의 남편 박우형, 피의자 상태의 남상두에게 온정을 베풀었던 형사 김영국이 정보원 역할을 맡아 원하는 정보를 수집해오고, 고교 선배인 김경환과 계창식, 어머니까지 이 복수 시나리오에서 적극적으로 동참한다. 여기에 피해자 윤신애의 엄마와 옛 제자들까지 모두 남상두의 심리적 지원군이 되어주고 있다.

이 모든 과정에 외부의 장애나 갈등은 부재한다. 사실상 사건의 실체도 성정애의 입을 통해 한꺼번에 밝혀지는데, 이후 악인들은 순순히 자술서에 죄를 자백하고, 사건 관련 목격자들이 줄줄이 나타나면서 남상두 사건의 재심청구 준비는 오차 없이 진행된다. 그리고 모든 갈등이 해소되었음을 상징하는 결혼식 장면에서 남상두는 하객 앞에 "불굴의 의지를 지닌 분"으로 소개된다. 이 자리에서 그는 앞으로 사형폐지운동을 벌이겠다고 선언한다. 이런 일련의 전개방식은 이 소설이 추리서사적 재미나 복수담의 쾌감보다 남상두의 '재생'에 초점을 맞추고 있음을 짐작하게 한다.

> 나는 뉴욕에서 비로소 20년 감옥생활에서 밴 암울한 마음을 청소할 수 있었다. 나는 진정으로 새로운 인간이 되었다. 이 모든 은총이 김순애를 광원(光源)으로 한 것임을 깨달았다. _327쪽

궁극적으로 남상두는 개인의 '수양'이라는 목적을 뛰어넘어 "새로운 인간"이라는 정체성을 획득했다. 남상두는 인간에게 부여된 한계를 극복하려는 의지를 열정적으로 구현함으로써 개인의 고통을 공익에의 헌신으로 환원시킨 낭만적 영웅의 모델이라 할 수 있다. 궁극적으로 운명이 신의 뜻이 아니라 자기 자신에서 비롯된다고 믿는다면 운명은 '의지'에 의해 얼마든지 바꿀 수 있는 것이다.

그러나 작가는 인간의 의지가 운명을 결정하는 필요충분조건이 아니라고 본다.

> "선생님, 인간의 의지란 건 참 대단하죠?"
> 나는 애매하게 웃기만 했다. 무슨 말을 하려고 그런 거창한 서두를 꺼냈을까. 조금 사이를 두고 순애가 말을 이었다.
> "수백 명의 승객을 싣고 하늘을 날도록 만든 인간의 의지……"
> "위대하지요.!"
> 나는 안심하고 대답했다. 그랬는데 뜻밖의 말이 잇달았다.
> "인간의 의지란 보잘 것 없기도 하죠?"
> "……?"
> "어떤 우연이 작동하기만 하면 천년을 쌓아 놓은 인간 의지의 흔적도 유리조각처럼 산산이 부서지는걸요. 그런 우연 속에 살면서 인간의 의지를 뽐내 봤자 아녜요?"
> "그렇다고 해서 의지를 포기할 수야 없잖소." _292-293

의지는 운명을 매개하는 능동성의 징표일 뿐 운명을 결정하는 최종 심급이 아니다. 인간의 운명을 결정하는 데는 의지와 능력, 행운과 조력이라는 다양한 변이 요소들이 작용한다. 이 변이 요소들로 인해 낭만적 비약과 아이러니[9]가 발생하고 이로 인해 한 인간의 운명이 결정되는 것이다.

남상두가 '위대'한 인물이라고 한다면, 운명의 항상성에 패배한 비극적 영웅이 아니라 공정한 세상을 만들기 위해 운명의 가역성에 투신해 끝내 '진화'[10]에 이름으로써 진정한 인간다움을 구현한 인물이라는 점 때문이다. 이 소설에서 운명론은 비범한 인물의 의지와 능력이 인간의 선의와 조화롭게 결합하고 축적된 결과로 세계가 향상되고 비약한다는 낭만주의적 열망과 비전에 바탕해 재구성되고 있다.

3. 우연과 필연의 유기체적 결합

『운명의 덫』을 통해 작가는 운명의 단순성과 일방향성을 부정하고 운명을 결정하는 다양한 변이 요소들을 제시했다. 그렇다면 이 같은 변이 요소들은 우연의 산물일까 필연적 요소일까.

이 소설의 전개방식은 수수께끼와 문제해결로 이루어지는 추리서사의 플롯을 따른다. 그러나 이 과정에서 정작 진범의 존재를 추정하고 확인하는 과정은 증거와 추론이 아닌 우연과 직관에 의존하고 있다. 남상두는 S읍에 도착한 직후 동창회 명부에서 체육교사 선창수의 이름을 발견한 순간 직감적으로 의심을 품는다. 그리고 선창수가 윤신애의 언니와 재혼했다는 정보를 통해 선창수와 윤신

---

9) 여기서 낭만적 아이러니는 저속한 것, 평범한 것, 유한한 것들을 고상하고 신비스럽고 무한한 것으로 끌어올리는 질적 강화와 비약의 의미로 사용했다. 김주연, 『사라진 낭만의 아이러니』, 서강대학교출판부, 2013, 92쪽.

10) 자크 모노의 논리에 기대자면, 생명체의 본질적인 속성은 변화에 저항하는 불변성과 항상성을 유지하려는 데 있다. 그러므로 진화란 이 속성에 저항해 우연이라는 변이가 작용한 결과이다. 자크 모노, 『우연과 필연』, 조현수 역, 궁리, 2010, 171-174쪽.

애 간의 관계를 "상상"으로 구성하면서 "직관(直觀)"에 의해 그를 범인이라 믿게 된다. 그러니 이후 수집된 모든 정보들은 선창수가 윤신애의 살인범이라는 사실을 확신하는 증거로 해석될 수밖에 없다.

서사의 전환점이면서 진범을 확인할 수 있는 결정적 계기가 되는 성정애 딸 명한숙과의 만남 역시 '우연히' 이루어진다. 남상두는 하경자를 찾아 대구에 갔다가 달성공원에 잠시 머물게 되고, 이상화 시비 앞에서 눈물을 흘리는 남상두를 지나가던 명한숙이 지켜본다. 명한숙을 그냥 보낼 수 없었던 남상두의 호의로 두 사람은 대화를 나누게 되고, 다음날 여관으로 찾아온 명한숙은 아버지의 사진을 내민다. 사진 속 남상두를 아버지로 믿고 있는 명한숙을 통해 사건의 열쇠를 쥐고 있는 성정애의 존재를 알게 되고, 그녀의 행방을 추적하면서 사건의 실마리는 자연스럽게 풀리는 과정을 거친다.

훗날 이 '우연'한 순간을 남상두는 신의 '계시(啓示)'와 '섭리(攝理)'가 작용한 결과로 해석했다.

> "지나간 얘기, 어두운 세상일을 다시 말하긴 싫습니다만 여러분이 요청하니 몇 말씀 올리겠습니다. 세상은 참으로 기막힌 일, 용서할 수 없는 일, 이해할 수 없는 일로 꽉 찼습니다. 이번 일을 진행하는데 결정적인 계기가 된 것은 달성공원에서 우연히 만난 소녀였습니다. 그 소녀가 제출한 수수께끼를 풀려고 노력하다가 결정적인 단서를 잡은 것입니다. 불신이 범람하는 세상이지만 뭔가를 믿을 수 있다는 계시(啓示)와도 같았습니다. 우주의 오묘한 섭리(攝理)가 없고서야 어떻게 그 소녀가 제 앞에 나타났겠습니까?"_354쪽

남상두의 말을 따르자면 우연은 인간의 입장에서는 "예측 불가능"하고 "계획되지 않은 연속된 사건"[11]일 뿐이지만 우주의 섭리를 계시한 사건이라는 점에서

---

11) Quillette. 「유전자, 환경, 운: 우리가 바꿀 수 있는 것과 없는 것」, 〈뉴스페퍼민트〉, 2019 .2 .15. https://ppss.kr/archives/186428

무작위적으로 주어진 '운'과는 다르다. 다시 말해 운명은 불확정성에 기댄'신의 주사위 놀이'가 아니라 서로 독립적인 인과계열이 서로 교차해서 일어나는 사건의 결과[12]인 것이다.

세상에 일어난 모든 필연적 사건들이 우연들이 마주쳐 일어나 결과라 한다면, 남상두가 명한숙을 만난 사건을 단순한 우연으로 치부할 수 없다. 그것은 남상두를 중심으로 한 인과관계와 명한숙을 중심으로 한 인과론적 질서가 마주친 결과이기 때문이다.

그러나 모든 우연이 필연이 되는 것은 아니다. 필연에 이르지 못한, 운명으로 구체화되지 않은 우연도 있다. 남상두의 로맨스 사건을 보자. 서종희와 김순애를 대상으로 한 로맨스에서남상두는 유독 '운명'이란 단어를 자주 입에 올린다. 본래 선창수의 아내 서종희는 복수를 위한 수단이었음에도 불구하고 우연히 마주친 그녀에게 호감을 느낀 남상두는 거급되는 우연한 만남에 "이게 운명이 아닌가?"라고 반문하고 "운명은 이상한 작용을 한다."면서 기꺼이 "운명의 포로"가 되기로 결심하기까지 한다. (서종희와 관련된 장면에서만'운명'이란 단어가 14회나 출현하고 있다.) 그럼에도 불구하고 서종희와의 우연은 필연 혹은 운명이 되지 못했다. 남상두와 서종희 사이의 우연을 필연으로 이끄는 매개-매혹, 의지, 환경, 조력 등-가 충분하지 않았기 때문이다.

반면 남상두가 운명이라 생각한 또 한 명의 여성 김순애와의 만남은 필연이 되었다. 최정주의 소개로 만난 김순애는 영국 유학까지 다녀온 발레리나로, 남상두는 김순애를 만나자마자 "운명이 결정지어진 것 같은 기분이 들었다"고 느낀다. 그러나 운명을 믿고 소극적으로 대응하는 남상두에 비해 김순애는 운명을 능동적으로 만들어가고자 한다. 김순애는 노력 없는 실패에 대해 운명이란 말을 붙이는 것이"패배주의자"나"독선주의자"의 변명에 불과하다고 강조한다.

---

12) 자크 모노, 앞의 책, 165쪽.

김순애가 가장 싫어하는 말이 '운명'이다. (중략)

"운명이란 말을 함부로 쓰는 사람은 선천적인 패배주의자거나 형편없는 독선주의자라는 사실을 알고 계시죠?"

"설명을 들어야 알지 결론만 갖고 어떻게 알 수 있겠어요?"

"그럼 가르쳐 드릴까요? 이미 패배주의자니까 실패를 당연하게 생각하는 버릇이 든 것이죠. 모든 결과를 운명이라고 우길 참으로 마음대로 한다는 거죠. 남의 뜻은 아랑곳없이 마음대로 해놓곤 실패하면 운명 탓을 하니, 그런 게 형편없는 독선주의자 아니겠어요?"_259쪽

김순애는 남상두와의 인연을 필연으로 만들기 위해 적극적으로 행동했다. 성정애를 찾아가는 미국 일정에 동행하고, 데이트부터 프로포즈, 결혼식까지 모든 과정을 주도했다. 그 결과 서종희와의 우연은 필연이 되지 못했으나, 김순애와의 우연은 운명이 되었다.

소설은 남상두와 인물들이 맺는 관계를 통해 필연이 선행적 강제적으로 작동하는 것이 아니고 모든 우연이 저절로 필연이 되는 것도 아니란 사실을 상기시킨다. 운명은 우연과 필연이 내적 정합성에 의해 유기체적으로 작용한 결과이기 때문이다. 이것이 예측불가능한 우연 속에서 살 수밖에 없는 인간이 자신의 운명에 대한 무한한 책임감을 감당해야 하는 이유일 것이다.

4. 어느 낭만주의자의 운명론

이병주의 사상과 문학에서 운명론과 인본주의는 하나의 고정된 의미나 이데올로기로 고착되지 않는다. 따라서 이 두 기표는 이병주 문학을 가로지르며 다양한 가치체계를 형성하고 새로운 의미기호를 생산할 수 있었다.

이병주는 세계 질서에 개입하는 운명의 존재와 힘을 인정한다. 그러나 이병주에게 운명은 예측 불가능할지언정 불확정적인 '신의 주사위 놀이'도 아니거니와

절대불변의 기성품도 아니다. 마찬가지로 이병주의 인본주의의 핵심은 인간을 모든 척도로 보는 배타적 인간중심주의에 있지 않다. 그는 운명의 절대성과 불가역성을 부인하고 자신의 한계를 뛰어넘으려는 상상력과 의지, 자유로운 욕망을 인간다움이라는 이름으로 옹호한다.

이런 사유의 좌표들 가운데 『운명의 덫』이 위치한다. 남상두는 예측불가능한 우연 속을 살아가는 인간이 할 수 있는 최선이 무엇인가를 보여준 인물이다. 이런 비범한 개인의 의지와 열정, 사람들의 선의와 사랑이라는 모든 우연들에 힘입어 그의 운명은 역사적 필연이 되었다. 이를 통해 『운명의 덫』은 자신의 운명에 무한한 책임을 지고 비약하는 인간의 진화론적 열망과 세계의 궁극적 합목적성에 대한 낭만주의적 비전을 제시한다. 이처럼 충돌하는 가치들 사이에서 빚어낸 낭만적 비약과 아이러니는 이병주의 창조적 작가 정신과 예술가적 태도를 반영하는 유력한 증거가 아닐 수 없다.

생산 지향성 인간상 혹은 콩 심은 데 콩 나는 사랑

임헌영(문학평론가)

1. 이병주에게 1970년이란?

나림 이병주의 장편 『망향』은 월간 《새농민》지에 연재(1970. 5~1971. 12)했던 청춘의 방황과 사랑의 윤리의식을 다룬 매우 대중성 있는 작품이다. 그 후 『여로의 끝』이란 제목으로 첫 단행본을 낸(경미출판사, 1978) 뒤를 이어 1980년에는 MBC에서 〈종점〉이란 제목으로 방영했고, 그 영향력에 힘입어 창작예술사(1984)에서 같은 제목으로 재출간했으나 이병주의 다른 인기장편들과 비교하면 밀려나있었다.

《새농민》은 한국새농민중앙회(1965. 8. 15. 창립)의 기관지로 "새농민의 자주적 협동체로서 자립 · 과학 · 협동하는 새농민 운동의 확산 보급을 통해 농업인의 농업경영과 기술개선에 선도적 역할을 함으로서 농업생산성을 향상시키고, 농촌발전에 이바지 하여 농업인의 경제적 사회적 지위향상에 기여함을 목적으로 한다."는 것이었다. 초대 회장(박종안)이 나중에 5 · 16민족상 수상(1975년 수상, 금산단위농협 조합장)한 것으로 유추할 수 있듯이 이 단체의 기본 이념은 새마을운동이 발아(1969년 경북 청도읍 신도리의 수해 복구 현장을 시찰 중 박정희 전 대통령의 제창으로 1970년부터 본격화)하기 이전에 농촌부흥 운동의 선봉이었다. 거시적인 안목으로 보면 북한에서 김일성의 「사회주의 농촌문제에 관한 테제」(1964)나, 농촌뿐만이 아니라 산업 전반에 걸쳐 전개되었던 천리마운동(1956년부터 시작) 등등에 대응할만한 농촌 체제를 갖추자는 취지와 함께, 권력기반이 취약했던 5 · 16정권의 통치기구의 확산과 심화를 겸하기도 했을 것이다.

1970년이면 이미 이병주가 「소설 · 알렉산드리아」(1965)에 이어 『관부연락선』(1968-1970) 등으로 작가적 명성이 탄탄하던 때라 굳이 한정된 독자층을 상대로 한《새농민》같은 잡지에는 연재를 사양했을 법도 한데도 마다하지 않은 것은 하고 싶은 이야기가 용솟음치는 데다 오히려 이런 매체를 통해 '조국근대화'를 기치로 내세운 군사정권의 비인간화 현상을 꼬집어보자는 심사였을 것이라고 나는 생각한다. 이렇게 주장할 수 있는 근거는 바로 이 시기에 나림이 연재했던 세 장편들이 다 '조국 근대화' 일변도의 이념을 비인간화의 표징으로 그렸기 때문이다.

1970년대 이전, 정확하게는 1969년까지 나림의 소설은 거시적인 시점에 의한 역사의식의 발로가 중요 관심사였다. 격랑의 역사 속에서 민족의 애환이 어떻게 나타났던가를 희생자의 관점에서 추적하는 게 이 시기 소설의 주요 주제이자 소재였다. 그것은 망국민이 피할 수 없었던 상처를 그린 것들로 그 비극의 바탕에는 권력층이나 자산가들의 비인간화 현상이 직간접적으로 투영되어 정의가 상처받는 과정을 사실 그대로 보여준 사연들이었다. 이 과정에서 이병주 자신도 피해자로 살아왔기에 핍박받은 사람들의 한의 세계를 체득하고 있었고, 이걸 그대로 작품화했다.

그런데 1970년이 되자 한국사회는 급변하기 시작했다. 우선 1960년대 중반부터 한일협정과 월남파병으로 신중산층이 확대되면서 그 긍정적인 요인과 함께 많은 부작용이 분출되기 시작했다. 1969년에 국회가 여당 단독으로 도둑고양이처럼 야당 몰래 별관에서 박정희의 3선개헌을 통과(1969. 9. 14.)시킨데 대하여 이병주는 무척 곤혹스러웠음을 단편「쥘부채」로 살짝 내비쳤다.'박정희 정권의 어용 작가'라는 선입견을 무색하게 만들어준 증좌다.

그 이듬해인 1970년부터는 군사정권이 만든 조국 근대화가 엄청난 부작용을 낳아 신중산층이 생겨난 긍정적인 측면과 동시에 노동자와 농민 등 새로이 형성된 빈민층이 양산되면서 정인숙 여인 피살 사건(3. 17.), 와우아파트 도괴(4. 8.), 김지하의 담시『오적』필화, 전태일 분신(11.13.) 등등 일련의 사건들은 이미 이병주에게 그리 낯설지 않았을 것이다. 이런 사회경제사적인 변모와 함께 이 해부터 그는 본격적인 대중성을 가진 글쓰기의 기회가 주어졌다. 바로 장편 연재소설의 기회가 주어졌고, 그 기본 주제를 윤리의식의 붕괴로 잡았다.

『배신의 강』(《부산일보》1970. 1-같은 해 12)은 분단 직후부터 싹이 튼 '자본주의에 내재된 생리와 병리'로 말미암아 부의 축적을 위해서는 남의 재산도 갈취한다는 파렴치 행위를 능력으로 평가하는 풍조가 만연된 현상을 비판한 것이 이 작품이다. 선대의 재산을 갈취당한 아들은 보복을 결행하고자 상대 집안의 딸을 유혹하는 매우 흔하고 인기 있는 방법을 택하지만 결국 그 과정에서 정의감은 사라지고 그 자신도 함께 윤리의식의 붕괴의 블랙홀로 빠져든다는 사회풍조를 주제로 삼은 작품이다.

『허상과 장미』(《경향신문》 1970.5~1971.12) 역시 '조국 근대화'란 5 · 16혁명 이념이 전 국민을 '경제동물화'로 내몰아가는 현상을 비판했다는 점에서는 『배신의 강』과 같다. 그러나 『배신의 강』이 피해자의 후손이 보복을 시도하는 것과는 달리 『허상과 장미』는 민족사의 정통인 독립투사나 4 · 19혁명 참여자가 변두리 인생으로 전락해 버려 그 보복조차 꿈꿀 수 없는 참담함을 보여주고 있다. 이런 풍경은 "5 · 16혁명은 4 · 19의거의 연장이며 조국을 위기에서 구출하고 멸공과 민주수호로서 국가를 재생하기 위한 긴급한 비상조치"(박정희, 「5 · 16혁명은 4 · 19의거의 연장」)라는 주장과 상치할 정도가 아니라 정면 도전하는 양상으로 볼 수밖에 없다.

이병주가 같은 해(1970)에 연재했던 이 두 작품이 공교롭게도 조국 근대화론의 이면에서 발생하는 부작용들을 제시하면서 산업자본주의로의 변모를 은근히 꼬집고 있다면 『망향』은 여기서 한 걸음 더 깊이 들어가 인간존재의 본질로서의 윤리의식 문제를 다뤘다는 점이 특이하다. 이건 아마 대부분이 보수적이었던 농민을 상대로 한 잡지의 성격상 작가가 의도적으로 내세운 결과이기도 할 것이다.

2. 사랑할 때와 파탄당할 때

창작예술사 판본의 『여로의 끝』의 표 4에는 작가 특유의 콧수염이 선명한 사진 밑에다 "방황하라/ 방황하라, 젊은이여!!/ 그대들 여로의 끝에서/ 이 소설은 이상의 별이 되리라./ 이 시대의 가장 리버럴한 작가/ 이병주, 그는/ 모든 여성을 위해 이 소설을 썼다."고 여성독자용 당의정을 기치로 내걸었고, 속표지의 선전문에서는 "우리 시대의 외로움을 가장 민감하게 묘사하는 작가 이병주, 그는 이 소설에서 청춘 시절 무엇을 위해 고뇌하며 방황하는가를 극명하게 보여주고 있다./ 도시의 물질문명과 병폐의 부조리 속에서 애인을 빼앗기고 '돈이면 다냐, 재벌이면 다냐!'고 절규하는 주인공의 삶을 통해 우리는 사랑과 증오, 진실과 허위의 실상이 무엇인가를 알 수 있다"라는 작가의 의도를 슬쩍 내비쳤다.

필시 편집부에서 독자들의 구미를 맞춘답시고 사탕발림을 했겠지만 아무리 잡기와 외도로 바쁜 이병주일지라도 이 구절은 읽었을 테고 비록 자신이 고치면 더 명문이 될 수도 있었겠지만 관대한 그의 성격상 좋을 대로 하도록 맡긴 결과일 것이다.

선전문구 그대로 주인공은 청춘의 고민을 싸잡아 안고 있는 지리산 남쪽이 고향인 안현상(安玄相)이란 미모와 재능을 겸비한 촉망 받는 청년이다. S대 사학과 출신인 그는 데모와 반(反)데모의 열풍 속에 휩쓸렸던 학교 시절을 지내고 입대, 그곳에서의 힘겨운 나날을 안아 넘기고 나니 무직이란 이름의 회색의 가혹한 현실 속에 1년 남짓 헤매다가 성호재벌(成湖財閥) 계통 회사의 입사시험에 합격해 직장을 얻기는 했었지만, 무직이 유직으로 탈을 바꾸었을 뿐 생활의 감격이란 맛볼 수는 없었다. 양복지를 만들어 파는 대회사의 자재과에서 나름대로 능력을 인정받아 지내던 중, 안국동이 고향으로 오빠는 교수인 집안에서 고이 자라나 E대학을 나온 장연희(張然姬)와 열애에 빠진다.

두 남녀는 이병주 소설에서 흔히 만날 수 있는 유형들로 보통사람들보다는 확연하게 재능이 뛰어난 데다 미모까지 출중하여 둘 사이의 사내 연애는 공공연한 사실로 받아들여질 정도며 연희의 집에서도 내락이 난 상태였다. 다만 공식적인 혼인 절차는 안현상이 계장으로 승진하면 당장 치를 수순이었는데, 그런 절호의 기회가 왔다. 모 계장이 사직하자 그 후임으로 안상학이 거론되면서 축하 인사까지 다 받은 상태였으나 발령 예정 날 갑자기 보류되어 버렸다. 사장의 아들 기대훈(奇大勳)이 미국유학에서 귀국하자 아버지 기락서(奇樂瑞)는 회장이 되고 유학세대의 새파란 청년이 사장으로 취임하면서 모든 인사를 정지시킨 채 전 사원에게 업무보고서 제출을 요구하여 그걸로 자신이 직접 인사를 챙기겠다는 것 때문이었다.

탁월한 두 남녀는 데이트 중 인사발령의 중단을 서운해 하면서 신임 사장의 조처를 비아냥대며 업무보고서 문제를 거론한다. 안현상은 사학도답게 "난 사마천의 『사기(史記)』를 본뜰 참이지. 본기(本記), 세가(世家), 서(書), 표(表), 열전(列傳), 사기는 이런 구성이거든. 그걸 본기에 해당하는 부분을 기본업무로 하고, 세가에 해당하는 부분을 과의 일이긴 하되 내 업무가 아닌 것을 도와준 것으로 하고, 열전에 해당하는 것은 출장업무로 하고, 서에 해당하는 것은 내가 관여한 금전, 자재의 품목과 양을 일람표로 만들고, 표에 해당하는 것은 내가 기안한 공문의 일람표로 하고, 사기의 장마다에 붙은 태사공 언(言)이란 부분을 성과와 반성함으로 해서, 사학과를 나온 놈의 면목을 남길 작정이야."라고 자신의 야망이 좌절당한 화풀이로 약간 시니컬하게 말했다. 이에 장연희 역시 투덜대듯 프루스트의 『잃어버린 시간을 찾아서』식으로 제출할 거라고 울분을 풀었다.

그런데 기획서 제출 보름 뒤 인사이동에서 안현상은 계장으로 승진하여 기획실의 총무계장이 되었는데, 이 자리는 과장 못지않아 사고 없이 지내기만 하면 2년 이내에 과장이 될 수 있는, 계장직으로선 최우위의 위치였다. 장연희 역시 비서실의 차석비서로 계장급으로 승진해서 둘은 곧 너무나 싱겁게 꿈이 이뤄질 듯이 보였다.

여기까지 소설은 이병주의 작품 치고는 너무나 싱겁고 사건의 기복이 없어 혹 독자들을 지루하게 만들 소지가 없지 않다. 남녀가 데이트 중 대화 내용도 이병주다운 재기나 해박한 정보가 결여된 데다 그 시절의 청춘들이 즐겼을 법한 데이트 장소나 유행풍조 등을 소개하지도 않을 뿐만 아니라 독자의 눈요기가 될 수 있는 에로틱한 장면조차 없어 삭막할 지경이다. 필시 농민들의 윤리적인 보수성을 감안하여 신중을 기한 결과리라.

그런데 여기서부터 소설은 급전한다. 두 남녀가 근무능력이 우수해서 나란히 승진한 것으로도 볼 수 있으나, 그 이면에는 노회한 기락서(奇樂瑞) 회장이 일찌감치 두 남녀의 탁월성을 간파하고 자신의 로얄 패밀리로 편입시키기로 작심한 결과였던 것임이 서서히 밝혀지면서 독자를 긴장시킨다. 우선 장연희는 아들 기대훈(奇大勳)과 짝을 지어 자신의 며느리로 삼고자 내정되었으며, 안현상은 기락서의 세 딸(진혜, 선혜, 미혜) 중 맏사윗감으로 점지하고 있었다. 이미 그들 둘 사이가 연인관계임을 버젓이 알 수밖에 없는 처지인데도 아랑곳 않게 이 각본이 진행되면서 둘의 관계는 틀어지기 시작한다.

흔히 '자유민주주의' 사회란 자기의 운명을 자신의 의지대로 능력껏 개척해 가며 살아갈 수 있는 사회제도를 뜻하며, 그래서 독제체제에서처럼 한 고약한 인간에 의하여 다른 한 인생이 망가지지 않는 삶을 위하여 인류는 발전해 왔다. 그런데 과연 자유로이 자신의 운명을 개척할 수 있는 사회가 존재할 수 있을까? 과연 자유주의 사회는 인간이 주체가 될 수 있을까?

보통사람으로서는 자신의 존재를 형성하고 있는 상황과 조건을 타파하고 스스로의 삶을 영위하기란 어려울 것이다. 설사 독재자는 아니어도 기락서라는 한 인물에 의하여 이 두 연인의 운명은 이미 순수한 사랑이나 자기의지의 영역을 넘어서버린 것인데, 그건 거대한 역사의 수레바퀴에서 보면 극히 하찮은 일로 이병주 같은 거시적인 작가가 다룰 잽도 안 될 법하다. 그런데 이병주는 이 문제를 보는 관점을 다각도로 접근하는 방법을 택해 흥미를 더해준다.

우선 지극히 비현실적으로 보일만큼 이 소설에는 등장인물 모두가 지극히 선량하다. 안현상의 고향사람들은 좀 다르지만 서울에서 전개되는 사건에 등장하는 인물들은 다 학식과 교양은 물론이고 미모도 뛰어나다. 심지어는 기락서 회장 일가족까지도 너무나 그 인간됨이 선량하여 1960년대 이후 한국 기업인의 이미지인 '악덕상'과는 전혀 상반된다. 그들은 부자임을 뽐내지도 않고 돈이나 지위로 아랫사람들을 강박하지도 않는다.

당연히 기대훈 사장도 장연희 스스로가 자신에게 사랑을 느끼도록 지극히 교양 있게 신사적으로 접근해 나갔으며, 그 댁의 맏딸 진혜 역시 재벌이란 후광이 없어도 누구에게나 충분히 매력을 느낄만한 교양과 미모를 갖춘 여인으로 안현상 조차 흔들릴 정도였다.

그럼 대체 인간에게 사랑이란 뭘까? 매력 있는 숱한 여성편력가로 소문 난 작가 이병주로서는 그래도 편력과 사랑은 다르다는 걸 안현상을 통해 보여주고 있다. 그는 눈앞에 닥친 출세길을 마다한 채 장연희에게 "이 회사를 그만두자. 그만두고 결혼하자. 난 뭐든 할 자신이 있다. 시골에 가서 농사를 지을 수도 있고 어디가서 선생 노릇을 할 수도 있고…… 연희, 회사를 그만두자. 아무래도 이 회사는 안 될 것 같아."라고 호소했고, 이어 아래와 같이 간절한 최후의 통첩도 보냈다.

> "나의 인생을 당신을 빼놓곤 생각할 수가 없습니다. 생각하면 작년의 이맘때가 그리워 견딜 수가 없습니다. 당신과 나와의 사이에 머리털만한 틈서리도 없었던 그때가 말입니다. 나는 당신의 꿈을 꾸고 있었고, 당신은 나의 꿈을 꾸고 있었습니다.(중략) 나는 이것을 시련으로 알고 싶습니다. 이 시련을 기어이 이겨 나가야만 하겠다고 생각합니다. 우리들의 사랑이 너무나 순조로웠기 때문에 이러한 시련도 있어 마땅하다고도 생각하고 있습니다. (중략) 하잘 것 없는 오해로서 무너뜨릴 성이 아닙니다. 터무니없는 고집으로 막아버릴 길이 아닙니다. 나는 당신을 놓치지 않을 방법이면 회사를 그만 두는 것도 사양하지 않겠습니다. 어떤 위험이라도 무릅쓸 각오도 되어 있습니다. 만일 당신이 나를 버린다면 인생이 나를 버리는 것으로 나는 생각할 작정입니다 ……._91-92쪽

그러나 이런 숭고한 사랑조차도 운명을 이길 수는 없다. 여기서 운명이란 타고난 사주팔자만이 아니라 주어진 환경과 조건이 만들어낸 전체를 의미한다. 인간은 그 운명을 피할 수 없을 때 자기 합리화작용을 하는데, 그게 이 현명한 두 남녀는 서로가 자신들의 사랑을 파탄 내는 것이야말로 오히려 상대에게 더 큰 행운

을 가져다 줄 것이라는 평계였다. 즉 연희가 볼 때도 진혜는 자신에 뒤지지 않는 품격과 교양과 미모를 갖춘 여성이기에 안현상이 그녀와 결혼하므로 써 오히려 그에게 인생의 전환점을 가져올 수 있을 것이라는 구실을 붙여 자신의 배신행위를 합리화해서 기대훈에게 자연스럽게 기울어가게 되었다. 안현상 역시 연희가 기 사장과 합치는 게 더 행복할 수 있겠다는 걸 최후의 구실로 내세워 자기학대의 길을 선택했다. 그러나 결과적으로 보면 배신자는 연희였고, 배신당했음에도 안현상은 기진혜에게 이별통고를 하고는 상처투성이 몸으로 귀향길에 올랐다.

여기서 예리한 독자라면 작가가 왜 이 현명한 안현상 같은 청년이 낙향 길에 오르게 했을까를 찬찬히 더듬어봐야 할 것이다. 그는 단순히 실연, 배신당함, 그런 이유만이 아니라 인간을 그렇게 하도록 만드는 사회제도 그 자체에 실망한 것이다. 이 사실은 안현상이 장연희의 오빠에게 이젠 그녀가 되돌아온대도 받아들이지 않고 낙향하겠다는 취지를 밝힐 때 강조한 말이며, 낙향 중 노성필이란 주정뱅이에게도 이런 취지의 말을 했다.

3. 귀향, 재상경, 그리고 망향

크리스마스 이브에 홀로 낙향 길 열차에 오른 안현상은 노성필이란 주정뱅이를 만난다. 그는 일제 치하에서 학병, 8 · 15 후 징역살이, 온갖 고생의 편력과 교사를 지낸 인생역전의 경력을 가진, 마치 작가 이병주의 이미지를 연상케하는 인물이다. 며칠 뒤면 자살할 노성필로부터 안현상은 촌철살인의 인생론을 듣게 된다.

"인생을 그처럼 얕잡아 보지 말란 말여. 어떤 여자가 배신했다고 해서 싫어질 수 있는 그런 호락호락한 인생이 아니어. 굶주림과도 싸워 보아야 하고, 형무소에 갈 정도로 죄도 지어 보아야 하고, 숨이 넘어갈 정도로 맞아도 보아야 하고, 사방이 벽이 되어버릴 정도로 몸부림도 쳐봐야 하는 거요. 당신이 겪은 그 정도로 저항을 받

았다고 사회를 포기하는 건 도대체 건방지단 얘기란 말여."_191

그러니 베르테르 같은 연애담은 값져 보이지만 따져보면 고교시절의 단막극 거리밖엔 안 된다. 당연히 서울에서 뺨 맞고 고향에 간들 그걸 어루만져 줄 사람은 이미 없는 시대가 아닌가. 그만큼 고향 자체도 조국근대화의 바람 앞에서 인심이 야박해져버렸다.

착실하게 농촌에서 살아갈 만큼의 돈을 번 안현상이 한숨 돌려 장가라도 갈 요량이었으나, 그 처녀(면장의 딸 배연주)가 서울의 대재벌 셋째 아들과 정혼해버리자 한동안 억제했던 분노가 되살아났다.

　　이로서 안현상의 인생 방향은 결정되었다. 재벌에 대한 증오가 혈관에 흐르게 되었다. 장연희와의 사랑이 깨어진 것도 재벌의 탓, 배연주를 통해 소생해보고자 하는 의욕을 짓밟은 것도 재벌의 탓이라고 생각할 때 안현상은 돈을 벌어야겠다는 맹렬한 욕심에 사로잡히게 되었다. 농촌을 무대로 돈을 벌 수 있다는 생각은 먼저부터 있었다. 일가친척들의 매정스러운 태도에 자극을 받기도 했거니와 그런 사이에서 재산을 보전하려는 노력을 하는 동안에 치재의 요령 같은 것도 체득하게 되어 있었던 것이다. 게다가 영리한 현상의 재질이 일단 치재의 방향으로 쏠리기만 하면 월등한 실력을 발휘하게 될 것도 알만한 일이다. _231쪽

안현상의 인생이 농촌 중산층으로 품격있게 살아보려던 안주의 꿈이 치부로 굳어져 서울로 진출, 땅 투기로 나서서 엄청난 벼락부자로 변신했을 때는 그가 34세가 되어 있었다. 그 무렵에 만난 강양숙은 이병주의 작품에 등장하는 매력적인 여인의 전형일 것이다. 20세에 52세의 사업가와 결혼했으나 10년 후 남편이 넉넉한 유산을 남기고 죽자 아이도 없었던 그녀로서는 그간 익힌 돈 낳는 기술로 엄청난 치부를 했다.

경기도 광주군, 시흥군, 고양군에 속해 있던 토지가 서울시로 편입되면서 부동산 붐이 일어난 건 1964년 8월, 말죽거리(양재역 일대)가 상업지구로 되면서였

다. 그 2년 후인 1966년에 관계당국은 '남서울 도시계획'을 공개했으니 이미 그 전부터 정보를 가진 큰손들은 다 움직였을 터였다.

강양숙도 그 무리의 하나였지만 큰손들처럼 오만하거나 천박하지 않은 조신한 처신으로 뭇 남성의 유혹도 물리치며 지냈건만 연하의 청년 안현상에게는 자신이 먼저 끌렸고, 현상 역시 이에 호응할 정도를 넘어 지난 시절의 어떤 여인보다 더 진심으로 사랑하는 관계로 발전하여 동업자의 수준에 이르러서 둘 사이에는 모든 과거사도 다 털어놓을 정도가 되었다.

아마 이 작품에서 작가가 가장 정성들인 여인은 강양숙일 것이다. 강남 마담 1세대인 이 여인을 이처럼 우아하고 매력적으로 그린 작품은 흔하지 않을 것이다. 그녀는 결혼도 마다 않는 현상에게 극구 사양하며 자신을 그냥 여자로만 곁에 자유로이 머물 수 있게 해달라며, 만약 자신 때문에 결혼을 않겠다면 "천상 제가 없어져야 하겠군요. 그렇게(결혼을 않는 것) 하시는 건 저를 없어지라고 하는 거나 마찬가지예요. 소원입니다. 저를 곁에 있게 해주세요. 적당한 처녀와 결혼을 하시면 전 누이처럼 두 분을 보살피겠어요. 그렇지 않으면 전 사장님의 눈앞에서 사라지고 말 겁니다."라고 위협했다.

마침 성호 재벌이 내리막길에 들어서서 사채까지 끌어 쓰다가 궁지에 몰렸는데, 그 중에는 이름을 숨긴 안현상의 돈까지 있다는 정보 앞에서 잠시 그는 세속적인 보복도 꿈꿨지만 강양숙의 만류로 자기 본연의 인생론으로 돌아설 수 있었다.

그러나 우연히 조우하게 된 성호재벌 기락서 회장의 막내 딸 미혜와 점점 가까워지면서 연정이 싹 터 결혼, 다시 낙향하게 된다는 신파조의 결말은 가히 윤리의식에서 일대 혁명적인 작가의 용단이 아닐 수 없다. 첫사랑의 연희가 처남의 댁으로 버젓이 존재하고 있는 집, 혼담이 오갔던 그 댁 기회장의 맏딸 진혜를 냉철하게 거절했던 처지를 생각하면 애초부터 미혜가 안현상을 맞을 수 없었을 테고, 현상 역시 아무리 사랑한대도 미혜를 물리쳐야 한다는 게 보통사람들의 사랑법이 아닌가. 더구나 연희는 남편 기대훈이 사업을 망친 데다 바람까지 피위 생과부처럼 지내고 있으며, 자신이 버린 진혜는 남편이 일찍 죽어버려 청상의 처지가 아닌가. 웬만한 작가라면 진혜와의 재결합을 시도하거나, 연희를 농락할 수도 있었을 텐데 누구도 예기치 못한 미혜와 모험적인 '새로운 사랑'을 선택한 게 이병주가 이 소설에서 보여주고자 하는 혁명적인 윤리의식의 사랑법이다.

작가로서는 고리타분한 윤리의식의 틀을 확 부셔버린 셈인데, 이 결혼이 성립될 수 있었던 데는 우선 기락서 회장의 진취적인 결단부터 강양숙의 적극적인 추진력이 컸던 것으로 작가는 설정하고 있다. 기락서는 이 얽힌 실타래를 직접 풀고자 모두 한 자리에 불러 이렇게 말한다.

> "진혜야, 인연이라는 게 있구, 운명이란 것도 있는 거다. 안 군은 우리 집안과 인연이 없는 사람인 줄 알았는데 결국 인연이 있었던 거로구나. 네 남편이 되지 않았지만 한 집안 식구는 된 거다. 남편으로선 인연이 없지만 형제의 인연은 있는 셈이다. 앞으로 서로 서먹서먹하지 말고 참으로 형제처럼 지내라. 미혜와 안 군과의 결혼을 기뻐하면서도 진혜, 너를 생각하니 가슴이 아파서 둘이를 만나게 한 것이니 내 뜻을 이해해라. 앞으론 참으로 형제처럼 지내야 한다. 서먹서먹한 감정일랑 탁 털어 버리고……."
>
> 현상은 기 노인의 마음 씀에 감동했다. 노인의 한 마디로서 마음의 밑바닥에 깔린 께름한 찌꺼기 같은 것이 일소되는 느낌이었다. 진혜가 화사하게 웃었다. 현상도 웃었다. 노인의 얼굴에는 미소가 떠올랐다. _366~367

그러나 작가는 가장 중요한 한 여인을 간과하고 있다. 바로 현상의 연인 연희 문제다. 그녀는 소설 전반부에서 보여줬던 선량한 이미지와는 달리 이미 현상을 배신한 처지여서 굳이 나설 입장도 아니려니와 그래도 할 말이 있다면 옛 연인에게 축하인사를 보내야 할 처지가 아닐까. 그게 이병주가 이 소설에서 주장하는 새로운 사랑법의 결말인데, 독자의 예상을 깨고 그녀는 막판에 이 두 남녀의 결혼을 한사코 훼방 놓으려고 나선다. 물론 참담하게 그 훼방은 좌절당하고 말았지만 이에 대해 작가는 가타부타 언급이 없다. 그저 쿨하게 처리해버린 셈이다.

4. 맺는 말 - 생산지향성 사랑 실현하기

후기 산업사회가 비인간화로 치닫는 현상을 에리히 프롬은 휴머니즘적인 진정한 사랑이 사라져 버린 데서 탐구했다. 열두 살 때 프롬은 온 가족이 서로 다 알고 지냈던, 미녀에다 그림을 잘 그렸던 매력적인 25세의 아름다운 여인의 자살 사건을 가장 큰 충격으로 받아 들였다. 파혼한 그녀는 홀아버지의 다방면에 걸친 단짝 역할을 수행했는데, 부친 사후 그녀도 함께 묻어 달라는 유언을 남기고 자살해버리자 어린 프롬은 '왜' 이렇듯 아름다운 여인이 죽어야만 하는가 라는 질문이 그를 프로이트에 접근하는 계기로 작용했다.

두 번째 프롬을 경악시킨 사건은 제1차 대전(1914-18)이었다. 열네 살에 전쟁이 터져 열여덟 살에 끝난 이 전쟁은 프롬에게 강렬한 전염성 높은 독일식 침략적 민족주의에 중독 당해 영국을 비롯한 동맹국에 대한 멸시와 증오감이 만연되도록 유도했다. 그러나 전쟁이 패전으로 끝나자 그는 폐허 속에서 허망하게 '왜' 인간이 그토록 비이성적인 행위에 광분해야만 되었던가를 따지면서 나중에 미르크스에 접근하는 계기가 되었다고 했다.

그래서 프롬은 명성을 얻은 대표작의 하나인 『자유로 부터의 도피』(1941)에서 왜 가장 훌륭한 헌법인 바이마르 헌법 체제 아래서 독일인들이 극단적인 반 헌법적 체제인 나치를 지지하게 되었는가 하는 질문 앞에서 그 심리적인 이유를 (1) 권위주의(Authoritarianism), (2) 파괴성의 발로(Destructiveness), (3) 자동적으로 체제에 순응하기(Automtion Conformity)라고 보았다.

그러나 나치체제가 비인간화의 극적인 예임이 밝혀진 이후에 도래한 자유민주주의 체제 아래서는 국가권력과는 상관없이 인간 개개인이 점점 비인간화 혹은 동물로의 퇴화 과장을 밟고 있음을 보면서 프롬은 인간의 심리와 사회구조가 어떤 상관작용을 하면서 인류 역사를 형성해 나가느냐에 따라 그는 심리학과 사회학을 통한 세계평화를 모색하게 되었다. 심리학을 개인과 세계의 관계 맺기로 본 그는 인간이 지닌 소유. 초월. 착근. 정체. 준거의 5대 욕구 중 현대인은 소유 욕구가 가장 강하게 작용하여 소외현상이 중요한 쟁점으로 부각했다고 보았다.

이 해명을 위한 기본 틀로 프롬은 유명한 5가지 유형의 심리학적 인간형을 창출해냈다. 역사적 조건과 사회 환경, 문화와 종교 정치 경제 체제 등등에 따라 인간을 56개 유형으로 나눠진다고 그는 풀이한다. 이 중 죽음 지향성(Necrophilous)을 제외한 다섯 가지는 아래와 같다.

(1) 수용 지향성(The receptive orientation) ; 필요한 것을 얻을 때까지 기다리는 사람들로 흔히 풍요로운 지역에 사는 농민들에게서 볼 수 있음. 노예, 농노, 이민 노동자 등 저변층에 흔함. 프로이트의 수동적인 구강 심층심리, 아들러의 의존형 심리에서 기인.

(2) 착취 지향성(The exploitative orientation) ; 귀족이나 상류층에서 흔히 볼 수 있는 부란 착취라는 인식에 입각한 인간형. 프로이트의 능동적인 구강 심리, 아들러의 공격적인 유형에서 기인.

(3) 축적 지향성(The hoarding orientation) ; 부르주아, 부유한 상인과 농민, 기술자 등에서 볼 수 있는 소유와 보유 본능이 강한 인간형. 완강하고 집착과 아집이 강하며 상상력은 결핍된 실제적인 인간상이다. 프로이트의 항문 지향성 인간과 유사.

(4) 시장 지향성(The marketing orientation) ; 최고 입찰자에게 자신을 판매하는 걸 인생의 목표로 삼는 오직 교환만을 추구하는 유형. 현대 산업사회의 대부분 인간상. 프로이트의 남근 지향성과 통함. 여피(yuppie)와 번지 점프(bungee-jumping)의 생리구조.

(5) 생산 지향성(The productive orientation) ; 자신이 필요한 것을 자기 노동(능력)으로 얻을 수 있다고 보는 건전한 유형의 인간. 과학자, 예술가. 작가 등을 포함.

현대 산업사회는 비생산적인 인간 유형이 늘어나면서 사회불안과 소외의식이 만연된다고 본 프롬은 삶(to be) 그 자체보다도 소유(to have)를 열망하게 되었다고 비판한다.

여기에 사랑의 윤리를 대입시키면 (1)은 보통사람들처럼 인연을 맺어주는 대로 짝을 짓고, (2)는 상류층의 생리로 남의 여인도 아무런 부담감 없이 빼앗으며,

(3)은 오로지 자기 집과 가족만 아는 이기주의적인 소시민적인 사랑이고, (4)는 적당히 외도도 즐기는 중산층이라고나 할까. 프롬의 진단으로는 후기 산업사회가 범죄와 반윤리로 변해가는 원은은 이 네가지 지향성 인간상 때문이라는 것이며 인간다운 사회를 위해서는 생산지향성 사랑이 필요하다는 것이다. 이를 이병주는 안현상과 기미혜의 결합으로 보여준 것이라 하겠다.

이들이 결혼 후 낙향한 집을 방문한 기낙서 영감은 아내에게 "미혜는 행복의 참된 뜻을 아는 아이이다. 그 애들의 생활을 보니 우리는 육십 평생을 허황하게 산 것만 같다. 당신에게 미안하다는 생각이 드는구먼. 그러나 미혜만이라도 참된 생활을 하고 있으니까 우리도 본전은 건진 셈이 되는 걸까?"(393-394)라고 실토한다. 미혜의 사랑의 요체는 아버지의 좌우명인 "콩 심은 데 콩 난다"는 것으로 자신이 사랑하는 만큼 세상은 밝아진다는 것에 다름 아니며, 이것은 생산지향성 인간상의 전형이기도할 것이다.

최은희 납치사건을 그린 반(anti) 추리소설

『미완의 극』의 '미완'은 무엇인가?

이승하(중앙대 교수)

이병주의 소설은 크게 네 부류로 나눌 수 있다. 등단작인 중편소설「소설·알렉산드리아」를 비롯한 그의 중·단편소설은 문학성이 아주 뛰어나다.「변명」,「망명의 늪」,「철학적 살인」,「예낭 풍물지」,「쥘부채」,『그 테러리스트를 위한 만사』,「정학준」등에는 역사의 회오리바람 속에서 부침과 굴절을 거듭한 지식인들의 초상이 잘 그려져 있다. 소설집만 해도 생시에 9권을 냈다.[1] 그런데 이병주의 이름을 빛나게 한 것은 중·단편소설이 아니다.『관부연락선』,『지리산』,『산하』,『그해 5월』,『바람과 구름과 비』등 한국 근·현대사의 모순과 정면대결을 꾀한, 역사의식과 사상적인 고뇌가 삼투되어 있는 작품 군이다. 또 한 부류는 대중소설이다. 낙양의 지가를 천정부지로 뛰어오르게 한『비창』,『운명의 덫』,『행복어 사전』,『그를 버린 여인』,『여인의 백야』,『무지개 연구』등은 독자들에게 '이병주'하면 대중소설의 대가, 즉 연애담을 잘 구사하는 소설가라는 인상을 심어주었다. 대하소설을 제외하고 30편이 넘는 장편소설이 신문연재소설이었다. 한꺼번에 여러 군데 신문에 동시에 연재하는 절륜의 필력은 동시대 소설가들의 부러움을 사기도 했다. 그리고 또 한 부류는 역사적인 인물의 소설화 작업이었다.『소설 정도전』,『소설 허균』,『포은 정몽주』,『소설 장자』,『대통령들의 초상』

---

[1] 1968년에 낸『마술사』를 필두로『예낭 풍물지』(1974),『철학적 살인』(1976),『망명의 늪』(1976),『삐에로와 국화』(1977),『낙엽』(1978),『서울의 천국』(1980),『허망의 정열』(1982),『그 테러리스트를 위한 만사』(1983)가 생시에 나왔다.

등을 보면 역사 인물에 대한 관심이 아주 컸음을 알 수 있다.

1982년에 소설문학사에서 2권짜리로 펴낸『미완의 극』은 이상의 네 가지 부류 중 어디에도 들어가지 않는다. 연애소설도 아니고 (근·현대사를 다룬) 역사소설도 아니다. 이 소설을 쓰게 한 직접적인 계기는 영화배우 최은희 납치사건인데 실제적인 최은희 납치사건을 르포르타주식으로 그린 것은 아니다. 시대소설이라고 해야 할지 사회소설이라고 해야 할지 이름 붙이기도 애매한 이 소설은 이병주를 거론할 때 전혀 언급되지 않은, 평가의 대상에서 누락되고 만 소설이다. 일단 작가에게 이 이야기를 소설로 다뤄봐야겠다고 마음먹게 한'최은희 납치사건'의 전말을 살펴본다.

1926년생인 최은희는 해방공간인 1947년에 영화 〈새로운 맹서〉로 데뷔한 뒤 〈밤의 태양〉(1948), 〈마음의 고향〉(1949) 등을 찍으며 신진 스타로 떠올랐다. 1954년, 마릴린 먼로가 야구선수 조 디마지오와 결혼한 뒤 일본으로 신혼여행을 가면서 한국에 들렀다. 장병들 위문차 한국에 들러달라는 주한미사령관의 요청에 응했던 것이다. 세계적인 배우를 마중하러 대구 동촌비행장에 나간 우리나라 대표 배우는 중견 백성희와 신예 최은희였다. 서른도 되기 전이었는데 최은희는 그때 이미 한국의'대표급' 배우가 되어 있었던 것이다. 1953년에 다큐멘터리 영화 〈코리아〉에 출연하면서 신상옥 감독과 사랑에 빠져 1954년 결혼식을 올렸고, 이후 두 사람은 함께 영화를 만들며 한국영화의 중흥기를 이끌었다. 신상옥이 감독한 〈사랑 손님과 어머니〉는 한국영화사의 명작으로 거론되는 작품이다.

그런데 1978년 1월 14일, 최은희는 영화 합작 의뢰를 받고 홍콩에 갔다가 김정일의 지시에 의해 북한 공작원에 의해 납북된다. 홍콩에서 납치되어 마카오로, 마카오에서 중국으로 가서 북한까지 끌려간 것이다. 당시 최은희는 남편과 이혼한 상태였다. 신상옥 감독이 배우 오수미와의 사이에 아이까지 낳자 격분, 이혼을 하고는 배우 생활은 접고 안양예술학교(뒤에 안양예술고등학교로 개칭)의 교장을 하면서 후학을 양성하고 있던 터였다. 학교 발전을 꾀하고 있던 최은희는 거액의 출연료 제의에 귀가 솔깃해 홍콩으로 갔던 것이다. 김정일이 왜 최은희를 납북했는지는 의문이 있지만 이혼한 전처를 찾아 홍콩 등지를 헤매던 신상옥도 그해 7월 19일에 납북된다.

영화 제작에 지대한 관심이 있던 김정일이 두 사람에게 영화를 만들게 해 국제영화제에서 상도 탔으니 납치의 이유는 알 만한 일이었다. 타의에 의한 어색한 만남²이었지만 북한에서 두 사람은 재결합하여 부부로 살아갔다. 신상옥은 탈출을 몇 번 시도하다 실패해 교화소로 끌려가는 등 곤욕을 치르기도 했지만 최은희는 특별한 보호를 받으며 살아간 듯하다. 아마도 북한 제작 영화의 자문 역할 정도를 했을 것이다. 신상옥은 반성문에다 충성 맹세를 한 이후 김정일의 신임을 회복한다. 영화를 열심히 만들자 두 사람은 김정일의 생일 파티에도 초대를 받을 정도로 인정받고, 그에 따라 비교적 안정된 삶을 꾸려간다. 두 사람은 1986년 3월, 오스트리아의 빈 방문 중 미국 대사관에 진입해 망명에 성공, 10년 넘게 미국에서 살다가³ 1999년에 영구 귀국한다. 신상옥은 2006년에, 최은희는 2018년에 사망한다.

이병주는 두 사람이 북한에서 살아가고 있을 때 이 소설을 썼다. 그 당시에는 두 사람의 북한에서의 활동 사항이 남쪽에 거의 알려지지 않았기 때문에 베일에 가려진 북한 생활을 추측해서 쓸 수는 없었고, 납치되기까지의 과정을 상상력을 발휘하여 써보기로 한다.

제1권 395쪽, 제2권 415쪽의 장편소설을 쓰게 한 원동력은 무엇일까. 이병주는 후기에서 최은희와의 만남을 회상하고 있다.

---

2) 이들의 상봉은 북한에 끌려온 지 5년이 지난 1983년에야 김정일의 주선으로 이루어졌다고 한다. 상봉 자리에서 두 사람은 어색하게 포옹을 한 모양이었다. 신상옥 감독은 만약 자기 배우들이 그랬으면 화를 내며 '컷' 하고 외쳤을 정도로 최은희의 동작이 어색했다고 회상했다. 최은희는 전남편이 그래도 자기를 찾으려 동분서주했다는 것을 알고는 미움이 눈 녹듯이 사라졌다고 한다. 두 사람은 북한에서 재결합한 상태로 영화인으로 살아갔다. _나무위키 참조.

3) 한국의 정보부에서는 신상옥의 납북은 자진월북으로 규정하고 있었기에 한국으로 올 수는 없었다. 게다가 북한에서 이들 부부는 김정일의 비호 아래 〈돌아오지 않는 밀사〉〈탈출기〉〈소금〉〈춘향전〉〈불가사리〉 등 여러 작품을 만들었다. 모스크바 국제영화제에서 최은희가 여우주연상을, 신상옥이 감독상을 탔으니 두 사람은 북한 영화를 빛낸 인물이었다.

그녀가 홍콩으로 떠나기 사흘 전의 밤, 나는 전에 대사(大使)를 지낸 M군의 집에 만찬 초청을 받았는데 공교롭게도 그날 밤 그녀를 만나게 되어 있어 M군에게 그녀를 같이 초청해 달라고 간청한 결과 합석하게 되었다.

홍콩으로 떠나기 사흘 전에 나눈 대화의 내용도 후기에 자세히 나온다. 이병주는 최은희를 "한국이 낳은 위대한 배우", "살아 있는 문화재"라고 높이 평가한다. 막 나이 쉰이 된 최은희에게 이병주는 인간적인 호감 이상의 감정, 즉 연모의 정을 느끼고 있었는지도 모른다. 그런데 만찬장에서의 만남 뒤에 최은희는 홍콩으로 갔으며 행방불명이 된다. 언론에서는 납치되어 북한으로 끌려갔다고 하지만 후기를 보면 이병주는 최은희가 북한에 있지 않다고 생각하였다. 북한에 있다는 것은 김정일의 보호 아래 있다는 것인데, 그렇게 상상하고 싶지 않았던 것이다. 도대체 왜 사라진 것인가. 누구의 손에 의해 사라진 것인가. 살았는가 죽었는가. 살아 있다면 어디에 있는가. 무엇하며 살아가고 있는가. 왜 언론도 추적하지 못하고 있는가. 행방불명된 지 4년 5개월 뒤에 이병주는 전자 장편소설을 세상에 내놓으면서 이렇게 말한다.

소설 『미완의 극』은 한 편의 추리소설이라기보다 우리의 경애하는 여배우 최은희를 기념하고자 하는 내 나름대로 부른 추억의 엘레지이다.

추리소설이라고 하지 않고 추억의 엘레지라고 한 말이 인상적이다. 이 소설은 이병주의 여러 소설 중에서 아주 특이한 소설임에도 불구하고 지금까지 평가는커녕 거론조차 된 일이 없었다는 것이 안타깝다. 이번에 바이북스에서 재출간되는 것을 계기로 독자대중의 관심이 이 작품에 기울어지기를 바란다. 그 이유에 대해 지금부터 살펴나갈 것이다.

소설은 1인칭관찰자시점인데 '나'는 바로 소설가 이병주다. 소설의 시대적 배경은 최은희 납치일이 1978년 1월 14이므로 1975~77년쯤으로 보면 될 듯하다. 그 무렵 우리나라는 이른바 '유신시대'로서 박정희 대통령이 국민들 앞에서 경제

개발을 수시로 부르짖었지만 민주화를 희구하는 세력을 철저히 탄압하는 '유신 독재'를 행하던 시절이었다. 1977년은 『낙엽』으로 한국문학작가상을, 『망명의 늪』으로 한국창작문학상을 수상, 이병주가 국내에서 소설가로서의 입지를 확실히 구축한 해였다. 소설 안에서 '나'는 국내나 외국 어디를 가도 인정받는 중견작가로 나온다. 우리 나이로 50대 중반의 나이, 육체적으로나 정신적으로나 한창 때였다. 소설은 이렇게 시작된다.

> 인생에서 가장 중요한 것은 무엇일까.
> 만남이다.
> 사람과 사람과의 만남.
> 인생의 지류(支流)를 합쳐 대하(大河)를 이룬 역사도 결국 사람과 사람의 만남으로써 비롯된 드라마의 전개가 아닌가.

누구를 만났는가. 바로 미모의 여배우 윤숙경과 제자 유한일이다. 소설 속 비중이 막상막하인 유한일을 주인공으로 봐도 된다. '내'가 W대학에 출강했을 때의 제자 유한일을 뉴욕의 재즈 밴드가 나오는 술집에서 만나는 장면에서 소설은 출발하는데, 두 사람의 만남은 우연이 아니었다. 유한일은 민간 베이스로 국내에 들어오는 외국 차관을 거의 다 통괄하는 인물이 되어 있었다. 엄청난 돈과 권력을 가진 로비스트가 된 유한일은 '세계 정부'의 수립을 꿈꾸는 야심가로 윤숙경과 그녀의 남편인 사업가 겸 영화제작자 구용택에게 접근하기 위해 대학 은사를 이용하기로 한 것이다.

이 소설에서 최고의 악인이 구용택이다. 일본과 홍콩을 무대로 무역업을 하는 구용택은 조총련과 가까웠고, 당연히 북한과도 끈이 닿는 인물이다. 젊은 배우 지망생들을 농락하는 행각을 하면서 살아가던 구용택은 아내와의 사랑이 식어 차버릴 생각을 하고 있던 차, 북한이 전략 물자를 사들이겠다는 제안을 해오자 겉은 회사지만 밀수단과 다를 바 없는 K무역사를 통해 전략 물자를 공급하면서 덤으로 윤숙경을 북한으로 넘기는 계획을 꾸민다. 윤숙경이 행방불명이 되면 아내 소유의 학교와 큰 돈(학교 부지를 살 돈)이 자기 수중에 들어오는 것도 계획을 추진한 이유 중 하나였다. 남편인 자기가 상속인인 것을 알기에 살해는 하지 않고 북한에 넘겨 행방불명자로 되면 아내의 소유의 모든 재산이 자기 것이 될 것을 알았기에 간교한 작전을 쓰기로 한 것이다.

이를 간파한 유한일이 해결사 역할을 하고 나선다. MS라는 고성능 핵폭탄을 K무역사가 북한으로부터 받고 윤숙경을 북한으로 넘기는 구용택의 계획이 틀어진 것은 국제적인 로비스트인 유한일의 예민한 촉각과 정보망 덕분이었다. 유한일은 윤숙경의 행방불명 이후 이스라엘 여자 로비스트이자 테러리스트인 램스도프의 도움을 받아 구용택과 그의 부하들을 폭탄으로 처형한다.

구용택과 그의 부하들은 죽지만 윤숙경의 행방은 끝내 알 수 없는 상태가 되고, 소설은 그 시점에서 문득 끝난다. 그래서 제목이 '미완의 극'인 것이다. '나'는 윤숙경이 일신상의 위험을 피해 스위스에 가 있을 거라고 추측한다. 북한 억류가 아닌 스위스 체류는 이병주의 소망이었을 것이다.

윤숙경 이상으로 비중이 높은 인물 유한일도 모델이 있었을까? 박동선을 거론하지 않을 수 없다. '코리아게이트'는 1976년에 일어난, 대한민국 중앙정보부가 박동선을 통해 미국 정치인들에게 뇌물을 주어 미국 정가를 뒤흔든 사건이다.

월남민인 박동선은 미국 유학을 가 1955년 미국 조지타운대학교 행정학과에 입학, 1959년에 학사학위를 취득한다. 1960년에는 워싱턴에서 한선기업을 창업, 사장에 취임한다. 1965년에 미국 영주권을 획득하고 1975년에 뉴욕의 한남체인을 인수 · 합병하여 한남체인그룹 회장으로 취임한다. 1970년을 전후한 시기부터 미국 상원의원들과 하원의원들에게 금품을 제공하는데, 1976년 미국 워싱턴포스트지가 그의 의회 로비 활동을 폭로, 그는 '코리아게이트'의 장본인으로 법정에 서게 된다. 1978년 9월 당시 외무부장관인 김동조가 미국 하원 윤리위원회 측의 서면질문에 대한 답변서를 송부, 같은 해 10월 미국 하원 윤리위원회가 조사보고서를 발표하면서 사태는 간신히 일단락된다.

한국 정부가 박동선을 통해 로비를 하게 된 동기는 이랬다. 카터 대통령의 공약대로 미국 행정부가 주한미군 철수를 시작하면 한국군 현대화 계획을 위한 군사 원조가 이루어져야 하고, 그것은 의회의 예산 승인이 있어야 가능하기에 한국 정부는 미 의회의 주요 인사들을 로비를 통해 설득하는 방식을 택했던 것이다. 이병주는 로비스트라는 존재에 대해 알게 되었기에 사업가로 위장한 정치 스파이로 유한일을 생각해낸 것이다. 최은희 납치는 조직에 의해 이루어져야 하는데 조직을 움직이는 것은 돈과 권력임을 작가는 잘 알고 있었다.

그런데 소설 『미완의 극』에는 몇 명의 유대인이 큰 비중을 차지한다. 리샬 랄루는 소르본느 대학에 다니는 유대인 프랑스 학생이다. 작가는 이 청년을 카페에서 만나 친교의 시간을 갖는데, 이런 인물을 등장시킨 이유는 이스라엘이란 나라에 대한 이병주 자신의 견해를 설명하기 위해서였다. 이 소설은 많은 분량을 유대인과 이스라엘에 대한 작가 자신의 의견 개진에 할애하고 있다.

리샬 랄루는 작가에게 이라크 바그다드대학 고고학과에 유학을 온 미국인 부호의 딸 아나벨라 피셔의 첩보 이야기를 들려준다. 작가는 '폭로'라는 이름의 주간지를 통해 이 사건의 내막을 알게 된다. 아나벨라는 18세에 유학생활을 시작하는데 다년간 학업 이외에도 노력을 기울여 이라크 상류사회의 저명인사가 된다. 아나벨라는 실은 미국 국적의 유대인이었고 민족애에 불타는 인물이었다. 그녀는 이라크 공군장교 무닐 레드파에게 접근하여 무닐이 미그 21기를 몰고 이스라엘로 귀순하라고 부추긴다. 무닐은 이라크 내의 소수민족인 쿠르드족이어서 아나벨라는 그의 민족의식을 자극하였고, 육체적으로도 유혹하였다. 무닐은 가족의 안전과 생활을 책임지겠다는 이스라엘 당국의 약속이 있자 미그 21기를 몰고 이스라엘로 귀순, 평생을 잘 살아간다.

그로부터 3년 뒤에 작가를 만난 윤숙경은 스페인의 마드리드에서 만난 유한일에 대한 이야기를 들려준다. 유한일이 학교 부지 10만 평을 사려고 하는 윤숙경에게 조건 없이 돈을 주겠다는 제안이 있었음을 알려준다. 유한일이 학교 부지 매입에 쓰라고 6억 원 보증수표를 정말 윤숙경에게 주자 구용택은 두 사람이 밀애를 했다고 여겨 대노, 아내와의 결별은 물론 유한일을 죽일 생각을 한다. 결별이 이혼이 아니라 북으로 보내는 것이라면 조총련을 통해 북한과 은밀히 무기 거래를 하고 있던 구용택으로서는 일거양득의 이득을 볼 수 있을 거라고 믿고 실행에 옮긴다.

그 뒤 윤숙경은 이스라엘 영화사의 초대를 받아 이스라엘에 3개월, 유럽에 한 달 가 있기도 한다. 윤숙경은 이스라엘에 있는 동안 램스도프라는 정치의식이 확실한 여성의 안내를 받으며 지내게 된다. 그 결과 이스라엘에 대해서는 아주 좋은 감정을 갖게 되고 반대로 이스라엘과 으르렁대고 있는 주변 아랍 국가와 팔레스타인에 대해서는 비판적인 시각을 갖게 된다. 제2차 세계대전이 끝난 뒤 시오니즘을 실현해 시나이 반도에 국가를 건설한 이스라엘과, 이스라엘과 늘 다투는 아랍 제국을 윤숙경은 다음과 같이 달리 묘사한다.

"이스라엘 사람들 성실하게 살고 있대요. 열심히 살고 있기도 하구요. 그러면서 활발하고 생기가 있구…… 의욕과 희망만으로 되어 있는 나라 같았어요."
"험난한 역사를 딛고 살아 보겠다고 서두르는 모습은 정말 존경할 만했어요."

"옛날엔 돌산이었어. 영양실조에 걸린 사람의 대머리처럼 되어 있던 산이라고 했는데 내가 갔을 무렵에도 꽤 나무가 많았거든. 20년간에 1억 주(一億株)의 나무를 심었다더군."
"산다는 것이 그처럼 싱그럽고 그처럼 엄숙한 것인지 이스라엘 가기까진 미처 몰랐어요. 주어진 풍요한 나라에 나태하게 사느니보다 가난한 나라를 풍요하게 만들기 위해 부지런히 사는 것이 얼마나 행복한 것인가를 전 안 것 같았어요."

윤숙경은 이스라엘에 대해서는 이와 같이 칭송을 아끼지 않지만 적대국가인 이집트에 대해서는 아주 나쁘게 평가한다.

"모든 비판을 봉쇄하고 민족적 정력을 철저하게 통제하고 있는 이집트는 언제나 패배하여 장교가 도망을 치는데, 이스라엘에선 정부를 마구잡이 욕할 수 있는 자유가 있고 민심을 통일하기 위한 별다른 방책을 쓰고 있지도 않은데도 장교를 비롯하여 병정들이 일치단결하여 전투마다 승리하고 있다는 것은 이상한 일이 아닌가 말야. 인구도, 무기도, 이집트 쪽이 월등하고 많고 우세한데."

　오늘날, 외신을 통해 들려오는 중동 관련 뉴스는 이스라엘의 공격으로 팔레스타인이 죽거나 다쳤다는 것이 대부분인데 왜 이병주는 『미완의 극』에서 이와 같이 호오의 감정을 분명히 드러냈던 것일까. 무기에서 크게 차이 나는 탈레스타인과 인근 국가에서는 고작 자폭 폭탄테러로 이스라엘인 몇 명을 죽이는 복수를 할 따름이다.

　1970년대까지만 하더라도 이스라엘이 폭력성을 드러내지 않았고, 아랍 제국이 이웃이 된 이스라엘을 괴롭혔던 것일까? 그렇지는 않을 것이다. 유럽과 미국 여행을 많이 한 이병주는 현지에서 신문을 종종 사서 보는데 서방의 언론은 대체로 이스라엘에 대해서는 우호적으로, 이슬람교를 신봉하는 아랍 제국에 대해서는 비판적인 시각으로 기사를 써서 그런 것이 아닐까 짐작해본다. 작가 스스로 균형을 잃으면 안 된다는 생각에서인지 윤숙경에게 "이스라엘에서 감동한 것은 좋지만 이스라엘에 너무나 빠져드는 것은 좋지 않을 듯한데." 하면서 충고를 주기도 한다.

　한편으로는 이런 생각도 해보게 된다. 이스라엘이 건국한 것도 1948년이었고 우리나라가 건국한 것도 1948년이었다. 두 나라 모두 새롭게 출발하는 마당에 부강을 이룩하려고 무진 애를 쓰지만 주변 국가들의 협공을 받으며 고통을 겪는다. 이스라엘은 여섯 차례의 중동전쟁을 치렀고 한국은 6·25전쟁을 치렀다. 이스라엘과 국경을 맞대고 있는 이집트·요르단·시리아로서는 '굴러들어온 돌'인 이스라엘이 미울 수밖에 없었다. 게다가 시나이 반도는 팔레스타인 거주 지역이었기에 팔레스타인은 졸지에 살던 땅을 잃고 난민이 된다. 수십 년 동안 국경을 맞대고 살아가면서(예루살렘은 도시가 나누어져 있다) 서로 못 잡아먹어 으르렁대는데 이스라엘은 제2차 세계대전 중 유대인 수백만 명이 학살당한 상처가 있다. 일본은 한국을 36년 동안 식민지로 지배하면서 엄청난 고통을 주었는데 사과를 제대로 한 적이 없었다. 오히려 독도를 내놓으라, 일본군 위안부는 조작이다, 징용·징병 배상 책임이 없다고 발뺌을 하고 있다. 중국과 러시아는 6·25전쟁 당시 북한을 도운 적성 국가이다. 한국은 지정학적으로 일본 · 중국 · 러시아에 둘러싸여 있는데 1953년 휴전협정 이후 지금까지도 국가안보를 미국에 상당 부분 의존하고 있다. 이병주로서는 이런 국제적인 정세를 보고 중동 제국보다는 이스라엘에 마음이 기울어졌던 것이 아닐까. 우리나라 사람들의 의식 속에 이스라엘은 폭력을 행사하는 국가, 아랍 제국은 이스라엘에게 당하는 국가라는 것이 심어져 있다고 생각해 작가가 이를 바로잡으려 한 것일 수도 있다. 유한일은 구용택과 부하들을 일거에 처단하는데, 램스도프의 도움을 받는다.

아무튼 유한일은 윤숙경을 위해 그녀의 남편 구용택의 부도를 막아주는 일도 한다. 하지만 구용택은 아내와 유한일과의 관계를 의심해(유한일에게 윤숙경은 이른바'첫사랑'이어서 그런지 도를 넘지는 않는다) 유한일을 살해할 결심을 한다. 유한일은 한국의 R호텔 703호에 투숙해 있다가 호텔을 옮기는데 그 방에 투숙해 있던 일본인이 살해당하는 사건이 벌어진다. 내 목숨을 노리고 있는 사람이 있다고 느낀 유한일은 R. C. 챈들러로 변성명하여 암약하게 된다.

소설은 제2권 제1장 「화려한 함정」에서 이병주가 '사족'에서 밝힌, 대사 출신 M군의 집에서 연 만찬 장면을 그대로 묘사한다. 윤숙경, 아니 최은희가 홍콩으로 가기 사흘 전의 만찬이다. 홍콩 영화사의 출연 제의를 받아 가기로 하자 전직 대사 민군이 석별의 파티를 열어준 것인데, 소설은 제2부에 접어들어 더욱 더 범죄추리소설의 분위기를 띤다. 일단 홍콩에 간 윤숙경은 행방불명이 된다. 국내 언론은 난리법석을 치고, 온갖 소문이 다 활자화된다. 기자들이 냄새를 맡고 작가의 집에 찾아와 인터뷰를 한다. 2월 22일에 홍콩으로 간 구용택이 아내의 실종 사실을 안 것은 25일이었다는 것이 신문에도 난다. 사람들은 이렇게 입방아를 찧는다.

"참말로 평양으로 갔을까?"
"평양으로 갔으면 강제로라도 대남 방송에 이용할 텐데."
"윤숙정은 깡치가 있는 여자야. 호락호락 이용당하진 않을걸?"
"놈들이 납치한 이유가 뭘까?"

"대스타가 월북했다는 것만으로도 그들에겐 굉장한 선전 자료가 될 테지."

"김일성이 호색가라니까, 과잉 충성하는 놈이 예물로써 바친 것 아닐까?"

"그런 꼴이 되었으면 윤숙경이 혀를 물고라도 죽었을 거야."

사실 이런 말이 그 당시에 사람들 입에 오르내렸을 것이다. 그런데 제2권의 중심인물은 이스라엘 여성 테러리스트이자 로비스트인 램스도프이다. 유한일은 램스도프와의 인연을 밑거름 삼아 결국 그녀의 도움으로 구용택 일당을 처단한다.

그런데 제2권 76쪽에서부터 10여쪽에 걸쳐 작가는 재미있는 장면을 그린다. 유한일이 홍콩에 있다는 정보를 입수한 작가는 김포공항에서 일본행 비행기를 타는데(일본에 사흘 머물다 홍콩으로 간다) 메리 스펜서라는 금발 미녀의 옆자리에 앉아 가게 된다. 여성이 읽고 있는 책이 크리스티의 추리소설인 것을 보고 대화를 나누게 되고, 작가는 추리소설론을 편다. 크리스티의 추리소설은 "틀에 박힌" 것이라고 폄하한 것이다. 메리 여성이 "틀에 박혀선 안 되나요?"하고 묻자 "틀에 박혔다는 것은 이것은 추리소설이다, 하는 인상만 줄 뿐 인생은 없다, 하는 느낌을 말하는 겁니다."라고 대답한다. 그리고선 추리소설론을 한참 동안 편다.

"내 생각으론 추리소설에는 인생이 그려져 있어야 한다는 겁니다. 주인공들이 일상생활을 하고 있어야죠. 이 생각 저 생각 하며, 또는 이런 일 저런 일을 하고 있는데 그 생활의 과정에서 문제가 사건이 생기는 겁니다. 그런데 그 사건이 어느 사람에겐 생활 전부를 차지하는 것으로 되고 어느 사람에겐 생활의 극히 일부분일 뿐입니다. 그런 사람이 등장해서 하나의 소설을 이루는 것, 뭐라고 할까요? 홍콩에 사건이 났는데 그 사건을 조사하러 서울에서 홍콩으로 간다고 칩시다. 크리스티의 소설은 등장인물이 바로 홍콩으로 가 버립니다. 중간의 얘기가 없지요. 그런데 내가 추리소설을 쓴다면 그런 식으론 안 하겠다, 이겁니다. 소설의 줄거리와 전연 관계가 없더라도 우연히 한자리에 앉게 된 미녀의 인상, 그 미녀와 주고받는 말, 이런 것을 주워 담는 겁니다."

소설 속에서 전개한 소설론이다. 틀에 박힌 추리소설을 쓰지 않고 작가 자신은 주인공들이 일상생활을 하면서 사건도 겪고 해결도 하고 하는 식으로 쓰겠다고 한다. 메리가 그렇게 하면 소설이 무한정 길어지고 긴박감을 상실하지 않겠냐고 묻자 "그렇게 하면서도 적당한 길이를 유지하는 것이, 그리고 긴박감을 잃지 않게 조작하는 것이 소설 쓰는 기술 아니겠습니까. 말하자면 추리소설이면서 문학이려면 그렇게밖에 할 수 없느냐 이겁니다."라고 말한다. 추리소설이면서 문학인 소설, 그것이 이병주의 목표였다. 어찌 보면 반(anti)추리소설론이다. 작가는 메리에게 바크샤이어의 조르지란 마을의 센트메아리 묘지에 있다면서 크리스티의 무덤에 가보라고 안내까지 한다. 영국의 신문기자와 그 근처를 지나다가 우연히 말이 나와 물어보아 가게 되었다면서 묘역이 아주 기가 막히다고 소개하면서 가볼 것을 권유한다.

하지만 『미완의 극』은 추리소설적인 요소가 많다. 유한일과 구용택의 정체와 행보가 시종 확실하지 않은 것도 그렇고, 몇몇 사건을 오리무중에 휩싸이게 해 독자의 추리력 발휘를 유도하는 것도 그렇다. 일본인 관광객이 유한일 대신에 억울하게 죽은 사건도 미제사건이 된다. 윤숙경 납치사건도 작가가 탐정처럼 뛰어다니며 알아보면서 윤곽이 조금씩 뚜렷해진다. 윤숙경의 비서인 권수자가 알고 보니 구용택의 심복이었다는 설정도 추리소설적이다. 구용택이 홍콩 지점장으로 파견한 정당천이란 사람은 실제 모델이 있었다.[4] 정당천은 아내를 죽여 장기간 복역하고 나온 곡마단 출신 심수동을 죽이고 피신차 홍콩으로 간다. 이런 일련의 사건은 『미완의 극』이 다분히 추리소설적인 구성을 지니게 한다. 하 형사라는 이가 택시에서 발견한 성냥통을 통해 범인인 정당천을 추리해 나가는 과정도 그렇다. 유한일의 연락책인 정금호가 보증수표를 끊고, 그것이 문제가 되어 하 형사가 활약하는 제1권의 종반부도 추리소설을 읽는 느낌을 준다. 수사관

---

4) 나무위키를 보면 "현지에서 신필림 홍콩지사를 운영하던 교포 이영생이 사실은 북한의 공작원이었다. 거기에 신상옥의 지인이자 신필림 홍콩지사장을 맡고 있던 김규화가 그들이 쥐어주는 돈에 넘어가서 거짓 일정을 만들어준 것이 결정타가 되었다. 그는 귀국 이후 국가보안법 위반으로 15년을 복역했다."고 나온다.

출신인 강달혁과 임수형이 구용택을 도와 홍콩에서 북한 공작원과 접촉하고, 그 바람에 유한일의 손에 죽는데, 이 과정도 추리소설을 방불케 한다. 인동식, 반금옥, 설상수가 나오는 제1권의 끝부분도 범죄추리소설 같다. 아무튼 범인 밝히기에 초점을 맞추는 크리스티 식의 정통 추리소설과 달리 인생과 추리소설이라고 할까, 인물들의 일상과 고뇌에 초점을 맞춘 반추리소설이 바로 『미완의 극』이다. 구용택을 처단한 유한일과 작가가 나누는 말이 이 소설의 주제라고 할 수 있다.

"적어도 무슨 일을 하려고 하는 사람은 평화의 불가능을 철저하게 인식하고, 이 세상에 폭력이 있는 한 그 폭력을 능가하는 폭력을 확보하고 행사해야 합니다. 그러나 개인으로 볼 때 모두가 그럴 수는 없죠. 넥타이를 맨 샐러리맨들은 폭력을 가꾸려고 해도 방법이 없습니다. 그런 의식을 가지려고 해도 무방한 노릇이죠. 그래서 세계의 어느 지역에선 억지로 평화에 유사한 상황을 만들어 내고 있기도 합니다만⋯⋯"

유한일의 이 주장은 프란츠 파농의 주장과 흡사하다. 폭력에 맞서는 방법은 비폭력이 아니라 폭력밖에 없다는 주장이다. 이 논리대로라면 중동의 분쟁은 지구가 멸하지 않는 한 계속될 것이다. 그 와중에 아이들과 노인 등 민간인이 죽는다. 여기에 대해 작가는 이렇게 반론을 편다.

"천지가 개벽을 하고 세상이 아무리 변하더라도 인간성에 위배되는 행동은 옳지 못한 것이고, 아무리 불가피했어도 사람을 죽이는 일은 옳지 못한 것이다. 하물며 조금만 조심하면 피할 수 있었던 것을, 즐겨 극한 상황으로 자기를 몰아넣어 사람을 죽인다는 것이 옳을 까닭이 없지 않은가? 물론 동기도 있을 것이고, 그럴 만한 이유도 있었을 테지만 아무래도 나는 자네의 행동을 납득할 수가 없구나. 그러니 여러 가지를 알고 싶진 않다. 윤숙경 씨의 사건만을 알았으면 싶다. 도대체 어떻게 된 건가?"

작가 이병주의 주장은 바로 이것이다. 세계의 평화, 호혜주의, 사해동포사상이다. 사람을 죽임으로써 얻을 수 있는 이득은 거의 없다는 것이다. 유한일은 윤숙경의 행방에 대해서는 말을 못하고 자신의 성장기 때의 일들을 죽 들려준다. 복수심을 키웠고, 결국 램스도프의 도움을 받으면서 테러리스트의 길을 걸어가게 되었다는 고백을 한다. 자기변명을 한참 늘어놓자 작가는 "자넨 세계 정부 수립을 목적으로 한다면서 세계 정부의 불가능을 논증하고 있구나. 세계 정부는 선악, 애증의 피안에서 일체의 복수심을 타협과 화합으로 조절한 터전에서만 가능"하다고 충고한다.

이 말에는 이스라엘에 대한 비판의 뜻도 어느 정도 포함되어 있다. 유대인 학살이라는 과거의 상처를 잊지 않는 것은 그렇다 치더라도 폭력으로 되갚으려고 하는 것은 문제가 아니냐는 뜻을 읽어낼 수 있다. 유대인들의 복수의 대상이 독일인이 아니라 팔레스타인, 이집트인, 시라아인, 레바논인이 되었다. 윤숙경의 안부를 재우쳐 묻자 유한일은 살아 있다고만 말할 뿐 주소나 근황에 대해서는 입을 다문다. 이 소설을 쓸 무렵인 1980년대 초, 최은희가 북한에 건재해 있다는 것을 이병주는 알고 있었을까? 몰랐을까? 추리소설적인 질문을 하면서 해설 쓰기를 마친다.

시대와의 불화로 좌절한 사랑

김주성(소설가)

1.

『꽃의 이름을 물었더니』는 1985년 2월 도서출판 심지에서 초판이 발간되었다. 이 시기는 이병주가 「소설·알렉산드리아」(1965)를 발표하고 본격적으로 소설을 쓰기 시작한 이래 가장 왕성한 작품활동을 벌이던 시기였다. 오늘날 그의 대표작으로 평가받는 『바람과 구름과 비』, 『행복어 사전』, 『그해 5월』등을 비롯한 다수의 작품들을 이미 내놓은 위에 『지리산』(전7권, 기린원), 『산하』(전4권, 동아일보사) 등의 대작 완결판을 보태면서 1985년에만 이들 완결판 외에도 『강물이 내 가슴을 쳐도』(심지), 『무지개 사냥』(전2권, 심지), 『생각을 가다듬고』(정암), 『지오콘다의 미소』(신기원사), 『청사에 얽힌 홍사』(원음사), 『악녀를 위하여』(창작예술사), 『꽃의 이름을 물었더니』등 8권의 장편소설을 발표하였다.

이병주는 등단작 「소설·알렉산드리아」를 비롯하여 「망명의 늪」, 「예낭 풍물지」, 「쥘부채」 등 다수의 뛰어난 중·단편들을 발표했지만 역시 그의 소설가로서의 역량은 장편소설에서 발휘되었다. 그리고 그 장편소설들은 오늘날 그의 문학적 성과에 대한 재평가 작업이 활발하게 진행되도록 한 역사 또는 역사 인물 소재의 작품군과 생전에 당대 최고의 대중소설가라는 명성을 안겨준 현대사회의 남녀 애정 문제를 다룬 소설로 크게 나눠볼 수 있다. 『꽃의 이름을 물었더니』는 이 두 큰 줄기 중 후자에 속하는 작품이라고 할 수 있으며, 대중소설가로서의 명성이 절정에 달하던 바로 이 무렵에 쓰인 것이다.

『꽃의 이름을 물었더니』는 스토리 도입 부분부터 전형적인 대중소설의 색깔을 띠고 있다. 남편과 자식이 있는 여인 백정신이 혼외 남자인 박태열의 죽음을 놓고 수사관 앞에서 자살 방조냐 아니냐를 따지는 장면이 독자의 호기심을 끌기에 충분하다. 심문 과정에서 장익진 검사는 백정선이 박태열과의 관계를 굳이 감추려 하지 않을 뿐만 아니라 박태열이 자살을 기도한 것을 알고 자신도 따라 죽으려 했다는 진술을 듣는다. 백정선은 자신의 돈으로 박태열이 기거할 아파트를 마련하고 용돈까지 줘가며 20여년간 은밀한 관계를 이어왔지만 박태열과의 사이에 흔히 상상할 수 있는 육체적 관계나 질투에 의한 다툼 같은 것은 일절 없었다고 한다. 주위 사람들에게 세상 물정 모르는 애어른 같고 늘 얼이 빠져 있는 사람으로 비친 박태열은 동경제국대학 문학부 철학과를 중퇴한 인물이며 백정선은 원산고등여학교 출신이다. 장검사는 슬퍼보이면서도 '단풍이 들기 전의 나무를 연상케 하는 청춘의 황혼과 쇠락 직전의 우아함, 청아한 국화향기 같은' 백정선의 자태와 솔직한 진술 태도를 보면서 이 사건을 단순한 불륜관계가 빚은 사건이 아니란 심증을 굳히고 백정선에 대한 불기소 결정을 내리고자 한다.

스토리는 장익진 검사의 '도대체 백정선은 어떤 역정을 걸어온 여자일까'라는 궁금증을 풀어가는 회상구조로 전개된다. 구성은 복잡하지 않고 스토리는 일제 강점기로부터 해방정국을 지나 6·25 전쟁을 거치는 불운한 시대 상황에서 안팎의 온갖 시련을 견디며 두 남녀가 그야말로 지고지순한 사랑을 가꾸어나가지만 결국 파탄에 이르는 과정을 줄거리로 하고 있다. 자신의 신념을 지키기 위해 여러 불합리한 상황에 맞서 고군분투하는 박태열은 현실과 적당히 타협하며 상식적인 사랑을 이루려는 백정선과 자주 부딪치는데 이런 갈등의 대목마다 박태열의 입을 통해 작가가 설파하는 레토릭을 제외하면 이야기 또한 쉽게 읽힌다.

2.

일제 강점기와 같이 자아 상실을 강요받는 시대나 해방정국의 이념적 혼란기, 전쟁과 같은 비극적 상황에서는 자기 신념이 강한 사람일수록 그가 짊어질 시련의 무게도 무거운 법이다. 시대적 불운 속에서 박태열과 백정선의 사랑은 순탄치 않은 여정을 걷는데 그 원인은 대부분 타협을 모르는 박태열의 강한 자기 신념에서 비롯되고 있다. 신념을 넘어 결벽증에 가까운 박태열의 성격은 백정선에게 무지개 빛으로 다가온 박태열과의 사랑이 곧 시련의 먹구름에 휩싸일 것을 예견케 한다.

여름방학을 맞아 금강산 여행 도중 우연히 만난 두 사람은 벼랑에 핀 눈부신 황금색 꽃의 이름을 묻고 답하는 것으로 인연을 맺는다. 백정선이 박태열에게 꽃의 이름을 묻고 박태열은 기린초라고 답한다. 박태열의 준수한 용모와 맑고 총명한 눈빛, 부드러운 음성은 영원히 잊히지 않으리라는 예감과 함께 선명한 빛깔의 무지개로 백정선의 가슴에 각인된다. 방학이 끝나고 2학기가 시작되던 날 시업식(始業式)에서 교장은 동경제국대학 문학부 철학과 재학생 박태열이 보낸 편지를 공개한다. 내용은 방학 중 금강산에서 만난 여학생이 복색으로 보아 원산고녀 학생으로 판단되는데 그때 자신이 말해 준 꽃에 대해 뭔가 미심쩍어서 확인해보니 '기린초'가 아니라 '꿩의 비름'으로 밝혀졌으니 잘못을 바로잡고자 한다는 것이었다. 박태열은 이를 확인하기 위해 금강산을 다시 찾았고 그 꽃이 피어 있던 벼랑에까지 올라 같은 돌나무과에 속한 두 꽃의 차이까지 살폈으며, 자신의 착각에 대한 부끄러운 심정을 토로하며 사실이 올바로 알려지기를 바란다고 적고 있었다. 이 편지를 게시판에서 다시 읽은 백정선에게 외모로나 정신적으로나 완전 무결한 것처럼 보이는 박태열에 대한 연모의 정은 더욱 깊어진다.

그러나 이미 콩깍지가 쓰인 백정선의 눈에는 박태열의 편지 행간에 숨어 있는 함정, 한 치의 실수도 용납하지 않는 숨 막히는 자기 엄격성과 조그만 잘못도 기어이 바로잡으려는 결벽증적인 신념의 벽은 미처 볼 수 없었다. 누가 지적하지 않았는데도 스스로 의문을 제기하고 현장을 다시 찾아 확인한 뒤 이를 바로잡기 위해 관련된 사람에게 적극적으로 알리는 행위는 그가 철학도라는 점을 감안하더라도 상식을 뛰어넘는 태도로 보인다.

백정선이 처음에 간파하지 못한 박태열의 이러한 결벽증과 신념의 벽은 그들의 애정 행로에, 더 정확히 말하자면 박태열을 향한 백정선의 마음에 크나큰 시련을 안기는 원인으로 작용한다. 해가 지나야 18세가 되는 백정선은 박태열을 향한 현실의 감정에 충실하고자 하나 박태열은 합리적 이성에 따라 행동한다. 함께 여관에 들어 사흘씩이나 한 방에서 지내면서도 모든 것을 바쳐 사랑을 확인하려는 백정선의 열정은 초인적인 정신력으로 욕망을 제어하는 박태열의 신념 앞에서 혼란을 겪는다.

백정선의 아버지는 내선일체를 신봉하며 일본이 전쟁에서 승리할 것을 철석같이 믿는 골수 친일파로 원산상공회의소 부회두(副會頭)라는 지역 유지이고, 박태열의 아버지는 자기 자신과 가족 전체의 생활을 불구적 상황으로 몰아넣고 있는 독립운동가이다. 이런 그들의 현실은 두 원수 집안의 아들 딸인 로미오와 줄리엣의 상황을 방불케 하는 것으로 이미 그들의 사랑이 순탄할 수 없는 일차적 조건이 되고 있다. 이 난제를 뛰어넘으려는 방법을 놓고 백정선과 박태열의 태도가 충돌을 빚는 것이다.

백정선은 부모를 속이고 박태열의 서울행을 따라와 한 여관에 투숙하기를 고집한다. 박태열이 동경으로 떠나기 전에 몸과 마음으로 하나가 되기를 갈망하지만 사랑을 굳게 맹세하면서도 박태열의 자세는 요지부동이다. 플라톤의 이데아적인 사랑을 꿈꾸는 박태열은 자신들의 사랑을 지고지순한 최고의 사랑으로 가꾸어야 한다며 부모의 허락을 받지 않은 사랑은 미완성이니 때를 기다리자고 설득한다. 사랑에도 질서가 있어야 하고 주위의 사람들로부터 존경받는 사랑이어야 한다는 것인데, 현실적으로 그 길이 불가능하다는 것을 예감한 백정선은 당사자끼리의 의지가 우선이므로 자기는 부모의 반대를 무릅쓰고 박태열을 따르겠다며 정면돌파를 주장한다. 이에 더하여 물질보다 정신의 가치가 더 높다는 박태열의 말에, 그렇다면 질서니 부모의 허락이니 주위의 존경이니 하는 것들은 물질적인 것, 형식적인 것이 아니냐고 따진다. 박태열은 이렇게 대답한다.

"정신은 정신으로서 증명되지 않습니다. 시간을 시간으로서 나타내지 못하듯이, 시간은 공간을 척도로서 이용하고 공간은 시간을 척도로 해서 표현합니다. 이와 마찬가지로 물질적인 시련을 이겨냄으로써 정신력은 발현되는 겁니다. 형식적인 절차를 고집하는 것은 정신이 요구하는 위신 때문입니다. 정신은 시련을 요구합니다. 그 시련은 물질에 있습니다. 정신은 위신을 요구합니다. 그 위신은 형식에 있는 겁니다."_ 본문 p.125

정신과 물질 그들은 각기 떨어져서 제 의미를 갖지 못하고 서로 대면함으로써 그 의미를 드러낸다. 정신의 가치가 더 높다는 것은 이렇게 뗄 수 없는 물질과의 관계를 통해 입증된다는 박태열의 설명을 백정선은 어려워한다. 박태열이 가려는 이 어려운 길을 백정선은 온전히 이해하지 못하지만 강철같은 의지가 담긴 그의 성실한 태도에서 육신을 포함한 모든 물질적 조건 너머의 절대적 사랑의 무게를 느낀다. 하지만 자신의 신념에 반하는 어떠한 현실과의 타협도 허용하지 않는 박태열의 태도는 그가 언표한 대로 그들의 사랑의 행로에 시련을 몰고 온다.

3.

때는 태평양전쟁이 한창이던 1943년 무렵. 일본 국내에서는 산업경제 전반에 걸쳐 동원이 더욱 가혹해짐에 따라 민간의 삶은 날로 피폐해지고 있었다. 징용이 확대되고 지원병제가 징병제로 바뀌면서 일할 체력을 지닌 사나이나 20세 안팎의 청년들은 태평양 일대와 만주, 북해도 등지의 여러 전쟁터로 내몰린다. 식민지 반도에서도 일제의 일시동인(一視同仁)의 혜택이라는 미명 하에 수많은 인력이 징용으로 차출되고 젊은 여성들까지 정신대란 이름으로 끌려나간다. 여학교에서조차 미영 연합군을 막는다며 창을 만들어 훈련시키는 상황은 미구에 닥칠 전쟁의 공포를 실감케 한다.

이렇게 불안하고 혼란한 와중에도 백정선과 박태열은 현해탄을 사이에 두고 편지를 통해 사랑의 탑을 쌓아간다. 전쟁이 닥치더라도 그 전쟁의 노예로 타락하지 말 것이며 끝까지 살아남아 서로가 맹세한 지고지순한 사랑의 꽃을 피우자고 다짐한다. 박태열은 자신이 속한 역사강습 그룹의 멤버 9명 중 일본인 친구 8명이 전쟁터로 나간 상황에서도 지도교수에게 자기는 끝까지 남겠다고 말하지만 마음 한구석에서 돋아나는 '운명'이란 단어, 자신의 의지로서 제어할 수 없는 불가항력의 상황을 예감한다. 이 예감은 모든 것을 빼앗아 갈 수 있는 전쟁이 자신을 '죽음'으로 인도할 수 있다는 가정으로 이어진다. 백정선 역시 문득문득 엄습해 오는 공포로부터 자유로울 수 없다. 그녀의 공포는 전쟁으로 겪을 수난에 대한 것이 아니라 박태열이 그 수난의 와중에 휩쓸리지 않을까 하는 불안에서 비롯된다. 만약 박태열이 죽기라도 한다면 자기도 따라 죽을 수밖에 없다고 각오한다. 그녀는 박태열이 죽음을 언급하자 '우리에게 절대로 죽음이란 없다'고 반박하지만 죽음이란 불길한 그림자는 이미 두 연인의 마음속으로 스며들어와 있다.

백정선에게 현실적으로 죽음을 생각하게 한 사건은 뜻밖에도 박태열의 결혼 문제다. 백정선은 자신의 일본 유학을 의논하기 위해 박태열의 봄방학 귀국을 학수고대한다. 하지만 박태열은 역사강습에 몰두하고자 귀국을 포기했다는 편지를 띄운다. 이게 쉬 믿기지 않았었는데 백정선은 친구로부터 박태열과 원형숙이 결혼한다는 얘기를 듣는다. 급기야 그동안 두 사람의 메신저 역할을 해온 박태열의 이모가 결혼할 양가의 특별한 관계를 들어 백정선의 양보를 호소하고 나선다.

박태열의 아버지와 원형숙의 아버지는 독립운동 동지로서 두 자녀가 성장하기도 전에 사돈을 맺기로 약속했으며 원형숙의 아버지는 박태열의 아버지를 위해 목숨을 던진 생명의 은인이기도 했다. 백정선이 나서서 이미 지역사회에 알려진 이 혼사를 깬다는 것은 곧 두 집안을 풍비박산낼 뿐만 아니라 은밀히 이어온 자신과 박태열의 관계를 만천하에 드러내 자기 집안의 위신마저 짓밟는 행위를 의미했다. 고민 끝에 백정선은 박태열 이모의 간곡한 부탁을 들어 자신이 물러날 테니 원형숙과 결혼하라는 편지를 띄우고 몸져눕는다.

혼수상태에 이르러 죽음의 문턱을 넘나들던 백정선에게 박태열의 편지는 생명수가 된다. '이미 수없이 맹세한 것처럼 내가 당신의 남자란 사실은 변할 수 없다. 어릴 때 어른들끼리 한 약속대로 마음에도 없는 사람과 결혼한다는 것은 진실한 자세가 아닐뿐더러 무고한 한 여성을 불행하게 만드는 짓이다. 설령 집안의 위신을 생각해 어른들의 뜻을 따른다는 것도 정의가 아니다. 당신이 나를 의심하고 작별을 고하는 것은 우리의 맹세를 깨는 배신행위다. 내 뜻과 상관없이 어른들이 벌이는 혼사 계획에 휘말리지 않기 위해, 저간의 사연을 모르는 당신에게 군이 알릴 필요를 느끼지 못해 귀국하지 않으려는 것이었다.' 박태열의 이런 해명으로 백정선은 자신이 마음에도 없는 작별 편지를 쓴 것에 대해 후회한다. 이를 계기로 박태열을 향한 백정선의 마음은 더욱 확고해진다. 그래서 원형숙의 모친이 찾아와 거듭 양보를 애원했을 때도 냉정하게 외면할 수 있었다. 하지만 시련은 여기서 끝나지 않는다.

어렵게 아버지를 설득해 유학을 허락받고 박태열의 곁에 있게 돼 희망의 꽃길을 걷는가 싶던 백정선에게 더 큰 시련의 회오리가 덮친다. 고향 친구로부터 원형숙이 자살했다는 소식을 들은 것이다. '이것은 나의 잘못이 아니야. 결혼을 거부한 그이의 책임도 아니야. 이건 운명이야.' 그러면서도 백정선은 불안을 떨칠 수 없다. 백정선으로부터 원형숙의 자살 소식을 들은 박태열의 반응은 백정선을 절망의 나락으로 내몬다. 자신은 존재하는 것만으로 남을 불행에 빠뜨리는 불행한 운명을 타고난 인간이라고 규정한다. 그게 아니라는 백정선의 절규에도 불구하고 '운명은 이에 순종하는 사람은 태우고 가고 거역하는 사람은 끌고간다'는 세네카의 말을 인용하며 자신은 이 피할 수 없는 운명에 따라 스스로 형벌을 과해 자기 때문에 죽은 이에 대한 보상의 길을 찾고자 한다고 말한다. 그리고 사랑하는 백정선마저 자신의 불행한 운명의 덫에 걸려들게 할 수 없다며 결별을 선언한다. 백정선은 그게 운명이라 하더라도 끝까지 함께 가겠다며 결혼을 제안한다. 박태열은 양가의 허락 없이 몰래 하는 결혼은 떳떳지 않지만 끝내 허락받지 못할 경우에 한해 칸트가 말한 자유의지를 따르자고 말한다. 그들은 다시 맹세한다. 평생 헤어지지 말 것이고 만일 헤어지더라도 지구 끝까지 찾아가자는 금강불괴(金剛不壞)의 맹세를 거듭 다진다.

4.
____

여기까지는 두 사람의 사랑에 장애가 되는 요소들을 박태열의 합리적인 판단과 그가 신봉하는 칸트의 자유의지로 극복해 낼 수 있었다. 그러나 시시각각 패망의 길로 나가고 있는 일제의 현실은 박태열이 불안 속에서 예감한 대로 한 개인의 신념이나 철학적 명제로는 대응할 수도 거역할 수도 없는 운명적 상황이 되고 있었다. 그래서 이제까지 그들이 겪었던 시련은 그들 자신의 태도와 가족 또는 몇몇 주위 사람들의 명분과 관련된 비교적 내적 요인에 의한 것이었다면 이제부터 닥쳐올 시련은 외부의 거대한 변전으로부터 비롯된다. 즉 박태열이 말한 운명, 급격한 역사의 소용돌이에 휩쓸리면서 그들이 가꾸어온 사랑도 쉬 극복할 수 없는 위기에 직면한다.

모든 전선에서 패색이 짙어지자 일제는 전문학교 이상의 전 대학생에게 동원령을 내린다. 일시동인을 내세워 조선인 학생들에게도 천황의 특전이라며 학도지원병 제도를 실시한다. 하지만 말이 지원이지 하부형까지 인질로 잡고 협박하는 등 실제는 강제동원이나 다름없었다. 박태열은 죽는 한이 있어도 일제의 노예로서 그들의 용병은 결코 되지 않겠다고 다짐한다. 일본 경찰에 자신이 4대 독자라는 사실을 내세워 고향으로 돌아가 조부와 의논해 결정하겠다는 기지를 발휘한다. 자신의 소신대로 지원을 거부하자니 조부의 안위가 위태롭고 지원하자니 자신의 뜻에 반하는 진퇴양난의 상황 앞에 갈피를 잡지 못하자 조부는 '할애비의 곤욕을 풀기 위해 애비에게 총질을 할 참이냐?'며 호통친다. 일제의 용병이 되는 것은 만주 땅 어딘가에서 독립투쟁을 벌이고 있을 아버지를 향해 총을 드는 행위임을 일깨운 것이다. 박태열은 눈물을 머금고 조부의 뜻에 따라 일제의 행정력이 닿지 않는 갑산의 산속으로 피신한다. 태열이 떠나기 전 조부는 '이젠 내 의사에 구애말고, 애비의 의견을 기다릴 것 없이 기회가 되거든 장가를 들어라.'며 그의 자유의사에 따라 결혼할 것을 승낙한다. 일제의 삼엄한 눈길을 피하기 위해 백정선을 만나지 못하는 태열은 이런 조부의 뜻과 함께 어떻게든 살아남아 사랑의 결실을 이루자는 편지를 남긴다. 이제는 세상 끝 어디라도 따라가 함께 하겠다고 각오했던 정선은 기약 없는 이별에 절망하면서도 재회할 희망을 싹 틔우며 그의 안전을 기원한다.

갑산의 산속에서 1년 반 가량 숨어지낸 뒤 귀향길에 오른 박태열은 일제가 패망하고 38선을 경계로 북에 소련군이 진주한 사실을 뒤늦게 알게 된다. 일제의 패망을 지켜보며 박태열과의 재회를 고대했던 백정선은 북에 불어닥친 공산혁명의 물결을 피해 가족과 함께 미군이 진주한 남으로 내려간 후였다. 이로써 두 남녀의 연락은 38선을 경계로 끊어지고 만다. 원산에 남게 된 박태열은 자신의 집안이 악덕 지주로 낙인찍혀 재산을 몰수당하는 상황에서 '아아, 나는 이날을 기다리기 위해 갑산에서 살았던가'라고 한탄하며 '일본놈이란 이리를 앞문에서 쫓고 보니 뒷문으로 소련놈이란 호랑이가 들이닥친 꼴'에 울분을 참지 못한다. 급기야 인민위원회로부터 일본 유학은 친일에다 부르주아의 증거라며 자아비판까지 강요받는다. 유치장에 갇혀 수없이 반복되는 반성문 작성을 강요받은 태열은 자포자기 상태가 되어 '스탈린은 인류의 은인이요 조국 해방의 은인임을 뒤늦게 깨닫고 앞으로 인민을 위해 복무하겠다.'는 서약서를 쓰고 풀려난다.

이후 박태열은 심한 염세주의자가 되어 술을 배우고 성격에도 이상이 생겨 타락의 길을 걷는다. 인민위원회로부터 원산고급중학교 교원의 임무를 부여받지만 자신의 의지에 반하는 잡스런 말을 하지 않아도 되리라는 기대에 자신의 전공이 아닌 수학교사를 지원한다. 하지만 현실은 과목에 상관없이 교사는 누구나 공산혁명 선전을 우선해야만 했다. 이에 소극적으로 임한 태열은 결국 혁명활동에 소홀했다는 죄로 장기노역형을 선고받고 시베리아 오지의 광산으로 끌려간다.

한편 백정선의 집안은 서울에서 빈손으로 힘겹게 새 삶을 꾸려간다. 정선은 집안의 살길을 찾자며 모처럼 나선 좋은 신랑감과 결혼하기를 재촉하는 아버지의 뜻을 거부하고 박태열을 만나고자 백방으로 노력한다. 하지만 가로막힌 38선 때문에 만남은 커녕 소식조차 듣지 못한다. 그러다가 목숨을 걸고 38선을 넘어온 친구로부터 태열이 살아서는 돌아올 수 없다는 시베리아로 끌려갔다는 소식을 듣는다. 절망에 빠진 백정선은 결국 강원도 오지로 떠나 태열을 기다리겠다는 각오를 포기하고 결혼을 받아들인다.

6 · 25 전쟁이 터지고 부산으로 피난을 떠나는 혼란 속에서 정선의 결혼생활은 순탄하지 않다. 남편의 안정된 직장으로 생활에는 문제가 없지만 그녀의 가슴 속에서 떨쳐지지 않는 태열의 존재 때문이다. 어떤 운명이 가로막더라도 절대 굴복하지 말자던 맹세를 스스로 깬 자괴감에 삶은 우울하고, 그러면서도 언젠가는 그가 돌아올지 모른다는 희망의 끈을 놓을 수 없어 아이를 둘이나 낳았음에도 남편에 대한 죄의식에서 벗어나지 못한다.

피난지 부산에서 박태열과 재회한 정선은 가혹하기 짝이 없는 운명의 장난 앞에서 절규한다. 오디세우스의 아내 페넬로페는 온갖 유혹과 위협을 이겨내고 13년이나 되는 무소식의 이별 상태에서 정절을 지켰는데 자신의 방황 기간은 7년에 불과했다는 박태열의 말은 비수가 되어 백정선의 마음을 찌른다. 그러나 이미 엎질러진 물. 태열은 '실패한 것 위에 또 뻘짓을 하지 말고 당신의 가정이나 소중히 지키라'는 말을 남기고 돌아선다.

이후 박태열은 '패잔한 자는 죽어야 한다. 승리를 확보 못한 자는 스스로 멸해야 한다'며 여러 자살방법을 떠올려보지만 사람들 앞에 추하게 남을 시체가 두려워 결행하지 못한다. 굳건한 의지의 인간 박태열의 이런 결벽증은 결국 이도 저도 아닌 무기력하고 누추한 삶을 이어가게 한다. 백정선은 자신이 저지른 배신의 값을 치르고자 박태열의 남은 생을 돌보며 지낸다.

5.

이 소설에서 백정선과 박태열의 사랑이 실패로 끝나고 마는 원인은 크게 두 가지로 읽힌다. 앞서 언급했듯이 의지나 신념으로 제어가 가능한 범주 즉 내적 원인이 하나요 또 하나는 국가 동원령, 정치체제와 이념, 전쟁 상황 등 개인의 의지나 신념으로 제어하기 어려운 역사적 변천 같은 외적 원인이다.

먼저 내적 원인을 살펴보면 두 사람의 성격이 달라도 너무 다르다는 것이다. 박태열은 지상에서 실현하기 어려운 플라톤의 이데아적인 사랑을 추구하는 반면 백정선은 당장 지상의 행복을 가져다줄 실현 가능한 사랑을 추구한다. 박태열에게 있어 내용과 형식 모두 완전무결한 사랑이 되어야 하기에 이를 방해하는 양가의 대립적 성향이나 자신들의 처지, 그리고 백정선의 감성에 지배받는 태도 등은 극복하고 계몽해야 할 대상이 된다. 그러나 백정선은 지금 서로가 사랑한다는 사실이 중요하므로 몸과 마음을 합쳐 이를 증명하는 것이 우선이다. 이런 차이에서 발생하는 갈등을 해소해 내는 조건은 두 사람의 굳건한 사랑의 맹세이고 그 맹세를 지탱하는 힘은 오로지 박태열의 백정선에 대한 견고한 믿음과 언젠가는 결실을 이루겠다는 신념이다. 백정선은 박태열의 이런 신념, 비록 철학 선생님의 난해한 강의를 듣는 것 같아 다 이해하지는 못해도 숭고한 무엇을 느끼게 하는 그의 지고지순한 태도에 감동하며 희망의 끈을 놓지 못한다. 그토록 사랑한다면서도 제대로 된 포옹 한 번 나누지 못한 채 기약 없는 이별에 처한 이 두 연인의 처지는 암담하기 그지없다. 절망 속에서 결혼을 선택했지만 지금이라도 진정한 사랑이 없는 남편과 이혼하고 새출발을 하겠다는 백정선의 모습은 끝까지 현실적인 사랑을 선택하는 여인이다. 그리고 결벽증 환자요 허황한 이상주의자인 박태열, 이데아의 세계에서 타락한 천사, 배신한 페넬로페를 남기고 돌아서는 그의 뒷모습은 쓸쓸하기만 하다.

이런 결말을 두고 백정선의 선택에 대해 일견 고개를 끄덕이며 '그럼 어쩌란 말이냐?'하고 항변하고 싶은 것은 왜일까. 박태열에 대해서도 그의 결벽증과 이상주의가 병적으로만 보이지 않고 깊은 연민을 품게 하는 이유는 무엇일까. 그들이 사랑을 가꿔나가는 토양이 애초에 너무나 척박했던 건 아닐까. 아무리 정성을 들이고 퇴비를 뿌려도 싹이 자랄 수 없는 불모의 땅, 의지와 실천만으로는 결실을 이루어낼 수 없도록 운명지어진 조건에 그들은 무모하게 도전한 것은 아닐까. 이제 열여덟, 스무살 청춘에 불과한 그들의 순수한 영혼은 일제 강점기라는 현실 앞에서 여지없이 위축되고 훼손된다. 이념이 점령한 땅은 그들의 자유의지를 짓밟고 나약한 도망자로 비겁한 변절자로 전락시킨다. 공포와 파괴를 거느린 전쟁은 그들에게 남은 최후의 희망마저 설거지하듯 거두어가고 만다. 이것이 그들의 사랑을 실패로 몰아넣은 두 번째 외적 원인이다.

여기서 잠깐 그들이 이런 척박한 환경이 아닌 평화로운 세상에서 사랑을 가꿨다면 어땠을까 하고 생각해 볼 수도 있지만 그건 작가의 서사 전략과는 무관하므로 무의미한 가정이다. 그들의 사랑은 그들만의 것이 아니다. 그들의 사랑은 그들과 함께 불운한 이 땅에서 살았던 우리 민족 한 사람 한 사람의 사랑이요 삶 자체다. 그래서 백정선과 박태열의 실패한 사랑 앞에 안타깝고 허무한 감회에 이어 가슴이 쩡해지는 것이다. 박태열의 자살을 방조했는지 여부를 따지는 수사관 장익진 검사가 끝내 백정선에 대해 불기소 처분을 결심하는 이유가 여기에 있지 않나 싶으며 그것은 바로 작가 이병주의 숨은 주문일 것이다.

　이 소설에서는 다른 여러 작품 속에서 절실한 화두로 등장하는 작가의 학병 체험을 읽을 수 있다. 자신은 그렇게 하지 못한 회한 또는 성찰의 일단을 박태열의 갑산행을 통해 뒤늦게 드러낸 것인지도 모른다. 또한 이 소설은 그리스 신화, 플라톤의 이데아론, 칸트의 비판철학을 비롯해 니체, 톨스토이, 도스토예프스키의 문학 등 꽤 깊은 인문학 소양을 독자에게 요구하고 있어 가벼운 통속소설로만 읽기에는 무거운 감이 없지 않다. 한편으로는 주인공들이 여러 차례 '죽겠다', '헤어지자'고 선언하고도 실행하지 않고 유야무야 다음 사건으로 넘어가는 등 사건과 사건 사이의 개연성 확보에 미흡한 부분이 눈에 띄는데 이런 아쉬움은 작가가 퇴고 과정에서 걸렀을 수도 있겠다 싶은 옥의 티로 보인다.

　백정선과 박태열의 사랑은 시대와의 불화(不和)로 좌절한 사랑이다. 그러나 미약한 개인인 그들이 거대한 시대를 상대한다는 것은 애당초 어불성설이다. 비록 무너지고 말았지만 시대의 일방적 횡포(橫暴)를 견디며 사랑의 탑을 완성하려고 부단히 애쓰던 그들의 모습은 너무나 가엾고도 아름다운 기억으로 남는다.

　장편소설 말미에 실린 단편 「소설 이용구」는 작가가 작가의 말에서 밝힌 대로 한말(韓末)의 역사 자료를 토대로 쓴 역사 인물 소설이다. 친일단체인 일진회 회장을 지냈으며 한일합방을 적극 지지했던 이용구는 나중에 일제로부터 토사구팽 당하는데『꽃의 이름을 물었더니』와는 소재나 배경이 전혀 다르지만 우리 민족이 겪어야 했던 운명의 역정에서 공통점이 있어 함께 묶었다고 한다. 이야기 자체로 작가가 전하려는 의미가 충분하여 해설을 덧붙이는 것은 사족이 될 듯하다. 그 의미가 함축된 서두를 음미하는 것으로 해설을 갈음한다.

그를 용서할 수 없는 것은 내가 나를 용서할 수 없기 때문이다.

그를 욕할 수 없는 것은 내가 나를 욕할 수 없기 때문이다.

무릇 惡人의 말 가운데도 들어둘 만한 것이 있다.

예컨대 '人生莫不呑無常'_본문. p.331

무지개를 좇던 사나이, 그 폐허의 기록

손혜숙(한남대 교수)

1. 도시의 오아시스 '사슴'이 가리키는 것

나림 이병주는 역사를 기록하고 재현하는 작가로 많이 알려져 있다. '역사'의 문제가 그의 문학 세계의 한 축을 차지하고 있다면, 다른 한 축에는 '시대 현실'의 문제가 자리하고 있다. 그는 소시민들의 일상 영역에 들어가 그들이 살아가고 있는 당대의 시대 현실을 핍진하게 그려내는 일에 게을리하지 않았다.

소설 『무지개 사냥』 역시 이러한 작업의 일환으로, "정치, 경제, 사회의 격변의 틈바구니에서 독버섯처럼 피어나 현란한 색깔과 독향(毒香)으로 세상을 놀라게 하다가 사라진", '젊은 청년 실업인의 이야기'를 담고 있다. 이 소설은 1982년 4월부터 1983년 7월까지 《동아일보》에 연재된 장편소설로, 대중문화의 전성기이자 독재 정권기였던 1971년부터 1979년까지를 시간적 배경으로 하여 소시민의 일상생활과 그들의 삶 속에 작동하고 있는 경제 생리를 풀어낸다.

소설은 '피난민의 몰골을 닮은 범람 상태의 사람들, 만성 체증을 앓고 있는 위장을 방불케 하는 자동차 홍수, 물욕이 투사된 수십 층 빌딩과 단층 판잣집의 고저'로 이루어진 1971년 서울 거리에서부터 시작된다. 한 마디로 '나'를 지치게 하는 서울이지만 그 한복판에는 '나'의 안식처가 되는 곳이 있다. 바로 '사슴'이라는 술집. 소설은 '서울'이라는 공간 안에 '사슴'이라는 장소를 마련하여 중층의 구조 속에서 시대 현실과 일상사를 그려낸다. 술집 '사슴'은 1970년대 종로의 관철동에 실제 있었던 곳으로 소설에서처럼 당대의 정치인, 언론인을 비롯하여 교수, 예술인 등 소위 지식인들이라 칭할 수 있는 인사들이 모여 담화, 담론을 나누던 곳이다. 따라서 작가의 말처럼 '먼 훗날 제3공화국의 문학사(文學史) 또는 사상사가 야담화(野談化)할 경우, 심심찮은 화재(話材)가 될'(12쪽) 수도 있는 그런 곳이다. 이는 소설에서 '사슴'에 응축해 놓은 의미들을 되짚어 볼 때, 한층 선명해진다.

'나'는 거의 매일 밤 습관처럼 '사슴'을 찾는다. 미스 리(온양댁)란 술집 마담을 보기 위해서다. '나'가 이곳을 찾는 이유는 소설의 언술 그대로 그녀 때문이다. 그러나 '사슴'을 소설의 공간적 배경으로 확장해 보면 단순히 미스 리를 볼 수 있는 만남의 장소 이상의 다양한 의미들을 발견하게 된다. '나'가 말하는 '사슴'은 루이 15세의 '녹원'에서 음탕을 제거한 것 같은 곳이다. 장중한 음악적 선율과 술, 그리고 미희(美姬)가 있는 곳이다. 무엇보다 언제나 '나'를 환대해 주는 미희가 있어 상상의 로맨스를 가꿔볼 수 있는 장소이기도 하다. '나'에게 '사슴'은 서울이란 토포포비아적 공간 안에 은밀하게 숨겨져 있는 삶의 안식처이자 토포필리아적 장소인 셈이다. 이뿐인가? '사슴'은 '나'의 개인적, 시대적 시름을 잊을 수 있는 공간이며, "신문이나 방송이 절대 전해 주지 않는 종류의 정보"와 "현대적, 철리적 지식을 제공"하는 곳이기도 하다. 나아가 "역사적 인물, 또는 현존하는 인물들을 심판대에 올려놓고 난도질"(23쪽)을 할 수 있는 곳으로, 독재와 검열로부터 잠시나마 숨통을 틀 수 있는 장소인 셈이다. 따라서 작가는 이곳을 "도시의 오아시스"라 명명한다.

이처럼 '사슴'은 등장인물들에겐 오아시스일 수 있으나, 독자들에겐 시대사를 넘어 시대를 견디고 있는 나약한 지식인들과 그들의 한계적 상황을 복도하게 하는 매개로 작용한다. 소설은 '사슴'을 통해 쓰지도 못할 기삿거리를 가두어 두고 있는 기자들의 매너리즘, 대학의 장래를 애써 외면하는 대학교수들, 문학인들이 모여 문학을 논하지 못하는 상황들을 열거하며 시대 현실을 외면하는 무기력한 지식인들을 통해 시대를 이야기한다. 그들의 발화에서 튀어나와 '사슴'을 유영하고 있는 어휘들—무역주의, 수출주의, 특례주의, 번영주의, 부익부 빈익빈주의(53쪽)— 속에서 당대의 시대사적 인식이 돌올하게 드러난다. 이는 성공한 범죄자는 범죄자가 아닌 성공자라는 논리가 지배하는 자본주의의 생리와 논리에서 기인한다. 작가가 말하는 '70년대의 병리에 대한 조명'은 여기서부터 시작된다.

2. 꿈의 폐허에서

이제 소설은 K기자의 기록을 빌려 본격적으로 위한림이란 인물을 형상화한다. 실제 인물을 모델로 했다는 위한림은 자본주의를 상징하는 '하나의 사회 현상'(49쪽)으로, 작가는 그를 선한 악인, 착한 악인으로 칭한다. 그는 커닝으로 서울대에 들어가 기계학을 전공한 뒤 평진 산업과 외국 상사를 거쳐 사업으로 성공의 가도(街道)를 달린 인물이다. 소설은 K기자의 발화를 빌려 '체제의 메커니즘의 심처까지 동태적으로 파악하고 부각시키기 위해 위한림을 모델로 소설을 써보는 것도 사회 참여 문학'(50쪽)이라며 '나'에게 소설 쓰기를 권하는 방식으로 이 소설의 의미와 목적을 드러낸다.

> 하나의 병리 현상으로 보고 추적해 볼 만하다고 생각한 것이긴 하지만 단순한 읽을거리로 되는 것보단 시대 배경을 충분히 감안한 소설로 만드는 것이 훨씬 웨이트 있는 것으로 될 겁니다. 지금 우리나라에 있어서 주목할 만한 존재들이란 경제인 아닙니까. 그런데 경제인이 경제인으로서 등장하는 소설이 없지 않습니까. 그들의 포부와 야심, 그리고 생리와 병리, 애욕의 문제 등이 소상하게 취급되어 있는 소설이 없단 말입니다. (중략)
> 대담한 정치소설, 대담한 기업소설이 정정당당하게 문학으로서의 메리트를 갖추고 등장해야죠. 그럴 때 비로소 문학이 사회에서 정당한 발언권을 주장하게 될 게 아닙니까. 지금 형편으론 아직도 문학은 아녀자의 것, 일부 문학 청년의 것밖엔 되어 있지 못합니다. 아녀자들의 독점물이라 해서 문학의 가치가 떨어지는 것은 아니지만 이왕이면 사회적인 영향력을 발하는 그런 문학도 있어야 하지 않겠소.(1권, 57-58쪽)

이병주 소설에서 자주 등장하는 그의 또 다른 분신인 K기자는 이 소설에서도 어김없이 작가의 목소리를 대변한다. 표현의 자유가 확보되지 못한 한계적 상황에서 사회 문제에 대해 목소리를 낼 수 있는 방안을 찾다가 이른 것이 위한림이라는 인물에 대한 연구이며, 그를 통해 경제, 기업, 재벌의 문제에 천착하여 자본주의 생리를 조망해보겠다는 의도를 밝히고 있다.

위한림이 1971년 4월에 첫 입사한 평진 산업 이야기를 경유해 보자. 평진 산업은 "공명정대"를 모토로 하고 있지만 아이러니하게 일제 이후 사기로 사취(詐取)한 기업이다. 소설은 평진 산업을 둘러싼 샐러리맨의 노예적 삶과 재벌 혹은 사주의 사위 되기를 꿈꾸는 인식들에 집중한다. 대표적인 사례가 고경택인데, 그는 7년 동안 공을 들여 평진 산업의 딸과 교제에 성공했으며, 약혼했다. 그의 행보는 '봉건적 잔재가 남아 있는 자본주의 사회에서 가장 편리하고 안전한 길은 사주의 사위 되기'라는 사회 병폐적 인식을 드러낸다. 위한림은 인생은 어떻게 살아야 하는가 하는 인간다운 문제의식 없이 그저 처세술과 아첨술에 집착하여 성공만을 노리는 고경택 같은 유형의 인물을 부정하며 통속적 방식으로 일침을 가한다. 사주의 딸인 기명숙에게 접근하여 고경택과 기명숙의 결혼을 방해하기가 그것이다. 결과적으로 위한림은 본인의 목표를 달성했지만, 자신 역시 일말의 상처를 받아 사표를 내는 것으로 평진 산업과의 연결 고리를 끊어낸다.

평진 산업에 사표를 던진 위한림은 퇴직금을 가지고 조선호텔 스낵바에 가는데, 그곳에서 우연히 만난 홍마담에 의해 도박의 수렁에 빠진다. 워커힐 카지노, 워커힐 빌라, 동남 호텔, 세기 호텔 커피숍, 정주집에 이어 남산을 거쳐 불광동 집에 도착하기까지 위한림의 행적은 그야말로 향락과 자본의 공간에 닿아 있다. 홍마담에 의해 도박에 발을 들인 위한림은 "나폴레옹 앞엔 알프스가 있고, 내 앞엔 룰렛이 있다"(206쪽)며 급기야 룰렛을 마스터하면 천하를 지배할 수 있으리란 허상을 좇기 시작한다. 그는 공장, 회사, 경찰, 군대, 연구소, 정당 모두 필요 없고 오로지 '룰렛'만 있으면 된다(222쪽)는 신념에 갇혀 시간과 돈과 열정을 모두 탕진해 버린다. 하룻밤에 거액의 돈이 오가고, 그 한탕주의에 몰두하는 사람들이 난무하는 곳, 자본의 상징으로서의 호텔 카지노와 호텔 빌라는 당대를 지배하고 있는 자본의 생리를 리얼하게 보여준다.

이어 집으로 돌아가는 길에 들른 태권도장에서 만난 해결사 임춘추와 정광억과의 대화는 당대를 풍미했던 돈놀이, 현지처, 해결사 등의 사행성 직업들을 소환한다. 모두가 '병리적인 틈서리만 노리며 사건의 더미를 이용하여 먹고 사는 사람들'이다. 정업(正業)이 성립될 수 없는 시대의 도시 서울을 소설은 '패륜의 도시 소돔과 고모라'라고 명명한다. "권력자의 꿈, 권력을 노리다가 실패한 자들의 꿈, 사업가들의 꿈, 사기꾼의 꿈, 좀도둑의 꿈, 허영투성이인 여자들의 꿈, 간통하는 남자, 간통하는 여자의 꿈, 수험생들의 꿈, 예술가의 꿈, 그 무수한 꿈들이 지칠 대로 지쳐 그 형해(形骸)가 건물이 된"(326쪽) 서울은 말 그대로 "꿈의 폐허"이다.

3. 경제 동물화가 파생한 권모술수

위한림은 꿈의 폐허 서울에서 다시 꿈을 꾸기 시작한다. 그 첫걸음으로 무역을 중심으로 하는 스위스 계열의 회사에 입사한다. 한국 회사보다 자유로움은 있었지만, 이곳 역시도 자본이 지배하는 세계이며, 병폐와 모순투성이다. 먼저 위한림의 눈에 띈 것은 '현지처' 문제이다. 회사의 상사들이 제각기 비서를 현지처로 두고 있는 상황을 보면서 위한림은 울분을 터트린다. '현지처'란 일본인 기생 관광이 낳은 신조어이다. 당시 정부의 수출 정책의 일환으로 진행된 매매춘 장려 정책은 일본인 기생 관광 붐을 조장했고, 이 과정에서 여성을 외화벌이로 착취하고 국민을 '경제동물화'하였다. 마치 일제 식민정책과도 흡사했던 당대의 정책은 이른바 현지처 문화를 양산했다. 한국을 드나드는 관광객이나 일본 상사 주재원 중에는 체류 중에 한국인 여성과 계약 동거를 하거나 살림을 차린 경우가 많았는데, 여기서 유래된 것이 '현지처'이다. 이렇게 형성된 현지처가 다양한 형태로 변주되어 하나의 문화로 자리 잡은 것이다. 소설은 미스 정과 위한림의 토론을 통해 위한림의 개인적인 욕망 내지는 자존심에 국한하여 현지처 문제를 비판하고 있는 듯이 보이지만, 우리는 그 행간을 통해 당대의 경제 동물화 과정과 정책적 문제를 환기하게 된다.

이러한 상황에서 기회가 있을 때마다 뽐내는 스위스 간부의 백인우월의식은 위한림의 사기를 떨어뜨리고, 자존감에 균열을 가한다. 여기에 사람들을 부추겨 파업을 일으키는 이규진의 이율배반적이고 이기적인 행위가 더해진다. 이규진은 회사 이익의 일정 부분을 노발리스가 선취하고 있다는 소문을 퍼트리며 파업을 조장한다. 이규진의 영향으로 위한림은 회사의 비리를 밝히려는 작업에 착수하는데, 이에 대한 일부 반응이 석연치 않다. 사실 위한림 같은 인물이 없다면 기업을 상대로 싸운다는 것은 애초에 불가능한 일이다. "빽 있고 기술 있고 돈 있는 사람들이 요령껏 하는 걸 무력한 놈이 참견한들 무슨 보람이 있겠는가"(399쪽)라는 강 과장의 말이 현실적이다. 그럼에도 불구하고 돈도 권력도 없는 위한림은 그대로 밀고 나간다. 결국 파업을 선동한 이규진이 자신의 승진과 상여금 보장을 담보로 개인적으로 협상한 뒤 파업은 해체되지만 위한림은 자신만의 방식으로 이규진을 비롯한 외국인 상사들을 혼내주고 거액의 퇴직금을 받아 회사를 그만둔다. 여러모로 위한림의 영웅 소설 같은 면이 없지 않지만, 이 에피소드는 독자들에게 대리만족과 위안을 줄 수 있다는 점에서 대중소설의 몫에 값한다.

회사를 나온 위한림은 우연히 만난 민경태와 선천집으로 향하는데, 그가 첫 번째로 회사를 그만두고 찾은 곳인 호텔 스낵바와는 대조적이다. 평진 산업을 그만두고서는 호텔에서 전혀 모르는 사람들을 만나 유흥과 향락으로 돈과 시간을 탕진했지만 이번엔 친분이 있는 사람들과 소박하게 현재를 파악하고 미래를 도모한다.

"정직하게 산다는 건 사회의 희생자가 될 뿐이오. 정직하게 살아 집 한 칸을 장만할 수 있는 세상입니까? 정직하게 살아 아이들 공부나 제대로 시킬 수 있는 사회입니까? 공무원도 그렇습니다. 정직하게 근무하다가 정년퇴직을 당한 사람들, 그 정황이 답답하더만. 공무원 노릇 할 때 요령껏 해처먹은 놈들은 그만둔 뒤에도 자가용 굴리고 삽디다. 내 이웃집에 공무원 하다가 그만둔 영감이 있는데 위경련으로 죽게 됐어요. 앰뷸런스를 불러 병원에 달려갔더니 선금을 내야 치료해 주겠다는 겁니다. 그 집에 돈이 있어야죠, 쥐꼬리만한 저금이 있긴 했는데 도장하고 통장을 맡겨도 마구 거절입니다. 그 얘길 듣고 내가 돈을 냈지요. 사기꾼 정광억의 돈이 선량한 시민 하나를 살린 겁니다. 이웃에 사기꾼이 없었더라면 그 영감은 병원 문턱에 들어서지도 못하고 죽었을 거요. 세상에 이와 비슷한 일이 어디 한두 가지 겠어요? 수단 불구하고 돈을 벌어라. 돈만 있으면 붙들려가도 놓여 나올 희망이 있다. 이겁니다."_1권. 455쪽

회사를 그만둔 위한림에게 정광억이 함께 해결사를 해 보자고 권하지만 위한림은 거절한다. 위인용은 그런 위한림을 향한 정광억의 발화이다. 양심과 윤리를 지키면서는 살 수 없는 사회, 수단과 방법을 가리지 않고 '돈'을 벌어야만 자신을 지키며 살 수 있는 사회. 바로 위한림과 정광억이 놓여 있는 사회이자, 우리의 과거이다.

이제 위한림은 '세계 정부'라는 청운의 꿈을 안고 스위스 회사에서 받은 퇴직금을 밑천 삼아 사업을 시작한다. 처음부터 포부와 야심만을 가지고 시작한 사업이 잘될 리가 없다. 선반 하나를 가져다 놓고 공장을 차린 후 상호를 등록하러 가는데, 웬만한 이름은 다 등록되어 있어 마땅한 이름을 찾기까지 어려움을 겪는다. 당대에 만연해 있는 '상사'주의가 어느 정도였는지 가늠하게 하는 대목이다. 1974년 5 · 28 특별 조치에 이어 1975년에 등장한 종합무역상사 제도는 재벌을 육성하는 결과를 낳았다는 점에서 문제적이다. 이는 부익부 빈익빈 현상을 극단으로 치닫게 했기 때문이다. 중소하청기업들은 수직적 또는 수평적으로 계열화되었을 뿐만 아니라 재벌이 중소기업을 하청화 하는 일이 비일비재하였고, 무엇보다 중소기업이 가속적으로 몰락하였다. 이러한 상황에서 위한림의 사업이 살아남을 리 만무하다. 위한림의 몰락은 이러한 사회, 경제적 상황과 문제를 그대로 투사하고 있다. 여기에 부실한 자본과 기술, 분수에 맞지 않는 욕심보다는 세상 탓을 하며 요행을 바란 위한림의 비뚤어진 욕망이 더해지면서 당대 사회의 문제가 인간에게 미치는 영향이 부각된다.

여전히 반성할 줄 모르는 위한림. 그는 "권모술수"를 익혀 더 큰 일을 도모하기로 한다. 기계공업으로 성공하지 못한 위한림은 수출 붐이었던 당대의 상황을 파악하고 중동으로 떠날 결심을 한다. 당시 오일 쇼크로 곤혹을 치렀던 한국에선 중동 진출 붐이 일기도 했다. 국가적인 차원에서도 중동 진출을 독려하기도 했고, 해외건설 업체의 경우 국가의 중동 건설 진출 진흥책에 의해 금융 혜택을 비롯한 각종 특혜를 받기도 했다. 이로 인해 1977년 최초로 경상 수지 흑자를 기록하기도 했지만, 이 역시도 재벌 키우기 정책이었다는 점에서 경제적 양극화 현상을 부추기는 결과를 초래했다. 독사, 고슴도치, 다람쥐, 지렁이에 음모 가발까지 모든 것이 상품화되고 있는 시대의 흐름을 타고 위한림은 하늘길을 이용해 보기로 한다. 이는 행정, 외교, 과학기술을 비롯해 생활양식이나 사고방식에 이르기까지 모든 정책을 100억 달러 수출 목표에 맞추고 총력을 기울이던 당대의 상황을 상징적으로 보여준다. 소설은 이처럼 당대의 경제 논리와 정책을 작품 안에 다양한 형태로 녹여내어 재벌의 비대화와 이 과정에서 파생되는 경제 양극화, 소시민들의 경제적 소외 및 상대적 박탈감 등 자본주의 사회가 앓고 있는 파생적 징후들을 견인한다.

4. 결과지상주의의 몰락, 새로운 무지개 찾기

이제 마지막으로 시대적 변화와 함께 떠나는 위한림의 해외 사업 탐방을 추적해 보자. 이란으로 향하기로 한 위한림은 가는 도중 여러 나라를 경유하면서 각 나라의 특징을 익히고, 각국의 사람들과 연을 맺기도 한다. 먼저 들른 동경의 거리에 대한 단상은 일본을 바라보는 이병주의 인식이 그대로 투영되어 있다. 거리의 청결함, 친절한 사람들, 지적 정열을 그대로 담고 있는 서점가는 배울만한 부분이다. 특히 성묘단을 보내 싱가포르에 있는 일본인 묘지를 청소하고 가꾸는 일본인의 미덕은 전쟁 직후 전범으로 몰려 싱가포르에서 사형을 당했던 약 500여 명의 한국적 일본군속의 무덤이 흔적조차 없는 상황과 대조적이다. 소설은 비록 일본인이 "외형으론 지극히 친절하고 내심에 오만을 간직하기 위해 겸손"(136쪽)할지언정 인정할 것은 인정하자는 태도를 견지한다. 이는 여러 작품을 통해 드러낸 작가의 일본인에 대한 인식의 연장으로 볼 수 있다.

한편, 위한림은 경유하는 나라마다 우연히 만난 사람들과 연을 맺게 되는데, 이때 각국의 문화, 역사, 인물에 대한 지식이 중요한 연결고리 역할을 한다. 이를테면 이란에선 이란 문호 사디의 『장미원』이라는 작품을 매개로 이란의 핵심 인물인 에도사 모르니에와, 이라크에선 러시아 문호 투르게네프를 매개로 러시아 교수 일리아와 친분을 맺고, 『명심보감』을 매개로 대만의 정명도와 각별한 친분을 쌓아 결정적인 순간 사업에 막대한 도움을 받는다. 위한림의 사업은 '지적 토대'와 '인간관계'로 이루어졌다고 해도 과언이 아니다. 이들은 위한림의 조력자 역할을 할 뿐만 아니라 각자의 전문지식을 활용해 각국의 역사, 문화, 시대를 설명한다. 만남의 우연성 측면에선 지나치게 작위적이지만, 그렇게 우연히 만난 사람들을 통해 전달하는 각국의 정세나 문화, 역사는 사실에 기반을 두고 있다는 점에서 계몽과 교양을 담보하는 대중소설의 미학을 엿볼 수 있다.

> 유럽은 썩어가고 있어요. 편리주의 때문에 썩어가고 있어요. 물질주의 때문에 썩어가고 있어요. 개인주의 때문에 썩어가고 있어요. 인간에게 있어서 가장 소중한 것은 우애와 진실과 정신의 광휘인데 유럽 사람들은 그 소중한 것 전부를 잃어가고 있어요. 경제 제일주의가 유럽의 문명을 부패시키는 병균이에요. _2권, 157쪽

각 나라에서 만난 인연들이 각국의 정세나 문화, 역사에 대해 알려주었다면, 테헤란 행 비행기에서 만난 백인 여성은 유럽과 유럽 문명의 정세를 비판한다. 그녀가 말하고 있는 대상은 유럽에 국한되어 있지만, 나머지 대부분의 국가들이 그런 유럽을 모방하고 따라가는 형국이라는 점에서 그녀의 비판은 세계에 닿아 있다고 할 수 있다. 경제 제일주의가 파생한 물질주의와 개인주의로 인간의 소중한 것을 상실해 가고 있는 상황을 향한 비판의 날이다. 특히 당시 경제 발전에 목매고 있던 우리나라의 상황을 상기해 본다면 이러한 비판이 결국 무엇을 향하고

있는지 짐작할 수 있다. 작품에선 단선적으로 흩어 놓았지만, 베트남 전쟁에 참여했다가 빈털터리로 돌아갈 수 없어 이란으로 돈 벌러 온 한국인들의 상황, 관료사회의 병폐, 건설 붐과 새마을 운동이 파생한 시멘트 품귀현상 및 암시세 형성 등은 모두 당대의 문제를 환기하기에 충분하다.

이란에 오는 과정에서 만난 사람들 덕분에 사업이 번창하던 위한림은 테헤란의 불안정한 정세 때문에 사우디로 사업장을 옮긴다. 사람들과 인연을 맺고 사업을 확장해 가면서, 돈벌이를 타당화하기 위한 얄팍한 센티멘털리즘에서 시작한 '세계정부' 수립이라는 목적은 신념으로 변해간다. 돈을 벌기 위해서는 수단과 방법을 가리지 않아도 된다는 생각이 지배하기 시작한다. 이는 결과만 좋으면 수단은 생각지도 않는 결과지상주의, 성과지상주의적 사고에의 편승을 의미한다. 때문에 세계 각 곳에 8개의 지사를 둘 정도로 승승장구하던 위한림의 행운은 그리 오래가지 못한다. 그는 어느 순간부터 임창숙의 말대로 자신을 잃어가고 있었다. "자기를 잃기까지 하면서 사업에 성공한들 그것이 우리 인생에 있어서 어떤 보람이겠느냐"(434쪽)는 부인의 충고를 회피하며 무리하게 일을 벌인 결과 파산에 이른다. 그렇게 그의 무지개는 일순간에 사라진다. 앞으로 무지개를 또 찾을 셈이냐는 물음에 "돈 벌 생각은 안 하겠다"(475-476쪽)는 위한림의 대답을 목도하며 우리는 '돈'이 아닌 다른 무지개를 생각해 보게 된다. 우리의 무지개는 위한림의 은사인 박희진의 발화 속에서 찾을 수 있을 것이다.

"몇날 며칠을 상어떼와 싸우다 보니 잡은 고기는 뼈만 남게 되었어. 나는 성공하려고 기를 쓰고 덤비는 사람의 대부분이 그런 꼴로 되는 것이 아닌가 해. 목표에 도달하고 목적지에 이르긴 했는데 남은 것은 아무것도 아니더라 하는. 그런 까닭에 나는 이런 것을 제안하고 싶어. 목적만을 유일하게 추구하지 말고 일을 하고 있는 과정에서 의미를 찾는 거라. 뭐라고 할까. 돈을 벌려고 악착 같이 서둘다가 막상 돈을 벌지 못하는 결과가 되면 정력의 낭비, 시간의 소모만 되는 것 아닌가. 혹시 돈을 벌었다고 해도 건강을 해친다거나 인간성을 망친다거나 하면 결국은 손해가 아닌가. 요컨대 매일매일의 노력 자체에서 보상을 받을 수 있도록 마음을 다져라 이거다. 부산을 목적지로 하고 달려간다고 하자. 부산에만 중점을 둘 것이 아니라 그 과정을 풍경을 감상하는 노력을 게을리 말라는 뜻이다. 성공이란 행운이 없으면 불가능해. 그런데 어떻게 행운만을 믿고 살 수가 있겠나. 불운에 대비할 줄도 알아야 한다 이 말이다. 나는 자네의 의욕을 가상하다고 여기는 동시에 어쩐지 안타까운 생각도 드는군. 그래 말하는 거다. 목표를 성공에 두지 말고 그날그날을 충실히 보내는 데 중점을 두라구."_2권, 115-116쪽

박희진의 언술은 과정이 생략되고 배제된 결과지상주의를 향한 일침이면서 그 안엔 우려의 목소리도 함께 담겨 있다. 결국 이는 목표도 중요하지만, 목표를 가지고 그것을 성취하기 위해 노력하는 그 과정의 중요성과 소중함을 간과하면 안 된다는 작가의 전언인 셈이다.

Ⅱ-3

중 · 단편소설 연구

진실의 인간적 기록으로서의 소설

정미진(경상대 교수)

1. 인간의 실상을 기록하는 소설의 의미

이병주의 소설 창작은 인간이 영위하는 삶의 실상을 파헤친다는 목적으로 행해졌다. 그 스스로 정리한 것처럼 "생리적 기쁨인 8 · 15", "절망으로 온 6 · 25", "감격의 4 · 19", "공포의 5 · 16" 등 "역사의 고빗길에서마다 당한 사람"(송우혜, 「이병주가 본 이후락」,《마당》, 1984)이었던 이병주는 주로 사적 체험을 바탕으로 과거의 역사적 사건을 소설이라는 담론 형식으로 '기록'해 왔다. 이병주가 자신의 경험에 집중한 것은 객관적이고 구체적인 용어를 통해 역사를 설명해낼 수는 있지만 거기에는 사건의 당사자가 가지는 원한과 진심이 결락될 수 있다는 생각에 따른 것이라 할 수 있다. 엄정한 사료(史料)를 근거로 하여 사실 그대로의 역사를 기록한다고 하더라도 그 배면에 놓인 진실에는 미치지 못하는 경우가 많고, 과거의 역사적 사건으로 인해 상처받아야 했던 사람들의 일상적인 삶과 그 속에 내재한 원한은 역사만으로는 기록할 수 없다는 것이 이병주의 낙착점이었던 것이다. 과거를 사는 동안 생긴 상처의 흔적이 바로 원한이며, 원한은 해소되지 못한 상처이기에 기억이라는 형태로 응어리진 채 축적되어 있다. 인간의 삶에 내재한 원한을 '차가운 타인의 눈'이 아닌 '정감(情感)'으로서 기록하려는 이병주의 소설적 목표였다고 할 수 있다. 허구와 사실, 미시와 거시를 자유롭게 넘나들 수 있는 유연한 장르가 바로 소설이며, 소설이야말로 인간의 삶과 그 실상을 파악하기에 적합한 장르라고 여겼던 이병주는 초월적인 세계나 삶을 다루는 것이 아니라 인간의 실상을 다루는 것이 소설이기 때문에 그것이 설령 비참하거나 추악한 것이라 해도 그 자체의 생동감을 '기록'하는 것이 중요하다고 생각했다. 요컨대 가급적 인간의 실상에 가까운 형태로 창작되어서 인간 심부의 진실을 보여줄 수 있는 것이 소설이어야 한다는 것이 소설가 이병주의 문학적 인식이라 할 수 있다.

> "전 문학이란 얘기를 꾸며놓은 거로만 알았어요. 특히 소설은요."
> "얘기를 꾸며놓은 것이라고 할밖에 없는 소설도 많지요. 그러나 문학으로서의
> 소설은 왜 그런 얘기를 꾸미지 않을 수 없었던가 하는 정념(情念)과 사상(思想)이 표
> 현되어 있는 얘기라야만 하는 겁니다." 「歷城의 風, 華山의 月」, 430~431쪽

「歷城의 風, 華山의 月」에서 기차 안에서 만난 미네야마 후미코를 꾀어내기 위해 그녀가 읽고 있는 소설에 대해 질문을 하며 자신의 문학적 식견을 뽐내는 성유정의 말을 통해 문학에 대한 소설가 이병주의 인식을 다시금 확인할 수 있다. 소설은 단순히 이야기를 꾸며내는 것에 그치는 것이 아니라 "왜 그런 얘기를 꾸미지 않을 수 없었던가 하는 정념(情念)과 사상(思想)"이 드러나야 한다는 것이다. 쉽게 말해 한 편의 소설은 소설을 통해 말하고자 하는 무엇인가가 있어야 하며, 말할 수밖에 없게 만든 그 무엇에 대한 깊이 있는 사유와 격렬한 정서에 기반을 둔 것이어야 한다는 것이다. 이병주는 객관적 기록만으로 보여줄 수 없는 인간의 진실을 기록할 수 없다고 생각했기 때문에 허구로서의 소설을 선택했고, 그

런 의미에서 이병주에게 소설은 '진실의 인간적 번역'(에세이 「文學과 哲學의 영원한 主題」, 『사랑을 爲한 獨白』, 회현사, 1979)이자 실천이기도 하다.

이병주가 자신이 포착한 인생의 진실을 소설로 기록하고자 한다고 했을 때 이병주의 소설에서 빈번하게 발견되는 아이러니(irony)-예상 가능한 상황과는 반대되는 결과로서의 상황적 아이러니- 역시 이병주의 문학적 인식과 결부시켜보자면 일견 당연한 결과라 할 수 있다. 현실은 정합적인 방식으로 질서화 되지 않는다. 더군다나 진실은 겉으로 드러나는 삶의 외형에 고스란히 담기지 않으며 오히려 내면에 감춰져 있는 경우가 많다. 따라서 생의 진실을 담아내고자 하는 이병주의 소설에서 우리가 예측하거나 기대한 바대로만 유지되지 않는 삶의 상황과 운명이 직조해내는 아이러니는 강조될 수밖에 없는 것이다.

2. 인간 회복의 (불)가능성

「내 마음은 돌이 아니다」(《한국문학》, 1975. 10)는 서술자인 '나'(이선생)가 자신이 쓴 「소설·알렉산드리아」를 보고 냉소했던 「겨울밤」(《문학사상》, 1974. 2)의 노정필을 다시 만나러 가는 것에서 시작된다. 소설에서 노정필은 좌익운동 혐의로 체포되어 무기징역을 선고받고, 함께 체포된 아우 노상필은 사형을 선고받아 결국 생을 마감한다. 감옥에서 혈육을 잃고 20년간 복역하고 출소한 이후 스스로를 가둔 채 "돌"처럼 살아가고 있던 노정필은 '나'와의 교류로 인해 세상과 조금씩 타협하는 듯 보인다. 추석이라고 성묘를 할 정도로 현실에 대한 냉소와 환멸은 약화되었지만 사회 제도에 대해서는 여전히 불신을 가지고 있던 노정필의 태도는 목공소 일을 시작하며 사회 친화적으로 바뀌어, 도리어 자신을 "학대"하게 될 사회안전법에 대해서도 "난 어떤 법률이건 순종할 작정"이며, "철저하게 나라에 충성할 작정"(40쪽)인 것으로 급선회한다. 그의 변화는 "곰곰히 생각해보니 이 선생의 생각이 옳아요. 정치에 지나친 기대를 가져선 안 되는 것 같아요. 사람은 제각기 노력해서 나름대로의 생활을 꾸려나가야 한다는 걸 알았소."(36쪽)라는 고백으로 나타난다. 그러나 1975년 7월 19일 사회안전법이 통과된 직후 다시 노정필을 찾아갔을 때 그는 이미 "갈 곳"으로 가버린 후였다. 울음을 터뜨리는 노정필의 부인에게 인사도 제대로 건네지 못하고 돌아나온 '나'는 "나라가 살고 많은 사람이 살자면 노정필 같은 인간이야 다발 다발로 역사의 수레바퀴에 깔려 죽어도 소리 한 번 내지 못한들 어쩔 수 없는 일"(42쪽)이라는 자조 어린 생각을 하며 살아남기 위해 '신고용지'를 받고자 파출소를 향해 걷는다.

소설에서 서술자인 '나'는 이병주 자신이라 볼 수 있다. 이병주는 노정필을 통해 자기 자신은 모순되고 모진 세상에서 어떻게 해서든 살아남았지만, 20년을 형무소에서 보내고 출소한 후에도 "돌부처"처럼 스스로를 가두다가 이제 사회에 순응하며 살겠다는 노정필이 다시 사회에 의해 격리되고 억압받게 되는 현실을 '기록'한다. 결국 「겨울밤」과 「내 마음은 돌이 아니다」로 이어지는 두 편의 소설을 통해 노정필이 역사라는 수레바퀴에서 희생당해야 했던 무력한 개인을 표상하는 인물임을 알 수 있다. 지주의 아들로 태어나 나라의 독립을 위해 헌신적으로 투쟁했지만, 체제와 제도의 기틀을 마련하기 위한다는 명분을 내세우고 개인이 가진 사상을 빌미로 삶을 억압했던 폭압적인 현실 속에서 희생당했던 노정필은 필연적으로 체제를 불신할 수밖에 없었다. 그러나 노정필이 체제 속으로 들어가려고 한 순간, 다시 새로운 법제에 의해 희생되고 만다. 이것은 합리적이고 인과적인 방식으로 설명되기 어려운 것 삶의 아이러니이다. 이병주는 온당하지 못한 현실, 불합리한 일들이 비일비재한 역사의 진실 그대로를 소설로 형상화한 것이다.

「삐에로와 국화」(《한국문학》, 1977. 9)의 경우도 마찬가지이다. 변호사 강신중은 간첩 혐의로 수감되어 재판을 기다리고 있는 임수명의 국선 변호를 맡게 된다. 순순히 자신의 간첩 혐의를 인정하고 "대한민국의 법률에 의해 처단 받길 원"(88쪽)한다며 변호마저 거부하고 있는 임수명의 "심문 조서 전체에서 풍겨나오는 일종의 조작감"과 "허위"(64쪽)의 느낌을 가지게 된 변호사 강신중에 의해 임수명의 서사가 완성된다.

공산당에 전 재산을 희사하고 월북한 다른 형제들과 달리 공산당을 싫어했던 박복길과 어머니는 남한에 남고, 남파된 간첩 도청자가 박복길의 집을 거점으로 활동을 하다 돌연 자수를 하는 바람에 박복길은 사형 선고를 받게 된다. 임수명은 전향한 간첩 도청자를 제거하기 위한 임무를 받고 남파되었지만 이미 죽은 도청자로 인해 목표를 잃은 채 남한에 머무르다 신고 당한다. 임수명의 사형 집행 이후에야 그의 정체가 6·25 직후 공산당에 전 재산을 바치고 가족과 함께 월북한 박복길의 막내 동생 박복영이라는 사실임이 밝혀지고, 자신을 신고한 주명숙에게 국화꽃을 선물해 달라는 임수명의 마지막 부탁을 들어주기 위해 강신중이 주명숙을 찾아가고서야 자신이 월북한 이후 남쪽에 남은 아내가 재가해서 궁핍하게 사는 것을 알게 된 임수명이 아내에게 간첩 신고를 하게 해, 상금으로 생활을 도우려했던 진실이 드러난다.

공산주의의 비인간적인 행태가 강조될 뿐더러 간첩 문제를 다룬다는 「삐에로와 국화」의 내용은 "단세포적 반공소설의 한계를 극복"(《조선일보》, 1977. 8. 24)하기 위한 작가 이병주의 고민을 엿볼 수 있게 한다는 기사가 증명하듯 흔히 '반공소설'로 명명되었다. 그러나 「삐에로와 국화」가 보여주는 것은 공산주의 사상에 대한 반대적인 것이라기보다 지극히 인간적인 드라마이다. 다른 남자의 아내가 된 전처를 위해, 북에 남아 있는 가족을 위해 자신을 희생하는 임수명을 통해 독자가 마주하는 것이 사상이나 신념을 넘어서는 휴머니즘인 까닭이다. 대하장편 소설 『지리산』의 반공소설로서의 면모에 대한 남재희의 질문에 "반공소설이라고 하기보다는 반인간적인 것에 대한 결사 반대적인 그런 상황을 그린 것"(남재희·이병주, 「'회색군상'의 논리」, 《세대》, 1974)이라는 이병주의 대답을 되새겨볼 때, 「삐에로와 국화」 역시 반인간적인 상황에서도 인간을 지키고자 했던 한 인간의 분투를 보여준다고 보는 것이 정당해 보인다.

'역사의 뒤에서 생략되어 버린 인간의 슬픔, 인생의 실상, 민족의 애환 등을 그려서 나타내주는 것이 소설의 역할'이라고 믿었던 이병주의 신념은 인간이기를 포기했던 노정필이 끝끝내 인간을 회복할 수 없게 만든 폭력적 현실과 역사적 상황 앞에 가족의 이산으로 최소한의 인간적 도의마저 다할 수 없던 한 인물이 자신의 희생으로 인간(성)을 회복하는 소설의 장면으로 고스란히 옮겨진다.

3. 학병의 기억과 슬픈 기록

「8월의 사상」(《한국문학》, 1980. 11)의 '나'는 "8월 15일이 올 때마다 '단연코'라는 강세어를 접두하고 '앞으론 술을 마시지 않겠다'고 다짐"한다. "8월 15일에 해방이 되었으니 술을 끊고 갱생의 길을 걷는 출발의 날로선 부족함이 없"기 때문으로 "민족이 일제의 사슬에서 해방된 날, 나는 술의 유혹에서 해방되었다고 하면 자타를 납득시킬 수 있을 뿐 아니라 일기장에 써넣어도 당당한 문장"(126쪽)이 될 수 있으리라 스스로를 설득하는 것이다. 그러나 '나'는 번번이 이 다짐을 지키지 못한다. 8월 15일은 우리나라가 길고 어두운 일본 제국주의의 그늘에서 해방된 날인 동시에 '나'에게는 37년 전 일본의 학병으로 강제 징발되었던 과거의 기억을 불러오는 동인으로 작용하기 때문이다.

내가 중국 소주에 있었을 때의, 그 2년간은 연령적으로도 내 청춘의 절정기였다. 그 절정기에 나의 청춘은 철저하게 이지러졌다. 일제 용병에게 어떤 청춘이 허용되었을까. 용병은 곧 노예와 마찬가지이다. 노예에게 어떤 청춘이 허용되었을까. 용병은 곧 노예와 마찬가지이다. 노예에게 어떤 청춘이 허용되었을까. 육체의 고통은 차라리 참을 수가 있다. 세월이 흐르면 흘러간 물처럼 흔적이 없어지기 때문이다. 그러나 정신이 받은 상흔은 아물지 않는다. 우선 그런 환경을 받아들인 데 대해 스스로를 용서할 수 없기 때문이다. 그런데 일제 용병의 나날엔 육체적 정신적인 고통이 병행해서 작동하고 있었다. 일제 때 수인(囚人)들은 고통 속에서도 스스로를 일제의 적으로 정립할 수는 있었다. 그런데 일제의 용병들은 일제의 적으로서도, 동지로서도 어느 편으로도 정립할 수가 없었다. 강제의 성격을 띤 것이라곤 하지만 일제에게 팔렸다는 의식을 말쑥이 지워버릴 수 없었으니 말이다.

눈물을 흘리기도 하고 흘리지 않기도 하면서 나는 소주에서 얼마나 울었을까. 누구를 위해 누구를 죽이려고 이 총을 들고 있느냐는 양심의 아픔이 어느 정도였을까. 모른다. 분명히 말할 수 있는 것은 내가 흘린 눈물이 부족했다는 것과 더한 아픔을 느꼈어야 했을 것인데, 하는 뉘우침이다.(「8월의 사상」, 139~140쪽)

이병주의 소설 전반에서 학병 경험이 미치는 파장은 매우 분명하고도 크게 드러난다. 역사적 현실을 배경으로 하는 그의 많은 소설에서 주요인물 혹은 주변인물이 학병에 동원된 경험이 있는 것으로 설정되고, 학병으로서의 경험은 과거의 일시적인 사건으로 끝나는 것이 아니라 치유할 수 없는 정신적 외상으로 나타난다. 「8월의 사상」의 '나'는 청춘의 절정기를 중국 소주에서 일제 용병으로 고통스럽게 보낼 수밖에 없었다. 노예와 같은 상태에서 보낸 2년은 아물지 않는 정신적 상흔을 남겼고, 그 정신적 상흔은 현재의 '나'로 하여금 '죄의식'을 가지게 하였다. 이 죄의식으로 말미암아 현재의 '나'는 과거의 '나'가 흘린 눈물이 부족했고, 더한 아픔을 느꼈어야 했다, 라고 반성하는 것이다. 우리나라는 기나긴 시련을 보내고 해방을 맞이하였으며 그러고도 37년이라는 시간이 지났지만 일본의 '노예'로 보낸 '나'의 기억은 '나'의 내부에 도사리고 있다가 '8월 15일'과 같은 계기로 인해 불쑥 죄의식으로 엄습하는 것이다. 그래서 '나'는 "시간이 해결한다는 말이 있다. 그러나 나는 이것이 뭔가 잘못된 인식이 아닌가 한다. 시간은 해결하는 것이 아니라 파괴하는 것이다. 말하자면 시간은 대립된 문제를 해결해주는 것이 아니라 대립자를 파괴해버림으로써 문제 자체를 없애버리는 것이다"(144쪽)라는 글을 쓰게 되고, 그래서 매년 8월 15일은 "단주일이 되기는커녕 대폭주일"(148쪽)이 될 수밖에 없게 된다.

중편 「백로 선생」(《한국문학》, 1983. 11)에서 학도지원병제를 피해 산으로 숨어든 신병준은 치악산에 숨어들었다가 백로 선생을 만나 그의 보살핌을 받으며 동굴로 몸을 피한다. 거기에는 이미 사상과 종교적 신념에 따라 일제에 저항해 수배 대상이 된 공산주의자 민경호와 기독교 신자 윤창순이 몸을 숨기고 있었다. 각각의 사상과 종교에 경도된 이들은 몸싸움을 벌일 정도로 극도로 사이가 좋지 않았지만 백로 선생의 개입으로 관계를 회복하고 이후 동굴에서 해방을 맞이하게 된다. 한국 전쟁이 발발하고 인민군에 의해 구금된 윤창순의 소식을 들은 민경호는 거짓으로 윤창순을 구해내지만 사실이 탄로나 곧 쫓기는 신세가 되고, 둘은 다시 동굴로 와 몸을 숨기나 결국 인민군에게 발각되어 함께 죽는다. 일본 제국주의의 압제를 피해 동굴이라는 좁은 공간에서 신념의 양 극단에 놓인 이들은 끊임없이 반목하고 갈등했지만, 화해를 이루고 목숨을 구했다. 그러나 결국, 민경호와 윤창순은 한 날 한 시에 목숨을 잃게 된다. 그리고 그것이 더욱 비극적으로 읽히는 것은 우리 민족 간에 벌어진 참극의 결과인 까닭이다. 이러한 역사의 아이러니 속에서 "나 하나만이 살아 남았다는 슬픔"(340쪽)을 느낀다는 신병준의 고백은 이병주 자신이 거듭 밝힌 것처럼 기록자로서의 소설 쓰기를 계속 하게 하는 동력이 되었을 것이라 짐작할 수 있다.

덧붙여 「백로 선생」에서 백로 선생의 존재는 사상을 실천한다는 명목으로 반인간적인 행위를 일삼아 결국 유능한 청춘들을 희생하게 만들었던 공산당의 작태에 '의분(義憤)'을 느껴 그것을 소설적으로 형상화하지 않을 수 없었다던 『지리산』의 창작 동기를 떠올리게 한다. 외국 유학을 하고 불교에 관한 깊은 식견을 가지고 세상에 나가 큰 뜻을 펼칠 수 있음에도 불구하고, 난세에 도망을 다녀야 하는 젊은이들을 보살피고자 산에서 생활했던 백로 선생과 같은 인물을 내세워 소설에서나마 이병주는 비극적 역사에서 희생당했던 그 많은 청춘들을 구하고 싶었던 것은 아니었을까.

4. 동시대의 세태와 소설가의 남은 한

주로 "역사적 경험을 기록하는 史家이자 회고의 증언적인 해설자"(이재선, 『현대한국소설사』, 민음사, 1991), "일제 말기 지식인들의 다양한 생존방식의 성격과 복잡한 내면을 깊이 파헤친"(김윤식·정호웅, 『현대한국소설사』, 문학동네, 2000) 소설가라는 평가를 받아왔던 이병주이지만 1965년 「소설·알렉산드리아」를 발표한 이후 동시대 일상적 삶의 영역을 세밀하게 다루는 대중소설 역시 꾸준히 발표했다. 「서울은 천국」(《한국문학》, 1979. 3) 역시 도시화・산업화의 빠른 진행과 함께 최고의 가치로 자리매김하게 된 자본과 그것을 지상 최고의 가치로 여기는 인물 민중환을 등장시켜 1970년대 현실의 단면을 보여준다.

고리대금으로 막대한 부를 쌓아 호의호식하며 사는 인물인 민중환은 대학교수인 친구를 만나서도 '문화인이란 기생충(寄生蟲)'이라고 여기고, 세상 모든 것을 금전으로 환산하면서 사는 "철저하게 계산적(計算的)"(185쪽)인 인물이다. 그는 다른 여자를 만나 육체관계를 맺으면서도 끊임없이 금전 관계를 계산하고, 불륜 관계가 탄로 나는 것이 두려워 주기적으로 여자를 바꾼다. 습관처럼 불륜을 저지르는 인물이지만 별다른 죄의식을 갖지 않고 "세상이 모두 지옥으로 변해도 내 집만은 천국이라야 한다"는 신념 아래 "집 안에선 언제나 상냥한 남편, 인자한 아버지"(185쪽)를 자처한다. 뿐만 아니라 아내인 송여사에게 일수놀이를 시켜 자신의 불륜에 의심할 여지조차 주지 않는 철두철미함까지 갖추어 자신의 천국의 지키고자 애쓴다. 그러나 민중환의 희망과는 달리 송여사는 선동식이라는 젊은 남자와의 정사에 빠져 있다. 민중환의 전략이 무색하게도 아내인 송여사는 "너무나 단조롭고 평범하게 살아 온 20년 동안의 가정생활에 대한 반발, 다시 말하면 자기 자신에게 대한 반항"과 "너무나 자신 만만한 남편에 대한 보복"의 심정으로 시작한 선동식이라는 젊은 남성과의 정사에 "완전히 매혹"(228쪽)되어 일수사업의 밑천까지 바닥을 보이게 되고 급기야는 막대한 돈을 한꺼번에 요구하는 선동식과의 관계를 유지하기 위해 일수장부를 조작하기까지 한다.

민중환은 자본주의 사회의 속성을 적절하게 이용하여 부를 쌓고 철저하게 자신의 욕망을 실현하며 자신'만'의 행복을 영위하며 사는 세속적 인물이다. 그러나 그의 행복은 민중환과 송여사가 각각 육체적 쾌락에 굴종하면서 파국으로 치닫는다. 확신에 가득 차 자신만의 방식으로 건설해낸 민중환의 행복이 진정한 의미의 행복이 아님을 독자는 쉽게 간파할 수 있다. 그리고 그것은 송여사의 외도 사실과 사실을 미처 알지 못하는 민중환의 태도가 만들어내는 아이러니에 의해 부각된다. '서울은 천국'이라는 제목 역시 자본주의가 가속화됨에 따라 강해지는 돈의 위력과 그것에 의탁해 손쉽게 욕망을 사고 파는 1970년대 한국 사회의 모순을 반어적으로 보여준다고 할 수 있다.

「歷城의 風, 華山의 月」(신기원사, 1980, 이후 「세우지 않은 碑銘」으로 다시 발표됨)은 액자 구성을 취하는데, 안 이야기는 작가 성유정이 1인칭 '나'로 등장하여 59세의 나이로 간암 선고를 받고 죽음에 이르기까지가 수기 형태로 제시되고 있으며, 바깥 이야기에서는 또 다른 1인칭 서술자인 '나'가 성유정의 수기를 전달하고 성유정의 죽음을 설명한다. 성유정은 「歷城의 風, 華山의 月」뿐만 아니라 『내일 없는 그날』(1957), 『배신의 강』(1975), 「망명의 늪」(1976), 「빈영출」(1982), 『그해 5월』(1982) 등에 반복적으로 등장하는 인물로, 인물이 가지는 성향이나 설정이 이병주의 개인사와 일치하는 부분이 많아 이병주의 분신이라 볼 수 있다. 이를테면 이병주는 성유정을 내세워 자신이 살아오며 남긴 족적을 되짚고 있는 것이다.

1979년, 어머니가 위암 선고를 받은 직후 그 자신도 간암으로 생존의 시간이 얼마 남지 않았음을 알게 된 성유정은 그 자신의 목표를 어머니보다 오래 살아남는 것으로 정한다. 그렇지만 '한두 가지가 아닌 회한사(悔恨事) 가운데 가장 강렬하게 아픔을 주고 있는 그 일부터 먼저 해결'(415쪽)하기 위해 성유정은 위중한 몸을 이끌고 일본으로 향한다. 여기서 "그 일"이란 일본 유학 시절 짧은 연애를 했던 일본인 여학생과 그 여학생이 임신했다는 사실을 알고도 귀국해 버린 일이다. 이후로 한 번도 만날 수 없었던 옛 연인과 자신의 핏줄을 찾아 뒤늦은 "변명"(437쪽)이라도 하고 싶었던 터이지만 어렵사리 얻은 소식을 통해 그 여학생이 이미 죽은 사람임을 알게 된다. 어머니와의 귀환 약속을 어긴 성유정은 어머니가 위독하다는 소식을 듣고 급하게 귀국하고, 어머니의 임종을 지킨 성유정 역시 일주일 후에 생을 마감한다.

이병주는 어떤 사정에서든 한으로 남을 수밖에 없을 두 사람 – 어머니와 옛 연인 – 의 죽음 앞에 자신의 죽음을 겹쳐 가정하고 "최후의 심판정"(421쪽)에 오른 이의 심정으로 소설이라는 형식의 기록을 했을지 모른다. '한이 많아서 쓰고, 한이 많아서 소설가가 되었다'고 말해 왔던 이병주이지만 그 한이 영원히 해소될 수 없는 것임은 "'용서해달라, 나를 용서해달라!'"(465쪽)는 성유정의 마지막 메시지와 그의 죽음으로 증명되는 셈이다. 그럼에도 불구하고 이병주가 "스스로의 건망증과 민족의 건망증을 방지하기 위해", "역사의 기록자"(「8월의 사상」, 134쪽) 되기를 자처한 것은 인간의 진실이 소설을 통해서야 비로소 진실로 기록될 수 있다고 믿었기 때문일 것이다.

단죄의 표상과 나르시시즘

이병주의 단편소설에 나타난 화자의 심리

임종욱(소설가)

1. 들어가는 말

올해로 태어난 지 100년이 된 작가 이병주는 자신의 글에서 21세기를 살아보고 싶다고 썼다. 새로운 세기가 시작되면 이 산하는 어떻게 변신했을지 너무나 궁금했다. 통일은 되었을지, 물질적 풍요는 어디까지 이르렀을지, 사람들의 생각이나 행동, 풍습은 어떻게 변했을지 모든 것이 궁금히기만 히디고 토로했다.

거꾸로 작가 이병주에게 20세기는 어떤 의미였을까? 이병주는 1921년에 태어나 1992년에 세상을 떠났으니, 온전히 20세기 사람으로 살다 갔다. 그런 20세기 사람 이병주와 20세기 사이에 형성되었던 기류는 어땠을까?

자세히 보면 작가 이병주는 20세기와 끊임없는 불화(不和)의 소용돌이 속에서 반목하거나 공생했던 것 같다. 교사에서 언론인으로, 그리고 최종적으로 작가로 변신하는 그의 모습은 내면에서 우러나온 당연한 필요성에 의해서라기보다는 던져진 인간으로서 어쩔 수 없는 끌려감이거나 대안을 모색하다 닿은 우연한 기항지인 것처럼 보인다.

20세기 사람 이병주의 스펙트럼은 대단히 다양하다. 본인이 말했듯이 '달빛에 물든' 그는 이제 역사에서 신화로 자리를 옮겨가고 있는데, 이는 결국 그의 생애가 굵직한 소설을 쓴 작가로서 평가되어야 한다고 암시하는 일이기도 하다.

연보를 살펴보면 이병주는 작가로서 아주 길지 않은 창작 기간 동안 엄청난 양의 작품들을 쏟아냈다. 그의 창작 이력의 결정판이라 할 한길사 판 『이병주전집』만도 30권에 이르는데, 얼추 살펴봐도 '전집'이라기보다는 '대표작 선집'이란 느낌을 지울 수 없다. 이런 초인적인 다작(多作)의 연원은 무엇일까? 도대체 쓰지 않고는 잠을 이룰 수 없게 만든 원동력은 어디에서 나왔을까?

자신의 삶에 대한 강박적인 회고와 반성, 시대에 대해 외면할 수 없는 성찰과 분노, 악전고투하는 인간이 지닌 회귀적인 숙명 또는 원죄 등등. 작품을 읽어보면 그의 창작의 용광로에 부어진 원료들은 현재적 사실(事實)보다는 과거의 사실(史實), 그것도 작가 자신이 겪은 바랜 체험을 활착(活着)시킨 데서 대부분 길어 올려졌다.

발표자는 『전집』에 실린 작품 가운데 마지막 세 권에 수록된 중, 단편들을 집중해서 읽었다. 2권에서 7권에 이르는 그의 중요 장편들을 정독하지 않고 단편의 특징이나 의미를 추적하는 것이 자칫 위험한 시도일 수밖에 없다고 여겨지면서도 「소설·알렉산드리아」를 제외한 중, 단편에 대한 착목이 상대적으로 느슨해서 아쉬웠기 때문이다.

그의 중, 단편들은 우선 가독력(可讀力)이 뛰어났다. 게다가 이미지나 메시지를 정교하게 꾸며 전달해 독자들을 고민하게 만들거나 작품을 반추하게 만들지도 않는 편이었다. 그래서 작가로서 이병주는 '너무' 정직한 사람이라는 인상을 남겼다. 이는 시대를 장식화하거나 형해화하지 않고 직면하게 만드는 미덕이면서도 작품에 함축된 의미를 재구하고 싶은, 그러니까 숨은 결을 찾아 논리로 만들고 싶어 하는 이들에게는 '옥의 티'로 보일 듯도 하다.

백년 가는 무덤이 없듯이 이제 101살을 맞게 되는 이병주의 생애와 작품은 풍화(風化)를 거쳐 새로운 토기로 빚어져야 하는 시점에 서 있다고 여겨진다.

2. 범죄의 단죄와 이병주의 소설

이병주는 와세다대학 재학 시절 학병(學兵)으로 끌려가 중국 소주(蘇州)에서 복무하다가 해방을 맞은 뒤 귀국했다. 비평가 김윤식은 조선인 출신 엘리트였던 학병들의 전쟁 체험과 그에 따른 글쓰기 지형도를 정리하면서 4,385명의 학병 출신들을 '학병세대'라 명명하고, 대표적인 작가로서 이병주의 글쓰기를 분석했다.(김윤식, 『일제시대 한국인 학병세대의 체험적 글쓰기론』, 서울대출판부, 2007년)

이병주는 이념이 분출했고 충돌했던 해방 공간에 몸담지 않고 고향으로 내려와 교사와 교수로 생활한다. 이어 부산으로 거처를 옮겨 1955년부터 1961년까지 언론인으로 자신의 주장을 펼친다. 그러다가 자신의 중립적 통일론 때문에 필화사건에 휘말려 군사정권에 의해 투옥되었고, 10년형을 선고를 받은 뒤 2년 7개월 정도 수감 생활을 하다 석방된다.

이때부터(「소설 · 알렉산드리아」가 나온 1965년) 그는 죽을 때까지 약 27년 동안 줄곧 소설 창작에만 매달렸다. 그런데 실질적인 등단작부터 이병주는 인간이 인간에게 가한 극한의 범죄와 이 범죄를 어떻게 단죄해야 하는가 하는 문제를 심도 있게 다루었다.

해방 직후 일제에 부역했던 수많은 군상들이 저지른 범죄는 단죄의 절차 없이, 마치 없었던 일처럼 수용되는 현실에 이병주는 당혹했다. 또 민족이 민족에게 가한 끔찍하면서도 허무한 전쟁 범죄들을 목격했고, 이승만 정권이 선량한 국민들에게 자행했던 범죄에도 분노했다. '반공'의 올가미에서 헤어나지 못한다면 우리는 범죄의 도가니에서 빠져나올 수 없다는 판단 아래 중립적 통일론을 제시했다가 이조차도 범죄라는 철퇴를 맞았다.

「소설 · 알렉산드리아」에는 인류와 개인에 대해 씻을 수 없는 범죄를 저지른 대상에 대한 단죄의 의지를 실천하려는 두 사람이 나온다. '카바레 안드로메다'의 무희 사라 안젤은 스페인 내전 때 부모와 가족들을 몰살시킨 독일인의 범죄에 대한 증오를 숨김없이 드러낸다. 그녀는 돈을 벌어 폭격기를 사 독일의 한 지역을 무자비하게 폭격해 복수 또는 단죄하겠다고 맹세한다.

독일인 한스 셀러는 유태인을 숨겨준 어린 동생을 잡아 가 학대와 고문 끝에 죽게 만든 원수 엔드레드를 추격해 알렉산드리아에 왔고, 그를 단죄해 동생의 원한을 풀겠다는 집념에 사로잡혀 있다.

독일 폭격의 단죄는 실현되지 않았지만, 사라와 한스는 협력해 엔드레드를 응징하는 데 성공한다. 체포된 뒤 중형을 처해질 두 사람은 결국 알렉산드리아 법정에 의해 추방형을 선고받고 알렉산드리아를 떠난다.

작가는 인류에 대해 파렴치한 범죄를 저지른 대상에 대한 단죄는 '무죄'라는 소신을 가졌던 것으로 보인다. 이런 결말의 설정에는 자신의 주장을 용공으로 몰아 투옥한 군사정권의 범죄 등에 대한 단죄의 필요성과 그 정당성을 옹호하는 심정이 짙게 배어 있다.

여러 중, 단편에 범죄와 그에 따른 단죄, 이를 실현하지 못하는 회한(悔恨) 등이 그려진 장면이 등장하는데, 시간이 흐르면서 잔혹한 범죄는 여전히 냉엄하게 인식하면서도 단죄의 문제에 대해서는 다소 유연한 태도를 취하는 방향으로 선회하지 않았나 하는 느낌이 든다.

1983년에 발표한 『그 테러리스트를 위한 만사』에는 독립운동에 헌신하다가 지금은 은퇴해 유유자적한 삶을 보내는 두 사람, 하경산(河耕山)과 동정람(董靜藍)이 등장한다. 소설의 초반부에 나오는 '나'와 하경산 사이에 오가는 대화는 생각할 여지를 많이 남긴다.

경산을 알게 된 얼마 후에 나는 이렇게 물어본 적이 있다.

"뭐니뭐니해도 일본놈이 나쁘죠?"

다분히 경산의 기분에 영합하기 위한 발언이었는데 경산은 내 얼굴을 살펴보는 눈빛이 되더니 정색을 하고 말했다.

"일본인은 훌륭한 민족이다."

나는 깜짝 놀랐다. 나의 놀라는 기색을 보자 경산은

"일본인 가운데도 나쁜 놈이 있고 좋은 사람이 있겠지만 일본인은? 하고 한마디로 말해야 한다면 훌륭한 민족이랄 수밖에 없지."

하는 말을 보탰다.

"일본인의 침략근성은 나쁘지 않습니까."

나는 힘주어 말했다.

"침략은 나쁘지. 그러나 고래로 강대한 나라치고 침략근성을 가지지 않은 나라가 있어보기나 했나? 침략근성이 있었다고 해서 일본만을 탓할 건 못 되어."

"그럼 선생님은 일본의 입장을 옹호하는 겁니까?"

"객관적인 판단과 옹호는 다르지 않은가. 밉다고 해서 판단을 왜곡할 순 없지. 적이긴 하되 일본인은 훌륭해."

"훌륭하다고 인정했으면 항일투쟁은 성립될 수 없는 것 아닙니까."

"자넨 훌륭한 사람이라고 보면 그 사람의 노예가 될 텐가? 항일운동은 생존권과 위신의 문제 이상도 이하도 아닌 것이다."

불칼과 같은 기염을 예상했던 나는 경산의 이런 말에 적이 실망했지만 날로 더불어 교분이 짙어지자 그에게 무궁한 지혜의 샘을 발견한 것 같은 기분이 들었다.

_『전집』권30, 『그 테러리스트를 위한 만사』 8~9쪽

발표 당시는 어땠을지 모르겠지만, 현재 상황으로 본다면 논란이 뒤따를 발언이다. 하경산의 논리가 터무니없지는 않다고 해도 반성과 속죄를 철저하게 외면하는 차원을 넘어 부정하기까지 하는 일본(또는 일본인 대다수)의 일관된 태도를 염두에 둘 때 항일운동을 단순히 '생존권과 위신'의 문제로만 국한할 수 있을지 고민할 여지를 남긴다.

또 소설의 후반부로 가면 일제의 앞잡이가 되어 무수한 독립투사들을 체포해 살해했으면서도 해방 후 신분을 바꿔 살아가는 임두생의 단죄 문제가 등장한다. 임두생은 하경산의 아내를 겁탈하고 죽음에 이르게 만든 장본인이기도 했다.

임두생의 생존과 거주지를 알아낸 동정람은 그에 대한 단죄를 준비한다. 소리 소문 없이 처단함으로써 민족에게 저지른 범죄를 응징하겠다는 것이었다.

이런 동정람의 결의에 대해 하경산은 동조하는 것이 아니라 우려를 표명한다. 지금의 삶을 무너뜨릴 만큼 단죄가 절실한 문제인가, 임두생의 비천한 말년만으로도 단죄는 이루어진 것이 아닐까 의심한다.

하경산의 우려는 아랑곳 않고 동정람은 단죄 준비에 착수한다. 그러나 결국 그 단죄는 미수에 그치고 만다. 임두생이 진심으로 참회하는 삶을 살고 있다는 소식을 접한 동정람이 단죄를 포기했던 것이다. 그러나 그 참회의 진실은 하경산

과 임영숙이 함께 모의한 허구였다.(이 장면을 읽으면서 개인적으로 '임영숙'과 '임두생'의 성씨가 같아 모종의 복선이 아닐까 여겼는데, 결국 우연의 일치였을 뿐이었다. 이병주는 창작에 있어서 기교의 문제는 중요하지 않다고 본 듯하다.)

이 대목을 읽으면 임두생의 범죄에 대해 하경산은 물론이고 동정람도 '용서'를 한 듯한 느낌을 준다. 그러나 실질은 임두생은 속죄하지도 참회하지도 않았다. 작가 이병주가 즐겨 썼던 어휘인 '운명'이, 임두생의 비참한 운명 때문에 임두생을 단죄의 대상에서 용서의 대상으로 용납해야 하는가 하는 의문은 여전히 석연하게 풀리지는 않는다.

작가 이병주가 윤리적, 인류적 범죄를 단죄하는 일에 대해 초기에는 동의하고 긍정하다가 후기로 가면서 용서하고 용납했다고 단정할 수는 없다. 워낙 다양한 변수가 작용하고, 항상 일관될 수 없는 문제인 것은 분명하다. 좀 더 숙고할 과제로 남겨둔다.

3. 「예낭 풍물지」의 나르시시즘

장편도 마찬가지이지만, 이병주의 중, 단편에는 작가 자신의 삶과 경험, 생각들이 대단히 밀도 높게 녹아있다. 소설과 수필(체험담으로서)의 경계가 모호한 경우도 눈에 띈다. 이를 '사소설'의 범주에 넣기도 애매하지만(아니 아주 다르지만), 그의 소설은 '작가 이병주의 삶'을 대입하지 않고서는 읽기도 이해하기도 어렵다. 그러니까 소설 속의 주인공'나'또는 화자는 작가 자신으로 귀결해도 대부분 무방하다.

그런 그의 소설 가운데 1972년에 발표된 중편 「예낭 풍물지」는 이질적이면서도 신선한 작품이다.

작품의 배경인 항구도시 '예낭'은 '부산'인 것으로 보인다. 그가 언론인으로 몸담았고, 가장 애착이 컸던 도시였다.

'풍물지'라는 이름에 걸맞게, 평화와 행복이 가득할 것 같은 빈민촌 '도원동'

에서 살아가는 다양한 군상들이 주인공의 시선과 상념의 물결 아래 하염없이 헤엄치고 있다. 평온하고 단란한 결혼 생활을 하던 '나'는 어느 날 불온한(?) 인물이라는 낙인이 찍혀 투옥되었고, 그 길로 가정은 산산조각이 난다. 딸 영희는 병으로 갑자기 죽었고, 아내는 다른 남자와 눈이 맞아 떠나갔다.

폐결핵 때문에 빈사 상태에 빠지자 석방되었지만, 나는 죽지도 않고 생존한다. "너 죽는 날 나도 죽는다."는 섬뜩하면서도 간절한 어머니의 보살핌을 받는 나는 살아도 죽은 것과 마찬가지인, 좀비와 같은 생활을 이어간다.

흑인 미군 병사와 사랑에 빠져 딸과 아들을 낳았지만, 귀국한 뒤 소식이 끊긴 연인을 그리워하며 편지를 부탁하는 '서양댁', 배움은 짧지만 성실하게 회사 생활을 했고 짝을 만나 결혼했는데, 아내가 직장 상사와 불륜에 빠져 그를 떠났다. 이를 말리려다가 사고를 당한 뒤 실성한 '장 청년', 그리고 그의 종말. 권력의 불의에 견디지 못하고 투덜거리다 기자를 그만 두고 서울로 가버린 친구 '권철기', 그리고 떠난 아내 '경숙'이 투영된 '도레미 위스키'포장마차집 주인 '윤씨' 등등. 이들은 하나같이 항구도시 '예낭'을 장식하는 풍물 들이다.

이 소설에는 사실 플롯이랄 게 없다. 작중 화자 '나'의 시선의 흐름에 따라 인물은 명멸하고 사건은 벌어지거나 멈춰버린다. 소설의 마무리도 '해피엔딩'인 듯이 보이지만, 작품의 마지막 소제목이 암시하듯이 '종언에의 서곡', 즉 끝의 시작일 뿐이다. 그리하여 소설은 다시 처음으로 돌아간다. 꼬리를 문 뱀처럼 소설은 뱅뱅 돌고 있다. '예낭'은 모두에게 천국도 지옥도 아닌'연옥'인 것이다.

주인공은 폐결핵이라는 불치의 병을 안고 살면서도 낙천적이고 몽환적이다. 그가 눈으로 보는 사물은 모두 현실인데, 그의 머릿속에는 망념(妄念)만 가득하다. 그는 판단을 하는 것도 아니고 하지 않는 것도 아니다. 그저 던져진 존재로서 선악의 판단 없이 맹목의 삶을 살아간다.

이 소설을 읽으면서 발표자는 이상(李箱, 1920~1937)의 소설 「날개」를 떠올리지 않을 수 없었다. 몸을 파는 직업을 가진 아내와 동서(同棲) 생활을 하는 나는 폐병환자다. 그의 일상은 무기력하고, 어떤 목적을 추구하지 않는다. 판단에 집착하지도 않지만, 누가 봐도 그의 삶은 절망적이다. 시작도 끝도 없이 이어지는 병자의 삶에 고민하지도 않고 변화를 추구하지도 않는다.

그의 눈에 보이는 모든 일상은 그저 유희(遊戲)의 대상으로만 존재한다. 호모 루덴스(Homo Ludens)의 부작위적인 유희에만 몰두한다. 두 소설의 다음 대목을 비교해 보자.

> 진열장에 놓인 그랜드 피아노. 하얀 키와 검은 키의 심메트리컬한 행렬. 프록코트나 드레스의 정장 없인 근접을 금하는 위엄. 악보대에 놓인 닫힌 바이엘의 교본. 피아노의 비극은 파데레프스키의 위엄을 가능케 하면서 플레이보이의 **장난감**이 될 수 있다는 데 있다. **여왕과 창녀.**[1] 바이올린은 마술의 상자. 기타는 연애의 서정. 피아노 옆에 놓인 아코디언은 호랑이 곁에 앉은 고양이를 닮았고 색소폰은 돼지의 주둥이를 방불케 하는 호색감. 클라리넷은 빈혈된 손가락을 연상케 하고 트럼펫엔 털투성이 손이 격에 맞는다.
>
> 가구점. 이 호화찬란한 온 퍼레이드. 화류장농은 화류계의 지향(脂香)을 풍기고, 부드러운 촉감의 소파엔 불의의 음탕이 서렸고, 사이드 램프가 달린 더블 베드는 간통의 매력을 가르친다. 허영과 음탕의 냄새가 횡일한 가구점. 그런데 나는 왜 가구점에만 가면 음탕한 냄새를 맡게 되는지 알 수가 없다. _『전집』권29, 「예낭 풍물지」, 161~162쪽

> 아내가 외출을 하면 나는 얼른 아랫방으로 와서 그 동쪽으로 난 들창을 열어놓고, 열어놓으면 들이비치는 볕살이 아내의 화장대를 비춰 가지각색 병들이 아롱이지면서 찬란하게 빛나고, 이렇게 빛나는 것을 보는 것은 다시없는 내 오락이다. 나는 쪼고만 '돋보기'를 꺼내가지고 아내만이 사용하는 지리가미('휴지'를 가리키는 일본어)를 그슬려가면서 불장난을 하고 논다. 평행 광선을 굴절시켜서 한 초점

---

1) '여왕과 창녀'라는 어구에서 우리는 「날개」의 서언에 해당하는 부분의 맨 마지막 구절을 연상하게 된다. "나는 내 비범한 발육을 회고하여 세상을 보는 안목을 규정하였소. 여왕봉과 미망인-세상의 하고많은 여인이 본질적으로 이미 미망인이 아닌 이가 있으리까? 아니! 여인의 전부가 그 일상에 있어서 개개 '미망인'이라는 내 논리가 뜻밖에도 여성에 대한 모독이 되오? 굿바이."(황석영의 책 378쪽).

에 모아가지고 고 초점이 따끈따끈해지다가 마지막에는 종이를 그슬리기 시작하고 가느다란 연기를 내면서 드디어 구멍을 뚫어놓는 데까지에 이르는 고 얼마 안 되는 동안의 초초한 맛이 죽고 싶을 만치 내게는 재미있었다.

이 장난이 싫증이 나면 나는 또 아내의 손잡이 거울을 가지고 여러 가지로 논다. 거울이란 제 얼굴을 비출 때만 실용품이다. 그 외의 경우에는 도무지 **장난감**인 것 이다. _황석영, 『황석영의 한국 명단편 101』, 권01 「날개」, 문학동네, 2015, 381~382쪽) (고딕체와 밑줄 필자)

두 글 속에서 화자인 '나'는 자기만의 장난에 몰두하고 있다. 그것은 자기 판단 없이 본능적인 쾌감과 욕망에만 충실했던 유년기, 아직 유충(幼蟲)이었을 때의 모습과 닮아 있다. 그래서 만물은 모두 '장난감'으로 환원된다.

이런 자기만족과 자기도취에 탐닉하는 태도는 '나르시시즘(Narcissism)'의 구현이라 할 수 있다. 문학사전에서는 나르시시즘을 이렇게 정의한다.

인간이 유아기를 지나면 부모의 곁을 떠나 사회 속의 한 인간으로 성장하는데, 이에 따라 리비도의 분배가 일어나게 된다. 프로이트는 그의 글 「나르시시즘에 대하여」(On Narcissism)에서 2살에서 4살 사이의 유아가 갖는 자발적 성애(auto-eroticism)의 단계를 근원적 나르시시즘으로 설정한다. 아이의 온몸이 성감대가 되는 완벽한 자아충만의 시기이다. 프로이트는 성본능과 자아본능이 일치하는 이때를 가장 행복한 시기라고 말한다. 4세 이후부터 이런 유아의 행복이 흔들리고 억압이 일어난다. 자아 속에 고인 리비도, 자발성 성애는 무너지며 유아는 흠모와 적대감 속에서 대상을 향해 리비도를 옮긴다. 대상을 향한 성본능과 자아본능이 분리되면서 인간은 복잡한 갈등의 사회 속으로 들어선다. _『문학비평용어사전』, 2006, 한국 문학평론가협회 편, 「나르시시즘」

사랑을 갈망하지만, 결코 충족될 수 없는 사랑에 대한 갈등과 절망은 자기애(自己愛)로 귀착되고, 상처를 남긴다. 프로이트에 의하면 나르시시즘은 여성보다

남성에게 더 강하다고 한다.(『문학비평용어사전』, 같은 책)

두 소설의 화자는 눈에 보이는 대상을 실용품이 아닌 장난의, 유희의 도구로만 파악하는 관성에 빠져 있다. 그러나 그 관성은 결코 문제의 해결책이 아니다. 도피이고 망각이라고 할 수 있다.

「예낭 풍물지」는 이병주 소설의 일반 문법에서 다소 비껴 있다. 역사를 지고하게 재구하고자 했던 이병주의 서술 기법에서 조금 떨어져 있다. 그래서 이 작품은 좀 더 정치한 접근이 필요하다고 여겨진다.

두 소설은 문체(文體, style)라는 측면에서도 유사한 점이 많다.

4. 끝맺는 말

이 글을 준비하면서 문득 발표자가 처음 이병주의 소설을 접했던 때가 떠올랐다. 아마 고등학교 때였을 것이다. 장차 작가가 되겠다는 희망을 품고 발표자는 닥치는 대로 한국작가의 소설들을 읽었다.

그때 가장 손쉽고 싸게 구할 수 있는 책은 문고판 '삼중당문고'였다. 거기에 이병주의 소설집이 있어 읽었다. 제목이 지금 기억으로는 『소설·알렉산드리아』였던 것 같다. 이후 발표자는 이병주의 이름과 작품을 듣기는 했지만, 읽은 적은 없었다.

그리고 물경 40년도 훌쩍 지난 올해 이 발표를 맡아 이병주의 소설을 다시 읽게 되었다. 참으로 기이한 '운명'이다.

이병주의 소설을 읽다가 「삐에로와 국화」 마지막 대목에 이런 토로가 나와 적는다. 이 토로는 작가 이병주의 소설론이라도 해도 무방할 듯하다.

　　"옛날의 소설가는 말이다. 현실이 너무 평범하고 권태로우니까, 그 밀도를 짙게 얘길 꾸밀 수가 있었던 거다. 그러나 요즘은 달라. 현실이 너무나 복잡하구 괴기하거든. 그대로 써내 놓으면 독자에게 독을 멕이는 결과가 되는 거여. 그러니 현대의 작가는 현실을 희석할 줄 알아야 해. 이를테면 물을 타서 독을 완화시키는 거라구. 옛날 작가들관 역으로 가는 작업을 해야 한다, 이 말이여. 그런데 그 물을 타는 작업이 이만저만 어려운 게 아냐."

"삐에로 노릇하는 변호사보다도 더 어려운가?"

"삐에로는 국화꽃을 안고 가면 되지만 작가는 그 국화꽃의 의미를 제시해야 할 것이 아닌가. 물을 타지 않고 어떻게 그 의미를 전하지? 그런데 어떻게 물을 타야 할지 그걸 모르겠어."

"알았다. 알았어. 자네 소설이 싱거운 까닭을 이제사 알았다."

강신중이 돌연 깔깔대고 웃었다. 그 웃는 소리가 한동안 군민대회의 소음을 눌렀다. _ 『전집』 권30, 「삐에로와 국화」, 257쪽

독한 현실에 물을 타 희석시킨 소설. 그런 소설이 구극의 창작 원리인지는 알 수 없지만, 새로운 난제(難題)를 만난 느낌이다.

앞으로 오래 자주 이병주의 소설을 읽을 것 같은 예감이 든다.

「소설 · 알렉산드리아」 속의 상징 읽기

은미희(소설가)

1. 머리말

문학은 인간이 가지고 있는 욕망과 본능의 상처들을 좇는다. 그 욕망과 본능이 어떻게 발현되고 억압받고 제도와 관습을 거슬러 충돌하는지 소설 속 인물들을 통해 적나라하게 드러낸다. 우리는 그 인물들을 통해 우리의 문제를 들여다보고, 성찰하며 인간에 대한 이해의 폭을 넓혀나간다. 소설 속에서 벌어지는 사건과 일들은 곧 우리의 이야기이기도 하며, 등장하는 인물들은 바로 우리 자신의 모습이기도 하다. 그렇게 소설은 어떤 예술장르보다 인간을 우선시하며, 인간의 문제를 다룬다.

문제없는 인간은 없다. 사회적 폭력과 자연재해 같은 외부적 갈등을 비롯해 오욕칠정이 야기하는 내적 갈등으로 인해 인간은 끊임없이 분열하고, 상처받고, 대립한다. 동일한 시간과 동일한 공간, 동일한 사건일지라도 사람마다 처해있는 환경과 심성이 다르기 때문에 그 조건과 환경들은 각기 다른 질감으로 수용되고 파문을 일으킨다. 그에 파생되는 여러 문제들은 주체들에 따라 각기 다른 결과를 불러오며, 역시 저마다 다른 희열과 통증으로 각인된다. 그 희열과 통증들은 개인의 삶에 다양한 변이를 일으키며 또 다른 욕망을 배태하거나 상처를 남긴다. 그 욕망과 상처들은 또다시 새로운 갈등을 야기한다. 그 갈등은 또 새로운 문제를 일으키고, 그 문제는 다시 또 다른 갈등을 배태하는 것이다. 뫼비우스 띠처럼 끊이지 않는 갈등의 연속선에서 인간은 어떤 식으로든 영향을 받을 수밖에 없다. 어떤 이는 그 갈등과 상처와 시련들을 극복하고 더 단단하고 강인한 사람으로 성장하는 반면 어떤 이는 그 상처에 함몰돼 몰락의 길을 걷는다. 그렇게 사람들은 저마다 자신의 개인사를 지니고 전기를 만들어간다.

문학은 그런 사람들의 이야기를 담보한다. 미시적이든, 거시적이든 내면의 갈등과, 방황과, 외부의 폭력과, 그 것들로 인해 겪게 되는 상처와 갈등들을 들여다보고, 화해하거나, 희망을 꿈꾸거나, 복수의 시간을 준비하거나, 또는 파멸과 몰락의 길을 걷는 인물들의 삶을 노정한다.

이병주는 "문학은 인생이 얼마나 존귀한가를 외우고 외치고 작업이다. 지구 위에 수억종의 인생이 있다는 것. 그 하나하나가 모두 안타까울 만큼 아름답다는 인식이며 표현이다. 인생으로서의 승리가 아니면 어떤 승리이건 허망하다는 교훈이며 진실한 사랑과 관용을 가르치는 지혜이기도 하다."라고 문학에 대해 설파했다.[1]

이병주의 문학관처럼 인간에 대한 통찰과 이해, 그것이 문학이 갖는 힘이자 위로이다.

1965년 6월, 이병주는 600매 분량의 중편소설 「소설 · 알렉산드리아」를 세대[2]지에 발표함으로써 세간의 주목을 끌었다.

「소설 · 알렉산드리아」는 이중서사구조를 띠고 있는데, 한 축은 알렉산드리아에 있는 안드로메다라는 카바레의 악단에서 피리를 부는 '나'와, 나를 '프린스 김'이라고 부르는 사라 안젤과 한스 셀러의 이야기이고, 다른 한 축은 그들에게 들려주는 형의 편지들이다. 스스로 황제임을 자처하는 형은 필화사건에 걸려 10년 형을 언도받고 복역 중이고, 나는 형이 원하는 도시 알렉산드리아로 와 피리 연주자의 삶을 살고 있다.

---

1) 이병주, 「문학의 고갈」, 『문학을 위한 변명』, 바이북스, 2010, 195쪽.

2) 월간 《세대》지는 1963년 1월에 창간된 종합 월간지이다. 《세대》지의 창간은 《사상계》의 필자와 독자를 흡수하기 위한 전략적 성격도 내포되어 있었다. 1950년대 이래 전후 지식인들의 교양서였던 《사상계》가 당국과의 불편한 관계 때문에 시련을 겪으면서 많은 《사상계》의 독자들을 유인했다. 그리하여 지식인들을 대상으로 한 시사, 교양논설이 주종을 이루었지만 문학작품도 적잖이 수록했다. 특히 신인 등용문으로도 큰 역할을 했다. 이병주는 물론 조선작, 홍성원, 박태순 등이 《세대》를 통해 문학의 길에 입문했다. (안경환, 『황용주 - 그와 박정희의 시대』, 까치, 2013, 422~423쪽)

「소설·알렉산드리아」는 굵직한 역사적 사건들과 이국적 풍경들, 개성적인 인물들과, 극적인 사건들이 시공간을 뛰어넘어 한 작품 안에 교직되어 있다. 담화의 형태를 빌어 등장하는 역사적 사건들은 그 공간과 시간들의 간극이 꽤나 넓고 방대하다.

또한「소설·알렉산드리아」는 작가의 실제 체험이 등장인물을 통해 재현되는 자전적 소설에 가깝다.[3] 그렇게 허구와 사실사이를 넘나드는「소설·알렉산드리아」는 기존의 소설형식과는 차이를 보인다. 그 정형에서 벗어난 서술방식은 이병주만의 소설정형을 만들어내고, 우리의 소설 지평을 그만큼 넓혀주었다.

1992년 타계한 이병주의 작품에 대한 연구는 그동안 꾸준히 이루어져왔다. 해박한 역사적 지식과 통찰, 그 사건들에 대한 작가의 인식이 들어있는 그의 작품들은 여러 평자와 학자들에 의해 분석되고 고찰되어왔다

여기서는, 그 연구와 평론들에서 비껴나 다른 면을 살펴보려 한다. 하지만 한 작가의 작품을 텍스트로 삼는다는 점에서 일정부분 중복되는 점은 피할 수 없다. 그런 제약에도 불구하고 그동안 간과됐던 한 부분을 분석하면서 이병주 문학이 담고 있는 다양한 세계의 한 면을 밝혀 보려 한다. 작품을 보는 자세 또한 학자의 입장에서가 아니라 작가의 입장에서 들여다보려 한다.

2.「소설·알렉산드리아」의 등장과 시대배경

「소설·알렉산드리아」가《세대》지에 발표되었을 때는 이념으로부터 자유롭지 못한 통제의 사회였다. 반공은 지금도 여전히 국가의 기본 통치 질서 중의 하나지만 당시의 상황은 현재의 상황보다 더 우선시되고, 경직돼 있었다. 굳이 제

---

3) 황제를 자처하는 형은 이병주 작가의 분신적 인물이다. 작가는 부산일보에서 주필로 근무하던 당시 중립통일에 관한 논설을 썼다가 사상검열에 걸려 2년 7개월을 복역한 바 있는데, 그때의 경험이 소설 속의 형을 통해 그대로 재현이 되고 있다.

목에 '소설'이라는 단어가 붙은 이유는 이러한 시대적 배경을 짐작케한다.[4] 소설이 발표되기 이전, 이병주는 자신이 쓴 논설이 사상검열에 걸려 10년형을 선고받고 2년 7개월간 복역하다 1963년 12월 16일, 부산교도소에서 출감한다.[5]

본디 소설은 작가의 상상력에 기반해 있음직한 이야기를 서술해나가는 것인데, 이병주는 이러한 자신의 경험을 소설 안으로 끌어들여 조직함으로써 그 사건들을 고발하고 증언하고 있다.

「소설·알렉산드리아」를 자전적 소설범주로 묶는 것도 이같은 글쓰기의 형태가 적용돼있기 때문이다. 소설 속, 스스로 황제라 여기는 형은 이병주 작가의 분신이며, 동생인 나에게 보낸 편지들은 이병주, 작가의 생각들인 것이다. 기록자로서의 소설가, 목격자로서의 증인, 역사의 증인으로서의 글쓰기 태도를 보여주고 있다. 이병주는 「겨울밤」이라는 자신의 단편에서 노정필과의 대화 속에 자

---

4) 4월 어느날 시인 신동문은 근래 출옥한 이병주를 만난다. 신동문은 여섯 살 위인 이병주의 필명을 알고 있었다. 200자 원고지 600매 짜리 중편을 읽고 난 신동문은 무릎을 쳤다. 즉시 이광훈을 찾는다. 젊은 편집장 이광훈 또한 극도로 흥분했다. 바로 이거야! 언론의 자유, 사상의 자유다. 소설의 형식도 파격적이다. 600매짜리 중편을 전문 그대로 실었다. "신동문 선생으로부터 그 원고를 직접 건네받아 내가 최종적으로 게재 여부를 판단했는데 당대의 현실에 대한 그분의 날카로운 안목이 없었더라면 그 소설은 세상에 나오기 쉽지 않았을 것이다."라고 회고했다. 작가의 원고에 없던 작품 제목에 굳이 '소설'이란 단어를 넣은 것은 이광훈의 강력한 '편집권' 행사였다. 불과 몇 달 전의 상황을 감안하며 이 작품을 게재함으로써 발생할지 모를 위해에 대비하는 의미도 있었다. 현실적 제안이나 비판이 아니라 어디까지나 허구임을 강조하기 위한 고육지책이었다. 같은 잡지에 평화통일론을 쓴 언론인 황용주를 감옥으로 보낸 직후에, 동일한 '용공사상' 때문에 옥살이를 하고 나온 체험을 바탕으로 쓴 작품을 '발굴하여' 싣는다는 것은 이를테면 전혀 반성의 빛이 없는 이광훈의 뱃심이기도 했다. (안경환, 『황용주 – 그와 박정희의 시대』, 까치, 2013, 433~424쪽)

5) 공소장 피고인 이병주는 15세시 본적지 소재 북천보통학교를 졸업하고 18세시 진주농업학교 제4학년을 수료한 후 도일하여 서기 1932년 明治大學 專門部 文藝科를 졸업하고(……) (一) 서기 1960년 12월호《새벽》잡지에 「조국의 부재」라는 제호로써 "조국이 없다. 산하가 있을 뿐이다. 조국은 또한 향수도 없다."는 내용으로 조국인 대한민국을 부인하고 어떠한 형태로든지 새로운 조국을 건설하여야 되는데 대한민국의 정치사에서는 지배자가 바뀐 일은 있어도 지배계급이 바뀌어 본 일이 없을 뿐만 아니라 이 나라의 주권은 노동자 농민에게 있다는 등 내용으로 일반 국민으로 하여금 은연중 정부를 번복하고 노동자 농민에게 주권의 우선권을 인정한 프롤레타리아 혁명을 일으켜야 조국이 있고 이러한 형태로서의 조국이 아니면 대한민국은 조국이 아니라고 하고 차선의 방법으로 중립화 통일을 하여 외국과의 군사협정을 폐기하고 외군이 철퇴해야만 조국이 있다는 등의 선전선동을 하여 용공사상을 고취하고 (二) 동인은 동 1961년 4월 25일 『중립의 이론』이란 책자 서문에 "통일에 민족 역량을 총집결하자」는 제호로써 대한민국을 북괴와 동일시하고 어떤 형태로든지 통일을 하는 전제로서 장면과 김일성이 38선상에서 악수하여…… (이병주, 『한일학병세대의 빛과 어둠』, 소명, 2012, 178쪽)

신의 이런 기록자로서의 소설쓰기를 고백하고 있다.[6]

평소 이병주는 자신의 아포리즘을 통해 "역사는 산맥을 기록하고 나의 문학은 골짜기를 기록한다"고 했다. 자신의 신념대로 역사의 기록자로서의 글쓰기를 실천해온 작가는 서사와 인물들을 통해 역사의 기록들이 알려주지 않은 새로운 진실들을 들춰내고 그로 인해 고통받는 인물들을 형상화해냄으로써 역사의 그늘의 한 단면들을 새롭게 조명하고 있다.

이병주 소설이 더 의미 있고, 비중 있게 다가오는 이유는 여기에 있다. 역사의 소용돌이 와중에 소외되고 잊혀져버린 사람들을 소환해내 그들의 상처와 생을 다시 소설로 구성해내고 시대의 성찰을 요구하는 일, 이병주 작가는 그런 글쓰기를 통해 한국 문단에 자신만의 독보적인 자리를 만들어 냈고, 두터운 독자층을 확보했다.

3. 기독교적 사상과 휴머니즘 사상

형의 꿈을 좇아 알렉산드리아 온 '나'는 그곳에서 동생의 복수를 꿈꾸는 한스 셀러와, 역시 가족의 복수를 계획하는 무희 사라 안젤을 만나게 되고, 소설은 그들의 복수로 끝을 맺는다. 시공간을 뛰어넘어 한 자리에 배치된 여러 역사적 사실들을 통해 소설은 개인이 어떻게 거대폭력 앞에 무력하게 무너지는지를 보여주고 악이 무엇인지를 묻는다.

이병주에게 선악에 대한 인식은 분명하다. 침략과 탄압은 악이며, 세상의 부조리도 악이고, 이에 대한 항거는 선이다. 하지만 이 악의 위세는 만만치 않다.

---

6) "이 선생은 어떤 각오로 작가가 되었습니까?", "기록자가 되기 위해서죠.", "기록자가 되는 것보다 황제가 되는 편이 낫지 않겠소?", "말의 내용은 빈정대는 것이었지만 투엔 빈정대는 냄새가 없었다. "나는 내 나름대로의 목격자입니다. 목격자로서 증언만을 해야죠. 말하자면 나는 그 증언을 기록하는 사람으로 자처하고 있습니다. 내가 아니면 기록할 수 없는 일, 그 일을 위해서 어떤 섭리의 작용이 나를 감옥에 보냈다고 생각합니다. 이병주 (「겨울밤」, 『소설 · 알렉산드리아』, 한길사, 2014, 283쪽).

부조리한 세상에서는 악의 힘이 선을 능가하고, 인간의 삶을 파멸로 이끌지만 그 악을 응징할 수 없다. 악이 득세하는 그 부조리한 세상에서 역사는 과연 정의편인가 작가는 회의한다.[7]

이병주는 부조리한 세상을 대신해 이 소설에서 악의 징벌을 실천하고 있다. 사라 한젤과 한스 셀러에 의해 악의 표상 엔드레드가 처단된 것이다. 하지만 사라 안젤과 한스 셀러의 살인의 분명한 순간은 서술되거나 묘사되지 않는다. 의혹과 추측만이 있을 뿐이다. 변호인의 변호에 의하면 엔드레드는 넘어진 탁자에 밀려 뒤로 넘어지면서 머리를 부딪쳐 죽은 것이다. 살인의 동기는 있지만 직접적인 살인으로까지는 이어지지 않은 것이다. 여기서 사라 안젤과 한스 셀러는 이분법적 진영에서 '선'에 속한다. 선이 직접적 살인을 하도록 내버려 두지 않는다. 그렇다고 이 두 인물이 천사처럼 하나의 흠이 없는 것은 아니다. 인간은 불완전한 존재이며, 이병주는 그 불완전함까지 긍정하고 옹호한다.

이처럼 소설 전체에 드리워져 있는 선과 악에 대한 개념은 기독교적 사상에 그 근간을 둔다. 소설 알렉산드리아에는 곳곳에 기독교 사상이 배치돼 있다. 하지만 그 사상에 매몰되지는 않는다. 사상은 차용해왔지만 한편으로는 그 사상을 비판함으로써 인간에 대한 애정을 드러낸다.[8] 이병주는 신의 말씀에 순응하

---

7) 당시의 나의 견식으로는 프랑코는 악이고 인민전선파는 선이었다. 그런데 1939년 3월 27일 프랑코 장군의 반란군은 마드리드에 입성하고 4월 1일 스페인의 인민전선 정부는 붕괴되고 말았다. 악이 선을 압도한 것이다. 나는 우리나라의 3·1운동에 결부시켜보았다. 독립을 외친 우리는 선이었고 그것을 탄압한 일본은 악이었다. 중국을 침략하는 일본은 악이고 항거하는 중국인은 선이다. 그런데 이제 악이 선에 대해 연전연승하고 있는 것이다. 역사는 과연 정의편인가. 그렇다면 우리의 처지나 스페인의 처지나 중국에서 전개되고 있는 양상은 부조리한 것이 아닌가. 원래 역사가 부조리하고 세상이 부조리한 것이라면 부조리를 그냥 받아들일 수밖에 없는 것이 아닌가. (이병주, 『잃어버린 시간을 위한 문학적 기행』, 서당, 1988, 99쪽).

8) 종교적 인식은 인간의 주제를 지향하는 인식이다. 당연히 신(神), 또는 불(佛)이 그 중심문제로 된다. 문학은 이러한 인간의 주제 문제에 무관심할 수가 없다. 그러나 문학적 인식은 어디까지나 상식(常識)에 의한 인식이며, 상식인을 대표하는 인식이다. 그런 만큼 20세기적 지식, 또는 교양의 검증에 합격할 수 있는 종교가 과연 가능할까를 따지는 심정으로 있는 것이 문학인이다. 종교적 정진에 경의를 표하고 그 정진의 성과를 겸허하게 섭취하기도 하지만, 종교적 정진을 위해 애인을 버리고 처를 버리고 부모를 버리고 입산 수련의 길로, 또는 수도원의 문으로 들어서진 못하는 것이다. 종교를 승인한다면 그곳에까지 가야한다고 믿는 것이 문학인의 자세이기도 하다. 종교가를 존경은 하되 추종할 수 없다는 문학인이기 때문에 천국을 바라보기보다 범속한 무리와 함께 지옥에 남고자 한다. 물론 종교적 문학이 가능하겠지만 혁명적 문학의 경우처럼 한계가 있을 것이다. 진정한 문학이 혁명문학일 수 없다는

며 순종하는 삶을 거부하고, 스스로 의지를 갖고 저항하며 역경을 극복해내는 인간의 자세를 더 높은 선으로 상정한다. 무조건적인 사랑과 희생을 강조하며 갈등과 증오들을 덮어버리는 기독교적 박애와 사랑과 평화가 아닌, 저항과 반격의 용기를 요구하는 것이다.

"반항할 때만 노예도 고귀하다"[9]는 니체의 말을 인용한 것처럼 스스로의 자유의지를 갖고 폭력에 저항하는 인간을 이병주는 더 아름답게 여긴다. 심지어 강력한 저항 뒤에 오는 굴복과 좌절마저도 더 가치 있게 받아들인다. 그런 점에서 「소설・알렉산드리아」에 등장하는 인물들은 모두 니체 같은 인물들이다.[10]

「소설・알렉산드리아」에서 사건과 갈등들은 선/악, 신/인간처럼 이분법적 구도의 형태를 취하고 있고, 이같은 이분법적 병치와 배치는 볼레로처럼 반복된다.

작품 전체에 편만해 있는 사건과 역사에 대한 인식들은 신과 인간, 선과 악, 백과 흑, 정의와 부정, 행복과 불행, 가해자(억압)와 피해자(피억압), 창조와 파괴, 생명운동과 사멸, 개인과 국가, 자유와 감금, 과거와 미래에 대한 희망처럼 대비를 통해 그 의도와 내용이 극명하게 드러난다.

일본, 스페인, 이집트, 알렉산드리아, 독일, 프랑크푸르트, 서대문 형무소, 3・1절, 6・25, 게르니카 학살, 사형수이야기, 케네디 암살, 오스왈드, 히틀러, 스탈린, 네루, 니체, 나폴레옹, 클레오파트라, 이처럼 방대한 공간과, 역사적 사건들과, 인물들이 한 작품 속에 등장하지만 난삽하게 느껴지지 않은 이유는 병치와 배치를 통해 그것들을 드러내고 있기 때문이다. 난삽하기는커녕, 그 증강과 대비로 인해 오히려 더 명징하게 드러나고 강조되는 효과를 갖는다. 일례로써

것은 문학적 인식의 근본에 있는 정치에 대한 불신 때문이다. 마찬가지로 종교 문학을 진정한 문학이라고 할 수 없는 것은 종교가 요구하는 신앙이 생명의 의욕을 제약하는 부분이 있기 때문이다. 보다 솔직한 심정을 토로하면 문학이 종교를 대신할 수 있다는 자부가 문학인에게 있다. 거창한 구원을 내세우지 않고 취약한 생의 실상을 진지한 눈으로 더듬어나가면 다소곳한 대화를 통해 우리의 병든 마음을 치유할 수밖에 없다는 뜻으로 문학은 겸손하게 종교가 못다 한 구원을 은밀한 가운데 의도하고 있는 것이다. (이병주, 「문학이란 무엇인가」, 『문학을 위한 변명』, 바이북스, 2010, 133~134쪽).

9) 이병주, 「소설・알렉산드리아」, 『소설・알렉산드리아』, 한길사, 2014, 101쪽.

10) 이병주는 니체를 "거꾸로 선 예수 같다"고 표현했다.

사형수가 죽음을 목전에 두고 벌이는 마지막 배설행위는 생명에의 희구인데, 그 희구를 통해 죽음을 더 비극적으로 받아들이게 만드는 것이다.

이러한 이분법적 대비는 인물의 성격에서도 그대로 나타난다. '책을 좋아하는 형'과 '책을 꺼리는 나'는 정반대의 인물인 것이다. 또한 한 인물이 갖는 이중성은 여러 곳에서 나타난다.

꽃을 좋아하는 전직 일본 경찰관과 장미를 잘 키우는 수용소장의 마누라 이야기는 악의 평범성, 혹은 양면성을 보여준다. 전직 일본 경찰관은 고문기술자인데, 그 악랄한 고문으로 수많은 대한의 독립운동가의 목숨을 빼앗은 잔혹한 인물이었던 것이다. 또한 장미를 잘 키우기로 소문난 수용소장의 마누라는 가스실에서 죽은 유태인의 뼈로 여러 가지 세공품을 만들던 괴물이었던 것이다. '아름다운 꽃'은 '선'이지만, 그 꽃에 정성을 들이는 '일본인'과 '수용소장의 마누라'는 '악'인 것이다. 이병주는 이들을 통해 인간내면에 들어있는 선악을 드러내 보이며, 문학인은 그 이중성을 구분해낼 줄 알아야 한다고 역설한다.[11]

이러한 이분법적 구성은 단순하거나 자칫 시상하다는 평가를 불러오지만 이병주의 소설이 보여주는 그 대비는 간단히 그 의심을 뛰어넘는다. 역사에 대한 세밀한 통찰과 해박한 지식, 철학적 무장으로 작가는 그 사건들을 새롭게 해석해내고 있기 때문이다. 독자들은 그의 사상의 바다를 유영하며 새로운 것들을 발견하고 음미하며 인식의 지평을 넓혀가는 것이다.

이병주는 문학을 통한 구원을 역설한다.[12] 즉, 문학을 통해 '지상의 성좌'에서 저 높은 곳에 자리한 신의 자리를 대신하는 것이다.

「소설 · 알렉산드리아」가 곳곳에 기독교적 사상을 안치했으면서도 인간에 대

---

11) 이병주는 문학가는 그런 선악을 구분해낼 줄 알아야 한다고 했다. "하지만 어떤 경우에도 허위와 우선에 대해선 민감해야 하는 것이며, 악한 선인과 선한 악인을 가려낼 줄 알아야 한다. 세속의 법정에서 사형선고를 받은 범인이 무죄선고를 받을 수 있는 것은 오로지 문학의 법정이며, 이미 동상으로 화한 권력자에게 유죄 선고를 내릴 수 있는 것도 문학의 법정이다." (이병주, 「문학이란 무엇인가」, 『문학을 위한 변명』, 바이북스, 2010, 130쪽).

12) 거창한 구원을 내세우지 않고 취약한 생의 실상을 진지한 눈으로 더듬어가면 다소곳한 대화를 통해 우리의 병든 마음을 치유할 수밖에 없다는 뜻으로 문학은 겸손하게 종교가 못다 한 구원을 은밀한 가운데 의도하고 있는 것이다. (앞의 책, 133~134쪽).

한 애정을 견지하고 있는 것은 이같은 이병주의 문학에 대한 인식으로부터 출발한다. 신의 자리에서 인간을 내려다보는 것이 아니라 인간의 자리에서 같은 눈높이로 인간을 바라보며 그들의 고통과 환희, 기쁨과 슬픔, 행복과 불행을 들여다보고 함께 아파함으로써 인간이 누구인지를 성찰해나가는 것이다. 그럴 때라야만 문학이 제 기능을 담당해내고, 문학의 본령을 지키며, 작가가 생각하는 구원으로서의 문학이 가능한 것이다.

4. 「소설 · 알렉산드리아」의 상징 읽기

작품 속에 숨겨놓은 상징들을 올바르게 이해했을 때 작품은 더욱 입체적으로 드러난다. 그 상징을 이해하는 일은 작품에 향기와 색을 입히는 것과 같다. 겉으로 드러나는 것과 그 속에 감추어둔 또 다른 의미들이 교직으로 얽혀있는데, 그 상징들의 비밀이 풀렸을 때 소설은 비로소 더 웅숭깊은 세상을 가질 수 있는 것이다.

「소설 · 알렉산드리아」는 상징의 숲이다. 곳곳에 상징을 앉혀놓음으로써 의미와 재미와 깊이를 더하고 있다.

김정진[13]은 상징에 대해 이렇게 설명하고 있다.

"상징(象徵, symbol)은 짝 맞추다(to put together)를 뜻하는 희랍어 동사 symballein)을 어원으로 하고 있다. 그리고 이 말의 명사형인 'symbolon'은 '표시(mark) 기호(sign)' 등을 뜻하는 말이다. 따라서 상징은 서로 다른 이미지가 결합하면서 새로운 의미를 지니게 되는 기능을 가지고 있다. 상징은 어느 대상이 다른 대상을 표시하거나, 본래의 고유한 의미 이외에 다른 의미를 나타내는 표현

---

13) 김정진은 문학박사학위를 취득한 평론가이며 소설가이다. 한국 외대 불어과와 동 대학원 국문과를 졸업했다. 1995년『문학과 창작』으로 평론이 당선, 평론가로서 활동을 시작했고, 1998년에는 조선일보 신춘문예에 소설이 당선, 소설문단에 발을 들여놓았다. 논문으로는 「염상섭 장편의 아이러니 연구」외 다수가 있고, 저서로는『한국현대소설작품의 이해』(국학자료원) 등이 있다.

기법이다. 다시 말해 어떤 사물이나 관념을 대표하는 것이다. 따라서 상징은 '암시성'과 '다의성'을 본질로 한다."[14]

그 암시성과 다의성을 해독했을 때 작품은 비로소 완성되는 것이다.

「소설·알렉산드리아」는 소설의 배경이 되는 공간과 주요 등장인물들을 상징을 통해 설명한다.

1) 인물

현대문학에서는 사건보다 인물의 중요성이 강조된다. 인물이 사건의 주체이기 때문이다.

문학의 이론에서 인물 창조의 가장 간단한 형식으로 이름 붙이기, 즉 명명(命名)을 들고 있다. 주인공의 이름이 암시하는 바가 크기 때문이다. 즉 이름으로 성격이나, 직업, 외모 등을 암시하거나 전체의 분위기를 드러내기도 하는 것이다.

「소설·알렉산드리아」의 인물들은 성경 속 인물의 이미지들을 차용하고 가져옴으로써 선과 악, 성과 속등을 함의한다.

황제를 자처하는 형

수감생활을 하는 '형'은 감시받는 것을 보호받는 것으로 여기며, 그런 억압과 감금에 대해 환각으로써 현실의 참담함을 견뎌내며 스스로 '황제'의 위치에 오른다.

'황제인 형'과 '나'는 정반대의 성격을 가진 인물이다. 형은 '언제나 책과 더불어 있'고, 나는 '책을 꺼리는'인물이다.

책을 기피하는 이유가 형에 대한 반발이 아니라 생득적으로 책을 싫어하는 것이다. 같은 부모에게서 생명을 부여받았으면서도 기질은 정반대인데, 이 상반된 기질은 서로의 성격을 더욱 부각시키는 효과를 가져 온다.

---

14) 김정진, 「상징이란 무엇인가」 『상징으로 소설읽기』 도서출판 박이정, 2002, 13쪽.

나

친구들에게 '나'는 '프린스 김'으로 불린다. 선조가 왕이었다는 이유와, 형이 황제라는 이유로 프린스라는 별명을 얻은 '나'는 피리를 부는 악사이다. 왜 하필 피리연주자일까. 피리는 만파식적의 상징과 함께 알렉산드리아의 한 황제를 가리킨다. 알렉산드리아의 황제들 중에는 피리 부는 연주자가 한 명 있다고 전해진다. 그는 알렉산드리아의 마지막 파라오 클레오파트라 7세의 아버지인 프롤레마이오스 12세인데, 백성들 사이에서는 아울레테스, 즉 "피리연주자라"는 이름으로 불렸다고 전해진다.[15]

나 '프린스 김'은 알렉산드리아의 왕족, 프톨레마이오스의 상징인 것이다.

말셀 가브리엘

성경 속에서 가브리엘은 천사다. 「소설 · 알렉산드리아」에서 '말셀 가브리엘'은 "키가 너무 커 육지에서 살기가 거북하기 때문에 선원이"된 인물이다. 그 큰 체격 때문에 나는 언제나 그를 우러러보아야 한다. 이 '우러르다'라는 표현 속에는 범속함이 배제되어 있다. 곧 천사의 속성이 내포되어 있는 것이다. 하지만 그는 누구보다 속의 세계를 살아가는 인물이다.

인간이 지닌 본능에 충실히 임하며 생명의 앙양운동이라 말하는 그의 쾌락에 대한 탐닉은 작품 곳곳에 서술돼 있는 폭력과, 그 폭력으로 목숨을 잃은 사람들의 절망과 비극에 대한 대척지점에 있다.

사멸(죽음)의 반대편에 있는 생명 앙양 운동. 그 것은 경박하고 삿된 섹스의 탐닉과는 성격이 다르다. 생명 앙양운동으로서의 행위이자 성(性)인 것이다. 그것은 또 다른 창조의 행위로, 한편으로는 거룩함까지 느껴진다.

---

15) 프톨레마이오스 12세 네오스 디오니소스는 합창단에 피리 반주를 하는 광적인 습관 때문에 백성들 사이에 아울레테스, 즉 "피리연주자"란 호의적인 이름으로 불렸다. (만프레드 클라우스, 『알렉산드리아』, 생각의 나무, 2004, 92쪽). 프톨레마이오스가 죽자 그의 딸 클레오파트라가 왕위를 이어받는다. 그 클레오파트라 7세가 "세상에서 가장 유명한 여왕"인 것이다. 소설 속에서 사라 안젤은 '클레오파트라'의 상징이며, 이병주는 그 클레오파트라의 비극에 대해서도 잊지 않는다.

그렇게 성(聖)과 속을 상징하는 말셀 가브리엘은 「소설 · 알렉산드리아」에 등장하는 여러 인물들 가운데 '사라 안젤'과 더불어 매우 개성적인 인물로 꼽힌다.

사라 엔젤

두 개의 서사 구조가운데 한 축인 악의 징벌로서의 복수를 담당하는 사라 안젤은 매우 상징적인 인물이다. "관능적이면서 영적인 여인"[16]으로 묘사되는 사라 안젤은 「소설 · 알렉산드리아」가 탄생하는데 직접적인 동인으로 작용한 인물이기도 하다.[17] 그런만큼 사라 엔젤이 작품 속에서 갖는 상징은 다중적이다.

성(聖)과 생명의 상징

구약성서에 나오는 사라는 아브라함의 아내이며 이삭의 어머니이다. 90이 넘도록 아이를 갖지 못해 한이 맺힌 여성으로 설명되고 있는 사라는 매우 아름다운 외모를 가졌다. 사라는 가문을 잇기 위해 자신의 종인 하갈을 통해 아들 이스마엘을 얻지만 하갈의 무례함으로 인해 사라의 위한은 깊어만 간다. 그때 천사가 나타나 사라의 잉태를 예고한다.

그 '한'은 작품 속 사라 안젤에게 투영된다. 성경의 사라가 '불임에 대한 한'을 나타낼 때 소설 속 사라의 한은 '가족의 죽음에 대한 원한'이다.

성경 속 사라는 생명을 잉태하는 여러 민족의 어머니로 생산의 이미지를 품는다. 사라 안젤 역시 한편으로는 생산과 창조의 이미지를 드러낸다.

뉴질랜드의 부근 원시의 섬으로 가 새로운 이상향을 건설하고, 한스 셀러와

---

16) 이병주, 「소설 · 알렉산드리아」, 『소설 · 알렉산드리아』, 한길사, 2014, 37쪽.

17) '사라 안젤'은 오랫동안 나의 꿈에서 가꾼 여자이다. 사라 안젤의 이미지를 살리기 위해 나는 「소설 · 알렉산드리아」를 썼다고 해도 과언이 아니다. 세상엔 가슴 속 깊이 원한을 품고, 그 품은 원한이 생의 바탕이 되어 있는 그런 여자가 적지 않으리라고 생각한다. 그러나 모두들 원한을 잊고 산다. 적당하게 타협하므로 드디어는 스스로의 개성을 죽인 채 시들어버리는 여자가 얼마나 많을까. 사라 안젤은 그런 뜻에서 예외의 여성이다. 그는 그의 원한을 통해서 사랑을 얻을 수 있었으며, 또한 원한을 통해서 삶의 보람을 다할 수 있었다. 원한이란 생각하기에 따라서 인간 생득(生得)의 감정이다. 그리스도교는 원리로서 인생의 바탕을 설명하고 있지만 나는 원리대신 원한으로서 인생의 실상을 파악할 수 있으리라고 생각한다. (이병주, 「내 작품 속의 여인상」, 『문학을 위한 변명』, 바이북스, 2010, 198쪽).

결혼해 새로운 생명의 창조를 꾀하는 것이다. 이 창조에 대한 이미지는 성경 속 사라의 이미지와 동일하다.

클레오파트라와 안드로메다의 사라 안젤

"사라 안젤은 카바레 안드로메다의 여왕"이자, "알렉산드리아의 여왕"이며 '안드로메다'이다. 또한 알렉산드리아의 여왕인 사라 안젤은 알렉산드리아의 마지막 파라오, 클레오파트라 7세를 의미한다.

실존인물인 클레오파트라와 신화 속 인물 안드로메다는 모두 관능적이면서도 매혹적인 여인이다. 클레오파트라는 뛰어난 미모로 영웅들과 염문을 낳고 나라를 지키며 자결을 통해 자신의 마지막 위엄을 지키는 매력적인 여성이다. 신화 속 안드로메다 또한 자신의 아름다움으로 인해 위험에 처하기도 하지만 종내는 사랑을 얻고 밤하늘을 지키는 가장 밝은 별로 태어난다.

사라 안젤이 바로 '클레오파트라'이자, '안드로메다'이며, '성경 속 사라'이고, 저 자신인 무희 '사라 안젤'인 것이다.

이렇게 성과 속, 죽음과 생명, 선과 악을 내포하는 사라 안젤은 작품 전체를 아름답게 수놓으며 이야기를 극적으로 끌고 간다.

요한 셀러

작품 속 '요한 셀러'는 '한스 셀러'의 동생이다. 요한은 "병아리가 죽는 것을 보아도 가슴 아파하는 심약한 소년"이었고, "평생 동안 개미 한 마리 밟아죽이지 못"한 인물이었고, "친구인 유태인 소년 하나를 자기 집 마구간의 위층에 숨겨주었다"는 죄로 게슈타포에 끌려가 고문을 받던 도중 사망한다.[18]

성경 속의 인물 '요한'은 최후의 심판을 알리고 회개한 사람들에게 세례를 준 인물로서 예수 또한 요한에게 세례를 받는다. 기독교에서는 이 요한을 마지막 위

---

18) 이병주, 「소설 · 알렉산드리아」, 『소설 · 알렉산드리아』, 한길사, 2014, 73쪽.

대한 예언자로 존경하며 하나님 나라를 준비하는 사람으로 기술한다. 이'요한'
의 이미지는 자연스럽게 한스의 동생 요한에게 오버랩된다.

2) 공간

소설의 배경이 되는 공간은 사건의 중심이 되는 장소이다. 인간은 동시간에
같은 공간에 있다하더라도 받아들이는 감성과 이해는 다르다. 각기 다르게 작용
하기 때문에 공간에 대한 인식도 저마다 다르다.

「소설·알렉산드리아」는 인물과 마찬가지로 공간의 설정도 극적이며 상징들
을 통해 보다 더 많은 것들을 내포한다. 다양한 성격의 도시 알렉산드리아와 자
유분방한 카바레를 설정함으로써 형의 감금과 억압에 대한 극적인 효과를 드러
낸다.

알렉산드리아

알렉산드리아는 생명이 배태되는 창조의 공간이다. "섹스만이 목적이 되고
문화의 본질이 되어 있는 도시. 알렉산드리아는 사랑의 거대한 압착기"의 도시
인 것이다.[19]

이 생명 앙양의 도시는 폭격으로 도시가 무참히 파괴되고 수많은 사람이 목숨
을 잃은 게르니카의 비극을 부각시킨다. 알렉산드리아는 성경 속의'소돔과 고모
라'이며, 새로운 에덴동산을 상징하는 뉴질랜드 부근의 섬과 배치된다. 찬란한
문화를 꽃피웠던 알렉산드리아. 대도서관이 있고, 파로스 등대가 있는 알렉산드
리아는 옥타비아누스에게 점령된 뒤 로마의 속국으로 전락하고 만다.

독일군에 의한 점령지와, 일본의 식민지였던 조선의 운명과 닮은 꼴이다.

---

19) 앞의 책, 36쪽.

안드로메다

'세실 호텔'과 더불어 '카바레 안드로메다'는 알렉산드리아에 있어서의 최대의 명물이다. "고요한 천상의 성좌와 알렉산드리아란 이름의 요란한 성좌 사이"에 가장 밝은 빛으로 빛나는 별이 '안드로메다'인 것이다.

그리스 신화 속 '안드로메다'는 케페우스와 카시오페이아의 딸이며, 페르세우스의 아내이다. 안드로메다는 뛰어난 미모를 가진 것으로 유명하며, 그녀의 어머니 카시오페아가 안드로메다의 미모를 자랑하다 포세이돈의 미움을 사 제물로 바쳐질 위기에 처하기도 했다. 하지만 페르세우스의 모험으로 목숨을 건진 안드로메다는 페르세우스와 결혼을 하고, 별로 태어난다.

카시오페아 자리 옆에서 밝게 빛나는 별이 안드로메다이다. "밀집한 성좌"가운데서 가장 밝게 빛나는 별인 것이다.

신화 속 '안드로메다' 역시 '카바레 안드로메다의 여왕' 사라 안젤과 중첩된다. 당연히 페르세우스는 한스 셸러이다.

마구간

사라가 폭격으로 정신을 잃은 뒤에 다시 깨어난 곳은 어느 농부의 집 마구간이었다.[20] 폭격으로 농부의 집은 모두 파괴되었지만 마구간만큼은 살아남은 것이다. 사라 안젤이 눈을 뜬 곳이 마구간이라는 설정은 성경 속 예수의 탄생을 생각나게 한다. 이 둘이 마구간에서 눈을 뜨고 태어난 것은 결코 우연이 아니다.

뉴질랜드 부근의 섬

뉴질랜드 부근의 섬은 새로운 에덴동산이자 또 다른 이상향이며 새로운 시작과 희망을 상징한다.

20) 앞의 책, 47쪽.

호텔 나폴레옹

소설에서 '호텔 나폴레옹'은 나폴레옹이 이집트 원정을 왔던 당시 묵었던 호텔로 나온다. 그때 나폴레옹은 부상을 입은 부하와 함께 탈출하지 못한 채 그 호텔에 머물게 되었고, 나중에는 그 집의 데릴사위가 되었다고 소설은 서술한다. 그호텔은 왕궁의 상징으로 귀빈과 왕족이 끊이지 않는다. 비록 낡고 초라한 호텔에 지나지 않지만 호텔이 가지고 있는 역사로 스스로 위엄과 품격을 갖는 것이다. 피리연주이자이자 왕족의 혈통을 지닌, 프린스 김이라 불리는 내가 머물 곳으로는 제 격인 곳이 바로 이 왕궁이다. 형은 황제이고, 나는 프린스니까. 또 나는 피리부는 프톨레마이오스니까. 황제가 머무는 곳은 왕궁이다.

3) 숫자

소설 알렉산드리아에서는 많은 숫자들이 나온다. 사형이 집행된 사형수들의 숫자는 물론이고 게르니카 폭격이 있던 날짜는 사실의 기록으로 등장한다. 역사적인 사실로서의 숫자들은 그 자체로 완결된 의미를 갖지만 작가에 의해 의미를 부여받은 숫자들은 작품 안에서 하나의 상징으로 기능하고 있다.

문학작품에서 의미 없는 단어는 없다. 숫자하나에도 작가의 의도와 상징이 숨어있는 것이다.

13과 12 [21]

레오나르도 다빈치의 최후의 만찬에는 12사도를 비롯해 예수의 모습이 들어있다. 예수를 중앙에 두고 좌우 6명씩 배치되어있는 것이다. 하지만 이후 예수는 십자가형을 받고 부활의 신화를 열어간다. 13과 12는 예수와 12사도, 그리고 예수의 십자가 사건을 뜻한다.

---

21) 앞의 책, 95쪽.

15

「소설 · 알렉산드리아」에서 15라는 숫자는 빈번하게 등장한다. 카바레 안드로메다는 "이집트식 궁전의 위용에 불란서적인 전아함과 미국식의 편리를 가진 가미한 15층, 3백실을 갖춘 대건물"이고, "카바레 안드로메다의 전기 간판은 15층 건물의 높이와 넓이에 꼭 차게" 밝히고 있으며, 가족의 복수를 위해 한스 셀러와 사라 안젤은 "십오 년 동안이나 원한을 품고" 있었고, 판사는 각각 "15년"을 언도한다. 또 황제인 형에게 검사는 15년을 구형한다.

형이 자신에게 내려진 15년의 구형이 '관대하다'고 하는 고백은 어쩌면 한스와 사라 안젤에게 내려진 최종판결에 대한 일종의 메타포이자 복선이다. 그들은 각기 15년형을 언도받지만 한 달 안에 알렉산드리아를 떠나는 조건으로 재판은 종결된다. 형의 표현대로 관대한 판결인 것이다.

또한 '15년'은 이병주에게 구형했던 검사의 형량이다.

15라는 숫자가 이렇듯 작품 전체에 빈번하게 등장한 배면에는 작가 이병주의 의식, 혹은 무의식 속에 자신에게 구형됐던 검사의 15년 형량이 무겁게 자리하고 있기 때문이다.

10년, 3년, 7년.

기독교에서 3과 7은 완전함을 뜻한다.

3은 성부, 성자, 성령을 뜻하며, 땅의 사방을 이르는 동서남북 4방위와, 하늘을 뜻하는 3이 더해지면 7이라는 숫자가 나온다. 기독교에서는 이 3과 7을 완전한 수로 본다.

소설에서 형은 10년 형을 언도받고 3년을 복역했다고 서술하고 있다. 하지만 작가는 3과 7이 주는 의미를 성경적으로 이해하고 있다고 추측해볼 수 있다. [22]

---

22) 이제 3년이 지났으니까 남은 건 7년이다. 눈도 코도 귀도 입도 없는 세월이니 단조롭기 짝이 없지만, 지난 3년을 돌이켜볼 때 참으로 빠르게 흘렀다. (……) 그러니까 앞으로의 7년도 문제가 없으리라고 생각한다. (……) 그러나저러나 7년만 지나면 이 초라한 황제도 바깥바람을 쏘일 수 있을 것이다. 그때의 행동 스케줄을 지금부터 작성하고 있는 것도 좋은 일이 아닌가. 나는 누에 모양 스스로 뽑아낸 실로써 고치를 만들어, 그 속에 드러누워

감옥에서 자유를 얻는 날과, 고치를 뚫고 우화하는 것은 곧 부활을 상징한다. 10년형은 작가에게 언도된 기간이지만 상전벽해의 시간을 보통 10년으로 잡는다. 그럼으로 그 10년은 우화로 인한 상전벽해, 즉 변태와 상통한다. 거듭남과 부활의 상징이 이러한 3과 7인 것이다.

2,000년 [23]

3과 7이란 숫자가 기독교와 무관하지 않다고 생각하는 근거는 바로 이어지는 2천 년이라는 숫자에 있다. 자유를 억압당한 수인들의 시간을 합한 숫자가 2,000년인 것은 결코 우연이 아닐 것이다. 2,000의 시간은 예수의 십자가 사건 이후의 시간들이며, 예수가 탄생한 해를 원년으로 삼는 서력, 즉 서기의 시간을 뜻하고 있는 것이다.

이처럼 기독교적 상징들을 소설 속으로 가져오지만 이병주는 종교가 주는 평화에 안주하기를 거부한다. 초월적 신이 지배하는 세상에 숨고 신의 권위에 복종하기 보다는 세상의 폭력과 갈등을 인간적으로 저항해내는 그런 삶을 옹호한다.

이병주는 "문학이 지향하는 것은 세간지(世間智)"여야 하며 "희로애락에 집착하고 색 물욕에 사로잡혀 있는 인간의 번뇌를 그대로 긍정하"며 "그 긍정 속에서 인간의 진실, 인간의 실상을 찾으려는 노력"을 해야 한다고 했다.[24]

번데기가 되었다. 세상 사람들은 모두들 나를 죽었다고 생각할 것이다. 죽었다고까진 생각하지 않아도, 죽은 거나 마찬가지라고 생각하고 있을 것이다. 그러나 나는 본데기이긴 하나 죽지는 않았다. 언젠가 때가 오면, 내 스스로 쌓아올린 이 고치의 복을 뚫고 나비가 되어 창으로 날 것이다. 다시는 장난꾸러기 아이들에게 잡혀 곤충 표본함에 등에 바늘을 꽂히우고 엎드려 있는 꼴은 당하지 않을 것이다. 간악한 날짐승을 피하고, 맹랑한 네발짐승도 피하고, 전기가 통한 전선에도 앉지 않을 것이고, 조심스레 꽃과 꽃사이를 날아 수백수천의 알을 낳을 것이다. (이병주,「소설·알렉산드리아」,『소설·알렉산드리아』, 한길사, 2014, 124~125).

23) 앞의 책, 125쪽.

24) 이병주,「문학의 이념과 방향」『문학을 위한 변명』바이북스, 2010, 168쪽.

5. 맺음말

'밤이 깔렸다'로 시작하는 「소설 · 알렉산드리아」는 새벽을 맞으면서 끝을 맺는다. 어둠이 걷히면 좌표처럼 빛나던 별빛도 사위고, 감성과 욕망의 자리에는 이성과 지혜가 찾아든다. 암흑의 세상에서 벗어나 비로소 사방을 분간할 수 있는 것이다. 사라 안젤과 한스 셀러가 뉴질랜드 부근의 섬(새로운 에덴)에서 새로운 이상도시를 건설하고 새롭게 시작하는 것처럼 새벽은 희망이자 새로운 출발점이다.

그 새로운 하루는 누구에게나 평등하게 주어진다. "클레오파트라의 눈동자에 생명의 신비를 쏟아 넣은 태양"은 "누더기를 입고 안드로메다의 골목길에서 프리지아 꽃을 파는 소녀의 눈동자에도 역시 생명의 신비를 쏟아넣을 것"이고 그렇게 사람들의 삶은 이어질 것이다.

밤이 깔리고 새벽이 오지만, 증오와 원한에 사로잡힌 어둠의 나날들에서 다시 새로운 희망을 향해 출발하지만 나는 여전히 망명자로 남아 있다. 그 망명자는 역사의 기록자로 세상을 증언할 것이다.

이제까지 「소설 · 알렉산드리아」가 갖는 이분법적 배치와 병치, 그리고 상징들을 살펴보았다. 작품을 보다 더 깊게 이해하기 위해서는 작가의 의도나 상징들을 찾아 해석하고 분석하는 것이 중요하다. 그 상징과 의도가 드러나고 작품 속에서 온전히 제 구실을 할 때 작품은 보다 더 깊은 골짜기를 지닐 수 있다.

모든 문학은 오독에 의해서 완성된다. 읽는 이의 감성과 인식에 따라 오독은 자연스럽게 이뤄지며, 그 오독을 통해 작품은 또 다른 이야기를 갖는다. 하나의 작품이 전혀 다른 작품으로 분화되는 것이다. 그 오독으로 인한 또 다른 접근은 작품에 새로운 생명을 부여하는 것과 같다. 하지만 오독은 작가의 세계관이나 작가관을 잘 이해하고 있을 때라야만 터무니없는 오독의 위험에서 벗어나 진정한 오독에 이를 수 있다. 오독은 즐겁고, 오독은 또 다른 창조의 행위나 마찬가지다.

형의 편지가운데 한 구절을 덧붙이는 것으로 이 소설읽기의 끝을 맺는다.

"오늘, 부활절. 나는 예수의 부활을 믿는 마음으로, 네게도 그렇게 믿어달라는 마음으로 이 편지를 썼다."

이병주는 자신의 작품을 통해 매번 부활한다.